Poseidons Gold

Lindsey Davis

# POSEIDONS GOLD

Ein Falco-Roman

Aus dem Englischen
von Christa E. Seibicke

Eichborn.

Die Deutsche Bibliothek – CIP-Einheitsaufnahme

**Davis, Lindsey:**
Poseidons Gold : Roman / Lindsey Davis. Aus dem Engl. von
Christa Seibicke. – Frankfurt am Main : Eichborn, 1995
ISBN 3-8218-0204-9

Titel der Originalausgabe: POSEIDON'S GOLD


Lektorat: Doris Engelke.
Umschlaggestaltung: Uli Gleis.
Satz: Fuldaer Verlagsanstalt GmbH, 36003 Fulda.
Druck & Bindung: Wiener Verlag, Himberg (Österreich).
ISBN 3-8218-0204-9

Verlagsverzeichnis schickt gern:
Eichborn Verlag, Kaiserstraße 66, D-60329 Frankfurt.

Zur Erinnerung an
Rosemary Sutcliff,
die gestorben ist, während dieses Buch entstand:
im Namen aller Kinder, die wissen,
wie weit es ist
von Venta bis ins Gebirge.

# Exzerpt aus dem Stammbaum

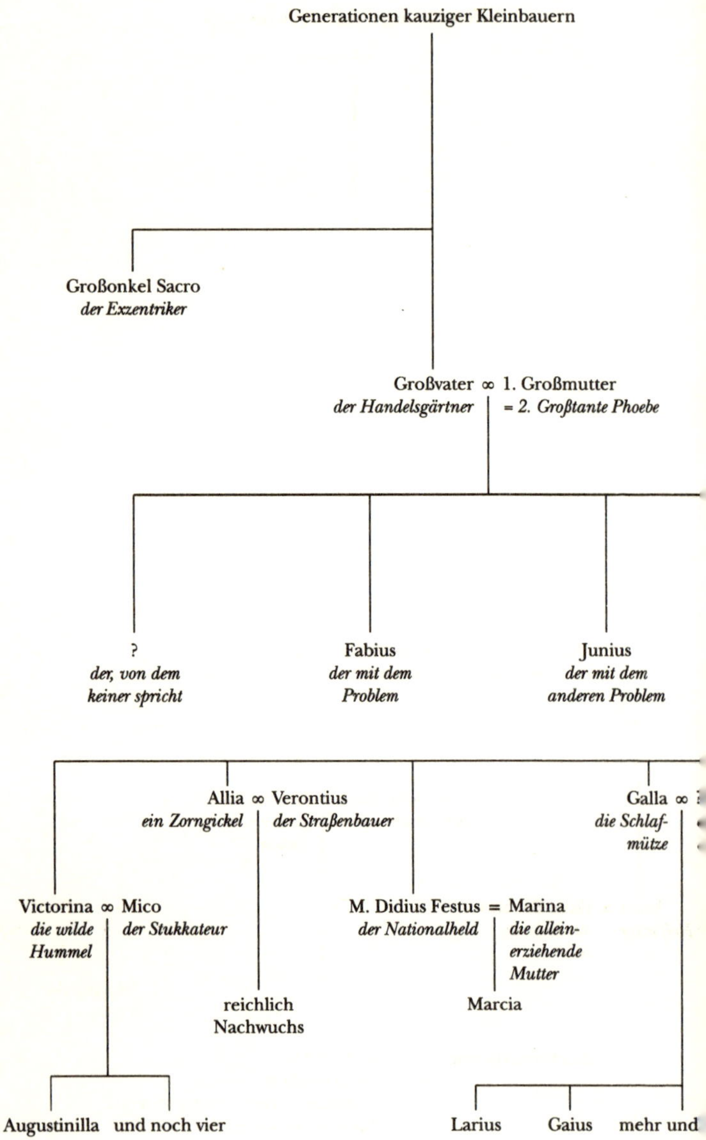

## des Marcus Didius Falco

Generationen gewiefter Unternehmer

1. Junilla Tacita ∞ Marcus Didius Favonius = 2. ?
*die Unbeugsame* (*»Geminus«*) *die Putzmacherin*

Marcus Didius Falco = Helena Justina
*der Privatermittler* *die Senatorentochter*

?

Junia ∞ Gaius Baebius
*Hoffärtige* *der Zollamtsleiter*

Maia ∞ Famia
*die Vernüftige* *der Pferdedoktor*

bislang vier

Zeichenerklärung:
∞ = verheiratet
»=« = nicht direkt verheiratet
? = unbekannt, kein Gesprächsthema, Spekulationsobjekt

## NEBENFIGUREN

*T Censorinus Macer,* ein Soldat, der einmal einem heißen Tip vertraut hat.

*Laurentius, ein Zenturio,* der den Spruch »Wie gewonnen, so zerronnen« beherzigt.

*L Petronius Longus,* ein Wachhauptmann, der auch in schwierigen Fällen sein Bestes gibt.

*Marponius,* Vertreter für Enzyklopädien und Richter (als solcher ein Alptraum).

*D Camillus Verus & Julia Justa,* nette Eltern mit den üblichen Problemen (ihre Kinder).

*Lenia,* eine Wäscherin mit Geschmacksverirrung, was Männer betrifft.

*Epimandos,* ein Kellner, der sich beliebt machen möchte (und sich ganz umsonst abstrampelt).

*Zwirn,* die Katze in der Caupona Flora.

*Flora,* wahrscheinlich gibt es sie gar nicht.

*Manlius und Varga,* zwei Maler mit Gedächtnislücken.

*Orontes Mediolanus,* ein sehr gefragter Bildhauer.

*Rubinia,* ein Modell, bei dem das Maßnehmen lohnt.

*Apollonius,* ein Geometrielehrer, dem der Sinn für die Realität abhanden kam.

*A Cassius Carus & Ummidia Servia,* anspruchsvolle Kunstmäzene (mit Vorliebe für Verschollenes).

*Die Gebrüder Aristedon,* Spediteure der Anspruchsvollen (segeln in stürmischen Gewässern).

*Cocceius,* ein »redlicher« Auktionator.

*Domitian Caesar,* ein Herrscher, der sich auf herrschendes Recht beruft.

*Anacrites,* ein Spion, der alle Schuld von sich weist.

*Ajax,* ein Hund mit Vorstrafen.

*Jüdische Kriegsgefangene,* arbeiten als Bautrupp am Kolosseum.

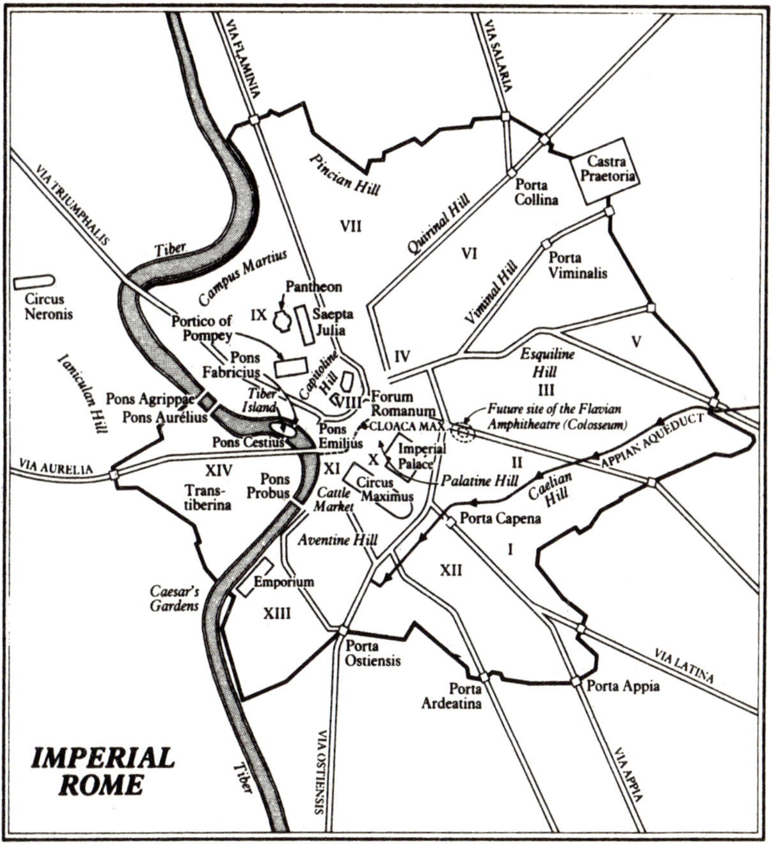
IMPERIAL ROME
VIA FLAMINIA
VIA SALARIA
VIA TRIUMPHALIS
Pincian Hill
Castra Praetoria
Porta Collina
VII
Quirinal Hill
VI
Porta Viminalis
Tiber
Campus Martius
Pantheon
Circus Neronis
Viminal Hill
Portico of Pompey
IX
Saepta Julia
V
Ianiculan Hill
Pons Fabricius
Capitoline Hill
IV
Esquiline Hill
III
Pons Agrippae
Tiber Island
VIII
Forum Romanum
Future site of the Flavian Amphitheatre (Colosseum)
Pons Aurelius
CLOACA MAX
Pons Cestius
Pons Emilius
Imperial Palace
APPIAN AQUEDUCT
VIA AURELIA
XIV
XI
X
II
Trans-tiberina
Pons Probus
Circus Maximus
Palatine Hill
Caelian Hill
Cattle Market
Porta Capena
Aventine Hill
I
XII
Emporium
Caesar's Gardens
XIII
Porta Ostiensis
VIA LATINA
Porta Ardeatina
Porta Appia
VIA OSTIENSIS
VIA APPIA
Tiber

# ROM – CAPUA – ROM

**März – April 72 n. Chr.**

# I

Eine finstere, stürmische Nacht auf der Via Aurelia: Unsere Heimkehr stand unter einem ungünstigen Stern, noch bevor wir Rom erreicht hatten.

Bis dahin hatten wir auf unserer Rückreise von Germanien im Februar und März gut tausend Meilen zurückgelegt. Aber die fünf, sechs Stunden, die wir für das letzte Stück von Veii her brauchten, waren die schlimmsten. Lange nachdem andere Reisende sich in Gasthöfen am Wegrand in ihren Betten verkrochen hatten, waren wir immer noch einsam unterwegs. Die Entscheidung, weiterzufahren und heute nacht noch die Stadt zu erreichen, war ausgesprochen blödsinnig gewesen. Jeder meiner Mitreisenden wußte das, und ebenso wußten alle, wer dafür verantwortlich war: ich, Marcus Didius Falco, der Mann, der das Kommando führte. Vielleicht tauschten die anderen gerade jetzt ihre Meinung über mich aus, aber ich konnte nichts hören. Sie saßen nämlich im Wagen, hatten es zwar furchtbar ungemütlich, konnten sich aber immerhin damit trösten, daß es kältere und feuchtere Alternativen gab: Ich ritt nebenher und war dem Regen und Sturm völlig ausgeliefert.

Unerwartet tauchten die ersten Häuser auf – die mehrstöckigen, überfüllten Wohnblocks, die von nun an unseren Weg durch die üblen Slums der Transtiberina säumen würden. Heruntergekommene Gebäude ohne Balkon oder Pergola standen dicht an dicht, unterbrochen nur von den dunklen Gassen, wo normalerweise Straßenräuber ahnungslose Neuankömmlinge erwarteten. Vielleicht würden sie es in einer Nacht wie dieser vorziehen, daheim im trockenen, warmen Bett zu lauern. Vielleicht hofften sie aber auch, daß das Sauwetter die Reisenden unvorsichtig machte: Ich wußte, daß die letzte halbe Stunde einer langen Fahrt die gefährlichste sein kann. In den scheinbar menschenleeren Straßen kündigten Pferdegetrappel und ratternde Wagenräder uns lautstark an. Ich ahnte überall Gefahr, packte meinen Schwertgriff fester und prüfte, ob mein im Stiefel verstecktes Messer noch an seinem Platz war. Durchweichte Lederriemen klemmten die Klinge an meiner geschwollenen Wade so fest, daß sich das Messer nur mit Mühe herausziehen ließ.

Ich wickelte mich in meinen mit Wasser vollgesogenen Mantel, bereute es aber sofort, weil die schweren Falten mich feucht umklammerten. Über uns barst eine Dachrinne; eine eisige Dusche klatschte auf mich nieder, erschreckte mein Pferd und hätte mir fast den Hut vom Kopf gerissen. Fluchend versuchte ich, den Gaul zu bändigen. Dann merkte ich, daß ich die Abzweigung verpaßt hatte, die uns zum Pons Probus und damit auf dem kürzesten Weg nach Hause gebracht hätte. Mein Hut rutschte zu Boden. Ich opferte ihn dem Wind.

Ein einzelner Lichtstrahl in einer Seitenstraße rechts von uns beleuchtete die Wache einer Kohorte der Vigiles, unserer Feuerwehr. Ansonsten konnte ich kein Lebenszeichen entdecken.

Wir überquerten den Tiber auf dem Pons Aurelia. In der Dunkelheit unter uns toste der Fluß. Die gurgelnden Wasser hatten eine unangenehme Kraft. Stromaufwärts war der Tiber sicher schon über die Ufer getreten, hatte das flache Land rings ums Kapitol überflutet und den Campus Martius – der auch zu besten Zeiten sumpfig sein kann – in einen ungesunden Teich verwandelt. Wieder einmal würde aufgequollener Schlamm von der Farbe und Konsistenz des Inhalts einer Kloake in die Keller der teuren Villen eindringen, deren gutsituierte Besitzer sich um den schönsten Tiberblick gerauft hatten.

Einer dieser wohlhabenden Bürger war mein Vater. Der Gedanke daran, wie er stinkendes Wasser aus seiner Eingangshalle befördern mußte, besserte meine Laune.

Eine stürmische Bö fegte uns auf dem Forum Boarium so ungestüm entgegen, daß mein Pferd plötzlich stehenblieb. Die Zitadelle und der Palatin über uns waren nicht zu erkennen. Auch die erleuchteten Paläste der Cäsaren sah man nicht, aber ich kannte mich hier aus und trieb mein Pferd am Circus Maximus vorbei und an den Tempeln von Ceres und Luna, an den Triumphbögen, Brunnen, Bädern und überdachten Märkten, die Roms ganzer Stolz waren. All diese Herrlichkeiten konnten warten. Ich sehnte mich nur nach meinem eigenen Bett. Regen schoß in Sturzbächen an der Statue irgendeines Konsuls herab und benutzte die Bronzefalten seiner Toga als Abfluß. Wasser schwappte von den Ziegeldächern, deren Regenrinnen diesen Fluten nicht gewachsen waren. Wahre Katarakte ergossen sich von Säulenhallen. Mein Pferd wollte unbedingt auf die überdachten Fußwege vor den Ladenfassaden, während ich versuchte, es am kurzen Zügel auf dem Pflaster zu halten.

Wir bahnten uns einen Weg hinunter zum Armilustrium. Hier unten stand in manchen der nicht kanalisierten Seitenstraßen das Wasser so hoch, daß sie unpassierbar waren, aber als wir von der Landstraße abbogen, ging es steil bergauf; nun war der Boden nicht mehr überflutet, doch dafür gefährlich rutschig. Der Regen hatte die Wege auf dem Aventin so reingewaschen, daß mir nicht einmal der übliche Gestank in die Nase stieg; ohne Zweifel würde der gewohnte Mief, ein Gemisch aus menschlichen Exkrementen und dem Abfall nachbarschaftsfeindlicher Gewerbe, morgen wieder da sein, und zwar intensiver denn je, nachdem soviel Wasser die halb kompostierten Abfallhaufen und Müllkippen umspült hatte.

Düstere Vertrautheit sagte mir, daß ich die Brunnenpromenade gefunden hatte.

Meine Straße. Auf einen Heimkehrer aus der Fremde wirkte diese öde Sackgasse trostloser denn je. Unbeleuchtet, mit geschlossenen Fensterläden und eingerollten Markisen, bot die Gasse nichts, was mit ihrer Häßlichkeit versöhnt hätte. Menschenleer – sogar die üblichen Gruppen heruntergekommener Gestalten waren verschwunden – ächzte sie trotzdem unter der Last menschlichen Elends. Der Wind pfiff und heulte die Gasse hinunter, drehte und schlug uns voll ins Gesicht. Mein Wohnblock ragte auf der einen Seite empor wie ein gesichtsloser Republikanerwall, erbaut als Festung gegen marodierende Barbaren. Als ich mein Pferd zügelte, krachte von oben ein schwerer Blumentopf herunter und verfehlte mich um höchstens einen Fingerbreit.

Ich zerrte die Wagentür auf, um den erschöpften Seelen herauszuhelfen, für die ich verantwortlich war. Zum Schutz gegen die Kälte eingehüllt wie Mumien, stiegen sie steifbeinig aus, entdeckten dann, als der Sturm sie traf, flugs ihre Beine wieder und flohen hastig in die ruhigen Gefilde des Treppenhauses: *Sie*, das waren meine Freundin Helena Justina, ihre Zofe, die kleine Tochter meiner Schwester und unser Kutscher, ein stämmiger Kelte, der eigentlich für unsere Sicherheit hatte sorgen sollen. Von mir persönlich als Eskorte ausgesucht, hatte er den größten Teil der Reise angstschlotternd auf dem Bock gesessen. Wie sich herausstellte, war er fern der Heimat der reine Hasenfuß. Noch nie war er außerhalb Bingiums gewesen; ich wünschte, ich hätte ihn dort gelassen.

Immerhin hatte ich Helena bei mir gehabt. Sie war die Tochter eines Senators, mit allem, was so eine Abstammung mit sich bringt, natürlich, und temperamentvoller als die meisten ihres Schlages. Sie hatte jeden Gastwirt, der uns seine besseren Zimmer vorenthalten wollte, ausgetrickst, und mit Schurken, die unerlaubten Brückenzoll kassieren wollten, hatte sie kurzen Prozeß gemacht. Jetzt machten mir ihre ausdrucksvollen dunklen Augen klar, daß sie die Absicht hatte, mich wegen der letzten Stunden der heutigen Fahrt ins Gebet zu nehmen. Als ich diesen Blick auffing, versuchte ich mein einschmeichelndes Lächeln gar nicht erst.

Noch waren wir nicht zu Hause. Meine Wohnung lag nämlich im sechsten Stock.

Schweigend und im Dunkeln nahmen wir die Treppen in Angriff. Nach einem halben Jahr in Germanien, wo selbst zweistöckige Häuser eine Seltenheit sind, protestierten meine Wadenmuskeln ziemlich bald. In diesem Wohnblock lebten nur durchtrainierte Leute. Wenn ein Invalide in Geldnöten jemals eine Wohnung über dem Brunnenhof mietete, dann kurierte ihn entweder die sportliche Betätigung rasch, oder die Treppen brachten ihn um. Wir hatten schon etliche Nachbarn auf diese Weise verloren. Smaractus, unser Hausherr, verdiente sich eine goldene Nase damit, daß er den Besitz seiner verstorbenen Mieter verscherbelte.

Oben angekommen, zog Helena eine Zunderbüchse unter ihrem Mantel hervor. Die Verzweiflung verlieh mir eine ruhige Hand; bald schlug ich einen Funken und schaffte es sogar, eine Kerze anzuzünden, bevor der Funke wieder erlosch. An meinem Türpfosten verkündete die inzwischen arg verblaßte Kachel, daß M. Didius Falco hier als Privatermittler arbeitete. Nach einem kurzen, heftigen Streit, währenddessen ich versuchte, mich zu erinnern, wo ich den Hebeschlüssel für meinen Türriegel verstaut hatte, lieh ich mir von Helena eine Kleiderspange, band sie an einem Stoffstreifen fest, den ich aus meiner Tunika gerissen hatte, schob die Spange durchs Loch und wedelte sie an dem Tuch hin und her.

Ausnahmsweise funktionierte der Trick. (In der Regel geht die Spange kaputt, man fängt sich von dem Mädel, dem sie gehört, eine Ohrfeige ein und muß sich am Ende eine Leiter borgen, um durchs Fenster einzusteigen.) Für meinen Erfolg gab es freilich einen Grund: Der Riegel war schon aufgebrochen. Voll unguter Vorahnungen stieß ich die Tür auf, hob die Kerze und musterte mein Heim.

Wenn man lange weg war, sieht die eigene Wohnung immer kleiner und vergammelter aus, als man sie in Erinnerung hat. Allerdings ist es normalerweise nicht ganz so schlimm.

Riskant ist es allemal, wenn man seine Bude monatelang leerstehen läßt. Aber die Parzen, die mit Vorliebe auf den Verlierern herumhacken, hatten diesmal alle üblen Streiche an mir ausprobiert. Die ersten Eindringlinge waren vermutlich Ungeziefer oder Mäuse gewesen, gefolgt von besonders schmutzigen nistenden Tauben, die ein Loch ins Dach gebohrt haben mußten. Ihr Kot sprenkelte die Dielen, doch das war noch gar nichts gegen die Sauerei der bösartigen menschlichen Aasgeier, die offenbar die Tauben verdrängt hatten. Deutliche Spuren, zum Teil schon etliche Monate alt, verrieten mir, daß von den Leuten, denen ich unfreiwillig ein Dach über dem Kopf geboten hatte, keiner gut erzogen war.

»Ach, mein armer Marcus!« rief Helena bestürzt. Sie mochte müde und ärgerlich sein, aber angesichts eines völlig verzweifelten Mannes wurde sie gleich zur wandelnden Caritas.

Ich überreichte ihr mit höflicher Verbeugung ihre Kleiderspange. Dann gab ich ihr die Kerze zum Halten, trat über die Schwelle und beförderte den nächstbesten Eimer mit einem Fußtritt durchs ganze Zimmer.

Der Eimer war leer. Wer immer hier eingebrochen war, hatte zumindest ab und an versucht, den Abfall in das von mir bereitgestellte Behältnis zu befördern, nur hatten die Betreffenden nicht zielen können. Und manchmal hatten sie's auch gar nicht erst probiert. Der Müll, der daneben landete, war auf dem Fußboden liegengeblieben, bis er ins Holz der Dielenbretter hineingefault war.

»Marcus, Liebster . . . «.

»Pst, Schatz. Sag bitte kein Wort, bis ich das verdaut habe!«

Ich durchquerte den vorderen Raum, der früher mal mein Büro beherbergt hatte. In dem, was von meinem Schlafzimmer noch übrig war, fand ich dann weitere Spuren der menschlichen Eindringlinge. Sie hatten offenbar erst heute das Weite gesucht, nachdem das alte Loch im Dach sich wieder geöffnet und eine wahre Sturzflut von Dachpfannen und Regenwasser hereingelassen hatte, das zum größten Teil noch immer mein Bett durchweichte. Schmutziges Getröpfel von oben komplettierte das Desaster. Mein armes altes Bett war unrettbar verloren.

Helena trat hinter mich. »Na ja!«

Ich machte einen grimmigen Versuch, aufgeräumt zu erscheinen. »Wenn ich ein richtiges Problem will, könnte ich den Vermieter verklagen!«

Helenas Hand schob sich sanft in meine. »Ist irgendwas gestohlen worden?«

»Ich lasse den Dieben nie was da. Mein bewegliches Vermögen habe ich samt und sonders bei Verwandten untergebracht. Wenn also was fehlt, hat sich's die Familie unter den Nagel gerissen.«

»Wie tröstlich«, nickte sie.

Ich liebte dieses Mädchen. Sie inspizierte die Trümmer mit elegantem Ekel, doch ihre feierliche Miene sollte mich zum Lachen bringen. Sie hatte einen trockenen Humor, dem ich nicht widerstehen konnte. Ich umarmte sie stürmisch und versuchte, in ihren Armen mein bißchen Verstand zu bewahren.

Sie küßte mich. Ihr Blick war traurig, ihr Kuß dagegen voller Zärtlichkeit. »Willkommen daheim, Marcus.« Bei unserem allerersten Kuß hatte sie ein kaltes Gesicht und nasse Wimpern gehabt, und auch damals hatte ich mich gefühlt wie jemand, der aus sehr unruhigem Schlaf erwacht, weil jemand ihn mit Honigkuchen füttert.

Ich seufzte. Wäre ich allein gewesen, hätte ich vielleicht einfach ein Eckchen freigeräumt und mich in all dem Dreck schlafen gelegt. Aber Helena konnte ich das nicht zumuten. Wir würden wohl oder übel der Verwandtschaft auf die Bude rücken müssen. Helenas komfortables Elternhaus lag auf der anderen Seite des Aventin – zu weit entfernt und viel zu riskant. Nach Einbruch der Dunkelheit ist Rom eine herzlose, unmoralische Stadt. Also blieb uns entweder der göttliche Beistand vom Olymp – oder meine Familie. Jupiter und seine Kollegen mampften irgendwo seelenruhig ihr Ambrosia und ignorierten mein Flehen um Hilfe. Wir mußten also auf meine Sippschaft zurückgreifen.

Irgendwie scheuchte ich die ganze Gesellschaft wieder die sechs Treppen hinunter. Wenigstens hatte die fürchterliche Nacht dafür gesorgt, daß die üblichen Diebe ihre Chance verpaßten: Pferd und Wagen standen immer noch einsam und verlassen an der Brunnenpromenade.

Wir passierten den Schatten des Emporiums, das verrammelt und verriegelt war, aber selbst eine so ungemütliche Nacht noch mit exotischen Düften von importierten Hölzern, Fellen, Dörrfleisch und Gewürzen veredelte. Nach einer Weile hielten wir vor einem anderen Wohnblock, einem mit weniger Treppen und nicht ganz so trostloser Fassade, der aber trotzdem so etwas wie mein Zuhause war. Schon gestärkt von der Hoffnung auf eine warme Mahlzeit und ein trockenes Bett, stolperten wir hinauf bis zu der vertrauten ziegelroten Tür. Sie war nie abgeschlossen; auf dem ganzen Aventin gab es keinen Einbrecher, der mutig genug gewesen wäre, sich in diese Wohnung zu wagen.

Die anderen wollten schnell hinein, aber ich drängte mich vor. Schließlich hatte ich hier Hoheitsrecht. Ich war ein Sohn, der heimkehrt an den Ort seiner Kindheit. Ja, ich kam – mit dem unvermeidlichen schlechten Gewissen – nach Hause zu meinem alten Mütterlein.

Die Wohnungstür führte geradewegs in die Küche. Zu meinem Erstaunen brannte eine Öllampe; normalerweise begnügte Mama sich mit Einfacherem. Aber vielleicht hatte sie ja geahnt, daß wir kommen würden. Bestimmt sogar. Ich wappnete mich für ihre Begrüßung, aber sie war nicht da.

Ich trat ins Zimmer und blieb vor Überraschung wie angewurzelt stehen.

Ein wildfremder Mensch hatte es sich in der Küche bequem gemacht und die Beine mitsamt den Stiefeln auf den Tisch gelegt. Niemand durfte sich einen solchen Luxus erlauben, wenn meine Mutter in der Nähe war. Einen Moment lang glotzte er mich aus trüben Augen an, dann ließ er einen lautstarken Rülpser los, der mich offensichtlich beleidigen sollte.

# II

Wie jede Mutter, die auf sich hält, hatte auch die meine ihre Küche zum Kommandostand erkoren, von dem aus sie das Leben ihrer Kinder zu dirigieren versuchte. Wir hatten natürlich andere Vorstellungen, und dadurch verwandelte sich Mamas Küche oft in eine turbulente Arena, wo Leute sich den Bauch vollschlugen, bis ihnen schlecht wurde, und sich gleichzeitig – in der irrigen Hoffnung, Mama abzulenken – lauthals übereinander beschwerten.

Manches war ziemlich normal hier. Da war die steinerne Kochstelle, die man ein Stück weit in die Außenmauer eingelassen hatte, um das Gewicht zu verteilen; trotzdem senkte sich vor ihr der Boden bedrohlich. Mama wohnte im dritten Stock, und zu ihrer Wohnung gehörte ein Dachboden. Dort hatten früher, als sie noch Kinder waren, meine Schwestern geschlafen, und darum wurde traditionell der Herdrauch von jedem, der gerade zu Hause rumhing, unten aus dem Fenster gefächelt; der Fächer hing am Fensterriegel.

Über dem Herd blitzten eine Reihe Kupfertöpfe, Schalen und Bratpfannen, manche davon gebraucht gekauft und mit den Beulen von Generationen verziert. Auf einem Regal standen Schüsseln, Becher, Krüge, Stößel, und in einer gesprungenen Vase steckte ein Sammelsurium von Löffeln. An Nägeln, die auch einen halben ausgeweideten Ochsen ausgehalten hätten, hingen Schöpfkellen, Reibeisen, Siebe und Fleischklopfer. Eine schiefe Reihe Haken trug eine Garnitur riesengroßer Küchenmesser; sie hatten tückische Klingen aus Eisen, die in gespaltenen Knochenheften steckten, und jedes trug Mamas Initialen: *JT* für Junilla Tacita.

Auf dem obersten Regalbrett standen vier jener Spezialtöpfe, in denen man Haselmäuse kocht. Damit Sie das nicht mißverstehen: Mama sagt, Haselmäuse sind widerliche Viecher, an denen außerdem kein Fleisch dran ist, also bloß was für Snobs mit schlechtem Geschmack und albernen Angewohnheiten. Aber wenn das Saturnalienfest da ist, man sowieso schon eine halbe Stunde zu spät zum Familienfest kommt und in letzter Minute noch verzweifelt nach einem Geschenk für seine Mutter sucht, das sie über zwölf Monate Vernachlässigung hinwegtrösten soll – also dann scheinen jedesmal diese Haselmaus-Kasserollen genau das Richtige zu sein. Mama bedankte sich jedesmal liebenswürdig bei demjenigen ihrer Kinder, das diesmal auf die Masche eines findigen Verkäufers reingefallen war, und ließ ihre unbenutzte Sammlung vorwurfsvoll wachsen.

Der Duft getrockneter Kräuter erfüllte den Raum. Körbe voller Eier und flache Schalen voller Hülsenfrüchte füllten jedes freie Plätzchen. Ein reicher Vorrat an Reisigbesen und Eimern machte klar, was für eine blitzblanke, von Skandalen unberührte Küche – und Familie – meine Mutter vorführen wollte.

Heute abend verdarb der unhöfliche Flegel, der mich angerülpst hatte, Mamas Szenarium. Ich starrte den Kerl an. Borstige graue Haarbüschel standen rechts und links von seinem Kopf ab. Der kahle Schädel und das unfreundliche Gesicht waren tief gebräunt und glänzten wie Mahagoni. Er sah aus wie jemand, der lange in den Wüsten des Ostens gelebt hat, und ich hatte ein ungutes Gefühl: als wüßte ich, welche glühendheiße Gegend es gewesen sein mochte. Seine nackten Arme und Beine hatten die sehnige Muskulatur, die in langen Jahren harter körperlicher Arbeit entsteht und die man selbst mit dem besten Trainingsprogramm im Gymnasium nicht so hinkriegt.

»Wer zum Hades seid ihr denn?« hatte er den Nerv, mich zu fragen.

Abenteuerliche Gedanken fuhren mir durch den Kopf: Wie, wenn meine Mutter sich zur Freude ihrer alten Tage einen Liebhaber zugelegt hatte? Aber diese wilden Spekulationen verflüchtigten sich gleich wieder. »Warum stellen Sie sich nicht erst mal vor?« erwiderte ich und funkelte ihn drohend an.

»Verzieh dich!«

»Nicht so schnell, Soldat!« Ich hatte seinen Beruf erraten. Obwohl seine Tunika ausgebleicht war zu einem faden Rosa, halfen mir die gut zwei Finger dicken Stollensohlen seiner Militärstiefel weiter. Ich kannte den Typ, kannte den Knoblauchatem, die Narben von Kasernenraufereien, die großspurige Haltung.

Seine gehässigen Augen verengten sich wachsam, aber er machte keine Anstalten, die Stiefel von der geheiligten Arbeitsplatte meiner Mutter zu nehmen. Ich ließ das Bündel fallen, das ich unter dem Arm hatte, und schlug die Kapuze zurück. Offenbar erkannte er die nassen wirren Locken der Familie Didius.

»Du bist der Bruder!« rief er anklagend. Also hatte er Festus gekannt. Das waren schlechte Nachrichten. Von mir hatte er offenbar auch schon gehört.

Ich gab mich wie ein Mann, von dem jeder Besucher selbstverständlich schon gehört hat, und versuchte so, Oberwasser zu bekommen. »Hier scheint's ja neuerdings schlampig zuzugehen, Soldat! Mach den Tisch frei und setz dich anständig hin, sonst trete ich dir die Bank unterm Hintern weg!« Diese subtile Psychologie funktionierte. Er stellte die Stiefel auf den Boden. »Langsam«, setzte ich hinzu, für den Fall, daß er mich anspringen wollte. Er setzte sich aufrecht. Ein Vorteil meines Bruders war, daß die Leute ihn respektierten. Für mindestens fünf Minuten (das wußte ich aus Erfahrung) würde sich dieser Respekt auch auf mich übertragen.

»Du bist also der Bruder!« wiederholte er langsam, als ob er damit was Bestimmtes sagen wollte.

»Ganz recht. Ich bin Falco. Und du?«

»Censorinus.«

»Von welcher Legion?«

»Fünfzehnte Apollinaris.« Auch das noch. Meine Laune verschlechterte sich zusehends. Die Fünfzehnte war jene unglückselige Einheit, in der mein Bruder etliche Jahre geglänzt hatte – bevor er seinen schmucken Kadaver in Judäa über eine heißumkämpfte Festungsmauer in ein Dickicht von Rebellenspeeren stürzte und so berühmt wurde.

»Also daher kennst du Festus?«

»Stimmt«, feixte er herablassend.

Während wir miteinander redeten, merkte ich, wie Helena und die anderen hinter mir unruhig wurden. Sie wollten endlich ein Bett – und ich auch. »Hier wirst du Festus nicht finden, und du weißt auch, warum.«

»Wir waren gute Kumpel, Festus und ich«, erklärte er.

»Festus hatte immer 'ne Menge Freunde.« Das klang gelassener, als mir zumute war. Festus – seine Augen mögen sonstwo verfaulen – war einer, der mit jedem Stinktier Brüderschaft trank, das die Krätze und nur noch einen halben Schwanz hatte. Hinterher brachte mein Bruder, großzügig bis zum bitteren Ende, seinen neuen Freund dann mit nach Hause.

»Gibt's Probleme?« erkundigte sich der Legionär. Seine Unschuldsmiene war per se verdächtig. »Festus hat gesagt, wenn ich mal nach Rom komme, dann kann ich jederzeit . . . «

»Bei seiner Mutter wohnen?«

»Das hat der Junge mir versprochen.«

Deprimierend, wie bekannt mir das vorkam. Und ich wußte, daß die Fünfzehnte Legion vor kurzem aus dem Kriegsgebiet Judäas in die Provinz Pannonia verlegt worden war – vermutlich würden Soldaten nun in hellen Scharen Gesuche für einen Kurzurlaub in Rom einreichen.

»Das glaub ich dir gern. Wie lange bist du denn schon hier?«

»Seit ein paar Wochen ...« Im Klartext hieß das: seit Monaten.

»Freut mich, daß die Fünfzehnte Apollinaris so nett war, Junilla Tacitas Haushaltsgeld aufzustocken!« Ich starrte ihn an, bis er die Augen niederschlug. Wir wußten beide, daß er keinen müden Denar zum Haushalt meiner Mutter beigesteuert hatte. Was für eine Heimkehr! Erst meine demolierte Wohnung und jetzt das. Als wären während meiner Abwesenheit lauter gewissenlose Schurken auf der Suche nach Gratisbetten nach Rom gekommen.

Ich fragte mich, wo meine Mutter sich versteckt haben mochte, und empfand eine merkwürdige Sehnsucht nach den Nörgeleien, mit denen sie, als ich noch klein war, heiße Suppe in meine Lieblingsschüssel gelöffelt und mich aus meinen klitschnassen Kleidern geschält hatte. »Alles schön und gut, aber ich muß dich leider ausquartieren, Censorinus. Die Gästebetten braucht jetzt meine Familie.«

»Selbstverständlich. Ich verzieh mich, sobald ich was anderes gefunden hab ...«

Ich hörte auf zu lächeln. Sogar meine Zähne waren müde. Ich zeigte auf die klägliche Truppe, die ich im Schlepptau hatte. Sie standen stumm da, zu erschöpft, um sich an der Unterhaltung zu beteiligen. »Ich wäre froh, wenn du dich ein bißchen sputen würdest.«

Sein Blick wanderte zu den Fensterläden. Von draußen hörte man den Regen unvermindert heftig trommeln. »Du wirst mich doch in einer solchen Nacht nicht auf die Straße jagen, Falco!«

Er hatte recht, aber ich schuldete der Welt ein paar Schläge. Also grinste ich hämisch und sagte: »Du bist doch Soldat. Ein bißchen Regen wird dir nicht schaden ...« Vielleicht hätte ich mich noch länger so amüsiert, aber just in dem Moment kam meine Mutter herein. Ihre schwarzen Knopfaugen erfaßten die Situation mit einem Blick.

»Ach, du bist wieder da«, sagte sie so gleichmütig, als hätte ich nur eben mal im Mohrrübenbeet Unkraut gejätet. Die kleine adrette, schier unermüdliche Frau trippelte an mir vorbei, küßte erst Helena und machte sich dann emsig daran, meine schläfrige Nichte aus ihrem nassen Mantel zu pellen.

»Schönes Gefühl, so sehnsüchtig erwartet zu werden«, murmelte ich.

Mama überhörte den pathetischen Unterton. »Wir hätten dich hier wahrhaftig gut gebrauchen können.«

Sie meinte nicht, um dem Hund die Zecken aus dem Fell zu holen. Ich sah, wie sie mit Helena einen Blick wechselte, eine deutliche Warnung, daß noch schlechtere Nachrichten warteten. Weil ich mich der geheimnisvollen Krise, die offenbar über den Didius-Clan hereingebrochen war, nicht gewachsen fühlte, wandte ich mich dem handfesten und nächstliegenden Problem zu. »Wir brauchen einen Unterschlupf. Das Bett vom großen Bruder ist schon belegt?«

»Ja. Ich dachte mir, daß du dazu ein Wörtchen zu sagen hast!«

Ich sah, daß Censorinus anfing, nervös zu werden. Meine Mutter linste mich hoffnungsvoll an, während ich versuchte rauszukriegen, was von mir erwartet wurde. Aus irgendeinem Grund schien sie die hilflose alte

Frau zu spielen, deren starker und mutiger Sohn endlich aus seinem Bau gekrochen war, um sie zu verteidigen. Das paßte überhaupt nicht zu ihr. Also war Vorsicht geboten. »Ich habe bloß eine Frage gestellt, Mama . . .«

»Oh, ich wußte, daß ihm das nicht passen würde!« erklärte Mama, ohne jemanden direkt anzusprechen.

Ich war zu müde, um zu widersprechen, und beschloß, dem Legionär die Stirn zu bieten. Er hielt sich wahrscheinlich für einen knallharten Burschen, aber es war leichter mit ihm fertig zu werden als mit einer verschlagenen Mutter mit undurchschaubaren Motiven.

Censorinus hatte kapiert, daß sein Spiel aus war. Mama machte klar, daß sie ihn nur so lange bei sich hatte wohnen lassen, wie sie darauf wartete, daß jemand kam und dagegen Einspruch erhob. Ich war wieder da: ihr Handlanger für die Drecksarbeit. Meiner Bestimmung konnte ich nicht entgehen.

»Hör mal, Freundchen, ich bin groggy und völlig durchgefroren, deswegen mache ich's kurz: Ich bin zur schlimmsten Zeit des Jahres tausend Meilen weit gereist und hab meine Wohnung von Eindringlingen zertrümmert vorgefunden. Mein Bett steht praktisch unter Wasser wegen eines Lochs im Dach. In spätestens zehn Minuten will ich auf der Ausweichmatratze liegen, und daß du dich auf ihr breitgemacht hast – tja, Pech, nimm's als Wink des Schicksals; die Götter sind nun mal wankelmütige Freunde.«

»Soviel zur römischen Gastfreundschaft!« blaffte Censorinus mich an. »Und soviel zu Kameraden, die so tun, als wären sie echte Kumpel!«

Sein drohender Unterton beunruhigte mich, offenbar hatte er mit dem, was wir diskutierten, nichts zu tun. »Ich brauche das Gästezimmer für mich und meine Holde, aber deswegen jagen wir dich nicht in die Nacht hinaus. Oben gibt's eine trockene Bodenkammer, die durchaus wohnlich ist . . . «

»Deine blöde Bodenkammer kannst du dir an den Hut stecken!« erwiderte der Legionär, und dann fügte er noch hinzu: »Festus kann mich mal – und du auch!«

»Nur zu, wenn dir dabei wohler wird«, sagte ich und ließ mir nichts anmerken. Für unsere Familie war das einzig Positive an Festus' Tod, daß wir die schier endlose Prozession seiner schillernden Freunde nicht länger durchfüttern mußten.

Ich sah Mama dem Legionär auf die Schulter klopfen. Dann murmelte sie tröstend: »Tut mir leid, aber wenn du meinen Sohn so kränkst, kann ich dich nicht hierbehalten.«

»Beim Jupiter, Mama!« Sie war wirklich unmöglich.

Um die Dinge zu beschleunigen, half ich Censorinus beim Packen. Als er ging, warf er mir noch einen bösartigen Blick zu, aber ich war zu sehr mit den Freuden des Familienlebens beschäftigt, um mich darüber aufzuregen.

# III

Helena und Mama machten sich mit vereinten Kräften daran, mich und meine Reisegruppe auf die vorhandenen Betten zu verteilen. Unsere Diener wurden in die Bodenkammer verfrachtet. Meine kleine Nichte Augustinilla durfte in Mutters Bett schlafen.

»Wie geht's Victorina?« Ich mußte mich richtig zwingen, nach ihr zu fragen. Helena und ich hatten Augustinilla aufgenommen, weil ihre Mutter, meine Schwester, krank war.

»Victorina ist tot«, sagte Mutter ganz sachlich, aber ihre Stimme klang gepreßt. »Eigentlich wollte ich's dir nicht gleich heute abend erzählen.«

»Victorina ist gestorben?« Ich konnte es kaum fassen. »Wann?«

»Im Dezember.«

»Du hättest mir schreiben können.«

»Und wozu wär das gut gewesen?«

Ich legte den Löffel auf den Tisch und nahm die Schüssel in beide Hände, ließ mich trösten von der Wärme des Geschirrs. »Das ist unglaublich . . . «

Falsch. Victorina hatte irgendwas Organisches gehabt, und so ein Quacksalber aus Alexandria, der darauf spezialisiert war, in der weiblichen Anatomie rumzustochern, redete ihr ein, die Sache wäre operierbar. Entweder war seine Diagnose falsch, oder er hat die Operation versaut – wahrscheinlich letzteres. So was passiert ja dauernd. Ich hatte also keinen Grund, mich über ihren Tod zu wundern.

Victorina war die Älteste von uns Kindern gewesen und hatte die übrigen sechs, die das Säuglingsalter irgendwie überstanden, furchtbar tyrannisiert. Ich war immer auf Abstand zu ihr geblieben, weil es mir zuwider war, dauernd geknufft und rumkommandiert zu werden. Sie war ungefähr dreizehn, als ich geboren wurde, und hatte schon damals einen schrecklichen Ruf: Machte immer den Jungs schöne Augen, wedelte mit einem kecken grünen Parasol und stopfte nie die aufgerissenen Seitennähte ihrer Tunika, sondern zeigte freizügig, was darunter war. Wenn sie in den Circus ging, waren die Männer, die ihren Sonnenschirm trugen, ausnahmslos widerliche Typen. Am Ende entschied sie sich für einen Stukkateur namens Mico und heiratete ihn. Von da an redete ich nicht mehr mit ihr.

Von ihren Kindern waren noch fünf am Leben. Der Jüngste war keine zwei Jahre alt. Aber bei den Überlebenschancen von Kindern war es gut möglich, daß er noch vor seinem dritten Geburtstag seiner Mutter Gesellschaft leisten würde.

Helena bekam dieses Gespräch zwischen mir und meiner Mutter nicht mit. Sie war an meiner Schulter eingeschlafen. Ich drehte mich zur Seite und schob sie behutsam in eine bequemere Lage; eine, in der ich ihr Gesicht sehen konnte. Ich brauchte diesen Anblick, um mich daran zu erinnern, daß die Parzen, wenn sie wollten, auch stabile, gute Fäden spinnen konnten. Helena war vollkommen entspannt. Niemand hat je so tief und fest geschlafen wie Helena in meinen Armen. Wenigstens einem Menschen war ich zu was nütze.

Mama deckte uns beide mit einer Decke zu. »Sie ist also immer noch bei dir?« Trotz ihrer Verachtung für meine früheren Freundinnen fand Mama, Helena Justina sei viel zu gut für mich. Die meisten Leute fanden das. Helenas Verwandte standen ganz vorn in der Schlange derer, die so dachten. Vielleicht hatten sie ja recht. Selbst in einer Stadt wie Rom mit ihrem Snobismus und ihren falschen Werten hätte Helena bestimmt was Besseres kriegen können.

»Sieht so aus.« Zärtlich fuhr ich mit dem Daumen über die zarte Mulde an Helenas rechter Schläfe. So gelöst, wie sie jetzt an mir lehnte, sah sie aus wie die Lieblichkeit und Sanftheit in Person. Ich war zwar nicht so töricht, das für ihre wahre Natur zu halten, aber es war doch ein Teil von ihr – auch wenn dieser Teil nur dann sichtbar wurde, wenn sie in meinen Armen schlief.

»Ich hab so was läuten hören, daß sie weggelaufen wär.«

»Sie ist da. Also hast du offenbar was Falsches läuten hören.«

Aber Mama war entschlossen, die ganze Geschichte zu erfahren. »Hat sie versucht, dir auszubüxen, oder hast du sie sitzenlassen, und sie mußte dir hinterherrennen?« Sie hatte einen guten Riecher dafür, wie unser Zusammenleben sich abspielte. Ich überhörte die Frage, deshalb schoß sie gleich die nächste ab: »Und? Wißt ihr inzwischen, wie's weitergehen soll?«

Darauf wußten wir wohl beide keine Antwort. Unsere Liebe hatte ihre Höhen und Tiefen, und die Tatsache, daß Helena Justina die Tochter eines millionenschweren Senators war, ich dagegen nur ein armer Privatermittler, verbesserte unsere Chancen nicht gerade. Ich war mir nie sicher, ob wir mit jedem Tag, den ich sie halten konnte, der unausweichlichen Trennung einen Schritt näher kamen – oder ob die Zeit, die ich uns zusammenhalten konnte, irgendwann eine Trennung unmöglich machen würde.

»Ich hab gehört, Titus Caesar hätte ein Auge auf sie geworfen«, fuhr Mama erbarmungslos fort. Auch darauf antwortete ich lieber nicht. Titus könnte schon eine echte Herausforderung werden. Helena behauptete, sie hätte ihm einen Korb gegeben. Aber wie konnte ich dessen sicher sein? Womöglich freute sie sich insgeheim, daß wir wieder in Rom waren und sie den Sohn des Kaisers aufs neue becircen konnte. Sie wäre ja auch dumm, wenn sie's nicht täte. Ich hätte mit ihr in der Provinz bleiben sollen, aber um mein Honorar für den Auftrag in Germanien zu bekommen, mußte ich nach Rom zurück und dem Kaiser Bericht erstatten. Helena war mitgekommen. Das Leben muß weitergehen, und Titus war ein Risiko, dem ich mich stellen mußte. Sollte er zum Problem werden, würde ich kämpfen. »Alle sagen, daß du sie irgendwann enttäuschen wirst«, versicherte meine Mutter vergnügt.

»Bislang hab ich's verhindern können!«

»Deswegen brauchst du nicht gleich bissig zu werden«, kommentierte Mama.

Es war spät geworden. Mamas Wohnblock erlebte einen der seltenen Momente, in dem alle Bewohner plötzlich verstummen. In der Stille spielte sie am Docht der tönernen Öllampe herum und warf tadelnde Blicke auf die plumpe Bettszene, die auf der Keramik dargestellt war – die Lampe war einer der Scherzartikel, die mein Bruder zum Haushalt beigesteuert hatte. Als Geschenk von Festus konnte man sie natürlich jetzt nicht mehr wegwerfen. Außerdem spendete sie, trotz des Pornobildes, ein klares, helles Licht.

Der Tod einer meiner Schwestern, selbst derjenigen, die mir am wenigsten am Herzen lag, brachte die Erinnerung an meinen gefallenen Bruder zurück.

»Was wollte eigentlich dieser Legionär, Mama? Festus hatte ja einen Haufen Bekannte, aber kaum noch einer steht heutzutage plötzlich vor der Tür.«

»Ich kann den Freunden deines Bruders gegenüber nicht grob werden.« Brauchte sie ja auch nicht, solange ich das für sie erledigte. »Vielleicht hättest du ihn nicht so einfach rausschmeißen sollen, Marcus.«

Sie hatte ganz eindeutig von Anfang an gewollt, daß ich Censorinus vor die Tür setze; trotzdem wurde es mir im nachhinein angekreidet. Wenn man meine Mutter dreißig Jahre lang kannte, dann war ein solcher Widerspruch zu erwarten.

»Warum hast du ihm nicht selbst den Stuhl vor die Tür gesetzt?«

»Ich hab ja nur Angst, daß er böse auf dich ist«, murmelte Mama.

»Damit komme ich schon zurecht.« Ihr Schweigen schien mir unheilschwanger. »Könnte er vielleicht einen besonderen Grund haben?« Meine Mutter blieb stumm. »Also ja!«

»Ach, es ist eigentlich nichts.« Mithin war es ernst.

»Du solltest mir lieber reinen Wein einschenken.«

»Ach ... anscheinend gibt's Ärger wegen irgendwas, was Festus getan haben soll.«

Mein Leben lang hatte ich ähnlich kryptische Worte gehört. »Jetzt geht das wieder los! Raus mit der Sprache, Mama. Ich kenne doch Festus! Und seine Katastrophen, die rieche ich quer übers Hippodrom weg.«

»Du bist müde, mein Sohn. Wir reden morgen darüber.«

Ich war so schachmatt, daß in meinem Kopf noch immer das Pferdegetrappel der Reise dröhnte, aber solange ein verhängnisverheißendes familiäres Geheimnis in der Luft hing, würde ich sowieso nicht schlafen können. Nein, erst mußte ich herausfinden, welches Problem mich zu Hause erwartete – und dann würde wahrscheinlich an Schlaf nicht mehr zu denken sein.

»Verflixt und zugenäht – natürlich bin ich müde! Und ich finde nichts so ermüdend wie Leute, die sich vor unbequemen Themen drücken. Mutter, was ist los?«

# IV

Festus lag seit drei Jahren im Grab. Die Tinte der meisten Dokumente war zwar inzwischen getrocknet, aber Schuldscheine und hoffnungsvolle Briefe von verlassenen Frauenzimmern trudelten immer noch von Zeit zu Zeit in Rom ein. Und jetzt meldete sich also das Militär; diese Truppe abzuschütteln dürfte nicht einfach werden.

»Ich glaube nicht, daß er was angestellt hat«, redete Mama sich gut zu.

»Und ob!« widersprach ich ihr. »Was immer da passiert ist, ich garantiere dir, daß unser Festus mittendrin war, kreuzfidel wie immer. Die Frage ist nur, was *ich* tun muß – oder wieviel ich bezahlen muß –, um uns aus dem rauszuhalten, was er diesmal angestellt hat.« Mama schaffte es, so zu schauen, als hätte ich ihren geliebten Sohn beleidigt. »Und jetzt sag mir die Wahrheit: Warum wolltest du, daß ich Censorinus rauswerfe?«

»Er fing an, lästige Fragen zu stellen.«

»Nämlich?«

»Er behauptet, daß ein paar Soldaten aus der Legion deines Bruders Geld in ein Geschäft gesteckt hätten, das Festus vorhatte. Censorinus ist nach Rom gekommen, um den Einsatz dieser Soldaten einzufordern.«

»Aber es ist kein Geld da.« Als Testamentsvollstrecker meines Bruders konnte ich das beschwören. Nach Festus' Tod bekam ich vom Nachlaßverwalter seiner Legion einen Brief, der meine sämtlichen Vermutungen bestätigte: Nachdem seine Schulden vor Ort und das Begräbnis bezahlt waren, blieb nichts, was die Armee mir schicken konnte, außer der tröstlichen Gewißheit, daß ich ihn beerbt hätte, falls unser Held je imstande gewesen wäre, seine paar Kröten länger als zwei Tage in der Geldbörse zu behalten. Festus hatte seinen vierteljährlich ausbezahlten Sold immer schon im voraus verpulvert. In Judäa hatte er absolut nichts hinterlassen. Und auch in Rom konnte ich nichts finden, trotz der äußerst komplexen und verwickelten Geschäfte, die er hier laufen hatte. Festus' Lebensstil basierte auf seinem wirklich fulminanten Talent zum Bluffen. Ich bildete mir ein, ihn so gut zu kennen wie kein anderer, aber selbst mich hatte er täuschen können, als er es darauf anlegte.

Ich seufzte. »Jetzt erzähl mir mal die ganze Geschichte. Was war das für ein Geschäft?«

»Irgendein komplizierter Plan, der viel, viel Geld einbringen sollte.« Das sah meinem Bruder ähnlich! Ständig glaubte er, irgendwo auf eine Goldader gestoßen zu sein. Und genauso ähnlich sah es ihm, jeden armen Teufel, der einmal sein Zelt geteilt hatte, in seine Glücksritterpläne mit einzubeziehen. Festus konnte selbst einem entschlossenen Geizhals, den er erst am Morgen kennengelernt hatte, bis zum Abend sein Geld abschwatzen. Seine vertrauensseligen Kameraden hatten gegen ihn keine Chance.

»Und was war das für ein Plan?«

»Weiß ich nicht genau.« Mama schaute verwirrt. Ich ging ihr nicht auf den Leim. Meine Mutter hatte Fakten stets so fest im Griff wie ein Oktopus seine künftige Mahlzeit. Sie wußte zweifellos ganz genau, was Festus vorgeworfen wurde; sie zog es nur vor, mich die Details selbst rausfinden zu lassen. Das bedeutete, die Geschichte würde mich wütend machen. Und Mama wollte nicht dabei sein, wenn ich explodierte.

Wir hatten sehr leise gesprochen, aber in meiner Erregung hatte ich mich wohl irgendwie verkrampft; jedenfalls bewegte sich Helena und fuhr aus dem Schlaf hoch. »Marcus, was ist passiert?« fragte sie, instinktiv in Alarmbereitschaft.

Verlegen suchte ich nach einer Ausrede. »Familienprobleme. Mach dir keine Sorgen; schlaf weiter.« Jetzt war sie hellwach.

»Geht's um den Soldaten?« folgerte Helena messerscharf. »Ich hab mich schon gewundert, daß du ihn so einfach vor die Tür gesetzt hast. Ist er vielleicht ein Schwindler?«

Ich antwortete nicht. Die leichtsinnigen Abenteuer meines Bruders wollte ich lieber für mich behalten. Aber Mama, die sich eben noch so davor gedrückt hatte, mir die Geschichte zu erzählen, war sofort bereit, sie Helena anzuvertrauen. »Nein, nein, der Soldat ist schon echt. Aber wir haben ein bißchen Ärger mit der Armee. Ich hab ihn hier wohnen lassen, weil es zuerst so aussah, als wäre er einfach ein Freund meines ältesten Sohnes. Aber kaum, daß er die Stiefel unter meinen Tisch gestreckt hatte, fing er an, Ärger zu machen.«

»Weswegen, Junilla Tacita?« fragte Helena indigniert und saß vor Empörung kerzengerade. Sie redete meine Mutter oft so förmlich an. Seltsamerweise schuf diese strenge Etikette eine größere Vertrautheit zwischen ihnen, als Mama sie meinen früheren Freundinnen, die fast alle unbeleckt von gesitteter Rhetorik waren, je gestattet hätte.

»Angeblich gibt's da Geldprobleme wegen irgendwas, worin der arme Festus verwickelt war«, erklärte meine Mutter Helena gerade. »Aber Marcus wird das schon für uns regeln.«

Mir blieb die Luft weg. »Ich kann mich nicht entsinnen, daß ich das gesagt hätte.«

»Nein. Du bist bestimmt sehr beschäftigt.« Geschickt

änderte meine Mutter ihre Taktik. »Meinst du, daß viel Arbeit auf dich wartet?«

Ich rechnete nicht gerade mit einem Ansturm von Klienten. Nach sechsmonatiger Abwesenheit hatte ich sicher jeden Bonus verspielt. Die Leute haben's immer so furchtbar eilig mit ihren dümmlichen Vorhaben, daß meine Konkurrenten mir in der Zwischenzeit gewiß alle lukrativen Aufträge weggeschnappt hatten – als da wären: Geschäftsüberwachung, das Beschaffen von Belastungsmaterial und triftigen Scheidungsgründen. Klienten sind ein heikles Völkchen, das es nicht fertigbringt, sich in Geduld zu üben, wenn der beste Detektiv von Rom zufällig gerade für unbestimmte Zeit in Germanien im Einsatz ist. Was konnte ich dafür, wenn der Kaiser oben auf dem Palatin erwartete, daß man seinen Angelegenheiten den Vorrang einräumte? »Ich glaube nicht, daß ich mich gleich überarbeiten werde«, räumte ich ein, weil meine Frauensleute mir sofort auf die Schliche kämen, wenn ich versuchen würde, sie zu beschummeln.

»Aber natürlich nicht!« rief Helena. Mir rutschte das Herz in die Hose. Helena hatte ja keine Ahnung, daß sie den Karren geradewegs in eine Sackgasse steuerte. Sie hatte Festus nicht gekannt; nicht einmal im Traum konnte sie sich vorstellen, wie seine Geschäfte meistens ausgegangen waren.

»Wer sonst könnte uns helfen?« fragte Mama eindringlich. »Ach, Marcus, ich hatte gehofft, daß du den Namen deines armen leiblichen Bruders reinwaschen willst ...«

Wie ich es vorausgesehen hatte, verwandelte sich der Auftrag, den ich nicht hatte annehmen wollen, in einen, den ich nicht ablehnen konnte.

Ich muß wohl irgend etwas gebrummt haben, das wie Zustimmung klang, denn ehe ich's mich versah, erklärte Mama, sie erwarte nicht, daß ich meine kostbare Zeit umsonst opfern würde. Gleichzeitig gab Helena mir mit Zeichen zu verstehen, ich könne meiner eigenen Mutter unter keinen Umständen eine Spesenrechnung schicken. Ich fühlte mich wie eine neue Stoffbahn, die eben zum Glätten durchgewalkt wird.

Meine Sorge war nicht das Honorar. Leider wußte ich schon im voraus, daß ich diesen Fall nicht gewinnen konnte.

»Also gut«, knurrte ich. »Wenn ihr mich fragt, dann hat der verschwundene Logiergast bloß mit einer flüchtigen Bekanntschaft angegeben, um an eine freie Unterkunft zu kommen. Und seine Anspielung auf irgendwelche krummen Geschäfte war bloß ein Druckmittel, Mama.« Meine Mutter war keine Frau, die sich unter Druck setzen ließ. Ich gähnte ostentativ. »Im übrigen werde ich mir kein Bein ausreißen wegen einer Sache, die schon so lange zurückliegt, aber wenn's euch beide glücklich macht, dann rede ich morgen früh noch mal mit Censorinus.« Ich wußte, wo er zu finden war; ich hatte ihm gesagt, daß im Flora, der Caupona unseres Viertels, manchmal Zimmer vermietet wurden. Und in einer Nacht wie dieser war er bestimmt nicht weiter als bis dahin gewandert.

Meine Mutter strich mir übers Haar, und Helena lächelte. Keine ihrer schamlosen Schmeicheleien riß mich aus meiner pessimistischen Stimmung. Ich wußte, schon bevor ich auch nur angefangen hatte, daß Festus, der mir mein Leben lang Ärger eingebrockt hatte, jetzt noch aus dem Grab die allerschlimmsten Probleme machen würde.

»Mama, ich muß dich mal was fragen ...« Ihre Miene blieb unverändert, obwohl sie bestimmt wußte, was kam. »Glaubst du, daß Festus getan hat, was seine Freunde ihm vorwerfen?«

»Wie kannst du es wagen, mir so eine Frage zu stellen?« rief sie beleidigt. Bei jeder anderen Zeugin in jeder anderen Vernehmung hätte dieser Ton mich davon überzeugt, daß hier eine Frau die Gekränkte spielte, weil sie ihren Sohn decken wollte.

»Dann ist's ja gut«, nickte ich treu.

# V

Mein Bruder Festus konnte jede x-beliebige Taverne in jeder Provinz des Reiches betreten, und sofort erhob sich irgendein Individuum mit dreckiger Tunika von einer Bank und begrüßte ihn mit offenen Armen als alten und geachteten Freund. Fragen Sie mich nicht, wie er das gemacht hat. Ich hätte den Trick selbst gut brauchen können, aber man muß das Talent haben, eine solche Herzlichkeit auszustrahlen. Der Umstand, daß Festus besagtem Individuum seit der letzten Begegnung noch einen Hunderter in der jeweiligen Landeswährung schuldig war, dämpfte die Wiedersehensfreude nicht im geringsten. Und wenn unser Glückspilz dann ins Hinterzimmer vordrang, wo die billigen Huren den Männern Gesellschaft leisteten, dann gab es auch dort Jubelgekreisch, und lauter Mädels, die eigentlich hätten klüger sein müssen, stürzten ihm hingerissen entgegen.

Als ich das Flora betrat, wo ich seit fast zehn Jahren Stammgast war, nahm nicht einmal die Katze Notiz von mir.

Neben der Caupona Flora wirkte jede durchschnittliche Imbißstube wie ein schicker, hygienisch einwandfreier Laden. Die Kneipe lag an einer Ecke, wo eine schmuddelige Gasse, die vom Aventin herunterführte, auf einen Feldweg traf, der zu den Kais ging. Eingerichtet war das Lokal, wie üblich, mit zwei Theken im rechten Winkel zueinander, an die sich die Anwohner der beiden kümmerlichen Straßen beschaulich lehnen und darauf warten konnten, daß man sie vergiftete. Die Tresen waren aus weißem und grauem Stein, den man für Marmor halten mochte, wenn man gerade intensiv mit den nächsten Wahlen beschäftigt und obendrein fast blind war. Jede Theke hatte drei kreisrunde Löcher für die Kochkessel. Im Flora waren diese Löcher meist leer, vielleicht aus Rücksicht auf die Volksgesundheit. Was die vollen Kessel enthielten, war noch widerlicher als die übliche braune Pampe mit merkwürdigen Brocken darin, die den Passanten in irgendeinem vergammelten Stehimbiß vorgesetzt wird. Die kalten Speisen im Flora waren eklig lauwarm, die warmen Gerichte dagegen gefährlich kalt. Es ging das Gerücht, daß einmal ein Fischer noch an der Theke gestorben sei, nachdem er eine Portion Erbsenbrei gegessen hatte. Mein Bruder behauptete, um einen langen Prozeß mit dessen Erben zu vermeiden, hätte der Wirt den Mann flugs tranchiert und als würzige Heilbuttklößchen serviert. Festus hatte immer solche Geschichten auf Lager. Aber dem Zustand der Küche hinter der Caupona nach zu urteilen, könnte diese durchaus wahr sein.

Die beiden Tresen begrenzten einen engen Raum, in dem wirklich abgehärtete Stammgäste sich hinhocken und vom Kellner Nasenstüber einfangen konnten, während der ellbogenschwingend seiner Arbeit nachging. In dem Karree standen zwei uralte Tische; einer hatte Bänke ringsum, der andere einen Satz Klappstühle. Vor der Kneipe versperrte ein halbes Faß die Straße; auf ihm saß ständig ein schwachbrüstiger Bettler. Selbst heute war er da, obwohl die Nachhut des Gewittersturms noch immer für Schauer sorgte. Niemand gab ihm je Almosen, weil der Kellner ihm alles klaute.

Jeden Blickkontakt vermeidend, ging ich an dem Bettler vorbei. Irgendwas an ihm kam mir immer vage bekannt vor und deprimierte mich jedesmal. Vielleicht schwante mir ja, daß in meinem Beruf ein falscher Schritt genügte, und ich würde neben ihm auf seinem Faß enden.

Drinnen setzte ich mich auf einen Schemel und stützte mich, weil der so schrecklich wackelte, auf den Tisch. Die Bedienung würde auf sich warten lassen. Ich schüttelte mir den Regen von heute aus den Haaren und musterte die vertraute Szenerie: das Gestell mit den Amphoren, von Spinnweben verschleiert; das Regal mit den braunen Bechern und Krügen; ein überraschend hübsches, griechisch wirkendes Gefäß, das mit einem Oktopus verziert war, und die an die Wand gepinselte Weinliste – ein sinnloses Unterfangen, denn trotz der beeindruckenden Karte, die vorgab, sämtliche Lagen vom einfachen Hauswein bis hin zum Falerner anzubieten, gab es im Flora ständig nur ein und denselben zweifelhaften Jahrgang, und das, woraus der gekeltert wurde, war höchstens um zwei Ecken mit Trauben verwandt.

Kein Mensch wußte genau, ob es je eine *Flora* gegeben hatte. Vielleicht war sie vermißt oder tot, aber diesen Fall hätte ich nicht freiwillig übernommen. Gerüchten zufolge soll sie eine imposante Erscheinung gewesen sein. Meiner Meinung nach war sie entweder ein Mythos oder eine Maus. Jedenfalls hatte sie sich nie blicken lassen. Vielleicht wußte sie ja, was für Speisen in ihrer schlampigen Caupona serviert wurden. Oder wie viele

Gäste sich gern wegen der überhöhten Rechnung beschwert hätten.

Der Kellner hieß Epimandos. Sollte er seine Chefin je persönlich kennengelernt haben, so behielt er das jedenfalls für sich.

Epimandos war vermutlich ein entlaufener Sklave. Wenn das stimmte, dann versteckte er sich hier seit Jahren mit Erfolg. Trotzdem sah er sich dauernd verstohlen um, wie einer auf der Flucht. Sein langgezogenes Gesicht saß auf den Schultern wie eine Maske. Er war stärker, als er aussah, weil er dauernd schwere Töpfe schleppen mußte. Seine Tunika war mit Spuren von Eintopf bekleckert, und unter seinen Fingernägeln lauerte eine untilgbare Knoblauchfahne.

Die Katze, die mich ignoriert hatte, war ein Kater und hieß Zwirn. Im Gegensatz zu dem Kellner war er eigentlich recht stämmig, hatte einen buschigen gestreiften Schwanz und einen heimtückischen Blick. Da er aussah wie ein Tier, das freundschaftliche Kontakte sucht, wollte ich ihm einen Fußtritt verpassen. Zwirn duckte sich verächtlich; mein Fuß traf Epimandos, der aber nicht dagegen protestierte, sondern bloß fragte: »Das Übliche?« Er sagte das so, als wäre ich erst seit letzten Mittwoch weggewesen und nicht so lange, daß ich selbst nicht mehr wußte, was »das Übliche« war.

Eine Schüssel mit merkwürdigem Eintopf und ein sehr kleiner Krug Wein offenbar. Kein Wunder, daß mein Hirn das verdrängt hatte.

»Schmeckt's?« fragte Epimandos. Es hieß, er sei zu nichts zu gebrauchen, aber mir gegenüber war er stets sehr eifrig gewesen. Vielleicht hatte das was mit Festus zu tun. Der hatte nämlich ständig im Flora rumgehangen, und der Kellner erinnerte sich seiner immer noch mit sichtlicher Freude.

»Sieht aus wie immer!« Ich brach ein Stück Brot ab

und tunkte es in die Schüssel. Eine Woge von Schaum schwappte mir entgegen. Die Fleischschicht darunter war viel zu hellrot; obenauf schwamm ein halber Zoll einer durchsichtigen Flüssigkeit, gekrönt von ein paar trägen Tropfen Öl, zwischen denen zwei Zwiebelringe und einige winzige dunkelgrüne Salatfetzen herumruderten wie Käfer in einer Wassertonne. Ich nahm einen Bissen und verklebte mir prompt den Gaumen mit Fett. Um den Schock zu überspielen, fragte ich: »Wohnt hier seit gestern ein militärischer Kläffer namens Censorinus?« Epimandos antwortete mir nur mit seinem gewohnt vagen Blick. »Sag ihm, ich würde gern mit ihm reden, ja?«

Epimandos wanderte zurück zu seinen Töpfen und fing an, mit einer verbogenen Schöpfkelle darin herumzurühren. Die trübe Suppe schwappte hoch wie ein Sumpf, der den Kellner kopfüber verschlucken wollte. Ein übermäßig strenger Geruch von Krabbenfleisch durchzog die Caupona. Epimandos machte keine Anstalten, meine Botschaft weiterzuleiten, aber ich unterdrückte den Wunsch, deswegen zu meckern. Das Flora war eine Kneipe, wo alles seine Zeit brauchte. Die Gäste hatten es nicht eilig; ein paar hätten zwar im Prinzip etwas zu tun gehabt, wußten sich aber zielstrebig zu drücken. Die meisten hatten kein Ziel und konnten sich kaum mehr erinnern, warum sie ausgerechnet diese Kneipe betreten hatten.

Um den Geschmack des Essens loszuwerden, nahm ich einen Schluck Wein. Wonach immer der schmeckte – Wein war es jedenfalls nicht. Aber immerhin brachte mich das Gesöff auf andere Gedanken.

Eine geschlagene halbe Stunde grübelte ich darüber nach, wie kurz das Leben und wie scheußlich der Wein war. Epimandos machte keinen einzigen erkennbaren Versuch, Censorinus zu benachrichtigen, und bald hatte er mit den Mittagsgästen genug zu tun, die von der

Straße hereinspaziert kamen und sich an die Tresen lehnten. Als ich eben meinen zweiten Krug Wein riskierte, stand der Soldat plötzlich neben mir. Er mußte aus dem Hinterzimmer gekommen sein, wo hinter der Kochbank eine Stiege zu den winzigen Kammern hinaufführte, die das Flora gelegentlich an Leute vermietete, denen kein besserer Schlafplatz einfiel.

»Du willst also Ärger, wie?« feixte er hämisch.

»Eigentlich will ich mit dir reden«, antwortete ich, so gut es ging, mit vollem Mund. Der Leckerbissen, an dem ich gerade knabberte, war zu sehnig, als daß man ihn rasch hätte kauen können; ich hatte vielmehr den Eindruck, für den Rest meines Lebens an diesem Knorpel rumnagen zu müssen. Endlich hatte ich ihn aber doch in einen geschmacklosen Klumpen verwandelt, den ich mit mehr Erleichterung als Anstand aus dem Mund nahm und auf den Schüsselrand legte; natürlich fiel er prompt hinein.

»Setz dich, Censorinus. Du stehst mir im Licht.« Der Legionär war so gnädig, sich auf meine Tischkante zu pflanzen. Ich behielt meinen zivilisierten Ton bei. »Da geistern so häßliche Gerüchte herum, daß du schlecht über meinen berühmten Bruder redest. Willst du über dein Problem reden oder soll ich dir gleich die Zähne einschlagen?«

»Ich hab kein Problem«, spottete er. »Ich bin hier, um Schulden einzutreiben. Und glaub mir, ich kriege mein Geld!«

»Das klingt ja wie eine Drohung.« Ich ließ den Eintopf stehen, hielt mich aber weiter an den Wein, ohne dem Legionär was davon anzubieten.

»Die Fünfzehnte hat's nicht nötig zu drohen«, prahlte er.

»Nicht, wenn deine Forderungen legal sind«, stimmte ich zu, jetzt meinerseits in aggressiver Tonlage. »Wenn die Legion Ärger hat und wenn die Sache auch meinen Bruder betrifft, dann bin ich bereit, dir zuzuhören.«

»Zuhören allein reicht nicht!«

»Erst sagst du mir klipp und klar, was los ist – sonst können wir beide die Angelegenheit vergessen.«

Epimandos und Zwirn spitzten beide die Ohren. Der Kellner stand über seinen Töpfen und bohrte in der Nase, während er uns ganz unverhohlen anstarrte; der Kater dagegen hatte den Anstand, so zu tun, als lecke er an einem Brötchen, das unter den Tisch gefallen war. Das Flora war nicht der Ort, wo man seine Flucht mit einer reichen Erbin plante oder ein Fläschchen Gift kaufte, um damit seinen Geschäftspartner aus dem Weg zu räumen. Nein, diese Caupona hatte das neugierigste Personal von ganz Rom.

»Ein paar von uns, die Festus gut kannten«, erklärte Censorinus hochtrabend, »haben zusammengelegt und mit ihm ein gewisses Projekt finanziert.«

Es gelang mir, nicht seufzend die Augen zu schließen; das kam mir so entsetzlich bekannt vor. »Ach, ja?«

»Wenn ich's dir doch sage! Wir wollen den Gewinn – oder unseren Einsatz zurück. Und zwar sofort!«

Ich ignorierte die Drohung. »Also bis jetzt bin ich weder interessiert noch beeindruckt. Erstens weiß jeder, der Festus kannte, daß er nicht unter jedem Bett, in dem er schlief, reich gefüllte Sparkrüge hat stehenlassen. Wenn ein Krug da war, dann hat er den als Nachttopf benutzt und damit basta! Ich war sein Testamentsvollstrecker – seine Hinterlassenschaft war gleich Null. Und zweitens, selbst wenn dieses famose Geschäft, von dem du redest, legal war, möchte ich doch erst mal einen Schuldschein sehen. Festus war in den meisten Dingen etwas wolkig, aber ich habe all seine Geschäftsunterlagen, und die sind tadellos in Ordnung.« Das galt zumindest für den Stapel vollgekritzelter beinerner Notizblocks, die ich bei meiner Mutter gefunden hatte. Aber ich war seit drei Jahren darauf gefaßt, in irgendeinem Versteck andere, fragwürdigere Bilanzen zu finden.

Censorinus maß mich mit kaltem Blick. Er wirkte sehr verkrampft. »Dein Ton gefällt mir nicht, Falco.«

»Und mir mißfällt dein Benehmen.«

»Stell dich lieber drauf ein, daß du zahlen mußt.«

»Dann komm lieber schleunigst mit'n paar Erklärungen rüber.«

Irgendwas stimmte nicht. Der Soldat schien merkwürdig abgeneigt, die Fakten auf den Tisch zu legen – obwohl das doch seine einzige Chance war, mir Bares abzuluchsen. Ich sah seine Blicke blitzschnell und aufgeregter als nötig hin und her huschen.

»Es ist mir ernst, Falco – wir erwarten, daß du für deinen Bruder blechst!«

»Olympus!« Meine Geduld war am Ende. »Du hast mir weder Zeit noch Ort genannt, weder das Projekt noch die Bedingungen oder das Resultat, geschweige denn den Betrag, um den es geht. Alles, was ich zu hören kriege, sind Lamento und Gezeter!«

Epimandos kam näher und tat so, als müsse er Tische abwischen und mit dem Zipfel eines verschimmelten Lumpens abgekaute Olivenkerne durch die Kneipe schnipsen.

»Verzieh dich, du Knoblauchzehe!« brüllte Censorinus ihn an. Er schien den Kellner jetzt zum ersten Mal zu bemerken. Epimandos bekam einen seiner nervösen Anfälle und machte hastig einen Satz zurück an den Tresen. Hinter ihm reckten die anderen Gäste die Hälse und spähten neugierig zu uns rüber.

Ohne Epimandos aus den Augen zu lassen, hockte Censorinus sich auf einen Schemel neben mir. Als er jetzt sprach, war seine Stimme nur noch ein gedämpftes, heiseres Krächzen. »Festus hatte ein Schiff gechartert.«

»Wo?« Ich versuchte, nicht erschrocken zu klingen. Das war eine neue Nummer im Katalog der Unternehmungen meines Bruders, und ich wollte alles darüber herausbekommen, ehe noch mehr Gläubiger auftauchten.

»Caesarea.«

»Und er hat ein paar von euch beteiligt?«

»Wir waren ein Syndikat. Das große Wort beeindruckte ihn mehr als mich.

»Und was habt ihr transportiert?«

»Statuen.«

»Das paßt zu ihm!« Unsere Familie väterlicherseits war im Kunsthandel. »Kam die Ladung aus Judäa?«

»Nein, aus Griechenland.« Auch das paßte. Rom war ganz wild auf hellenische Plastiken.

»Und? Was ist passiert? Und warum kommst du erst drei Jahre nach seinem Tod, um dein Geld einzutreiben?«

»Im Osten war ein verdammter Krieg im Gange, Falco – hast du das etwa nicht gewußt?«

»Doch, doch«, erwiderte ich finster und dachte dabei an Festus.

Censorinus riß sich zusammen. »Dein Bruder schien zu wissen, was er tat. Wir haben alle zusammengelegt, um die Ware einzukaufen, und er hat uns hohe Gewinne versprochen.«

»Dann ist das Schiff entweder gesunken – was mir für ihn und euch leid täte, aber woran ich auch nichts ändern könnte –, oder aber ihr hättet euer Geld längst kriegen müssen. Festus war ein Draufgänger, aber ich habe nie erlebt, daß er jemanden übers Ohr gehauen hätte.«

Der Soldat starrte auf den Tisch. »Festus hat gesagt, das Schiff wäre gesunken.«

»So ein Pech! Aber warum im Namen der Götter kommst du dann her und belästigst mich?«

Er glaubte nicht, daß das Schiff wirklich gesunken war, das war ganz offensichtlich. Aber seine Loyalität Festus gegenüber war immer noch so groß, daß er es nicht offen aussprach. »Festus sagte damals, wir sollten uns keine Sorgen machen. Er würde dafür sorgen, daß wir keinen Schaden davon hätten. Er wollte uns das Geld zurückgeben.«

»Aber das konnte er doch gar nicht. Wenn die Ladung verloren war ...«

»Das hat er aber gesagt!«

»Ist ja gut! Wenn er's gesagt hat, dann hat er's auch so gemeint. Daß er euch Entschädigung angeboten hat, wundert mich nicht. Schließlich wart ihr seine Kameraden. Er hätte euch bestimmt nie im Stich gelassen.«

»Nein, das wär ihm auch schlecht bekommen!« Censorinus konnte einfach nicht den Mund halten, selbst dann nicht, wenn ich seiner Meinung war.

»Aber egal, mit welchem Plan er den Verlust wieder wettmachen wollte. Ich weiß nichts von neuen Geschäften und kann jetzt, drei Jahre nach seinem Tod, auch gar nichts mehr tun. Erstaunlich, daß du dir überhaupt Hoffnungen gemacht hast.«

»Er hatte einen Partner«, grollte Censorinus.

»Aber nicht mich.«

»Weiß ich.«

»Hat Festus dir das erzählt?«

»Deine Mutter.«

Ich wußte von den Geschäftsverbindungen meines Bruders, hatt aber nie etwas damit zu tun haben wollen, und Mama genausowenig. Der »Partner« war nämlich mein Vater, der die Familie vor Jahren sitzengelassen hatte. Festus war mit ihm in Verbindung geblieben, obwohl Mama es kaum über sich brachte, seinen Namen auszusprechen. Aber wieso hatte sie dann ausgerechnet mit einem Wildfremden wie Censorinus über Vater geredet? Dafür gab es nur eine Erklärung: Sie machte sich große Sorgen. Und wenn sie Sorgen hatte, dann hatte ich auch welche.

»Du hast dein Problem gerade selbst gelöst, Censorinus. Du mußt mit dem Partner verhandeln. Hast du ihn schon getroffen? Was sagt er denn zu der ganzen Geschichte?«

»Nicht viel!« Das überraschte mich nicht. Papa machte eben nichts als Ärger.

»Tja, dann. Ich kann dir jedenfalls nicht helfen. Du mußt dich mit den Tatsachen abfinden. Festus ist nicht mehr. Sein Tod hat uns seiner wunderbaren Gesellschaft beraubt und dich leider auch noch deines Geldes.«

»So einfach kommst du nicht davon, Falco!« Aus der Stimme des Soldaten sprach jetzt blanke Verzweiflung. Er sprang auf.

»Immer mit der Ruhe!«

»Wir *müssen* das Geld wiederkriegen.«

»Tut mir leid, aber so was ist Schicksal. Selbst wenn Festus eine Ladung losgeschickt hätte, mit der sich was verdienen ließe: *Ich* bin sein Erbe und wäre auch der erste in der Schlange . . . «

Censorinus packte mich an der Tunika und riß mich mit Gewalt von meinem Platz hoch. Ich hatte gespürt, daß es Ärger geben würde. Flugs kippte ich ihm meine Schüssel ins Gesicht, bog ihm den Arm zurück und befreite mich so aus seinem Griff. Im Aufspringen schob ich den Tisch in seine Richtung, um mir Platz zu schaffen. Der Kellner meckerte Protest, war aber so verdutzt, daß der Ellbogen, auf den er sich gestützt hatte, von der Theke rutschte und sein Arm bis zur Achsel in einem Kessel mit Sauce landete. Die Katze miaute kläglich und ergriff die Flucht. Censorinus ging wild um sich schlagend auf mich los. Ich parierte eher verärgert, denn die ganze Sache schien mir so sinnlos. Dann griff er mich ernsthaft an, und da mußte ich mich natürlich wehren. Epimandos sprang auf den Tresen und brachte sich in Sicherheit. Die anderen Gäste bildeten einen Kreis um uns und feuerten uns aus rauhen Kehlen an. Wir lieferten uns einen kurzen, unbeholfenen Boxkampf, aus dem ich als Sieger hervorging. Ich schmiß den Soldaten raus; er rappelte sich auf und zog schimpfend ab.

In der Caupona kehrte wieder Frieden ein. Epimandos rieb sich den Arm mit seinem Lumpen. »Worum ging's denn eigentlich?«

»Das weiß Jupiter allein!« Ich warf ihm ein paar Kupfermünzen für meine Zeche hin und machte mich auf den Heimweg.

Als ich ging, hob Epimandos gerade das Brötchen auf, das Zwirn vorher abgeleckt hatte, und legte es wieder in den Brotkorb für die Gäste.

# VI

Am nächsten Morgen fing mein normales Leben in Rom wieder an.

Ich blieb lange genug im Bett, um zu beweisen, daß ich kein Sozialfall war, der in aller Frühe raus muß, um vor dem Haus eines reichen Gönners um Almosen zu betteln. Dann zeigte ich mich den erwartungsvollen Römern auf dem Forum; die meisten guckten freilich an mir vorbei. Als mein Bankier vorbeikam, verdrückte ich mich, entwischte auch einem Mädchen, das mich lieber nicht wiedererkennen sollte, ebenso ein paar von meinen Schwagern. Dann spazierte ich in die Thermen hinter dem Castor-Tempel, um mich rundum erneuern zu lassen. Nach einer zünftigen Runde mit meinem Trainer Glaucus, der in einer seiner sarkastischen Stimmungen war, und einer ausgiebigen Massage nahm ich ein Bad, leistete mir eine Rasur und einen frischen Haarschnitt, gab ein paar Witze zum besten, ließ mir den neuesten Klatsch erzählen, verlor einen Denar bei einer Wette darum, wie viele Flohbisse irgendein Fremder am Bein hatte, und begann mich wieder wie ein zivilisierter Römer zu fühlen.

Ich war sechs Monate fort gewesen. Nichts hatte sich in der Zwischenzeit geändert, weder in der Politik noch auf den Rennplätzen – außer daß inzwischen alles teurer geworden war. Die einzigen Leute, denen ich gefehlt hatte, waren anscheinend die, denen ich Geld schuldete.

Ich borgte mir von Glaucus eine Toga und machte mich auf den Weg zum Palatin, wo ich um eine Audienz beim Kaiser nachgesucht hatte. Mein Bericht beeindruckte den alten Herrn hinreichend, aber ich hätte daran denken sollen, mit meinem Besuch bis nach dem Essen zu warten, weil er dann in spendablerer Laune war. Meine Mission in Germanien war erfolgreich; Vespasian feilschte zwar gern um jeden As, erkannte aber Leistung immer an. So auch heute. Er war fair. Er genehmigte meine Honorar- und Spesenrechnung. Allerdings machte er keine Anstalten, mir einen neuen Auftrag zu geben. Das ist das Risiko des Freiberuflers: Man ist ständig von Arbeitslosigkeit und Bankrott bedroht. Sowie man sich dann daran gewöhnt hat, die viele Freizeit zu genießen, kommt sofort einer daher und betraut einen mit einer Mission, vor der sich sogar ein Herkules gegraust hätte.

Jedenfalls bekam ich im Palast einen ansehnlichen Beutel Silber, kehrte damit aufs Forum zurück, wo ich meinen Bankier jetzt mit glücklichem Lächeln begrüßte und dann zusah, wie er mein ziemlich kleines Bankfach öffnete. Die Münzen klimperten himmlisch, als er sie darin verstaute. Sie reichten freilich immer noch nicht aus für komplizierte Anlagemanöver, ganz zu schweigen von dem Batzen, den ich auf der hohen Kante haben müßte, falls ich mich je entschließen sollte, Helena Justinas Vater, dem Senator, in der Rolle des hoffnungsvollen Schwiegersohns gegenüberzutreten. Zum Glück erwartete der edle Camillus kein solches Wunder und behelligte mich nie mit unschönen Fragen nach meinen Zukunftsplänen.

Nach dem Gang zur Bank vertrödelte ich den Rest des Nachmittags mit allem, was mir einen Vorwand dafür lieferte, nicht nach Privatklienten Ausschau zu halten.

Ich hätte wissen müssen, daß, während ich so harmlos herumspazierte und frische Luft schnupperte, die rastlosen Parzen sich anschickten, mir die Schlinge um den Hals zu legen.

Am Morgen hatte Helena mir ins noch friedlich schlummernde Ohr trompetet, daß sie und meine Mutter heute anfangen wollten, meine alte Wohnung wieder bewohnbar zu machen. Als ich genug vom Rumstrolchen hatte, ging ich auch dorthin. Die Straßen rings um die Brunnenpromenade rochen alle nach Kloake, weil die Gassen in dem Teil der Stadt gleichzeitig die Kloaken sind. Die Anwohner sahen so trist und niedergeschlagen aus wie immer. In dieser Nachbarschaft lag das Loch, das ich mir vor sechs Jahren gesucht hatte, nachdem ich aus der Armee entlassen worden war und mich, anders als mein Bruder, der immer noch zu Hause bei Mutter wohnte, dafür zu erwachsen fühlte. Festus hatte mich damals für verrückt erklärt – was mich nur um so sturer machte.

Ein anderer Grund, von zu Hause auszuziehen, war der, daß die Familie mich dann nicht mehr unter Druck setzen konnte, doch ins heimische Geschäft einzusteigen – mir also entweder in der Handelsgärtnerei draußen in der Campania den Rücken krumm zu schuften oder mir als Auktionator die Hände noch schmutziger zu machen. Verstehen Sie mich nicht falsch: Ich kann sowohl einen Stengel Lauch ausbuddeln als auch Lügen über eine antike Lampe erzählen. Aber ich sehe mich selbst eher als geselligen, lockeren Typ, und da war natürlich das einsame, zynische Leben eines Ermittlers der Idealberuf. Inzwischen war ich dreißig Jahre alt, mußte mich auf allen Seiten gegen familiäre Verpflichtungen wehren und konnte von meiner katastrophalen Entscheidung nicht mehr herunter.

Bevor ich nach oben ging, sagte ich rasch noch Lenia guten Tag, dem hageren Zankteufel, dem die Wäscherei im Erdgeschoß gehörte. Das Gewitter war immer noch nicht ganz vorbei, und daher war nicht viel los bei Lenia, weil es sich nicht lohnte, Wäsche zu waschen, die man dann ewig nicht trocken kriegt. Ein sehr großer Mann in einer ziemlich kurzen Toga stand stumm dabei, während seine Frau mit Lenia schimpfte, weil die ihr angeblich das falsche Wäschepaket zurückgeschickt hatte. Bei einem erbitterten Streit um irgendeinen Fleck zog Lenia endgültig den kürzeren, weshalb sie, kaum daß ich den Kopf zur Tür hereinstreckte, ihre Kunden prompt im Stich ließ und auf mich losging.

»Falco, du schwachsinniger Eselstreiber! Wer hat dich denn wieder in die Stadt gelassen?«

»Das Volk verlangt dringend nach meinem kultivierenden Einfluß.«

»Hah! War's wenigstens schön in Germanien?«

»Ich wünschte, ich wäre dort geblieben – meine Wohnung ist der reinste Trümmerhaufen.«

»Ach, wirklich?« Lenia, die was mit dem schleimigen Kriecher hatte, den ich meinen Hausbesitzer nannte, tat so, als würde sie das Thema liebend gern fortsetzen, müsse aber dringend noch zum Pastetenbäcker rennen, bevor der den Ofen ausmachte.

»Als ob du das nicht längst wüßtest!« In einem Streit mit dem Hausherrn und den Seinen zieht der Mieter immer den kürzeren, aber als ich jetzt so undiplomatisch die Stimme erhob, lockerte sich immerhin der Knoten, der mir lange schon den Hals abdrückte.

»Zieh mich da nicht mit rein. Mach das mit Smaractus ab . . . «

»Wird mir ein Vergnügen sein!«

»Er ist aber nicht in der Stadt.« Smaractus, dieser Parasit, hatte wahrscheinlich läuten hören, daß ich zurück war, und sich daraufhin sechs Monate Urlaub in seinem Ferienhaus am Bolsena-See genehmigt. Aber Segeln im März ist ein ungemütlich kalter Sport. »Hat sich jemand bei dir eingenistet?« Lenia hatte die Eindringlinge bestimmt jedesmal beobachtet, wenn sie die Treppe raufschlichen. Womöglich hatten sie ihr sogar eine Silbermünze zugesteckt, um rauszukriegen, wo im Haus eine Wohnung leer stand. »Das ist ja schrecklich.«

Ich gab mich geschlagen. »Sind meine Frauensleute oben?«

»Da war 'n ziemliches Gerenne auf der Treppe. Deine Schwester war auch schon da.« Damit konnte eine von fünf gemeint sein – nein, jetzt nur noch eine von vier. Victorina lebte ja nicht mehr.

»Maia?« Maia war die einzige, die sich meinetwegen Mühe machen würde.

Lenia nickte. »Ach, und dieser Scheißkerl, der Petronius, hat auch nach dir gefragt.«

Das war endlich mal eine erfreuliche Nachricht. Petronius Longus, Hauptmann der Aventinischen Wache, war mein bester Freund. Ich freute mich schon darauf, Beschimpfungen mit ihm zu wechseln, während ich ihn mit Horrorgeschichten über meine Auslandsreise unterhielt.

»Was machen die Hochzeitspläne?« rief ich Lenia noch zu, als ich schon halb auf der Treppe stand.

»Die machen Fortschritte!« Das war reiner Bluff. Lenia und Smaractus wollten zwar angeblich längst ihre Geschicke vereinen, konnten sich aber alle beide nicht dazu durchringen, auch ihre Barschaft zu teilen. »Und was ist mit deinen?« konterte sie.

»Oh, die sind ungefähr im gleichen wunderbaren Stadium ...«

Ich flitzte die Treppe hoch, ehe diese Wendung des Gesprächs zu unangenehm würde.

# VII

Ich ahnte, daß meine Wohnung jetzt wahrscheinlich noch schlimmer aussah als in der Nacht zuvor – das totale Chaos als Vorstufe, bevor dann alles tadellos aussah. Und wirklich war auf dem Treppenabsatz vor meiner Tür kaum soviel Platz, daß ich mich zwischen kaputten Möbeln und prall gefüllten Mülltüten durchzwängen konnte.

Helena Justina kam mir entgegen. Sie schleppte ein schweres Bündel Gerümpel, eingewickelt in die an den Zipfeln verknoteten Überreste eines Mantels und sah erschöpft aus. Helena hatte sich dickköpfig und mutig in die elenden Verhältnisse geschickt, die sie an meiner Seite erleben mußte, und das, obwohl sie aus einem sehr vornehmen Hause stammte. Ich sah ihr an, daß ihre Kraft jetzt langsam nachließ. Sie stolperte über mein ausrangiertes Bettgestell, holte sich dabei eine ordentliche Schramme und kommentierte dies mit einem Wort, das nicht zum Vokabular einer Senatorentochter gehörte. Sie konnte es nur von mir haben.

»Komm – gib mir das!«

Sie wich meiner ausgestreckten Hand aus. »Ich kann nicht stehenbleiben. Bring mich nicht aus dem Gleichgewicht, sonst laß ich alles fallen.«

»Gut – Hauptsache, du fällst gleich mit, und zwar auf mich«, säuselte ich verführerisch. Unter Aufbietung aller Kräfte nahm ich ihr das Bündel ab; Helena sank mit ihrem ganzen Gewicht an meine Brust und legte mir die Arme um den Hals.

Mannhaft hielt ich sowohl mein Mädchen als auch den zusammengebundenen Krempel und tat so, als wäre das eine Kleinigkeit. Aber dann kitzelte sie mich unfairerweise im Nacken, so daß ich das Paket loslassen mußte. Es polterte die Stufen hinunter und landete zwei Treppenabsätze tiefer. Wir sahen zu, hatten allerdings nicht die geringste Lust, hinterherzuhetzen.

»Ist Mama weg?« fragte ich hoffnungsvoll. Sie nickte. »Dann ist's ja gut«, flüsterte ich und begann, sie mitten in dem Chaos vor unserer Flurtür abzuküssen. Meine Wohnung war die einzige im sechsten Stock, niemand würde uns stören. Außerdem hatte der eine Tag in Rom mich schon wieder so fit gemacht, daß es mir ohnehin egal war, ob uns wer zusah.

Nach einer Weile hielt ich inne, nahm Helenas erhitztes, müdes Gesicht in beide Hände und schaute ihr in die Augen. Ich sah Frieden in ihre Seele einkehren. Sie lächelte, und ich durfte auf meine beruhigende Wirkung auf sie ein bißchen stolz sein. Dann schloß sie halb die Augen; es war ihr gar nicht recht, daß ich merkte, wie intensiv sie auf mich reagierte. Ich drückte sie an mich und lachte.

Hand in Hand gingen wir in die Wohnung, die jetzt praktisch leer, dafür aber sauber war. »Du kannst dich auf den Balkon setzen«, sagte Helena. »Den haben wir geschrubbt – und die Bank gleich mit.«

Ich zog sie mit hinaus. Inzwischen war es fast dunkel und schon ziemlich kühl; was ein guter Vorwand war, um sich eng aneinanderzukuscheln. »So blitzblank war die Wohnung noch nie. Streng dich wegen diesem Dreckloch nicht so an, meine Süße. Das lohnt sich nicht.«

»Du wirst nicht lange bei deiner Mutter bleiben wollen.« Helena kannte mich.

»Solange du da bist und mich beschützt, halt ich's schon aus bei Mama.« Erstaunlicherweise stimmte das sogar.

Ich hielt sie neben mir fest und betrachtete das Panorama, während sie sich ausruhte. Ein stürmischer Wind fegte die Wolken über den Tiber, und ein finsterer Himmel, der bedrohlich nach Regen aussah, verdunkelte unseren normalen Ausblick auf den Ianiculum. Unter uns lag Rom, mürrisch und düster wie ein ungetreuer Sklave, dem man auf die Schliche gekommen ist.

»Marcus, du hast mir noch gar nicht richtig erzählt, was du gestern mit diesem Soldaten besprochen hast.«

Das ist das Dumme, wenn man eine schöne Aussicht bewundert; sowie es den Leuten langweilig wird, kommen ohne Vorwarnung die heikelsten Themen aufs Tapet.

Mein Blick lag weiter auf der winterlichen Kulisse. »Ich wollte Mama nicht aufregen.«

»Sie ist nicht da. Und mich kannst du ruhig aufregen.«

»Auch das wollte ich vermeiden.«

»Nichts regt mich so sehr auf, wie wenn du deine Sorgen für dich behältst.«

Sie gab keine Ruhe, aber von Helena lasse ich mir das gern gefallen. »Ich habe Censorinus in der Caupona getroffen, aber es ist nichts Vernünftiges dabei herausgekommen. Er hat mir erzählt, daß ein paar von den Kumpels meines Bruders beim Import griechischer Statuen Geld verloren haben.«

»Und was wollen sie nun von dir?«

»Unser Festus hat der ganzen Bande tapfer versprochen, den Verlust zu ersetzen.«

»Was ihm aber nicht gelungen ist?«

»Er ist prompt von einer Festungsmauer gefallen, und aus war's. Jetzt wollen die Kerle, daß ich für ihn geradestehe, aber als ich nach dem ursprünglichen Geschäft gefragt habe, wollte Censorinus partout nicht mit der Sprache raus, und . . .«

Daß ich den Satz nicht zu Ende brachte, verstärkte Helenas Interesse nur noch. »Ja, was ist dann passiert?« Sie wußte, daß ich ihr etwas verschwieg. »Hat's in der Caupona Ärger gegeben?«

»Unser Gespräch endete mit einer Prügelei.«

»Oh, Marcus!«

»Er hat angefangen.«

»Das will ich hoffen. Aber du hast bestimmt auf stur geschaltet, oder?«

»Warum auch nicht? Wenn die so geheimnisvoll tun, müssen sie damit rechnen.«

Helena mußte mir recht geben. Sie überlegte einen Moment und sagte dann: »Erzähl mir von deinem Bruder. Ich hatte immer den Eindruck, er sei bei allen beliebt gewesen. Aber jetzt weiß ich nicht recht, wie *du* zu ihm stehst.«

»Siehst du? Genauso geht's mir auch manchmal.« Festus war acht Jahre älter gewesen als ich. Das reichte für eine Portion Heldenverehrung – oder das Gegenteil. Ein Teil von mir haßte ihn, doch mit dem Rest liebte ich ihn um so mehr. »Er konnte einen auf die Palme bringen. Und doch war's mir unerträglich, ihn zu verlieren. Da hast du, in einem Wort, mein Verhältnis zu ihm.«

»War er dir ähnlich?«

»Nein.« Wahrscheinlich nicht.

»Und wirst du diese Geschichte nun weiterverfolgen?«

»Ich warte mal ab.«

»Also willst du aufgeben.« Eine vernünftige Schlußfolgerung. Aber sie hatte Festus nicht gekannt. Ich bezweifelte, daß ich so einfach davonkommen würde. Selbst wenn ich versuchte, gar nichts zu tun, war die Situation bereits außer Kontrolle geraten.

Helena zog die Schultern hoch wegen der Kälte. Ich sagte: »Wir müssen was essen.«

»Wir können doch nicht immer deiner Mutter zur Last fallen.«

»Stimmt – wollen wir zur Abwechslung mal *deine* Eltern besuchen?«

»Ich habe mir schon gedacht, daß du das vorschlagen würdest, und darum Kleider zum Wechseln mitgebracht. Aber vorher muß ich baden ...«

Ich musterte sie; sie starrte vor Dreck, war aber voller Kampfgeist. Keine noch so dicke Staubschicht konnte ihrem Wesen etwas anhaben. Das verschmierte Gesicht ließ ihre großen dunklen Augen um so intensiver strahlen, und wenn ihr die Haarnadeln so wie jetzt aus der Frisur rutschten, dann hatte ich nur den einen Wunsch, nachzuhelfen ... Hätte in meiner Wohnung noch ein Bett gestanden – wir wären an diesem Abend nirgends mehr hingegangen. Aber es gab weder ein Bett noch einen brauchbaren Ersatz. Ich lächelte wehmütig. »Mein Herz, es ist vielleicht keine gute Idee, dich zu deinen Eltern zu bringen, wenn du aussiehst, als hättest du den ganzen Tag wie ein Sklave am Schmelzofen geschuftet. Auf der anderen Seite erwartet deine noble Verwandtschaft von mir nichts anderes, als daß ich dich schlecht behandle. Laß uns gehen und gratis das private Badehaus deines Papas benutzen.«

Für diesen Entschluß hatte ich zwei Gründe. Falls Helenas Eltern uns eröffnen sollten, daß Titus Caesar während unserer Abwesenheit bei ihnen rumgelungert hatte, dann würden sie, wenn Helena bei unserer Ankunft so verheerend aussah, um so schneller kapieren, daß ich ihre Tochter dem Kaisersohn weggeschnappt hatte. Reiner Zufall, daß mir das gelungen war, aber weil es das einzige bißchen Glück in meinem unerquicklichen Leben war, hatte ich vor, es festzuhalten. Wenn Helena sich mir an den Hals warf, konnte kein Mensch erwarten, daß ich ein solches Geschenk zurückwies – genausowenig, wie man hoffen durfte, daß der Sohn eines erzkonservativen Kaisers sie nach mir noch würde haben wollen.

Jedenfalls hoffte ich das.

Die Familie Camillus wohnte in einer Hälfte eines Doppelhauses gleich hinter der Via Appia, nahe der Porta Capena. Das Haus nebenan stand leer, gehörte ihnen aber auch. Es verfiel langsam, weil es schon so lange unbewohnt war. Die Villa von Helenas Eltern sah nicht schlimmer aus als bei meinem letzten Besuch, ein bescheidenes Anwesen, dem man anmerkte, daß die Bewohner ständig in Geldverlegenheit waren. Im Innern war der schlechte Anstrich inzwischen stark verblaßt; die billige Ausstattung der Gärten paßte nicht zur Vornehmheit der Villa. Aber das Haus war gemütlich eingerichtet. Für eine Senatorenfamilie waren die Camilli ungewöhnlich kultiviert – sie ehrten die Götter, waren freundlich zu ihren Kindern und den Sklaven gegenüber großzügig, ja selbst eine unterprivilegierte Klette wie mich behandelten sie liebenswürdig.

Sie besaßen ein kleines Badehaus, das vom Aquädukt des Claudius gespeist wurde und dessen Wasser an Winterabenden relativ heiß war. Trotz ihrer Geldsorgen wußte diese Familie, was ihr an Annehmlichkeiten wichtig war. Ich schrubbte Helena gründlich ab und hielt mich an gewissen delikaten Stellen länger auf. »Hmm, ich hab noch nie eine Senatorentochter im Badehaus des Senators geliebt ...«

»Du bist vielseitig, du wirst das schon noch lernen!«

An diesem Abend jedenfalls nicht. Geräusche aus dem Vorraum kündigten Gesellschaft an. Als Helenas Vater erschien, der vor dem Essen noch ein Bad nehmen wollte, warf Helena mir hastig ein Handtuch über den Schoß und verschwand. Ich saß am Rand des Schwimmbeckens und versuchte, respektvoller dreinzuschauen, als mir zumute war.

»Laßt uns allein!« befahl Decimus Camillus den Sklaven, die mit ihm hereingekommen waren. Sie gingen, aber mit einer Miene, die deutlich machte, daß Befehle erteilen nicht Sache des Hausherrn war.

Decimus Camillus Verus war mit Vespasian befreundet und zur Zeit natürlich obenauf. Er war groß, hatte wirres Haar, das sich partout nicht bändigen ließ, und lebhafte Brauen. Wenn er sich, so wie jetzt, im Dampfbad entspannte, hatte er einen leichten Buckel; ich wußte, daß er sich bemühte, in Form zu bleiben, und auch Sport trieb, aber lieber hockte er mit einem Stapel Schriftrollen in seinem Arbeitszimmer.

Camillus fand mich mittlerweile sympathisch – in Maßen, versteht sich. Ich meinerseits hatte was gegen seinen Rang, aber ihn mochte ich. Unser beider Liebe zu seiner Tochter hatte die gesellschaftliche Kluft zwischen uns teilweise überbrückt.

Doch heute abend war er gereizt. »Wann habt ihr endlich vor, euer Verhältnis legitim zu machen, du und Helena?« Soviel zu meiner naiven Annahme, er würde nicht darauf warten. Der Druck verstärkte sich spürbar. Er war in Sesterzen zu messen und exakt vierhunderttausend schwer – soviel würde mich die Erhebung in den Bürgerstand kosten, und der war die Voraussetzung dafür, daß Helena sich durch eine Heirat mit mir nicht völlig entehrte. Aber bei der Beschaffung einer so kolossalen Summe hatte ich bislang wenig Fortschritte gemacht.

»Brauchen Sie das genaue Datum? Recht bald, hoffe ich«, log ich. Aber der Senator durchschaute mich.

»Helenas Mutter hat mich gebeten nachzufragen.« So wie ich Julia Justa kannte, war »gebeten« eine freundliche Untertreibung. Wir ließen das Thema denn auch gleich wieder fallen wie ein rohes Ei.

»Wie geht es Ihnen, Senator? Und was gibt's Neues in Rom?«

»Vespasian beruft Justinus von der Armee zurück.« Justinus war der Sohn des Senators.

»Ah! Daran bin ich vielleicht nicht ganz unbeteiligt.«

»Hab ich mir schon gedacht. Was hast du denn dem Kaiser erzählt?«

»Ich hab ihn nur auf gewisse Talente unter seinen Offizieren aufmerksam gemacht.«

»Ach, drum!« spottete der Senator in seiner trockenen Art. Bisweilen war hinter seiner Zurückhaltung der ironische Esprit des Schüchternen erkennbar. Helena hatte ihren Humor von ihm geerbt, allerdings warf sie großzügiger mit Beschimpfungen um sich.

Camillus Justinus war der jüngere von Helenas beiden Brüdern; in Germanien hatten wir bei ihm gewohnt. »Justinus hat sich einen tadellosen Ruf erworben«, versicherte ich seinem Vater. »Er verdient die Gunst des Kaisers, und Rom braucht Männer wie ihn. Das ist alles, was ich Vespasian gesagt habe. Eigentlich hätte schon sein Vorgesetzter Ihrem Sohn ein lobendes Zeugnis ausstellen müssen, aber ich traue keinem Legaten.«

Camillus stöhnte. Ich kannte sein Problem; es glich meinem, hatte allerdings weit größere Dimensionen und hieß: Kapitalmangel. Als Senator war Camillus ausgewiesener Millionär. Trotzdem herrschte Ebbe auf seinem Konto. Die Finanzierung seines Lebensstils mit allem Drum und Dran – allein all die Spiele und Festessen für die gierige Wählerschaft – konnte ihn leicht ruinieren. Und nachdem er seinem älteren Sohn bereits einen Senatssitz versprochen hatte, mußte er nun feststellen, daß der jüngere sich ganz unerwartet einen Namen machte und Aufstiegschancen hatte. Dem armen Decimus graute vor den Kosten.

»Sie sollten stolz auf ihn sein, Senator.«

»Oh, das bin ich auch!« sagte er düster.

Ich griff nach einem Schaber und kratzte ihm das Öl vom Buckel. »Haben Sie sonst noch was auf dem Herzen?« Ich wollte wissen, ob sich an der Titus-Front inzwischen was gerührt hatte.

»Ach, nur das Übliche: Ich mache mir Sorgen um die Jugend von heute, die Wirtschaftslage, den Sittenverfall, die Schrecken der staatlichen Arbeitsprogramme . . . «, sagte er mit leiser Selbstironie. Aber dann setzte er hinzu: »Ich habe Schwierigkeiten mit dem Nachlaß meines Bruders.« Das war es also.

Ich war nicht der einzige Römer, den seine Geschwister in Verlegenheit brachten. Camillus hatte einen – inzwischen in Ungnade gefallenen – Bruder gehabt, dessen politische Intrigen einst die ganze Familie in Mißkredit brachten. Darum stand das Haus nebenan immer noch leer, und offenbar sah Decimus deshalb so angegriffen aus. Ich wußte, daß sein Bruder tot war – aber ich wußte auch, daß bestimmte Dinge nicht mit dem Tod enden.

»Haben Sie sich an den Auktionator gewandt, den ich Ihnen empfohlen hatte?«

»Ja. Und Geminus ist mir eine große Hilfe.« Das hieß, er fragte nicht viel nach Erbscheinen und Herkunft der zu versteigernden Güter.

»Oh, er ist ein guter Auktionator«, bestätigte ich trocken. Geminus war mein durch Abwesenheit glänzender Erzeuger. Abgesehen von seiner Angewohnheit, mit Rothaarigen durchzubrennen, konnte er als untadeliger Bürger durchgehen.

Der Senator lächelte. »Ja, ja. Scheint's hat die ganze Familie einen Blick für Qualität!« Das war ein kleiner Seitenhieb gegen mich. Aber immerhin schüttelte er seine gedrückte Stimmung langsam ab. »Nun aber genug von meinen Sorgen. Wie geht's dir, mein Junge? Und wie geht es Helena?«

»Ich lebe noch. Mehr kann man nicht verlangen. Und Helena ist ganz sie selbst.«

»Aha!«

»Ich fürchte allerdings, daß ich sie aufsässig und mit unflätigen Reden auf den Lippen zurückgebracht habe. Das paßt wohl kaum zu der anständigen Erziehung, die Sie und Julia Justa ihr haben angedeihen lassen.«

»Darüber war Helena immer schon erhaben.«

Ich grinste. Helenas Vater liebte kleine Scherze.

Von Frauen erwartet man, daß sie sich gesittet benehmen. In ihren eigenen vier Wänden können sie ränkeschmiedende Tyranninnen sein, solange nur nach außen hin der gute alte römische Mythos von der weiblichen Demut gewahrt bleibt. Das Problem mit Helena Justina war, daß sie keine Kompromisse machte. Sie sagte ihre Meinung und tat, was ihr gefiel. Ein derart perverses Verhalten macht es einem Mann, der dazu erzogen wurde, beim anderen Geschlecht Wankelmut und Betrug zu erwarten, verdammt schwer, rauszukriegen, woran er ist.

Mir gefiel das. Ich hab's gern, wenn man mich auf Trab hält. Ich lasse mich auch gern alle naselang schockieren und überraschen, obwohl das natürlich anstrengend ist.

Ihr Vater, der ja keine andere Wahl gehabt hatte, schien sich oft darüber zu wundern, daß ich sie aus freien Stücken gewollt hatte. Und er genoß es, zur Abwechslung mal ein anderes Opfer in ihren Fängen zappeln zu sehen.

Als wir zum Essen gingen, empfing uns Helena in fließenden schneeweißen Gewändern mit goldenen Säumen; sie duftete nach kostbaren Ölen und war mit Halsketten und Armbändern geschmückt. Die Zofen ihrer Mutter hatten sich wieder einmal verschworen, ihre junge Herrin so herauszuputzen, als stünde sie gleich zwei Klassen über mir – was stimmte – und wäre zwanzigmal soviel wert wie ich.

Im ersten Moment war mir zumute, als wäre ich über meine Schnürsenkel gestolpert und der Länge nach auf das Fußbodenmosaik gefallen. Aber dann sah ich, daß eines ihrer Halsbänder eine Bernsteinkette von der Ostsee war, die ihre Mutter noch nie zu Gesicht bekommen hatte. Und als die edle Julia im Laufe ihrer mit Sticheleien gewürzten Konversation danach fragte, da verkündete Helena Justina in der ihr eigenen Direktheit: »Die hat mir Marcus zum Geburtstag geschenkt.«

Ich legte Helenas Mutter mit unerschütterlicher Galanterie die köstlichsten Appetithäppchen vor. Julia Justina empfing meine Artigkeiten mit einer Höflichkeit, die sie gewetzt hatte wie ein Schälmesser. »Demnach ist also bei Ihrer Reise an den Rhein doch was Gutes rausgekommen, Marcus Didius?«

Helena ergriff ruhig meine Partei. »Du meinst, *noch* etwas Gutes, nicht wahr, Mutter? Abgesehen davon, daß Marcus den Frieden in dem besetzten Gebiet gesichert, betrügerische Machenschaften aufgedeckt und für Ordnung bei den Truppen gesorgt hat – davon, daß sich mit seiner Hilfe ein Mitglied dieser Familie als Diplomat einen Namen machen konnte, ganz zu schweigen?«

Ihre Mutter tat Helenas sarkastischen Einwurf mit einer Kopfbewegung ab. Die Tochter des Senators schenkte mir ein Lächeln, das so wunderbar war wie das Leuchten der Sterne am Sommerhimmel.

Das Essen war gut, jedenfalls für Winterkost. Und es war ein freundschaftliches Mahl, wenn man Freundschaften der formellen, oberflächlichen Art schätzt. Wir alle übten uns in Toleranz. Und wir machten auch alle deutlich, daß es jede Menge zu tolerieren gab.

Ich mußte was unternehmen. Um Helenas willen mußte ich mich irgendwie in die Position eines legitimen Schwiegersohns vorarbeiten. Auf irgendeine Weise mußte ich vierhunderttausend Sesterzen auftreiben, und zwar schnell.

# VIII

Petronius Longus erwischte uns noch am selben Abend.

Wir wollten gerade ins Bett gehen. Mama legte sich für gewöhnlich früh hin, denn in ihrem Alter brauchte sie viel Schlaf, um am nächsten Tag wieder energisch das Familienzepter schwingen zu können. Aber heute war sie extra aufgeblieben und hatte auf uns gewartet – eine jener Marotten, derentwegen ich ausgezogen war. Daß ich mich nach dem Essen beim Senator trotzdem zum Heimgehen entschloß, geschah teils, um Mama zu beruhigen, aber auch noch aus einem anderen Grund. Wenn wir nämlich über Nacht geblieben wären, wie Helenas Vater es uns anbot (obwohl ihre Mutter merklich kühler reagierte), dann hätte der Hausverwalter an der Porta Capena Helena und mir garantiert getrennte Zimmer zugewiesen, und nach den Strapazen dieses Tages wollte ich nicht auch noch die halbe Nacht durch fremde Flure irren, auf der Suche nach meinem Mädchen. Ich stellte es Helena frei, im bequemen Elternhaus zu bleiben. »Hier kriegst du bestimmt ein weicheres Kissen . . . «

Sie tätschelte meine Schulter. »Das ist mir das liebste Kissen.« Also kamen wir beide zurück, was zwei Mütter glücklich machte – jedenfalls soweit, wie Mütter sich Glücksgefühle überhaupt gestatten.

Als sie Petronius sahen, beschlossen auch Mama und Helena, heute länger aufzubleiben. Die Frauen mochten ihn. Wenn sie soviel über ihn gewußt hätten wie ich, wären sie vielleicht etwas kritischer gewesen; aber wer weiß – vielleicht hätten sie mir die Schuld gegeben für seine Jugendsünden. Aus irgendeinem Grund war Petro ein Mann, dem die Frauen seine Affären verziehen, wozu sie bei mir aus ebenso unerfindlichen Gründen nicht bereit waren.

Petronius war inzwischen dreißig. An diesem Abend trug er mehrere Lagen formloser brauner Wolle, seine übliche unauffällige Arbeitskluft, dazu winterliche Zusätze wie Pelzfutter in den Stiefeln und einen so riesigen Kapuzenmantel, daß er drei leichte Mädchen mitsamt ihrer zahmen Ente hätte darunter verstecken können. In seinem Gürtel steckte ein dicker Knüppel, dessen Anblick genügte, um die Römer zu ruhigem, gesittetem Verhalten auf jenen Straßen zu erziehen, die Petro umsichtig und mit leichter Hand überwachte. Sein respektables Körpergewicht erleichterte ihm seine Arbeit. Ein geflochtenes Stirnband hielt das glatte braune Haar aus dem Gesicht. Petro war, trotz seines bulligen Schädels, ein friedfertiger Charakter, und sein Quantum Gelassenheit brauchte es wohl auch, um den gierigen Abschaum in den Niederungen der römischen Gesellschaft einigermaßen in Schach zu halten. Der Hauptmann wirkte zäh und zuverlässig wie einer, der im Beruf seinen Mann steht – und dieser Eindruck trog nicht. Außerdem war Petro aber auch ein höchst sentimentaler Familienvater – kurz, ein durch und durch anständiger Kerl.

Ich grinste ihn an. »Jetzt, wo ich dich sehe, weiß ich erst, daß ich wirklich und wahrhaftig wieder in Rom bin!«

Petronius ließ sich langsam auf einer Bank nieder. Er machte ein verlegenes Gesicht – wahrscheinlich, weil er eine Amphore Wein unter dem Arm hatte, sein übliches Mitbringsel, wenn er mich besuchte.

»Du siehst erschöpft aus«, meinte Helena mitfühlend.

»Bin ich.« Petronius machte nie viele Worte. Um ihn zu schonen, brach ich das Wachs von seiner Amphore, und Mama brachte die Weinbecher. Petro schenkte ein, oder vielmehr, er schwappte den Rebensaft angestrengt leicht in die Becher und nahm sich kaum die Zeit, mit mir anzustoßen, ehe er den seinen in raschen Schlucken leerte.

Daß ihn irgendwas sehr bedrückte, war unübersehbar.

»Probleme?« fragte ich.

»Hm, wie üblich.« Mama goß ihm fürsorglich nach und verwöhnte ihn dazu mit Brot und ein paar Oliven. Auch Petro war einer der Freunde, die in ihren Augen um einiges besser waren, als ich's verdient hätte. Der Hauptmann rieb sich müde die Stirn. »Ein Tourist ist von einem oder auch mehreren Wahnsinnigen regelrecht abgeschlachtet worden. Tatort war ein gemietetes Zimmer ... Ich kann dem Opfer aber nicht vorwerfen, daß er den Türriegel nicht benutzt hat, weil es in dieser Flohfalle so einen Luxus gar nicht gab.«

»Und was ist mit dem Motiv? War's Raubmord?«

»Möglich«, sagte Petronius kurz angebunden.

In der Regel sank im Winter die Zahl der Raubüberfälle. Die Profis unter den Dieben hatten dann zu viel damit zu tun, ihre Gewinne aus der Sommersaison zu zählen. Und daß sie ihr Opfer umbrachten, kam nur ganz selten vor. So was erregte Aufmerksamkeit und war meist unnötig. Bei den Trotteln, die mit prall gefülltem Beutel nach Rom kamen und dann in der Via Sacra rumstanden wie bockige Schäfchen vor der Schur, gab es genug zu verdienen.

»Hast du schon eine Spur?« Ich versuchte, ihn aufzumuntern.

»Bin mir nicht sicher. Aber wenn's eine ist, dann gefällt sie mir nicht. Der oder die Mörder haben einen verdammten Saustall hinterlassen. Alles voller Blut.« Er verstummte, als könne er sich nicht überwinden, die Szene näher zu beschreiben.

Helena und Mama kamen, wie durch Telepathie, zu einem merkwürdigen Entschluß. Beide fingen plötzlich an zu gähnen, klopften Petro auf die Schulter, übersahen mich geflissentlich und verschwanden.

Petronius und ich tranken noch ein paar Becher. Die Stimmung wurde gelöster – wenigstens hatte ich den Eindruck. Wir kannten uns schon sehr lange. Die ganze Militärzeit hindurch waren wir die besten Freunde gewesen. Unser beider Karriere in der Armee war nur kurz (wir halfen uns gegenseitig, Gründe für ein vorzeitiges Ausscheiden zu beschaffen), aber die Provinz, der man uns zugeteilt hatte, hieß Britannien, und wir dienten dort während einer für Rom ziemlich turbulenten Zeit. So was verbindet.

»Wie war's in Germanien, Falco?«

Ich erzählte ihm ein bißchen von der Reise, hob mir aber das Beste für später auf; Petro war ganz offensichtlich nicht empfänglich für Anekdoten, und ich sehe keinen Sinn darin, die Mühsal einer Reise und den nervenaufreibenden Umgang mit Ausländern auf mich zu nehmen, wenn ich hinterher nicht wenigstens bei meinen Freunden damit Eindruck schinden kann. »Gallien ist scheint's noch genauso beschissen wie zu unserer Zeit.«

»Und seit wann bist du zurück?«

»Seit vorgestern.«

»Da muß ich dich die letzten zwei Tage ständig verpaßt haben – viel zu tun?«

»Nichts Besonderes.«

»Ich wollte heute tagsüber schon mal zu dir.«

»Ja, hat Lenia mir erzählt.«

»Und? Wo warst du?« Petro konnte schrecklich stur sein, wenn er es drauf anlegte.

»Ich sag doch – ich hatte nichts Besonderes zu tun, also war ich auch an keinem besonderen Ort!« Ich lachte aufgeräumt. »Hör mal, du neugieriger Hund, dieses Gespräch nimmt ja eine seltsame Wendung. Wäre ich ein Tourist aus der Provinz, den du auf der Via Ostiana angehalten hast, würde ich glatt damit rechnen, daß du mir mit fünf Stunden Arrest drohst, falls ich nicht beweisen kann, daß ich Bürger von Rom bin ... Worauf willst du hinaus, Petro?«

»Ich möchte bloß wissen, was du heute vormittag gemacht hast.«

Ich grinste noch immer. »Das klingt, als müßte ich mir die Antwort gut überlegen. Jupiter, du verlangst doch hoffentlich kein Alibi von mir?«

»Sag mir bloß, wo du gewesen bist.« Petronius ließ nicht locker.

»Rumgebummelt bin ich, was denn sonst? Ich bin grade erst von einer langen Auslandsreise zurück, da muß ich doch meiner prickelnden Persönlichkeit wieder Geltung verschaffen auf den heimischen Straßen.«

»Wer hat dich gesehen?« fragte er ruhig.

Da begriff ich zum ersten Mal, daß das Verhör echt war.

»Was ist los, Petro?« Ich hörte selbst, daß meine Stimme plötzlich merkwürdig heiser klang.

»Bitte antworte einfach auf meine Frage.«

»Ich arbeite grundsätzlich nicht mit der Polizei zusammen, Petro, solange ich nicht weiß, warum die mich auf dem Kieker hat.«

»Antworte erst mal – ist besser für dich.«

»Ach, Quatsch!«

»O nein!« Petro geriet langsam in Rage. »Hör zu, Falco, *du* hast mich zwischen Skylla und Charybdis manövriert – und ich sitze in einem sehr wackligen Boot! Ich versuche dir zu helfen, das dürfte wohl klar sein. Also sag mir, wo du den ganzen Vormittag gewesen bist, und mach keine Mätzchen. Deine Antwort muß nämlich Marponius genauso zufriedenstellen wie mich.« Marponius war einer der Richter, die Mordprozesse führten, und sein Hoheitsbereich schloß den Aventin ein. Er war ein Schwachkopf, und Petro konnte seine ständigen Einmischungen nur schwer aushalten; mit dem typischen Beamten ging ihm das meist so.

»Na schön!« Meine Nervosität schlug sich in einem gereizten Ton nieder. »Wie wär's damit: Heute abend haben Helena und ich im Hause des ehrenwerten Camillus dem Luxus gefrönt. Das Wort dieses erlauchten Herrn wird dir ja wohl genügen, oder? Und Glaucus kennst du doch auch: Glaucus ist eine ehrliche Haut, nicht wahr? Mit dem hab ich heute trainiert. Dann war ich auf dem Forum und hab dort meinen Bankier getroffen und auch Sattoria, außerdem noch Famia und Gaius Baebius, aber ich hab dafür gesorgt, daß die mich nicht sehen, also bringt uns das nicht weiter. Aber vielleicht haben sie mich ja doch bemerkt, als ich hinter einer Säule verschwunden bin«, setzte ich mit wachsendem Unbehagen hinzu, weil Petro mich gar so betrübt musterte.

»Wer ist Sattoria?« Die anderen Namen konnte er offenbar unterbringen.

»Die kennst du nicht. Ich übrigens auch nicht mehr.« Nicht, seit ich eine ehrbare Freundin hatte, die sehr kritisch über meine Junggesellenvergangenheit dachte. Es ist schön, wenn jemand sich so um einen sorgt. Wirklich schön, nur manchmal auch anstrengend.

»Ach, die!« meinte Petro lakonisch. Manchmal muß ich mich schon sehr über ihn wundern. Er sieht aus wie ein lammfrommer Pantoffelheld, doch mitunter kann man sich des Eindrucks nicht erwehren, daß er ein Doppelleben führt.

»Jetzt bluffst du aber, Freundchen. Eine Beziehung

zwischen dir und Sattoria – undenkbar! ... Also weiter im Text: Vom Forum bin ich in den Palast gegangen, wo ich ein, zwei Stunden blieb, ein Alibi, das sogar ein Marponius akzeptieren wird ...«

»Deine Audienz beim Kaiser kannst du überspringen, das hab ich schon überprüft.« Jetzt war ich aber baff. Der raffinierte Hund hatte offenbar in ganz Rom Detektiv gespielt und so hartnäckig wie ein frisch beförderter Büroschwengel hinter mir herspioniert. »Mich interessiert, wo du vorher warst.«

»Da kann ich dir nicht helfen. Nach der Reise war ich völlig fertig. Helena und Mama sind in meine Wohnung gegangen, um dort sauberzumachen, und ich blieb hier im Bett. Ich hab geschlafen, kann also nichts angestellt haben, aber verlang ja nicht, daß ich dir das beweisen soll – die klassische nutzlose Ausrede ... Petro, ich halt das nicht mehr aus! Was im Namen der Triade des Kapitols belastet dein kleines sorgenvolles Hirn?«

Petronius Longus starrte den Tisch an. Der spannende Moment war da. Mein armer Freund wirkte so verloren wie ein Goldstück in der Tasche eines Geizhalses. »Wie wär's damit: Der Leichnam, den ich heute morgen anschauen mußte, war der eines Centurio namens Titus Censorinus Macer. Er wurde in der Caupona Flora umgebracht – und wann immer ich frage, ob er vielleicht vor kurzem Ärger mit jemandem hatte, erzählen mir die Leute blutrünstige Geschichten von einem heftigen Streit zwischen ihm und dir.«

# IX

Ich stöhnte. Nicht zu laut; ein Mordverdächtiger muß sich vor übertriebenem Schmierentheater tunlichst hüten.

»Lucius Petronius, ich traue meinen Ohren nicht.« Ich traute ihnen ohne weiteres. Von dem Moment an, da das Geschäftsgebaren meines Bruders wieder aufs Tapet kam, war ich auf Ärger und Scherereien gefaßt gewesen. Auf so was freilich doch nicht.

»Verlaß dich getrost auf deine Horchlappen«, meinte Petronius ungerührt.

»O ihr Götter, da steh ich ja mitten in der Scheiße! Petro, du weißt doch, wie sehr Marponius uns Privatermittler haßt. Mein Name steht bestimmt schon auf einem Täfelchen im Krug für den Pranger! Auf die Gelegenheit hat er doch nur gewartet. Nun kann er mich behindern, wie er will, und obendrein noch bei jedem Festgelage auf dem Pincius über mich herziehen. Aber halt!« Meine Laune hob sich. »Weil du der Untersuchungsbeamte bist, braucht Marponius ja nichts davon zu erfahren.«

»Falsch, Falco!«

»Mach dir keine Sorgen. Ich helfe dir, den Mörder zu fassen.«

Petro seufzte. »Marponius weiß Bescheid. Er hat einen seiner Anfälle von ›Verantwortungsgefühl gegenüber der Gesellschaft‹. Alle fünf Minuten muß ich ihn durch ein Bordell führen oder mit einem professionellen Falschspieler bekannt machen. Ich war gerade wegen eines anderen Falles bei ihm, als man mich ins Flora rief. Und mit eigenen Augen eine echte Leiche zu sehen, war für den Richter der Höhepunkt des Jahres. Zumindest«, setzte er einschränkend hinzu, »bis zu dem Moment, wo er tatsächlich vor der Sauerei stand.«

»Verstehe.« Offenbar war dies ein ungewöhnlich brutaler Mord, der den empfindsamen Nerven eines Richters über Gebühr zusetzte. »Nachdem er das viele Blut gesehen und sein Frühstück auf der Schwelle zum Tatort von sich gegeben hat, fühlt Marponius sich wohl persönlich für diese verdammte Untersuchung verantwortlich. Erzähl mir lieber die ganze Wahrheit. Wahrscheinlich konnte das Gesindel im Flora, das normalerweise nicht mal seinen eigenen Läusen guten Tag sagt, es kaum erwarten, mit dem großen Mann zu sprechen, oder?«

»Genau. Es dauerte etwa drei Sekunden, bis dein Name fiel. Wir hatten uns noch nicht mal einen Weg durch die Menge gebahnt, und ich versuchte immer noch, nach oben zu kommen, um die Leiche in Augenschein zu nehmen, da standen die Zeugen schon Schlange.«

»Das sieht böse aus.«

»Allerdings, Falco!«

Ich wußte, daß Marponius einer jener ungeduldigen Richter war, die am liebsten den erstbesten Verdächtigen als Täter verurteilen. War ja auch viel angenehmer, als sich das Leben unnötig schwerzumachen und andere Möglichkeiten in Betracht zu ziehen. Wahrscheinlich stellte er jetzt schon die Geschworenenliste für meinen Prozeß in der Basilica zusammen. Vorausgesetzt, daß ich seiner Meinung nach eine Verhandlung in der Basilica verdiente.

»Also, wie sieht's aus, Petro? Ich werde gesucht, klar. Marponius glaubt, daß du mich suchst. Hast du mich nun gefunden, oder läßt du mir noch etwas Spielraum, damit ich selbst den Täter suchen kann?«

Petronius maß mich mit dem abgrundtief ehrlichen

Blick, den er normalerweise für das weibliche Geschlecht reservierte. Er hatte also überhaupt nicht vor, ehrlich zu sein. »Marponius will den Fall rasch gelöst haben. Ich hab ihm gesagt, daß ich dich in deiner Wohnung nicht finden konnte. Daß ich dich eventuell später hier treffen würde, hab ich vielleicht vergessen zu erwähnen.«

»Wieviel, damit du auch weiterhin vergeßlich bleibst?«

»Ich bin mir nicht sicher, ob du es schaffst, mich zu überreden!« Petronius war alles andere als korrupt. Er vertrat nur die Ansicht, daß jede Vergünstigung irgendwann eine Gegenleistung verdient.

»Danke.«

»Aber du mußt dich dranhalten. Ich kann dieses Spiel nicht ewig treiben.«

»Wie lange?«

»Einen Tag kann ich den Richter wohl noch hinhalten.« Diesen einen Tag würde ich mit etwas Glück auf drei steigern können. Schließlich waren wir sehr gute Freunde. Außerdem hatte Petro einen viel zu heftigen Haß auf Marponius, als daß er sich groß um dessen Wünsche geschert hätte. Wachhauptleute werden von der Bevölkerung gewählt. Petronius verdankte seine Autorität also dem Plebiszit und keinem aufgeblasenen Richter.

Andererseits hing er an seinem Posten, genoß den Status, den der ihm verschaffte, und war, weil er eine muntere Frau und drci Töchter ernähren mußte, auf seinen Sold angewiesen. Einen Richter gegen sich aufzubringen wäre also keine gute Idee. Nicht einmal ich durfte das von ihm erwarten. Wenn es wirklich hart auf hart käme, würde ich ihn auch gar nicht um Schützenhilfe bitten.

Petronius mußte kurz verschwinden; Probleme schlugen ihm immer auf die Blase. Während er draußen war, entdeckte ich sein Notizbuch neben seinem Mantel auf dem Tisch. Wie alles, was Petronius gehörte, war es solide und strapazierfähig: vier oder fünf wiederverwertbare Wachstäfelchen, zusammengehalten von über Kreuz gebundenen Lederschnüren, vorn und hinten durch zwei Holzscheiben geschützt. Ich hatte oft zugesehen, wie Petro diesen Block zückte, aufschlug und Informationen über einen armen Verdächtigen hineinkritzelte, häufig noch während er sich mit ihm unterhielt. Die Täfelchen hatten die Patina des häufig Benutzten, und das gab ihnen etwas Solides, Verläßliches. Wenn Petro vor Gericht aus dieser seiner Gedächtnisstütze vorlas, hatte er damit schon so manche Verurteilung besiegelt. Nie hätte ich erwartet, daß ich selbst einmal dort in der Liste der verkommenen Subjekte auftauchen würde. Daß ich jetzt darin stand, gefiel mir ganz und gar nicht.

Ich klappte das Decktäfelchen auf und sah, daß Petro einen regelrechten Stundenplan meines Tagesablaufs aufgeschrieben hatte. Tapfer schluckte ich meine Empörung herunter und ergänzte dann fein säuberlich die wenigen Punkte, die noch fehlten.

# X

Als Petro zurückkam, nahm er seine Notizen gleich wieder an sich. Er sah meine Zusätze, sagte aber nichts dazu.

Ich schob die Amphore zur Seite und nahm Petro den Becher weg.

»Zeit, nüchtern zu werden! Sag mir jetzt endlich, was du bisher herausgefunden hast.«

Petro machte ein betretenes Gesicht. Vielleicht kam es ihm komisch vor, ausgerechnet dem Hauptverdächtigen auf die Nase zu binden, welche Beweise er gegen ihn in der Hand hatte – selbst wenn ich der Verdächtige war. Aber Gewohnheit und Freundschaft siegten, und er rückte mit der Sprache heraus.

»Alles, was wir haben, ist eine schrecklich blutige Leiche.«

»Und die Tatzeit?«

»Marponius meint, letzte Nacht, aber er ist einfach in die Idee verliebt, daß ungeheuerliche Verbrechen um Mitternacht geschehen. Es könnte genausogut heute früh passiert sein.«

»Wußt ich's doch!« Die einzige Zeit, für die ich kein Alibi hatte. »Ich werde Marponius aus dem Weg gehen müssen, bis ich beweisen kann, was wirklich geschehen ist. Laß uns mal alle Möglichkeiten durchspielen. Könnte es Selbstmord gewesen sein?«

Petro lachte schallend. »Bei den Verletzungen? Nie und nimmer! Außerdem«, führte er die Vernunft ins Feld, »außerdem hatte das Opfer sein Zimmer im voraus bezahlt.«

»Ja, das wäre wirklich dumm von ihm gewesen, wenn er vorgehabt hätte, sich umzubringen. Und du sagst, er war übel zugerichtet. Wollte da womöglich irgendein Schurke ein Exempel statuieren?«

»Könnte sein. Weißt du vielleicht, was für eins? Oder *wer* da *was* beweisen wollte?«

Ich hatte keine Ahnung.

Gemeinsam gingen wir die möglichen Alternativen durch. Censorinus konnte einen Bettgenossen – egal, welchen Geschlechts – aufgegabelt haben, der irgendwann gewalttätig geworden war. »Wenn, dann hat zumindest im Flora keiner dieses Wesen gesehen«, sagte Petro. »Und du kennst das Flora!« Eine schrecklich neugierige Pinte, wie ich ja schon angemerkt habe.

»Ist er beraubt worden?«

»Sieht nicht so aus. Seine Sachen waren scheint's alle noch da und nicht durchwühlt.«

Ich nahm mir insgeheim vor, das sobald als möglich selbst nachzuprüfen. »Wie wär's mit einem wütenden Gläubiger?« Noch während ich das sagte, fiel mir der falsche Ton auf. Censorinus hatte schließlich selbst Schulden eintreiben wollen! Petro starrte mich an. Die Einzelheiten meines Streits mit dem Legionär hatten sich offenbar wie ein Lauffeuer über das südliche Tiberufer verbreitet. Petronius wußte über die Angelegenheit, die Censorinus nach Rom geführt hatte, mindestens ebensoviel wie ich.

»Ich hab den Soldaten ein paarmal gesehen, als ich während deiner Abwesenheit deine Mutter besucht habe. Mir war schon bald klar, daß er von deiner Familie wohl mehr wollte als bloß eine Gratisunterkunft. Gehe ich recht in der Annahme, daß dein Prachtkerl von Bruder hinter der Sache steckt?« Ich antwortete nicht. »Bei allem Respekt, Marcus Didius«, fuhr Petro jetzt leicht vorwurfsvoll fort, »aber mir scheint, da gibt's doch ein, zwei Dinge, die du erklären könntest!« Er sagte das so, als sei es ihm zuwider, mich in die Enge zu treiben. Doch das wollte bei Petro noch nichts heißen. Er war ein hartgesottener Bursche und konnte auch mit seinen Freunden hart ins Gericht gehen. Falls mein dummes Benehmen einen Polizeigriff oder einen Stoß in die Weichteile notwendig machen sollte, würde Petro davor nicht zurückschrecken. Und er war stärker als ich.

»Entschuldige.« Ich zwang mich, die Geschichte für

ihn auseinanderzudröseln. »Wie du willst: Ja, es gab Ärger wegen eines Geschäfts, an dem Festus beteiligt war. Nein, ich weiß nicht, um was es dabei ging. Ja, ich hab versucht, Censorinus Einzelheiten zu entlocken, aber, nein, er wollte mir nichts verraten. Und glaub mir: Ich wollte damit nichts zu tun haben. Aber ehe ich meinen Kopf für etwas riskiere, was mein famoser Bruder sich eingebrockt hat, werde ich dieses Geheimnis ergründen, so wahr die namenlose kleine Göttin Granatäpfel liebt!«

»Ich bin ziemlich sicher«, sagte Petronius mit dem Anflug eines Lächelns, »daß ein anderer den Soldaten in der Caupona umgebracht hat. Nicht einmal du wärst so dumm gewesen, dich vorher in aller Öffentlichkeit mit ihm zu prügeln.«

»Genau! Aber weil dir Marponius im Nacken sitzt, solltest du mich lieber auf der Liste deiner Verdächtigen behalten, bis meine Unschuld bewiesen ist.« Marponius würde sich irgendwann Petros Meinung anschließen und sie schließlich als seine eigene ausgeben. Aber bis dahin könnte das Leben für mich verflixt anstrengend werden. »Wenn die Beschwerde des Ermordeten Festus gegenüber berechtigt war, hätte ich theoretisch ein Motiv gehabt, ihn aus dem Weg zu räumen.«

»Alle, die euch in der Flora haben raufen sehen, bestätigen, daß Censorinus nie gesagt hat, um was es ihm eigentlich ging.«

»Nett von den Leuten! Aber so ganz im unklaren hat unser Legionär mich nun auch wieder nicht gelassen. Immerhin hat er mir erzählt, daß Festus ihm und ein paar Kameraden Geld schuldete, mit dem sie eine Galeere angemietet hatten, die dann leider unterging.«

»So, wie ich dich kenne«, versetzte er, »hätten die Kerle das nur beweisen müssen, und du hättest deine letzten Ersparnisse hergegeben, bloß um den Namen des wunderbaren Festus reinzuwaschen.« Petro scheute sich nie, gegen den Strom der öffentlichen Meinung anzuschwimmen, und mein Bruder, den so viele bewundert hatten, war bei meinem alten Freund nicht gerade beliebt gewesen. Sie waren wohl einfach zu verschieden.

Petro und ich waren auch recht verschieden, aber glücklicherweise so, daß wir uns ergänzten und Freunde sein konnten.

»Ich benutze ein Messer.«

»Und weißt damit umzugehen!«

Petro hatte uns schon in Aktion gesehen, mich und mein Messer.

Ich wußte jetzt: Petronius Longus hatte dem Richter Marponius die Stirn geboten und darauf beharrt, daß der Mord an dem Soldaten ganz und gar nicht meinem Stil entsprach. Aber solange es keine andere Spur gab, mußten sie sich eben an mich halten.

»Nur der Ordnung halber«, sagte Petronius ruhig. »Wo ist dein Messer?«

Ich zog es aus dem Stiefel und versuchte, nicht gekränkt zu sein. Petro betrachtete die Klinge und prüfte sie auf Blutspuren. Natürlich fand er keine, aber wir wußten beide, daß damit noch nichts bewiesen war. Wenn ich jemanden mit diesem Messer umgebracht hätte, wäre es hinterher gründlich gesäubert worden. Sogar wenn ich die Klinge legal einsetzte, pflegte ich das zu tun: Teil meiner Routine als Koch.

Nach einer Weile gab Petro mir das Messer zurück und warnte: »Du mußt damit rechnen, daß jede Patrouille dich anhält und durchsucht. Ich kann mich doch darauf verlassen, daß du innerhalb der Stadtgrenzen keine Angriffswaffe bei dir hast?« In Rom ist Waffentragen streng verboten, ein raffinierter Trick, der dazu führt, daß gesetzestreue Bürger wehrlos durch finstere Gassen tappen und darauf gefaßt sein müssen, daß irgendein Halunke, der die Gesetze in den Wind schlägt, ihnen die Kehle durchschneidet. Ich sagte nichts. Petro fuhr in geradezu beleidigendem Ton fort: »Und noch was, Falco: Laß dir ja nicht einfallen, deine Visage außerhalb der Stadtgrenze zu zeigen – sonst kannst du die befristete Amnestie sofort vergessen.«

»Na, das ist ja großartig!« Jetzt war ich wirklich böse auf ihn. Wenn er die Amtsperson herauskehrte, konnte Petro einem gehörig gegen den Strich gehen.

»Nein, das ist nur fair! Ist doch nicht meine Schuld, wenn du einen Legionär außer Dienst verprügelst, der kurz darauf ins Gras beißt. Sei lieber froh, daß ich nicht gleich Maß nehme für ein Paar Handschellen. Ich lasse dich an der langen Leine laufen, aber dafür erwarte ich einen Gegendienst, Falco. Ich muß wissen, was das für ein Geschäft war, das dein Bruder damals angezettelt hat, und keiner ist besser geeignet als du, das rauszukriegen.« Da hatte er wahrscheinlich recht. Außerdem hatte ich mir sowieso vorgenommen, hinter diese Geschichte mit den Statuen zu kommen.

»Petro, wenn die Leiche wirklich unsere einzige Spur ist, dann will ich sie mir auch mal ansehen. Liegt der Tote immer noch im Flora?«

Petro bekam schmale Lippen. »Hände weg von der Leiche! Und mach einen großen Bogen um das Flora, wenn's recht ist.«

Es gab Momente in dieser Unterhaltung, wo unsere altbewährte Freundschaft unter argen Druck geriet. »So ein Blödsinn! Manchmal steigt dir deine Position zu Kopf, mein Lieber. Hör endlich auf, mich zu behandeln wie einen müden Ehekrüppel, dessen zänkisches Weib man eben entseelt auf dem Müll gefunden hat.«

»Dann hör du auf, mich rumzukommandieren, als hättest du den ganzen Aventin gepachtet!«

»Du könntest etwas weniger diensteifrig sein.«

»Und du könntest endlich erwachsen werden, Falco!«

Petronius stand auf. Die Lampe flackerte nervös. Ich war nicht bereit, mich zu entschuldigen; er genausowenig. Aber darauf kam es auch nicht an. Unsere Freundschaft war zu fest geschweißt, als daß dieser herablassende Austausch von persönlichen Meinungen sie hätte zerstören können.

Zumindest hoffte ich das. Denn ohne Petros Hilfe konnte die Dummheit, mit der ich mich in den Mordfall Censorinus hatte verwickeln lassen, fatale Folgen für mich haben.

Petronius wandte sich beleidigt zum Gehen, aber an der Tür drehte er sich noch einmal um.

»Ach, übrigens – das mit deiner Schwester tut mir leid.«

Über all den Problemen hatte ich Victorina ganz vergessen und mußte jetzt scharf nachdenken, um zu begreifen, wovon er redete.

Ich wollte sagen, daß seine Trauer gewiß größer sei als meine, beherrschte mich aber grade noch rechtzeitig. Victorinas Kinder taten mir wirklich leid; sie waren jetzt allein auf ihren wankelmütigen Vater, den Stukkateur, angewiesen. Außerdem war ich mir nie ganz sicher gewesen, was das Verhältnis zwischen Victorina und Petronius betraf. Trotzdem, eins stand fest: Wenn es um Frauen ging, war Lucius Petronius Longus nie so schüchtern, wie er aussah.

# XI

Als Petro gegangen war, blieb ich noch eine Weile sitzen; ich hatte über vieles nachzudenken. Das war einer dieser sprichwörtlichen Fälle ohne einfache Lösung – genauer gesagt: ganz ohne Lösung, und damit für mich eher der Normalfall.

Helena Justina kam nachsehen, was ich machte (oder wie tief ich schon in die Amphore geschaut hätte). Vielleicht hatte sie mich auch mit Petronius streiten hören. Auf jeden Fall ahnte sie, daß es ein Problem gab, das vielleicht ernste Folgen für mich haben könnte. Zuerst versuchte sie, mich durch sanftes Am-Arm-Zupfen ins Bett zu locken. Doch als ich darauf nicht einging, ließ sie ihren Plan fallen und setzte sich zu mir.

Ich fing wieder an zu grübeln, aber nicht für lange. Helena wußte, wie sie mit mir umzugehen hatte. Sie sagte nichts, nahm einfach nur meine Rechte zwischen ihre beiden Hände. Ihre Ruhe und das Schweigen hatten etwas Tröstliches, und wie immer hatte sie mich auf diese Weise bald völlig entwaffnet. Eigentlich hatte ich ihr nicht sagen wollen, wie es um mich stand, aber jetzt hörte ich mich entmutigt murmeln: »Besser, du erfährst es von mir – ich bin Hauptverdächtiger in einem Mordfall.«

»Danke, daß du's mir gesagt hast«, versetzte Helena förmlich.

Im nächsten Augenblick war auch meine Mutter zur Stelle. Sie hatte sich noch nie geniert, vertrauliche Gespräche zu belauschen.

»Du brauchst was, damit du bei Kräften bleibst!« rief Mama und wuchtete einen Suppentopf auf die noch glimmende Herdstelle.

Weder sie noch Helena schien auch nur im mindesten überrascht – oder entrüstet –, daß man mir so etwas zutraute.

Soviel zur Loyalität der Frauen.

# XII

Am nächsten Tag war das Wetter noch immer miserabel und meine Stimmung ebenso. Jetzt ging es nicht mehr nur darum, aus familiären Gründen die Vergangenheit meines zwielichtigen Bruders auszuforschen, was schwer genug war. Aber wenn ich der Mordanklage entgehen wollte, dann mußte ich binnen ein bis zwei Tagen den wahren Täter finden und sein Motiv noch dazu. Gelang mir das nicht, durfte ich bestenfalls auf Verbannung in den hintersten Winkel des Imperiums hoffen, und wenn ich das Pech hatte, einen Richter zu bekommen, der Privatermittler nicht mochte – was auf die meisten von ihnen zutraf –, dann würde der mich womöglich an irgendeinem Straßenrand ans Kreuz schlagen lassen wie einen gemeinen Verbrecher oder den Löwen in der Arena zum Fraß vorwerfen.

Hinweise darauf, was Festus und seine Freunde in der Armee seinerzeit ausgeheckt hatten, konnten eigentlich nur aus meiner eigenen Familie kommen. Aber meine Verwandten dazu zu bewegen, wie brave Zeugen stillzusitzen und auf meine Fragen zu antworten, würde eine Sisyphusarbeit werden. Als erstes versuchte ich es bei Maia, meiner Lieblingsschwester. Aber kaum daß ich mich auf einem Diwan ausgestreckt hatte und loslegen wollte, brachte sie mich aus dem Konzept mit der Bemerkung: »Ich bin die letzte, die du fragen solltest! Festus und ich sind doch nie miteinander ausgekommen.«

Maia war das jüngste überlebende Kind unserer Familie, und nach meiner Ansicht war sie auch das hübscheste *und* ehrlichste. Wir waren kaum ein Jahr auseinander; von unserer nächsten Schwester, Junia, trennten mich dagegen drei. Maia und ich halten zusammen, seit wir uns den ersten Kinderbecher geteilt und abwechselnd in einem Laufställchen auf Rädern die ersten torkelnden Gehversuche gemacht hatten. Im allgemeinen war gut mit ihr auszukommen, und wir hatten uns – weder als Kinder, noch später – größer gezankt.

Die meisten Frauen auf dem Aventin verblühen rasch, und nach dem ersten Kind sehen sie fast wie Hexen aus. Maia indes wirkte auch nach vier Geburten immer noch jünger als ihre dreißig Jahre. Sie hatte dunkles, krausgelocktes Haar, wunderschöne Augen und ein fröhliches, rundes Gesicht. Seit sie als junges Mädchen bei einem Schneider gearbeitet hatte, wußte sie, was ihr stand, und sie achtete auch dann noch auf ihr Äußeres, als sie längst mit Famia verheiratet war, einem trunksüchtigen Viehdoktor mit Knollennase und minimalem Charakter. Famia, der sich Doktor nannte, aber eigentlich nur ein besserer Stallmeister war, arbeitete für die Factio, also den Stall der Grünen, was beweist, daß er vom Pferdesport keine Ahnung hatte. Überhaupt schien sein Hirn ausgetrocknet zu sein, sowie er sich an meine Schwester gehängt hatte. Zum Glück hatte sie Grütze genug für zwei.

»Aber Maia, nun laß mich doch nicht so im Regen stehen! Denk mal nach: Als Festus das letzte Mal auf Urlaub war, hat er dir da irgendwas erzählt von einem

Geschäft mit Kameraden aus seiner Einheit und Kunstwerken, die sie aus dem Osten importieren wollten?«

»Nein, Marcus. Festus hätte niemals in meiner Gegenwart über so wichtige Dinge gesprochen. Er war genau wie du damals: Für ihn war doch eine Frau nur dazu da, daß er sie von hinten nimmt, während sie sich über die Herdstelle beugt und ihm das Essen kocht.«

»Aber das ist ja widerlich.« Ich war entsetzt.

»So sind nun mal die Männer«, gab sie lakonisch zurück.

Einer der Gründe, warum Maia Festus nicht gemocht hatte, war sein Einfluß auf mich. Und wirklich hatte er seinerzeit meine übelsten Seiten zum Vorschein gebracht; Maia konnte das kaum mit ansehen. »Ach, nun mach ihn nicht so runter, Maia. Festus hatte ein sonniges Naturell und ein gutes Herz . . . «

»Du meinst, er wollte immer und überall seinen Kopf durchsetzen.« Maia blieb unerbittlich. Normalerweise war sie ein Schatz und sehr umgänglich, aber wenn sie, was selten vorkam, doch mal jemanden auf dem Kieker hatte, dann fiel sie mit Verve über ihn her. Im Übertreiben ist unsere Familie eben ganz groß. »Marcus, wenn du wirklich was über Festus' Machenschaften rauskriegen willst, dann gibt es nur einen Menschen, der dir weiterhelfen kann.«

»Du meinst Geminus?« Unser Vater. Maia und ich waren einer Meinung, was ihn anging, und unsere Ansicht über Papa war alles andere als schmeichelhaft für ihn.

»Unsinn! Ich werde dir doch zu nichts raten, was dich noch tiefer reinreißt. Nein . . . ich habe an Marina gedacht!« Marina war die Freundin meines Bruders gewesen. Aber aus diversen gefühlsmäßigen Gründen wollte ich auch ihr nicht begegnen.

»Wahrscheinlich komme ich nicht drum rum«, sagte

ich düster. Mir graute davor, mit Marina über unser beider letzten Abend mit Festus zu reden.

Maia legte mein Zögern völlig falsch aus. »Was ist denn so schlimm daran? Schön, sie ist ein bißchen beschränkt, aber sollte Festus ihr irgendwas erzählt haben, das tatsächlich in diesem Spatzenhirn hängengeblieben ist, dann wird sie's dir auch sagen. Bei Juno, schließlich ist sie dir doch mehr als einen Gefallen schuldig!« Nach Festus' Tod hatte ich versucht, Marina und ihre kleine Tochter vor dem Verhungern zu bewahren. Derweil zog Marina um die Häuser und amüsierte sich mit den Burschen, die dann irgendwann Festus' Platz in ihrem chaotischen Leben einnahmen. »Soll ich vielleicht mitkommen?« Maia ließ nicht locker. »Ich kann mich Marina schon verständlich machen ...«

»Marina ist nicht das Problem.«

Meine Schwester hatte ganz offensichtlich keine Ahnung, warum ich mich um ein Treffen mit Marina drücken wollte. Das wunderte mich, denn die Sache war durchaus kein Geheimnis. Die Freundin meines Bruders hatte schon dafür gesorgt, daß die ganze Familie von unserer schmutzigen kleinen Affäre erfuhr. Bei seinem letzten Urlaub, genauer gesagt: am Vorabend seiner Abreise nach Judäa, hatte Festus mich und Marina miteinander allein gelassen – was dann folgte, hätte ich liebend gern vergessen.

Das letzte, was ich gerade gebrauchen konnte (besonders jetzt, da ich mit Helena bei meiner Mutter wohnte), war, daß die alte Geschichte wieder aufs Tapet kam. Helena Justina hatte sehr strenge Moralbegriffe, und so was wie ein Techtelmechtel zwischen mir und der Freundin meines Bruders würde sie in hundert Jahren nicht verstehen.

Wie ich meine Familie kannte, bekam Helena vermutlich den ganzen Skandal just in dem Moment in allen Einzelheiten erzählt, während ich niedergeschlagen bei meiner Schwester hockte und ihn aus meinen Gedanken zu verdrängen suchte.

# XIII

Maia wohnte auch auf dem Aventin, keine zwei Straßen von Mama entfernt. Und noch mehr Verwandte, die ich unbedingt besuchen mußte, waren ganz in der Nähe daheim, nämlich die Familie meiner verstorbenen Schwester Victorina. Bei meinen Nachforschungen würde mir das zwar kaum weiterhelfen, aber als inoffizielles Oberhaupt der Familie war es meine Pflicht, ihnen meine Aufwartung zu machen. Und weil eine Mordanklage über mir schwebte, ging ich lieber gleich hin, für den Fall, daß man mich demnächst der Chance berauben würde. Schließlich konnte ich ja theoretisch demnächst verhaftet werden.

Victorina und ihr Brechmittel von Ehemann hatten sich ihr Nest neben dem Tempel der Diana gebaut. Anscheinend war Victorina nie auf die Idee gekommen, daß es vielleicht unpassend war, wenn sie mit ihrer Vergangenheit unzähliger schlüpfriger Rendezvous hinterm Isis-Tempel danach so dicht neben jener keuschen Jagdgöttin lebte.

Auf den ersten Blick war Victorinas und Micos Domizil ein Gebäude in erstklassiger Lage, ansonsten freilich hatte es wenig zu bieten. Die Familie bewohnte zwei Zimmer in einem Hinterhaus, das bei näherem Hinsehen ein wahrer Karnickelbau schäbiger kleiner Appartements war. Im Vorderhaus war eine große Kupferhandlung untergebracht, und das ständige Gehämmere auf Metall hatte die ganze Familie leicht taub werden lassen. Ihre kleine Mietwohnung hatte schiefe Fußböden, viel zu dünne Wände, undichte Decken und stank penetrant nach Urin, weil der Hausbesitzer den großen Pißkübel im Treppenhaus immer zu leeren vergaß. Zum Glück war das stinkende Gefäß wenigstens leck, so daß es immer wieder Platz zum Nachfüllen gab. Die Wohnungen im Hinterhaus bekamen so gut wie kein Tageslicht, was freilich auch sein Gutes hatte, denn wenn die Mieter ihre vier Wände deutlich hätten sehen können, wäre die Schlange der Selbstmörder am Pons Probus zweifellos gewachsen.

Es war eine ganze Weile her, seit ich die Familie meiner Schwester das letzte Mal hatte besuchen müssen, und so fand ich nicht gleich die richtige Wohnung. Wegen des lecken Kübels bewegte ich mich im Treppenhaus mit größter Vorsicht und irrte mich ein paarmal in der Tür, bevor ich an die richtige klopfte. Hastig floh ich vor den Flüchen und zweideutigen Anträgen der Nachbarn, schlüpfte durch die Reste einer grob gewebten Portiere und war endlich am Ziel. Ein größerer Kontrast war kaum vorstellbar als der zwischen der blitzsauberen Behausung, in der Maia ihre Kinder großzog, und diesem feuchten Loch, in dem diese nutzlose Familie in Kohldünsten und dem Mief nasser Kinderwindeln dahinvegetierte.

Mico war daheim. Notgedrungen, denn er hatte wieder mal keine Arbeit. Als Stukkateur war mein Schwager eine Niete, und seine Gilde warf ihn nur aus Mitleid nicht hinaus. Aber selbst wenn die Bauunternehmer händeringend Arbeitskräfte suchten, war Mico der letzte, den sie einstellten.

Als ich hineinkam, versuchte er gerade, seiner Zweitjüngsten den Honig vom Kinn zu wischen. Seine älteste Tochter Augustinilla (um die Helena und ich uns in Germanien gekümmert hatten) funkelte mich so böse an, als wäre ich schuld am Tod ihrer armen Mutter, und stolzierte grußlos aus der Wohnung. Der Sechsjährige drosch mit einer kleinen Tonziege auf sein vierjähriges Brüderchen ein. Ich wollte das Baby von einem schmutzstarrenden Teppich klauben, aber der Kleine war ein ungeselliger Wicht, der sich wie ein Kätzchen, das die Krallen ausfährt, an seine zottelige Unterlage klammerte. Als ich ihn endlich doch auf dem Arm hatte, machte er ein Bäuerchen mit Begleitung. Typisch Kind: sich mit Vorliebe genau in dem Moment zu erleichtern, da ein Gast einen anständigen Mantel zur Verfügung stellt, auf den man spucken kann.

In einer Ecke hockte ein schlampiger Fettkloß, notdürftig von unappetitlichen Lumpen umhüllt, und empfing mich mit freundlich meckerndem Gelächter: Micos Mutter. Anscheinend hatte sie sich glitschig wie Fischtran hier eingenistet, sowie Victorina gestorben war. Sie mampfte einen halben Brotlaib und dachte nicht daran, Mico zu helfen. Die Frauen meiner Familie verachteten diese komische Alte, die sich jede Bewegung zweimal überlegte, aber ich begrüßte sie ohne Hintergedanken. Meine Leute mischen sich grundsätzlich in alles ein, aber es gibt eben auch Menschen, die den Anstand haben, hübsch artig als bloße Parasiten in der Kulisse zu sitzen. Mir gefiel die phlegmatische Art der Alten. Bei Micos Mutter wußte man wenigstens immer genau, woran man war, und nichtsnutzige Flegel mit dem Besen aus dem Haus zu jagen oder hochnotpeinliche Gewissenserforschung zu betreiben war nicht ihr Stil.

»Marcus!« begrüßte mich Mico mit gewohnt überschwenglicher Dankbarkeit, und ich biß unwillkürlich die Zähne zusammen.

Mico war klein und dunkel, hatte ein käsiges Gesicht und ein paar schwarz verfaulte Zähne. Er war bereit, jedermann einen Gefallen zu tun; dafür mußte der Betreffende in Kauf nehmen, daß er seine Sache furchtbar schlecht machte und ihn obendrein noch mit pausenlosem Geschwätz zur Verzweiflung trieb.

»Mico!« erwiderte ich seinen Gruß ebenso herzhaft und schlug ihn auf die Schulter, denn ich ahnte, daß er des männlichen Beistands bedurfte. Wenn Mico aus irgendeinem Grund aus dem Gleichgewicht geriet, verfiel er in Depressionen, und er war schon ein klägliches Häuflein Elend gewesen, bevor fünf mutterlose Kinder, der Einzug seiner Mutter sowie der Verlust von Arbeit, Hoffnung und Glück ihm den Vorwand dazu lieferten. Mico war ein Pechvogel, und darin lag seine wahre Tragödie. Wenn er auf dem Weg zum Bäcker über einen Sack voller Goldstücke gestolpert wäre, dann wäre der garantiert sofort aufgeplatzt, die Aurei wären herausgekollert – und Mico hätte zugeschaut, wie sie einer nach dem anderen in einem heftig plätschernden Kanalschacht verschwanden.

Mir sank der Mut, als Mico mich jetzt mit gewichtiger Miene beiseite nahm. »Marcus Didius, du bist uns doch hoffentlich nicht böse, daß wir das Begräbnis ohne dich gehalten haben . . .«

All ihr Götter, was für ein Sorgenmacher! Ich weiß nicht, wie Victorina es je mit ihm ausgehalten hat. »Na ja, natürlich tut es mir leid, daß ich die Totenfeier verpaßt habe . . .« Ich sagte das mit bewußt heiterer Miene, weil ich wußte, wie sensibel Kinder auf Stimmungen reagieren. Aber zum Glück war Micos Brut vollauf damit beschäftigt, sich gegenseitig die Ohren langzuziehen.

»Ich war so unglücklich, daß du keine Gelegenheit hattest, das Elogium auf deine arme Schwester zu sprechen ...« Abgesehen davon, daß ich heilfroh war, die Grabrede nicht hatte halten zu müssen, was dachte dieser Trottel sich eigentlich? Immerhin war er ihr Mann und hatte am Hochzeitstag die Verantwortung für Victorina übernommen, und zwar im Leben wie im Tode. Es war also seine verdammte Pflicht und Schuldigkeit, sich ein paar höfliche Floskeln auszudenken, die er an ihrem Grab deklamieren konnte. Das letzte, was ich gewollt hätte, war, daß er meinetwegen darauf verzichtete, gewissermaßen als unangebrachte Reverenz vor mir als dem Oberhaupt der Familie Didius. Außerdem hatte Victorina ja auch noch einen Vater gehabt, genau wie wir alle. Ich war nur der arme Pechvogel, dem man Papas Verantwortung aufhalste, als dieser selbstsüchtige Drückeberger es vorzog, sich bei Nacht und Nebel aus dem Staub zu machen.

Mico bot mir einen Schemel an. Als ich mich setzte, zerdrückte ich irgend etwas Weiches unter mir. »Ich freue mich sehr über deinen Besuch, Marcus Didius ... endlich können wir uns einmal aussprechen ...« Mit seiner untrüglichen Menschenkenntnis hatte Mico sich als Vertrauten ausgerechnet einen wie mich erkoren, der sein Gewäsch keine fünf Worte lang aushielt.

»Immer gern zu Diensten, Schwager ...«

Ich kam vom Regen in die Traufe. Mico nahm an, ich sei gekommen, um mir das Begräbnis in allen Einzelheiten schildern zu lassen. »Und du hättest den Trauerzug sehen sollen, Marcus ... Unglaublich, wie viele Leute ihr die letzte Ehre erweisen wollten.« Wahrscheinlich war auf der Rennbahn nichts los an dem Tag. »Victorina hatte ja so viele Freunde ...« Vor allem unter den Männern. Ich werde nie begreifen, wieso Typen, die sich mal mit ’nem Freudenmädchen eingelassen haben, plötzlich so eine Neugier entwickeln, wenn die Kleine vorzeitig dahinscheidet. Aber als Victorinas Bruder hätte ich mich über diesen Aufmarsch ehemaliger Freier am Grab bestimmt schrecklich geärgert.

»Sogar dein Freund Petronius war da!« Das schien selbst Mico zu wundern. Ich beneidete ihn um seine Naivität. »So ein feiner Mensch. Und wie freundlich von ihm, dich zu vertreten . . . «

»Jetzt mach aber mal ’n Punkt, Mico! Petronius Longus ist drauf und dran, mich ins Gefängnis zu stecken.« Mico machte ein so besorgtes Gesicht, daß meine eigenen Ängste wegen meiner Zwangslage gleich noch größer wurden. Um mich wieder zu fangen, wechselte ich rasch das Thema. »Wie kommst du denn nun zurecht?« Micos jähzorniges Baby bearbeitete gerade meine linke Niere mit seinen erstaunlich kräftigen Füßchen. »Brauchst du irgendwas, Schwager?« In Micos Haushalt ging es so drunter und drüber, daß er mir die Frage zum Glück nicht beantworten konnte. »Ich hab den Kindern Neujahrsgeschenke aus Germanien mitgebracht. Sie sind leider noch nicht ausgepackt, aber ich bring sie sobald wie möglich vorbei. Weißt du, bei mir ist eingebrochen worden, und . . . «

Mico zeigte aufrichtiges Interesse. »Ja, ja, ich hab schon davon gehört!« Großartig. Anscheinend wußten alle, was passiert war, aber niemand hatte versucht, etwas dagegen zu unternehmen. »Kann ich dir vielleicht beim Aufräumen helfen?« Nein danke, doch nicht er mit seinen zwei linken Händen! Schließlich wollte ich, daß mein altes Domizil wieder bewohnbar wurde, und zwar möglichst schon nächste Woche und nicht erst zu den nächsten Saturnalien.

»Danke, aber du hast wirklich genug um die Ohren. Laß doch deine Mutter die Kinder hüten, und geh mal ein bißchen raus. Du brauchst Gesellschaft, Mico – und vor allem brauchst du *Arbeit*!«

»Ach, es wird sich schon was finden.« Er war wirklich ein Ausbund an ungerechtfertigtem Optimismus.

Ich blickte mich in dem schmuddeligen Zimmer um. Man merkte eigentlich gar nicht, daß Victorina nicht mehr da war. Das überraschte mich allerdings wenig. Meine Schwester war ja auch zu Lebzeiten dauernd außer Haus gewesen und hatte sich anderswo amüsiert.

»Dir fehlt sie auch, das sehe ich dir an«, sagte Mico leise.

Ich seufzte. Immerhin schien der Versuch, mich zu trösten, ihn aufzuheitern.

Da ich schon mal da war, wollte ich auch ein paar Fragen stellen. »Hör zu, Schwager, ich weiß, jetzt ist eigentlich nicht der richtige Augenblick, aber ich stelle in Mutters Auftrag gewisse Nachforschungen an, und da muß ich leider die ganze Familie fragen. Hat Festus dir mal von einem Geschäft mit griechischen Statuen erzählt? Oder vielleicht von einer Schiffsladung aus Caesarea gesprochen?«

Mico schüttelte den Kopf. »Nein! Festus hat nie mit mir gesprochen.« Ich wußte, warum. Mein Bruder hätte eher einem halbnackten und halb nüchternen Schankmädchen seine Philosophie vom Leben als einem Haufen durcheinanderschwirrender Atome erklären können, als sich mit Mico über die simpelsten Alltäglichkeiten zu verständigen. »Trotzdem war er immer ein guter Freund«, beteuerte mein Schwager jetzt, wie um einen möglichen falschen Eindruck zu korrigieren. Und mit dieser Behauptung lag er nicht einmal falsch. Bei Festus konnte man sicher sein, daß er stets ein paar Brotkrumen für einen aus dem Nest gefallenen Vogel oder ein gutes Wort für einen dreibeinigen Köter übrig hatte.

»Ich wollte dich bloß mal fragen, weil ich nämlich

rausfinden muß, was für einen Handel Festus bei seinem letzten Urlaub in Rom eingefädelt hat.«

»Da kann ich dir leider nicht weiterhelfen, Marcus. Wir haben ein paar Becher Wein zusammen getrunken, und Festus hat mir ein, zwei Aufträge besorgt, aber das war auch alles.«

»Und was waren das für Aufträge?« Die letzte schwache Hoffnung.

»Ganz normale Sachen. Mauerwerk verputzen ...« Mein Interesse erlosch. Aber Mico hatte noch einen freundschaftlichen Tip für mich: »Wahrscheinlich weiß Marina über Festus' Geschäfte Bescheid. Die solltest du mal fragen.«

Ich bedankte mich so würdig, als wäre mir nie der Gedanke gekommen, mit der Freundin meines Bruders über ihn und seine Pläne zu sprechen.

# XIV

Wenn ich den Mord an dem Soldaten je aufklären wollte, mußte ich die Sache direkter angehen. Petronius Longus hatte mir zwar den Zutritt zum Flora so gut wie verboten, doch ich hatte nicht vor, ihm zu gehorchen. Es war Mittagszeit, also schlug ich den kürzesten Weg zur Caupona ein.

Das war taktisch falsch, und ich mußte leider am Flora vorbeigehen: Einer von Petros Soldaten saß nämlich draußen vor der Kneipe auf einer Bank neben dem Bettler auf seinem Faß. Der Soldat hatte zwar einen

Weinkrug und einen Teller mit matschigen, gefüllten Weinblättern vor sich stehen, aber ich wußte, weshalb er dort war. Petro hatte ihm aufgetragen, dafür zu sorgen, daß ich nicht reinkam. Der Kerl hatte die Frechheit, mich anzugrinsen, als ich mit gespielter Nonchalance auf der anderen Straßenseite vorbeispazierte.

Ich ging heim zu Mama. Mein zweiter Fehler.

»O Juno, sieh mal, wer da angezockelt kommt!«

Allia ist meine zweitälteste Schwester. Sie war immer Victorinas treueste Verbündete gewesen, deshalb stand ich in ihrer Gunst so tief wie der Bodensatz in einer leeren Amphore. Umgekehrt hatte sie bei mir erst recht keinen Stein im Brett. Bestimmt war sie gekommen, um sich was von Mutter auszuborgen – Allia lebte praktisch auf Pump –, aber zum Glück wollte sie gerade gehen, als ich reinkam.

»Falls du mich mit deinen Fragen zu Festus löchern wolltest – spar dir die Spucke!« erklärte meine Schwester mit dem üblichen Trotz. »Ich weiß nichts über seine Geschäfte, und außerdem hab ich keine Zeit.«

»Besten Dank auch«, sagte ich.

Mit Allia zu argumentieren wäre sinnlos gewesen. Also verabschiedeten wir uns auf der Schwelle, und sie schlurfte davon, grobknochig und ein wenig unbeholfen, als ob die Hebamme sie bei der Geburt falsch angepackt hätte.

Helena und Mama saßen auffällig gerade am Tisch. Ich hockte mich auf eine Truhe und war auf das Schlimmste gefaßt.

»Allia hat uns ein paar interessante Geschichten erzählt«, begann Helena unverblümt. Damit konnte nur eine Geschichte gemeint sein: die mit Marina. Meine stille Hoffnung, Helena würde nie davon erfahren, war dahin.

Ich sagte nichts, sah aber, wie Helena die Zähne zusammenbiß – mit deutlichem Überbiß auf der linken Seite: ein untrügliches Zeichen dafür, daß sie wütend war. Aber ich hatte selbst eine gehörige Wut im Bauch. Begegnungen mit Allia waren für mich immer so, als müsse ich etliche Stunden meiner Kindheit noch einmal durchleben – und zwar gerade jene tristen und unerfreulichen, die man normalerweise als Erwachsener aus seinem Gedächtnis tilgt.

Mutter sah müde aus und ließ mich mit Helena allein.

»Nun schau nicht so durchtrieben!« Wenigstens sagte sie endlich was!

Verstohlen holte ich einmal tief Luft. »Nun frag schon!«

»Wonach denn, Marcus?«

Ich wollte eine Chance, die Sache aus der Welt zu argumentieren. »Na, nach der vergifteten Distel halt, die Allia ins Melonenfeld gepflanzt hat.«

»Ich hol dir was zu essen«, sagte Helena, als hätte sie mein großmütiges Angebot nicht gehört.

Sie wußte schon, wie sie mich bestrafen konnte.

# XV

Das Mittagessen, das Helena mir vorsetzte, war in Ordnung – mehr allerdings nicht. Ich trollte mich gleich danach mit einer Miene, als hätte ich was Wichtiges vor. In Wirklichkeit trainierte ich den ganzen Nachmittag in der Palaestra meiner Ringkampfschule, denn ich mußte mal in aller Ruhe über den Mord an Censorinus nachdenken – und außerdem wollte ich mich für das, was möglicherweise auf mich zukam, in Form bringen.

Als ich in der Palaestra ankam, sah Glaucus mich so komisch an. Auch wenn er nichts sagte, wußte ich, daß Petronius ihn ausgefragt hatte.

Danach hatte ich es nicht eilig, wieder heim zu meiner Mutter zu kommen. Während ich so über die Via Ostia trottete, hörte es endlich auf zu regnen. Eine fahle Sonne schob sich durch die Wolken und warf heiteren Glanz auf Dachgauben und Markisenstangen. Ich wagte es, die Kapuze vom Kopf zu streifen, und schnupperte ausgiebig die klare, kalte Luft, die nun nicht mehr nach Gewitterstürmen roch. Nein, das war ganz einfach ein normaler römischer Wintertag.

Die Stadt lag im Halbschlaf. Die paar Menschen, die irgendwas erledigen mußten, konnten das fröhliche Treiben nicht ersetzen, das ich aus wärmeren Tagen gewohnt war. Niemand lustwandelte in Caesars Gärten, kein Nachbar schrie dem anderen von Balkon zu Balkon die letzten Neuigkeiten zu, kein Faulpelz döste auf seinem Schemel in einer Toreinfahrt, und es ging auch niemand ins Theater und erfüllte die Abendluft mit dem Echo klatschender Hände. Weder hörte ich Musik, noch sah ich festlich gekleidete Leute auf dem Weg zu einem Fest. Nur der beißende Rauch aus den Thermen mischte sich schwer und träge mit der Luft.

Die ersten Lichter flammten auf, und es war entschieden an der Zeit, sich irgendein Ziel zu suchen, auch wenn es nicht der heimische Herd war. Wenn ich mich weiter so ziellos rumdrückte, konnten die falschen Leute auf mich aufmerksam werden, ganz abgesehen davon, daß solch einsame Spaziergänge einen Mann deprimieren.

Da ich sowieso schon ziemlich am Boden zerstört war, probierte ich noch mal mein Glück im Flora.

Diesmal war kein Vertreter der Aventinischen Wache zu sehen, aber ich mußte trotzdem auf der Hut sein, weil Petronius manchmal auf dem Heimweg in der Kneipe haltmachte. Ich will nicht sagen, daß er einer Stärkung bedurfte, ehe er seiner Frau und den drei lauten Gören gegenübertrat, aber Petro war ein Gewohnheitsmensch, und das Flora eines seiner Stammlokale. Also schaute ich mich erst rasch draußen wie drinnen um, bevor ich meinen Füßen die wohlverdiente Rast gönnte.

Ich hatte anscheinend genau den richtigen Zeitpunkt abgepaßt. Petros Schnüffler hatte seine Schicht beendet und war zum Rapport ins Wachlokal zurückgekehrt. Gäste waren keine da. Die Prasser vom Tage hatten sich verkrümelt, und für das Abendvolk war es noch zu früh. Ich hatte das Flora also ganz für mich allein.

Ich lehnte mich an die Theke. Epimandos, diese Witzfigur von einem Kellner, war dabei, Schüsseln auszukratzen, aber sowie er mich sah, ließ er die Spachtel fallen.

»Wie immer?« entfuhr es ihm aus alter Gewohnheit, bevor er vor Angst erstarrte.

»Heute nichts zu essen. Ich hab nur Zeit für einen halben Roten, Hausmarke, versteht sich.« Ich ließ ihn zappeln. Ausnahmsweise reagierte Epimandos wieselflink. Der Krug erschien so rasch, daß ich aus Versehen fast hineingelangt hätte, als ich mich nach einem schnellen Kontrollblick auf die Straße wieder dem Tresen zuwandte. Petronius war nicht in Sicht.

Epimandos starrte mich an. Offenbar wußte er, daß ich der Hauptverdächtige im Falle Censorinus war, und wunderte sich natürlich, daß ich so munter in seiner Kneipe aufkreuzte, während doch der ganze Aventin schon auf die Nachricht von meiner Festnahme lauerte.

Es machte mir solchen Spaß, ihn hinzuhalten, daß ich erst mal einen großen Schluck Wein trank, wie einer, der sich ordentlich einen ansaufen will. Epimandos platzte vor Neugier, traute sich aber nicht, mich was zu fragen, aus Angst, ich könnte dann etwas Furchtbares sagen oder tun. Ich amüsierte mich mit bitteren Betrachtungen darüber, wie er wohl reagieren würde, wenn ich tatsächlich der Täter wäre; wenn ich mich wirklich betrinken, an seiner gastlichen Schulter ausweinen und ihm wie ein Trottel mein Verbrechen gestehen würde. Eigentlich sollte er mir dankbar sein dafür, daß ich ihm eine Sensation lieferte, mit der er später den Gästen einen gehörigen Nervenkitzel bieten konnte. Mit Berichten wie »Falco war hier, hat einen halben Roten getrunken und ist wieder gegangen« würde er kaum Eindruck schinden.

Ich zahlte und vergewisserte mich, daß ich auch keinen Tropfen übriggelassen hatte, für den Fall, daß Petro doch noch aufkreuzte und ich überstürzt türmen müßte.

Die Sorge, ich könnte gehen, ohne ihm irgendeinen Stoff zum Tratschen geboten zu haben, ließ den Kellner schließlich seine Sprache wiederfinden. »Die Leute sagen, du wirst bald eingesperrt.«

»Die Leute sind froh, wenn's anderen schlechtgeht. Ich habe nichts getan.«

»Die Männer von der Aventinischen Wache sagen, daß es dir schwerfallen dürfte, dich da rauszureden.«

»Die werde ich wegen Verleumdung verklagen!«

Epimandos zupfte mich aufgeregt an der Tunika. »Aber du bist doch Privatermittler! Du kannst doch deine Unschuld beweisen ...« Sein Vertrauen in meine Fähigkeiten war direkt rührend.

Ich fand es an der Zeit, sein hektisches Gebrabbel zu unterbrechen. »Epimandos, hör zu! Wieviel, damit ich einen Blick in die Kammer oben werfen kann?«

»Welche Kammer?« fiepte er erschrocken.

»Na, wie viele üble Geheimnisse habt ihr denn hier im Flora?« Der Kellner wurde blaß. Die Spelunke hatte bestimmt schon mehr als einem zwielichtigen Charakter als Unterschlupf gedient. »Beruhige dich, ich will ja gar nicht in der dunklen Vergangenheit der Caupona herumstochern.« Epimandos blieb schreckensstarr. »Ich rede natürlich von dem Zimmer, in dem euer Gast vorzeitig aus der Legion ausgeschieden ist.« Der Kellner stand stumm und reglos. Ich schlug einen härteren Ton an: »Epimandos, du sollst mir die Kammer zeigen, in der Censorinus übernachtet hat!« Ich dachte schon, er würde ohnmächtig. Daß Epimandos sehr schlechte Nerven hatte, habe ich wohl schon erwähnt – deshalb hielt ich ihn ja für einen entlaufenen Sklaven.

»Ich kann nicht!« flüsterte er endlich verzweifelt. »Die haben die Tür mit einem Seil zugebunden. Bis vor zehn Minuten war noch eine Wache davor ...« Er schien krampfhaft nach Ausflüchten zu suchen.

»Beim Herkules! Soll das heißen, daß die Leiche noch in eurem Taubenschlag ist?« Ausdrucksvoll schlug ich die Augen zur Decke. »Wie unangenehm! Wenn das Blut erst durch die Decke tropft, werden euch die Gäste fortlaufen.« Der Kellner schaute immer unbehaglicher. »Warum ist der Tote nicht längst abtransportiert worden?«

»Weil er Soldat war«, krächzte Epimandos. »Petronius Longus sagt, da muß erst die Armee verständigt werden.«

Das war blanker Unsinn und paßte überhaupt nicht zu meinem respektlosen Freund Petro, der sich sonst ohne Zögern über umständliche Formalitäten hinwegsetzte. Ich runzelte die Stirn. Konnte es sein, daß Petronius die Order zum Abtransport der Leiche absichtlich zurückgehalten hatte, damit ich doch noch einen kurzen Blick darauf werfen konnte?

»Habt ihr heute abend Austern?« erkundigte ich mich bei Epimandos.

»Nein.«

»Schön, ich nehme ein Dutzend.«

Da ich aufgehört hatte, von Leichen zu sprechen, gewann Epimandos langsam seine Fassung wieder. »Aber Falco, bei uns gibt's doch niemals Austern.« Er war es gewohnt, mit Leuten umzugehen, die taub oder betrunken waren oder auch beides gleichzeitig. »Austern gibt's drüben bei Valerius.« Das war der Wirt der Caupona von gegenüber, einem sauberen und adretten Lokal, das aber immer leer war. Aus unerfindlichen Gründen hatten sich die Leute aus dem Viertel entschieden, Valerius genauso standhaft zu boykottieren, wie sie dem Flora die Treue hielten, obwohl man im Flora kräftig übers Ohr gehauen wurde und sich obendrein meistens Magenschmerzen holte.

»Ich hab keine Lust, das Lokal zu wechseln, Epimandos, also sei so gut und hol mir welche, ja? Bring gleich zwei Dutzend.«

Ob er die List durchschaute, weiß ich nicht. Jedenfalls ließ Epimandos sich überreden und zockelte über die Straße. Hoffentlich war er so gescheit, bei Valerius einen ausgiebigen Schwatz mit seinem Kollegen zu halten!

Kaum war Epimandos außer Sicht, da sauste ich wie der Blitz durch die Küche und die Hintertreppe hinauf. Ich wußte, wo die Zimmer lagen, denn wenn Mamas Verwandte aus der Campania in Rom einfielen, brachten wir sie manchmal hier unter. Das Flora hatte insgesamt drei Gästezimmer – zwei winzige Kabuffs über der Küche und einen etwas größeren Raum über dem Lokal. Censorinus hatte im großen Zimmer geschlafen, denn diese Tür war zugebunden.

Petronius hatte mir mein Messer nach gründlicher Prüfung zurückgegeben; jetzt wollte ich die Taue, die kreuzweise zwischen zwei großen Nägeln gespannt waren, damit durchschneiden, doch zum Glück sah ich gerade noch rechtzeitig, wie schlampig Petros Männer gearbeitet hatten. Auf den ersten Blick wirkte das schwere, mehrfach geschlagene Hanfseil zwar imposant und abschreckend, aber der zierlichste Pantomimendarsteller hätte sich trotz dieser Absperrung Zutritt verschaffen können, ohne daß ihm auch nur ein Fingernagel abgebrochen wäre. Es gelang mir, einen Knoten so abzuziehen, daß das Seil unversehrt blieb. Wenn ich schnell genug war, würde niemand merken, daß ich heimlich am Tatort gewesen war.

Ohne lange darüber zu rätseln, was die Soldaten sich wohl bei dieser jämmerlichen Absperrung gedacht hatten, öffnete ich vorsichtig die Tür zu dem Zimmer, in dem Censorinus ermordet worden war.

# XVI

Verlangen Sie jetzt bloß keine Beschreibung.

Man ist ja nie vorbereitet auf das, was kommt. Manchmal – in den wenigen Glücksfällen – finden sich kaum Anzeichen dafür, daß ein Gewaltverbrechen begangen wurde. Gelegentlich sind die Spuren so minimal, daß Straftaten überhaupt nicht entdeckt werden. In anderen Fällen ist die Brutalität so entsetzlich offensichtlich, daß man fassungslos zurücktaumelt und einfach nicht begreift, wie ein Mensch einen anderen so grausam zurichten kann. Hier hatte ich es mit letzterem zu tun.

Dieser Mord war augenscheinlich in einem Blutrausch begangen worden, auf dessen Ausmaß auch Petros Warnung mich nicht vorbereitet hatte. Petronius war offenbar ein Freund griechischer Untertreibung.

Er hatte davon gesprochen, daß hier Schurken am Werk gewesen waren, die vielleicht ein Zeichen setzen wollten, und irgendein Unterweltkönig den Mord an Censorinus bestellt hatte. Aber nach dem ersten Blick auf den Tatort verwarf ich diese Theorie. Wer immer Censorinus Macer umgebracht hatte, war unter verheerendem Druck zum Täter geworden.

Es konnte nur ein Mann gewesen sein. Gewiß, auch eine rachsüchtige Frau kann Furchtbares anrichten, aber die Spuren deuteten auf brutale Kräfte, und der Wahnsinnige, der diese Tat beging, hatte auch dann noch zugestochen, als sein Opfer längst tot war. Das Gesicht, das anzuschauen mich große Überwindung kostete, war kaum wiederzuerkennen. Petro hatte recht: Alles, alles war voller Blut; es war sogar bis an die Decke gespritzt. Um dieses Zimmer je wieder anständig sauber zu kriegen, würde man es komplett ausräumen und alle Oberflächen mehrmals schrubben müssen. Olympus allein wußte, wie der Mörder ausgesehen hatte, als er den Raum verließ.

Selbst jetzt, wo das Blut längst getrocknet war, mußte ich mich zwingen einzutreten.

Doch mein ganzes Manöver wäre sinnlos gewesen, wenn ich die Gelegenheit jetzt nicht auch nutzte. Also besann ich mich auf meine Routine und machte mich an die Arbeit.

Der Raum war grob geschätzt viereinhalb Quadratmeter groß. Ein kleines Zimmer. Das einzige Fenster war schmal, hoch und hatte eine tiefe Fensterbank. Auf dem schmalen Bett nur eine Decke, nicht einmal ein Kissen. Ansonsten beschränkte sich die Einrichtung auf einen Kleiderhaken, unter dem ein verschossenes scharlachrotes Uniformteil lag, das vielleicht während der Tat auf den Boden gefallen war, und einen Schemel neben dem wackeligen Betthaupt. Auf dem Schemel stand eins von Floras fleckigen Holztabletts mit einem vollen Krug und einem umgeworfenen Weinbecher. Der samtige Rotwein im Krug war wie ein grausiger Hohn auf das angetrocknete, verkrustete Blut ringsum.

Die Ausrüstung des Legionärs war ordentlich am Fußende des Bettes gestapelt. Um die Sachen in Augenschein zu nehmen, mußte ich dicht an dem Leichnam vorbei, der ausgestreckt auf dem Bett lag. Petro und seine Männer hatten das Gepäck des Soldaten natürlich schon durchsucht, aber angesichts der Mordanklage über meinem Kopf mußte ich mir selbst ein Bild machen.

Die Stiefel des Toten lugten unterm Bett hervor; ich stolperte über einen Schuh und wäre beinahe auf die Leiche gefallen. Der Schreck würgte mich, doch ich riß mich zusammen und suchte weiter nach Spuren.

Censorinus hatte bereits die Stiefel ausgezogen; das heißt, er lag zur Tatzeit entweder im Bett, wollte sich gerade hinlegen oder wieder aufstehen. Daß er unter der Decke Gesellschaft gehabt hatte, war zwar nicht auszuschließen, aber ich tippte eher auf einen Eindringling als Täter. Censorinus war nicht für Besuch gekleidet. Ein Soldat zieht seine Stiefel an, bevor er »Herein« ruft, wenn's klopft, damit er auch zutreten kann, falls ihm das Gesicht des Gastes nicht gefällt.

Außerdem stand nur ein Becher auf dem Tablett.

Sein Gepäck schien vollständig zu sein, genau wie Petronius gesagt hatte. Ich hatte ja seine ganze Habe gesehen, als ich Censorinus beim Packen half, damit er Mamas Gästezimmer schneller räumte: Schwert, Degen und Gürtel; Helm, Knotenstock und ein Tornister mit dem üblichen kleinen Werkzeug; dazu eine rote Tunika zum Wechseln und etwas Unterwäsche. Da Censorinus auf Urlaub war, hatte er weder Schild noch Speere dabei. Das einzige Dokument, das ich fand, war eine alte Herbergsrechnung (von einer Mansio draußen in der Campania, die ich gut kannte).

Die Waffen waren alle ordentlich verstaut. Das entsprach meiner Theorie: Der Legionär war von seinem Mörder überrumpelt worden. Der Angriff war völlig unerwartet gekommen. Censorinus hatte offensichtlich nicht einmal den Versuch gemacht, nach seinem Schwert zu greifen und sich zu verteidigen. Wahrscheinlich war gleich der erste Hieb tödlich gewesen.

Ob man ihm seine Barschaft gestohlen hatte? Bei Mama hatte er mir seine Finanzlage vorenthalten, doch jetzt entdeckte ich, daß er eine Armbörse trug. Sie schien ungeöffnet. Was da hineinpaßte, hätte nicht mal für die Reise nach Rom gereicht. Die Matratze sah aus, als hätte sie jemand hochgehoben und darunter nach Geld gesucht, aber das konnte auch Petronius gewesen sein. Und solange die Leiche darauf lag, konnte ich das Bett nicht gründlich untersuchen. Nein, erst mußte man Censorinus herunterheben. Ich war in einer verzweifelten Lage – aber so verzweifelt nun auch wieder nicht.

Bei dem grausigen Zustand des Zimmers reizte es mich auch nicht, unter den Dielenbrettern rumzustöbern. Außerdem stellten sich da rein praktische Probleme: Ich hatte nur sehr wenig Zeit, kein Brecheisen dabei und durfte keinen Lärm machen. Wahrscheinlich würde Petro wiederkommen und den Fußboden aufreißen. Besser, daß er fand, was immer dort versteckt sein mochte.

Ich versuchte, mir alles genau einzuprägen, um später daheim darüber nachzudenken. Im nachhinein gewinnen manchmal Kleinigkeiten, die zunächst gar nicht wichtig scheinen, unversehens an Bedeutung.

Endlich schob ich mich mit abgewandtem Blick an der Leiche vorbei und schlüpfte hinaus.

Ich mußte mich ordentlich zusammenreißen, um mit halbwegs ruhiger Hand die Absperrseile so zu verknoten, daß niemand Verdacht schöpfen würde. Als ich das geschafft hatte und mich zum Gehen wandte, sah ich eine Gestalt unten an der Treppe stehen, die mich schier zu Tode erschreckte.

»Epimandos!«

Wir starrten einander an, und ich erkannte selbst auf die Entfernung, daß er genausoviel Angst hatte wie ich.

Langsam, ganz langsam stieg ich die Treppe hinunter und spürte auf jeder Stufe, wie das Grauen von oben mir nachschlich und mich im Nacken kitzelte.

Epimandos versperrte mir den Weg. Er trug eine Tonschüssel voller Austern, die er mühelos in der Armbeuge zu balancieren schien; offenbar trainiert es die Muskeln, wenn man jahrelang riesige Töpfe vom Feuer auf die Thekenlöcher und wieder zurück hievt.

»Ach, du bringst die Austern ... So ein Pech, ich hab keinen Appetit mehr.«

»Weißt du schon, wer's war?« flüsterte der käsebleiche Kellner ängstlich.

»Ich jedenfalls nicht!«

»Natürlich nicht.« Epimandos hatte gelernt, seinen Stammgästen die Stange zu halten.

Eigentlich hätte ich mir eine kleine Verschnaufpause gewünscht, aber weil ich den Kellner ausnahmsweise einmal hier draußen in der Küche sprechen konnte, wo keine fremden Ohren uns belauschten, fragte ich ihn nach der Mordnacht.

»Das hab ich alles schon dem Wachhauptmann erzählt.«

»Du hast doch Gemeinschaftssinn. Erzähl's mir einfach noch mal.«

»Das gleiche, was ich Petronius gesagt habe?«

»Nur, wenn's die Wahrheit ist! Also: Wann ist Censorinus nach dem kleinen Zwist mit mir wieder hier aufgekreuzt?«

»Noch am selben Abend.«

»Allein?«

»Ja.«

»Da bist du ganz sicher?«

Epimandos war sicher gewesen, bis ich ihn ins Kreuzverhör nahm. Als er noch einmal gründlich nachdenken sollte, kamen ihm prompt Zweifel. Seine Augen rollten wild, als er zitternd beteuerte: »Jedenfalls war er allein, als er hier gegessen hat.«

»Aha. Und danach – ist er im Flora geblieben?«

»Ja.«

»Und hat getrunken?«

»Nein, er ist gleich nach oben gegangen.«

»Hat er irgendwas gesagt?«

»Was soll er denn gesagt haben?« erkundigte Epimandos sich argwöhnisch.

»Na, irgendwas.«

»Nein.«

»Und hat später am Abend jemand nach ihm gefragt?«

»Nicht daß ich wüßte.«

»Hattest du denn an dem Abend viel zu tun?«

»Jedenfalls mehr als Valerius.« Das hieß normaler Betrieb.

»Hätte an dem Abend jemand an dir vorbei in die Küche und hinauf zu den Fremdenzimmern gehen können, ohne daß du ihn bemerkt hättest?«

»Könnte sein.« Vorn am Tresen und in der Gaststube war es so eng, daß sich eigentlich keiner unbemerkt hineinmogeln konnte. Aber den Hintereingang der Caupona, durch den wir Stammgäste entwischten, wenn wir den Schuldeneintreiber kommen sahen, den konnte der Kellner unmöglich die ganze Zeit im Auge behalten. Darum nahmen auch die Gerichtsvollzieher samt ihren Schergen diesen Weg mit Vorliebe, weil sie so ihre Opfer überrumpeln konnten.

»Bist du zwischendurch mal weg gewesen?«

»Nein, doch nicht bei dem Sauwetter.«

»Und du hast den ganzen Abend bedient?«

»Bis zur Sperrstunde, ja.«

»Wohnst du eigentlich auch hier?« Epimandos nickte widerstrebend. »Zeig mir mal deine Kammer.«

Der Verschlag neben der Küche, in dem der Kellner hauste, war ein elendes Loch. Die Schlafstelle war nichts weiter als ein Mauersims, notdürftig mit einem Strohkissen und schmutziger Decke ausgestattet. An persönlicher Habe entdeckte ich nichts weiter als ein Amulett, das an einem Nagel hing, und eine Wollmütze. Das Amulett hatte ihm mein Bruder gegeben, wahrscheinlich als Pfand für eine unbezahlte Rechnung.

Von hier aus hätte Epimandos es eigentlich hören müssen, wenn nach der Sperrstunde noch jemand in die Caupona gekommen wäre, egal, ob durch die Schiebetür vorn oder durch den Hintereingang. Allerdings standen fünf leere, umgestürzte Amphoren an der Wand neben dem armseligen Lager: offenbar durfte der Kellner – als eine Art Deputat – die Reste trinken, die die Gäste übriggelassen hatten. Vermutlich torkelte Epimandos an einem Abend mit gutem Umsatz sturzbetrunken ins Bett. Die Schlitzohren der Gegend wußten das vielleicht. Womöglich hatte er in der Mordnacht einen solchen Vollrausch gehabt, daß er den brutalen Kampf oben im Fremdenzimmer einfach nicht mitbekam.

»Versuch dich zu erinnern: Hast du in der Nacht irgendwelche verdächtigen Geräusche gehört?«

»Nein, Falco!« Er sagte das so bestimmt, daß ich unwillkürlich mißtrauisch wurde.

»Sagst du die Wahrheit?«

»Klar!«

»Ja, natürlich ...« Aber glaubte ich ihm auch?

Inzwischen riefen die Gäste draußen schon ungeduldig nach Bedienung. Epimandos, der offenbar nicht schnell genug von mir und meinen Fragen wegkommen konnte, wollte sich geschmeidig an mir vorbeidrücken. Da schoß ich meinen schärfsten Pfeil ab.

»Wer hat eigentlich die Leiche gefunden, Epimandos? Du vielleicht?«

»Nein, die Wirtin, als sie bei ihm abkassieren wollte.«

Also existierte doch eine Wirtin! Ich war so perplex, daß ich den Kellner entwischen ließ und er sich um die Krakeeler draußen am Tresen kümmerte.

Kurz darauf verschwand ich durch den Hintereingang, eine aus alten Latten roh zusammengezimmerte Stalltür an rostigen Angeln, die auf eine Gasse voller Unrat führte: leere Pökelfischtöpfe und Olivenkrüge – hier draußen verrotteten, umwabert von entsprechenden Düften, ungefähr fünfzehn Jahre Leergut.

Jeder, der wie ich schon sein halbes Leben lang im Flora verkehrte, kannte diesen unverschlossenen und unverschließbaren Ein- und Ausgang, aber auch ein

Fremder hätte ihn mit etwas Geduld und Phantasie leicht finden können.

Ich blieb kurz stehen. Wäre ich grade von der Leiche gekommen, hätte ich mich bestimmt heftig übergeben müssen, aber während der Befragung des Kellners hatte sich mein Magen wieder ein wenig beruhigt.

Ich drehte mich um und untersuchte die Stalltür sorgfältig auf Blutspuren, die der Täter beim Rückzug vielleicht hinterlassen hatte. Zwar konnte ich keine entdecken, aber gleich hinter dem Türstock in der Küche standen volle Wassereimer. Der Mörder hätte sich also leicht wenigstens die Hände waschen können, bevor er das Weite suchte.

In Gedanken versunken schlenderte ich zurück zur Hauptstraße. Als ich auf dem Heimweg am Vordereingang der Caupona vorbeikam, sah ich auf dem Gehsteig gegenüber, gleich vor dem Valerius, eine große Gestalt, die sich in den Schatten der Häuserwand duckte. Ich achtete nicht weiter darauf und ging weiter. Das finstere Individuum dort drüben war weder ein Räuber noch ein marodierender Zuhälter. Ja, ich hatte die wuchtige Statur auf den ersten Blick erkannt und wußte auch, was der Mensch dort vorhatte. Es war mein Freund Petronius Longus, der mich argwöhnisch überwachte.

Ich rief ihm ein spöttisches »Guten Abend« zu und ging weiter.

Der Versuch mißlang. Schon an der nächsten Ecke dröhnten Petros schwere Schritte dicht hinter mir. »He, nicht so hastig, Freund!«

Was blieb mir anderes übrig – ich mußte stehenbleiben.

Noch ehe ich ihn gehörig anschnauzen konnte, kam

er mir in grimmigem Ton zuvor: »Die Zeit läuft ab, Falco!«

»Ich arbeite Tag und Nacht an dem Fall. Wieso schnüffelst du mir hinterher? Ich hab nur mal einen Blick in die Caupona geworfen.«

Immerhin hatte er soviel Anstand, nicht zu fragen, was ich dort wollte. Wir schauten beide zurück aufs Flora, wo die gleichen trüben Tassen wie jeden Abend am Tresen lehnten und sich über Nichtigkeiten stritten, während Epimandos die kleinen Lämpchen anzündete, die abends über der Theke aufgehängt wurden. »Ich frage mich, ob der Täter sich von der Straße aus gewaltsam Zutritt zum Zimmer des Legionärs verschafft haben könnte ...«

Der Ton, in dem er das sagte, verriet mir, daß er das nicht für wahrscheinlich hielt. Ein prüfender Blick auf die Fassade des Flora machte klar, daß, solange das Lokal geöffnet hatte, niemand unbemerkt hochklettern konnte. Wenn zur Sperrstunde die Läden geschlossen wurden, blieben auf der Straßenseite bloß zwei tief zurückversetzte Fensterschächte über dem Schankraum, aber die waren nur mit einer Leiter zu erreichen, und selbst dann würde ein ausgewachsener Mensch sich nur mit Mühe durch eine so enge Luke zwängen können. Außerdem hätte Censorinus den Eindringling lange vorher gehört.

»Ich glaube«, sagte ich kopfschüttelnd, »daß der Mörder die Treppe genommen hat.«

»Und wer war's?«

»Hetz mich nicht, ich arbeite ja dran!«

»Dann leg aber mal einen Zahn zu! Marponius hat mich morgen zum Rapport über diesen verdammten Fall bestellt, und ich prophezeie dir jetzt schon, daß ich dich hinterher einlochen soll.«

»Dann gehe ich dir lieber aus dem Weg.«

Petro knurrte etwas Unverständliches und ließ mich ziehen.

Ich war schon um die Ecke, als mir einfiel, daß ich ihn nach der Wirtin der Caupona hatte fragen wollen, jener geheimnisvollen Vermieterin, die laut Epimandos den Leichnam gefunden hatte.

Schweren Herzens kehrte ich zu Mama zurück. Bis auf ein paar Vermutungen zum Verlauf des Abends, an dem Censorinus ermordet wurde, war ich keinen Schritt weitergekommen. Und was sein Tod mit Festus zu tun hatte, war mir absolut schleierhaft. Censorinus war von jemandem umgebracht worden, der ihn abgrundtief haßte. Derart krasse Feindseligkeiten paßten nicht zu meinem Bruder, der zwar ein Luftikus, aber mit aller Welt gut Freund gewesen war.

Oder täuschte ich mich? Vielleicht hatte ja irgendwer, von dem ich nichts wußte, einen Zorn auf Festus, und womöglich hatte das einen Menschen das Leben gekostet, der als Partner meines Bruders aufgetreten war?

Die grausige Szenerie des Mordzimmers verfolgte mich noch, als ich Mamas Haus betrat.

Durch meine Scherereien mit Petro war ich ohnehin schon arg in die Enge getrieben, doch sobald ich in die Wohnung kam, stellte sich mir ein neues Problem: Helena Justina erwartete mich, und zwar allein.

Meine Mutter war ausgegangen – sie besuchte eine meiner Schwestern und würde wahrscheinlich über Nacht bleiben. Ich hielt das für ein abgekartetes Spiel. Unser Kutscher aus Germanien hatte seinen mageren Lohn bekommen und war seiner Wege gegangen. Helena hatte ihre Zofe an ihre Mutter ausgeliehen. Auf dem Aventin hat niemand eine Zofe.

Wir waren also ganz allein in der Wohnung. Seit Wochen waren wir nicht mehr so für uns gewesen, aber leider war die Stimmung alles andere als romantisch.

Helena wirkte auffallend still. Das machte mir angst. Es brauchte schon eine ganze Menge, um mein Mädchen aus der Fassung zu bringen, aber ich schaffte es ziemlich oft. Wenn sie gekränkt war und verletzt, dann verlor ich jeden Zugang zu ihr, und jetzt war sie zutiefst gekränkt. Ich ahnte, was kommen würde. Helena hatte den ganzen Tag über das nachgegrübelt, was Allia ihr gesteckt hatte, und nun wollte sie mich über Marina ausfragen.

# XVII

Erst mal ging es ruhig an. Helena erlaubte mir, sie auf die Wange zu küssen. Ich wusch mir die Hände, zog die Stiefel aus, und dann gab's Abendbrot, das wir stumm hinter uns brachten. Ich ließ das meiste von meinem Essen stehen.

Für taktisches Vorgeplänkel kannten wir uns einfach zu gut. »Magst du drüber reden?«

»Ja.« Immer direkt, die Frau.

Nach dem, was mir heute abend vor Augen gekommen war, fühlte ich mich eigentlich keinem Streit mehr gewachsen, aber ich hatte Angst, daß alles zu Ende sein könnte, wenn ich mich jetzt drückte.

Also versuchte ich, meine Gedanken zu sammeln, und sah sie dabei an.

Helena trug ein langärmeliges dunkelblaues Wollkleid und dazu passenden Achatschmuck. Beides stand ihr gut, beides hatte sie schon vor meiner Zeit besessen, und ich erinnerte mich noch lebhaft, daß sie genau das angehabt hatte, als wir uns damals in Britannien kennenlernten. Helena war seinerzeit eine hochnäsige, äußerst unabhängige junge Frau gewesen, und obendrein frisch geschieden. Zwar hatte die gescheiterte Ehe ihr Selbstvertrauen untergraben, doch der Trotz und der Zorn, die sie erfüllten, sind mir noch deutlich in Erinnerung. Wir hatten uns gleich in die Haare gekriegt, aber der Konflikt löste sich dank einer geheimnisvollen göttlichen Metamorphose rasch in einträchtigem Gelächter auf, worauf wir uns fast zwangsläufig ineinander verliebten.

Das blaue Kleid und die Achate waren für mich ein deutliches Zeichen. Helena mochte das nicht beabsichtigt haben. Vorsätzlich geplante dramatische Auftritte waren absolut nicht ihr Fall, aber ich interpretierte ihre Kleiderwahl als Fanal, das mir zeigen sollte, sie wäre durchaus imstande, zu jedem ihr passenden Zeitpunkt wieder ihre eigene Herrin zu sein.

»Helena, man soll spätabends keinen Streit anfangen.« Ein aufrichtig gemeinter Rat, der hier leider fast wie eine Unverschämtheit klang. »Du bist stolz und ich bin stur – eine schlechte Kombination.«

Gewiß hatte sie sich während des Tages ganz in sich selbst zurückgezogen und schrecklich viel gegrübelt. Helena hatte auf vieles verzichtet, um mit mir zusammenzuleben, und vermutlich war sie noch nie so nahe dran gewesen, mir das vorzuhalten, wie heute abend.

»Ich kann nicht neben dir schlafen, wenn ich böse auf dich bin.«

»Bist du's denn?«

»Weiß ich noch nicht.«

Ich wollte ihre Wange berühren, aber sie wich mir aus. Gekränkt zog ich die Hand zurück. »Ich hab dich noch nie betrogen, Liebes.«

»Freut mich zu hören.«

»Helena, nun gib mir doch eine Chance! Du willst doch sicher nicht, daß ich zu Kreuze krieche.«

»Nein, aber wenn von dem, was ich gehört habe, auch nur die Hälfte wahr ist, dann wirst du dich gleich vor lauter Verlegenheit winden wie ein Aal!«

Helena reckte das Kinn vor, und ihre braunen Augen funkelten. Möglich, daß uns beiden bei diesem Wortgefecht der Puls schneller schlug. Aber Helena und ich vergeudeten nie viel Zeit mit gedrechselter Konversation, sondern hauten uns die Sätze wie Sandsäcke um die Ohren.

Ich lehnte mich etwas zurück, spürte, wie mir der Atem stockte. »Und wie hast du dir das Verhör gedacht? Willst du mir gezielte Fragen stellen, oder soll ich einfach drauflosplappern?«

»Das hört sich ja an, als ob du auf eine Krise gefaßt wärst, Falco.« Dieses »Falco« aus ihrem Munde war ein schlechtes Zeichen.

»Ich paß halt auf, damit ich mitkriege, was du über mich erfährst.«

»Und? Was hast du dazu zu sagen?«

»Mein Schatz, ich hab mir fast den ganzen Nachmittag den Kopf nach Erklärungen zerbrochen, die dich gnädig stimmen könnten.«

»Vergiß es! Ich weiß sehr gut, daß du eine blühende Phantasie hast und formulieren kannst wie ein Rechtsverdreher. Aber ich möchte, daß du mir die Wahrheit sagst.«

»Ach, wenn's weiter nichts ist!« Die sagte ich Helena immer. Dadurch war ich ja drauf gekommen, daß mitunter nichts so unglaubwürdig klingt wie die Wahrheit.

Als ich keine Anstalten machte weiterzusprechen, wechselte Helena zum Schein das Thema. »Wie kommst du denn mit dem Anliegen deiner Mutter voran?«

»Oh, das ist mittlerweile *mein* Anliegen. Immerhin werde ich des Mordes verdächtigt, vergiß das nicht!«

»Und was hast du heute gemacht?« Das klang unverfänglich, doch ich wußte, daß sie mir die Frage nicht ohne Hintergedanken stellte.

»Ich hab mit Maia, mit Mico und mit Allia gesprochen, die mir aber leider nicht weiterhelfen konnten. Ach, und dann hab ich mir noch den Kellner im Flora vorgeknöpft und die Leiche inspiziert.«

Ich muß wohl sehr mitgenommen ausgesehen haben, denn Helena fragte in völlig verändertem Ton: »War das unbedingt nötig?«

Ich lächelte gequält. »Du hast also doch noch was für mich übrig?«

»Ich denke, ich hab dich immer so behandelt, wie du's verdienst!« Das saß. »Hör zu, Marcus, meiner Meinung nach hast du heute unnötig viel Zeit vertan. Es gibt zwei Menschen, die du gleich als erste hättest befragen müssen, aber du hast dich den ganzen Tag davor gedrückt. So kann's nicht weitergehen, dazu ist die Lage viel zu ernst.«

»Alles zu seiner Zeit.«

»Ha! Petronius hat dir doch nur bis heute Zeit gegeben.«

»Na, so was! Du belauschst also neuerdings Privatgespräche?«

Helena zuckte die Schultern. »Bei den dünnen Wänden.«

»Und wer sind denn die zwei, die ich angeblich übersehen habe?«

»Als ob du das nicht wüßtest! Zum einen die Freundin deines Bruders ... Aber als erstes hättest du natürlich deinen Vater aufsuchen müssen!«

Ich verschränkte die Arme und schwieg. Doch Helena ließ sich nicht aus dem Konzept bringen. »Warum haßt du deinen Vater eigentlich so?«

»Ach, ich hasse ihn nicht, das ist er gar nicht wert.«

»Ist es, weil er euch verlassen hat, als du noch klein warst?«

»Meine Kindheit geht dich nichts an.«

»O doch«, fauchte Helena, »weil ich nämlich mit den Folgen leben muß!«

Das ließ sich nicht leugnen. Und gegen ihr Interesse konnte ich auch nichts einwenden. Wenn Helena mit einem Mann zusammenlebte, dann nur unter der Voraussetzung, daß der sie auch an seinen Gedanken teilhaben ließ. Und ich, der ich dreißig Jahre lang meine Meinung für mich behalten hatte, ging erstaunlich bereitwillig darauf ein. Als Ermittler hat man einen einsamen Beruf; da war es direkt eine Erleichterung, Helena mein Innerstes zu offenbaren.

»Na schön, ich sehe schon, daß du mich leiden lassen willst.«

»Marcus, so nimm doch Vernunft an! Du bist zugeknöpft wie ein gestopfter und vernähter Vogel in der Bratpfanne ...«

»Aber noch bin ich nicht gar, im Gegenteil! Paß auf, daß ich nicht nach dir picke.«

Ihre Augen sprühten Blitze – vielversprechend. »Schluß mit dem Quatsch! Sag mir endlich die Wahrheit.«

»Die wird dir nicht gefallen.«

»Das ist mir schon klar.«

»Also gut – du hast gewonnen.« Ich schickte mich ins Unvermeidliche. Natürlich hätte ich ihr zuallererst sagen sollen, daß die ganze Geschichte ewig lange zurücklag. Doch das hatte sie sich offenbar schon selbst zusammengereimt, während ich mir mit meinem Starrsinn beinahe das Recht verscherzt hätte, ihr meine Version zu erzählen. »Im Grunde ist es ganz einfach. Ich weiß zwar nicht, was zwischen meinen Eltern gewesen ist, aber ein Mann, der seine Kinder im Stich läßt, der ist in meinen Augen keinen As wert! Ich war *sieben*, als unser Vater den kleinen Verdauungsspaziergang machte, von dem er nicht mehr zurückkam. Der Feiertag, an dem ich das Recht erhielt, die Toga praetexta anzulegen, stand kurz bevor, und natürlich hätte ich mir gewünscht, daß mein Papa bei meiner ersten großen Zeremonie dabei ist.«

»Aber du hältst doch gar nichts von Zeremonien, Marcus!«

»Jetzt nicht mehr, nein!«

Helena runzelte die Stirn. »Viele Kinder wachsen mit nur einem Elternteil auf, aber wenn sie Glück haben, dann wenigstens mit einem Stiefvater, den sie verachten, oder einer Stiefmutter, die sie hassen können. So gesehen, warst du wirklich ganz arm dran.« Sie wollte mich necken, aber das kann ich bei diesem Thema nicht ab. Helena sah es an meinem Gesichtsausdruck. »Entschuldige, Marcus. Das war geschmacklos ... Aber sag, warum haben sich deine Eltern eigentlich nie offiziell scheiden lassen?«

»Er hat sich geschämt; sie war – und ist – zu stur dazu.« Als Kind habe ich mir immer gewünscht, eine Waise zu sein. Dann hätte ich wenigstens noch mal ganz von vorn anfangen können, ohne die ständige Hoffnung oder Furcht, daß grade wenn unser Leben sich beruhigt und wieder eingespielt hatte, unser Paterfamilias auftauchen und alles mit seinem gewohnt munteren Lächeln durcheinanderbringen würde.

Wieder runzelte Helena die Stirn. »Hat er euch denn ganz mittellos und allein zurückgelassen?«

Mir lag schon eine wütende Entgegnung auf der Zunge, aber ich besann mich und holte tief Luft. »Nein, das kann ich nicht behaupten.«

Als mein Vater mit seiner Rothaarigen durchgebrannt war, sahen wir ihn etliche Jahre nicht wieder. Später erfuhr ich, daß er in Capua gewesen war. Doch von Anfang an gab es da einen gewissen Cocceius, der meiner Mutter ziemlich regelmäßig Geld brachte. Angeblich stammte es von der Auktionator-Gilde, und daran glaubte ich jahrelang ebenso naiv, wie Mutter es zu tun schien. Als ich dann alt genug war, die Sache zu durchschauen, begriff ich, daß die Gilde nur vorgeschoben war – ein eleganter Ausweg für meine Mutter, die so das Geld meines Vaters annehmen und trotzdem weiter gegen ihn wettern konnte. Was mich auf die richtige Fährte brachte, war vor allem die Tatsache, daß der Münzbeutel, den wir bekamen, mit der Zeit immer schwerer wurde, wohingegen karitative Zuwendungen bekanntlich über die Jahre eher geringer werden.

Helena sah mich an, als erwarte sie eine zufriedenstellende Antwort. »Wir lebten knapp an der Armutsgrenze, hatten kaum was anzuziehen und nie genug zu essen. Doch das ging all unseren Bekannten genauso. Für dich mit deiner vornehmen Erziehung muß das furchtbar klingen, Liebste, aber wir zählten nun einmal zum großen Heer der Bedürftigen Roms, und daran hatten wir uns so gewöhnt, daß wir gar nichts Besseres vom Leben erwarteten.«

»Immerhin wurdest du zur Schule geschickt.«

»Aber nicht von ihm.«

»Eure Familie hatte einen Gönner, nicht wahr?«

»Ja. Für Maias und mein Schulgeld war gesorgt.«

»Der Untermieter hat's bezahlt, wie Maia mir erzählte. Woher kam denn der?«

»Das war ein alter maltesischer Geldverleiher. Mutter konnte seine Miete gut als Zubrot gebrauchen, also hat sie Platz für ihn geschaffen.« Mama gab ihm lediglich ein Klappbett und draußen im Flur ein Regal für seine Kleider. Sie hatte angenommen, der Mangel an Bequemlichkeit würde ihn bald wieder vertreiben, aber der Alte war überraschend anhänglich und wohnte mehrere Jahre bei uns.

»Hatte dein Vater was dagegen? Gab es Streit wegen dieses Untermieters?«

Es lief alles ganz falsch. Schließlich war *ich* doch derjenige, der andere Leute mit unangenehmen Fragen löcherte und ihre langgehüteten Geheimnisse ans Licht holte wie Blasen in einem Zierteich.

»Der Malteser hat uns allerdings eine Menge Ärger gemacht, wenn auch nicht so, wie du meinst.« Da er selbst keine Familie hatte, wollte der Alte Maia und mich adoptieren, was stürmische Kräche heraufbeschworen hatte. Helena, die aus einer kultivierten Familie stammte, in der man sich kaum um etwas Ernsthafteres zu zanken schien als darum, wer dem Senator beim Frühstück das beste Brötchen weggeschnappt hat, würde die Krawalle in meiner Sippe bestimmt als barbarisch empfinden. »Davon erzähle ich dir ein andermal. Aber wegen des Untermieters hat mein Vater uns nicht verlassen, sondern wegen seiner extravaganten Freundin. Es waren harte Zeiten damals, und er wollte uns nicht länger als Klotz am Bein haben. Der Malteser hatte damit gar nichts zu tun.«

Helena wollte etwas einwenden, fragte aber nur: »Dein Vater ist also eines Tages ganz plötzlich auf und davon . . . ?«

»Für uns kam es unerwartet, ja, aber da er mit einer

rothaarigen Putzmacherin durchging, hätten wir vielleicht drauf vorbereitet sein sollen.«

»Deine Abneigung gegen Rothaarige ist mir schon aufgefallen«, bemerkte Helena.

»Ach, es gibt Schlimmeres: Sie hätte Mazedonierin sein können – oder gar eine Blondine.«

»Noch eine Haarfarbe, die du nicht ausstehen kannst! Ich muß mir merken, daß ich dunkel bleibe ...«

»Heißt das, du wirst mich nicht verlassen?« warf ich obenhin ein.

»Selbst wenn ich's täte, würde ich doch deine Vorlieben immer respektieren, Marcus Didius!« Helenas Blick, der einem durch Mark und Bein gehen konnte, traf den meinen. Der vertraute Funke sprang über, was in mir die Hoffnung aufkeimen ließ, daß sie bleiben würde.

»Geh nicht!« flüsterte ich und sah sie mit flehenden Augen an. Doch ihre Stimmung war schon wieder umgeschlagen, und sie erwiderte mein Schmachten, als hätte sie eben auf einer ihrer besten Tischservietten Schimmelflecke entdeckt. Ich probierte es trotzdem weiter. »Liebstes, wir haben doch noch nicht einmal richtig angefangen. Wir müssen unser ›Weißt du noch?‹ und ›Ach, damals!‹ erst noch erleben. Ich verspreche dir, ich werde dir Erinnerungen schenken, wie du sie dir nicht mal erträumen kannst ...«

»Genau, was ich befürchtet habe!«

»Ach, Helena!«

»Hör auf zu sülzen, Marcus!« Ich hätte mit ihr von Anfang an konsequent Hochgriechisch sprechen oder wenigstens dafür sorgen sollen, daß sie auf keinen Fall meinen Jargon aufschnappte. »Und versuch nicht, mir was vorzumachen«, schalt die Liebe meines Lebens. Helena hatte einen Riecher für krumme Touren. »Dein

Vater hat also in Capua ein neues Leben als Auktionator angefangen. Eines schönen Tages kehrte er dann nach Rom zurück, und zwar als der Mann, den ich unter dem Namen Geminus kenne und der es in der Fremde zu Reichtum und Wohlstand gebracht hat.« Helena kannte meinen Vater flüchtig. Wie Lars Posena con Clusium war er anstolziert, um die hochgeborene Dame zu begutachten, die mich Nichtsnutz aufgelesen hatte. Bei dem Gedanken an sein verblüfftes Gesicht wird mir heute noch ganz wohl ums Herz. Helena Justina war keine aufgedonnerte alte Schachtel, die ich mir wegen ihres Geldes angelacht hatte, nein, mit ihr konnte man sich sehen lassen, und Papa fand sie anscheinend gescheit, charmant – und trotzdem in mich verliebt. Er konnte sich lange nicht von dem Schock erholen, und ich strahlte voll hämischer Freude.

Diese Sibylle bewies mitunter mehr Durchblick, als guttat: »Mißgönnst du ihm am Ende seinen Reichtum?«

»Von mir aus soll er an seinem Geld ersticken.«

»Ach! Und ist er immer noch mit der Rothaarigen zusammen?«

»Ich glaub schon.«

»Haben sie Kinder?«

»Ich glaub nicht.«

»Aber wenn er nach zwanzig Jahren immer noch bei ihr ist, dann muß er doch über eine *gewisse* Ausdauer verfügen.« Obwohl ich mir nichts anmerken lassen wollte, knirschte ich unwillkürlich mit den Zähnen. »Meinst du, daß du die geerbt hast?« erkundigte sich Helena gespannt.

»Nein! Ich hab überhaupt nichts von ihm. Und dir werde ich aus freien Stücken treu sein, Prinzessin.«

»Wirklich?« Der neckische Tonfall nahm der Kränkung die Schärfe. »Du weißt doch, wo er ist, Marcus.

Schließlich hast du ihn meinem Vater empfohlen, und manchmal arbeitest du ja auch selbst mit ihm zusammen.«

»Er ist der beste Auktionator in Rom, und da das Auffinden gestohlener Kunstgegenstände zu meinen Spezialgebieten gehört, mache ich notgedrungen hin und wieder Geschäfte mit ihm. Aber alles hat seine Grenzen.«

»Wohingegen ...«, begann sie nachdenklich. Helena kann ein Wort wie »wohingegen« nicht nur als Überleitung, sondern durchaus auch als Vehikel für einen moralischen Tadel verwenden. Überhaupt waren ihre Konjunktionen pikant wie Anchovis. »Wohingegen dein Bruder anscheinend weitaus häufiger mit Geminus zusammengearbeitet hat ... Die beiden verstanden sich gut, nicht wahr? Festus hegte nie den Groll gegen ihn, von dem du geradezu besessen warst, nachdem dein Vater euch verlassen hatte.«

»Das stimmt«, gab ich düster zu.

Helena lächelte. Sie hatte mich immer schon für einen schwerblütigen Tropf gehalten, womit sie recht hatte. »Die beiden unterhielten doch lange Zeit eine feste Partnerschaft auf unkomplizierter Vater-und-Sohn-Basis?«

»Sieht so aus, ja.« Festus hatte keinen Stolz gekannt. Vielleicht besaß ich ja zuviel davon – aber mir war's recht so.

»Weißt du es denn nicht, Marcus?«

»Ich kann's nur vermuten. Festus hat nie drüber gesprochen.« Wahrscheinlich wollte er meine Gefühle nicht verletzen. Und die von Mama natürlich auch nicht. »Solange unser Vater in Capua war, hatten wir keine Verbindung zu ihm, aber als er nach Rom zurückkehrte, muß Festus den Kontakt ziemlich bald wiederaufgenommen haben.« Manchmal hatte ich sogar den Verdacht, daß sie auch in der Zeit, als Vater sich in Capua versteckte, heimlich miteinander korrespondierten. »Auf jeden Fall hatten die beiden zu der Zeit, als Festus starb, einen gemeinsamen Laden im Antiquitätenviertel drüben bei den Saepta Julia.« Wo sie vor meiner Mutter sicher waren. »Und da waren sie so dick miteinander wie zwei Termiten.«

»Also weiß dein Vater auch über die Statuen Bescheid und über das gesunkene Schiff?«

»Sollte er wohl, wenn's sich um ein Gemeinschaftsunternehmen gehandelt hat.« Helena hatte dieses Zugeständnis aus mir herausgepreßt wie zähflüssiger Harz aus einer alten Kiefer. Aber bevor sie daraus Kapital schlagen konnte, setzte ich gewichtig hinzu: »Ich hab ihn mir absichtlich bis zum Schluß aufgespart. Morgen gehe ich und rede mit Geminus.«

»Ich glaube, du hast Angst vor ihm.«

»Das stimmt nicht, aber mein Vater kann sehr gerissen sein. Darum wollte ich so viele Fakten wie möglich in der Hand haben, ehe ich ihn in die Zange nehme.« Helena war der Wahrheit näher gekommen, als ich zugeben wollte. Ich hatte mit meinem Vater nie über Familienangelegenheiten gesprochen, und mir graute davor, jetzt damit anfangen zu müssen. »Helena, sei so gut und laß mich in Ruhe meine Arbeit machen.«

Sehr männlich. Das konnte ja nicht gutgehen. Das Glitzern in ihren Augen war jetzt richtig gefährlich.

»Also schön.« Einsichtige Frauen sind was Schreckliches, finde ich. »Und mach nicht so ein finsteres Gesicht«, beschwerte sie sich. »Du tust ja so, als hätte ich mich einmischen wollen ...«

»Mögen die Raben mich bei lebendigem Leibe fressen, wenn mir je ein solcher Gedanke gekommen wäre ... Ist das Marathonverhör nun zu Ende?«

»Nein.«

Als ob ich's nicht geahnt hätte. Wir hatten ja immer noch Marina, um uns den Abend zu verderben. Nein, das Verhör fing gerade erst an.

# XVIII

Ich machte einen letzten Versuch, den Frieden wiederherzustellen. »Herzblatt, ich stecke bös in der Klemme. Womöglich wird man mich bald verhaften. Da sollten wir diesen Abend zu zweit doch nicht mit dem Erzählen bitterer Wahrheiten vertun.«

Helena Justina saß mit sittsam im Schoß gefalteten Händen da und hörte mir so aufmerksam zu, daß jeder, der nichts von ihr wußte, sie für eine vornehme Dame gehalten hätte, die mit einem Polsterer auf der Suche nach Heimarbeit ein Vorstellungsgespräch führt. Ich aber kannte sie besser. Sie sah traurig aus, was bedeutete, daß sie wütend war – *viel* wütender, als wenn sie bloß ärgerlich dreingeschaut hätte.

Bald würde sie obendrein auch noch traurig sein.

»Wenn die Leute so erpicht darauf sind, mir zu erzählen, daß du die Freundin deines Bruders verführt hast, Marcus, dann wäre ich gern in der Lage, ihnen versichern zu können, daß ich die ganze Geschichte längst von dir gehört habe.«

»Danke schön«, sagte ich, als hätte sie mir damit ein Kompliment gemacht. Aber die *ganze* Geschichte hatte etliche Fußangeln, die außer mir nur Festus kannte. »Zuerst einmal, Helena, *falls* ich die Freundin meines

Bruders verführt habe, dann hatte Marina nichts dagegen – und was meinen Bruder angeht, so stammte der Plan wahrscheinlich ohnehin von ihm.«

»Vielleicht hat sie ja dich verführt?« mutmaßte Helena beinahe hoffnungsvoll.

Ich lächelte. »Nein, das gelingt nur dir.«

Und dann erzählte ich ihr von jener furchtbar langen römischen Nacht.

Mein Bruder Festus war erst fünfunddreißig, als er starb. Wir waren, ehrlich gesagt, nicht darauf gefaßt gewesen, ihn an den Heldentod zu verlieren. Ein Unfall bei irgendeinem dummen Streich hätte viel eher zu ihm gepaßt.

Für mich hatte er – als der Ältere – lange Zeit fast einer anderen Generation angehört, aber in seinen letzten Lebensjahren schloß sich die Lücke zwischen uns allmählich. Unsere Bekannten sagten oft, wir sähen uns sehr ähnlich, doch eigentlich hatten wir nichts weiter gemein als den Wuschelkopf und das alberne Grinsen. Festus war kleiner und gedrungener, dabei aber der sportlichere von uns beiden. Außerdem war er verbindlicher, hatte mehr Geschäftssinn und mehr Glück bei den Frauen, war klüger, gerissener und gewann auch die Anerkennung der Familie viel leichter als ich. Mir war jedenfalls von klein auf klar, daß meine Eltern und auch die meisten meiner Schwestern Festus zu ihrem Liebling erkoren hatten. (Trotzdem war ich ganz schön verwöhnt worden, denn man behandelte mich als Kind immer als das Nesthäkchen, weil Maia, der diese Rolle von Rechts wegen zustand, sich aus dem ganzen Getue nichts machte.)

Als braver römischer Bürger, den die Chance lockt, auf Kosten des Reiches nach Herzenslust essen, trinken und furzen zu können und obendrein noch die Welt zu sehen, meldete sich Festus, sobald er alt genug aussah, zum Militärdienst.

»Dann *muß* er Kontakt zu eurem Vater gehabt haben«, warf Helena ein. »Er brauchte schließlich das Einverständnis des Familienoberhaupts.«

»Stimmt. Die Musterung ist einer der wenigen Anlässe im Leben eines Mannes, wo ein abgängiger Vater verdammt peinlich werden kann.«

»Aber du bist doch später auch in die Armee eingetreten. Wie ging denn das bei dir?«

»Mein Großonkel Sacro ist als Vormund eingesprungen.«

»Hattest du ihn gern, deinen Großonkel?«

»O ja!« Onkel Sacro, ein freundlicher alter Haudegen, gab mir den Platz in der Welt zurück, um den mein Vater mich betrogen hatte.

Wenn einer geschäftstüchtig ist, kann er es bei der Armee weit bringen. Man muß nur wissen, wie man die Vorschriften umgehen kann. Und so kam es, daß ich fünf Jahre in den unwirtlichen Nordprovinzen abreißen mußte, während mein Bruder Festus sich überall die Rosinen aus dem Kuchen pickte: Eine Zeitlang war er in Spanien stationiert, dann ging er mit der Fünfzehnten Apollinaris nach Ägypten, und als der Bürgerkrieg in Judäa ausbrach, wurde er mit seiner Einheit in den Osten geschickt. Mit diesem letzten Posten hätte er sich verrechnet haben können, doch da zu der Zeit das ganze Reich auseinanderzubrechen drohte, wäre Festus wohl in jedem Fall an der Front gelandet. Nur bewährte sich mal wieder sein Spürsinn, und er unterstellte sich prompt dem Kommando des künftigen Kaisers Vespasian. Dessen Sohn war der Befehlshaber seiner Legion, was Festus wiederum zugute kam, denn mein Bruder hatte es irgendwie zum Zenturio gebracht und konnte nun täglich vor Titus Caesar im Kriegsrat glänzen.

In dem Jahr, als der jüdische Aufstand begann, als Nero Vespasian gegen die Rebellen ins Feld schickte und die Fünfzehnte Legion als Entsatz aus Alexandrien herbeibeordert wurde, kam Festus auf Genesungsurlaub nach Rom. Es handelte sich um eine seiner Spezialverwundungen: Sie sah so böse aus, daß er ohne weiteres den Krankenpaß bekam, aber kaum war er in Ostia an Land gegangen, konnte Festus offenbar unbeschwert so ziemlich all seinen Leidenschaften frönen – besonders denen, die mit Mädchen zu tun hatten. Vorzugsweise mit den Mädchen anderer Männer. Festus hielt es für die Pflicht der Zivilisten, einem Zenturio auf Heimaturlaub die Frau auszuleihen. Und die Frauen teilten seine Meinung.

Doch bei der Armee herrschte nun nicht mehr die einstige Freizügigkeit. Zumindest bei den über weite Wüstengebiete verteilten Legionen war man auf jeden einzelnen Soldaten angewiesen. Und so kam es, daß Festus nach sechs Wochen in Rom, sehr zu seinem Verdruß, dringend nach Judäa zurückbeordert wurde.

»Für uns war Festus der geborene Überlebenskünstler, und als er zurück mußte, hätte keiner gedacht, daß ausgerechnet er fallen würde.«

»Festus selbst wahrscheinlich am allerwenigsten«, mutmaßte Helena. »Sag, sind wir jetzt an dem Punkt, wo ich anfange, böse zu werden?«

»Ich fürchte, ja . . . «

An seinem letzten Abend in Rom, der zugleich unser letztes Zusammensein war, gingen wir in den Circus Maximus. Festus war immer ein Liebhaber des Circus gewesen, hauptsächlich wegen der kessen Frauenzimmer, neben denen er auf den nicht nach Geschlechtern getrennten Rängen sitzen konnte. Er hatte eine Schwäche für diese Mädchen, die auf den wenigen ihnen eingeräumten Plätzen ihre Reize freigebig zur Schau stellten. Und das taten sie mit Begeisterung, wenn Festus in der Nähe war. Ich beobachtete dieses Phänomen mit ebensoviel Erstaunen wie Bewunderung. Übrigens funktionierte es auch, wenn – wie an dem bewußten Abend – seine langjährige Freundin Marina dabei war.

Festus fand nichts dabei, den letzten Abend seines Heimaturlaubs mit seinem jüngeren Bruder und seiner Freundin gemeinsam zu verbringen. Mir war das alles natürlich furchtbar peinlich, aber er merkte es einfach nicht. Genau wie er nie spitzzukriegen schien, daß ich scharf auf seine Freundin war.

»Diese Marina – war sie attraktiv?«

»Und wie!«

»Die nähere Beschreibung kannst du dir schenken«, fauchte Helena.

Festus hatte immer ein Faible für Frauen gehabt, nach denen sich jeder Mann umdreht. Obwohl Marina an jenem Abend schmollte, weil Festus wieder fort mußte, verschlang man sie von allen Rängen mit den Blicken, als wir unsere Plätze im Circus einnahmen. Auch später, als Festus uns durch eine Reihe von schummrigen Kneipen schleifte, fielen wir dank Marina überall auf. Sie kannte Festus seit Jahren und gehörte gewissermaßen zum Inventar, so daß sie sich den Dämchen, denen Festus ein paar Tage stürmisch den Hof machte, um sie dann ohne viel Federlesens sitzen zu lassen, mit Recht überlegen fühlte. Nach stillschweigender Übereinkunft gingen alle (womöglich mein Bruder eingeschlossen) davon aus, daß er sie irgendwann heiraten würde. Die einzige, die daran zweifelte, war unsere Mutter. Einmal gestand sie mir, sie halte es für wahrscheinlicher, daß er alle Welt vor den Kopf stoßen und eines Tages mit einem exotischen kleinen Püppchen kommen würde, das er zwar erst seit vierzehn Tagen kannte, uns dann aber als die große Liebe seines Lebens präsentieren würde. Festus hatte in der Tat eine romantische Ader. Doch er starb, bevor sich Mutters schlimme Vorahnungen erfüllen konnten, und sein Tod bewahrte sie davor, mühsam ein hergelaufenes Flittchen anzulernen, das sich für die Hausarbeit zu fein dünkte. So blieb es dann mir überlassen, die Familie mit einer unpassenden Freundin zu schockieren, während Marina unvermählt, aber auch unantastbar zurückblieb. Inzwischen gehörte Marina nämlich zur Familie, da sie uns mit der Geburt meiner Nichte Marcia beglückt hatte.

Der kleinen Marcia war die lebenslange Unterstützung der Didius-Sippe sicher. Wann immer jemand Marina gegenüber Zweifel an Festus' Vaterschaft andeutete, parierte sie flink mit dem drohenden Hinweis, außer Festus käme nur einer in Frage – nämlich ich.

Was Helena jetzt sagte, fiel ihr sichtlich schwer. »Ich hab dich schon mal gefragt, Marcus, ob Marcia dein Kind ist. Aber da hast du's verneint.«

Damals hatte ich Helena kaum gekannt und nur eines im Sinn: sie zu beeindrucken. Marcias Stammbaum zu erklären wäre da ungemein schwierig gewesen. Aber wer weiß – vielleicht hätte ich's doch versuchen sollen. Jedenfalls war es jetzt nur um so schlimmer.

»Versehen wir die Sache doch einfach mit einem Fragezeichen, ja?«

Die Geschichte hatte sich folgendermaßen abgespielt: Als wir drei – Festus, Marina und ich – uns in den frühen Morgenstunden bereits einen gewaltigen Rausch angesoffen hatten, ließ mein großherziger Bruder sich in einer ordinären Kneipe unterhalb vom Caelius mit ein paar beschwipsten Künstlern ein. Diese neuen Freunde konnten es durchaus mit Festus aufnehmen, denn die Schlawiner hatten zwar keinen As in der zerschlissenen Tunikatasche, dafür aber die Courage, sich ungebeten zu anderen Leuten an den Tisch zu setzen und lautstark nach der nächsten Runde zu verlangen. Ich war zu dem Zeitpunkt hundemüde. Während des Abends hatte ich mich zwar furchtbar betrunken, war jedoch inzwischen wieder soweit klar, daß ich einen schalen Geschmack im Mund spürte und meine Stimmung auf dem Nullpunkt angekommen war. Der Wein schmeckte mir jedenfalls überhaupt nicht mehr, ja sogar das Wetteifern mit Festus hatte vorübergehend seine Faszination verloren. Also verabschiedete ich mich. Und da erklärte Marina, sie wolle auch heim, worauf Festus mich bat, sie an seiner Stelle zu begleiten.

Zwar versprach er, gleich nachzukommen, aber mir war klar, daß er Marina schon im nächsten Moment vergessen haben würde. Ja, ich hatte sogar den starken Verdacht, daß die kesse Brünette, die im Circus neben ihm gesessen hatte, ihn eben jetzt auf irgendeinem Balkon erwartete. Auch Marina war die Brünette aufgefallen, und da dies Festus' letzter Abend war, nahm sie's ihm gewaltig übel. Als wir in ihrer Wohnung ankamen, beklagte sie sich bitterlich darüber, wie schlecht mein Bruder sie behandeln würde. Ich war ebenfalls sauer, weil es ja auch für mich die letzte Gelegenheit war, mit ihm zusammenzusein. Dieses eine Mal hätte er uns doch wirklich vor ein paar dahergelaufenen Fremden den Vorzug geben können. Und da wir schon den ganzen Abend, während wir in seinem Schlepptau durch die Kneipen zockelten, auf einen solchen Verrat gewartet hatten, waren wir beide von handfestem, selbstgerechtem Zorn erfüllt.

Dummerweise ließ ich mich zu der Bemerkung hinreißen, Festus könne von Glück sagen, daß ich nicht der Typ wäre, der versuchen würde, ihm sein Mädchen auszuspannen. Worauf Marina prompt scheinheilig fragte: »Ach, und warum nicht?«

Hinterher stellte Marina unmißverständlich klar, daß die Sache ihr wenig Spaß gemacht habe. Und ich hatte auch nicht viel davon gehabt. Der Rausch, mein schlechtes Gewissen und der Gefühlswirrwarr, in dem ich mich befand, verdarben alles.

Irgendwann am nächsten Vormittag fand ich mich in meiner Wohnung wieder, ohne den blassen Schimmer, wie oder wann ich dorthin gelangt war. Festus mußte schon vor Stunden in Richtung Hafen aufgebrochen sein, vorausgesetzt, er war dazu imstande gewsen. Was beides der Fall war, wie sich herausstellte. Und so kam es, daß wir einander nicht einmal Lebewohl sagten.

Wochenlang ging ich Marina aus dem Weg und erfand alle möglichen Ausreden, um so oft wie möglich die Stadt zu verlassen. Später hörte ich, daß sie schwanger sei, aber natürlich hielten alle Festus für den Vater, und mir paßte es gut in den Kram, mich der allgemeinen Meinung anzuschließen.

Und dann, etwa ein Jahr später, kam ich eines Tages von einem Besuch bei Großonkel Sacro zurück, der auf dem Familiensitz mütterlicherseits in der Campania wohnte. Als ich zu Mama ging, um ihr Grüße der Verwandtschaft auszurichten, fand ich die ganze Sippe bei ihr versammelt. Ich weiß noch, daß mir ein Schriftstück auffiel, das ausgebreitet auf dem Tisch lag. Und weil (ausnahmsweise) keine der Frauen den Mund aufmachen wollte, teilte mir einer meiner Schwager die traurige Nachricht mit: Festus hatte einen Ausfall angeführt und die Befestigungsmauern einer öden Wüstenstadt namens Bethel in Galilea stürmen wollen. Als er sich nach seinen Männern umwandte, um sie anzufeuern, hatte der Feind ihn erwischt. Man verlieh ihm posthum einen Orden dafür, daß er als erster einen gegnerischen Schutzwall überwunden hatte, und seine Heldenasche wurde in Judäa verstreut.

Anfangs konnte ich es einfach nicht glauben. Und noch heute kommt es mir manchmal wie ein Traum vor oder wie irgendein makabrer Scherz.

Wie sich herausstellte, hatten Marina und Festus einander nie geschrieben, und sie sah offenbar keinen Grund, das zu ändern, nur um ihm mitzuteilen, er sei Vater geworden. Warum ihn unnötig aufregen? Wenn er heimkam, wollte Marina ihm seine vergnügt krähende Tochter in die Arme legen, und Festus würde sich auf den ersten Blick in sie verlieben. (Die Rechnung wäre auch bestimmt aufgegangen. Denn abgesehen davon, daß Marcia ein wirklich hübsches Baby war, hatte mein Bruder einen eindeutigen Hang zur Sentimentalität.)

Der Tod meines Bruders traf mich tief. Aber nicht genug damit – bei jenem Familientreffen nach meiner Rückkehr aus der Campania konfrontierte man mich mit Marinas aufsehenerregender Geschichte über unsere sogenannte Liebesnacht. Sie behauptete steif und fest, Marcia sei das Produkt unseres törichten kleinen Seitensprungs, und verlangte vehement, ich habe fortan für sie und das Kind zu sorgen.

Meine Familie reagierte auf diese Behauptung in gewohnt gutwilliger Weise: Nicht einer zweifelte an Marinas Worten! Schließlich hatte ich eine deutliche Zuneigung für das Neugeborene an den Tag gelegt, und außerdem war Festus bei seinem letzten Besuch doch ein schwerverletzter Mann gewesen.

»Und? Betraf die Verletzung deines Bruders ... gewisse ... Körperteile?« unterbrach Helena, die mir bis jetzt wie benommen zugehört hatte, aber, wenn ich ihre Miene recht deutete, nicht ganz ohne Mitgefühl für mich war.

»Schau, hier geht es um meine Familie. Du weißt doch, wie verrückt die ist. Festus«, erklärte ich gelassen, »hatte sich mit einem Dolch den Fuß durchbohrt.«

»Entschuldige, ich vergesse ständig, daß die Menschen nicht logisch sind. Und was geschah weiter?«

»Kannst du dir das nicht denken? Ich wurde mit Schimpfkanonaden empfangen, und man befahl mir, das Mädchen auf der Stelle zu heiraten.«

Helena wirkte noch betäubter als vorhin. Sie befürchtete, ich wäre im Begriff, ihr eine verheimlichte Ehefrau einzugestehen.

Beinahe wäre es wirklich zu dieser Heirat gekommen. Verwirrt, schuldbewußt und sturzbetrunken erklärte ich eines Abends meine Zustimmung. Doch da besann sich Marina, die zum Glück einen starken Selbsterhaltungstrieb hatte, zählte nach, wie viele Leben wir durch diese Eheschließung ruinieren würden, und geriet darüber selbst in Panik. Also erkannte sie Festus flugs wieder die Vaterschaft zu und machte mir gegenüber einen Rückzieher. Ich mußte daraufhin neuerliche Beschimpfungen einstecken, die mich freilich nicht so teuer zu stehen kamen wie eine Heirat.

Damit waren wir bei der gegenwärtigen Situation.

»Und wie sieht die aus?« erkundigte sich Helena spöttisch.

»Was meinst du wohl?«

»Ich finde sie entsetzlich.«

»Genau.«

Natürlich mußte ich für das Kind sorgen. Das war ich schon meinem Bruder schuldig. Und vor meiner Verantwortung der Mutter gegenüber konnte ich mich auch nicht drücken. So ein Gewissen ist schon was Furchtbares. Marina hatte mich in ihrer Gewalt und würde mich wohl nie aus ihren Fängen lassen. Sie hätte sich leicht einen Mann angeln können, aber warum sollte sie sich binden, wenn sie sich andererseits ungehindert amüsieren konnte, während ich die Rechnung bezahlte? Ich aber hatte mich zur Zielscheibe jeder Art von Spott gemacht, wann immer meiner entzückenden Verwandtschaft danach zumute war.

Helena beschimpfte mich nicht. Sie schien aufgewühlt, aber nicht nachtragend. Mir wäre es lieber gewesen, sie hätte mit Geschirr geworfen. Kommt man mir verständnisvoll, wird mir immer ganz elend.

Als ich die Spannung nicht länger ertragen konnte, sprang ich auf und tigerte in der Küche auf und ab. Helena hatte die Ellbogen auf Mamas Küchentisch gestützt, den gesenkten Kopf in den Händen. Ich stellte mich schließlich hinter sie und legte ihr die Hände auf die Schultern. »Helena, ich bitte dich, du darfst die Gegenwart nicht an der Vergangenheit messen. Du müßtest doch inzwischen wissen, daß etwas ganz Ungeheuerliches mit mir passiert ist, als ich dich kennenlernte.«

Sie ließ sowohl die Berührung als auch den verbalen Appell kommentarlos über sich ergehen.

Hilflos wandte ich mich ab. Da stand Helena auf, streckte sich und ging hinaus. Offenbar wollte sie ins Bett. Ich war zwar nicht aufgefordert worden, sie zu begleiten, aber ich zockelte ihr trotzdem nach.

Stunden schienen zu vergehen, während wir, ohne einander zu berühren, stumm im Dunkeln lagen. Ich nickte wohl zwischendurch einmal ein; jedenfalls wachte ich irgendwann auf und war immer noch unglücklich. Helena lag ganz still da. Ich berührte ihren Arm, aber sie ignorierte mich, und ich drehte mich beleidigt auf die andere Seite.

Nur Sekunden später regte sie sich. Sie kroch dicht an mich heran, schmiegte ihre Knie in die Beuge der meinen und preßte ihr Gesicht an meinen Rücken. Ich wartete lange genug, um meine Standhaftigkeit zu beweisen, aber auch nicht so lange, daß sie womöglich wieder abgerückt wäre. Vorsichtig drehte ich mich um und zog sie an mich. Sie weinte. Aber auch das hatte sein Gutes. Ich war zwar schuld an ihren Tränen – doch sie weinte ja aus Erleichterung darüber, daß wir einander wieder in den Armen hielten. Wir waren Freunde und würden es auch bleiben.

Ich hielt Helena umschlungen, bis ihr Kummer nachließ, dann sanken wir beide in einen tiefen Schlaf.

# XIX

Es war eine kalte Nacht, und nach unserem Aufenthalt im hohen Norden, wo man sich besser gegen den Wind schützt als in den Mittelmeerländern, spürten wir die Kälte um so mehr. In Rom wird man vom schlechten Wetter immer überrumpelt. Das kleine Kohlebecken im ehemaligen Zimmer meines Bruders kam nicht gegen die frostige Nachtluft an, und bis zur Morgendämmerung wurde es richtig eisig. Wir erwachten beide gleichzeitig, immer noch fest aneinandergeschmiegt.

Helena hatte sich einen Plan zurechtgelegt. »Wenn du diese Marina besuchen gehst, dann komme ich lieber mit.«

Ich hielt es zwar für das Beste für alle Beteiligten, wenn ich allein ging. Aber es schien mir nicht ratsam, diese Ansicht zu äußern.

Marina hatte die Angewohnheit, ihren Mitmenschen so lästig wie möglich zu fallen. (So gesehen paßte sie ausgezeichnet in unsere Familie.) Sie wohnte seit langem gleich hinter der Biegung des Aventin, auf der anderen Seite der Via Appia und fast am Fuße des Caelius, in einer Gasse mit dem klingenden Namen Vicus Honoris et Virtutis – eine Ironie, die wohl keiner Erklärung bedarf. Falls wirklich Ehre und Tugend die Voraussetzung für ein Wohnrecht in dieser Straße gewesen wären, hätten dort alle Häuser leer gestanden.

»Ist sie *sehr* hübsch?« fragte Helena, als wir nebeneinander in die Gasse einbogen.

»Leider. Festus wirkte auf attraktive Frauen.«

»Du etwa nicht?«

Jetzt wurde es brenzlig. »Ich steh mehr auf Charakter ... Aber wenn Schönheit dazukommt, ist das natürlich kein Fehler ...« Endlich merkte ich, daß sie sich über mich lustig machte.

Mit der guten Laune war es vorbei, sobald wir Marinas Zweizimmerverschlag betraten. Ich hatte vergessen, *wie* atemberaubend sie aussah. Helena seufzte leise und gab mir mit einem wütenden Blick zu verstehen, daß ich sie nicht genügend vorgewarnt hätte. Die Sache ließ sich nicht gut an.

Marina war eine kleine, dunkle, heißblütige Venus mit sehr großen, weit auseinanderstehenden Augen, die ständig und sehr aufreizend in Bewegung waren. Die fein geschwungene Nase und die hohen Wangenknochen gaben ihr etwas Orientalisches, was noch durch ihre Gestik unterstrichen wurde; sie hielt es für elegant, beim Sprechen die Handgelenke abzuknicken und theatralisch die Finger zu spreizen.

Früher war sie Perückenmacherin gewesen, zeigte aber heute wenig Neigung, ihre Zeit mit Arbeit zu vertrödeln. Sie hatte ja mich. Nachdem sie sich diesen ehrlichen Trottel an Land gezogen hatte, der zahlte, ohne Gegenleistungen zu verlangen, konnte Marina sich ganz auf ihr Aussehen konzentrieren. Ihre Kavaliere waren mit ihren Anstrengungen höchst zufrieden, wozu sie auch allen Grund hatten. Man hätte das Ergebnis sorgfältiger Pflege einrahmen und an die Wand hängen können. Das Schicksal hatte sich Marina gegenüber ebenso großzügig gezeigt wie ich. Die Herren durften sich an üppigen Kurven und freigebiger Sinnlichkeit ergötzen, an sich schon verlockende Reize, noch bevor sie spitzkriegten, daß die feurige Schöne permanenten Zugriff auf mein Bankkonto hatte.

Ja, auf den ersten Blick war Marina wirklich eine tolle Frau, aber die Ehrfurcht vor dieser göttlichen Erscheinung schwand schlagartig, sobald sie den Mund aufmachte. Sie stammte aus der Gosse und bemühte sich redlich, ihrer Herkunft treu zu bleiben. »Ach, Marcus!« Die Stimme war kratzig wie Sackleinwand. Natürlich küßte sie mich zur Begrüßung. (Ich meine, immerhin bezahlte ich alle Rechnungen.) Hastig trat ich zurück, wodurch allerdings Helena noch mehr Gelegenheit bekam, Marinas blendende Aufmachung und phantastische Figur zu bestaunen. Das Luder tat so, als hätte sie Helena erst jetzt bemerkt. »Seit wann brauchst du eine Anstandsdame?«

»Halt dich gefälligst zurück, Marina! Das ist Helena Justina. Sie sieht in mir einen kultivierten Menschen und glaubt, in meiner Vergangenheit hätte es nur häßliche Mädchen gegeben.«

Marina kühlte merklich ab; sie schien zu spüren, daß sie es hier mit einer ernstzunehmenden Gegnerin zu tun hatte. Helena, im gleichen prächtigen Gewand wie gestern (also immer noch auf ihre Unabhängigkeit bedacht), setzte sich so würdevoll, als ob Marina sie dazu aufgefordert hätte. »Guten Tag. Sehr erfreut, Sie kennenzulernen ...« Diese Stimme war ruhig, vornehm und konnte mühelos einen ironischen Ton anschlagen. Marina hatte einen sehr schlichten Humor: nämlich gar keinen. Jetzt wirkte sie ziemlich nervös.

Helena zeigte keinerlei Mißbilligung, was freilich nur den Eindruck verstärkte, sie würde die Situation insgeheim abschätzen und ein paar rasche Änderungen vorbereiten. Marina war bekannt dafür, schon beim kleinsten Pieps in Panik zu geraten. Jetzt erbleichte sie unter dem Purpur ihrer Wangenschminke und hielt verzweifelt nach Rettung Ausschau. »Bist du gekommen, um das Kind zu besuchen, Marcus?«

Die kleine Marcia war nirgends zu entdecken, also hatte Marina ihre Tochter wohl wieder mal bei den Nachbarn abgegeben. Ich hatte ihr wegen dieser Gewohnheit schon einige Male Vorhaltungen gemacht. Ihrer Vorstellung von einer passenden Kinderfrau für eine Vierjährige genügten Gestalten wie eine gewisse Statia, eine ständig angeheiterte Person, die mit gebrauchten Kleidern handelte und mit einem verstoßenen Priester verheiratet war. Da man diesen Menschen aus dem Tempel der Isis gewiesen hatte, deren Gefolge den schlimmsten Ruf in ganz Rom genoß, mußte er schon ein sehr zwielichtiger Geselle sein. »Ich laß sie rasch holen«, stammelte Marina verlegen.

»Darum möchte ich auch gebeten haben!«

Sie eilte hinaus. Helena saß auffallend still. Ich schaffte es, mich nicht in nervöses Geplapper zu flüchten, sondern dazustehen wie ein Mann, der die Situation im Griff hat.

Marina kam zurück. »Ach, Marcus hängt ja *so* an meiner Tochter!«

»Taktgefühl war noch nie deine Stärke!« Seit sie meiner Familie unsere kurze Romanze gepetzt hatte, verkehrten Marina und ich betont förmlich miteinander.

Seinerzeit konnten wir uns keinen Streit erlauben, und jetzt waren wir uns so fremd geworden, daß es sich nicht mehr lohnte. Aber ein gewisser Stachel blieb doch.

»Er liebt Kinder!« schwärmte Marina, diesmal noch deutlicher an Helena gewandt.

»Das stimmt. Und was mir daran gefällt«, erwiderte Helena honigsüß, »ist die Unbekümmertheit, mit der er darüber hinwegsieht, wessen Kinder es sind.«

Marina brauchte eine Weile, bis sie das kapiert hatte.

Ich beobachtete, wie die Freundin meines Bruders Helena musterte: eine Schönheit in der ungewohnten Konfrontation mit eherner Willenskraft. Marina sah aus wie ein Hündchen, das an einem fremdartigen Käfer schnüffelt, der womöglich gleich hochspringen und es in die Nase zwicken könnte. Helena dagegen strahlte Unbeschwertheit aus, dezente Vornehmheit und Standesbewußtsein. Aber unsere Gastgeberin tat trotzdem gut daran, sich vor ihr zu fürchten, denn diese vornehme Dame konnte sehr gut zwicken und auch beißen, wenn's drauf ankam.

Ich versuchte, mich zwischen den Frauen zu behaupten. »Hör zu, Marina, ich untersuche ein Geschäft, das Festus kurz vor seinem Tod eingefädelt hat. Was weißt du darüber?«

»Festus hat nie mit mir über seine Geschäfte gesprochen.«

»Das höre ich von jedem, bei dem ich mich erkundige.«

»Weil's die Wahrheit ist. Festus war sehr verschwiegen.«

»Leider nicht verschwiegen genug. Er hat ein paar Soldaten versprochen, sie reich zu machen. Und weil sie bis heute keinen As gesehen haben, rücken die Kerle nun der Familie auf den Pelz und verlangen ihren Anteil. Mir könnt's egal sein, wenn man nicht einen davon kürzlich in den Hades befördert hätte und alle Indizien auf mich als seinen Mörder deuten würden.«

»Oh, Marcus! Aber du warst es doch bestimmt nicht, oder?« Das Mädchen war strohdumm. Dabei hatte ich sie immer für gescheit gehalten. (Dazu, mich übers Ohr zu hauen, reichte ihr Grips ja auch; ein Logikprofessor wäre allerdings an ihr verzweifelt.)

»Nun mach dich nicht lächerlich, Marina!« Sie trug Safrangelb, eine Farbe von solcher Leuchtkraft, daß einem die Augen schmerzten. Und selbst bei diesen Temperaturen ging sie mit bloßen Armen. Marina hatte wunderschöne Arme, an denen ein ganzes Arsenal von Reifen klimperte und klirrte – ein Geräusch, das mich mächtig irritierte. »Jetzt sei mal vernünftig!« verlangte ich. Marina schien das als Kränkung aufzufassen. Mir war so, als ob Helena lächelte. »Was weißt du über griechische Statuen?«

Marina schlug die Beine übereinander und bearbeitete mich nach allen Regeln der Kunst mit ihren Kulleraugen. »Auf Anhieb fällt mir dazu eigentlich nicht viel ein, Marcus.«

»Ich will ja auch keine Vorlesung über Praxiteles. Aber was weißt du über Festus' Pläne, solche Statuen zu importieren und an reiche Leute zu verscherbeln?«

»Das hätte er wahrscheinlich zusammen mit Geminus gemacht.«

»Bist du dir da sicher?«

»Na, es klingt doch logisch, oder?«

»Nichts an dieser Geschichte klingt logisch! Die ganze Sache stinkt zum Himmel – und wir hängen alle mit drin. Wenn man mir nämlich einen Mord anhängt, Marina, dann ist der Geldhahn zu. Also nimm dein bißchen Verstand zusammen und versuch dich gefälligst zu erinnern.«

Marina nahm die Pose einer sehr attraktiven, leicht

nachdenklichen jungen Frau an. Als Statue wäre sie ein großes Kunstwerk gewesen. Als Zeugin war und blieb sie nutzlos. »Ehrlich, Marcus, ich weiß nichts drüber.«

»Aber manchmal muß Festus doch auch mit dir geredet haben – über irgendwas!«

»Warum? Geschäft ist Geschäft, und Bett ist Bett.«

Dieses Thema war mir denn doch zu heiß. »Marina, versuch dich zu erinnern, ja? War Festus bei seinem letzten Urlaub vielleicht unruhig? Hattest du das Gefühl, daß ihn was belastet? Hat er sich wegen irgendwas Sorgen gemacht?«

Sie zuckte die Achseln.

Was kümmerte es sie? Schließlich war es ja nicht ihr Name, den Petronius Longus in Bälde auf einen Haftbefehl setzen würde, während Marponius schon von einem Fuß auf den anderen trat, weil er es gar nicht erwarten konnte, seinen Siegelring auf das Dokument zu drücken.

»Du warst doch selbst dabei!« Marina lächelte süffisant. Die Anspielung war ebenso deutlich wie überflüssig.

In dem Moment kam eine Nachbarin mit meiner Nichte angelaufen. Marina nahm das Kind dankbar und erleichtert in Empfang, die Nachbarin entfernte sich eilig, und wir machten uns auf Ärger gefaßt. Marcia blickte sich um, schätzte wie ein alter Hase ihr Publikum ab, warf den Kopf zurück und fing aus Leibeskräften an zu brüllen.

»Da siehst du, was du angerichtet hast, Marcus!« Marina war eine liebevolle, wenn auch reichlich zerstreute Mutter, und bei Marcia hatte sie allerhand zu leiden. Das Kind hatte keinerlei Gemeinsinn, dafür aber um so mehr Instinkt für wirkungsvolle Auftritte. Sie wußte genau, wann ein herzzerreißendes Heulkonzert ihre Mutter zum Ungeheuer stempeln konnte. »Sie geht so gern zu Statia zum Spielen. Eben war sie noch ganz lieb und zufrieden ...«

»Ach, sie macht doch bloß wieder Theater! Gib sie mir!«

Als Marina mir das Kind reichen wollte, trat Helena dazwischen. Marcia sank in ihre Arme wie eine Galeere, die in den Hafen einläuft, hörte sofort auf zu weinen und ließ sich mit seligem Lächeln in ihren Schoß sinken. Es war ein abgekartetes Spiel, aber so geschickt eingefädelt, daß ihre Mutter und ihr Onkel beide in ihrer Unzulänglichkeit wie begossene Pudel dastanden. »Ich will versuchen, sie bei Laune zu halten«, flötete Helena scheinheilig. »Dann könnt ihr zwei ungestört reden.«

Sie hatte Marcia gleich durchschaut. Die beiden gaben ein feines Verschwörerpaar ab.

»Aber Marcia geht so gern zu Statia«, verteidigte sich Marina noch einmal.

Jetzt war ich richtig wütend. »Du meinst, sie hat Spaß daran, sich mit abgelegten Lumpen zu verkleiden und an den Metallplättchen aus dem Sistrum dieses Ex-Priesters zu lutschen!«

»Du kannst nicht behaupten, daß die beiden sie vernachlässigen!«

»Und ob ich das kann! Schließlich hab ich mit eigenen Augen gesehen, wie gut Marcia eine sturzbetrunken durchs Zimmer torkelnde Statia nachmacht.« Meine Nichte sang außerdem mit Vorliebe obszöne Isis-Hymnen und imitierte zweideutige Riten. Das Kind war für ein Leben in der Gosse prädestiniert.

Marcia blickte so hingebungsvoll zu Helena auf, als wäre von alledem kein Wort wahr. Helena drückte einen tröstenden Kuß auf ihr Lockenköpfchen. »Keine Angst, mein Schatz. Onkel Marcus hat nur eine seiner seltsamen Anwandlungen.«

Ich knurrte drohend, was aber auf niemanden Eindruck machte.

Ermattet sank ich auf einen Schemel und vergrub meinen Kopf in den Händen.

»Onkel Marcus weint ja!« kreischte Marcia begeistert. Helena flüsterte ihr was ins Ohr und hob sie dann von ihrem Schoß. Marcia rannte auf mich zu, schlang ihre drallen Ärmchen um meinen Hals und gab mir einen sehr feuchten Schmatz. Sie roch beängstigend nach Weinbodensatz. »Onkel Marcus muß sich aber mal rasieren!« Sie war ein ehrliches und spontanes Kind. Vielleicht machte ich mir deshalb solche Sorgen um sie. Denn eines Tages würde Marcia eine ehrliche und spontane Frau sein.

Ich nahm sie auf den Arm. Marcia kam mir jedesmal schwerer vor als erwartet. Marina hatte ihr ein billiges Fußkettchen aus Flitterperlen angelegt und die Wangen rot angemalt. Irgendwo, wahrscheinlich bei Statia, hatte sie ein scheußliches Amulett bekommen. Ich mußte mich furchtbar zusammennehmen, um nicht die Beherrschung zu verlieren.

Während ich das bemerkenswert stabile Kind meines Bruders auf dem Arm hielt, versuchte ich zum x-ten Mal, mir seinen letzten Abend in Rom ins Gedächtnis zu rufen. Mit einem hatte Marina recht: Ich war natürlich dabei gewesen. Etwaige Indizien müßten mir ins Auge springen – wenn ich mich nur an sie erinnern könnte.

»Ich glaube doch, daß er nervös war«, versuchte ich, mich selbst davon zu überzeugen. Marina zuckte nur wieder auf ihre gleichgültige Art die Achseln. Bei den Schultern und dem Busen betrieb sie das Achselzucken allerdings aus Prinzip. Und dieses Prinzip lautete: Hau sie um, die Männer! »Ja, mein lieber Bruder hatte am letzten Abend regelrecht Hummeln im Hintern. Olympus weiß, woran das lag – bestimmt nicht daran, daß er wieder nach Judäa zurück mußte. Er machte sich nichts daraus, wenn ihm die Pfeile um die Ohren schwirrten, weil er dachte, er könnte sich einfach drunter wegducken. Sag mal, Marina, erinnerst du dich noch an diese gräßlichen Künstler, die er an dem Abend abgeschleppt hat?«

»Ich erinnere mich an das Mädchen im Circus Maximus!« fauchte Marina. »Und die hat er bestimmt abgeschleppt, darauf möchte ich wetten!«

»Ist mir gar nicht aufgefallen«, brummte ich, bemüht, keine Szene heraufzubeschwören. Helena beobachtete uns mit der Duldermiene einer Intellektuellen, die im Pompejustheater die schauerliche, obligate Farce über sich ergehen läßt, in der Hoffnung, daß bald die ernsthafte griechische Tragödie folgt. Wäre eine Handvoll Mandeln in Reichweite gewesen, hätte sie diese bestimmt eine nach der anderen zierlich weggeknabbert. »Ach komm, Marina, jetzt denk doch mal an diese Maler! Schaurige Kerle waren das. Wo kamen die her? Damals nahm ich an, daß Festus sie vorher nicht kannte, aber können wir da sicher sein?«

»Festus kannte Zeus und die Welt! Und wenn er mit diesen Künstlertypen noch nicht verbrüdert war, als wir in die Kneipe kamen, hat er das bis zum Verlassen der Spelunke ganz sicher nachgeholt.«

Mit einer ganzen Wirtsstube Freundschaft zu schließen, das war Festus' Spezialität. »Zugegeben, er hatte seine Marotten, aber auch er wußte, wie weit er gehen kann, und bei Sklaven und Wandmalern zog er normalerweise die Grenze. An dem Abend hat er uns eingeredet, diese Angeber wären ihm gänzlich fremd. Aber in Wirklichkeit ... Und wie steht's mit dir? Kanntest du die Kerle etwa?«

»Ach, das waren doch bloß so'n paar Schwindler aus der Jungfrau – da ist doch immer so mieses Publikum.«

»Die *Jungfrau?*« Der Name war mir entfallen. Festus hätte das für einen kapitalen Witz gehalten. »Sind wir da gelandet?«

»Ein schreckliches Bumslokal.«

»Daran entsinne ich mich noch.«

»Aber die Typen hatte ich nie zuvor gesehen.«

»Die Kneipe muß doch hier ganz in der Nähe sein. Verkehrst du da immer noch?«

»Nur, wenn einer mich dafür bezahlt, daß ich hingeh.« Marina war genauso ehrlich wie ihr entzückendes Kind.

»Und hast du die Künstler nochmal wiedergesehen?«

»Nicht daß ich wüßte. Aber wenn ich so daneben bin, daß ich in der Jungfrau lande, dann bin ich wahrscheinlich zu beschwipst, um meine eigene Großmutter zu erkennen.«

»Oder du würdest nicht wollen, daß deine Großmutter dich erkennt.« Trotz ihrer vierundachtzig Jahre hätte Marinas alte Großmutter noch einen strammen Prätorianer abgegeben. Und sie war eine von denen, die erst zuschlugen und dann Fragen stellten. Zwar war sie nur knapp einen Meter groß, aber ihr rechter Haken war berühmt.

»Ach Quatsch! Großmutters Stammkneipe ist doch das Lokal Zu den vier Fischen!« korrigierte Marina mich seelenruhig.

Ich seufzte, aber nur ganz leise.

# XX

Helena merkte, daß mich diese sprunghafte Unterhaltung an den Rand der Verzweiflung brachte.

»Was wir herausfinden müssen«, erklärte sie in so wohlgesetzten Worten, daß mein linker Fuß wütend zuckte. »ist, ob Didius Festus bei seinem letzten Heimaturlaub eine ganz besonders wichtige Verabredung getroffen hat. Mit jemandem, der uns über seine Pläne Auskunft geben könnte. Warum fragst du so beharrlich nach diesen Künstlern, Marcus? Dein Bruder hätte doch jederzeit während seines Urlaubs geschäftliche Vereinbarungen treffen können. Also: War an jenem letzten Abend – und an diesen Zechkumpanen – wirklich etwas Besonderes?«

»Na und ob!« platzte Marina heraus. Mir wurde ganz heiß. Die Indiskretion stand ihr ins Gesicht geschrieben, auch wenn sie noch nicht gleich damit herausrückte. »Zum einen war Festus so nervös wie eine Katze auf dem heißen Ofen! Marcus, das ist dir doch auch aufgefallen – du hast es ja grade selbst gesagt. Und Festus sah so was gar nicht ähnlich. Der schneite normalerweise fröhlich in jedes Lokal rein, mischte alle anderen auf und ließ die ganze Aufregung seelenruhig an sich abprallen.«

»Ja, das stimmt. Und er konnte es auch kaum erwarten, uns von einer Kneipe in die nächste zu schleppen, während er sich normalerweise nicht mehr vom Fleck rührte, sobald er irgendwo vor Anker gegangen war. Aber an dem Abend drängte er alle fünf Minuten zum Aufbruch.«

»Als ob er nach jemandem suchen würde?« hakte Helena nach.

»Was ich auch komisch fand«, fuhr Marina unerbittlich fort, »war diese Geschichte, wie er mich mit dir weggeschickt hat!«

»Die müssen wir doch nun wirklich nicht wieder ausgraben«, sagte ich. Na ja, versuchen mußte ich's doch wenigstens.

»Vor mir braucht ihr euch nicht zu genieren.« Helena lächelte. Die Messer waren gewetzt.

»Wie du meinst, Marcus«, versetzte Marina hochfahrend. »Aber wenn du rauskriegen willst, was Festus an dem Abend vorhatte, dann solltest du diesen kleinen Unfall nicht übergehen.«

»Und wieso nicht?« fragte Helena, vor ungesunder Neugier glühend.

»Na, weil's eine abgekartete Sache war. Erst hat er mich mit der Brünetten geärgert, und dann hat er die auch vor den Kopf gestoßen.«

»Und womit?«

»Ach, das weiß ich nicht mehr. Wahrscheinlich einfach durch seine üblichen Sperenzchen. Festus konnte schon ein richtiger Scheißkerl sein.«

»Im nachhinein kommt es mir auch so vor, als ob er uns beide hätte los sein wollen«, sagte ich. »Und das, obwohl er doch wußte, daß wir uns vielleicht jahrelang nicht wiedersehen würden.«

»Ihr hattet ihn wohl beide sehr gern?«

Marinas Hände fuhren mit elegantem Schwung in die Luft. »O ihr Götter, und wie! Wir waren beide fest entschlossen, an ihm kleben zu bleiben wie die Kletten. Er hatte keine Chance zu Heimlichkeiten. Nicht einmal dadurch, daß er uns aus der Jungfrau wegschickte, war er vor uns sicher, denn wir wären garantiert zurückgekommen. Also ich ganz bestimmt. Wenn Festus nicht bald zu Hause aufgekreuzt wäre, dann hätte ich mich wieder auf die Socken gemacht und ihn gesucht – und ich wußte, wo ich ihn hätte suchen müssen.«

Helena warf mir einen fragenden Blick zu. »Ja, ja, Marina hat ganz recht. Festus machte sich oft rar, daran waren wir gewöhnt. Und Marina hat ihn so oft in den frühen Morgenstunden von irgendeinem Tresen heimgeschleppt, daß das für sie praktisch zum Alltag gehörte.«

»Und was ist mit dir?«

»Es war sein letzter Abend, da hätte es gut sein können, daß ich, sobald ich wieder halbwegs nüchtern war, zurückgegangen wäre, um noch mal mit ihm auf seine Gesundheit anzustoßen. Ich kannte seine Stammkneipen genauso gut wie Marina. Wenn Festus uns wirklich loswerden wollte, mußte er schon schwerere Geschütze auffahren.«

»Und da hat er erst jeden von euch absichtlich gekränkt und dann zusammengespannt?«

»Na klar!« rief Marina. »Marcus war immer schon eifersüchtig auf Festus. Dieser Blödmann hatte mir seit ewigen Zeiten schöne Augen gemacht – wieso ließ Festus ihn da nach all den Jahren plötzlich ran an den Speck?«

Langsam wurde es mir zu bunt. »Mir scheint, ich werde hier als billiger, hinterhältiger Intrigant vorgeführt.« Die beiden Frauen musterten mich schweigend. »Besten Dank auch!«

Marina tätschelte mir die Hand. »Ach, du bist schon in Ordnung. Und Festus war dir weiß Gott 'ne Menge schuldig, das kann keiner bestreiten. Weißt du noch, damals, deine Klientin?«

Verdutzt starrte ich sie an. »Was denn für eine Klientin?«

»Na die, der du ihren Hund wiederbeschaffen solltest.« Den blöden Hund hatte ich ganz vergessen. Doch jetzt fielen er und sein Frauchen mir wieder ein – und das nicht nur, weil sie mir damals als frischgebackenem Privatermittler zu meinem allerersten Auftrag verholfen hatte.

»Das war ein Jagdhund aus Britannien«, erklärte ich Helena rasch. »Sehr wertvoll. Erlesener Stammbaum und konnte laufen wie der Wind. Das dumme Vieh hatte die Kleider der Dame im Badehaus bewachen sollen. Aber ein Sklave trat ihm aus Versehen auf den Schwanz, und da ist er auf und davon und wie der Blitz in der Via Flaminia verschwunden. Die junge Dame war untröstlich ...« Die Geschichte klang immer noch sehr unglaubwürdig.

»Du bist ja in Britannien gewesen«, versetzte Helena Justina liebenswürdig. Sie wußte, wie man eine abfällige Bemerkung wirkungsvoll plaziert. »Da hast du vermutlich einen besonderen Draht zu den Hunden von der Insel entwickelt.« Na und ob! Eine wundervolle Aufgabe für einen Profi – jeder Detektiv sollte in mindestens zwölf Sprachen »Bei Fuß, Hundchen!« rufen können. Leider waren heute, fünf Jahre später, die Aufträge, die ich an Land zog, immer noch genauso öde. »Und, hast du ihn gefunden?« fragte Helena gespannt.

»Wen?«

»Aber Marcus! Den Hund, natürlich.«

»Ach so! Ja, ja.«

»Da war deine Klientin dir bestimmt sehr dankbar!« Helena verstand mehr von meinem Geschäft, als mir lieb war.

»Nun mach aber mal 'nen Punkt. Du weißt genau, daß ich nie mit Klientinnen ins Bett gehe.« Sie sah mich nur an. Helena war selbst einmal meine Klientin gewesen. Aber sooft ich auch beteuern mochte, daß sie die einzige Ausnahme war – irgendwie fiel das bei ihr nicht ins Gewicht.

Die Frau mit dem entlaufenen Köter hatte mehr Geld als Verstand, und sie sah umwerfend aus. Mein Berufsethos war selbstredend ganz untadelig, trotzdem hatte ich natürlich mit dem Gedanken gespielt, ihr den Hof zu machen. Aber dann hatte mein großer Bruder mir eingeredet, daß man auf die Nase fallen würde, wenn man sich mit den Wohlhabenden einließe. Marinas Frage weckte jetzt einen leisen Zweifel in meiner Brust. Ich sah sie prüfend an. Sie kicherte vergnügt. Offenbar war sie der Meinung, ich hätte die ganze Zeit gewußt, was da lief. Aber ich begriff erst in diesem Augenblick, warum Festus mir geraten hatte, die Finger von der hübschen Hundehalterin zu lassen: Er hatte sie selbst besprungen!

»Um genau zu sein«, erklärte ich Helena düster, »war es Festus, der den Scheißköter gefunden hat.«

»Ja, natürlich«, mischte sich Marina ein. »Er hat die Töle ja die ganze Zeit bei mir versteckt. Ich hatte damals vielleicht eine Stinkwut auf ihn! Festus hat den Hund in der Badeanstalt geklaut, nur weil er die fesche Braut kennenlernen wollte.« Mein Bruder, der Held! »Hast du das etwa nicht kapiert?«

»Ach, Marcus!« Helena tröstete mich auf das einfühlsamste. »Ich wette, sie hat nicht mal deine Rechnung bezahlt.« (So einfühlsam nun auch wieder nicht.) Trotzdem hatte sie natürlich richtig geraten.

Ich fühlte mich schändlich behandelt.

»Seid ihr endlich fertig damit, euch über mich lustig zu machen? Ich hab nämlich heute noch viel vor . . . «

»Aber gewiß doch, Marcus.« Helena lächelte, als ginge es mir darum, mich für ein paar Stunden in einem Faß zu verkriechen und abzuwarten, bis meine Schamröte sich verflüchtigt.

»Genau. Meinen angeschlagenen Ruf wieder aufzupolieren wird schließlich kein leichtes Geschäft sein.« Bei Helena spielte man am besten mit offenen Karten, besonders, wenn sie klang, als mache sie Scherze, dabei aber aussah, als versuche sie sich zu erinnern, wo sie das Rattengift gelassen hatte.

Ich gab Marcia einen schallenden Kuß und reichte das Kind an seine Mutter weiter. »Vielen Dank für deine Gastfreundschaft, Marina. Wenn dir noch irgendwas einfällt, was mir weiterhelfen könnte, laß es mich sofort wissen, hörst du? Andernfalls falle ich nämlich dem Scharfrichter in die Hände.« Helena erhob sich. Ich legte ihr den Arm um die Schulter und setzte lächelnd hinzu: »Wie du siehst, sollte ich mich eigentlich viel mehr um dieses reizende Mädchen kümmern.«

Helena gestattete sich ein selbstzufriedenes Naserümpfen.

»Wollt ihr zwei heiraten?« fragte Marina mitfühlend.

»Natürlich!« riefen wir im Duett. Als Paar lügen wir hervorragend.

»Ach, wie schön! Dann wünsche ich euch alles Glück der Welt.«

Eins mußte man Marina wirklich lassen: Sie hatte ein gutes Herz.

# XXI

Ich erklärte Helena, daß ich für heute lange genug an der Leine gehangen hätte und meinen nächsten Termin allein wahrnehmen wolle. Helena wußte, wann es ratsam war, mir meinen Willen zu lassen. Ich hatte zwar das Gefühl, daß sie zu leicht nachgab, aber das war immer noch besser als ein Streit auf offener Straße.

Da wir nur ein paar Schritte von ihrem Elternhaus entfernt waren, ermunterte ich sie zu einem töchterlichen Besuch. Ich bestand darauf, sie bis an die Tür zu begleiten, weil der Abschied auf der Schwelle mir Gelegenheit gab, ihre Hand zu halten. Sie kam ohne solchen Trost zurecht, ich aber brauchte ihn dringend.

»Sei mir nicht böse, Liebste.«

»Nein, Marcus.« Es wäre allerdings töricht von ihr gewesen, mir nach dem eben Gehörten nicht mit einer gewissen Skepsis zu begegnen. Ihr Gesichtsausdruck war denn auch eher reserviert. »Ich hab ja immer gewußt, daß du ein bewegtes Leben hinter dir hast.«

»Urteile nur nicht zu streng über mich.«

»Ich denke, das besorgst du schon selbst.« Na ja, einer mußte es ja tun. »Marina scheint ein nettes Mädchen zu sein«, setzte Helena hinzu.

Ich wußte, was das zu bedeuten hatte. »Du hoffst, daß eines Tages einer kommt und sie vom Fleck weg heiratet.«

»Warum nicht?«

»Weil die Männer, mit denen Marina sich abgibt, genau wissen, daß sie keinen Ehemann sucht. Eine große Erleichterung für die Herren, die sich nicht darüber zu grämen brauchen, daß sie bereits alle beweibt sind!«

Helena seufzte.

Wir standen an der Ecke der Via Appia, und um uns war soviel Betrieb wie an einem ruhigen Tag auf dem Forum Romanum. Sklaven mit Körben und Amphoren auf den Schultern zockelten die Straße rauf und runter und gaben sich alle Mühe, den fünf oder sechs Tragstühlen in die Quere zu kommen, die Damen aus vornehmen Häusern beförderten. Handwerker hämmerten halbherzig am dunklen Bollwerk des alten Aquädukts, der Aqua Marcia, herum. Ein Karren, beladen mit Marmorblöcken, mühte sich das unebene Pflaster hinauf und geriet immer wieder gefährlich ins Schlingern. Drei Eseltreiber, die den Karren überholen wollten, zwei alte Weiber mit einer Gans und die Leute auf der Bank vor einem Friseurladen waren es leid, ständig nur diesen wackeligen Karren zu beobachten, und so richteten sie ihr Augenmerk statt dessen auf uns.

Um den Tag für alle unvergeßlich zu machen, schloß ich Helena in die Arme und küßte sie. Rom ist eine Stadt sexueller Freizügigkeit, aber selbst hier kommt es selten vor, daß eine Senatorentochter sich an der Straßenecke von einem Individuum betatschen läßt, das offensichtlich nur eine Stufe über der gemeinen Kellerassel steht. Ich hatte sie überrumpelt. Sie konnte mir nicht Einhalt gebieten, und ich hatte keinen Grund, aus eigenem Antrieb aufzuhören. Um uns herum bildete sich ein kleiner Volksauflauf.

Erst als ich Helena endlich losließ, bemerkte sie die Menge, die uns angaffte. Und sie besann sich darauf, daß wir im vornehmen Viertel der Porta Capena waren, direkt vor dem Haus ihrer illustren Familie. »Es gibt gewisse Regeln, Marcus!« flüsterte sie empört.

Ich hatte schon gehört, daß sich in Patrizierkreisen der Gatte drei Tage im voraus anmelden muß, wenn er seine Frau umarmen möchte. »Ich kenne die Regeln. Mir war aber danach, sie zu brechen.«

»Mach das noch mal, und ich ramm dir das Knie dahin, wo's weh tut!«

Ich küßte sie noch einmal, und sie brachte das Knie in Aktion. Aber richtig zuzustoßen, traute sie sich doch nicht, und so richtete sie denn auch keinen Schaden an. Die Gaffer applaudierten trotzdem.

Helena machte ein bestürztes Gesicht. Offenbar

glaubte sie, mich verletzt zu haben. »Auf Wiedersehen, Marcus!«

»Auf Wiedersehen, mein Schatz«, krächzte ich mit schmerzverzerrter Stimme. Jetzt kam ihr der Verdacht, ich würde nur simulieren.

Helena ging in unnahbarer Pose auf ihr Elternhaus zu. Ich blieb mit verschränkten Armen am Tor stehen, bis der Pförtner erschien, der es mit dem Öffnen nie eilig hatte. Als er endlich kam, drehte sich Helena an der Haustür verstohlen nach mir um, um zu sehen, ob ich schon gegangen wäre. Ich winkte ihr noch einmal zu und machte mich dann auf den Weg. Ich wußte, sie war in Sicherheit. Und wenn sie auf den Aventin zurückkehren wollte, würde ihre Familie ihr eine Sklaveneskorte mitgeben.

Nach der zermürbenden Visite bei Marina fühlte ich mich ganz steif und verspannt und hatte das dringende Verlangen nach ein wenig Ausgleichssport. Gewichtheben wäre jetzt genau das richtige, aber auch sonst gab es im Gymnasium vielerlei Trainingsmöglichkeiten für einen von Sorgen geplagten Mann. Ich schaffte es, meinen Besuch auf etliche Stunden auszudehnen.

»Der Kunde beehrt uns in letzter Zeit aber oft«, bemerkte Glaucus in seiner trockenen Art.

»Wahrscheinlich hast du auch schon erraten, warum. Besagter Kunde möchte seiner Familie aus dem Weg gehen!«

Ich verließ das Gymnasium so ausgeglichen und gestärkt, daß ich die weiteren Ermittlungen um ein Haar auf unbestimmte Zeit verschoben hätte. Aber als ich Helena vorhin auf offener Straße küßte, war mir eingefallen, wieviel lieber ich sie in trauter Zweisamkeit zu küssen pflegte. Falls Petronius stur blieb und mich einsperrte, hätte es zwar wenig Sinn, in aller Eile die Wohnung an der Brunnenpromenade wieder wohnlich zu machen, doch wenn es mir gelang, auf freiem Fuß zu bleiben, brauchten wir dringend neue Möbel.

»Petronius hat nach dir gesucht«, warnte mich Glaucus zum Abschied. Die verhaltene Ausdrucksweise meines Trainers alarmierte mich nicht zum ersten Mal.

»Egal! Ich gehe auch Petro aus dem Weg ...«

Mir lag nichts daran, meinen Vater ins Verhör zu nehmen, aber bei ihm würde Petronius Longus mich bestimmt nicht suchen, und so versprach ein Besuch bei Geminus mir immerhin eine Atempause. Außerdem würde ich bei Papa vielleicht ein billiges Bett ergattern können. Also machte ich mich auf den Weg in die Saepta Julia.

Die Kapuze tief in die Stirn gezogen, trat ich aus dem Gymnasium aufs Forum hinaus, schlich unterhalb der Zitadelle am Tempel der Fortuna vorbei und weiter in Richtung Marcellustheater, meinem gewohnten Ausgangspunkt für einen Spaziergang zum Campus Martius. Alle Leute, die mir begegneten, schienen mich mißtrauisch zu mustern, als ob meine Tunika einen ausländischen Schnitt oder mein Gesicht eine verdächtige Form hätte.

Jetzt, da ich wirklich zu Geminus unterwegs war, kehrte meine schlechte Laune zurück. Außerdem war ich immer noch nervös und ratlos. Ich ahnte ja nicht, daß ich schon bald Gelegenheit bekommen sollte, mich ordentlich auszutoben.

Zahlreiche öffentliche Gebäude sind dem Campus von Männern aufgedrängt worden, die sich Berühmtheit anmaßen – ich meine all die Theater, Badehäuser, Säulenhallen und Krypten mit den vollmundigen Namen, zwischen denen hin und wieder ein Tempel oder Circus um die Bewunderung der staunenden Touristen buhlt. Heute hatte ich freilich keinen Blick für diese architektonischen Perlen, denn ich hielt eifrig nach Offizieren der Prätorianerwache Ausschau, für den Fall, daß Petronius seinen Leuten befohlen hatte, nach mir Ausschau zu halten.

Die Saepta Julia liegen zwischen den Thermen des Marcus Agrippa und einem Isis-Tempel. Ich betrat die Promenade vom Tempel der Bellona her, machte aber, um nicht aufzufallen, einen großen Umweg rund um den Circus Flaminius. Außerdem war es mir auch zu langweilig, stur der Straße zu folgen, die pfeilgerade auf die Saepta zuführt, und so kam ich schließlich beim Pompejustheater heraus und hatte gleich vor mir den langgestreckten Portikus. Als ich Lärm und Geschrei hörte, ging ich dem natürlich sofort nach.

Der Portikus des Pompejustheaters ist die übliche eindrucksvolle Begrenzung des Zuschauerbereichs. Dahinter bildet wuchtiges Mauerwerk auf vier Seiten einen abgeschlossenen Innenraum, in dem die Männerwelt der Stadt sich vorgeblich an den dargebotenen Aufführungen ergötzt, während sie insgeheim auf Unterhaltsameres lauert: eine Essenseinladung etwa oder einen handfesten Krach, einen sündteuren Knaben mit einem Körper wie ein griechischer Gott oder ersatzweise wenigstens eine billige Hure. Heute war das Theater vollgestopft mit Waren und Kauflustigen. Ich sah mich unversehens am Ziel: Hier fand nämlich eine Versteigerung statt, und der Auktionator war kein anderer als mein verhaßter Erzeuger.

Die Güter, die er unter den Hammer brachte, sahen von weitem aus wie echte Antiquitäten und wirkten auch bei näherer Betrachtung nur ein bißchen fragwürdig. Papa verstand eben sein Geschäft.

Ich hörte, wie er von seinem Podium herab das Publikum beschwatzte und zum Bieten animierte. Er hatte eine schleppende, farblose Stimme, die aber mühelos bis in den hintersten Winkel des Gevierts reichte. Ich nahm an, daß er mich von seinem erhöhten Platz aus bald entdecken würde, gab mir aber keine Mühe, mich bemerkbar zu machen. Wir würden uns bald genug gegenüberstehen und aufeinander loshacken.

Mein Vater versuchte gerade, die Menge für eine Ladung bunt zusammengewürfelter Klappstühle zu interessieren. »Schauen Sie sich den hier an, Herrschaften: reines Elfenbein und wunderschön geschnitzt. Wahrscheinlich eine ägyptische Arbeit. Auf dem hat vielleicht der edle Pompejus persönlich gesessen ...«

»Dem edlen Pompejus hat man in Ägypten den Kopf abgeschlagen!« warf ein munterer Zwischenrufer ein.

»Wohl wahr, mein Herr, aber sein edler Hintern blieb unversehrt ...«

Der sogenannte Pompejus-Schemel stammte aus den Beständen einer Wohnungsauflösung. Irgend jemand war gestorben, und die Erben verkauften nun seine bewegliche Habe, um sich den Erlös hinterher zu teilen. Bei näherer Betrachtung konnten einen derlei Überbleibsel eines zu Ende gegangenen Lebens richtig traurig stimmen: halbleere Tintenfläschchen und jungfräuliche Papyrusrollen, deckellose Kornkrüge, noch halb voll mit Weizen, körbeweise alte Schuhe, ein Bündel Decken, ja sogar der Napf, in dem der Wachhund sein Fressen bekommen hatte. Ich sah Pfannen mit wackeligem Stiel und Öllampen mit abgebrochenem Griff. Potentielle Bieter lehnten ihren müden Rücken an Diwane mit geborstenen Beinen und zerschlissenen Bezügen: Abnutzungserscheinungen, die dem Eigentümer im Lauf der Jahre gar nicht mehr auffallen, sich hier jedoch peinlich bemerkbar machten.

Allem Anschein nach war es ein Mittelstandshaushalt gewesen, was mir Aussicht auf ein Schnäppchen verhieß, da die Familie anscheinend erst in jüngerer Zeit zu Geld gekommen war und die Möbel noch ziemlich neu wirkten. Also setzte ich eine gleichgültige Miene auf, während ich die Bestände verstohlen einer eingehenden Prüfung unterzog.

Natürlich keine Spur von einem Bett, das ich doch am dringendsten brauchte. Dafür entdeckte ich ein paar hübsche Keramiksachen für den Garten (den ich zwar nicht besitze, doch Träume sind in Rom billig zu haben). Das mit Abstand schönste Stück der Sammlung war ein Sockeltisch mit einer riesigen Zitronenholzplatte, der bestimmt ein Vermögen gekostet hatte. Sogar im trüben Licht eines verhangenen Wintertages hatte die Maserung noch einen wunderbar seidigen Glanz. Geminus hatte den Tisch natürlich vor der Versteigerung eigens mit Öl und Bienenwachs aufpolieren lassen. Mir lief gewissermaßen das Wasser im Munde zusammen, aber ich ließ mir nichts anmerken und schlenderte ganz lässig hinüber zu einer Gruppe hübscher bronzener Dreifüße in verschiedenen Größen. Einer davon hatte Klauenfüße, eine Platte mit aufgebogenem Schnörkelrand, damit nichts herunterfallen konnte, sowie eine faszinierende Vorrichtung, um die Höhe zu verstellen. Ich hatte eben den Kopf unter den Tripus gesteckt, um den Mechanismus auszuknobeln, als einer der Saaldiener mich am Schlafittchen packte.

»Laß es gut sein. Für den hat dein alter Herr einen gesalzenen Mindestpreis veranschlagt. Den will er nämlich selbst behalten.«

Typisch mein Vater.

Ich linste hinüber zu Papa auf seinem Podium. Er war klein von Statur, aber trotzdem imposant, ein Mann mit wirren grauen Locken und einer geraden, arroganten Nase. Seinen dunklen Augen entging nichts. Mich hatte er offenbar schon seit einer ganzen Weile im Visier. Jetzt deutete er mit dem Kopf auf den Dreifuß und gab mir mit einem verächtlichen Wink zu verstehen, daß man mich selbstredend überbieten würde. Einen wahnwitzigen Augenblick lang hätte ich *alles* für diesen verstellbaren Tripus gegeben – dann aber fiel mir ein, daß Auktionatoren mit genau dem Trick reich werden.

Also ging ich ruhig weiter.

Die Erben waren entschlossen, das Äußerste aus ihrer Hinterlassenschaft herauszuholen. Und um möglichst viele Einzelteile verkaufen zu können, hatten sie beispielsweise ein paar hölzerne Schiebetüren, die wahrscheinlich einmal die Zierde eines Speisesaals gewesen waren, von den Drehzapfen getrennt, hatten den Bronzedelphin aus einem Brunnen so brutal von seinem Sockel gerissen, daß das arme Tier sich die Kiemen abgeschürft hatte, ja sogar ein paar hübsche bemalte Paneele hatten die gierigen Plünderer aus der Wand gebrochen. Geminus würde solchen Vandalismus ebensowenig gutheißen wie ich.

Doch das war nicht das einzige, was heute nicht ganz in Ordnung schien. Als eingeschworener Liebhaber alten Plunders konzentrierte ich mich anfangs so sehr auf die angebotenen Waren, daß ich weder das Publikum noch die Atmosphäre mitbekam. Aber allmählich dämmerte mir, daß ich in eine brenzlige Situation hineingeraten war.

Die Versteigerung war gewiß eine Woche im voraus in den Saepta angekündigt worden. Zu großen Auktionen erschien in der Regel ein Kundenstamm, den Geminus mehr oder weniger kannte, und ein paar Interessenten erkannte sogar ich: diverse Händler und ein, zwei private Sammler. Aber für einen echten Connaisseur gab es hier nicht viel zu holen, und folglich brachen die wahren Kunstkenner allmählich wieder auf. Die Händler waren schäbige Käuze, doch sie waren mit einem festen Ziel gekommen und an das hielten sie sich. Außerdem konnte man immer mit ein paar Passanten rechnen, die zufällig vorbeischauten, und vor dem Portikus lungerte auch ein gewisses Quorum arbeitsloser Intellektueller herum. Ferner entdeckte ich etliche Leute mit verlegenen Gesichtern – Neulinge, die zum ersten Mal auf einer Versteigerung waren. Wahrscheinlich gehörten zu ihnen aber auch die Erben und Verkäufer, die Geminus auf die Finger schauen wollten, sowie die neugierigen Nachbarn des Toten, die gekommen waren, um seine Bücher durchzusehen und sich über seine alten Kleider lustig zu machen.

Unter den üblichen Bummelanten in den Wandelgängen fielen mir fünf oder sechs ungeschlachte, große Kerle auf, die überhaupt nicht hierher paßten. Sie standen ziemlich weit auseinander, aber ich roch förmlich, daß sie zusammengehörten. Alle trugen schlichte, einärmelige Tuniken wie einfache Arbeiter, jedoch mit Lederzubehör, das alles andere als billig aussah – Manschetten, massive Gürtel mit Emailleschnallen, der eine oder andere auch eine Fellkappe. Obwohl sie sich den Anschein gaben, die Waren zu prüfen, interessierte sich keiner von ihnen ernsthaft für die Sachen. Geminus hatte wie immer seine Träger dabei, die ihm den jeweils aufgerufenen Artikel ans Pult brachten, aber es war eine überalterte Mannschaft, die sich, wenn überhaupt, nur durch Kleinwüchsigkeit und Duckmäusertum hervortat. Mein Vater hatte noch nie gute Löhne gezahlt; seine Arbeiter waren aus schierer Gewohnheit bei ihm geblieben und nicht, weil sie bei ihm gut verdienten.

Ich dachte mir, für den Fall, daß diese zwielichtigen Gesellen darauf aus waren, eine laufende Versteigerung zu plündern (was durchaus schon vorgekommen war), sollte ich mich lieber zur Verfügung halten.

Kaum hatte ich diesen großherzigen Entschluß gefaßt, ging das Spektakel auch schon los.

# XXII

Ständig kamen neue Leute hinzu, und die Menge wuchs beträchtlich an; doch diese Schaulustigen waren ganz gewöhnliche Zweier- und Dreiergruppen in gewöhnlichen Tuniken und Mänteln, die nichts Beunruhigendes an sich hatten.

Geminus war inzwischen bei den Lampen angelangt.

»Erster Artikel dieser Staffel: ein ausgefallenes Stück, meine Herren ...« Papa war kein Lampenfreund; sein Interesse galt Keramiken und Tischlerarbeiten, und so nahm er die Beleuchtungskörper jetzt auch mit unverdienter Hast durch. »Ein silberner Kandelaber in Gestalt einer korinthischen Säule, formschöne Dekorelemente, vierarmig, ein Lampenzug fehlt, könnte jedoch leicht von einem tüchtigen Silberschmied ersetzt werden. Kurz gesagt: ein wirklich erlesenes Stück ... Wer eröffnet mit eintausend?«

Die Gebote kamen nur schleppend. Der Winter war eine schlechte Geschäftszeit, denn das trübe Licht eines düster verhangenen Tages läßt alles, sogar formschöne Dekorelemente, matt und stumpf erscheinen. Wenn den Menschen das Wohl ihrer Erben am Herzen läge, dann würden sie in der warmen Jahreszeit sterben.

Etwa einen Meter von mir entfernt zog ein Kunde (einer der harmlosen normal gekleideten) eine pflaumenfarbene Decke von einem Korb. An der Fransenborte war ein Stückchen eingerissen, und daran zerrte der Mann jetzt geringschätzig, was für einen kritischen Konsumenten ja noch hingehen mochte, aber dann drehte er sich lachend zu seinem Begleiter um und riß mit voller Absicht noch eine gute Elle mehr herunter.

Ein Träger trat dazwischen und verlangte den Stoff zurück. Vom Publikum hatte kaum jemand etwas bemerkt, aber mir fiel auf, daß zwei der Muskelprotze beängstigend näher rückten.

»Und jetzt ein ganz reizendes Paar«, verkündete Geminus. »Zwei Leuchter in Baumform! Und sehen Sie, Herrschaften, an einem der Stämme kriecht ein Marder hinauf, um sich im Geäst ein Vögelchen zu schnappen ...« Links von mir rempelte jemand einen Träger an, der gerade ein Gestell mit Gewürzgläschen nach vorn zum Podium bringen wollte. Die kleinen braunen Gefäße kollerten in alle Himmelsrichtungen davon, ihr klebriger Inhalt entleerte sich und pappte die Sandalen der Umstehenden am Boden fest. Und wem es hier noch gelungen war, sich aus der Schußlinie zu bringen, der steckte ein paar Schritte weiter in halb eingetrockneter Fischlake fest. »Und am anderen Stamm sehen wir eine Hauskatze, die eben zum Sprung ansetzt ...« Ein weiterer Träger kam gerade noch rechtzeitig, um einen Stapel silberner Behälter zur Aufbewahrung kostbarer Schriftrollen zu retten, die gefährlich ins Schwanken geraten waren.

Die Stimmung um mich veränderte sich schlagartig, und ohne erkennbaren Grund wurde es in Sekundenschnelle äußerst ungemütlich. Ich sah, wie der älteste von Vaters Trägern eine große vergoldete Uhr von dem wunderhübschen Zitronenholztisch nahm, sie hastig in einer Kiste verstaute und den Deckel abschloß. Über die Köpfe der Menge hinweg erspähte ich eine Hand, die einen der Kandelaber ergriff und so wild damit herumfuchtelte, daß das ganze übrige Lampenarsenal, das noch zum Verkauf anstand, ins Wanken geriet und schließlich umstürzte wie ein vom Wirbelsturm gefällter Kiefernhain. Zwei gewiefte Händler, die blitzschnell die Situation erkannt hatten und hastig den Rückzug antreten wollten, stolperten aus Versehen über ein paar Kisten mit Küchengerät. Ängstliches Geschrei wurde laut, als harmlose Zuschauer sich plötzlich mit Püffen und Kopfnüssen traktiert fanden. Kostbare Waren wurden grob mißhandelt, und sensible Menschen rammten sich spitze Ellbogen in besonders empfindliche Körperteile.

Die Kauflustigen rings um die erhöhte Plattform des Auktionators stoben ängstlich auseinander, sobald auf allen Seiten Geschirr zu Bruch ging und ihnen lauter schwere Bronzegefäße vor die Füße kugelten. Einer von den verdächtigen großen Kerlen hatte sich eben einen Passanten gegriffen und schwang den Bedauernswerten jetzt so ungestüm gegen das Podium, daß es krachend umstürzte und Geminus gleich mitriß. Vierzig Jahre Praxis als Auktionator hatten Papa eine wunderbar kräftige Lunge beschert, und der Schrei, mit dem er jetzt in einem Berg Latten und Rundhölzer verschwand, ging gewiß jedem durch Mark und Bein.

Die Träger taten, was ihnen Geminus für den Fall eines solchen Tumults eingebleut hatte: Sie warfen sich auf die Ware, vor allem die besten Stücke, und packten sie in Windeseile wieder in die Kisten und Kästen, in denen sie geliefert worden waren. Als Gornia, ihr Vorarbeiter, auf der Jagd nach vergessenen Wertgegenständen wieselflink an mir vorbeihuschte, krächzte er: »Hast du denn gar keinen Respekt vor deinem Vater? Komm schon, Marcus, besinn dich auf deine Sohnespflicht und faß mit an!«

Kindlicher Respekt gegenüber Geminus war nicht

meine starke Seite, aber für einen handfesten Kampf war ich immer zu haben. Also sah ich mich nach einer geeigneten Waffe um. Das erste, was mir in die Hände fiel, war eine Vorhangstange, an der zwar noch die Gardine hing, doch so konnte ich sie schwingen wie einen Fahnenmast und mir damit erst einmal angemessene Bewegungsfreiheit schaffen. Natürlich wurden die Schläger dank dieses Auftakts gleich auf mich aufmerksam. Zwei von ihnen kamen denn auch sofort auf mich zugestürmt, doch ich war schneller, schlug ihnen meine Stange in die Kniekehlen und mähte sie um wie reifes Korn.

Mein Vater war inzwischen aus den Trümmern seines Podiums wieder aufgetaucht. Er sah übel aus, atmete schwer und hatte einen knallroten Kopf, aber seine Geldkassette hielt er eisern umklammert. »Die doch nicht! Die doch nicht!« schrie er verzweifelt, was ich (nach traditioneller Kindesart) überhörte. »Auf die anderen mußt du losgehen, du Idiot!« Die Muskelprotze, mit denen ich mich geprügelt hatte, waren offenbar von Geminus angeheuert. Es mußte schon sehr schlimm um ihn stehen, wenn er sich seinen Schutz was kosten ließ.

Ich packte ihn am Arm und half ihm auf die Beine, während er unentwegt weiter auf mich einschimpfte. »Nun beruhige dich, Papa. Deinen Schlägern ist doch nichts passiert ...« Na ja, jedenfalls nicht übermäßig viel.

Vaters Gejammere verstummte abrupt, als einer der scheinbar harmlosen Kunden ihm jählings einen zusammengerollten Teppich vor die Brust rammte.

Einer der Rausschmeißer knöpfte sich den »Käufer« vor, der Geminus niedergestreckt hatte, packte ihn um die Taille und schwenkte ihn samt dem Teppich so kräftig herum, daß die Rolle gleich noch einen anderen Störenfried zur Seite fegte. Bemüht, mich auf die richtige

Seite zu schlagen, half ich flugs mit meiner Vorhangstange nach, was meinem Vater samt seiner Kasse (um die es ihm am meisten zu tun war) einen Fluchtweg öffnete, während ich mich in den nächsten Tumult stürzte. Ein Halunke hatte einen Lesediwan mit gedrechselten Sphinxen als Armlehnen hochkant gestellt und wollte damit auf eine Gruppe unbeteiligter Zuschauer losgehen. Ich blockierte ihm den Weg, und als ihm einer seiner Kumpane zu Hilfe eilen wollte, bändigte ich den mit der Spitze meiner Fahnenstange. Leider ging dabei meine Waffe zu Bruch. Donnernd fiel der Diwan um, und – rumms! – hatte die eine der beiden Sphinxen einen Flügel eingebüßt, während sich etliche der Umstehenden ihre gequetschten Zehen rieben. Einer wollte mich von hinten angreifen, aber ich fuhr blitzschnell herum, riß die Schulter hoch und warf den Kerl rücklings auf den Zitronenholztisch, packte ihn am Wanst und ließ ihn mit einem einzigen mächtigen Hieb über die mattglänzende Platte schlingern. Leider hinterließ seine Gürtelschnalle eine grellweiße Schramme in der Maserung, was mein Vater (der natürlich genau im falschen Moment wieder auftauchte) mit einem gequälten Schrei quittierte. Geminus würde lieber zehn Mann opfern, als mit anzusehen, wie edles Holz zu Schaden kommt.

Die Jungs in der Lederkluft waren geistig leider sehr träge. Für sie gehörte ich immer noch zu den Bösen. Natürlich wehrte ich mich, versuchte aber, den ungeschlachten Kerlen nicht allzu weh zu tun, damit sie Papa später nicht allzuviel an Entschädigung würden abknöpfen können. Trotzdem mußte er, falls die Burschen sich jede Schramme einzeln bezahlen ließen, sicher ordentlich blechen.

Doch dies war kein Augenblick für Zimperlichkeit. Ich sondierte das Feld und zielte mit einem großen

Steinstößel auf einen feisten Nacken. Obwohl ich nicht traf, blieb der Mann vor Schreck wie angewachsen stehen, so ohrenbetäubend war der Krach, mit dem das Geschoß neben ihm zu Boden polterte. Einem anderen Störenfried konnte ich den Arm in eine schwere Kiste einklemmen, und der Gefangene jaulte vor Schmerz. Meinen Vater sah ich einen Kerl mit solcher Wucht gegen eine Säule rammen, als gälte es, den ganzen Portikus zum Einsturz zu bringen. Im nächsten Moment waren die Träger es endgültig leid, immer nur brav das Silber zu bewachen, und stürzten sich blutrünstig ins Getümmel. Die schrumpeligen Alten waren zäher, als sie aussahen. Knorrige Arme sausten wie Windmühlenflügel durch die Luft, und Glatzköpfe bohrten sich in feindliche Bäuche, kaum daß die Helfer des Auktionators die Front verstärkt hatten. Mittlerweile hatten auch die Gorillas kapiert, daß ich zur Familie gehörte, und nun kämpften sie einträchtig Seite an Seite mit mir. Der Feind sah seine Felle davonschwimmen und ergriff die Flucht.

»Wollen wir sie verfolgen?« brüllte ich Gornia, dem bejahrten Chefträger, zu. Aber der schüttelte nur den Kopf.

Ein grauer Lockenkopf reckte sich aus dem Trümmerhaufen, und mein Vater taxierte seine Verluste. »Dieses Schauspiel wird die Käufer nicht eben ermuntern. Ich denke, wir machen Schluß für heute!«

»Recht hast du!« Ich war gerade dabei, einen Klappstuhl zu reparieren, den jemand mit roher Gewalt auseinandergeklappt hatte. »Bei dieser Versteigerung wollte offenbar jemand anders den Ton angeben . . . « Als der Stuhl wieder heil war, ließ ich mich darauf nieder wie ein Perserkönig, der vom Feldherrnhügel aus das Schlachtfeld in Augenschein nimmt.

Geminus hatte tröstend den Arm um einen der Muskelmänner gelegt, der ganz zu Beginn des Kampfes einen besonders gut gezielten Hieb von mir ausgerechnet mit dem Auge aufgefangen hatte. Etliche andere hatten stattliche Beulen vorzuweisen, die bis morgen richtig reif sein würden. Ich war im übrigen auch recht übel zugerichtet, und die Rausschmeißer musterten meine Blessuren mit offenbar bewundernden Blicken, bis es mir peinlich wurde.

»Das sind ja die reinsten Riesen, Papa. Kaufst du sie nach Größe?«

»Typisch mein Sohn! Geht hin und verprügelt die Angestellten«, nuschelte Geminus kaum verständlich, denn seine Lippe war aufgeplatzt.

»Woher sollte ich wissen, daß du deine eigenen Kohorten im Saal plazierst? Ich dachte doch, die armen Tattergreise von Trägern müßten sich allein gegen den Mob wehren. Wenn ich geahnt hätte, daß diese Ochsen dafür bezahlt werden, sich die Knöchel aufzuschrammen, dann hätte ich meine Haut bestimmt nicht zu Markte getragen!«

Geminus hustete ermattet und sank auf einen unverkauften Diwan. Auf einmal machte sich sein Alter bemerkbar. »O Jupiter, womit hab ich das verdient!«

Ich schwieg eine Weile. Mein Atem ging zwar schon wieder regelmäßig, aber meine Gedanken waren noch ziemlich konfus. Die Muskelmänner machten nur sehr halbherzige Anstalten, den Trägern beim Aufräumen zu helfen, während die alten Wichte wie gewöhnlich emsig und klaglos zupackten. Der Kampf hatte, wenn überhaupt, nur ihre Lebensgeister aufgefrischt.

Mein Vater beaufsichtigte seine Leute jetzt so gefaßt, daß mir der Verdacht kam, es könne sich nicht um den ersten Überfall handeln. Doch er wich meinem fragenden Blick geflissentlich aus. Papa ist ein stämmiger

Mann, und heute kam er mir kleiner und zugleich fülliger vor, als ich ihn in Erinnerung hatte. Sein Gesicht könnte als gutaussehend durchgehen, und es gibt Leute, die ihn charmant finden. Ich hatte mich immer an ihm gerieben, doch ich war ja auch von Lehrern erzogen worden, die uns einbleuten, der ideale römische Vater sei streng, weise und ein moralisches Vorbild. Diese hehre Philosophie machte keine Zugeständnisse an Trinker, Spieler und Schürzenjäger – geschweige denn einen Vater wie meinen, der mitunter all diesen Sünden auf einmal beging und der anscheinend nie jene noblen Grammatiker gelesen hatte, die einem römischen Knaben weismachen, er könne von seinem Papa erwarten, daß er den lieben langen Tag in edlen Gedanken verbrachte und zwischendurch den Hausgöttern opferte. Statt mich mit in die Basilica Julia zu nehmen und mir zu erklären, worüber die Anwälte in der Gerichtsverhandlung stritten, ging mein Vater mit mir in den Circus Maximus – und auch das nur, wenn sein Vetter am Kartenschalter saß, der uns zum halben Preis einließ. Als Kind schämte ich mich entsetzlich, wenn wir uns auf diese Weise, gewissermaßen auf Rabatt, zu den Spielen hineinmogelten.

Livius ist so was nie passiert.

Ich beschloß, Vater zur Rede zu stellen. »Du hast also damit gerechnet, daß es Ärger gibt. Willst du mir nicht erzählen, was los ist?«

»Was soll denn schon los sein? So was kommt eben vor«, knurrte Geminus durch zusammengebissene Zähne.

»Das war doch eine abgekartete Sache. Wer steckt dahinter? Eine organisierte Bande?« Wenn ich schon in den Streit mit hineingezogen wurde, wollte ich wenigstens die Ursache erfahren.

»Was weiß denn ich.« O ihr Götter, der Mann kann störrisch sein wie ein Maultier.

»Na schön, dann mußt du eben allein sehen, wie du klarkommst!«

»Gewiß, mein Junge, gewiß.« Ich lehnte den Kopf zurück, schloß die Augen und fragte mich, wie so ein muffeliger alter Stoffel einen so verständigen Kerl wie mich hatte zeugen können. Erst jetzt fiel mir auf, daß mein ganzer Körper steif und mein linkes Ohr taub war. »Im übrigen«, konterte mein Vater, »hast du ja mächtig getrödelt. Ich hatte dich schon vor zwei Stunden erwartet.«

Ich schlug die Augen wieder auf. »Aber es wußte doch niemand, daß ich zu dir wollte.«

»Ach so? Mir wurde gesagt, dir stünde der Sinn nach einem väterlichen Gespräch.«

»Dann hat man dir was Falsches erzählt!« Blitzschnell hatte ich das Rätsel gelöst. »Helena ist bei dir gewesen!« Die Frau war unverbesserlich. Es genügte nicht, sie auf der Schwelle ihres Vaters abzusetzen – ich hätte sie eigenhändig in die Vorhalle schubsen und den Senator auffordern sollen, sofort die Tür zu verriegeln.

Mein Vater grinste anzüglich. »Nettes Mädchen!«

»Fang bloß nicht wieder damit an, daß sie was Besseres finden könnte.«

»Gut, dann laß ich's eben . . . Und sonst? Was macht das Liebesleben?«

Ich seufzte. »Bei unserem letzten Zusammensein hat sie mir das Knie ins Gedärm gerammt.«

»Aua! Und ich dachte, du hättest dir ganz was Zahmes geschnappt!« spottete Geminus. »Von wem hat sie denn solche üblen Tricks gelernt?«

»Von mir, wenn du's wissen willst.« Er starrte mich entgeistert an, und das reizte mich so, daß prompt alte Wunden wieder aufbrachen. »Hör mal, du magst ja inzwischen mächtig arriviert sein, aber bestimmt erinnerst du dich noch an das schäbige Leben auf dem Aventin, wo es vor lauter Kerlen mit lüsternen Gedanken wimmelt und kein einziges Türschloß anständig funktioniert. Und ich kann Helena schließlich nicht rund um die Uhr beschützen. Außerdem – falls der heutige Tag als Maßstab gelten kann, werde ich wohl nie wissen, wo sie steckt. Frauen sollten bekanntlich brav daheim am Webstuhl sitzen«, grummelte ich verbittert. »Aber Helena schert sich einen Dreck um so was.«

Da war mir weit mehr rausgerutscht, als ich hatte sagen wollen. Mein Vater räkelte sich lässig auf seinem Diwan und hatte den Kopf auf den Ellbogen gestützt. Er sah mich an, als hätte ich ihm ein Schälchen Schnecken hingestellt, aber den Löffel vergessen. »Sei's drum, wenigstens ist sie noch mit dir zusammen ... Und wann soll die Hochzeit sein?«

»Sobald ich zu Geld gekommen bin.«

Geminus pfiff verächtlich. »Da wird die Dame aber lange warten müssen!«

»Das ist unsere Sache.«

»Nicht, wenn du mich zum Großvater machst, bevor die Sache amtlich ist.«

Das war ein wunder Punkt in unserer Beziehung, und wahrscheinlich wußte mein Vater darüber Bescheid. Bestimmt war ihm zu Ohren gekommen, daß Helena eine Fehlgeburt gehabt hatte, worüber wir beide weit mehr erschüttert waren als erwartet; seitdem plagte uns die uneingestandene Sorge, ob wir wohl jemals imstande sein würden, ein gesundes Kind zu bekommen. Helena machte sich ganz krank deswegen, während ich das Problem aus dem schwerwiegendsten Grund aufzuschieben suchte, den das Leben bereithält: Armut. Das letzte, was ich jetzt gebrauchen konnte, war die Einmischung meines verhaßten Vaters. Ich wußte natürlich, warum der alte Snob sich so dafür interessierte: Geminus wünschte sich, daß Helena und ich eine Familie gründeten, damit er sich mit der Verwandtschaft mit einem Senator brüsten konnte. »Großvater bist du doch schon«, sagte ich hitzig. »Wenn du deine Familiengefühle da ausleben willst, wo sie gebraucht werden, dann versuch's mal bei Victorinas armen Waisen.«

»Ach ... und wie geht's Mico? Was macht er so?«

»Nicht viel – wie gewöhnlich.« Mein Vater hörte sich das kommentarlos an. Dennoch hielt ich es für möglich, daß er was für die armen Würmer tun würde. »Warst du auf der Beerdigung?« fragte ich, neugieriger, als mir lieb war.

»Nein. Man wies meine Hilfe als unnötig zurück.« Er sagte das ganz ruhig, ja fast unbeteiligt. Ich konnte weder heraushören, ob es ihm naheging, noch ob es ihn überhaupt berührte.

»Victorina war deine Tochter«, sagte ich förmlich. »Man hätte dich nicht ausschließen dürfen.«

»Nun mach doch keine Affäre daraus.«

»Wäre ich daheim gewesen, dann hätte man dich unterrichtet.« Es lag mir nicht, den Musterknaben zu spielen, aber seine schicksalergebene Haltung brachte mich in Rage. »Im übrigen kannst du niemandem einen Vorwurf machen: Denn als Paterfamilias warst du nicht gerade eine Starbesetzung!«

»Fang nicht wieder damit an!«

Ich stand mühsam auf. »Keine Angst, ich bin schon weg.«

»Aber wir haben doch noch gar nicht über das gesprochen, weswegen du gekommen bist ...«

»Na und? Helena war doch hier, oder? Sie hat gewiß stellvertretend für mich gefragt.«

»Aber ich spreche nicht mit Frauen.«

»Vielleicht solltest du mal 'ne Ausnahme machen.« Vielleicht hätte er es schon damals versuchen sollen, als er noch mit meiner Mutter zusammenlebte.

Ich hätte mir den Weg hierher sparen können. Der Gedanke, einen Streit wegen Festus anzufangen, war mir unerträglich – nein, nichts wie weg hier! Aber so leicht ließ mein Vater mich nicht vom Haken. »Typisch!« zeterte er. »Wir haben dir eine hübsche Balgerei geliefert, und prompt rennst du heim zu deiner Mama, um ihr vorzuheulen, daß deine Tunika dreckig geworden ist, weil du auf dem Campus mit dem bösen Buben gespielt hast.«

Ich wollte mir schon den Mantel um die Schultern werfen, hielt aber mitten in der Bewegung inne. Das war nicht der rechte Weg, um den Fall Censorinus zu lösen. Außerdem brauchte ich eine Geschichte, um meine Mutter fürs erste zu besänftigen, und ich brauchte sie rasch. Ihre Ungeduld mit Bummelanten war sattsam bekannt. »Ich hätte dich schon was zu fragen«, räumte ich ein.

Geminus schwang die Beine vom Diwan, setzte sich auf und sah mir forschend ins Gesicht. »Na, das ist aber mal ganz was Neues!«

»Nur keine falschen Hoffnungen! Ich bin bloß auf der Suche nach einem Schnäppchen. Gibt's in deinem Warenlager in den Saepta zufällig ein billiges und trotzdem brauchbares Bett?«

Traurig und enttäuscht sah er mich an, aber er stand doch auf, um mich in sein Lagerhaus zu führen.

# XXIII

Die Saepta Julia sind eine weitläufige Anlage mit Marmoreinfriedung, in deren Säulenhallen die Wahlen abgehalten werden. Der umtriebige Marcus Agrippa, General und Schwiegersohn des Augustus, hatte den ganzen Bezirk neu- und umgestaltet, denn wenn er schon keine Aussicht hatte, je selbst den Kaiserthron zu besteigen, dann wollte er sich wenigstens auf die nächstbeste Art verewigen: durch größere und erhabenere Bauten. Agrippa hatte einen sicheren Blick dafür, wo diese Art Verherrlichung am besten zur Geltung kam. Ein Großteil des modernen Campus Martius ist sein Werk.

Die Saepta hatte Agrippa von einer Art riesiger Schafhürde in eines der Schmuckstücke seiner selbsternannten Gedenkstätten verwandelt und dafür gesorgt, daß sie sich architektonisch durchaus mit dem Pantheon und den Agrippa-Thermen messen können, die ihnen majestätisch zur Seite stehen und ihren Ruhm vornehmlich dem Umstand verdanken, daß der Eintritt hier frei ist. Marcus Agrippa hatte schon gewußt, wie man sich beim Volk beliebt macht. Die von den Saepta umschlossene Fläche war groß genug, um dort Gladiatorenkämpfe zu veranstalten, und zu Zeiten Neros hatte man sie sogar unter Wasser gesetzt und Seeschlachten nachgestellt, was sich allerdings für die Leute, die normalerweise hier arbeiteten, als sehr unpraktisch erwies. Ein Geschäftsmann hält nun mal nicht viel davon, wenn er seinen Laden räumen muß, nur damit eine Flotte schnittiger Triremen sich darin tummeln kann. In den umlaufenden Säulengängen, die sich über zwei Stockwerke erstreckten, waren zahlreiche Werkstätten untergebracht, vor allem die der Goldschmiede und

Bronzegießer. Daneben hatten sich aber auch Händler niedergelassen wie mein Vater, der mit seinem Kunst- und Antiquitätengeschäft seit Jahren ein Vermögen machte.

Der politische Hintergrund verlieh der Promenade noch eine andere Bedeutung, und für einen Mann meines Gewerbes wäre es sehr nützlich gewesen, sein Büro in den Saepta Julia zu haben, wohin sich die Leute zuerst wandten, wenn sie Aufträge zu vergeben hatten, die in mein Fach schlugen. Doch weil mein Vater hier arbeitete, mied ich das Gelände – ganz im Gegensatz zu den anderen Detektiven, die traditionsgemäß in den Saepta Julia auf Klientenfang gingen.

Mit »den anderen« meine ich jene, die meine Profession in Verruf gebracht haben; dieses Pack, das unter Nero seine Blütezeit hatte, als es gang und gäbe war, hinter Tempelsäulen die unvorsichtigen Äußerungen frommer Mitmenschen zu belauschen, ja, als man nicht einmal davor zurückschreckte, die Gespräche einer privaten Abendgesellschaft auszuschlachten und den eigenen Gastgeber zu hintergehen. Ich meine die politischen Parasiten, die, bevor Vespasian kam und mit eisernem Besen für Ordnung sorgte, mit ihren Intrigen den ganzen Senat in Angst und Schrecken versetzten. Die Mistkerle, die zu ihrem eigenen Vorteil den Günstlingen schlechter Herrscher an die Macht geholfen und die Eifersüchteleien der Mütter und Gattinnen noch schlechterer Kaiser geschürt haben. Klatschmäuler, die mit Skandalen Geschäfte machen. Und jene Schweinehunde, die für einen Smaragdohrring vor Gericht jeden Eid schwören würden.

Ich hatte gleich zu Beginn meiner Laufbahn entschieden, daß Klienten, die sich in den Saepta nach einem Ermittler umsehen, mit mir ohnehin nichts hätten anfangen können.

Dadurch gingen mir eine Menge Aufträge durch die Lappen.

Die Mieten in den Saepta Julia waren schwindelerregend hoch. Trotzdem hatte mein Vater hier gleich zwei Adressen. Ähnlich wie Festus wußte eben auch er, wie man's macht. Ein gut gepolstertes Konto war dabei vermutlich hilfreich, aber das Ansehen spielte wohl auch eine Rolle. Denn während manche Händler sich abstrampelten, um überhaupt einen miesen kleinen Verschlag zu ergattern, hatte Geminus eine exklusive Zimmerflucht im Oberstock, von deren Balkon aus er das ganze Geviert überblicken konnte, sowie ein geräumiges Lagerhaus im Erdgeschoß, was für die Anlieferung großer oder besonders schwerer Waren natürlich sehr bequem war. Sein immer stilvoll eingerichtetes Büro lag gleich neben dem Dolabrium, wo bei den Wahlen die Stimmen ausgezählt werden und wo es zu Zeiten einer Abstimmung hoch herging, ansonsten aber angenehm ruhig war.

Wir fingen unten an, in seinem Hauptausstellungsraum. Nach seinen üblichen Versuchen, mir irgendeinen dreibeinigen, wurmstichigen Bettkasten oder schlecht gepolsterten Diwan anzudrehen, der obendrein verdächtig an Krankenlager gemahnende Flecken aufwies, überzeugte ich meinen Vater von folgendem: Wenn ich schon ihm zuliebe den Familiennamen vor dem Aussterben bewahren sollte, dann doch bitte schön auf anständigem Mobiliar. Jetzt suchte er mir endlich ein ordentliches Bett heraus. Ich weigerte mich, den geforderten Preis zu zahlen, und damit er nicht die Chance verpaßte, sich mit dem ehrenwerten Camillus ein Enkelkind zu teilen, ging Papa schließlich um die Hälfte runter.

»Und die Matratze legst du auch noch drauf, sei so

gut. Helena kann doch nicht auf den ledernen Gurten schlafen.«

»Ich möchte wissen, woher du diese Dreistigkeit hast!«

»Aus demselben Stall, in dem ich gelernt hab, nicht zu arg zu flennen, wenn ein gewisser Auktionator so tut, als stünde er kurz vom Bankrott.«

Er knurrte etwas Unverständliches und fummelte immer noch an meiner Neuerwerbung rum. »Das ist was sehr, sehr Schlichtes, Marcus ...« Das Bett hatte einen Buchenholzrahmen mit eckigem Kopf- und Fußende. Was mir besonders gefiel, war die bogenförmige Verzierung am Kopfteil. Und die bloße Tatsache, daß es wahrhaftig vier Beine hatte, würde dieses Bett in meinem Haus zu einem Luxusgegenstand machen. »Ich hab da meine Zweifel. Ein Bett wie dieses müßte man in einem Alkoven verstecken«, jammerte Geminus.

»Ach, mir liegt nichts an Silberfüßchen und Schildpatt. Damit würde ich doch nur unnötig Einbrecher anlocken! Wann kannst du liefern?«

Er machte ein gekränktes Gesicht. »Du kennst die Spielregeln, Marcus. Barzahlung im voraus, und Selbstabholung.«

»Zum Hades mit den Spielregeln! Bring mir das Bett so bald wie möglich, dann kriegst du dein Geld. Ich wohne nach wie vor an der Brunnenpromenade.«

»In dieser Bruchbude! Warum suchst du dir nicht eine anständige Arbeit und fängst an, deine Schulden zu begleichen? Ich finde, dein reizendes Mädchen verdient ein hübsches Stadthaus mit Atrium.«

»Helena kommt auch ohne Marmorflure und Ersatzschemel aus.«

»Na, das bezweifle ich!« Ich, ehrlich gesagt, auch.

»Sie sucht einen Mann mit Charakter, keine Bibliotheken und Privattoiletten.«

»Den Charakter hat sie ja gefunden!« spottete er. »Also schön, ich laß dir das Bett in deine Flohfalle bringen, aber glaub ja nicht, daß das zur Gewohnheit wird. Und ich tu's auch nicht dir zuliebe ... Helena hat etwas bei mir gekauft, und da muß ich ohnehin einen Karren auf den Aventin schicken.«

Mir wurde ganz mulmig, als ich meinen Vater, den ich doch kaum verknusen konnte, so vertraulich von Helena Justina reden hörte. Dabei hatte ich die beiden einander nicht mal vorgestellt – was ihn allerdings nicht daran hinderte, sich hinter meinem Rücken mit ihr bekannt zu machen und sich auf der Stelle väterliche Rechte anzumaßen. »Was hat sie denn gekauft?« fragte ich grollend.

Jetzt hatte er mich da, wo er mich haben wollte. Wenn ein Besen zur Hand gewesen wäre, hätte ich ihm dieses Grinsen liebend gern vom Gesicht gefegt. »Das Mädchen hat Geschmack«, erklärte er genüßlich. »Sie ist dir zuvorgekommen ... «

Es widerstrebte mir, ihm meine Neugier zu zeigen, aber wenigstens hatte ich's jetzt erraten. »Den Dreifuß! Und wieviel hast du ihr dafür abgeknöpft?« Er lachte aufreizend in sich hinein.

Die Träger kamen und brachten die unverkauften Waren von der so grob unterbrochenen Auktion ins Lager zurück. Als sie die brutal aus der Wand gebrochenen Paneele hereinwuchteten, sagte ich: »Wer immer das Haus kauft, aus dem die stammen, wird die Löcher zugipsen müssen. Du könntest Mico hinschicken – als Wiedergutmachung.«

»Du meinst, um es noch schlimmer zu machen. Aber meinetwegen, ich geb ihm die Adresse.«

»Wenn er Glück hat, haben die neuen Besitzer noch nicht von ihm gehört. Außerdem läßt sich das, was er verpfuscht hat, im Handumdrehen kaschieren. Und der Verputz muß ja ohnehin übermalt werden ...«, plapperte ich weiter in dem Bemühen, ihm unbemerkt ein paar Informationen zu entlocken. »Bestimmt hast du selbst schon daran gedacht, einen Tafelbildmaler für den Auftrag vorzuschlagen?« Aber mein Vater biß nicht an. Genau wie Festus konnte er in Geschäftsdingen sehr verschwiegen sein. Ich gab jedoch nicht so schnell auf. »Du kennst doch sicher jeden Pinselkleckser in der Stadt?«

Diesmal reagierte er mit jenem Augenzwinkern, das früher so magisch auf Frauen gewirkt hatte. Heute jedoch war es düster und skeptisch. Er wußte, daß ich auf etwas ganz Bestimmtes hinauswollte. »Erst das Bett, jetzt Renovierungsarbeiten. Hast du etwa vor, deine schäbige Absteige zu vergolden wie einen Palast? Vorsicht, Marcus! Ich bin strikt gegen unangemessenen Zierat in ...«

»Ach, ich dachte nur an ein paar kleine Trompe-l'oeils«, witzelte ich lahm. »Eine von Satyrn bevölkerte Landschaft fürs Schlafzimmer und ein paar Stilleben für die Küche – erlegte Fasanen und dazwischen vielleicht eine Obstschale ... nichts Aufwendiges.« Nein, so kam ich nicht weiter. Ich mußte direkter vorgehen. »Hör zu, Helena hat's dir bestimmt schon erzählt. Ich bin hinter ein paar Klecksern her, die sich mal in einer billigen Kneipe auf dem Caelius mit Festus getroffen haben. In einer Spelunke namens Jungfrau.«

»Ja, hat sie mir erzählt«, versetzte er so widerstrebend wie einer, der einem Kind nicht verraten will, was es zu den Saturnalien kriegt.

»Dann kennst du die Burschen also?«

»Nicht daß ich wüßte. Und«, erklärte mein Vater hoheitsvoll, »kein Gericht der Welt wird einen Mann dafür verurteilen, daß ihm die Freunde seines Sohnes nicht vorgestellt worden sind.«

Ich überhörte die Stichelei geflissentlich. »Wahrscheinlich«, platzte ich wütend heraus, »wirst du mir gleich weismachen, daß du auch von dem Handel, den Festus noch kurz vor seinem Tod eingefädelt hat, keine Ahnung hattest?«

»Stimmt«, antwortete Geminus ruhig. »Genau das würde ich sagen.«

»Du sprichst hier nicht mit Censorinus!« erinnerte ich ihn.

»Nein, ich rede mit dir.« Unterhaltungen dieser Art kommen nur in Familien vor. »Ich verschwende hier bloß meine Spucke«, brummte er. »Aber das ist wieder mal typisch für dich – reitest den Esel rückwärts, so daß du nur den Schwanz siehst, der dem Tier die Fliegen vom Arsch schlägt! Ich hätte gedacht, daß wir schon vor 'ner halben Stunde bei dem Soldaten angelangt wären, aber du mußt dich ja in Nebensächlichkeiten verzetteln und so tun, als hättest du vergessen, weshalb man dich hergeschickt hat – und ich weiß, daß du geschickt worden bist!« höhnte er, als ich ihm ins Wort fallen wollte. Natürlich konnte er sich zusammenreimen, daß ich nicht aus eigenem Antrieb zu ihm gekommen wäre. »Aber wenn wir schon alte Wunden aufreißen müssen, dann laß uns wenigstens am Anfang beginnen – und mit einem anständigen Schluck dazu!«

Mit diesen Worten nahm er mich am Ellbogen und dirigierte mich so diskret, als hätte ich ein heikles Thema unbesonnen in der Öffentlichkeit angeschnitten, von der offenen Ladenfront seines Warenhauses hinauf in das abgeschiedene Büro im ersten Stock.

Mir war zumute wie einem, dem man einen unechten silbernen Weinwärmer andrehen will, mit nur einem Fuß, der auch noch dauernd abgeht.

# XXIV

Bei meinen sehr sporadischen Besuchen war mir aufgefallen, daß sich Stil und Atmosphäre von Vaters Büro mit dem Verkauf der jeweils dort ausgestellten Prunkstücke änderten. In dieses Allerheiligste wurden nur handverlesene Kunden vorgelassen – diejenigen, die sich während der halben Stunde, die er brauchte, um ihnen etwas ebenso Sündteures wie Nutzloses anzudrehen, für etwas ganz Besonderes halten sollten. Hier saßen sie auf Elfenbein, getriebenem Silber oder süß duftendem orientalischem Holz, während Geminus reich verzierte Becher mit würzigem Wein kredenzte und ihnen so lange schmeichelhafte Lügen auftischte, bis sie unversehens viel mehr kauften, als sie sich leisten konnten. Heute war das Büro mit einer Garnitur aus Alexandria ausgestattet: zierlich mit Lotosblumen und Ibissen bemalte Truhen und Kommoden auf schlanken Füßchen. Um das ägyptische Flair zu vervollkommnen, hatte Geminus ein paar große Pfauenfächer ausgegraben (langgediente Requisiten, die ich nicht zum ersten Mal sah). Auf dem einzelnen harten Diwan, der seit ewigen Zeiten hier stand und nicht verkäuflich war, hatte er üppig betroddelte Kissen verteilt. Hinter dem Diwan hing eine weinrote Portiere, und dahinter befand sich, in die Wand eingemauert, sein Tresor.

Bevor unsere Aussprache begann, trat Geminus ans Schließfach und brachte die Einnahmen der heutigen Versteigerung in Sicherheit. Ich wußte, daß er im Umgang mit Geld sehr vorsichtig war. So öffnete er seinen Tresor nie in Gegenwart des Personals, von Kunden ganz zu schweigen. Daß er bei mir eine Ausnahme machte, war einer der wenigen Punkte, in denen er mich als Familienmitglied anerkannte. Ganz ruhig ging er an den Tresor und öffnete ihn mit einem Schlüssel, den er an einem Lederriemen um den Hals trug, als würden auch wir – wie seinerzeit er und Festus – eine Art Partnerschaft unterhalten. Allerdings hatte er sich das erst nach dem Tod meines Bruders angewöhnt.

Jetzt ließ er hastig die Portiere fallen, denn ein junger Bursche erschien mit einem Tablett mit Wein und Mandeln in der Tür. »Tag, Falco!« Der Jüngling grinste, als er mich wie einen überzähligen Besen an der Wand lehnen sah. Doch im nächsten Moment wandte er sich verlegen ab. Von Geminus' Angestellten wußte keiner so recht, was von mir zu halten war. Bei meinen ersten Besuchen hatte ich noch jegliche verwandtschaftliche Beziehung geleugnet; inzwischen wußten sie alle, daß ich der Sohn des Chefs war, wobei ihnen allerdings nicht entging, daß wir längst nicht so ungezwungen miteinander verkehrten wie Festus und er. Falls ihnen das Kopfzerbrechen bereitete, konnte man ihnen daraus keinen Vorwurf machen. Wenn ich meinem Vater gegenüberstand, war ich selbst ganz verwirrt.

Da ich kein Kunde war, schien der Junge im Zweifel wegen der Erfrischungen, doch Papa griff ohne Umstände nach der Weinkaraffe, und so ließ er uns das Tablett auch gleich da. »Dieser Bekannte von dir, der Wachhauptmann, hat dich gesucht, Falco! Irgendein Richter will dich scheint's vernehmen.«

Vor lauter Überraschung schaufelte ich mir die erste Handvoll Mandeln zu rasch hinein und mußte prompt husten. Geminus setzte eine wissende Vatermiene auf, wartete aber, bis der Junge gegangen war, ehe er weiterfragte. »Geht's um den Zwischenfall im Flora?«

»Soll das heißen, du kennst die Pinte?«

Mir war so, als hätte ich einen ironischen Blick von Papa aufgefangen. Vielleicht, weil sich die Caupona so unangenehm nahe von Mamas Wohnung befand? »Ich bin ein paarmal dort gewesen, ja.« Das Flora gibt's erst seit zehn oder zwölf Jahren. Als Papa aus Capua zurückkam, war die Kneipe noch nicht da, aber sobald sie aufmachte, wurde Festus dort Stammgast, und jeder, der Festus kannte, erfuhr natürlich durch ihn auch vom Flora. »Helena hat mir erzählt, daß man dir was anhängen will. Sieht ganz so aus, als wollte Petronius dir auf den Schwanz treten.«

»Er läßt mir Zeit«, versicherte ich wie ein Mann von Welt, den nur ein lästiger Gläubiger bedroht, der wegen eines von ihm geschneiderten Mantels tatsächlich die Stirn hat, auf Bezahlung zu dringen.

»Ach ja? Wenn's brenzlig wird ... ich hab einigen Einfluß.«

»Misch dich da nicht ein.«

»So, wie sich die Geschichte anläßt, wirst du eine Kaution stellen müssen.«

»Soweit kommt's nicht.«

»Wie du meinst.« Das war unser gewohnter Schlagabtausch. Er hatte einen Zorn auf mich, und mir machte das Spaß. »Gib mir Bescheid, wann wir zum Gericht kommen und hurra schreien sollen, weil die Mistkerle dich verurteilen!« Er goß den Wein ein, und wir schwiegen ein Weilchen. Ich ließ meinen Becher trotzig auf dem Bord stehen, wo er ihn hingestellt hatte. »Ach, nun hab dich nicht so und trink schon! Das ist doch nichts Neues. Du steckst böse in der Klemme, Marcus, aber du willst dir ja nicht helfen lassen, erst recht nicht von mir ...«

»Oh, deine Hilfe will ich schon!« knurrte ich. »Ich rechne zwar nicht damit, daß du mir was verraten wirst, aber ich möchte für mein Leben gern erfahren, was zum Hades hinter alledem steckt.«

»Immer mit der Ruhe, und setz dich erst mal. Du bist hier nicht in irgendeiner billigen Kneipe am Tresen.«

Den angebotenen Sitzplatz verweigerte ich stolz, aber ich mäßigte immerhin meinen Ton. »Es ist sonnenklar, daß etwas passiert sein muß, bevor unser großer Held sich in Bethel hat aufspießen lassen. Ich vermute, daß du an seinem Handel beteiligt warst. Aber du hast wahrscheinlich gehofft, wenn die ganze Geschichte sich weit weg im Orient abspielt, wird es hier in Rom kein Nachspiel geben.«

Ohne seinen selbstgerechten Ton auch nur im mindesten zu verbrämen, sagte er: »Ich hatte nicht das geringste damit zu tun!«

»Aber dann hast du auch keinen Grund, die Sache vor mir zu verheimlichen! Wir müssen der Wahrheit alle ins Auge sehen!« sagte ich tapfer. »Die Fünfzehnte ist verlegt worden, und diejenigen aus der Legion, denen wir offenbar Geld schulden, packen die Gelegenheit beim Schopf und beantragen Heimaturlaub. Einer hat schon ordentlich Staub aufgewirbelt, und jetzt, wo er tot ist, kommt garantiert bald ein anderer nach. Diese Geschichte können wir nicht einfach aussitzen.« Mein Vater neigte verdrießlich den Kopf. Wenigstens das sah er ein! »Censorinus' Mörder kann eine Zufallsbekanntschaft gewesen sein, vielleicht war er aber auch mit an dem ominösen Geschäft beteiligt. Und wenn ja, dann möchte ich dem Kerl nicht auf einer dunklen Treppe begegnen. Irgendwer muß da in der Vergangenheit in einen besonders ekligen Kuhfladen getreten sein, und jetzt ist der Gestank eben auch bei uns angekommen. Im Moment klebt er an mir, aber es wird dich wohl nicht überraschen, wenn ich dir sage, daß ich eine gründliche Waschung plane.«

»Du brauchst mehr als einen Plan.«

Mir wurde bang ums Herz. »Sind das Vermutungen oder Tatsachen?«

»Ein bißchen von beidem«, sagte mein Vater.

Endlich war er bereit, den Mund aufzumachen! Und da der Becher griffbereit stand und ich nun mal nichts umkommen lassen kann, nahm ich ihn vom Bord und pflanzte meine vier Buchstaben auf einen niedrigen Schemel. Ich hatte mir absichtlich einen engen Winkel ausgesucht und den angebotenen bequemeren Platz verschmäht. Über mir, auf einem Schranksims, grinste ein hundeköpfiger Gott unergründlich an seiner spitzen Schnauze entlang. »Wir müssen über Festus reden«, sagte ich leise, aber bestimmt.

Unser Vater lachte kurz auf. »Was für ein Thema!« Er starrte in seinen Wein. Wir tranken aus dummen kleinen Metallbechern, schicker Nippes fürs Auge, aber nichts, um einen ordentlichen Männerdurst zu löschen. Geminus hielt den seinen zwischen Daumen und den Kuppen von Zeige- und Mittelfinger. Er hatte die gleichen großen Hände und die gleichen Wurstfinger wie mein Bruder. An der rechten Hand trug Papa einen großen Siegelring mit einem Hämati sowie einen kleinen Goldreif mit dem Konterfei des Kaisers Claudius, eine seltsam konventionelle Kombination für einen Mann seines Gewerbes, dem doch ständig sehr viel kostbarere Schmuckstücke angeboten wurden. In manchen Dingen war Geminus in der Tat ein konventioneller Typ, jedenfalls mehr als seine beiden Söhne.

Den Mittelfinger seiner linken Hand zierte immer noch der Ehering. Ich habe nie verstanden, warum. Vielleicht war es ihm gar nicht bewußt, daß er ihn trug.

»Marcus Didius Festus ...« Geminus runzelte die Stirn. »Alle Welt dachte, er sei was ganz Besonderes. Vielleicht war er das auch. Oder vielleicht hat er bloß das Zeug dazu gehabt ...«

»Nun werd nicht gefühlsselig!« rief ich ungeduldig. »Mein großer Bruder hatte Talent und war mutig. Eine gewagte Spekulation von der Front aus, auf tausend

Meilen Entfernung, in die Wege zu leiten – das war für ihn ein Klacks. Aber er muß für seine Ware einen Hehler hier in Rom gehabt haben, und das kannst nur du gewesen sein.«

»Wir haben gelegentlich gemeinsam investiert«, räumte Papa zurückhaltend ein.

»Ach, und in was zum Beispiel?«

Geminus deutete auf die Einrichtung. »Auf einer unserer Investitionen sitzt du gerade.« Die ägyptischen Möbel! »Die Sachen hat Festus aufgetrieben, als die Fünfzehnte in Alexandria stationiert war. Die Ladung kam per Schiff, kurz bevor er starb.«

»Als ich das letzte Mal hier war, hab ich die Möbel aber noch nicht gesehen.«

»Nein, ich habe mich erst kürzlich entschlossen, sie wieder abzustoßen.« Ich wußte, daß ein solcher Verkauf stimmungsabhängig ist. Es kann einem schon sehr zu Herzen gehen, wenn man die Schätze seines toten Partners öffentlich anpreisen muß; um so mehr, wenn dieser Partner zugleich der eigene Lieblingssohn war. »Als Festus starb, konnte ich mich einfach nicht dazu überwinden, die Sachen hier zu taxieren und auszuzeichnen. Aber als dann dieser Gauner von der Fünfzehnten auftauchte, habe ich mich wieder darauf besonnen. Ich weiß selbst nicht, warum ich sie so lange behalten habe, zumal dieses leichtgewichtige Zeug eigentlich gar nicht mein Stil ist.«

»Und wo hattest du die Möbel bis jetzt?«

»Bei mir daheim.«

Mit dieser Anspielung auf das Haus, das er mit der Frau bewohnte, derentwegen er uns verlassen hatte, verkrampfte sich die Atmosphäre spürbar. Ich wußte, wo sein Haus stand. Zwar hatte ich es noch nie von innen gesehen, konnte mir aber denken, daß es vor verlockenden Raritäten überquoll. »Und ich dachte, du hast vielleicht noch irgendwo ein geheimes Lager, randvoll mit den tollen Importen meines großen Bruders.«

Mein Vater antwortete mit undurchdringlicher Miene: »Kann sein, daß noch ein paar Sachen in Sacros alter Scheune stehen.« Damit meinte er Großonkel Sacros Gehöft draußen in der Campania, wo Papa nach der Hochzeit mit Mama des öfteren langfristig Waren eingelagert hatte. (Die Aussicht auf Gratisnutzung der Nebengebäude von Onkel Sacros Hof hatte sicher mit dazu beigetragen, daß er überhaupt um sie warb.) Nachdem er sich mit seiner Rothaarigen aus dem Staub gemacht hatte, ließ mein Vater sich zwar nicht mehr auf dem Hof blicken, aber Festus übernahm später an seiner Stelle die Scheune. »Als ich das letzte Mal mit deinem Onkel Fabius sprach, hat er mir allerdings versichert, die Scheune sei praktisch leer.«

»Fabius würde doch nicht mal 'ne Kiste erkennen, auf der *Goldbarren* steht! Was dagegen, wenn ich gelegentlich mal nachschaue?«

»Wenn du dir's in den Kopf gesetzt hast, wirst du das sowieso tun, egal, ob ich ja sage oder nicht.«

»Danke trotzdem für dein Einverständnis!«

»Aber falls noch was da sein sollte – laß die Finger von dem Zeug!«

»Ich bin doch kein Dieb! Und vergiß nicht, daß *ich* der Erblasser meines Bruders bin. Außerdem kann ich sowieso erst weg, wenn die drohende Verhaftung vom Tisch ist. Bevor ich Petronius nicht ein paar ernste Fragen beantworten kann, darf ich nämlich nicht aus Rom weg. Und da wir gerade dabei sind: Was weißt du eigentlich über diesen Censorinus? Ich hab zwar mitgekriegt, daß er irgendwelchen ins Wasser gefallenen Profiten nachweinte, aber Näheres weiß ich nicht, und ich kann mir vor allem nicht erklären, warum er so geheimnisvoll tat. Hat Festus vielleicht illegale Waren aus Griechenland importiert?«

Papa war entrüstet. »Warum sollte er? Willst du ihm etwa unterstellen, er hätte Tempel geplündert, oder was?« Zugetraut hätte ich's ihm. »Griechenland ist doch randvoll mit begehrten Kunstschätzen«, gab Papa zu bedenken. »Da hat's keiner nötig, die heiligen Schreine zu berauben. Im übrigen ist es gar kein Geheimnis, daß Festus eine gemischte Ladung Statuen, Urnen und Vasen erworben hatte, die er noch um etliche lukrative Waren aus Syrien und Judäa ergänzte – also Leinen, Purpurfärbemittel und Zedernholz.«

»Warum sagst du das so zornig?«

»Weil ich kein elender Krämer bin! Ich hasse diesen ganzen Plunder. Den Kauf hat Festus ganz allein arrangiert. Jupiter weiß, wie er sich in die Kartelle vor Ort reingemogelt hat, aber du weißt ja, was für ein Kerl er war. Die Purpurgilde von Tyrus ist offiziell seit gut tausend Jahren für Ausländer gesperrt, doch ich nehme an, unseren Goldjungen werden sie wie einen lange verschollenen Phönizierprinzen empfangen haben ... Tja, kurz und gut, Festus hatte ein Schiff gemietet, das unter dem schönen Namen Hypericon segelte und das leider vor Kreta gesunken ist.«

»Und du warst nicht an der Fracht beteiligt?«

»Nein, sag ich doch! Die Hypericon ging ganz allein auf seine Kappe. Festus hat sich den Kahn auch draußen im Osten besorgt, darum mußte er ja seine Kameraden um Kapital angehen. Er hatte von dieser Ladung gehört, zu der ein paar erstklassige Stücke gehörten, und die Zeit reichte nicht, um sich erst mit mir abzusprechen.« Ich wußte, daß in der Partnerschaft zwischen Geminus und Festus mein Bruder der risikofreudige Unternehmer und Papa der Finanzier war. Festus war der Entdecker, die Spürnase; Papa kaufte und verkaufte. Das funktionierte gut, solange sie vorher die nötigen Absprachen treffen konnten, andernfalls konnte es leicht brenzlig werden. Ein Briefwechsel zwischen Rom und Judäa dauerte in der Regel fünfzehn oder mehr Tage, je nach Gezeiten- und Windverhältnissen mitunter bis zu einem halben Jahr. Und wenn das Schiff sank, dann wartete man bis in alle Ewigkeit.

Ich überdachte die Geschichte und klopfte sie auf Ungereimtheiten ab. »Wenn Festus Aussicht auf ertragreiche Beute hatte, dann hätte er sich die niemals wegen der bloßen Entfernung oder wegen Finanzierungsschwierigkeiten durch die Lappen gehen lassen. Und das hat er ja auch nicht getan, sondern er beteiligte kurzerhand seine Kameraden, die dabei prompt ihr bißchen Erspartes verloren. Das ist sehr traurig, gewiß, doch wo ist der Haken? Warum jetzt, nach all den Jahren, so ein Aufstand? Was stimmte nicht mit dieser Ladung?«

»Mit der war, soviel ich weiß, alles in Ordnung«, versetzte Geminus ruhig. »Was stinkt, ist die Finanzierung.«

»Weißt du das?«

»Ich vermute es.«

»Und wieso?«

»Na, denk doch mal nach!«

Ich aktivierte gehorsam meine grauen Zellen. »Wovon reden wir denn eigentlich – von ein paar alten Marmorgöttern und einer Sammlung schwarzfiguriger Vasen?«

»Nicht, wenn wir Censorinus Glauben schenken. Der schwor Stein und Bein, Festus hätte genügend erstklassige Keramiken beisammen gehabt, um ein ganzes Privatmuseum auszustaffieren. Und erst die Statuen, die sollen ganz hervorragend gewesen sein. Darum brauchte Festus ja auch mehr Geld als sonst. Er wollte nicht riskieren, daß man ihm das Geschäft vor der Nase wegschnappt, wenn er sich erst mit mir in Verbindung gesetzt hätte.«

»Hatte er keine Vollmacht für deine Auslandskonten?«

»Schon, aber nur begrenzt.« Ich überlegte kurz, ob Papa am Ende nicht ganz an die Redlichkeit meines großen Bruders geglaubt hatte. Er erriet meine Gedanken und lächelte. Doch seine Erklärung war betont unverbindlich: »Ich investiere ungern große Summen in Auslandslieferungen. Du weißt ja: Ein korrupter Kapitän, ein pedantischer Zollbeamter oder ein schlimmes Unwetter – und schon ist alles futsch. Festus hat das am eigenen Leib erfahren, als die Hypericon unterging.«

»Er war ein Hitzkopf. Geschmack hatte er, sicher, aber seine Ideen waren ziemlich verstiegen.«

»Ja, er hat gern Luftschlösser gebaut«, stimmte Geminus zu, und in seinem Ton schwang eine Spur Bewunderung mit. Er selbst war von Natur aus vorsichtig, beinahe schon ein zynischer Zauderer. Das hatte ich von ihm geerbt. Aber vielleicht sehnten wir uns beide heimlich danach, einmal mit dem ungestümen Leichtsinn meines Bruders ein abenteuerliches Risiko einzugehen.

»Mir ist aber immer noch nicht klar, warum die Fünfzehnte Apollinaris uns *jetzt* wegen dieser verlorenen Fracht auf den Pelz rückt.«

»Schiere Verzweiflung«, erklärte mein Vater kategorisch. »Anscheinend war das beste Stück aus der verschwundenen Ladung mit dem Namen der Legionäre gezeichnet. Und woher kriegt ein Häufchen Berufssoldaten wohl das Geld, um einen Phidias zu kaufen?«

»Einen Phidias?« Papa hatte mir einen doppelten Schock versetzt. »Also, daß Festus ins Geschäft um die

Sieben Weltwunder einsteigen wollte, hätte ich mir nun doch nicht träumen lassen!«

»Ach, was soll's, er hat eben in großem Stil gedacht!« Papa zuckte die Schultern, und ich hatte nicht zum ersten Mal das Gefühl, in dieser Familie immer den kürzeren zu ziehen.

»Als ich vorhin im Spaß von Tempelplünderungen sprach, da habe ich nicht an den Zeus von Olympia gedacht!«

»Er hat mir gesagt, es wäre ein Poseidon«, erklärte mein Vater lakonisch. »Und außerdem meinte er noch, daß die Statue ziemlich klein sei.«

»Dann war sie in Wirklichkeit vermutlich riesig! Und du hast davon gewußt?« fragte ich ungläubig.

»Erst, als es zu spät war, um neidisch zu werden. Ich hörte, daß die Hypericon gesunken sei. Und als er das letzte Mal auf Urlaub kam, gestand mir Festus, daß er dabei einen empfindlichen Verlust erlitten habe ... ja, und dann erzählte er mir von dem Poseidon.« Mein Bruder platzte wahrscheinlich vor Stolz über seinen Coup, auch wenn der Plan zum Schluß gescheitert war.

»Und du hast ihm die Geschichte abgenommen?«

»Leicht ist es mir nicht gefallen. Festus war während dieses Urlaubs die meiste Zeit betrunken – doch wenn er tatsächlich einen Phidias verloren hatte, dann kann man das ja verstehen. In so einem Fall hätte ich mich auch betrunken, das heißt, ich hab's sogar getan, als er mir die Geschichte erzählte.«

»Der Gott paßt jedenfalls, Vater. Wenn Festus wirklich Poseidon an Bord der Hypericon hatte, dann ist der jetzt da, wo er hingehört – auf dem Grund des Meeres.«

»Und Festus' Kameraden von der Fünfzehnten wünschen sich vermutlich auch dorthin«, brummte Geminus, »wenn ich richtig liege mit meiner Vermutung, warum sie so aufgescheucht sind.«

»Und was vermutest du?« Meine Vorahnungen wurden immer düsterer.

Geminus kippte ärgerlich den letzten Rest Wein hinunter. »Daß die ehrenwerten Kameraden deines Bruders die Legionskasse geplündert haben, um mit dem Geld einen Phidias kaufen zu können.«

Kaum daß er es ausgesprochen hatte, ergab die ganze Spukgeschichte auf einmal einen Sinn.

»O ihr Götter – wenn das rauskommt – das wäre ja ein Kapitalverbrechen!«

»Ich denke, wir dürfen davon ausgehen«, sagte mein Vater in der leichten, ironischen Art, die er meinem Bruder nicht vererbt hatte, »daß Censorinus darauf baute, du und ich, wir würden ihm das Geld so rechtzeitig zurückzahlen, daß er und seine Kameraden ihre Haut hätten retten können. Siehst du, der jüdische Aufstand ist niedergeschlagen, die Fünfzehnte Apollinaris darf sich von ihrem glorreichen Fronteinsatz erholen, der militärische Alltag beginnt wieder, und ...«

»Oh, ich ahne es! Jetzt erwartet die Legion den Besuch der Rechnungsprüfer vom Finanzhof!«

## XXV

So langsam reimte sich alles zusammen, was mich allerdings nicht glücklicher machte.

Plötzlich war es kalt im Zimmer. Und auf meinem Eckplatz wurde es mir so ungemütlich, daß ich am liebsten aufgesprungen und herumgelaufen wäre, doch das schiere Entsetzen hielt mich auf meinem Schemel fest.

Mama hatte mir aufgetragen, den Namen meines Bruders reinzuwaschen, aber je tiefer ich bohrte, desto mehr Schlimmes förderte ich zutage. Wenn Papas Vermutung stimmte, dann konnte ich mir nicht vorstellen, daß Festus keine Ahnung gehabt hatte, woher das Kapital für sein Unternehmen kam. Ja, ich befürchtete sogar, daß der Vorschlag, einen Griff in die Legionskasse zu tun, von meinem großen Bruder höchstpersönlich stammte.

Jedes Armeekorps verfügt über seine eigene Pensionskasse, die sie im Hauptquartier unter dem allerheiligsten Schrein aufbewahrt. Neben dem, was jedem Soldaten für Ausrüstung und Verpflegung vom Sold abgezogen wird (nicht zu vergessen den Beitrag für den Bestattungsfonds, der im Ernstfall ein stilvolles Begräbnis garantiert), behält die Verwaltung auch noch die Hälfte aller kaiserlichen Gratifikationen ein und spart das Geld an, damit der Legionär, wenn er nach fünfundzwanzigjährigem Leidensweg endlich aus der Armee entlassen wird, seinen Lebensabend in finanziell halbwegs gesicherten Verhältnissen antreten kann. Jeder neue Kaiser muß bei seiner Thronbesteigung ordentlich tief in die Tasche greifen, um sich der Treue der Legionen zu versichern, und in Krisenzeiten legt er immer noch was drauf. Also kann ein Berufssoldat damit rechnen, daß ihm seine Loyalität im Leben etliche Male honoriert wird – und da kommt ganz schön was zusammen.

Das Geld ist allerdings sakrosankt und wird von einem ganzen Rudel von Beamten verwaltet. Natürlich ist es höchst riskant, ständig so viele Kisten Bargeld an den heiß umkämpften Grenzen des Reiches rumstehen zu haben; so was schreit geradezu nach einem Skandal. Aber wenn es einen solchen je gegeben hat, dann habe ich zumindest nie davon gehört. Typisch mein Bruder, bei einer so tollen Premiere mitzumischen!

Meine Gedanken überschlugen sich. Falls bei der

Fünfzehnten wirklich ein großes Loch in der Kasse klaffte, dann ließen sich schon Gründe denken, warum das noch nicht aufgeflogen war. Im Vierkaiserjahr hatte es in den Pensionskassen der Armee gleich mehrmals geklingelt, denn den vier Neulingen auf dem Thron war es begreiflicherweise ein vordringliches Anliegen, die bewaffneten Streitkräfte auf ihrer Seite zu wissen, solange der erbitterte Bürgerkrieg tobte. Und es war allgemein bekannt, daß ein Mann wie Galba vor allem darüber zu Fall kam, daß er bei seinem Amtsantritt versäumte, der Armee die üblichen Gratifikationen zu zahlen. Seine drei Nachfolger ließen sich den Anblick seiner blutüberströmten Leiche auf dem Forum eine Lehre sein und spendeten prompt. Dank all dieser Extrazuwendungen konnten die Hauptleute der getreuen Fünfzehnten gut und gern ein paar große Steine in die Schatztruhen der Legion schmuggeln, ohne daß ihr Betrug gleich entdeckt wurde.

Doch nun waren die unsicheren Zeiten vorbei. Jetzt war ihr berühmter General Vespasian Kaiser geworden und hatte seinen Allerwertesten auf dem gepolsterten Thron plaziert, entschlossen, recht lange dort oben zu bleiben: Vespasian, Sohn eines Steuereinnehmers, mit einer großen Schwäche fürs Geldzählen. Auch die Beamten bekamen durch die Rückkehr zum normalen, geregelten Alltag natürlich wieder mehr Zeit, die Gelder ordentlich zu verbuchen und diverse Listen auf ihren Papyrusrollen abzuhaken. Die Staatskasse war nach dem Krieg gähnend leer und der Beruf des Buchprüfers in Rom folglich im Kommen. Überall wieselten eifrige Wirtschaftsexperten herum und spürten fehlenden Geldern nach. Da konnte es nicht lange dauern, bis irgendwer ein Loch der Größenordnung entdeckte, wie es selbst der Kauf eines ganz kleinen Phidias in der Kasse einer Vorzeigelegion hinterlassen haben dürfte.

»Das ist aber gar nicht gut für den Ruf der Familie«, bemerkte ich.

Mein Vater sah aus wie einer, dessen Sohn, der Nationalheld, gerade vom eigenen Bruder vor aller Öffentlichkeit bloßgestellt wird. »Wir stehen scheint's vor der Wahl, unseren guten Ruf zu verlieren oder ihn durch Opferung des Familienvermögens zu wahren.« Ein zynischer Kommentar.

»Genauer gesagt: dein Vermögen. Für mich stellt sich diese Wahl gar nicht!«

»Wer hätte das gedacht!« versetzte Geminus trocken.

»Wir müssen uns auf allerhand Ärger gefaßt machen. Auf meinen Ruf pfeife ich, aber es schmeckt mir ganz und gar nicht, daß mir wutentbrannte Soldaten bei Mama auflauern und den Schädel einschlagen wollen. Gibt's vielleicht noch was, was ich über diese Schweinerei wissen sollte?«

»Im Moment fällt mir nichts ein.« Der Ton, in dem er das sagte, verriet mir, daß es da noch einiges herauszufinden gab.

Doch für einen Tag hatte ich genug Aufregung gehabt. Also bohrte ich nicht weiter nach, sondern wandte mich einem anderen Aspekt der Geschichte zu. »Eins ist mir ein Rätsel.« Das war eine glatte Untertreibung, aber ich mußte jetzt praktisch denken, und wenn ich alle Ungereimtheiten dieses Falles zusammengezählt hätte, wäre ich hinterher bloß hoffnungslos deprimiert gewesen. »Festus diente doch in Ägypten und Judäa. Die verschwundene Ladung stammte aber aus Griechenland. Wäre es zu pedantisch, zu fragen, wie das zusammenhängt?«

»Er hatte einen Agenten eingeschaltet. Festus lernte in Alexandria einen Mann kennen, der . . . «

»Das klingt wie der Anfang einer ganz makabren Geschichte!«

»Ach, du weißt ja, wie Festus war. Hatte immer die wunderlichsten Käuze im Schlepptau. Trieb sich eben viel in den Seitengäßchen und zwielichtigen Kneipen rum.« Damit meinte mein Vater, daß Festus immer schon seine Finger in allerhand halbseidenen Unternehmungen hatte, ständig dunkle Geschäfte machte und illegale Dienstleistungen anbot.

»Stimmt. Wenn irgendwo gefälschte Amulette auftauchten, dann kannte Festus garantiert den Händler.«

»Das heißt aber noch lange nicht, daß er selbst auf faule Ware reingefallen wäre«, verteidigte Geminus den Sohn, den er aufrichtigen Herzens betrauerte.

»Aber nein!« frotzelte ich. »Er ließ sich bloß mitunter übers Ohr hauen.«

»Nicht bei dem Geschäft.«

»Die Möglichkeit sollten wir nicht von vornherein ausschließen. Alexandria hat einen äußerst zweifelhaften Ruf. Und bei Festus konnte man sicher sein, daß er sich überall mit den Leuten anfreundete, um die alle anderen einen großen Bogen machen. Kennen wir den Namen von diesem Agenten, mit dem er zusammengearbeitet hat?«

»Was glaubst du wohl?«

»Ich würde sagen: Fehlanzeige.«

»Nennen wir ihn einfach Nemo, wie Odysseus. Dieser Nemo bewegte sich in Kunstkreisen; er versprach Festus, daß er ein paar ganz erlesene griechische Artefakte beschaffen könne, und das hat er vermutlich auch getan. Mehr weiß ich leider nicht.«

»Hat Festus seine Ladung eigentlich je mit eigenen Augen gesehen?«

»Selbstverständlich! Festus war doch ein heller Kopf«, behauptete Papa unbeirrt. »Dein Bruder hat die Ladung in Griechenland überprüft.«

»Ist ja ganz schön rumgekommen, mein großer Bruder.«

»Ja, Festus war schon ein ganzer Kerl!«

»Aber ich dachte, die Hypericon sei von Caesarea aus in See gestochen?«

»Hat Censorinus das erzählt? Wahrscheinlich hat das Schiff dort angelegt, damit Festus sein Zedernholz und die Färbemittel an Bord schaffen konnte. Vielleicht hat er dem Agenten dort auch gleich die Vasen und den anderen Kram bezahlt.«

»Ist denn der Agent mit dem Schiff weitergesegelt?«

Mein Vater warf mir einen vielsagenden Blick zu. »Verbleib unbekannt.«

»Hatte der Verlust des Schiffes vielleicht etwas mit der Verwundung zu tun, die meinem großen Bruder seinen letzten Heimaturlaub einbrachte?«

»Ich würde sagen, nur deshalb ist es überhaupt zu dieser Verwundung gekommen.«

Festus hatte sich also mit einem Trick nach Hause expediert, um die Sache ins reine zu bringen. Was wiederum bedeutete, daß die Lösung des Problems (zumindest zum Teil) hier in Rom liegen mußte. Also hatte ich wenigstens eine klitzekleine Chance, sie zu finden.

Meine nächste Frage hätte gelautet, ob der Überfall auf die Versteigerung heute auch mit Festus' waghalsigem Handel zusammenhing. Doch ich kam nicht dazu, sie zu stellen, denn unser Gespräch wurde jäh von einem sehr erhitzten und erschöpften Kind unterbrochen.

Der Knabe war etwa zwölf Jahre alt, hörte auf den Namen Gaius und war der Zweitälteste meiner Schwester Galla. Körperlich war der Junge für sein Alter ziemlich klein geraten, ansonsten aber hatte er es faustdick hinter den Ohren. Er verband den strengen Ernst eines Patriarchen mit den Manieren eines Straßenjungen. Wahrscheinlich würde aus ihm einmal ein bescheidener, kultivierter Mann werden, vorerst hatte er aber nur Dummheiten im Kopf. Er trug gern Stiefel, die ihm zu groß waren; in griechischen Lettern hatte er sich seinen Namen, mit etwas, was als blauer Färber durchgehen konnte, auf den Arm tätowiert; einige der Buchstaben eiterten, denn Gaius wusch sich grundsätzlich nicht. Auf Gallas Betreiben schleppte ich ihn einmal im Monat zu einer ruhigen Stunde ins Badehaus, und dann wurde er zwangsgeschrubbt.

Jetzt platzte also dieses windige Bürschchen unangemeldet in Geminus' Büro, warf sich auf einen freien Diwan, japste nach Luft, wischte sich die Nase am Ärmel einer Tunika von widerlicher Farbe ab und keuchte: »Jupiter, wer hinter dir her ist, braucht vielleicht Mumm und Ausdauer, Onkel Marcus! Guck nicht so bedröppelt, gib mir lieber was zu trinken!«

# XXVI

Drei Generationen der Familie Didius beäugten einander argwöhnisch. Als ich die Aufforderung des Kleinen ignorierte, goß Geminus ihm ein paar Fingerbreit Wein ein. »Nun knausere doch nicht so, Großvater!« Damit griff Gaius selbst mit flinker Hand nach dem Krug und schenkte sich den Becher randvoll. Dann aber rettete ich die Karaffe vor ihm und genehmigte mir selbst einen ordentlichen zweiten Schluck, solange noch was da war.

Nach mir bemächtigte sich unser Gastgeber mürrisch seines Kruges und leerte die letzten Tropfen in seinen Becher. »Und was willst du, Bürschchen?«

»Soll dem Pechvogel da was bestellen«, versetzte Gaius und sah mich dabei durchbohrend an.

Daheim nannten sie ihn nur den »Wo ist Gaius?«, weil das nämlich nie jemand wußte. Er durchstreifte die Stadt auf eigene Faust und lebte in seiner eigenen Welt von Kniffen, Tricks und dunklen Machenschaften: eine typische Familieneigenschaft. Wobei er sogar unseren Festus noch übertraf. Gaius war ein richtiger kleiner Bandit.

Allerdings war sein Vater Seemann, und so konnte man dem Knaben eigentlich keinen Vorwurf machen. Dieser Wasserfloh war ein hoffnungsloser Fall und obendrein ständig hinter den Weibern her. Sogar meine unterbelichtete Schwester warf ihn, sooft es ging, zu Hause raus, und natürlich konnte man bei solchen Verhältnissen an die Kinder keine besonders hohen Ansprüche stellen.

Ich blickte den kleinen Strolch gütig an, was ihn zwar nicht beeindruckte, aber mit Grobheit hätte ich auch nicht mehr erreicht. Gegen eine altkluge Rotznase in übergroßer, verdreckter Tunika, die sich aufführt, als wäre sie doppelt so alt wie man selbst, ist eben nicht anzukommen. Ich kam mir wahrhaftig vor wie ein pickeliger Zehnjähriger, der gerade erfahren hat, wo die Kinder herkommen (und kein Wort davon glaubt). »Nun red schon, Hermes! Was sollst du mir bestellen, Gaius?«

»Petronius hat dem, der dich als erster aufspürt, einen halben Denarius versprochen.« Ich hätte Petro für gescheiter gehalten. »Die anderen rennen alle noch wie blankärschige Gibbons im Kreis herum.« Gaius war stolz auf seinen blumigen Wortschatz. »Von denen hat keiner 'nen blauen Dunst. Aber ich hab meinen Grips angestrengt – und da bin ich!«

»Und wie bist du auf mein Büro gekommen?« Papa zwinkerte belustigt. Gaius spielte sich natürlich nur seinetwegen so auf. Für seine Enkel war Geminus ein gefährlicher Renegat mit geheimnisvoller Aura, ein sagenhaft reicher Mann, der inmitten der funkelnden Goldschmiedewerkstätten der Saepta lebte und einen Haufen verlockenden Plunder gehortet hatte. Die Kinder bewunderten ihn alle grenzenlos. Und die Tatsache, daß Mutter rasend geworden wäre, wenn sie gewußt hätte, daß die Rangen ihren Großvater hier besuchten, reizte natürlich erst recht.

»Ganz einfach! Petro hat gesagt, in deinem Büro war er bereits, dort bräuchten wir nicht nachzusehen. Da bin ich natürlich gleich hierher gerannt!«

»Gut gemacht«, sagte ich lahm, während mein Vater Gallas verschlagenen Sprößling so eingehend musterte, als sähe er in ihm einen künftigen Geschäftspartner (nachdem ich mich ja leider als völlig untauglich erwiesen hatte). »Also, du hast mich gefunden – das ist brav. Da hast du eine Kupfermünze für deine Warnung – und nun schleich dich!«

Gaius prüfte sorgsam, ob die Münze auch echt war, dann steckte er sie grinsend in eine Börse an seinem Gürtel, die schwerer als meine eigene zu sein schien. »Willst du denn die Botschaft nicht hören?«

»Ich dachte, das wär sie gewesen?«

»Nur der erste Teil!« Der Schlingel legte es darauf an, mich zu quälen.

»Vergiß es, mehr wirst du mir nicht abknöpfen!«

»Aber Onkel Marcus!« Sowie er nicht mehr im Mittelpunkt stand, schrumpfte Gaius wieder zum Kind. Sein Gejammere erfüllte das Büro, als ich gleichmütig aufstand und nach meinem Mantel griff. Doch der kleine Wicht gab so schnell nicht auf. »Es geht um das feine Prinzeßchen, daß du bezirzt hast, Onkel Marcus, damit sie deine Rechnungen bezahlt!«

»Jetzt hör mal zu, du Lausebengel! Die Dame, die du da beleidigst, ist meine große Liebe – also sprich nicht von Helena Justina, als ob sie eine karitative Einrichtung wäre, und untersteh dich, zu behaupten, ich würde ihr den Hof machen, weil ich's auf ihr Geld abgesehen hätte.« Mir war so, als sähe ich meinen Vater verstohlen lächeln. »Helena Justina«, erklärte ich würdevoll, »ist im übrigen viel zu gewitzt, um auf einen solchen Schwindel reinzufallen.«

»Sie sucht einen Mann mit Charakter!« warf mein Vater ein.

»Und da hängt sie sich an einen Verlierer?« Gaius grinste verschmitzt. »Was findet sie denn an Onkel Marcus, Großvater? Ist er vielleicht gut im Bett oder was?«

Ich zog dem Bengel die Ohren lang, und zwar fester, als ich eigentlich wollte. »Du bist ja bloß eifersüchtig, weil Helena den Larius so gern mag.« Larius war Gaius' älterer Bruder, der schüchterne Künstlertyp. Gaius kommentierte das nur mit einem unflätigen Rülpser. »Und die Botschaft kannst du ruhig für dich behalten, die kenne ich nämlich schon. Petronius will mich verhaften – und ich will nichts davon wissen.«

»Falsch geraten!« piepste Gaius, der immerhin endlich ein bißchen ins Zittern geriet. Er wußte wohl schon im voraus, was ihm blühte, sobald ich erfuhr, was los war. Jedenfalls klang seine Stimme sehr viel zaghafter als vorher, als er jetzt nervös verkündete: »Petronius Longus hat deine Helena verhaftet!«

# XXVII

Der Richter bewohnte ein imposantes Haus in dem Stil, der auch mir gut gefallen würde. Schlimmer noch: Sein Haus hätte mich womöglich dazu verführen können, seinen Rang anzustreben.

Es war eine alleinstehende Stadtvilla gleich hinter dem Vicus Longus – nicht zu groß und nicht zu klein – mit ein paar Prunkräumen, um die offiziellen Gäste zu beeindrucken, ansonsten aber ganz auf ein gepflegtes Privatleben abgestimmt. Marponius setzte nie einen Fuß in Petros armseliges Wachlokal, sondern ließ sich die Verbrecher hier in seinen vier Wänden zum Verhör vorführen. Offenbar hatte er ein soziales Gewissen und wollte Gelichter wie mich dadurch zur Besserung ermuntern, daß er uns vor Augen führte, wieviel lukrativer gesetzlich abgesegnete Straftaten sind. Verglichen mit Spekulationsgeschäften und Wucherhandel nahmen sich simpler Diebstahl und Mord in der Tat sehr unrentabel aus, ganz abgesehen davon, daß man dabei viel schwerer schuften mußte. Daß man als Privatermittler keine Aufstiegsmöglichkeiten hatte, wußte ich sowieso.

Ich wurde unter einem massiven Marmorportikus vorstellig. Der Eingang mit den kunstvollen Beschlägen und den glänzenden Bronzeverzierungen war für mein Gefühl ziemlich überladen, aber als Sohn eines Auktionators wußte ich, daß guter Geschmack auf dieser Welt äußerst rar ist. Unter den vielen Kinkerlitzchen steckte eine ganz normale Holztür. Der Richter gehörte einfach zu den Leuten, die mit Vorliebe gutes Material ruinieren.

In Stilfragen würden Marponius und ich uns vermutlich nie einig werden. Ich war ein Freizeitpoet mit Niveau, dessen Beruf Einfühlungsvermögen und Menschlichkeit erfordert. Er hingegen war ein schwerfälliger Bandit aus der Mittelschicht, der sich durch den Verkauf von Enzyklopädien an die »Neue Gesellschaft« Vermögen und Einfluß ergaunert hatte. Mit der Neuen Gesellschaft meine ich ehemalige Sklaven und Immigranten, Leute mit überquellendem Geldbeutel, aber ohne jede Erziehung, die trotzdem gebildet erscheinen möchten. Solche Typen konnten es sich leisten, Literatur nach Gewicht zu kaufen und sich scharenweise gebildete Sklaven zu halten, die ihnen die frisch erworbenen Werke laut vorlasen. Das flexible Klassensystem Roms ließ den Emporkömmlingen reichlich Spielraum, um ihr Erscheinungsbild aufzupolieren. Und Marponius hatte hier gewitzt eine lukrative Marktlücke entdeckt: Sobald ihm eine Abhandlung in die Hände fiel, die auf griechisch verfaßt war und zwanzig Schriftrollen Umfang hatte, ließ er sie von seinem Schreibbüro kopieren. Er benutzte nur erstklassigen Papyrus, schwarze Galltinte und stark parfümiertes Sandelholz für die Umbilici, die Buchrollenknäufe. Zum guten Schluß stellte er auch noch die Sklaven mit der kultivierten Vorlesestimme. Das war ein gewinnträchtiges Geschäft – ein regelrechter Geniestreich. Ich wünschte bloß, ich wäre selbst drauf gekommen.

Man ließ mich ziemlich lange warten, und als ich endlich vorgelassen wurde, fand ich Marponius, Petro und Helena in ziemlich betretener Runde beisammensitzen. Das erste, was allen dreien auffiel, war mein von der Rauferei in den Saepta zerschundenes Gesicht: ein wenig eindrucksvoller Auftakt.

Wir befanden uns in einem Salon, der in leuchtenden Gold- und Rottönen gehalten war. Motiv der Wandtäfelungen waren die Abenteuer des Aeneas, hier dargestellt als ein recht schwerfälliger Kerl mit strammen Waden – eine diplomatische Anspielung des Künstlers auf die Gestalt des Eigentümers. Die Frau des Richters war bereits verstorben, was Dido eine ähnliche Schmach erspart hatte; sie durfte als üppig-sinnliches, hübsches junges Weib erscheinen, das offenbar Probleme mit dem Schließen ihrer Gewänder hatte. Jedenfalls schien der Künstler sich einiges auf seine Darstellung durchsichtiger Schleier einzubilden.

Wie der Aeneas auf den Wandbildern hatte auch Marponius einen abgeflachten Schädel und einen hellen Lockenschopf, der ihm tief in die kantige Stirn wuchs. Sein Hinterteil war zu mächtig für den kleinen Körper, weshalb er sich angewöhnt hatte, wie eine Taube mit übergroßem Schwanz herumzustolzieren. Als ich eintrat, war er gerade dabei, sich Helena als »innovativer Denker« vorzustellen. Um den Anstand zu wahren, war eine Sklavin mit im Zimmer, und Helena konnte auch auf Petro als Beschützer zählen, aber sie wußte, in welche Richtung sich das innovative »Denken« eines Mannes vom Schlage Marponius' für gewöhnlich bewegte. Sie hörte ihm so ruhig und gefaßt zu, wie sie sich meist in angespannten Situationen nach außen hin gab, aber ich konnte die Furcht in ihrem blassen Gesicht erkennen.

Ich ging quer durchs Zimmer auf sie zu und küßte sie förmlich auf die Wange. Einen Moment lang schloß sie erleichtert die Augen. »Es tut mir so leid, Marcus ...«

Ich setzte mich neben sie auf einen verschwenderisch vergoldeten Diwan und griff nach ihrer Hand. »Nein, nein, nur keine Entschuldigungen!«

»Ach, du weißt ja nicht, was ich getan habe!«

»Salve, Richter!« begrüßte ich Marponius. »Da es hier überall so penetrant nach frischer Farbe riecht, nehme ich an, daß mit wissenschaftlichen Werken immer noch gutes Geld zu machen ist?«

Marponius war sichtlich hin und her gerissen. Einerseits hätte er mir liebend gern eins aufs Dach gegeben, andererseits reizte es ihn sehr, übers Geschäft zu sprechen, denn er war mächtig stolz auf seine Errungenschaften. Unglücklicherweise war er aber auch stolz auf sein Richteramt. »Ein Jammer, daß Ihre Geschäfte Ihnen immer noch Zeit lassen, sich mit der Kriminologie abzugeben! Apropos: Wie lautet denn die Anklage gegen mein Mädchen?«

»Da steckt ihr beide drin, Falco!« Er hatte eine schrille Stimme, die einem so charmant in den Ohren klang wie eine über einen Teller fahrende Schwertklinge.

Petronius Longus senkte verlegen den Blick. Das bedrückte mich. Mein Freund machte zwar selten viel Tamtam, aber er war durchaus Manns genug, Marponius mit der Verachtung zu strafen, die er verdiente. Und wenn Petro sich in Gegenwart des Richters gar so still verhielt, dann mußte es wirklich schlimm stehen.

Er spürte meinen prüfenden Blick, sah auf, und ich nickte ihm zu. »Du schuldest meinem durchtriebenen Neffen Gaius einen Finderlohn. Aber ich möchte im Protokoll verzeichnet wissen, daß ich freiwillig hergekommen bin.« Petros ausdruckslose Miene war mir wenig hilfreich. Also wandte ich mich erneut an seinen aalglatten Vorgesetzten. »Na, um was geht's denn, Marponius?«

»Ich warte darauf, daß jemand kommt, der als Sprecher für die Dame agiert.«

Die römische Frau ist juristisch eine Unperson; sie darf nicht vor Gericht erscheinen, sondern muß sich durch einen männlichen Verwandten vertreten lassen.

»Ich werde für sie sprechen, stellvertretend für ihren Vater.«

»Der Senator ist bereits verständigt«, spreizte sich der Richter. Helena schürzte die Lippen, und sogar Petronius zuckte zusammen. Ich hoffte inständig, Camillus Verus möge sich in irgendein unbekanntes Badehaus zurückgezogen haben.

»Falco wird für mich sprechen«, sagte Helena kühl und setzte spitz hinzu: »Wenn ich denn schon unbedingt ein männliches Sprachrohr brauche!«

»Ich muß aber auf der Anwesenheit Ihres gesetzlichen Vertreters bestehen.« Dieser Marponius war eine pedantische Nervensäge.

»Wir betrachten uns als Vermählte«, sagte Helena würdevoll. Ich versuchte, nicht wie ein Ehemann auszusehen, der gerade erfahren hat, daß die Haushaltsrechnungen dreimal so hoch sind wie erwartet.

Der Richter war sichtlich schockiert. Leise erklärte ich: »Das gesellschaftliche Ereignis liegt zwar noch in der Zukunft, aber ein Mann mit Ihrer Kenntnis der Gesetze dürfte wissen, daß die bloße Übereinkunft zweier Parteien, ihre Gemeinschaft als eine eheliche zu betrachten, als gültiger Vertrag angesehen wird ...«

»Markieren Sie hier nicht den Oberschlauen, Falco!« Marponius konnte die Gesetzestafeln vorwärts und rückwärts hersagen, aber Frauen, die sich über die Konventionen hinwegsetzten, kamen in seiner Praxis höchst selten vor. Hilfesuchend sah er sich nach Petronius um, ehe ihm einfiel, daß er sich dessen Loyalität durchaus nicht sicher war. »Was soll ich davon halten?« fragte er mißtrauisch.

»Ich fürchte, wir haben's hier mit einem Fall von wahrer Liebe zu tun«, erklärte Petronius mit der finsteren Miene eines Bauingenieurs, der einen Rohrbruch meldet.

Ich beschloß, die bürgerliche Spießermoral des Richters nicht weiter mit meiner Schlagfertigkeit zu erschüttern. Er war eher an Drohungen gewöhnt. »Marponius, hören Sie zu: Helena Justina ist unschuldig. Camillus ist zwar sehr gemeinsinnig, aber daß man sein unbescholtenes Kind fälschlicherweise ins Gefängnis sperrt, wird er wohl schwerlich tolerieren. Sie täten gut daran, die Sachlage zu klären, *bevor* der Senator eintrifft. Sie begrüßen ihn dann am besten mit einer formellen Entschuldigung, die die Ehre seiner Tochter wiederherstellt.«

Die drei Anwesenden tauschten verlegene Blicke. In Helenas dunklen Augen, die eine so wunderbare Tiefe hatten, flackerte Erregung auf, und ihre Finger verkrampften sich in meiner Hand. Hier lag mehr im argen, als ich wußte.

Ein Sklave trat ein und teilte dem Richter mit, seine Boten hätten Camillus Verus leider verfehlt. Man suche zwar weiter nach ihm, aber sein momentaner Aufenthaltsort sei niemandem bekannt. Braver Mann! Mein künftiger Schwiegervater (und als solchen betrachtete ich ihn wohl am besten, solange wir uns als ehrbare Leute ausgaben, Helena und ich), mein Schwiegervater also wußte, wann es ratsam war, auf Tauchstation zu gehen.

Seine vernunftbegabte Tochter zwang sich, dem Richter gegenüber einen liebenswürdigen Ton anzuschlagen. »Stellen Sie nur ruhig Ihre Fragen. Ich habe prinzipiell nichts dagegen, Ihnen im Beisein von Didius Falco und Petronius Longus, einem geschätzten Freund der Familie, Rede und Antwort zu stehen. Also fragen Sie, was immer Sie wissen wollen. Und falls die beiden mir bei einem bestimmten Punkt raten sollten, mit der Antwort lieber zu warten, dann können wir ja das Verhör unterbrechen, bis mein Vater kommt.«

Ich liebte sie. Sie verabscheute sich für ihren duckmäuserischen Ton – und sie verachtete Marponius dafür, daß er ihr die Komödie abnahm. »Andernfalls«, warf ich ein, »können wir uns um eine Fingerschale mit

Honigkuchen versammeln, und während wir auf den erzürnten Vater der jungen Dame warten, könnten Sie versuchen, ihr dreizehn Rollen über Naturphilosophie in einer filigranen Buchschachtel zu verkaufen.«

Helena fuhr mir prosaisch in die Parade: »Falls dieses Werk sich mit der Abspaltung feuriger Vulkanteilchen beschäftigt, dann habe ich es, glaube ich, schon gelesen.«

»Nehmen Sie sich in acht!« frotzelte ich den Richter. »Der Wachhauptmann hat da ein gebildetes Mädchen verhaftet.«

»Ich bin auf einen gelehrten Diskurs gefaßt!« parierte er trocken. Marponius konnte ein widerlicher Snob sein – aber dumm war er nicht. Wenn ein Mann auch nur einen Funken Humor besaß, dann brachte Helena das Beste in ihm zum Vorschein.

»Und weil sie so fleißig studiert«, fuhr ich lächelnd fort, »kommt sie auch nicht für den Mord in Frage. Helena Justina käme gar nicht in die Verlegenheit, mal was Unrechtes zu tun, denn sie liegt fast den ganzen Tag bequem auf einem Berg von Kissen und hat die Nase tief in eine Buchrolle gesteckt ...« Während der Richter und ich einander die Bälle zuwarfen, sandten Helenas unergründliche Augen mir weiterhin schmerzgequälte Botschaften. Ich mußte unbedingt herausfinden, um was es hier ging. »Herzblatt, vielleicht geziemt es sich ja für den Mann, den du als deinen Ehepartner ansiehst, dich zu fragen, warum du mit bekümmertem Gesicht, aber ohne wirklich schickliche Begleitung im Hause eines Fremden sitzt?«

»Halt, halt! Das ist eine ordnungsgemäße Vernehmung«, wehrte sich Marponius gegen meinen indirekten Tadel. »Mein Gericht hält hier ein Privatissimum ab! Die Dame weiß sehr wohl, daß ich als Richter dem ständigen Tribunal angehöre, das nach dem Cornelianischen Gesetz gegen Attentäter vorgeht sowie gegen Rauschgiftsünder und ...«

»Giftmischer, Messerstecher und Vatermörder«, ergänzte ich ungeduldig. Der Diktator Sulla hatte seinerzeit dieses besondere Mordtribunal eingeführt. Heute, hundertfünfzig Jahre danach, konnte man eindeutig feststellen, daß es auch diesem Sondergericht nicht gelungen war, dem gemeinen Straßenmörder das Handwerk zu legen, aber zumindest wurde den gefangenen Tätern jetzt ordnungsgemäß der Prozeß gemacht, wie sich das für Rom gehörte. Der Praetor hatte ein ganzes Gremium von gewählten Richtern zur Verfügung, die er für einschlägige Fälle einsetzen konnte, doch Marponius hatte sich zum absoluten Experten aufgeschwungen. Er liebte seine Pflichten und genoß seinen Status. Und wenn er im Anfangsstadium einer besonderen Ermittlung Interesse bekundete, dann durfte er sicher sein, daß man ihn später mit der Verhandlung betraute – vorausgesetzt, die Offiziere der Wache kriegten jemals einen Verdächtigen zu fassen.

Diesmal hatten sie mich geschnappt. Helenas spürbarer Kummer darüber setzte mir so zu, daß ich Marponius hitzig attackierte. »Sieht das Gesetz nicht eine empfindliche Bestrafung des Richters vor, der sich aufhetzen läßt, fälschlicherweise Anklage zu erheben?«

»Sehr richtig.« Marponius sagte das ganz ruhig. Er war sich seiner Sache zu sicher. »Im übrigen ist noch keine Anklage erhoben worden.«

»Warum ist die Dame dann hier?«

»Weil es wahrscheinlich zur Anklage kommen wird.«

»Und wegen welchen Vergehens?«

Diesmal antwortete Helena. »Man beschuldigt mich der Beihilfe.«

»Ach, Quatsch!« Ich sah zu Petronius hinüber. Seine Augen – braun, ehrlich und immer aufrichtig – rieten mir, zu glauben, was ich da eben gehört hatte. Ich wandte mich wieder Helena zu. »Was ist heute passiert? Ich weiß, daß du in den Saepta warst und meinen Vater besucht hast.« Geminus erwähnen zu müssen ärgerte mich, aber es schien mir doch eine gute Idee, Helena als ein Mädchen hinzustellen, das sich gewissenhaft der Familie widmete. »Ist danach noch irgend etwas Besonderes geschehen?«

»Ich wollte eigentlich gleich heim zu deiner Mutter. Aber unterwegs«, stammelte sie schuldbewußt, »unterwegs kam ich zufällig an der Caupona Flora vorbei.«

Jetzt wurde mir wirklich mulmig. »Und? Weiter!«

»Ich sah, wie man Censorinus' Leiche fortschaffte. Die Straße war vorübergehend gesperrt, und ich mußte warten. Natürlich saß ich in einem Tragstuhl«, flocht sie ein, denn auch ihr war klar, daß man Marponius mit gehobenem Lebensstil imponieren konnte. »Meine Träger unterhielten sich, während wir vor der Caupona festsaßen, mit dem Kellner, und der klagte wortreich, daß er nun das bewußte Gästezimmer reinigen müsse.«

»Ja, und?«

»Und da habe ich mich erboten, ihm dabei zu helfen.«

Ich ließ ihre Hand los und verschränkte die Arme. Die Erinnerung an das blutverschmierte Zimmer, in dem Censorinus ermordet worden war, stand wieder in aller grausigen Deutlichkeit vor mir. Aber ich mußte mich dagegen wehren. Petronius wußte, daß ich dort gewesen war, und das war schlimm genug, doch wenn ich es Marponius gestand, war mir das Gefängnis sicher. Meine Freundin an den Tatort zu schicken, wäre allerdings die reinste Verzweiflungstat gewesen.

Ich wußte, warum sie's getan hatte. Helena wollte die Kammer nach Indizien absuchen, die mich hätten entlasten können. Natürlich mußte ein Fremder annehmen, sie hätte gerade im Gegenteil verdächtiges Beweismaterial *beseitigen* wollen. Marponius dachte ganz gewiß so. Und sogar von Petro wäre es pflichtvergessen gewesen, nicht wenigstens die Möglichkeit in Betracht zu ziehen. Er war darüber so unglücklich, daß man es beinahe riechen konnte. Nie zuvor war mir so deutlich bewußt gewesen, welcher Belastung ich unsere langjährige Freundschaft aussetzte.

»Es war dumm von mir«, sagte Helena brüsk. »Ich habe meine Hilfe ganz spontan angeboten, ohne mir etwas dabei zu denken.« Ich saß da wie vor den Kopf geschlagen und brachte es nicht über mich, sie zu fragen, ob sie tatsächlich bis zu der Schreckenskammer vorgedrungen sei. Aber ihrem bleichen Gesicht nach zu schließen, schien es durchaus möglich. »Ich bin nur bis in die Küche gekommen«, sagte sie, als ob sie meine Qual erraten hätte. »Dann ging mir auf, daß mein Erscheinen im Flora die Sache für dich nur schlimmer machen würde.«

»Und was geschah weiter?« preßte ich mühsam hervor.

»Der Kellner war ganz verzweifelt auf Gesellschaft aus. Wahrscheinlich hatte er Angst davor, allein das Mordzimmer zu betreten, auch wenn der Leichnam inzwischen entfernt worden war. Ich suchte noch nach einer Ausrede, um mich zu verabschieden, ohne den armen Menschen vor den Kopf zu stoßen, als Petronius Longus erschien.«

Ich starrte meinen Freund an. Und endlich richtete er das Wort an mich. »Deine wohlerzogene Freundin anzustiften, damit sie sich an den blutigen Tatort wagt – also das war oberfaul, Falco.«

»Aber nur, wenn ich schuldig wäre!« Bestimmt wußte er, daß ich nahe daran war, die Beherrschung zu verlieren. »Und außerdem habe ich sie nicht hingeschickt.«

»Das werden die Geschworenen Ihnen wohl kaum abnehmen«, warf Marponius ein.

»Geschworene sind von Natur aus dumm! Darum erwartet der Praetor ja von Ihnen, daß Sie im voraus abwägen, ob die Anklage stichhaltig ist, ehe er überhaupt eine Verhandlung anberaumt.«

»Ach, ich werde den Praetor schon gut beraten, nur keine Sorge, Falco.«

»Wenn Ihnen Gerechtigkeit mehr bedeutet als ein dilettantischer Zeitvertreib, dann werden Sie dem Praetor sagen, daß dieser Fall zum Himmel stinkt.«

»Das denke ich allerdings nicht.«

»Dann denken Sie eben überhaupt nicht – basta! Ich hatte doch gar kein Motiv, den Centurio umzubringen!«

»Er hat Geld von Ihnen verlangt.« Ohne jede Vorwarnung hatte sich das Blatt gewendet. Jetzt nahm der Richter mich in die Zange.

»Nein, nein, das war mein Bruder, der Schulden bei ihm hatte. Zudem waren die Ansprüche des Centurio sehr fragwürdig. Ich will den tapferen Soldaten der ruhmreichen Fünfzehnten Legion gewiß nichts Schlechtes nachsagen, Marponius, doch meine privaten Ermittlungen deuten jetzt schon darauf hin, daß Censorinus und seine Kameraden ihren Anspruch nicht legal geltend machen konnten. Aber davon einmal abgesehen – was haben Sie denn gegen mich in der Hand? Es gibt genügend Zeugen dafür, daß Censorinus springlebendig war und in der Caupona zu Abend gegessen hat, lange nachdem ich zu meiner Familie heimgegangen war. Petronius Longus hat gleich am nächsten Tag mein Alibi überprüft, und selbst wenn es da eine kleine Zeitspanne geben sollte, für die ich keine Zeugen beibringen kann, so können Sie ebensowenig jemanden benennen, der behaupten wird, mich im Flora gesehen zu haben, als der Soldat ums Leben kam.«

»Aber der Umstand, daß Sie einen so heftigen Streit mit ihm hatten ...«

»... schließt mich als Täter aus! Wir haben gestritten, das ist wahr, aber er hat angefangen. Und geprügelt haben wir uns vor den Augen einer gaffenden Menge. Wenn Sie Ihren Fall darauf aufbauen wollen, müssen Sie mich schon für sehr dumm halten.«

Marponius runzelte die Stirn. Einen Augenblick lang wiegte ich mich in der Illusion, wieder Oberwasser zu haben, doch das änderte sich rasch. Der Richter gab Petronius einen Wink. Da kam offenbar etwas ganz Unangenehmes auf mich zu, das die beiden vorher abgesprochen hatten.

Petronius Longus, dessen Leichenbittermiene sich noch um eine Spur in die Länge zog, stand auf und kam durch den geschmackvoll eingerichteten Salon auf mich zu. Dann wickelte er einen Gegenstand aus, der sorgsam in ein reinliches Tuch eingeschlagen war, und hielt ihn mir hin, aber so, daß er für mich außer Reichweite blieb. Außerdem vergewisserte er sich, daß sowohl Marponius als auch Helena mein Gesicht beobachten konnten.

»Erkennst du das, Falco?«

Mir blieb ein Sekundenbruchteil, um die falsche Entscheidung zu treffen. Aber mein Zögern hätte dem Richter auch als Antwort gegolten. Also wählte ich wie ein Tor die ehrliche Antwort: »Ja, das sieht aus wie eins von den Küchenmessern meiner Mutter.«

Darauf sagte Petronius Longus mit ruhiger Stimme: »Helena Justina hat es heute morgen zwischen anderen Gerätschaften auf der Herdbank in der Caupona Flora gefunden.«

# XXVIII

Verbrecher nehmen die Beine in die Hand und verduften, wenn man sie stellen will. In diesem Augenblick wußte ich, warum.

Ich starrte auf das Messer. Ein Messerschmied hätte sich seinetwegen nicht überschlagen. Es bestand aus einem knotigen, beinernen Griff, der mittels eines stabilen Eisenrings mit einer schweren, spitz zulaufenden Klinge verbunden war. Die Spitze hatte eine kleine Delle, als ob das Messer irgendwann einmal steckengeblieben und beim Rausziehen verbogen worden wäre. So eine Kerbe an der Spitze eines derben Messers läßt sich beim besten Willen nicht mehr ausklopfen.

Das Messer sah genauso aus wie die übrigen, die meiner Mutter gehörten. Es war zwar keine wirkliche Garnitur, aber sie kamen alle aus der Campania, und Mama besaß sie seit ihrer Hochzeit. Es waren grobe Landwerkzeuge, mit denen Mama schwungvoll umzugehen verstand. Bestimmt gab es ganz ähnliche Messer in vielen anderen römischen Haushalten, aber ich wußte, daß dieses hier meiner Mutter gehörte, denn auf dem Griff waren ihre Initialen eingeritzt: *JT* für Junilla Tacita.

Der Raum war wirklich sehr groß, und trotzdem kam er mir auf einmal schrecklich eng vor, und der Rauch von den Kohlebecken, die ihn wärmten, kratzte mir im Hals. Das Zimmer hatte hohe, quadratische Fenster, und ich hörte, wie ein Windstoß gegen das teure Glas prallte; auch einer der Fensterflügel klapperte vernehmlich. Gedrungene Sklaven mit glattem Haar eilten ständig geschäftig hin und her. Da stand ich nun, bedroht vom Exil oder einer noch weit schlimmeren Strafe, und diese Trottel kümmerten sich um nichts weiter als Lampendochte und leere Schüsseln, die es wegzuräumen galt. Helena schob ihre Hand verstohlen wieder in die meine; ihre Finger waren eiskalt.

Marponius war jetzt ganz und gar Amtsperson. »Petronius Longus, haben Sie dieses Messer der Mutter von Didius Falco gezeigt?«

»Jawohl. Sie gibt zu, daß es ursprünglich ihr gehörte, behauptet aber, es vor mindestens zwanzig Jahren verloren zu haben.«

»Wie kann sie da so sicher sein?«

»Sie hat die Kerbe wiedererkannt.« Die geduldige Art, mit der Petro die Fragen des Richters beantwortete, drückte mir noch mehr aufs Gemüt. »Sie erinnert sich, daß es in einer Schranktür steckenblieb, als ihre Kinder noch ganz klein waren.«

»Hat sie irgendeine Erklärung dafür, wie das Messer in die Caupona gekommen ist?«

»Nein, Euer Ehren.«

»Dann schildern Sie uns jetzt, wie es gefunden wurde.«

Petros Gesicht erstarrte zur unbeweglichen Maske. Er machte seine Aussage vorschriftsmäßig und unparteiisch. »Ich hatte für heute nachmittag den Abtransport der Leiche angeordnet. Später fand auch ich mich in der Caupona ein, weil ich den Tatort anschließend noch einmal gründlich untersuchen wollte, was zuvor durch den toten Soldaten auf dem Bett erschwert worden war. Als ich das Lokal betrat, sah ich Helena Justina am Fuß der Treppe, die von der Küche zu den Gästezimmern hinaufführt.«

»Ja, ich erinnere mich«, warf Marponius wichtigtuerisch ein.

»Sie war in ein angeregtes Gespräch mit dem Kellner vertieft. Bei meinem Eintritt wandte sie sich mir zu, schien aber im selben Moment dieses Messer neben dem Herd zu entdecken und nahm es rasch an sich. Wir haben beide schon oft bei Falcos Mutter gegessen und kennen also die Initialen auf ihren Messern. Helena Justina machte übrigens keinerlei Versuch, das Messer zu verstecken, sondern reichte es sofort an mich weiter. Wie Sie sehen, ist es gereinigt worden, aber am Verbund von Griff und Klinge befinden sich noch Spuren rötlicher Flecke.«

»Halten Sie die für Blut?«

»Ich fürchte, ja.«

»Und wie erklären Sie sich das Ganze?«

»Ich habe den Kellner nach dem Messer gefragt.« Petro sprach langsam, als ob jedes Wort ihn Überwindung kostete. »Natürlich habe ich ihm nicht gesagt, daß ich die Besitzerin kenne. Er behauptete, es nie zuvor gesehen zu haben. Jedenfalls gehöre es ganz bestimmt nicht zu den Messern, die er im Flora in Gebrauch hat.«

»Ist dieses Messer die Waffe, mit der Censorinus ermordet wurde?«

Petronius antwortete nur widerstrebend. »Durchaus möglich. Falls der Kellner die Wahrheit sagt, müssen wir davon ausgehen, daß der Mörder seine eigene Waffe mitgebracht hat. Als er nach der Tat aus dem Gästezimmer herunterkam, könnte er das Messer in einem der vollen Wassereimer abgewaschen haben, die immer in der Küche stehen. Dann warf er die Tatwaffe einfach zu den anderen Küchengeräten auf die Herdbank.«

»Also suchst du einen intelligenten Mörder«, warf ich lakonisch ein. »War doch ein gutes Versteck für ein Haushaltsgerät, nicht? Ein Jammer, daß es trotzdem aufgefallen ist!«

Helena flüsterte kummervoll: »Es tut mir so leid, Marcus. Ich sah es ganz zufällig und nahm es an mich, ohne nachzudenken.«

Ich zuckte die Schultern. »Ist schon in Ordnung. Ich habe es nämlich nicht in die Caupona gebracht.«

»Was Sie aber nicht beweisen können«, konstatierte der Richter.

»Genausowenig wie Sie das Gegenteil!«

»Glauben Sie denn allen Ernstes«, beschwor Helena den Richter, »daß es dem Kellner, kurz nachdem oben jemand erstochen worden ist, nicht auffallen würde, wenn plötzlich ein fremdes Messer in seiner Küche liegt?«

»Epimandos ist recht zerstreut«, sagte ich. Marponius verzog unglücklich das Gesicht, vermutlich weil er wußte, wie schlecht sich ein Sklave als Zeuge vor Gericht macht. (Und wenn meine Theorie stimmte und Epimandos ein *entlaufener* Sklave war, machte das die Sache nur noch schlimmer.)

Petronius bestätigte meine Aussage. »In der Küche der Caupona herrscht ein wüstes Durcheinander. Epimandos, der Kellner, ist ein Träumer, außerdem schlampig, und nachdem die Leiche entdeckt wurde, war er regelrecht hysterisch. In dem Zustand wäre ihm leicht alles mögliche entgangen.«

Ich war ihm dankbar für seine Hilfe, aber ich durfte es nicht dabei bewenden lassen. »Petronius, für mich steht nach wie vor nicht eindeutig fest, daß der Centurio mit diesem Messer getötet wurde. Das Flora ist nicht eben berühmt für seine Sauberkeit, und die roten Flecke sind vielleicht gar kein Blut. Wenn doch, können das auch Spuren vom Fleischschneiden sein. Kurz und gut, meiner Ansicht nach kannst du nicht beweisen, daß dieses Messer die Tatwaffe ist.«

»Stimmt«, sagte er gleichmütig. »Aber von der Größe her paßt es zu den Wunden.« Wie es da in seiner großen Hand lag, kam es mir viel zu klein vor. »Scharf genug ist es auch«, fuhr Petro fort. Das sind Mamas Messer alle. Sie wirken klobig und unhandlich, aber meine Mutter kann prima damit umgehen. Ihre Messer säbeln im Handumdrehen jeden Kohlstrunk durch – und vorwitzige Fingerspitzen gleich mit.

»Das Messer kann sonstwo hingeraten sein, nachdem Mama es verloren hat. Es war doch nicht an mir festgebunden.«

»Du bist ihr Sohn«, gab Petronius zu bedenken. »Junilla Tacita ist berühmt für ihren Familiensinn. Ich kann mich also nicht blindlings darauf verlassen, daß sie die Wahrheit sagt, wenn sie behauptet, das Messer verloren zu haben.«

»Oh, sie würde niemals lügen, nicht mal für mich!«

»Wirklich nicht?« Marponius sah erst mich, dann Helena und schließlich Petronius fragend an. Keiner von uns war sich ganz sicher. Der Richter versuchte, mir mit Vernunftsargumenten beizukommen. »Wenn Sie mir einen Verdächtigen brächten, Didius Falco, gegen den so viele erdrückende Beweise sprächen, dann würden Sie verlangen, daß ich ihm den Prozeß mache, nicht wahr?«

»O nein, weil mich diese Art Beweise nämlich nicht überzeugen würden.«

Marponius schnaubte verächtlich. Auf meine Ansicht kam es nicht an; er hatte eine zu hohe Meinung von seinem Rang in der Welt. Ich meinerseits hatte eine ganz andere Vorstellung davon, wo er hingehörte: mit dem Gesicht nach unten in einen Kanal und obendrauf noch ein Rhinozeros!

Ich warf Petro einen Blick zu, und er sagte widerstrebend: »Falco, ich mag nicht glauben, daß du's getan hast, aber du bist der einzige Verdächtige, und alle Indizien sprechen gegen dich.«

»Besten Dank!« sagte ich.

Auf einmal war ich furchtbar müde. Meine Lage war

hoffnungslos. Ich konnte den Kopf nicht aus der Schlinge ziehen, ja, nicht einmal Helena von dem Verdacht befreien, als meine Komplizin an einer mißglückten Vertuschungsaktion mitgewirkt zu haben. Der Richter hatte sein Verhör beendet und beschloß, uns beide in Haft zu nehmen.

Normalerweise hätte ich Petronius um Beistand gebeten, aber da er der Offizier war, der uns verhaftet hatte, mußte ich warten, bis jemand anders kam und die Kaution für uns stellte.

Irgendwer würde es schon tun. Helena Justinas Familie war bestimmt entzückt über die Chance, mir Vorhaltungen machen zu können, weil ich das arme Mädchen in diese schmachvolle Situation gebracht hatte.

Fürs erste sollten wir im Haus des Richters bleiben. Er ließ uns natürlich in getrennten Zimmern einsperren, aber sobald der Haushalt zur Ruhe gekommen war, brach ich aus meinem Gefängnis aus und in das ihre ein. Das einzige, was mich dabei aufhielt, war der Umstand, daß auch Helena versuchte, mit einer Brosche ihr Schloß zu knacken.

# XXIX

Ich kam herein und lehnte mich in lässiger Pose gegen die Tür. Helena war zurückgewichen. Jetzt starrte sie mich an, die Brosche immer noch fest umklammert. Schuldbewußtsein und Furcht schimmerten in ihren Augen, die jetzt, da ich gekommen war, heller strahlten denn je. Meine Augen lächelten. Glaube ich wenigstens.

»Guten Abend, Liebste. Wolltest du türmen, um zu mir zu kommen?«

»Nein, Marcus. Ich wollte deinem Zorn entfliehen.«

»Aber ich bin doch niemals zornig.«

»Doch, du gibst es nur nie zu.«

Ich konnte Helena Justina einfach nicht böse sein, wenn sie sich so beherzt und mit diesem Funkeln in den Augen wehrte. Doch diesmal steckten wir gewaltig in der Klemme, das war uns beiden klar. »Ich weiß bloß nicht, wie ich uns aus diesem ganzen Schlamassel rausholen soll, an dem du, wie du zugeben mußt, nicht ganz unschuldig bist.«

»Versuch bloß nicht, den Vernunftmenschen zu spielen, Falco. Davon kriegst du nur rote Ohren.«

»Falls du dich für den kleinen Flirt mit Marina rächen wolltest, hätte ich dir ein paar weniger drastische Methoden nennen können ...« Ich stockte. Sie hatte Tränen in den Augen. Helena hatte einen schrecklichen Fehler gemacht, und unter der stolzen Fassade grämte sie sich darüber bis zur Verzweiflung. »Ich hol uns da schon wieder raus«, sagte ich sanft. »Wappne du dich nur gegen ein paar schlechte Scherze von deinem Vater, wenn er vor Marponius zu Kreuze kriechen und die Kaution für dich blechen muß.«

»Nach deinem hat man auch geschickt.«

»Der wird aber nicht kommen.«

Sie blieb untröstlich, aber immerhin standen wir jetzt wieder auf freundschaftlichem Fuß miteinander. »Was ist denn mit deinem Gesicht passiert, Marcus?«

»Dem war eine Faust im Weg. Hör auf, dich zu sorgen, Liebes. Marponius hat nicht genügend Beweise gegen uns, um auch nur eine Voruntersuchung anzuberaumen. Also wird ihm gar nichts anderes übrigbleiben, als uns laufen zu lassen. Und wenn ich auf Kaution draußen bin, kann ich wenigstens meine Ermittlungen weiterführen, ohne mich dauernd vor Petronius verstecken zu müssen.«

Helena machte ein klägliches Gesicht. »Jetzt weiß dein bester Freund, daß du mit einer Idiotin zusammenlebst!«

Ich grinste sie an. »Das wußte er schon längst. Er fand von Anfang an, du müßtest verrückt sein, weil du dich mit mir eingelassen hast.«

»Aber dem Richter hat er gesagt, es sei wahre Liebe.«

»Und? Stimmt das etwa nicht?« Ich griff nach der Brosche, die sie immer noch in der Hand hielt, und steckte sie ihr schön ordentlich wieder an. »Marponius hat ihm scheint's auch geglaubt. Warum hätte er uns sonst in verschiedene Zellen gesperrt? Doch nur, weil er meint, daß wir unter einer Decke stecken. Also dann . . . « Ein zaghaftes Lächeln Helenas erwiderte mein schiefes Grinsen. Ich breitete die Arme aus. » . . . laß uns drunterkriechen, mein Schatz!«

# XXX

Es dauerte so lange, bis Helenas Papa sich bequemte, seiner Tochter zu Hilfe zu kommen, daß ich schon befürchtete, der Senator wolle uns einfach unserem Schicksal überlassen. Nun mochte sich Camillus Verus zwar weigern, mich auszulösen, aber darauf, daß er Helena befreite, würde schon ihre Mutter bestehen.

Helena marterte sich unausgesetzt mit Gewissensbissen. »Es ist alles meine Schuld! Ich habe das Messer liegen sehen und einfach an mich genommen, ohne mir was dabei zu denken. Es hat mich bloß gewundert, wie ein Küchengerät deiner Mutter ausgerechnet ins Flora kommt . . . «

Ich drückte sie tröstend an mich. »Psst! Unsere ganze Familie verkehrt im Flora. Jeder aus der Sippe hätte auf die Idee kommen können, sein eigenes Schneidewerkzeug mitzunehmen, um besser mit den altbackenen Semmeln von der Vorwoche fertig zu werden. Und blöd genug, das Messer hinterher liegenzulassen, sind bei uns auch alle.«

»Vielleicht erinnert sich ja einer von ihnen . . . «

Ich tippte auf Festus als den Schuldigen, konnte ihre Hoffnung also leider nicht teilen.

Wir lagen auf einem Diwan. (Rein bequemlichkeitshalber und ohne Decke; meine Freundin gewissermaßen unter den Augen eines »innovativen Denkers« zu verführen, verbot mir mein Taktgefühl.) Außerdem war es ein sehr harter Diwan.

Ungeachtet der spärlichen Beleuchtung sah ich gleich, daß dieses Zimmer wesentlich komfortabler war als mein Verlies. Der Raum hier konnte als Zelle einer Senatorentochter durchgehen. Zum Diwan gehörte ein vergoldeter Fußschemel, und in einem Feuerbecken brannte ein Apfelbaumscheit. Schummrige Lampen glommen in den Nischen, an einer Wand hing ein orientalischer Teppich, auf Beistelltischen stand diverser Nippes, und die Regale waren mit Vasen bestückt. Es war, alles in allem, recht gemütlich. Wir waren zu zweit allein. Eigentlich bestand also kein Grund, warum wir es mit unserer Freilassung besonders eilig haben sollten.

»Warum lächelst du so, Marcus?« Sie hatte ihr Gesicht in meine Halsgrube geschmiegt, weshalb es mich wunderte, daß sie mein Lächeln bemerken konnte.

»Weil ich hier bei dir bin ...« Vielleicht lächelte ich auch, weil wir endlich wieder im reinen waren.

»Du meinst, wir haben wie üblich ganz schreckliche Probleme, nur bin ich diesmal schuld daran ... Ich werde mir das nie verzeihen!«

»O doch!«

Im Haus war jetzt alles still. Marponius war der Typ Mann, der allein zu Abend ißt und sich anschließend in sein Arbeitszimmer zurückzieht, um zum wiederholten Male Ciceros Verteidigungsrede für Sextus Roscius zu lesen. Falls er sich jemals eine Tänzerin kommen ließ, dann höchstens, um Publikum für die Rezitation seiner rhetorischen Glanzstücke zu haben.

Ich streichelte Helenas Haar und ließ in Gedanken noch einmal den vergangenen Tag an mir vorüberziehen. Unversehens schweifte ich dabei aber noch viel weiter zurück, durch Kindheit und Jugend, während ich mir den Kopf darüber zerbrach, wie ich nur in das Fiasko hineingeraten war.

Bisher hatte ich herausgefunden, daß mein Bruder, der ausgefuchste Unternehmer, höchstwahrscheinlich gemeinsam mit ein paar treuen Kameraden die Pensionskasse der Legion geplündert und mit dem Geld möglicherweise eine wertvolle antike Statue erworben hatte und daß sein Schiff gesunken war.

Des weiteren hatte ich den starken Verdacht, daß der Agent, den Festus beschäftigte, sich mit der Statue abgesetzt hatte, bevor das Schiff auf Grund ging. Was vielleicht ein Glück war, falls es mir gelingen sollte, den Agenten aufzuspüren und selbst einen schnellen Denar mit dem Phidias zu machen.

Vielleicht hatte der Agent aber auch gar nichts mit der Sache zu tun.

Vielleicht war das Schiff gar nicht wirklich auf Grund gelaufen.

Und plötzlich sah ich mich mit einer noch viel übleren Alternative konfrontiert: Wie, wenn das Schiff überhaupt nicht gesunken war – *und wenn Festus das wußte*? Womöglich hatte er den Untergang der Hypericon bloß erfunden, die Ladung heimlich verscherbelt und sich mit dem Geld abgesetzt. In dem Fall war meine Lage jetzt völlig hoffnungslos, denn dann war aus dem Phidias kein Kapital mehr zu schlagen, ich konnte die Legionäre nicht ausbezahlen und Mama natürlich auch nicht den Gefallen tun, den Namen meines Bruders reinzuwaschen.

Fast alles, was ich bisher herausgefunden hatte, war fragwürdig. Aber es hatte ganz den Anschein, als ob wir hier über das schlimmste Kapitel in der vielgerühmten Raffgierkarriere meines Bruders gestolpert wären: seine Geschäfte in der Grauzone des Wirtschaftslebens. Die waren in der Regel alle fehlgeschlagen, aber normalerweise immer erst einen Tag nachdem Festus selbst glücklich ausgestiegen war. Mein Bruder balancierte immer gefährlich auf der Kippe, so wie eine Wespe auf dem Rand vom Honigtopf. Vielleicht hatte er diesmal ja das Gleichgewicht verloren und war reingefallen.

Helena hob den Kopf, damit sie mich ansehen konnte. »Woran denkst du, Marcus?«

»Ach, ans Goldene Zeitalter . . . «

»Du meinst die Vergangenheit?«

»Genau. An die verlorengegangene, die glanzvolle und ruhmreiche Vergangenheit . . . die vielleicht nicht ganz so ruhmreich war, wie wir uns gern einreden.«

»Kannst du nicht ein bißchen präziser werden?«

»Es besteht die Möglichkeit, Liebste, daß du dich mit dem Sproß einer äußerst fragwürdigen Familie eingelassen hast.« Helena lachte amüsiert. Sie und ich, wir waren so vertraut miteinander, daß ich ihr das Undenkbare gestehen konnte. »Ich frage mich langsam, ob mein Bruder, der Held, seine Tage womöglich als Dieb und Kandidat für einen unehrenhaften Abschied vom Militär beendet hat.« Helena hatte wohl schon so etwas geahnt, denn sie strich mir nur sanft über die Stirn und wartete ruhig ab. »Wie soll ich das jemals Mama beibringen!«

»Vergewissere dich erst, daß auch wirklich alles stimmt.«

»Vielleicht sag ich's ihr lieber nicht.«

»Vielleicht weiß sie es ja schon«, meinte Helena. »Und vielleicht möchte sie, daß du endlich Klarheit schaffst.«

»Nein, nein! Sie hat mir doch aufgetragen, Festus' guten Ruf wiederherzustellen. Und außerdem könnte es ja auch sein«, argumentierte ich wenig überzeugend, »daß der Schein trügt und der Fall nur scheinbar auf einen Skandal hinsteuert.«

Helena wußte, wie ich wirklich darüber dachte: So funktionieren Skandale nicht.

Um mich von meinen selbstquälerischen Gedanken abzulenken, wechselte sie das Thema und erkundigte sich, was ich den Tag über sonst noch erlebt hatte. Ich schilderte ihr die so jäh unterbrochene Versteigerung und erzählte auch gleich, was ich von Geminus über den letzten Handel meines Bruders mit der Phidias-Statue erfahren hatte. Zum Schluß beschrieb ich noch, wie Gaius, dieser schreckliche Bengel, mich von Papa weggeholt und wie ich diesen in seinem Büro zurückgelassen hatte: umgeben von Strandgut, wie ein alter Meeresgott in einer Grotte.

»Klingt ganz wie du«, bemerkte Helena. »Du ziehst dich ja auch von der Welt zurück, da oben in deiner Wohnung im sechsten Stock auf dem Aventin.«

»Das kann man nicht vergleichen!«

»Aber du magst auch nicht, wenn dich dort jemand besucht.«

»Weil Menschen nur Ärger machen.«

»Ich auch?« neckte sie.

»Nein!« Ich schnitt ihr eine Grimasse. »Du nicht – nicht einmal heute.«

»Vielleicht«, meinte Helena nachdenklich, »hatte dein älterer Bruder ja auch irgendwo ein heimliches Versteck?«

Wenn ja, dann hatte ich davon keine Ahnung. Aber hinter seiner offenen, fröhlichen Fassade war Festus tatsächlich immer ein rechter Geheimniskrämer gewesen. Und da er bei unserer Mutter wohnte, konnte er eine sturmfreie Bude irgendwo bestimmt gut gebrauchen. Jupiter allein wußte, was mich dort erwartete, falls ich das Versteck je fand.

Vorerst konnten wir das Gespräch nicht weiterführen, denn in diesem Moment kam Marponius persönlich, um Helena mitzuteilen, daß ihr Vater gekommen sei, sie auszulösen. Der Richter trug seine beste Toga zu Ehren dieses illustren Besuchers, und sein breites Grinsen verriet mir, daß die Summe, die er dem edlen Camillus für die Freilassung seiner staatsgefährdenden Tochter abgeknöpft hatte, sich in schwindelerregenden Höhen bewegte. Als Marponius mich mit Helena im selben Zimmer vorfand, zog er ein böses Gesicht, sagte aber nichts dazu, sondern gönnte sich nur die Freude, anzukündigen, daß auch für mich Kaution gestellt worden sei.

»Von wem denn?« fragte ich mißtrauisch.

»Von Ihrem Vater«, feixte Marponius, der offenbar wußte, wie sehr mir der Gedanke zuwider war.

Da man uns unseren Eltern als Mörder nebst Komplizin vorführte, nahmen wir uns zusammen und verkniffen uns jedes alberne Kichern, obwohl wir uns wie zwei übermütige Halbwüchsige vorkamen, die aus dem Stadtgefängnis ausgelöst werden, nachdem sie auf dem Forum einen Streich verübt haben, der unsere betagten Großtanten maßlos schockiert hätte.

Als wir auf der Bildfläche erschienen, waren unsere Erretter bereits Bundesgenossen. Kennengelernt hatten sie einander schon früher. Doch nun verband sie eine gemeinsame Schande, und dank der Freigebigkeit des richterlichen Mundschenks hatten beide einen Schwips. Geminus hatte sich auf ein Knie niedergelassen und musterte eine große Urne aus Süditalien, die vorgab, griechischen Ursprungs zu sein. Camillus Verus hatte sich ein kleines bißchen besser in der Gewalt, aber der Unterschied war minimal. Er nickte mir aufgeräumt zu und sagte, an meinen Vater gewandt: »Na, das ist doch mal was anderes, nicht, als sich immer nur über ihre teuren Hobbys, wilden Partys und schrecklichen Freunde aufzuregen!«

»Schaffen Sie sich nur ja keine Kinder an!« riet Papa dem Richter. »Ach, Ihre Urne hat übrigens einen Sprung, Marponius.«

Der Richter eilte sofort zu ihm, um sein fehlerhaftes Eigentum zu inspizieren. Und noch während er dort am Boden kauerte, preßte er rasch ein paar Floskeln über die Obhut der Familie heraus, in die er uns nunmehr entlasse, über die väterliche Aufsichtspflicht et cetera. Papa revanchierte sich mit der Adresse eines Mannes, der den Sprung würde unsichtbar machen können (einer dieser fragwürdigen Kunsthandwerker, die sich in den Saepta Julia rumtrieben). Daraufhin rappelte der Richter sich wieder hoch, schüttelte reihum so eifrig Hände wie ein Schmierenkomödiant auf der Bühne, der im letzten Akt die verloren geglaubten Zwillinge zurückbringt, und ließ uns endlich gehen.

Als wir in die Winternacht hinaustraten, beglückwünschten sich unsere angeheiterten Väter immer noch gegenseitig zu ihrer Großmut, rissen Witze darüber, wie wir während der Bewährungsfrist zu beaufsichtigen seien, und stritten sich darum, wer die Ehre haben solle, uns zum Essen in sein Haus zu laden.

Rom war kalt und finster, und in den Straßen lauerte um diese Stunde Gefahr. Helena und ich waren furchtbar hungrig, aber wir hatten auch genug ausgestanden für einen Tag. Also erklärte ich unseren alten Herren, wir würden (falls sie es nachprüfen wollten) bei Mama unterschlüpfen, dann sanken wir in den Tragstuhl, den sie für Helena mitgebracht hatten, und trieben die Träger zur Eile an. Ich beschrieb ihnen laut und vernehmlich den Weg zu Mutters Haus, aber sobald wir um die nächste Ecke waren, dirigierte ich sie zur Brunnenpromenade um.

Langsam wurde meine Bürde zum unerträglichen Mühlstein, denn mittlerweile hatte ich nicht nur eine Mordanklage am Hals – nein, jetzt jagten auch noch zwei entrüstete Väter hinter mir her.

Aber wenigstens war, als wir in meiner Wohnung ankamen, das Bett geliefert worden.

# XXXI

Am nächsten Morgen erschrak Helena, als ich, kaum daß es hell wurde, aus dem Bett sprang.

Leicht fiel mir das nicht. Das neue Bett war nämlich

in mehrfacher (aber sehr privater) Hinsicht ein voller Erfolg, und wir hatten die Nacht ganz wunderbar geschlafen. Unter dem riesigen Federbett, das wir aus Germanien mitgebracht hatten, erwachten wir so mollig warm wie zwei Küken im Nest. Und auf dem Ehrenplatz gleich neben dem Bett stand der verstellbare Bronzetripus, den Helena bei Geminus gekauft hatte – offenbar als Geschenk für mich.

»Aber ich hab doch erst in drei Wochen Geburtstag.«

»Keine Sorge, ich weiß schon, wann du Geburtstag hast«, versicherte Helena. Das war teils ein eher trauriger Scherz, denn einmal hatte ich den ihren tatsächlich vergessen, und teils sehnsüchtige Erinnerung. Helena hatte sich das Datum gemerkt, weil ich sie da zum allerersten Mal geküßt hatte, noch bevor mir die erschreckende Erkenntnis kam, daß ich in sie verliebt war und sie sich womöglich in mich verlieben würde. Passiert war das in einem scheußlichen Wirtshaus in Gallien, und ich wunderte mich immer noch, wo ich damals bloß den Mut für diesen Kuß hergenommen hatte – von den Folgen ganz zu schweigen. Nach ihrem versonnenen Lächeln zu urteilen, dachte Helena auch gerade an jenes denkwürdige Ereignis. »Ich hatte das Gefühl, du bräuchtest eine kleine Aufmunterung.«

»Dann sag mir lieber nicht, wieviel er dir dafür abgeknöpft hat, sonst bin ich gleich wieder deprimiert.«

»Na gut, sag ich's dir eben nicht.«

Ich seufzte. »Nein, warte, sag's mir doch. Er ist mein Vater, und da fühle ich mich irgendwie verantwortlich.«

»Nichts. Als ich ihm sagte, wie sehr mir der Dreifuß gefällt, hat er ihn mir einfach geschenkt.«

Das war der Moment, da ich so abrupt aus dem Bett sprang.

»All ihr Götter, Marcus! Was ist denn in dich gefahren?«

»Die Zeit läuft mir davon!«

Helena richtete sich auf, warm in unser germanisches Deckbett eingemummelt, und sah mich zwischen wirren dunklen Haarsträhnen aus erstaunten Augen an. »Aber du hast doch gesagt, jetzt, wo du dich nicht mehr vor Petronius zu verstecken brauchst, könntest du deine Ermittlungen in Ruhe zu Ende führen.«

»Ich rede ja auch nicht von den Ermittlungen«, keuchte ich, während ich hastig in die Kleider fuhr.

»Komm zurück ins Bett!« Helena streckte mir ihre Arme entgegen. »Komm und erklär mir das Rätsel.«

»Daran ist gar nichts rätselhaft.« Trotz heftiger Gegenwehr drückte ich meine Liebste wieder in die Kissen und deckte sie zärtlich zu. »Mir ist nur plötzlich eine Rechnung über vierhunderttausend ins Haus geflattert, die schleunigst beglichen werden muß.« Helena hörte auf zu strampeln, und es gelang mir, sie zu küssen. »Erst mußte ich gestern erfahren, daß eine gewisse voreilige junge Dame bereit ist, in aller Öffentlichkeit – und noch dazu im Beisein eines Richters – zu erklären, daß wir praktisch Mann und Frau sind ... Und nun stellt sich heraus, daß meine Verwandtschaft uns bereits mit Hausrat beschenkt! Also vergiß die Ermittlungen, denn verglichen mit der Notwendigkeit, eine Mitgift aufzutreiben, ist die Kleinigkeit eines Mordverdachts eine bloße Lappalie.«

»Spinner!« Helena lachte schallend. »Einen Moment lang dachte ich schon, du meinst es ernst.«

Ich konnte ihre Reaktion verstehen. Wenn ein Mann aus ärmlichen Verhältnissen sich in eine Senatorentochter verguckt hat, dann ist es, auch wenn er sie noch so sehr vergöttert, allemal riskant für ihn zu hoffen, daß was dabei rauskommt.

Ich ließ ihr den Spaß an der urkomischen Vorstellung, einen wie mich zu heiraten, ohne sie durch die Mitteilung zu erschrecken, daß es mir todernst damit war.

Als ich vom Aventin hinunter und auf das Emporium zuwanderte, ging ich vor Erleichterung darüber, endlich eine Entscheidung wegen Helena getroffen zu haben, zwei Straßen weit wie auf Wolken. Aber dann holte mich der Alltag wieder ein. Das Problem, woher ich plötzlich vierhunderttausend Sesterzen nehmen sollte, war schon schlimm genug. Soviel Geld mußte ich auftreiben, wenn ich Helena haben wollte, was natürlich weit über meine Verhältnisse ging. Doch noch mehr graute mir vor der nächsten Aufgabe, die ich mir gestellt hatte: vor dem Besuch bei einem weiteren meiner Schwager.

Ich suchte ihn zuerst an seinem Arbeitsplatz, doch da war er nicht. Hätte ich mir denken können. Der Mann war Beamter, also hatte er natürlich Urlaub.

Meine Schwester Junia, die eingebildete Person, hatte einen Zollbeamten geheiratet. Mit siebzehn war das ihre Vorstellung von gesellschaftlichem Aufstieg gewesen. Jetzt war sie vierunddreißig, und Gaius Baebius hatte es inzwischen zum Abteilungsleiter im Emporium gebracht, doch Junia träumte fraglos von höheren Sphären, in denen ein Gatte, der bloß im Hafen rumhing und die Zollgebühren einzog, keinen Platz hatte. Ich hatte mich schon manchmal gefragt, ob Gaius Baebius nicht gut daran täte, seinen Hund als Vorkoster einzusetzen.

Einen Hund hatten sie, aber der diente eigentlich nur als Vorwand für eine Türfliese mit der stolzen Inschrift *Cave canem*. Ajax war ein lieber Hund, jedenfalls war er's früher mal gewesen, bevor ihn die Widrigkeiten des Lebens niederdrückten. Mittlerweile nahm er seine Pflichten als Wachhund ebenso ernst wie sein Herr seine wichtige Rolle im Zollamt. Ajax' freundlicher Gruß für Lieferanten bestand darin, ihnen den Saum von der Tunika zu reißen, und ich weiß von mindestens zwei Prozessen, die gegen seinen Besitzer geführt wurden, nachdem der brave Hund Besuchern ein saftiges Stück Fleisch aus dem Bein gebissen hatte. In einem Fall war ich sogar als Zeuge des Klägers aufgetreten, was mir die Familie bis heute nicht verziehen hat.

Ajax mochte mich nicht. Als ich vor dem etwas müffelnden Hauseingang erschien, zerrte er gleich so heftig an der Kette, daß seine ganze Hütte in Bewegung geriet. Ich schaffte es trotzdem, an ihm vorbeizuwitschen, aber seine lange Schnauze war dabei nur eine Handbreit von meinen Waden entfernt, und so betrat ich das Haus mit einem unterdrückten Fluch auf den miserablen Köter.

Auf meinen etwas verkrampften und aufs Geratewohl an die Hausgemeinschaft gerichteten Gruß erschien Junia. Sie teilte Ajax' Meinung über mich, was in ihrem Fall auch gerechtfertigt war, denn meine Geburt hatte sie vom Platz des Nesthäkchens verdrängt. Junia hatte mir das dreißig Jahre lang nachgetragen, ihr Groll gegen mich bestand also schon lange bevor ich in besagtem Prozeß gegen ihren bösartigen Hund aussagte.

»Ach, du bist es! Wenn du reinkommen willst, zieh dir vorher die Stiefel aus, die starren ja vor Schmutz!« Ich war schon dabei, sie aufzubinden, denn ich kam nicht zum ersten Mal in Junias Wohnung.

»Sei so gut und ruf deinen Hund zurück, ja? Brav, Ajax, brav. Wie viele Zwiebelverkäufer hat er denn heute schon auf dem Gewissen?«

Meine Schwester würdigte mich keiner Antwort, rief

aber nach ihrem Mann. Den aufgebrachten Hund samt Hütte konnten sie nämlich nur zu zweit wieder an seinen angestammten Platz zurückschleifen.

Ich begrüßte Gaius Baebius, der anscheinend eben erst vom Frühstück kam, denn er leckte sich noch den Honig von den Fingern. Es schien ihm peinlich zu sein, daß man ihn in seiner zweitbesten Tunika und offenbar seit Tagen unrasiert überraschte. Gaius und Junia zeigten sich in der Öffentlichkeit am liebsten in voller Gesellschaftskleidung, sie unterwürfig am rechten Arm des Gatten. Die beiden verbrachten ihr ganzes Leben damit, für das Bild auf dem Grabstein zu proben. Wann immer ich in ihrer Nähe war, überkamen mich depressive Anwandlungen.

Das Ehepaar war kinderlos, was vielleicht ihre Nachsicht gegen Ajax erklärte, der sie wie ein verwöhnter Stammhalter auf Trab hielt. Bestimmt hätten sie ihn offiziell adoptiert, falls das gesetzlich erlaubt gewesen wäre.

Als einzige kinderlose Frau unserer sonst so überaus fruchtbaren Familie hielt Junia es für ihr gutes Recht, verbittert durch die Welt zu gehen. Im übrigen war sie sehr gepflegt und ihre Wohnung so sauber, daß die Fliegen vor Schreck krepierten, und wenn man sie auf Nachwuchs ansprach, sagte sie nur, sie habe schon mit Gaius Baebius alle Hände voll zu tun. Warum der Mann soviel Arbeit machte, war mir ein Rätsel. Ich fand seine Gesellschaft ungefähr so aufregend, wie einem Vogelbad beim Verdampfen zuzuschauen.

»Ich höre, du hast Urlaub?«

»Ach, nur ein paar Tage, nicht der Rede wert«, trällerte Junia obenhin.

»Aber sobald das Wetter besser wird, stehen dir ja noch vier Monate in deiner Privatvilla in Surrentum in Aussicht!« Natürlich war das bloß ein Witz von mir, aber meine Schwester wurde rot, denn genau das pflegte sie Leuten, die beide nicht gut kannten, weiszumachen. »Gaius Baebius, ich muß dringend mit dir reden!«

»Warum frühstückst du nicht mit uns, Marcus?« Meine Schwester hoffte wahrscheinlich, ich würde die Einladung ablehnen, und darum sagte ich (obwohl ich mir unterwegs schon ein Brötchen gekauft hatte) aus purer Bosheit ja. Manch einer, der zu Geld kommt, gibt es mit vollen Händen wieder aus. Junia und ihr Mann gehörten nicht zu diesem Typ, sondern waren in gewissen Dingen geradezu ekelhaft knauserig. Zwar richteten sie sich ständig neu ein, aber es war ihnen äußerst zuwider, Geld an hungernde Verwandte zu verschwenden.

Junia führte mich ins Eßzimmer, einen Raum, der nicht mal einen Meter breit war. Die beiden hatten eine der üblichen kleinen Mietwohnungen, aber Gaius Baebius hatte die Platzverhältnisse vor kurzem mittels einiger Trennwände verbessert. Das funktionierte, solange sich keiner an die Wand lehnte, und das Paar konnte sich nun mit einem eigenen Triklinium brüsten, in dem angeblich stilvolle Bankette stattfanden. In Wirklichkeit mußten die Gäste sich in einer Reihe auf schmalen Schemeln hinter einen niedrigen Tisch zwängen, denn als sein eigener Innenarchitekt hatte mein Schwager leider nicht daran gedacht, neben dem Tisch noch Raum für wenigstens ein passables Speisesofa zu lassen. Ich klemmte mich auf den angebotenen Platz und verkniff mir jeden Kommentar, weil Gaius Baebius so stolz auf ihren gehobenen Lebensstil schien.

Junia servierte mir ein kleines Stück Brot (natürlich das mit der verkohlten Kruste) und eine hauchdünne Scheibe eines weißlichen, geschmacklosen Käses. Gaius Baebius dagegen mampfte einen Berg kaltes Fleisch.

»Neue Teller?« fragte ich höflich, da von dem meinen reichlich viel zu sehen war.

»Ja, wir dachten, es ist an der Zeit, daß wir mal in wirklich gutes Geschirr investieren, und da haben wir uns – wenn schon, denn schon – gleich Arretinische Keramik angeschafft. Allein die Glasur ...«

»Doch, die Manufaktur in Arretium ist nicht übel. Wir haben selbst da eingekauft«, parierte ich. »Aber Helena und ich wollten ein bißchen was Originelleres, weil wir es so fad finden, im Restaurant die gleichen Gedecke vorgesetzt zu kriegen, die wir auch daheim haben ... Unser Geschirr ist das Präsent eines ganz reizenden Töpfers aus einem kleinen Ort, den ich zufällig auf unserer Reise nach Germanien entdeckt habe.«

»Wirklich?« Junia auf den Arm zu nehmen war seit jeher hoffnungslos. Meinen Ausflug in die Welt des vornehmen Tafelgeschirrs nahm sie mir einfach nicht ab.

»Ehrenwort!« In den seltenen Fällen, da es mir gelang, diese Snobs zu übertrumpfen, wollte ich auch, daß es bekannt wurde.

»Was sagt man dazu!« Junia klimperte mit ihren Armreifen und setzte ihre liebenswürdigste Miene auf. »Was wolltest du denn von Gaius Baebius?«

Da es keinen Spaß machte, so humorlose Gastgeber zu beleidigen, besann ich mich aufs Geschäftliche. »Ich bin leider gezwungen, eine konfuse Geschichte zu entwirren, die unser geliebter Festus uns hinterlassen hat.« Ich sah, wie die beiden verstohlene Blicke wechselten; sie wußten also bereits Bescheid. Junia musterte mich, als wisse sie im voraus, daß Festus als Schurke entlarvt werden würde, und daran gab sie mir die Schuld. »Habt ihr zufällig den Soldaten kennengelernt, der sich bei Mutter einquartiert hatte? Er ist tot ...«

»Und du sollst ihn umgebracht haben, nicht?« Typisch Junia.

»Jeder, der das glaubt, braucht einen neuen Kopf, Schwester!«

»Wir wollen nicht gern darüber reden.«

»Besten Dank, Junia! In der Kunst, Dinge unausgesprochen zu lassen, bis das Faß überläuft, ist unsere Familie ja Meister, aber diesmal kommt ihr damit nicht durch. Ich muß mich von dem Mordverdacht befreien, bevor man mich tatsächlich vor Gericht stellt und Anklage gegen mich erhebt. Und der Schlüssel zu allem scheint bei Festus und seinen weitverzweigten Geschäften zu liegen. Hör zu, Gaius, dieser Soldat hat uns was über importierte Waren erzählt. Und nun frage ich dich: Wenn Festus eine Ladung aus dem Ausland nach Italien schickte, sind seine Schiffe dann in Ostia gelandet?«

»Soviel ich weiß, ja. Ich nehme an«, erklärte Gaius zurückhaltend, »daß Festus glaubte, sich mit einem Schwager im Zollamt vor den Hafengebühren drücken zu können.«

Ich grinste. »Das hat er bestimmt geglaubt! Aber er hat sich gewiß geirrt, oder?«

»Selbstverständlich!« rief Gaius Baebius. Also war Festus zumindest einige Male damit durchgekommen.

»Könntest du in deinen Akten feststellen, ob ein ganz bestimmtes Schiff wohlbehalten gelandet ist oder nicht? Es handelt sich um das Jahr, in dem Festus starb, wir müßten also ein Weilchen zurückgehen.«

Zwischen zwei großen Happen widmete sich Gaius Baebius dem Thema auf seine gewohnt langsame, pedantische Art. »Sprichst du von dem Schiff, das angeblich verschollen ist?« Von der Geschichte mußte mehr im Umlauf sein, als die zuständigen Stellen bisher zugegeben hatten.

»Ganz recht, ich meine die Hypericon.«

»Wenn sie gelandet ist, dann hat einer meiner Beamten sie in die Liste aufgenommen. Im anderen Fall ist sie nicht aufgeführt.«

»Na, prima!«

»Falls die gesamte Ladung in Ostia gelöscht wurde, dann sind auch die Dokumente in Ostia. Wenn die Ladung aber auf Frachtkähne umgeladen und zum Verkauf ins Emporium gebracht wurde, müßten die Papiere hier in Rom sein. Aber da Festus nicht über offizielle Kanäle verkauft hat, wirst du wohl eher in Ostia fündig werden.«

»Macht nichts, Ostia ist ja nicht weit«, antwortete ich lässig. »Aber was wäre, wenn das Schiff irgendeinen anderen Hafen Italiens angelaufen hat?«

»Um das herauszufinden, müßtest du jeden in Frage kommenden Hafen abklappern und die Schiffslisten einsehen – das heißt, falls dir die zuständigen Behörden Einblick gewähren. Immer unter der Voraussetzung«, setzte Gaius Baebius schwerfällig hinzu, »daß die Hypericon legal vor Anker ging.« Was, wie wir beide wußten, eher zweifelhaft war. »Und vorschriftsmäßig den Zoll entrichtet hat.«

»Wenn Festus sich das Geld sparen wollte«, ergänzte ich niedergeschlagen, »hätte er den Kahn leicht in irgendeine Bucht manövrieren und die Ware an Land schmuggeln lassen können.«

»Außerdem liegt das Ganze ja schon Jahre zurück.« Gaius war der geborene Optimist.

»Und vielleicht ist das Schiff tatsächlich auf Grund gegangen, so daß ich hier nur meine Zeit vergeude.«

»Kolportiert wurde jedenfalls die Geschichte vom gesunkenen Schiff. Ich erinnere mich noch gut an den Zirkus, den Festus deswegen aufgeführt hat.«

»Endlich treffe ich jemanden, der etwas über den Fall weiß!« schmeichelte ich ihm. »Ich denke, wir können davon ausgehen, daß die Hypericon nie bis Ostia gekommen ist. Entweder ist sie tatsächlich untergegangen, oder man hat sie irgendwo entlang der Küste versteckt. Aber hör zu, alter Freund, wärst du wohl bereit, mir einen Gefallen zu tun? Um der Familie zu helfen, versteht sich.«

»Du meinst, ich soll Nachforschungen anstellen über den Verbleib der Hypericon?«

»Nicht nur. Ich möchte dich bitten, die Landelisten für das ganze Jahr durchzusehen.«

»Dafür müßte ich aber nach Ostia.«

»Ich zahle dir die Maultiermiete.« So, wie ich Gaius Baebius kannte, würde er ohnehin auf Staatskosten reisen.

Ich sah ihm an, daß er dem lästigen Auftrag nicht abgeneigt war; vermutlich betrachtete er es als guten Vorwand, Junia für eine Weile zu entwischen. Und sie wiederum würde zustimmen, weil Festus auch ihr Bruder gewesen war. Bestimmt hatte Junia unter dem Damoklesschwert eines drohenden Skandals weit mehr gezittert als wir übrigen, denn schließlich war sie die einzige von uns, die mit aller Gewalt nach Höherem strebte.

»Also laß uns das mal klarstellen, Falco: Du möchtest wissen, ob außer der Hypericon noch ein *anderes* von Festus gemietetes Schiff in Ostia gelandet ist?« Gaius Baebius war sichtlich entzückt. »Oho! Du meinst, er hat die Fracht heimlich umgeladen?«

»Keine Ahnung, ich möchte nur alle Eventualitäten überprüfen. Hätte ich, als sein Testamentsvollstrecker, schon längst tun sollen. Und selbst wenn diese Ladung gesunken ist, gibt's vielleicht noch irgendwas anderes, wonach sich zu suchen lohnt. Ich hoffe einfach, daß ich irgendwo auf ein geheimes Warenlager meines Bruders stoße, das ich verkaufen kann, um mir mit dem Erlös die Legion vom Hals zu schaffen.« Natürlich hoffte ich auf mehr als das.

»Warum sagst du nicht einfach, daß nichts da ist?« fragte Junia ärgerlich.

»Das hab ich schon getan, aber entweder glauben sie mir nicht, oder sie wollen unter allen Umständen ihr Geld, selbst wenn das unsere Familie in den Ruin treiben sollte.« Die Theorie über den Griff in die Legionskasse behielt ich vorsichtshalber für mich. »Also was ist, Gaius Baebius? Willst du mir helfen? Ach, glaubst du überhaupt, daß diese alten Schiffslisten noch existieren?«

»Doch, doch, die müßten noch da sein. Aber hast du eine Ahnung, wie viele Schiffe in einer Saison den Hafen von Rom anlaufen, Falco?«

»Ich werde dir bei der Durchsicht der Listen helfen«, erbot ich mich rasch.

»Es bleibt trotzdem eine Sisyphusarbeit«, brummte Gaius, aber mir war klar, daß ich ihn rumgekriegt hatte. »Ich könnte noch heute zur Küste runterreiten und mit meinen Freunden im Hafen reden, damit wir einen Eindruck davon kriegen, worauf wir uns da einlassen.« Gaius Baebius war ein echter Bürokrat; er sonnte sich in dem Wahn, so wichtig zu sein, daß er sich bei jedem Anlaß den Urlaub versagen und schnurstracks wieder an die Arbeit eilen müsse. Die meisten Leute hätten sich an seiner Stelle gegen diesen Zwanzigmeilentrip gewehrt, doch er war bereit, auf der Stelle nach Ostia loszupreschen.

»Bis mittag bin ich zurück.« Der Mann war ein Trottel. Wenn ich mich bei meinen Ermittlungen so abhetzen würde, wäre ich längst völlig erschöpft. »Wo finde ich dich um die Zeit?«

»Ich schlage vor, wir essen zusammen. Ich erwarte dich in der Weinschenke am Caelius.«

Junia horchte auf. »Das ist doch hoffentlich kein Lokal mit schlechtem Ruf, Marcus?« Meine Schwester paßte höllisch auf, daß ihr Mann nicht auf die schiefe Bahn geriet. Was ihn freilich gar nicht zu reizen schien.

»Nomen est omen«, sagte ich würdevoll, »und dieses Gasthaus heißt nicht umsonst Zur Jungfrau.« Junia fiel darauf herein und erlaubte Gaius, mich dort zu treffen.

»Eine Schwierigkeit könnte es noch geben«, gestand ich, »falls Festus die Hypericon oder irgendein anderes Schiff, das er gemietet hatte, auf den Namen seines Agenten eingetragen hat. Leider hab ich noch niemanden gefunden ...«

»Er spricht von Vater!« fuhr Junia dazwischen.

»... der mir den Namen dieses Agenten hätte nennen können.«

»Schöne Bescherung!« schnaubte Gaius Baebius.

»Schon gut, schon gut! Ich laß mir was einfallen ...«

»Da wird dir Gaius Baebius aber unter die Arme greifen müssen«, erklärte meine Schwester von oben herab. »Ich hoffe doch, es wird keine Unannehmlichkeiten geben, Marcus!«

»Danke für dein Verständnis, liebste Schwester!« Ich nahm mir eine Scheibe Kalbswurst vom voll beladenen Teller meines Schwagers und empfahl mich.

Doch dann mußte ich noch mal zurück und ein zweites Stück Wurst holen, um den Hund abzulenken.

# XXXII

Meine nächste Aufgabe war, wenn möglich, noch kitzliger: Ich ging zu meiner Mutter, um sie nach dem Messer zu fragen.

Sie äußerte sich schrecklich ungenau, und ich erfuhr nicht mehr, als was sie schon Petronius gesagt hatte. »Ja, es sah aus wie meins. Aber man kann doch nicht erwarten, daß ich mich erinnere, wohin etwas verschwunden ist, was ich seit rund zwanzig Jahren nicht mehr gesehen hab ...«

»Irgendwer muß es mitgenommen haben«, erklärte ich streng. »Und da fällt der Verdacht natürlich erst mal auf Allia.«

Mama wußte, daß meine Schwester Allia andauernd irgendwo reinschneite, um sich einen halben Laib Brot auszuborgen oder auch ein paar Gewichte für den Webstuhl. Sie war bekannt dafür, daß sic sich nicht die Mühe machte, selbst etwas anzuschaffen, solange andere Leute ihr mit allem Nötigen aushalfen.

Natürlich wollte ich nicht unterstellen, daß Allia was mit der Ermordung des Soldaten zu tun hatte.

»Wahrscheinlich hast du recht.« Mama schaffte es, ihrer Zustimmung einen Unterton geheimnisvollen Zweifelns zu geben.

Ich merkte, wie ich vor lauter Anspannung wütend wurde. »Ja, und würdest du die Familie vielleicht mal fragen, was sie über diese Sache weiß? Es ist wichtig, Mama!«

»Das denk ich mir. Wie ich höre, hatte man dich verhaftet, aber du hast dich freikaufen lassen?«

»Ja, mein Vater hat die Kaution gestellt«, antwortete ich geduldig.

»Das letzte Mal, als du gesessen hast, war *ich* gut genug, den Gefängniswärter zu bestechen!«

»Erinnere mich bloß nicht daran.«

»Du könntest ruhig etwas mehr Stolz haben.«

»Mama, das letzte Mal ging's nur um ein dummes Mißverständnis. Diesmal aber hat der Richter mich unter dringendem Mordverdacht festnehmen lassen. Das ist also ein ganz anderer Fall. Und wenn man mich vor ein Geschworenentribunal zerrt, ist das vielleicht das Ende deines Goldjungen. Übrigens war die Kaution wirklich gesalzen, wenn dich das tröstet. Geminus wird das Loch in seinem Beutel nicht so rasch verschmerzen.«

»Schon gar nicht, wenn du jetzt türmst!« Meine Mutter hielt mich offenbar für einen noch größeren Gauner als Papa. »Wie kommst du voran?«

»Überhaupt nicht.«

Mama sah mich an, als hätte ich mich absichtlich verhaften lassen, nur um mich nicht im Interesse meines Bruders abstrampeln zu müssen. »Und wo rennst du jetzt schon wieder hin?«

»In eine Weinschenke«, sagte ich, da sie ja ohnehin schon das Schlimmste von mir dachte.

Außerdem bleibe ich, wenn möglich, gern bei der Wahrheit.

Eine zwielichtige Kneipe wiederzufinden, in der ich nur ein einziges Mal (und das vor fünf Jahren) am Ende einer langen Nacht, deprimiert und betrunken, gestrandet war, dauerte seine Zeit. Fast eine Stunde lang wanderte ich durch die Gassen rund um den Caelius. Als ich die Jungfrau endlich fand, war Gaius Baebius schon da. Er wirkte müde, aber auch selbstzufrieden.

»Sei mir gegrüßt, mein weitgereister Amicus! Wie hast du's nur geschafft, so pünktlich hier zu sein? Ich hab mir die Füße wundgelaufen, um diese Spelunke wiederzufinden. Kennst du am Ende das Lokal?«

»Bin noch nie hier gewesen, Falco.«

»Wie hast du es denn dann so schnell gefunden?«

»Ich habe jemanden nach dem Weg gefragt.«

Nachdem er mit seinem Wahnsinnsgalopp nach Ostia sowohl das Frühstück abgearbeitet als auch neuerlich Appetit bekommen hatte, ließ Gaius sich jetzt ein opulentes Mittagsmahl schmecken. Er hatte sein Essen bereits bezahlt, machte aber keine Anstalten, mit mir zu teilen. Ich bestellte einen kleinen Krug Wein und beschloß, später allein zu essen.

»Die Unterlagen sind alle noch da«, nuschelte Gaius, während er genüßlich vor sich hin kaute. »Aber es wird Monate dauern, die durchzuackern.« Er war ein langsamer Arbeiter. Ich konnte ihn zwar zur Eile antreiben, wußte jedoch im voraus, daß mich das frustrieren würde.

»Ich helfe dir, wenn die Behörden mir Zutritt gewähren. Was meinst du, könnte ich die Akten mit dir gemeinsam durchsehen?«

»Aber ja. Jeder Bürger, der einen rechtmäßigen Grund angibt, kann die Schiffslisten einsehen. Natürlich«, setzte er hinzu, »muß man sich mit der Verfahrensweise auskennen.« Ein solcher Satz aus Gaius Baebius' Mund besagte, daß er mir einen Gefallen erwies und mich in Zukunft bei jeder sich bietenden Gelegenheit daran erinnern würde.

»Na prima!« rief ich.

Mein Schwager traf nun umständliche Vorkehrungen für unser morgiges Treffen. Ich seufzte innerlich, denn ich hasse es, wenn die Leute das Leben durch unnötiges Brimborium verkomplizieren. Außerdem fand ich die Aussicht, mehrere Tage in seiner faden Gesellschaft verbringen zu müssen, nicht gerade erfreulich. Mir hatte schon dieses eine Mittagessen gereicht.

Als ich mich umblickte, fand ich das Lokal noch genauso trist, wie ich es in Erinnerung hatte. Gaius Baebius mampfte seine Schale Rindfleisch und Gemüse mit der unerschütterlichen Gemütsruhe eines Unschuldslamms. Vielleicht hatte ich bessere Augen als er, jedenfalls bereiteten die dunklen Ecken und das finstere Publikum mir Unbehagen.

Wir befanden uns in einem muffigen Keller, einem halb in den Caelius gehauenen Loch, das eher einem Fuchsbau als einem richtigen Gebäude glich. Unter dem schmutzigen Deckengewölbe standen ein paar ramponierte Tische mit Kerzen in ölverschmierten alten Krügen drauf. Der Wirt hatte einen schlurfenden Gang und eine schlimme Narbe auf der Backe, vermutlich die Trophäe einer Kneipenschlägerei. Sein Wein war miserabel, seine Gäste noch übler.

Seit meinem letzten Besuch war eine der roh verputzten Wände mit einem pornographischen Gemälde verziert worden, eine ungelenke Arbeit mit vielen verklecksten Pinselstrichen in trüben Farben. Das Bild zeigte ein paar kolossal bestückte Mannsbilder und ein scheues Weib, das Vormund und Kleider verloren, dafür aber einige ganz ungewöhnliche Erfahrungen gewonnen hatte.

Ich winkte den Wirt herbei. »Wer hat denn dieses phänomenale Kunstwerk verbrochen?«

»Varga, Manlius und ihre Blase.«

»Und, verkehren die noch hier?«

»Ab und zu.« Das klang wenig vielversprechend, denn ich hatte keine Lust, in einem Loch wie diesem nach Kritiker- oder Sammlerart rumzuhängen, bis die flatterhaften Künstler wieder einmal zu erscheinen geruhten.

»Da ich schon mal in der Gegend bin, könnten Sie mir vielleicht die Adresse der Herren geben?«

Konnte er nicht, nannte mir dafür aber ein paar andere Lokale, in denen die Maler offenbar verkehrten. »Und wie gefällt Ihnen unser Fresko?«

»Großartig!« log ich dreist.

Mittlerweile war auch Gaius Baebius auf das Wandgemälde aufmerksam geworden und starrte es so fasziniert an, daß es mir richtig peinlich war. Meine Schwester wäre ernsthaft böse geworden, hätte sie ihn ein Porträt dieser Art derart mustern sehen, aber wenn ich ihren Mann an einem so gefährlichen Ort im Stich gelassen hätte, wäre sie erst recht wütend geworden. Also mußte ich mich aus brüderlicher Rücksichtnahme auf Junia bezähmen und ausharren, während Gaius seine Schüssel leer aß und sich an der Bordellszene ergötzte.

»Sehr interessant!« bemerkte er, als wir endlich gingen.

Sobald ich meine strohdummen Verwandten los war, klapperte ich alle vom Wirt genannten Pinten auf der Suche nach den beiden Freskenmalern ab, leider ohne Erfolg. Außer den diversen Kneipen hatte der Wirt mir noch eine Pension angegeben, in der ich später nochmal mein Glück versuchen konnte. Jetzt wollte ich nur noch hier weg. Da mein Magen knurrte, begab ich mich an einen vergleichsweise wesentlich angenehmeren Ort: zurück auf den Aventin und in die Caupona Flora.

# XXXIII

Im Flora sah es noch wüster aus als gewöhnlich, denn sie hatten die Maler im Haus.

Epimandos, den man aus seiner Küche vertrieben hatte, schlich draußen herum und versuchte, Passanten, denen es nichts ausmachte, auf der Straße zu essen, Getränke und Happen anzudrehen.

»Was ist denn hier los, Epimandos?«

»Falco!« rief er und winkte mir eifrig zu. »Ich dachte, du wärst verhaftet.«

Ich grunzte ungehalten. »Wie du siehst, bin ich frei. Also, was geht hier vor?«

»Nach dem Zwischenfall im Obergeschoß«, flüsterte er taktvoll, »wird jetzt das ganze Gebäude renoviert.«

Das Flora bestand jetzt schon seit gut zehn Jahren, ohne daß seine Wände jemals einen Malerpinsel zu Gesicht gekriegt hätten. Ein Mord im Haus war offenbar gut fürs Geschäft. »Und wer hat das angeordnet? Doch nicht etwa die legendäre Flora selbst?«

Epimandos überhörte meine Frage geflissentlich und plapperte munter weiter. »Ach, Falco, ich hab mir ja solche Sorgen um dich gemacht ... «

»Ich mir auch!«

»Ist jetzt alles wieder gut?«

»Keine Ahnung. Aber wenn ich den Kerl in die Finger kriege, der Censorinus wirklich umgebracht hat, dann geht's dem jedenfalls dreckig!«

»Falco ... «

»Beruhige dich, Epimandos. Ein greinender Kellner ist schlecht fürs Geschäft!«

Ich sah mich nach einer Sitzgelegenheit um. Draußen waren die Plätze knapp. Zwirn, der unausstehliche Kater, hatte sich auf einer Bank ausgestreckt und reckte den Gästen sein ekelhaftes Bauchfell entgegen. Da ich mich auf keinen Fall zu ihm setzen wollte, hockte ich mich auf einen Schemel neben das Faß, auf dem der alte Bettler saß. Diesmal kam ich nicht drum herum, ihm zuzunicken.

»Guten Tag, Marcus Didius.« Ich überlegte mir noch, wie ich ihn einigermaßen höflich fragen konnte, ob und woher er mich kannte, als er sich schon schicksalsergeben von allein vorstellte: »Apollonius.« Der Name sagte mir nichts. »Ich war dein Lehrer.«

»Jupiter!« Vor ewigen Zeiten hatte diese arme Seele

mir sechs Jahre lang Geometrie beigebracht. Und nun hatten die Götter ihn für seine Geduld damit belohnt, daß sie ihn ins Elend stürzten.

Epimandos kam mit Wein für uns beide herbeigeeilt. Anscheinend freute er sich, daß ich einen Freund gefunden hatte, der mich auf andere Gedanken bringen würde. Jetzt konnte ich mich nicht mehr verdrücken, sondern mußte wohl oder übel Konversation machen und meinen Exlehrer einladen, mein Mittagsmahl mit mir zu teilen. Er nahm meine Einladung zaghaft an, während ich versuchte, nicht zu auffällig auf seine Lumpen zu starren. Dann schickte ich Epimandos nach gegenüber ins Valerius, wo er ein warmes Essen für mich und ein zweites für Apollonius holen sollte.

Er war immer ein Versager gewesen, und zwar einer von der übelsten Sorte: Man konnte nicht anders als ihn bemitleiden, sogar dann, wenn er einen schikanierte. Und er war ein grauenvoller Lehrer. Vielleicht war er von Haus aus ein ganz flotter Mathematiker, aber er konnte einem nichts vernünftig erklären. Wenn ich mich damit abmühte, den Sinn seiner weitschweifigen Reden zu kapieren, hatte ich stets das Gefühl, daß es zur Lösung der mir gestellten Aufgabe dreier Faktoren bedurfte, von denen er mir aber nur zwei genannt hatte. Kurz gesagt, er war ein Mann, der sein Hypothenusenquadrat niemals mit den Kathetenquadraten auf die Reihe bringen würde.

»Was für eine erfreuliche Überraschung!« krächzte ich scheinheilig, als hätte ich ihn seit fünf Jahren nicht jedesmal, wenn ich ins Flora kam, wie Luft behandelt.

»Eher wohl ein Schock«, brummte er, auf meinen Ton eingehend, und löffelte die von mir spendierte Suppe.

Da Epimandos außer uns niemanden zu bedienen hatte, setzte er sich neben die Katze und hörte zu.

»Was ist denn aus der Schule geworden, Apollonius?«

Er seufzte. Mir wurde ganz mulmig vor lauter wehmütigen Kindheitserinnerungen, denn genauso hatte er geklungen, wenn er damals die Unwissenheit eines faulen Schülers beklagte. »Die instabile politische Lage zwang mich, sie aufzugeben.«

»Sie meinen wohl die vielen unbezahlten Schulgebühren?«

»Unter einem Bürgerkrieg leidet die heranwachsende Jugend immer am meisten.«

»Die Jugend leidet unter allem«, versetzte ich düster.

Diese Begegnung war mir entsetzlich peinlich. Ich war ein knallharter Bursche, der einem gemeinen Geschäft nachging; das letzte, was ich brauchen konnte, war ein Zusammentreffen mit einem Schulmeister, der mich als sommersprossigen Gernegroß gekannt hatte. Die Leute hier in der Gegend hielten mich für einen klugen Kopf mit eiserner Faust. Nicht auszudenken, wenn sie sähen, wie ich dieser dürren Heuschrecke mit dem schütteren Haar und den zitternden, altersfleckigen Händen eine Suppe spendierte, während er meine vergessene Kindheit heraufbeschwor.

»Wie geht's deiner kleinen Schwester?« fragte Apollonius nach einer Weile.

»Maia? Die ist nicht mehr so klein. Erst hat sie für einen Schneider gearbeitet, dann einen verlotterten Pferdedoktor ohne Urteilsvermögen geheiratet. Er arbeitet für die Grünen und versucht, deren klapprige Gäule davor zu bewahren, auf der Rennbahn tot umzufallen. Hat auch selbst einen scheußlichen Husten – wahrscheinlich klaut er den Pferden das Einreibemittel.« Apollonius machte ein verdutztes Gesicht. Er lebte nicht in meiner Welt. »Maias Mann ist ein Säufer.«

»Oh.« Jetzt wirkte der Ärmste ganz betreten. »Sehr intelligentes Mädchen, die Maia.«

»Ganz bestimmt.« Nur leider nicht in der Wahl ihres Ehemanns.

»Laß dich von mir nicht aufhalten, mein Junge«, sagte der Schulmeister so höflich, daß ich ihn insgeheim verfluchte, weil ich mich nun erst recht gezwungen sah, unsere Unterhaltung fortzusetzen.

»Ich werde Maia erzählen, daß ich Sie getroffen habe. Sie hat jetzt vier eigene Kinder – nette kleine Rangen, und Maia erzieht sie auch anständig.«

»Das hätte ich nicht anders erwartet; war eine gute Schülerin, die Maia; immer brav und fleißig; und nun also auch eine gute Mutter.«

Ich gab mir einen Ruck und sagte: »Sie hatte ja auch einen guten Lehrer.« Apollonius lächelte, als dächte er bei sich: »Immer noch die gleichen liebenswürdigen Phrasen.« Und ich setzte spontan hinzu: »Haben Sie eigentlich auch meinen Bruder und die anderen Schwestern unterrichtet? Ach, Victorina, meine älteste Schwester, ist kürzlich gestorben.«

Apollonius wußte natürlich, daß er mir jetzt hätte sein Beileid aussprechen sollen, doch über der Beantwortung der Anfangsfrage verlor er den Faden. »Ein paar von deinen Geschwistern hatte ich vielleicht in der Schule, zumindest hin und wieder ...«

Ich half ihm aus der Verlegenheit. »Für die älteren konnte die Familie kaum das Schulgeld aufbringen. Es waren schlechte Zeiten, damals.«

»Aber du und Maia, ihr wurdet jedes Trimester eingeschrieben«, rief er fast vorwurfsvoll. Kein Wunder, daß er sich daran erinnerte; wir waren vermutlich die einzigen Kinder auf dem ganzen Aventin, die regelmäßig an seinem Unterricht teilnahmen.

»Wir bekamen das Schulgeld bezahlt«, erklärte ich.

Apollonius nickte heftig. »Von dem alten Herrn aus Malta«, erinnerte er mich unnötigerweise.

»Ja, ganz recht. Er wollte uns gern adoptieren, also hat er brav Quartal für Quartal bezahlt, in der Hoffnung, zwei künftige Erben heranzubilden.«

»Und hat er euch adoptiert?«

»Nein. Mein Vater wollte nichts davon wissen.«

Nachdenklich lauschte ich meinen eigenen Worten nach. Für jemanden, der sich nach der Zeugung herzlich wenig um seine Kinder kümmerte, war mein Vater mitunter rasend eifersüchtig. Wenn wir einmal unartig waren, drohte er unbekümmert damit, uns an die Gladiatoren zu verkaufen, aber die flehentlichen Annäherungsversuche des Maltesers wies er stolz zurück. Ich hörte ihn noch lauthals damit prahlen, daß frei geborene Plebejer ihre Kinder zur eigenen Plage bekämen und sich nicht aus Gefälligkeit für andere vermehren würden.

Der Zank um Maias und meinen Schulunterricht entbrannte kurz bevor Papa die Geduld verlor und sich davonmachte. Wir dachten beide, es sei unsere Schuld, und wurden, da wir uns verantwortlich fühlten, natürlich leicht zur Zielscheibe für die Schikanen der anderen Geschwister.

Nach jenem schicksalschweren Tag, an dem Papa wie gewöhnlich zu einer Versteigerung ging, dann aber den Heimweg vergaß, führte Mama den Malteser noch eine ganze Weile an der Nase herum, doch irgendwann kriegte auch der spitz, daß aus der Adoption nichts werden würde. Die Enttäuschung machte ihn krank, und schließlich starb er. Im nachhinein eine wirklich traurige Geschichte.

»Gehe ich recht in der Annahme, Marcus Didius, daß bei euch nicht alles zum besten stand?«

»Allerdings! Der Malteser hat uns ziemliche Schwierigkeiten gemacht.«

»Ach, wirklich? Und ich dachte immer, du und Maia,

ihr kämt aus einer glücklichen Familie!« Da sieht man's mal wieder – Lehrer haben keine Ahnung!

Ich schloß die Finger um meinen Becher und dachte zurück an die bitteren Stunden, die der Malteser unserem Haus bereitet hatte. Papa wütete gegen ihn und alle Geldverleiher (das klassische Gewerbe der Malteser), während Mama zurückfauchte, daß sie ohne die Mieteinnahme nicht auskommen könne. Später unterstellte Papa dann sogar, der Alte wäre nur deshalb so versessen auf Maia und mich, weil wir sowieso seine Bastarde seien. Wie einen makaberen Witz brüllte er diese Verdächtigungen im Beisein des Maltesers durch die Wohnung. (Ein Blick auf uns widerlegte den ganzen Unsinn, denn Maia und ich waren den Eltern Didius wie aus dem Gesicht geschnitten.) Aber der Malteser saß trotzdem ganz schön in der Zwickmühle. Da er sich so sehnlich Kinder wünschte, redete er sich manchmal allen Ernstes ein, wir wären wirklich sein Fleisch und Blut.

Was natürlich undenkbar war. Mama, die wie ein Donnergewitter dabeistand, ließ keinen Zweifel daran aufkommen.

Ich haßte den Malteser und redete mir ein, wenn er meinen Vater nicht so zornig gemacht hätte, wäre ich von meinem Großonkel Sacro adoptiert worden. Aber da er von den Querelen bei uns zu Hause wußte, war Sacro viel zu feinfühlig, einen solchen Vorschlag zu machen.

Ich wäre für mein Leben gern adoptiert worden. Natürlich nur für den Fall, daß meine wirklichen Eltern mich nicht eines Tages holen kamen. Denn wie so viele Kinder wußte ich natürlich ganz genau, daß ich unmöglich zu den armen Wesen gehören konnte, die mich vorübergehend in ihrem Haus aufzogen. Nein, auf mich wartete irgendwo und irgendwann ein Palast; meine Mutter war eine vestalische Jungfrau und mein Vater ein geheimnisvoller, hochherrschaftlicher Fremdling, der auf einem Mondstrahl erscheinen würde. Mich hatte ein ehrlicher alter Ziegenhirt am Flußufer gefunden, und meine Errettung aus dem tristen, mühevollen Leben bei meiner Ziehfamilie war durch eine sibyllinische Weissagung verbürgt ...

»Du warst schon immer ein Träumer«, erklärte mir mein alter Lehrer. »Ich dachte allerdings, es bestünde noch Hoffnung für dich ...« Daß er auch ironisch sein konnte, hatte ich vergessen.

»Aha! Noch immer die gleiche akademische Beurteilungsmethode: grausam, aber gerecht!«

»Du warst gut in Geometrie. Du hättest das Zeug zum Lehrer gehabt.«

»Wer wird denn freiwillig Hungerleider von Beruf?« gab ich wütend zurück. »Ich bin Privatermittler, also genauso arm wie ein Schulmeister, und Rätsel – wenn auch anders geartete – gibt man mir immer noch zu lösen auf.«

»Freut mich zu hören, daß du eine Arbeit gefunden hast, die zu dir paßt.« Apollonius war durch nichts zu erschüttern, und kränken konnte man ihn schon gar nicht. »Was ist eigentlich aus deinem Bruder geworden?« fragte er nachdenklich.

»Festus ist in Judäa gefallen. Und falls Sie das beeindruckt: Man hat ihn posthum zum Nationalhelden erklärt.«

»Ach! Ich hatte immer befürchtet, daß es mit dem Jungen kein gutes Ende nehmen würde ...« Schon wieder dieser trockene Humor! Ich war auf eine lange Reihe von Anekdoten gefaßt, aber Apollonius hatte bereits das Interesse verloren. »Wie ich höre, willst du nun eine eigene Familie gründen?«

»Es lebe der Klatsch! Nein, nein, ich bin ja noch nicht mal verheiratet.«

»Ich wünsche dir alles Glück.« Wieder drängte die verfrühte Gratulation eines wohlmeinenen Mitmenschen Helena und mich zu einem Bund, über den wir noch gar nicht richtig gesprochen hatten. Schuldbewußt erkannte ich, daß ich jetzt sowohl privat wie vor der Öffentlichkeit einem Zukunftsplan verpflichtet war, über den *sie* gewiß völlig anders dachte.

»So einfach wird es nicht werden. Die Braut ist nämlich eine Senatorentochter.«

»Mit deinem Charme wirst du sie schon rumkriegen.« Apollonius verstand vielleicht noch die Finessen geometrischer Formen auf einer Schiefertafel, aber gesellschaftliche Feinheiten waren ihm ein Buch mit sieben Siegeln. Er hatte ja auch nie begriffen, wieso mein Vater als römischer Bürger so in Rage geriet über der Vorstellung, zwei seiner Kinder von einem Immigranten adoptieren zu lassen. Und genausowenig kapierte er jetzt etwas von dem kolossalen gesellschaftlichen Druck, der meine Angebetete und mich zu trennen drohte. »Wenn du dann erst mal eigene Kinder hast, dann weißt du ja, wo du sie hinschicken kannst, damit sie Geometrie lernen!«

Aus seinem Mund hörte sich das so einfach an, daß ich alle Zweifel fahrenließ und mich dem Vergnügen hingab, endlich jemanden getroffen zu haben, der meine geplante Heirat mit Helena nicht von vornherein als absolute Katastrophe beklagte.

»Ich werde dran denken«, versprach ich freundlich, eine kleine Wiedergutmachung dafür, daß ich mich nun doch verdrückte.

# XXXIV

Zu Hause fand ich Helena beim Beschnüffeln von Tuniken vor. Wir hatten sie auf der Reise getragen, und sie waren eben aus der Wäscherei gekommen.

»Juno, wie ich den Winter hasse! Die Sachen, die man zum Waschen gibt, sind hinterher schlimmer als vorher. Zieh diese da lieber nicht an, die riechen ganz muffig. Bestimmt hat man sie zu lange im Korb gelassen, als sie noch feucht waren. Ich nehme sie mit zu meinen Eltern und spüle sie noch mal aus.«

»Ach, es genügt, wenn du meine zum Lüften über eine Tür hängst. Ich bin da nicht so empfindlich. Außerdem war ich heute schon an etlichen Orten, die ohnehin nicht für makelloses Weiß getaugt hätten.«

Dann küßte ich sie. Helena nutzte die Gelegenheit, zum Spaß auch an mir zu schnüffeln.

Eins führte zum anderen, und so waren wir bis zum Abendessen beschäftigt.

Wie es bei uns Sitte war, kochte ich. Heute gab es ein halbes Huhn, das ich in Öl und Wein schwenkte und dann in einer verbeulten Eisenpfanne auf dem gemauerten Herd brutzelte. Kräuter waren keine im Haus, denn zu der Zeit, da man sie hätte ernten müssen, waren wir ja auf Reisen gewesen. Helena besaß zwar eine sündteure Gewürzsammlung, aber die hätte man erst aus ihrem Elternhaus holen müssen. Alles in allem war der Haushalt an der Brunnenpromenade noch chaotischer als gewöhnlich. Zum Essen setzten wir uns auf niedrige Schemel und balancierten die Schüsseln auf den Knien, weil wir noch nicht dazu gekommen waren, uns einen neuen Tisch anzuschaffen. Was ich Junia von unserem Geschirr vorgeschwärmt hatte, war allerdings keine Prahlerei: Wir besaßen tatsächlich ein leuchtend rot glasiertes Terrasigillata-Service. Nur hatte ich das aus Sicherheitsgründen bei meiner Mutter untergestellt.

Mit einmal überkam mich die blanke Verzweiflung. Der Gedanke an unser schönes Geschirr gab den Anstoß. Von allen Seiten stellten sich mir Probleme in den Weg, und obendrein noch die Vorstellung, daß unser einziger standesgemäßer Besitz womöglich für immer eingelagert bleiben würde – das war mehr, als ich ertragen konnte.

Helena merkte mir meine Niedergeschlagenheit an. »Was ist denn los, Marcus?«

»Gar nichts.«

»O doch! Irgendwas quält dich – und es ist nicht nur dieser Mordfall.«

»Ach, weißt du – manchmal kommt's mir so vor, als ob unser ganzes Leben in Stroh verpackt in einer Dachkammer liegt und auf eine Zukunft wartet, die es vielleicht nie geben wird.«

»Oje! Du hörst dich an, als sollte ich rasch deine Poesietafel holen, damit du eine richtig schön morbide Elegie verfassen kannst.« Helena machte sich dauernd lustig über die schwermütigen Gedichte, die ich seit Jahren zu schreiben versuchte. Ihr war es aus irgendeinem Grund lieber, wenn ich Satiren verfaßte.

»Paß mal auf, Herzchen, gesetzt den Fall, ich würde vierhunderttausend Sesterzen auftreiben können und der Kaiser wäre tatsächlich bereit, mich in den Bürgerstand zu erheben – wärest du dann willens, mich zu heiraten?«

»Besorg dir erst mal die vierhunderttausend!« gab sie ungerührt zurück.

»Das ist auch eine Antwort!« versetzte ich düster.

»Aber ...« Helena stellte ihre leere Schüssel auf den

Boden, kniete sich neben meinen Schemel und schlang die Arme um mich. Dabei schmiegte sich ihre warme rote Stola tröstlich um meine Knie. Helena roch herrlich sauber und duftete nach Rosmarin, womit sie nach dem Waschen ihr Haar zu spülen pflegte. »Warum bist du nur so verunsichert?« Ich gab keine Antwort. »Soll ich dir sagen, daß ich dich liebe?«

»Dagegen hätte ich nichts einzuwenden.«

Sie sagte es, ich hörte zu, und sie ergänzte noch einiges, was mich ein wenig aufmunterte. Helena Justina beherrscht die Rhetorik nämlich ganz bewundernswert. »Also. Was ist los, Marcus?«

»Wenn wir verheiratet wären, hätte ich vielleicht die Gewißheit, daß du mir gehörst.«

»Ich bin doch kein Satz Weinbecher!«

»Nein, natürlich nicht. Auf einen Becher könnte ich jederzeit meinen Namen ritzen. Im übrigen«, fuhr ich unbeirrt fort, »hättest du dann umgekehrt auch die Gewißheit, daß ich dir gehöre.«

»Aber das weiß ich doch auch so.« Sie lächelte strahlend. »Schau, wir leben doch zusammen. Du machst dich über meinen Rang lustig, und ich beklage deine wilde Vergangenheit, aber trotzdem waren wir töricht genug, uns zusammenzutun. Was wollen wir mehr, Liebster?«

»Du könntest mich jederzeit verlassen.«

»Du mich aber auch!«

Ich setzte mein schiefes Grinsen auf. »Vielleicht ist das ja gerade das Problem, Helena. Vielleicht hab ich Angst davor, daß ich ohne einen Vertrag, der mich bindet, eines Tages im Zorn auf und davon stürmen und es dann mein Leben lang bereuen könnte.«

»Verträge sind nur dazu da, Regelungen für den Moment zu finden, in dem sie gebrochen werden!« Jede Beziehung braucht einen vernünftigen Partner, der dafür sorgt, daß der Karren im rechten Geleis bleibt. »Außerdem nützt es dir doch gar nichts davonzulaufen«, spottete Helena. »Weil ich dir nämlich jedesmal nachkomme und dich zurückhole.«

Da hatte sie auch wieder recht.

»Hättest du Lust, dich zu betrinken?«

»Nein.«

»Vielleicht«, mutmaßte sie schroff, »steht dir ja der Sinn danach, allein in deiner schäbigen Bude zu hocken, über die Ungerechtigkeit des Lebens nachzugrübeln und zuzuschauen, wie ein einsamer Käfer die Wand hochkrabbelt? Oh, ich verstehe das nur zu gut! So gefällt's dem Detektiv, nicht wahr? Sich mutterseelenallein zu langweilen, während er über seine Schulden nachdenkt und über seine ausbleibenden Klienten, nicht zu vergessen das Heer von Frauen, das schon auf seiner zarten Selle herumgetrampelt ist. Dadurch kommt er sich wichtig vor. Weißt du was, Marcus Didius, du bist viel zu eigenbrötlerisch! Du meinst offenbar, dir was zu vergeben, wenn du mal, wie heute, eine bescheidene, aber schmackhafte Mahlzeit in Gesellschaft einer ruppigen, aber auch zärtlichen Liebsten einnimmst. Vielleicht sollte ich ja gehen, mein Schatz, damit du dich ungestört deiner Verzweiflung hingeben kannst.«

Ich seufzte. »Alles, was ich mir wünsche, sind vierhunderttausend Sesterzen – aber ich weiß, daß ich sie nicht kriegen kann.«

»Leih sie dir«, schlug Helena vor.

»Von wem denn?«

»Na, von einem, der soviel hat.« Sie hielt mich wohl für zu geizig, die Zinsen zu zahlen.

»Wir haben schon genug Sorgen, auch ohne unter einem Schuldenberg zu ersticken. Und damit wollen wir das Thema beenden.« Ich zog sie fester an mich und streckte das Kinn vor. »Mal sehen, ob du eine Frau bist, die zu ihrem Wort steht. Ruppig bist du in der Tat gewesen, Prinzessin – wie wär's also jetzt mit ein bißchen Zärtlichkeit?«

Helena lächelte. Dieses Lächeln allein rechtfertigte ihre vorige Prahlerei und weckte in mir ein ganz unbändiges Wohlgefühl. Als sie dann noch anfing, mich im Nacken zu kraulen, war es um mich geschehen. »Wenn du mich derart herausforderst, Marcus, dann mußt du auch die Folgen tragen ...«

»Du bist ein schreckliches Weib«, stöhnte ich und senkte den Kopf in einem halbherzigen Versuch, ihren kitzelnden Fingern auszuweichen. »Du machst mir Hoffnungen. Aber Hoffnung ist viel zu gefährlich für einen wie mich.«

»Die Gefahr ist doch dein natürliches Element«, erwiderte sie.

Ihr Kleid war an der Schulter etwas verrutscht und klaffte zwischen den Spangen auf; ich erweiterte die Öffnung noch ein bißchen mehr und küßte die warme, zarte Haut darunter. »Du hast ganz recht, der Winter ist eine scheußliche Jahreszeit. Wenn die Kleider aus der Reinigung kommen, dann ziehen die Leute gleich viel zu viele davon übereinander ...« Es wurde recht unterhaltsam, als ich versuchte, ihr einige der überflüssigen Gewänder wieder auszuziehen ...

Wir gingen zu Bett. Wenn man weder Fußbodenheizung noch Sklaven hat, die ständig die Kohlebecken auffüllen, bleibt einem im winterlichen Rom nichts anderes übrig. All meine Fragen blieben unbeantwortet, aber das war ja nichts Neues.

# XXXV

Gaius Baebius hatte nicht übertrieben, als er von den Stapeln von Schiffslisten sprach, die wir würden durchsehen müssen. Als ich mit ihm nach Ostia ritt, wollte ich eigentlich nicht bleiben, sondern die Sache nur richtig in Schwung bringen und dann gleich wieder umkehren. Aber nun starrte ich entsetzt auf die Berge von Schriftrollen, die von den Kollegen meines Schwagers diensteifrig herbeigeschleppt wurden.

»Jupiter, die kommen ja angewankt wie Atlas unter dem Gewicht der ganzen Erdkugel! Wie viele sind's denn noch?«

»Ein paar.« Hunderte also. Gaius Baebius ist stets darauf bedacht, seine Mitmenschen nur ja nicht über Gebühr aufzuregen.

»Wie viele Jahre hebt ihr die Akten auf?«

»Ach, wir haben noch alle, bis zurück zu dem Tag, da Augustus sich die Einfuhrzölle ausgedacht hat.«

Ich bemühte mich um eine ehrfurchtsvolle Miene. »Erstaunlich!«

»Hast du den Namen von Festus' Agenten rausgefunden?«

»Nein, hab ich nicht!« blaffte ich gereizt. (Daran hatte ich überhaupt nicht mehr gedacht.)

»Ich möchte ja nur vermeiden, daß ich mich zweimal durch diesen Wust da wühlen muß . . . «

»Vergiß ihn. Wir müssen einfach sehen, daß wir so durchkommen.«

Wir einigten uns darauf, daß ich die Schiffsnamen überprüfen würde und Gaius Baebius die Liste ihrer Kommissionäre. Aber ich hatte das ungute Gefühl, daß uns bei dieser Arbeitsteilung womöglich was durch die Lappen gehen würde.

Zum Glück hatte ich bei Helena hinterlassen, daß sie mich im Notfall jederzeit heimrufen dürfe – und ihr nahegelegt, den Begriff »Notfall« großzügig auszulegen. Doch erst am nächsten Morgen kam die Nachricht, Geminus müsse mich dringend sprechen.

»Tut mir leid, Gaius, das ist wirklich ärgerlich, aber ich muß leider hin, sonst verfällt womöglich meine Kaution ...«

»Schon gut, schon gut. Geh nur ruhig.«

»Kommst du denn für ein Weilchen allein zurecht?«

»Aber ja!«

Gaius Baebius bildete sich ein, ich würde es mit der Durchsicht der Listen nicht genau genug nehmen, und er war froh, mich los zu sein, damit er in seinem mühseligen Schneckentempo weiterackern konnte. Ich ließ ihn vor seinen grausigen Zollamtsfreunden den großen Mann markieren und kehrte erleichtert nach Rom zurück.

Geminus wollte mich tatsächlich sprechen. »Ich würde dich doch nicht unter einem Vorwand von der Arbeit wegholen!« rief Helena schockiert.

»Nein, Liebste, natürlich nicht ... Also? Was gibt's denn so Dringendes?«

»Geminus befürchtet, daß die Leute, die neulich seine Versteigerung gesprengt haben, wieder zuschlagen könnten.«

»Sag bloß, er hat sich besonnen und bittet um meine Hilfe?«

»Paß nur auf, daß dir nichts passiert!« flüsterte Helena und drückte mich voller Furcht.

Sobald ich in den Saepta ankam, hatte ich den Eindruck, als würden die Kollegen meines Vaters mein Erscheinen mit vielsagenden Blicken quittieren. Jedenfalls herrschte eine beklemmende Atmosphäre. Die Händler, die in kleinen Gruppen beisammenstanden und sich unterhielten, verstummten prompt, wenn ich vorbeikam.

Der Überfall hatte bereits stattgefunden, diesmal direkt im Warenlager. Sie waren im Schutz der Dunkelheit eingedrungen und hatten mutwillig die Bestände demoliert. Gornia, Papas Chefträger, nahm sich Zeit, mir zu schildern, wie er am Morgen die Schäden entdeckt hatte. Inzwischen war das meiste schon wieder aufgeräumt worden, aber ich sah noch genug zertrümmerte Diwane und Truhen, um mir ein Bild von dem empfindlichen Verlust machen zu können, den Geminus erlitten hatte. Draußen auf dem Gehsteig standen etliche Eimer voller Tonscherben, und im hinteren Teil des Lagers fegte ein emsiger Besen klirrende Glassplitter zusammen. Wertvolle Bronzebüsten waren mit Graffiti beschmiert, und eine als Gartenschmuck gedachte Priapus-Statue hatte, wie es in den Katalogen heißt, ihr spezifisches Attribut verloren.

»Und wo ist der Chef?«

»Da drin. Er sollte sich ausruhen. Sorg du dafür, daß er sich hinlegt, ja?«

»Glaubst du ernsthaft, ich könnte ihn dazu überreden?«

Seufzend zwängte ich mich zwischen einem Stapel Bänke und einem hochkant stehenden Bett hindurch, stieg über ein paar Kupferkessel mit volutenverziertem Rand, schlug mit der Stirn gegen einen ausgestopften Eberkopf, duckte mich unter einer Reihe von Schemeln, die an einem langen Seil von einem Dachsparren herunterbaumelten, und kämpfte mich fluchend zur nächsten Abteilung im Innern des Lagers vor. Hier rutschte Papa auf den Knien herum und sammelte sorgfältig verstreute Elfenbeinsplitter ein. Er war aschfahl im Gesicht, doch als ich hüstelnd seine Aufmerksamkeit auf mich lenkte, stimmte er natürlich gleich das übliche Geschrei an und versuchte, ganz lässig aufzustehen, was ihm vor lauter Schmerzen aber nicht gelang. Ich packte ihn am Arm und half ihm, den stämmigen Körper aufzurichten.

»Was hast du denn?«

»Nichts weiter ... nur ein paar unsanfte Rippenstöße ...«

Ich suchte zwei Fußbreit freier Wandfläche und lehnte ihn dagegen. »Soll das heißen, du warst hier, als es passiert ist?«

»Ich hab oben geschlafen.«

»Helena sagte mir, du hättest mit einem Überfall gerechnet. Ich hätte dich beschützen können, wenn du mir nur etwas früher Bescheid gegeben hättest.«

»Ach, du hast doch genug eigene Sorgen.«

»Allerdings, und eine davon bist du!«

»Warum bist du eigentlich so wütend?«

Wie üblich bei meinen Verwandten, wußte ich darauf keine Antwort.

Ich untersuchte Papa auf Knochenbrüche und innere Verletzungen. Er verwahrte sich zwar lautstark dagegen, war aber noch zu schwach, als daß er mich hätte hindern können. Er hatte eine böse Prellung am linken Oberarm, ein paar Schnittwunden am Kopf und eben die angeknacksten Rippen. Er würde es überleben, war aber doch reichlich mitgenommen und so wacklig auf den Beinen, daß er sich das Treppensteigen nicht zutraute, weshalb wir fürs erste blieben, wo wir waren.

Ich war oft genug in seinem Lager gewesen, um trotz des großen Durcheinanders auf den ersten Blick zu erkennen, daß mehr Freiflächen da waren als sonst. »Ich sehe hier eine Menge Lücken im Depot, Papa. Haben die Banditen dir letzte Nacht soviel kurz und klein geschlagen, oder geht das Geschäft neuerdings nicht mehr so gut?«

»Beides. Es spricht sich rum, wenn ein Auktionator Schlägertrupps zu Gast hat.«

»Dann ist hier also was faul?«

Er sah mich an und seufzte. »Meinst du, ich hätte dich zum Spaß holen lassen?«

»Ja, natürlich. Bis du mich rufst, muß der Dachstuhl schon brennen! Und ich dachte, du wolltest dich nur vergewissern, daß ich nicht abgehauen bin und du deine Kaution nicht verlierst.«

»Ach, da hab ich keine Bedenken!« Mein Vater grinste selbstgefällig. »Du bist einer von den großspurigen Kerlen, die sich einbilden, sie könnten den Verdacht aus eigener Kraft von sich abwenden.«

»Da es um Mord geht, hoffe ich das doch sehr!«

»Und da ich die Kaution bezahlt habe, kommst du besser gar nicht erst auf die Idee zu türmen!«

»Ich zahl dir das verdammte Geld zurück – As für As!« Unversehens standen wir schon wieder kurz vor einem erbitterten Streit. »Außerdem hab ich dich nicht um Hilfe gebeten, oder? Ehe es zum Schlimmsten gekommen wäre, wäre Mama bestimmt eingesprungen und hätte den Richter bestochen ...«

»Aha! Es fuchst dich wohl, daß *ich* diesmal ausgeholfen habe, wie?«

»Ja, das tut weh«, gab ich zu. Doch dann warf ich angewidert den Kopf in den Nacken. »O ihr Götter, wieso gerate ausgerechnet ich immer so tief in die Patsche?«

»Das ist Begabung!« versicherte mir Papa. Auch er atmete schwer und rang sichtlich um Fassung. »Na, und wann wirst du denn nun den wahren Mörder zur Strecke bringen?« Statt einer Antwort schnitt ich ihm nur eine Grimasse. Diplomatisch, wie er manchmal ist, wechselte Papa das Thema. »Helena hat mir ausrichten lassen, daß sie dich eigens aus Ostia herzitieren mußte. Hast du unterwegs einen Happen gegessen, oder magst du diese Reste hier? Ich konnte nach der Schlägerei einfach nicht mehr, aber ich möchte auch nichts wieder mit heimbringen, weil sich du-weißt-schon-wer dann bloß unnötig aufregen würde ...«

Gewisse Traditionen überdauern die wechselnden Mitspieler. Mama hatte ihm sein Mittagessen immer in einem Korb mitgegeben, und wenn er im Büro übernachtete, um einen besonders wertvollen Schatz zu bewachen, schickte sie eins von den Kindern mit Brot, Käse und kaltem Braten zu ihm. Jetzt versorgte ihn also die Rothaarige mit seinem täglichen Imbiß – auch wenn sie es vermutlich nicht tat, um ihn von teuren Lokalen fernzuhalten, sondern einfach, weil Papa an diese Routine gewöhnt war.

Mir widerstrebte es heftig, in seine Lebensgewohnheiten hineingezogen zu werden, aber Helena hatte mich unverköstigt losgeschickt, und ich war hungrig wie ein Wolf. Also nahm ich sein Angebot an. »Danke«, sagte ich, als ich aufgegessen hatte. »Mit Mutters Kochkünsten kann sie's aber nicht aufnehmen. Das wird Mama freuen.«

Papa seufzte. »Reizend und charmant wie immer.«

Um die Wahrheit zu sagen: Er lebte fürstlich! Als ich die kalten Nierchen in Speckscheiben und den Mostkuchen in pikanter Tunke verputzt hatte, war mein Vater wieder so weit auf dem Damm, daß er meinte: »Die rote Bete kannst du mir übriglassen.«

Das erinnerte mich an früher. Rote Bete hatte er immer schon für sein Leben gern gegessen. »Hier, nimm sie ... Dein Speck hat mich zwar halbwegs satt gemacht, aber jetzt könnte ich was zum Runterspülen vertragen.«

»Oben«, sagte Papa. »Du wirst es dir selbst holen müssen.«

Ich stapfte hinauf ins Büro. Hier fand sich keine Spur der Schläger, also hatte Papas Eingreifen sie wenigstens von seinem Allerheiligsten ferngehalten. Bestimmt hatten die Kerle es eigentlich auf seinen Tresor abgesehen. Besorgt dachte ich über die Möglichkeit nach, daß sie wiederkommen könnten.

Ich suchte immer noch nach einem Weinkrug, als mir Geminus doch nachgeschlurft kam. Er erwischte mich in bewundernder Pose vor dem Lockvogelangebot der Woche.

Es war eine jener Tonvasen, die er so liebte, mit einer Glasur in warmem Bernsteingelb, von dem sich die Reliefs in dunkleren Erdfarben abhoben. Mein Vater hatte sie sehr wirkungsvoll auf eine eher schlichte Plinthe gestellt. Ich vermutete in der Vase, die nach einem wirklich antiken Stück aussah, eine ionische Arbeit, wenngleich ich ähnliches auch schon in Etrurien gesehen hatte. Auf jeden Fall war sie bildschön, hatte einen zierlich geriffelten Fuß und Blumendekor am Sockel, über dem sich der bauchige Körper mit der szenischen Malerei wölbte. Dargestellt war die Szene, in der Herkules den gefangenen Cerberus zum König Eurystheus bringt, der beim Anblick des Höllenhundes vor lauter Schreck in einen großen schwarzen Zuber springt. Die Figuren waren überaus lebendig gestaltet: zum einen Herkules mit seinem Löwenfell und der Keule, dann Cerberus mit seinen durch farbliche Abstufung betonten drei gräßlichen Häuptern, der mich im übrigen – abgesehen von den ihn begleitenden, züngelnden Schlangen – unangenehm an Junias Hund Ajax erinnerte. Die Vase war wirklich ein Gedicht, und ich fragte mich, warum mich trotzdem etwas an ihr störte.

Inzwischen war Geminus eingetreten und kommentierte mein Stirnrunzeln mit einem trockenen: »Falsche Henkel!«

»Ja, natürlich!« Das älteste Kapitel aus dem Lehrbuch der Fälschungen. »Ich wußte doch, daß irgendwas nicht stimmt. Braucht dein Restaurator Nachhilfeunterricht in Kunstgeschichte?«

»Der Mann hat seine Qualitäten!« Der zurückhaltende Ton gebot mir, das Thema nicht weiter zu verfolgen. Ich hatte mich ohnehin schon zu weit auf das Gebiet profaner Mysterien vorgewagt.

Natürlich konnte ich im stillen ungehindert weiterspekulieren. Mitunter werden einem Auktionator Antiquitäten mit windiger Expertise oder vagen Ursprungs angeboten, was es ratsam erscheinen läßt, das Stück ein wenig zu bearbeiten, bevor man es dem interessierten Publikum präsentiert; sei es, daß man ein Bronzepalmetto in ein Akanthusblatt umwandelt, den Kopf einer Statue auswechselt oder einem silbernen Tripus statt der ursprünglichen Löwenklauen Satyrfüße verpaßt. Ich wußte, daß so was Usus war, und ich kannte auch einige der geschickten Restauratoren, die solche Täuschungsmanöver ausführten. Ja, ich hatte sogar selbst schon frustriert die eine oder andere Versteigerung miterlebt, auf der man solche Manipulationen argwöhnte, aber leider nicht nachweisen konnte.

Für einen Privatermittler gehört es zum Beruf, über die Gepflogenheiten auf dem laufenden zu sein – und für mich, der ich mich nebenbei auf die Wiederbeschaffung gestohlener Kunstwerke spezialisiert hatte, natürlich ganz besonders. Bezahlt machte sich dieser Nebenerwerb allerdings nicht. Sammler sind immer und überall auf ein Schnäppchen aus, auch wenn es sich um ganz reguläre Dienstleistungen handelt, und ich war es langsam leid, bei Vorlage meiner Spesenrechnungen immer mit der Frage konfrontiert zu werden, ob ich denn für soviel Geld nichts Besseres zu bieten hätte. Die meisten Leute, die sich auf gestohlene Kunstgegenstände einließen, waren zwar dreist, aber unerfahren. Die zehn Prozent »Großhandelspreis«, die man ihnen in der Regel einräumte, hätte jeder wahre Kenner in den Saepta als Beleidigung zurückgewiesen.

»Es ist nicht so, wie du denkst«, sagte mein Vater unvermittelt. »Ich hab die Vase umsonst gekriegt. Der ganze obere Teil fehlte, und den hätte mein Handwerker nun schöpferisch nachempfinden sollen, aber der Mann ist leider ein Trottel. So ein weitbauchiger Kantharos bräuchte Voluten.« Er formte mit den Händen zwei schöne große Ohren, die an der Vase entlangführten und noch ein gutes Stück weit über sie hinausragten. Der Restaurator hatte dem Kunstwerk zwei kleine Henkel an den Hals geklebt wie bei einer Amphore. »Der Mensch kann eine attische Vase nicht von einem ordinären Wirtshauskrug unterscheiden, das ist der Jammer!« Als er meinen skeptischen Blick auffing, fühlte er sich bemüßigt zu ergänzen: »Natürlich werde ich bei der Versteigerung auf den Eingriff hinweisen – es sei denn, der Kunde, der sich dafür interessiert, wäre mir wirklich unsympathisch!«

Ich beschränkte mich auf die Bemerkung: »Mir scheint, der Halbgott hat dem Cerberus eine ziemlich fadenscheinige Leine angelegt!«

Doch da hatte Papa bereits das obligate Weintablett hervorgeholt, und im nächsten Moment hielt ich wieder einen der albernen kleinen Becher in der Hand.

Ich versuchte, den energischen Sohn herauszukehren. »Jetzt laß mal deine Dickköpfigkeit! Du siehst doch, daß es langsam ernst wird, und darum mußt du mir endlich sagen, was los ist.«

»Du kannst einen genauso fertigmachen wie deine Mutter.«

»Irgend jemand hat was gegen dich, Vater«, entgegnete ich ruhig, »und zwar abgesehen von mir!«

»Dieser Jemand will Geld«, höhnte mein ehrenwerter Erzeuger. »Geld, das ich mich rauszurücken weigere.«

»Du meinst Schutzgeld?«

Ich sah, wie seine Augen aufblitzten. »Nicht direkt. Sicher, ich wäre diesen Ärger los, wenn ich zahlte, aber das ist nicht der wahre Streitpunkt.«

»Aha, es ist also ein Streit im Gange?« hakte ich nach.

»Nicht ist – war.«

»Und jetzt ist er beigelegt?«

»Jedenfalls vorübergehend.«

»Das heißt, sie werden dich in Ruhe lassen?«

»Im Augenblick schon.«

»Wie hast du das erreicht?«

»Ach, das war ganz einfach«, versetzte Geminus. »Als die Kerle mir gestern die Seele aus dem Leib prügeln wollten, hab ich ihnen gesagt, der Mann, mit dem sie sich eigentlich auseinandersetzen müßten, wärst du.«

## XXXVI

Ich nahm die Pose des unerschütterlichen, kühlen Römers ein.

»Na, was ist, mein Sohn? Hat's dir die Sprache verschlagen?«

»Ich halt mich da raus.«

»Kannst du nicht – du steckst bereits bis zum Hals drin.«

»Ich trete von meinem Auftrag zurück.«

»Tut mir leid.« Geminus wirkte ausnahmsweise einmal richtig schuldbewußt. »Aber das geht nicht.«

Einfach lächerlich! Marponius würde bald eine neue Prozeßliste zusammenstellen. Ich sollte schleunigst nach Ostia zurückkehren, um meinen Kopf aus der Schlinge zu ziehen.

Ach, ich hätte gar nicht erst in diesen Schlamassel reingeraten dürfen. Eigentlich sollte ich mit meiner Liebsten in einer friedlichen Villa auf dem Land wohnen und keine größeren Sorgen haben als die, ob ich den Vormittag meiner Korrespondenz widmen, Helena einen Apfel schälen oder vielleicht lieber einen Spaziergang in die Weingärten machen und die Reben inspizieren würde.

»Du siehst bedrückt aus, mein Junge.«

»Kein Wunder, wenn du bedenkst, daß ich auch vor dieser Hiobsbotschaft nicht gerade in saturnalischer Hochstimmung war.«

»Ach, du bist eben ein Stoiker!« Mein Vater hatte nichts übrig für die höhere Philosophie – ein typisch römisches Vorurteil, das sich auf die einfältige These gründet, Denken sei gefährlich.

Ich blies verärgert die Backen auf. »Jetzt hilf mir erst mal zu begreifen, was hier vorgeht. Du kennst also ein paar gewalttätige Typen, die einen alten Groll mit sich rumtragen und denen du jetzt weisgemacht hast, ich sei der Mann, bei dem sie ihre Schulden einklagen müssen. Wie überaus fürsorglich von dir, Didius Geminus, daß du mich wenigstens nachträglich gewarnt hast!«

»Du wirst dich da schon wieder rausmogeln.«

»Hoffentlich! Wenn ich erst mal mit diesen Schlägern und Auktionsstörern abgerechnet habe, werde ich noch auf ganz andere Abrechnungen aus sein. Darauf kannst du dich jetzt schon gefaßt machen!«

»Hast du denn gar keinen Respekt vor dem Alter?« jammerte Geminus. »Keine Ehrfurcht vor deinem Vater, dem du dein Leben verdankst?«

»Quatsch!« sagte ich laut und vernehmlich.

Schwer atmend standen wir uns gegenüber. Es war eine seltsam unwirkliche Situation. Einst hatte ich geschworen, nie wieder ein Wort mit meinem Vater zu sprechen, und jetzt saß ich hier in seinem Büro, wo neugierige ägyptische Götter mir von windigen, rot und gelb lackierten Möbelstücken herab über die Schulter linsten, und ließ mir von Papa seine herkulischen Probleme aufladen.

»Hör zu, haben die Legionäre den Überfall auf dein Warenlager arrangiert?«

»Nein«, sagte Papa, und es klang recht bestimmt.

»Also hat dieser Anschlag nichts mit Censorinus' Ermordung zu tun?«

»Soweit ich weiß, nein. Was ist nun? Wirst du mir helfen?«

Ich stieß einen Fluch aus, den ich mich nicht mal zu unterdrücken bemühte. Wenn ich nur meinen Schwur von damals gehalten hätte, dann wäre ich nie in diese Geschichte reingeraten. Und wenn ich klug war, dann würde ich auf der Stelle verschwinden.

Doch ich konnte nicht anders. »Wenn du in der Klemme steckst, werde ich dir selbstverständlich helfen.«

»Bist doch ein guter Junge!« Geminus grinste selbstgefällig.

Ich hielt mich zurück. »Jedenfalls bin ich ein guter Detektiv«, entgegnete ich kühl. »Und für den Fall hier brauchst du einen Profi.«

»Dann übernimmst du ihn also?«

»Ja, ich übernehme den Auftrag, aber solange ich mich außerdem noch von der Mordanklage reinwaschen muß, habe ich begreiflicherweise nicht viel Zeit, mich mit Auktionsschwindel zu befassen.« Seinem Gesicht nach zu urteilen, wußte er, was jetzt kam. »Wenn ich mir dir zuliebe kostbare Stunden von den Ermittlungen in eigener Sache abknapse, mußt du dafür den Spitzensatz zahlen.«

Mein Vater lehnte sich zurück und starrte ungläubig zur Decke hinauf. »Er ist nicht mein Fleisch und Blut!«

Zu unser beider Pech war ich's aber zu hundert Prozent. »Wenn's dir nicht paßt«, spottete ich, »bleibt dir ja immer noch die väterliche Patentlösung. Nur zu – enterbe mich!«

Sein Schweigen schien mir verdächtig. Tatsächlich hatte ich keine Ahnung, was nach Vaters Tod aus den Erträgen seiner langjährigen Karriere als Auktionator werden würde. Und wie ich ihn kannte, hatte er dafür noch keinerlei Vorkehrungen getroffen. Also würde da eines Tages wieder ein gehöriger Schlamassel auf mich zukommen. Um den jedenfalls noch hinauszuzögern, tat ich im Geiste meine Kindespflicht und wünschte Papa ein langes Leben.

»Wenn ich recht verstehe, fehlt es dir momentan an Rücklagen?« Er lächelte und war im Nu wieder die Liebenswürdigkeit in Person. Ermattet fuhr er sich mit der Hand durch die ungekämmten grauen Locken und setzte seufzend hinzu: »Sei's drum – wozu hat man denn einen Vater?« So was hatte ich von dem meinen noch nie gehört! »Also gut, wenn das so üblich ist, engagiere ich dich offiziell. Wie sind denn nun die Honorarsätze, von denen soviel die Rede ist?« Ich rechnete flugs nach, verdreifachte die Summe im Kopf und nannte ihm den Betrag. (Schließlich war er ja so versessen auf meine Heirat.) Papa pfiff empört durch die Zähne. »Kein Wunder, daß du nie Klienten findest – bei den unmöglichen Preisen!«

»Meine Sätze sind nicht schlimmer als die Prozente,

die ein Auktionator einstreicht – und ich muß für mein Geld wirklich hart arbeiten, während du bloß möglichst laut rumzublöken brauchst und den Leuten ein X für ein U vormachst. Ein Privatermittler dagegen muß Grips haben, Muskeln *und* Geschäftssinn.«

»Nicht zu vergessen eine gehörige Portion Frechheit«, grummelte Geminus.

»Damit wären wir also handelseinig«, stellte ich fest.

Zwar hatte er mir noch immer nicht gesagt, um was für einen Fall es hier eigentlich ging, aber das störte mich nicht weiter, denn ich war an zugeknöpfte Klienten gewöhnt. Die Befragung des potentiellen Kunden ist für mich bei jedem Auftrag der erste Schritt und in der Regel auch der kniffligste. Verglichen damit, ist die Vernehmung einfacher Schurken, Betrüger oder Schläger ein Kinderspiel.

Papa goß sich noch einen Becher Wein ein. »Wollen wir darauf trinken?«

»Danke, aber wenn ich arbeite, bleib ich lieber nüchtern.«

»Klingt ja richtig prüde.«

»Das hat mit prüde nichts zu tun. Ich hänge einfach am Leben.« Ich beugte mich vor und hielt Papa, der eben den Becher an die Lippen setzen wollte, am Handgelenk fest. »Und jetzt wirst du mir erzählen, worum es geht.«

»Es wird dir nicht gefallen!« versicherte er behäbig.

»Das laß nur meine Sorge sein. Sprich dich ruhig aus!«

»Ich hätte dich da nie mit reinziehen dürfen.«

»Da sind wir uns ausnahmsweise mal einig. Du hättest dich lieber beherrschen sollen, als diese Mistkerle die Äpfel deiner Hesperiden mit ihren Stiefeln bearbeiteten ...« Mein Temperament ging (wieder mal) mit mir durch. *»Wo ist der Haken, Papa?«*

Endlich gestand er mir die Wahrheit, doch selbst jetzt mußte ich die Einzelheiten noch so mühsam aus ihm rausquetschen wie Oliven aus einer verstopften Presse.

»Die Sache ist folgendermaßen: In der Welt der schönen Künste braucht, wie du weißt, alles seine Zeit, und wenn jemand ein bedeutendes Werk bestellt, erwartet der Kunde von uns keine prompte Lieferung, weshalb es sich eingebürgert hat, Probleme einfach auszusitzen.«

»Ach, und wann hat dieser spezielle Aussitzmarathon begonnen?«

»Vor ungefähr zwei Jahren. Da bekam ich eine erste Mahnung, hab die Leute aber zunächst vertröstet und ihnen gesagt, daß ich nicht zuständig wäre. Doch die haben mir nicht geglaubt, und dieses Jahr ist's ihnen wohl wieder eingefallen. Also sind sie wiedergekommen, um Nachforschungen anzustellen – und zwar diesmal nachdrückliche.«

Ich knirschte mit den Zähnen. »Du meinst, den Leuten ist aufgegangen, daß sie gutes Geld verlieren? Womit auch immer«, ergänzte ich obenhin, obwohl ich es bereits ahnte.

»Genau. Sie wurden aggressiv, also hab ich meinen Speer losgeschleudert.«

»Bildlich gesprochen?«

»Ich hab ihnen gesagt, sie sollen abhauen.«

»Mit markigen Worten?«

»Möglich, daß sie's so aufgefaßt haben.«

»Beim Jupiter! Und weiter?«

»Eine Weile hatte ich Ruhe. Aber dann wurden meine Versteigerungen gesprengt. Und letzte Nacht haben sie das Warenlager überfallen – und mich natürlich.«

»Du hast letzte Nacht womöglich noch Glück gehabt. Laß dir mal die Leber des toten Schafs deuten, Papa. Wenn diese Leute nicht bald kriegen, was sie verlangen, kommt am Ende wirklich noch jemand zu Schaden.

Apropos: Wenn ich dich vorhin richtig verstanden habe, geht der Schlägertrupp als nächstes vielleicht auf mich los?«

»Ach, du bist doch ein zäher Bursche!«

»Aber kein Halbgott! Und außerdem hab ich keine Lust, dauernd vor bulligen Kerlen mit nägelgespickten Knüppeln auf der Hut zu sein, die auf den Straßen Köderhatz betreiben.«

»Keine Sorge, die wollen auch kein Blutvergießen.«

»Danke für den Trost, aber den gibst du am besten gleich an deine eingetretenen Rippen weiter! Mich überzeugt das nicht. In der Caupona Flora wurde ein Soldat getötet, der vielleicht aus Versehen deinen Gegnern in die Quere gekommen ist. Das macht mir Sorgen ...«

»Und mir erst!« rief mein Vater aufgebracht. »Wenn du recht hast mit deinen Vermutungen, hätte Censorinus nicht zu sterben brauchen!«

»Ich möchte nicht, daß nächste Woche die Leute bei einer Leichenfeier am Scheiterhaufen stehen und von mir dasselbe sagen. Und darum wirst du mir gleich ein paar Namen nennen, Vater – aber zuvor habe ich noch eine äußerst wichtige Frage!« Sein schmerzerfüllter Blick stempelte mich zum gefühllosen Rohling. Ich zwang mich, meinen Ton zu mäßigen. »Sag mir nur das eine: Hat dein Problem irgendwas mit Festus und seinem verschwundenen Phidias zu tun?«

Mein Vater zauberte einen Ausdruck staunender Bewunderung aus seinem reichhaltigen Repertoire. »Na sowas! Wie bist du nur darauf gekommen?«

Ich schloß die Augen. »Schluß mit dem Theater, ja? Jetzt pack gefälligst aus!«

Papa fügte sich endlich. »Es ist ganz einfach. Die Leute, die mit dir reden wollen, sind ein Paar namens Cassius Carus und Ummidia Servia. Kein Paar im landläufig ordinären Sinne, aber beruflich halten sie sich für ein einflußreiches Gespann. Sie bewohnen ein sehr schönes Haus, gleich hinter der Via Flaminia, eine schmucke Villa mit eigener Kunstgalerie. Die Herrschaften sammeln Statuen, und ihnen hatte Festus seinen Poseidon zugedacht.«

Ich stöhnte. »Wie fest zugedacht?«

»So fest es nur irgend geht.«

»Und dieses einflußreiche Gespann läßt sich nicht gern übers Ohr hauen?«

»Ganz recht. Schon deshalb nicht, weil sie als Kunstsammler weitermachen wollen – ein Geschäft, das bekanntlich nicht ohne Risiko ist. In dem Gewerbe braucht man einen erstklassigen Ruf, und dem schadet es natürlich, wenn Patzer publik werden.«

»Hat man die beiden übers Ohr gehauen?« fragte ich.

»Sie haben wohl den Eindruck. Carus und Servia hatten ganz fest mit dem Phidias gerechnet, doch dann verlor Festus sein Schiff und konnte natürlich nicht liefern.«

»Hatten die Galeristen die Ware im voraus bezahlt?«

»Leider ja.«

Ich schnitt eine Grimasse. »Dann hat man sie garantiert übers Ohr gehauen – und wir werden mit Recht gejagt. Wieviel, falls die Frage gestattet ist, sollen wir zwei ehrlichen Hinterbliebenen denn auftreiben?«

»Ach ... sagen wir rund eine halbe Million«, brummte Papa.

# XXXVII

Als ich die Saepta Julia verließ, war es draußen kalt und windig. Beinahe hätte ich einen Abstecher in die Thermen des Agrippa gemacht, aber dann graute mir doch vor der Aussicht auf den langen Heimweg durch die winterliche Abendkälte nach der wohligen Wärme des Bades. Nein, besser erst die Arbeit und dann das Vergnügen.

Papa hatte mir angeboten, mich in seinem dekorativen Tragstuhl in den Dreizehnten Bezirk mitzunehmen, aber ich wollte lieber zu Fuß gehen. Mir reichte es für heute, und ich mußte ein Weilchen allein sein, um nachdenken zu können.

Helena wartete schon auf mich.

»Gib mir rasch einen Kuß, mein Schatz, und dann gehen wir aus!«

»Was ist denn passiert?«

»Freu dich, es geht aufwärts mit mir! Erst hat meine Mutter mich engagiert, damit ich beweise, daß Festus *kein* Verbrecher ist, und nun nimmt mein Vater mich unter Vertrag, weil der große Bruder wahrscheinlich doch einer war.«

»Hauptsache, Festus bringt dir Arbeit ein«, sagte meine Liebste, die ewige Optimistin. »Soll ich mitkommen, um dir zu helfen?«

»Nein. Der gute Geminus hat mir den Raub des Phidias in die Schuhe geschoben, und nun müssen wir damit rechnen, daß ein paar aufgebrachte Gläubiger hier aufkreuzen, um mit mir abzurechnen. Da will ich dich, bis die Sache vorbei ist, irgendwohin bringen, wo du sicherer bist als hier. Such dir aus, bei welchen Verwandten du am liebsten unterschlüpfen möchtest.«

Sie entschied sich wieder für Mama. Ich brachte sie

hin; wich allen mütterlichen Fragen aus; versprach, beide sobald wie möglich wieder zu besuchen, und stapfte dann durch die zunehmende Dunkelheit in Richtung Caelius.

Ich war entschlossen, endlich die Freunde meines Bruders, diese abscheulichen Pinselkleckser, aufzuspüren.

In der Jungfrau, wo ich es zuerst versuchte, hatte ich kein Glück.

Anschließend klapperte ich alle anderen Pinten ab, in denen Varga und Manlius angeblich verkehrten, fand sie aber nirgends. Das war ärgerlich, doch in meinem Beruf nicht anders zu erwarten. Als Detektiv steckt man in der Hauptsache Fehlschläge ein. Man braucht für diese Arbeit vor allem feste Stiefel, ein starkes Herz und überdurchschnittliche Ausdauer im Wachbleiben für jene Beschattungsaktionen, bei denen man in einer zugigen Pergola hockt und hofft, daß das, was da so seltsam raschelt, nur eine Ratte und kein Messerwerfer ist. Und wenn die Person, der man seit undenklichen Zeiten auflauert, wider Erwarten tatsächlich erscheint, hat sie natürlich von nichts eine Ahnung.

»Warum gehst du nicht einfach zu diesen Kunstsammlern und erklärst ihnen alles?« hatte Helena mich gefragt.

»Das werde ich, aber vorher möchte ich ein paar Informationen auftreiben, mit denen ich ihnen imponieren kann.«

Schließlich landete ich vor einer besonders schäbigen Pension in der schlimmsten Gegend eines der übelsten Bezirke dieser herzlosen Stadt. Und je länger ich dort wartete, desto unwahrscheinlicher kam es mir vor, daß ausgerechnet hier eine alte griechische Statue rumstehen sollte, deren Zehen genauso kalt waren wie meine und die auf eine Mitfahrgelegenheit in ein standesgemäßeres Viertel hoffte.

Schätzungsweise vier Stunden harrte ich auf meinem Posten aus. Ganz schön lange für eine kalte Märznacht!

In der Gasse war es stockfinster. Sie war kurz, eng und stinkend, genau wie das Leben. An Nachtleben bestand allerdings kein Mangel! Ich sah Betrunkene, Huren, noch mehr Betrunkene, Katzen, die bei den Huren gelernt hatten, und noch trunkenere Betrunkene. Wahrscheinlich auch besoffene Katzen. Alle hatten die Nase in irgendeine Amphore gesteckt, wofür ich durchaus Verständnis hatte, denn es waren allesamt verlorene Kreaturen: die Hunde, die Katzen, die Menschen. Ein Trupp Feuerwehrmänner, die mit halbleeren Eimern vorbeischlurften, fragten mich nach der Austernstraße. Ich wies ihnen den richtigen Weg und mußte sehen, wie ihr verrußtes Leuchtsignal trotzdem in die falsche Richtung abschwenkte. Die Männer kehrten auf die Schnelle noch mal in der nächsten Kneipe ein; das Feuer lief ihnen ja nicht weg.

Eine Nutte machte mir ebenfalls ein, wenn auch anders geartetes Angebot auf die Schnelle, aber ich redete mich mit angeblichen Ladehemmungen heraus. Sie lachte meckernd und kam mir mit medizinischen Theorien, vor denen ich errötete. Um sie endlich loszuwerden, machte ich ihr weis, daß ich zu den Vigiles, den nächtlichen Streifen, gehörte, worauf sie wüst fluchend das Weite suchte. Hinter der Ecke, wo die Straßen breiter wurden, war heute anscheinend selbst der sonst so rege nächtliche Lieferverkehr recht flau; nur ganz selten einmal drang lautes Räderrasseln übers holprige Pflaster. Zur vollen Stunde ertönte aus dem Quartier der Prätorianer die Wachtrompete hell und klar durch die frostige Nachtluft. Über mir sah ich statt blinkender Sterne nur tintenschwarze Dunkelheit.

Allmählich verliefen sich die Nachtschwärmer. Meine Füße hatten sich in Eisklumpen verwandelt, und die Beine waren zu müde, als daß ich mich noch mit Stampfen und Trampeln erwärmen konnte. Ich trug zwei Capes und drei Tuniken übereinander, aber die Kälte war mittlerweile durch sämtliche Hüllen gekrochen. Obwohl ich ein ganzes Stück vom Fluß entfernt war, hatten die ungesunden Tibernebel sich in meine Lunge geschlichen. Es ging kein Wind; da war nur diese lautlose, heimtückische Kälte, die einem langsam das Herz abdrückt.

Es war eine jener Nächte, in denen selbst Berufseinbrecher sich nach einem kurzen Blick auf die Straße fürs Daheimbleiben entscheiden und, statt zu arbeiten, lieber mal die Ehefrau piesacken. Eine Nacht, in der Frauen mit gebrochenem Herzen auf dem Pons Aemilianus herumlungern und einen ruhigen Moment abwarten, um unbeobachtet über die Brüstung ins ewige Vergessen springen zu können. In der die Obdachlosen sich in den Nischen am Circus zu Tode husten, ausgesetzte Kinder und entlaufene Sklaven an der großen schwarzen Mauer unter der Zitadelle enger zusammenrücken und, wenn sie das Lufthholen vergessen, versehentlich in den Hades entschlüpfen. Wie gesagt: Es ging kein Wind, kein Schneesturm tobte, und es regnete nicht mal. Aber es war trotzdem eine bitterkalte, qualvolle Nacht, und ich hätte alles darum gegeben, nicht gerade heute draußen sein zu müssen.

Zum Schluß verstieß ich gegen die Spielregeln, schlenderte hinüber zur Pension der Maler, schlüpfte durch die quietschende Haustür, tastete mich im Dunkeln fünf Treppen hoch (zum Glück hatte ich bei meinem ersten Besuch die Stockwerke gezählt), suchte und fand ihr Zimmer, bemühte mich eine halbe Stunde lang vergeblich, das Schloß zu knacken, entdeckte, daß die

Tür bereits offen war, und ging hinein, um im Dunkeln auf sie zu warten. Wenigstens hatte ich jetzt ein Dach über dem Kopf.

# XXXVIII

Manlius und Varga kamen mitten in der Nacht heimgetorkelt, stritten sich unten auf der Straße so lautstark mit anderen Kunstfreunden, als ob es heller Tag wäre. Ich hörte, wie ein Fensterladen aufflog und jemand sie anbrüllte. Doch die Maler antworteten so ruhig und gelassen, als wäre ein solcher Auftritt ganz normal. Sie hatten einfach kein Zeitgefühl. Anstand hatten sie auch keinen, aber das wußte ich bereits, seit ich gesehen hatte, wie dreist sie seinerzeit bei Festus Wein schnorrten.

Die anderen Kerle trollten sich endlich, und meine beiden schleppten sich die Treppe herauf. Gespannt lauschte ich ihrem schwankenden Anrücken. Das ist der Moment, vor dem sich ein Detektiv graust: Wenn er in pechschwarzer Finsternis sitzt und auf etwas Unangenehmes wartet.

Ich wußte inzwischen schon eine ganze Menge über die beiden, denn wer in ihr Zimmer eindrang, stolperte als erstes über etliche leere Amphoren. Außerdem roch der Raum säuerlich, woraus ich schloß, daß die zwei nur wenig Garderobe besaßen und noch weniger Wäscherechnungen bezahlten. Kein Wunder, denn sie hatten einen so abnormen Lebensrhythmus, daß, falls sie mal ans Waschen dachten, selbst die öffentlichen Bäder schon geschlossen waren. Doch außer ihren eigenen vielfältigen Gerüchen verströmte das Zimmer noch alle möglichen anderen: Es roch nach Graphit und Harz, nach zerstoßenen Muschelschalen und Kreide, nach Kalk, Gips und Borax. Außerdem aßen die zwei offenbar hauptsächlich billige Gerichte mit viel Knoblauch und jenen Artischocken, auf die man furzen muß.

Endlich stolperten sie herein, vollgekleckst mit Farbe, dreckige Witze auf den Lippen. Der Ruß einer Harzfackel mischte sich mit den zahlreichen Gerüchen, die bereits hier nisteten. Immerhin konnte ich nun dank des Lichts erkennen, daß ich mich in einem Gemeinschaftszimmer befand. Auf engstem Raum waren drei oder vier Betten zusammengepfercht, obwohl die beiden Pinselkleckser im Moment die einzigen Mieter zu sein schienen. Die Maler waren nicht einmal überrascht, mich hier vorzufinden, und sie hatten auch nichts gegen meine Anwesenheit einzuwenden, denn ich hatte ihnen eine Amphore mitgebracht (ich traf mich nicht zum ersten Mal mit kreativen Leuten).

Einer der beiden war groß, der andere klein, beide hatten bloße Arme, aber nicht, weil sie so abgehärtet waren, sondern weil sie sich keine Umhänge leisten konnten. Beide trugen Bart, wohl aus Trotz gegen gesellschaftliche Normen. Ich schätzte sie auf etwa dreißig, aber sie benahmen sich wie Halbwüchsige und kleideten sich auch so. Unter der Dreckkruste sahen sie vielleicht leidlich gut aus, aber offenbar zogen sie es vor, durch ihre Persönlichkeit zu glänzen; ein guter Freund hätte ihnen sagen sollen, daß ihre Persönlichkeit nach Schliff verlangte.

Sie steckten die Fackel in einen engen Ölkrug: die Urne eines Griechen mit gutem Geschmack. Ich nahm an, daß der Grieche noch drin war. Typen wie diese beiden fanden es sicher witzig, aus dem armen Mann einen Fackelständer zu machen.

Sie konnten sich beide nicht mehr an mich erinnern.

»Wen haben wir denn da?«

»Ich bin Marcus ...«, begann ich meine hochoffizielle Vorstellung.

»Hallo, Marcus! Wie schön, daß du vorbeikommst!«

»Wie geht's dir denn, Marcus?«

Ich verkniff mir den Hinweis, daß nur ausgewählte Mitglieder meiner Familie diesen sehr persönlichen Rufnamen benutzen durften. Aber Freigeister begreifen nun mal die Etikette nicht; schon gar nicht, wenn sie betrunken sind.

Manlius war der Kreative des Gespanns. Der große Dunkle mit dem tranigen Blick trug eine ehemals weiße Tunika und hatte klebriges, wirres Haar. Offenbar experimentierte er mit Miniaturen, denn er hatte seine Ecke des Zimmers mit lauter kleinen Säulen, Girlanden und Blumenvasen vollgekritzelt.

Vargas kurze Beine wurden durch einen mächtigen Schnäuzer wettgemacht. Seine Tunika war bräunlich wie Mangan und besetzt mit schon reichlich zerfetzten Purpurtressen. Dazu trug er Sandalen mit Goldriemen. Mama hätte ihn für nicht vertrauenswürdig erklärt. In dem Duo war er derjenige, der wirklich malen konnte. Seine Vorliebe galt gewaltigen Schlachtenszenen mit Giganten aus der Mythologie, die er am liebsten mit entblößter Brust darstellte. Auch für tragische Zentauren hatte er ein Händchen; ein anderthalb Meter großes Exemplar bäumte sich in Todesqualen über seinem Bett auf: eine blutrünstige Amazone hatte ihn mit dem Speer durchbohrt.

»Ich würde gern dein Modell kennenlernen!«

»Das Mädchen oder das Pferd?«

»Oh, das Pferd – einfach herrlich, diese Fesseln!«

Unser Schlagabtausch war ironisch gemeint, denn die Amazone war wirklich aufregend. Ich tat so, als würde ich ihren zarten Teint bewundern, damit wir uns alle drei noch ein bißchen an ihren Formen weiden konnten. Einiges verdankte ihr Körper gewiß dem Mädchen, das für das Porträt gesessen hatte, weit mehr jedoch Vargas wollüstiger Phantasie. Er hatte sein Modell bis fast zur Deformation aufgewertet. Ich wußte das, weil ich sein Modell kannte; jedenfalls vom Sehen. Die Amazone war einem drallen Weib nachempfunden, dessen Kurven bei einem gesunden Mann zu Herzklopfen führen, ihn aber nicht in Verzweiflung stürzen würden. Die streitbare Maid auf dem Gemälde dagegen war nur etwas für wilde Träume.

Das Modell war eine reife Brünette mit weit auseinanderstehenden, feurigen Augen; Augen, die auch einmal (und zwar absichtlich und mit Vorsatz) auf meinem Bruder geruht hatten. Denn sie war niemand anders als das Mädchen, neben dem Festus an dem Abend im Circus gesessen hatte, als er mir Marina aufhalste, um ungestört die Stadt nach einem Komplizen oder vielleicht auch einem Gegner zu durchkämmen. Dieses Mal war die fesche Braut wohl lediglich sein Kurier gewesen.

»Wem gehören denn diese heißen Kurven?«

»Die Kleine heißt Rubinia – ich hab mir allerdings ein paar künstlerische Freiheiten erlaubt. Sie sitzt uns ziemlich oft.«

Ich war an der richtigen Adresse. An jenem Abend hatte Rubinia meinem Bruder bestimmt gesagt, daß er die beiden Maler in der Jungfrau finden würde. (Wahrscheinlich hatte sie ihm auch noch verraten, wo sie selbst wohnte, aber das war jetzt unwichtig.)

Ich lachte ungezwungen. »Ich glaube, eure Rubinia hat meinen Bruder gekannt.«

»Das glaub ich dir unbesehen!« gluckste Manlius.

Sein Kommentar mußte sich auf das Mädchen beziehen, denn er hatte mich nicht gefragt, wer mein Bruder war.

Vielleicht wußte er es schon.

Nein, jetzt wahrscheinlich noch nicht, dachte ich.

Künstler haben keine Mutter, die sie anständig erzieht – oder sie brauchen sich wenigstens nicht nach ihr zu richten –, und so lagen wir denn mit den Stiefeln auf den Betten, tranken wie die Söldner, und ich überlegte fieberhaft, wie ich am geschicktesten mein Verhör beginnen sollte.

Meine Anspielung auf Festus war schon wieder vergessen. Die Maler gehörten zu jenen gleichgültigen Leuten, denen man die wildesten Geschichten über einen Bekannten oder auch Angehörigen erzählen kann, ohne daß sie im geringsten neugierig werden. Sie kannten ohnehin alle Welt. Und falls er nur eine Amphore bei sich trug oder mit prallem Geldbeutel in einer Kneipe saß, dann war jeder Fremdling ihr Freund. Sie an einen bestimmten aus der großen Schar ihrer Gönner zu erinnern versprach alles andere als leicht zu werden.

Unser nächtliches Zusammentreffen entwickelte sich genauso verheerend, wie ich befürchtet hatte: Sie fingen an, über Politik zu reden. Manlius war Republikaner. Das war ich auch, hütete mich aber, es in einer klatschsüchtigen Gesellschaft zu erwähnen. Wer es mit der Hoffnung, das alte Staatssystem wieder einzuführen, allzu ernst nahm, würde den Kaiser absetzen müssen. Nun mochte Vespasian zwar ein toleranter alter Trottel sein, aber Hochverrat war noch immer ein Kapitalverbrechen, und solche Hobbys versuchte ich zu meiden. Daß man mir den Mord an einem Soldaten in die Schuhe schieben wollte, war schon unangenehm genug.

Manlius machte keinen Hehl daraus, daß er Vespasian loswerden wollte; Varga haßte den gesamten Senat; gemeinsam hatten sie den Plan gefaßt, Rom in eine öffentliche Galerie umzuwandeln, ausgestattet mit den geplünderten Sammlungen der Patrizier und den Schätzen der öffentlichen Portiken sowie finanziert von der Staatskasse. Ihr Plan war bis ins kleinste ausgefeilt, aber in ihren Händen völlig unbrauchbar. Diese beiden hätten es nicht mal geschafft, in einem Bordell eine Orgie anzuzetteln.

»Es würde uns gelingen«, prahlte Varga, »wenn die regierende Klasse nicht von den Kettenhemden und der verknöcherten Moral der Prätorianergarde beschützt würde.«

Ich beschloß, lieber nicht zu erwähnen, daß ich gelegentlich als kaiserlicher Agent arbeitete. Schließlich wollte ich mich nicht enthauptet auf einem öffentlichen Platz wiederfinden. Künstlern fehlt jeder Sinn für Maß und Ziel; Betrunkene sind erst recht maßlos.

»Diese Stadt wird von der Angst regiert«, lallte Manlius. »Zum Beispiel – ja, ich geb dir ein Beispiel, Marcus: Warum tragen die Sklaven die gleichen Kleider wie wir anderen auch? Warum pochen ihre Herren so darauf?«

»Weil sie tüchtiger arbeiten, wenn sie warm angezogen sind?«

Meine Antwort rief schallendes Gelächter hervor. »Aber nein! Wenn sie alle Sklavenkluft trügen, würden sie erkennen, daß sie *Millionen* sind, Millionen, nur von einer Handvoll Scheißkerlen beherrscht, die sie leicht überwältigen könnten, wenn sie sich nur ein bißchen anstrengten. Darum!«

»Besten Dank, Spartakus!«

»Ich mein's ernst«, grummelte er und bemühte sich ernsthaft, seinen Becher noch einmal vollzuschenken.

»Auf die Republik«, prostete ich ihm besänftigend zu.

»Auf die goldenen Zeiten, als jeder Mann seinen eigenen Acker bestellte, jede Tochter eine Jungfrau war und jeder Sohn bis zum fünfundvierzigsten Lebensjahr daheim blieb und zu allem ›Jawohl, Herr Vater‹ sagte!«

»Du bist ein Zyniker!« bemerkte Varga, offenbar der Schlaukopf dieses ausgelassenen Duos.

Ich ließ einfließen, daß ich einen Neffen hatte, der bei einem Freskenmaler in der Campania in die Lehre ging. Die Vorstellung, daß der Junge leicht so einem entarteten Nichtsnutz wie Varga oder Manlius hätte in die Hände fallen können, ließ mich schaudern. Larius war zwar beschämend vernünftig, aber ich hätte mich trotzdem vergewissern sollen, bevor ich ihn dort unten seinem Schicksal überließ.

»In der Campania ist nichts los!« nörgelte Manlius. »Wir sind dagewesen, und ich sag dir, es war schrecklich. Wir sind runter wegen der Sonne und der Weiber und der köstlichen Trauben – nicht zu vergessen die sagenhaft reichen Kunden. Aber das sind lauter Snobs, Marcus. Da unten will dich kein Mensch, solange du nicht Grieche oder Einheimischer bist. War 'ne glatte Bauchlandung, und darum sind wir wieder zurückgekommen.«

»Habt ihr im Moment Arbeit?«

»Klar doch! Einen Spitzenauftrag sogar. Varga malt den Raub der Sabinerinnen für so eine Aristokratensippe, die sich an der Unzucht ergötzen will, während sie sich mit Pfau in Aspik vollstopft. Malt 'ne prima Notzucht, mein Freund Varga ...«

»Das glaub ich gern!«

»Ja, und ich gestalte den Leuten zwei Räume rechts und links vom Atrium. Einen in Weiß, den anderen in Schwarz. Ausgewogenheit, verstehste? Darauf steh ich.«

»Verdoppelt wohl das Honorar, wie?« Ich grinste.

»Kunst geht nicht nach Brot.«

»Diese generöse Haltung erklärt, wieso ihr euch dazu hergeben mußtet, in der Jungfrau obszöne Bilder an die Wand zu pinseln – damit habt ihr vermutlich die Rechnung bezahlt?«

Varga zuckte zusammen. »Ach, sprich ja nicht von diesem Mist!«

»Da hast du dich wirklich in die Niederungen des gemeinen Volkes begeben«, sagte ich mit einem Blick auf das Kunstwerk, das er sich an die eigene Wand gemalt hatte.

»Recht hast du, Marcus. Der Durst ist schon was Furchtbares!«

Ich war dieses Spiel allmählich leid. Meine Füße hatten sich soweit erwärmt, daß sie jetzt schmerzhaft kribbelten, und meine übrigen Körperteile waren steif, müde und gelangweilt. Ich war des Trinkens überdrüssig, mochte nicht länger diesen widerlichen Gestank einatmen und auch kein betrunkenes Geschwätz mehr anhören müssen.

»Nennt mich nicht Marcus«, sagte ich brüsk. »Ihr kennt mich doch gar nicht.«

Sie blinzelten mich verschwommen an. Der realen Welt waren sie schon reichlich weit entrückt. Mit einer Frage nach dem Namen oder ihrem Geburtstag hätte ich sie völlig aus dem Konzept gebracht.

»Was hast du denn auf einmal, Marcus?«

»Fangen wir noch mal von vorn an, ja? Ich heiße Marcus Didius Falco«, nahm ich meine Vorstellung von vor einer Stunde wieder auf. Dank der Wirkung meiner Amphore war ihr Feuer erloschen, und sie ließen mich diesmal ausreden. »Ihr habt einen gewissen Marcus Didius Festus gekannt. Ein anderer Name; ein anderes Gesicht; und, das dürft ihr mir glauben, auch eine andere Persönlichkeit.«

Manlius, vielleicht derjenige, der dem Gespann aus der Patsche half, wenn's brenzlig wurde, wedelte mit der Hand durch die Luft, schaffte es endlich, sie aufs Bett zu stützen, und richtete sich dann halb auf. Er versuchte, etwas zu sagen, gab aber schnell wieder auf und legte sich abermals flach.

»Festus?« lallte Varga und schlug die Augen zur Decke. Übers Kopfende seines Bettes hatte er, gerade an der rechten Stelle für einen letzten Blick kurz vor der Bewußtlosigkeit, eine exquisite kleine badende Aphrodite gemalt, für die aber nicht Rubinia Modell gestanden hatte, sondern eine exquisite kleine Blondine. Wenn das Porträt lebensecht war, hätte er besser daran getan, die Blonde in sein Bett zu locken, aber eine wie sie erwartet leider regelmäßige Mahlzeiten und einen stattlichen Vorrat an Glasperlenketten. Andernfalls lohnt sich ja die Ausgabe für das Haarfärbemittel nicht.

»Festus«, wiederholte ich, bemüht, endlich einen Schritt weiterzukommen.

»Festus ...« Varga rollte sich auf die Seite, damit er mich anblinzeln konnte. Irgendwo in diesen verquollenen Augen schien Erkenntnis aufzudämmern. »Was willst du von uns, Falco?«

»Ich will, daß du mir sagst, Varga, *warum* Marcus Didius Festus dich und deinen Freund an einem bestimmten Abend vor fünf Jahren in der Jungfrau treffen wollte.«

»Du bist ja verrückt!« warf Manlius ein, der offenbar die spärlichen Reste seines Hirns zusammengekratzt hatte. »Varga kann sich nicht mal erinnern, wen er vor fünf Tagen in der Jungfrau getroffen hat!«

»Hört zu, ich muß meinen Hals vor dem Scharfrichter retten«, gestand ich unumwunden. »Ein Soldat namens Censorinus ist ermordet worden, wahrscheinlich, weil er genau solche Fragen gestellt hat wie ich. Und falls ich den Fall nicht aufkläre und seinen Mörder finde, wird man mich an seiner Statt hängen. Habt ihr das kapiert? Schön, dann werdet ihr auch verstehen, daß ich zum Äußersten entschlossen bin!«

»Ich hab von nichts was gewußt!« beteuerte Varga.

»Na, du weißt immerhin genug, um es abzuleugnen!« schnarrte ich gutmütig. Dann fuhr ich im Flüsterton fort: »Festus ist tot, ihm könnt ihr also nicht mehr schaden. Die Wahrheit könnte sogar seinen guten Namen schützen helfen – auch wenn ich das, ehrlich gesagt, nicht erwarte –, und davor, mich zu kränken, werdet ihr euch doch hoffentlich nicht scheuen.«

»Mir ist das alles vollkommen schleierhaft«, lallte Varga wieder.

»Leute, die sich absichtlich blöd stellen, kann ich nicht leiden!« Ich sprang vom Bett hoch, packte seinen rechten Arm und verdrehte ihn so weit, daß es garantiert schmerzte. Noch im Sprung hatte ich mein Messer gezückt, das ich Varga jetzt ans Handgelenk hielt, so daß er sich bei der geringsten Bewegung unweigerlich geschnitten hätte. »Hör auf, mich hinzuhalten! Ich weiß, daß ihr euch mit Festus getroffen habt, und ich weiß, daß es dabei um etwas Wichtiges ging! Pack aus, Varga, oder ich säble dir deine Malerhand ab!«

Varga wurde kreidebleich. Zu betrunken, um sich zu wehren, und zu unbedarft, um zu wissen, wie, starrte er voller Entsetzen zu mir auf und wagte kaum zu atmen. Ich war durch das unergiebige Verhör so frustriert, daß es mir beinahe ernst war mit meinen Drohungen. Ich machte mir selbst angst, und Varga spürte das. Ein unartikulierter Laut kam gurgelnd aus seiner Kehle.

»Nur raus damit, Varga! Keine falsche Scheu!«

»Ich kann mich nicht daran erinnern, deinen Bruder je getroffen zu haben ...«

»Aber ich erinnere mich an eure Zusammenkunft«,

erklärte ich kalt. »Und ich war nicht mal an eurem Komplott beteiligt!«

Vargas Freund rutschte unbehaglich hin und her. Endlich kam ich voran.

»Wir wußten von keinem Komplott«, stammelte Manlius von seinem Bett her. »Das hab ich auch schon dem Soldaten gesagt, der hier war!«

# XXXIX

»Das höre ich zum ersten Mal!« jammerte Varga.

Ich preßte ihm das Messer fester gegen den Arm, so daß er die Schneide spüren konnte. Allerdings hatte ich es heimlich so gedreht, daß es ihn gar nicht verletzen konnte. »Vorsicht! Du bist sturzbetrunken, und ich bin auch nicht mehr ganz nüchtern. Eine falsche Bewegung, und du hast deinen letzten aufreizenden Nippel gemalt ...« Gleichzeitig warf ich Manlius einen durchdringenden Blick zu. »Sprich nur weiter. Ich bin flexibel genug, einen Mann in Schach zu halten, während der andere meine Neugier befriedigt.«

»Sag's ihm«, drängte Varga mit schwacher Stimme. »Ich wüßte übrigens auch gern, was los ist.«

»Du warst nicht zu Hause«, erklärte Manlius hastig. Die beiden setzten sehr merkwürdige Prioritäten. Manlius schien in erster Linie darauf bedacht, seinen Kumpel davon zu überzeugen, daß er keine Geheimnisse vor ihm hatte. »Es war einer von den Tagen, an denen du bei Rubinia Maß genommen hast ...«

»Schluß mit den Ferkeleien!« knurrte ich. »Was war mit Censorinus?«

»Laurentius«, korrigierte Manlius.

»Wer?«

»Er hat gesagt, er heißt Laurentius.«

Ich ließ Varga los, behielt aber das Messer für beide sichtbar in der Faust. »Bist du sicher? Der Soldat, der ermordet wurde, hieß Censorinus Macer.«

»Mir hat er sich als Laurentius vorgestellt.«

Falls Censorinus einen Kameraden mit nach Rom gebracht hatte, würde mich das beträchtlich entlasten, weil dann natürlich dieser Laurentius der Hauptverdächtige wäre. Soldatenfreunde streiten sich leicht, das weiß jeder. Sie hocken in der Kneipe und heben einen, und schon zanken sie sich wegen Geld oder Weibern oder über die Politik oder einfach darüber, ob ihr Schiff am Dienstag oder am Donnerstag die Anker lichtet. Danach gehört gar nicht mehr viel dazu, bis einer von beiden ein Messer zwischen die Rippen kriegt, worauf sein Kumpel natürlich das Weite sucht ... Das redete ich mir ein, wobei ich allerdings die ganz unverhältnismäßige Brutalität übersah, mit der man den Centurio niedergemetzelt hatte.

»Also schön, dann erzähl mir von diesem Laurentius. Welchen Rang hatte er, wo hat er gedient, und wann ist er bei dir gewesen?«

»Schon 'ne ganze Weile her ... «

»Genauer, bitte! Vor ein paar Wochen? Oder Monaten?«

An korrekte Angaben war man hier nicht gewöhnt. »Vor ein oder zwei Monaten ... denke ich. Und über seinen Dienstgrad oder seine Legion weiß ich gar nichts.«

»Nun hör mal! Du bist doch schließlich Maler, oder? Da mußt du doch ein scharfes Auge haben! Denk gefälligst nach: Trug er den Weinstock?«

»Ja.«

»Dann war's ein Centurio. Vermutlich ein enger Freund von Festus. Hat er dir das gesagt?« Manlius nickte. »Gut. So, und jetzt hol tief Luft, und dann sag mir, was er von dir wollte.« Unter der struppigen, langen Mähne des Malers flackerte auch nicht der Anflug eines klaren Gedankens. »Hat er dich«, half ich ihm auf die Sprünge, »zum Beispiel nach der Hypericon gefragt – oder ist er gleich auf den Phidias zu sprechen gekommen?«

Endlich lächelte Manlius. Es war ein sanftes Lächeln, ohne jeden Falsch. Ich hatte nicht ein Jota Vertrauen in dieses weiche Grinsen – aber was er sagte, klang durchaus glaubwürdig. »Ich weiß nicht, wovon du redest, Falco. Der Soldat hat sich nach jemandem erkundigt. Das hab ich behalten«, setzte er ruhig hinzu, »weil es der gleiche Mann war, wegen dem sich auch Festus an jenem Abend in der Jungfrau so aufgeregt hat.«

»Und wer ist das?«

»Orontes Mediolanus.«

»Der Bildhauer«, ergänzte Varga.

Ich bemühte mich, so gelassen wie möglich zu erscheinen. »Wo kann ich diesen Orontes finden?«

»Das ist es ja gerade!« rief Manlius fröhlich triumphierend und ohne jede Rachsucht. »Orontes ist aus Rom verschwunden, vor Jahren schon.«

Was jetzt kam, hatte ich bereits erraten. »Er hat sich aus dem Staub gemacht, als Festus hinter ihm her war?«

»Ja, genau! Darum hat Festus ja dann nach uns gesucht. Er wollte von uns wissen, wo zum Hades Orontes steckt.«

Ich ging einen Schritt zurück. »Woher kanntet ihr Festus eigentlich?«

»Er hatte was übrig für Modelle«, sagte Varga, und es klang sehr überzeugend. Alle drei blickten wir hinauf zu seiner Amazone und stellten uns vor, wie Festus das erste Mal auf Rubinia aufmerksam geworden sein mochte.

»Wieso glaubte er, daß ihr Orontes finden könntet?«

»Weil Orontes früher bei uns gewohnt hat«, erklärte Varga. »Du hast übrigens bis eben auf seinem Bett gelegen.«

Ich starrte auf die harte, klumpige Matratze mit der dünnen Decke drauf. Unter dem Bett waren ungespülte Speiseschalen aufgetürmt, und diese beiden schlampigen Trottel von Malern stapelten an einem Ende ihre mit Kupferoxid und Emaille verkrusteten Farbeimer. Vielleicht war das Bett ja erst so runtergekommen, seit der Bildhauer getürmt war, doch wenn nicht, dann konnte ich verstehen, warum er sich verzogen hatte: Vielleicht war er einfach bloß pingelig.

»Und was ist aus diesem Orontes geworden?«

»Hat sich in Luft aufgelöst. Eines Morgens lag er noch hier und schnarchte, als wir zur Arbeit gingen, doch als wir wiederkamen, war er weg. Hat sich auch nie mehr blicken lassen.«

»Zigeunerblut! Hört sich an wie mein Vater ... Habt ihr euch Sorgen um ihn gemacht?«

»Nein, wieso? Er ist doch erwachsen.«

»Hat er seine Sachen mitgenommen?«

Die letzte Frage hatte ich ganz beiläufig gestellt. Die beiden Maler tauschten einen verstohlenen Blick, ehe der eine ja sagte und der andere nein. »Wir haben sie verkauft«, gab Varga schließlich zu. Diesmal glaubte ich ihm. Ihre schuldbewußten Mienen sprachen dafür, daß sie die Wahrheit sagten. Schließlich hatten sie unrechtmäßig Sachen verhökert, die ihnen gar nicht gehörten. Trotzdem spürte ich, daß da was in der Luft lag, und das machte mich stutzig. War es möglich, daß sie mich wieder angelogen hatten?

Ich ging die Geschichte noch einmal von vorn durch und ließ mir die wesentlichen Fakten bestätigen. Neues erfuhr ich dabei kaum; höchstens, daß der Centurio Laurentius genauso unzufrieden wieder hatte abziehen müssen wie ich jetzt. Manlius hatte keine Ahnung, wo dieser Soldat in Rom abgestiegen war. Und was Festus von dem ominösen Bildhauer gewollt hatte, wußten sie beide nicht.

Wenn doch, verrieten sie es mir jedenfalls nicht.

Ich schenkte ihnen den Rest aus der Amphore ein und verabschiedete mich förmlich.

»Lebt wohl, Jungs! Und denkt mal drüber nach, wie die Schönen Künste unsere Zivilisation vor der Sterilität retten könnten.« An der Tür warf ich noch einen letzten Blick auf das erbärmliche Loch, in dem die beiden hausten. »Nun gebt's schon zu! Das hier ist alles bloß Fassade, stimmt's? In Wirklichkeit seid ihr zwei hart arbeitende Bürger, die das Imperium lieben und friedlich wie die Lämmer ihr Dasein fristen. Ich wette, ihr betet jeden Morgen zur Göttin des häuslichen Herdes und schreibt zweimal die Woche an eure Mutter daheim.«

Manlius, vielleicht doch der Hellere von beiden, lächelte verschämt. »Hab doch ein Herz, Falco! Meine Mutter ist einundachtzig. Solch ehrwürdigem Alter muß ich schließlich Achtung zollen.«

Varga, der in einer intimeren Traumwelt lebte, maß seine Aphrodite mit wehmütigem Blick und tat so, als habe er nichts gehört.

# XL

An der Brunnenpromenade herrschte tiefe Stille. Das war beängstigend. Normalerweise kriegte hier selbst mitten in der Nacht irgendein Ehemann mittels Eisenpfanne einen Hirnschaden verpaßt, quälten kriminelle Jugendliche eine arme Taube oder schrie eine alte Frau Zeter und Mordio, weil ihr die Ersparnisse geraubt worden waren (Metella, deren Sohn sie sich regelmäßig ausborgte; wenn die Nutten, die er laufen hatte, vierzehn Tage Doppelschicht machten, zahlte er ihr das Geld auch mal zurück).

Es war schon kurz vor Morgengrauen. Ich wurde langsam zu alt für diesen Beruf.

Als ich an der Wäscherei vorbeikam, handelte mir das müde Schlurfen meiner Füße neuerlichen Ärger ein: Lenia, die mürrische Inhaberin, riß einen Fensterladen auf. Ihr Kopf schoß heraus, und ich blickte erschrocken in ein kalkweißes Gesicht unter einem struppigen Gewirr hennagefärbter Haare. Sie konnte sich nicht mehr gerade halten, und ihre wild rollenden Augen waren ein dringender Fall für den Okulisten. »He, Falco!« kreischte sie. »Was treibst du dich denn noch so spät auf der Straße rum?«

»Lenia! Du hast mich zu Tode erschreckt. Ist Smaractus da?«

Lenia stieß einen kläglichen Jammerlaut aus. Sie würde noch die ganze Straße aufwecken, und dann hätte man natürlich wieder mir die Schuld gegeben. »Ach, ich hoffe, er liegt auf dem Grund des Tiber, der Schuft! Wir hatten einen fürchterlichen Streit.«

»Dank sei den Göttern. Und nun sei so gut und

kreisch nicht so.« Wir waren alte Freunde, Lenia und ich, konnten uns die Komplimente also sparen. Sie wußte, daß ich ihren Verlobten nicht riechen konnte. Das hing zum einen damit zusammen, daß er mein Vermieter war – doch mehr noch mit der Tatsache, daß dieser Mensch so angenehm wirkte wie ein Haufen warmer Eselsmist. »Heißt das nun Hochzeit ade?«

»Oh, nein!« Lenia nahm sich auf der Stelle zusammen. »Das kann er mit mir nicht machen! Aber komm doch rein, Falco, komm rein ...«

Widerstand war zwecklos. Wenn eine Frau, die ihr Leben lang ungeheure Tröge voll heißen Wassers rumschleppt, einen zielstrebig am Arm packt, dann gibt man ihrem Zerren entweder nach oder ist den Arm los. Ich wurde in das finstere Kabuff geschleppt, in dem Lenia ihre Bücher frisiert und ihre Freunde anpöbelt. Hier schubste sie mich auf einen Schemel und drückte mir einen Becher billigen Rotweins in die Hand.

Lenia hatte schon einiges getrunken, genau wie ganz Rom in dieser bitterkalten Winternacht. Aber sie hatte allein getrunken, und das macht den Menschen bekanntlich erst recht unglücklich. Doch als sie mir jetzt gegenübersaß und abermals mit einem vollen Becher gegen ihre schaurigen Raffzähne stieß, wurden ihre Lebensgeister anscheinend wieder munter. »Du siehst auch ganz schön wüst aus, Falco!«

»Hab mit ein paar Malern gesoffen. Einmal und nie wieder!«

»Das sagst du immer!« spottete Lenia heiser. Sie kannte mich wirklich schon sehr, sehr lange.

»Was ist nun mit Smaractus?« Ich probierte ihren Wein, bereute es aber schon nach dem ersten Schluck, wie ich befürchtet hatte. »Kriegt er kalte Füße angesichts der ehelichen Freuden?«

Ich hatte nur einen Scherz machen wollen, aber sie

nickte bekümmert. »Er ist nicht sicher, ob er schon reif für eine so ernste Bindung ist.«

»Der Ärmste! Beruft sich wohl auf seine zarte Jugend, was?« Wie alt Smaractus auch sein mochte, sein ausschweifendes Leben hatte ihm das Aussehen eines vertrockneten Eremiten verliehen, den man sich eigentlich nur noch halb tot in seiner Höhle vorstellen kann. »Ein Geizhals wie er muß doch einsehen, daß die Einheirat in eine gutgehende Wäscherei ihn mehr als reichlich für den Verzicht auf sein Junggesellendasein entschädigen wird, oder?«

»Außerdem bekommt er ja noch mich!« versetzte Lenia hochnäsig.

»Natürlich, das wollen wir nicht vergessen.« Die Ärmste brauchte ein bißchen Zuspruch.

Lenia nahm einen kräftigen Schluck. Dann grunzte sie rachsüchtig: »Und wie geht's mit deinem Verhältnis voran?«

»Ausgezeichnet, besten Dank!«

»Das glaub ich dir nicht, Falco.«

»Meine Zukunftspläne«, behauptete ich aufgeblasen, »streben reibungslos und stilvoll ihrer Verwirklichung zu.«

»Davon hab ich aber bis jetzt noch nichts läuten hören.«

»Weil ich das Maul halte. Wenn man den Leuten keine Gelegenheit gibt, sich einzumischen, geht auch nichts schief.«

»Und was sagt Helena dazu?«

»Die werde ich doch nicht mit solchem lästigen Kleinkram behelligen.«

»Aber Helena ist deine Braut!«

»Eben. Was braucht sie da noch andere Sorgen?«

»O ihr Götter, was bist du doch für ein verrückter Hund ... Helena ist ein wirklich nettes Mädchen!«

»Stimmt. Also warum ihr vorzeitig das Herz schwermachen und ihr sagen, daß ihr Schicksal besiegelt ist? Das war dein Fehler, Lenia. Hättest du Smaractus in Unwissenheit darüber gelassen, daß du ihm mit dem Opferschwein zu Leibe rücken willst, dann hättest du einfach eines Nachts, wenn er gerade seinen Rausch ausschläft, seine Unterschrift auf dem Ehevertrag fälschen können, und er hätte die Folgen schon irgendwie verschmerzt. Statt dessen hast du ihm angst gemacht und ihm tausend Möglichkeiten offengelassen, sich noch mal aus der Schlinge zu ziehen.«

»Der kommt schon wieder«, prophezeite Lenia düster. »Das vergeßliche Arschloch hat nämlich seinen Beryll-Siegelring liegenlassen.«

Es gelang mir, sie von Eheschließungen und billigem Schmuck auf ein anderes Thema zu bringen. »Hast du eigentlich schon gehört, daß Marponius mich hat festnehmen lassen?«

»Klar doch, so was spricht sich rum!« nickte Lenia. »Wir haben alle mitgekriegt, daß du einen Soldaten erstochen hast und in Handschellen ins Haus des Richters gebracht worden bist.«

»Ich hab den Soldaten nicht erstochen.«

»Gut, gut, ein oder zwei Verrückte glauben auch, daß du vielleicht unschuldig bist.«

»Sind die Menschen nicht wunderbar?«

»Also spuck's schon aus, Falco – was ist wirklich passiert?«

»Mein verdammter Bruder hat mich da reingeritten, wie gewöhnlich.«

Ich erzählte ihr die ganze Geschichte. Hauptsache, ich konnte sie vom Trinken abhalten. Und vor allem davon, mir nachzuschenken.

Als ich zu Ende war, johlte sie so schrill und verächtlich, wie es ihre Art ist. »Demnach hast du's diesmal mit einem Kunstkrimi zu tun?«

»Genau. Und zwar hab ich den starken Verdacht, daß die meisten Statuen und sämtliche Leute im Spiel Fälschungen sind.«

»Was du für Reden schwingst! Dann hat Festus dich also in jener Nacht doch noch gefunden?«

»In welcher Nacht?«

»Na die, von der du eben geredet hast. Die Nacht, nach der Festus zu seiner Legion zurück mußte. Vorher ist er noch hier vorbeigekommen. Ich dachte, das hätte ich dir damals erzählt ... War schon furchtbar spät. Festus hat an meine Tür gehämmert und wollte wissen, ob du vielleicht so besoffen heimgetorkelt wärst, daß du die Treppen nicht mehr geschafft und dich bei mir in einem Waschzuber zusammengerollt hättest.« Da sechs Stockwerke nach einem rauschenden Fest eine ziemliche Strapaze bedeuten, war so was in der Tat schon vorgekommen.

»Aber ich war doch nicht hier ...«

»Nein, natürlich nicht!« kicherte Lenia, die von meinem Fiasko mit Marina wußte.

»Festus hätte wissen müssen, wo ich war ... Und du hast mir nie von seinem Besuch erzählt.« Ich seufzte. Wieder eine in der langen Reihe von Botschaften, die mir nicht ausgerichtet worden waren.

»Ist mir auch eben erst eingefallen, als du von Festus erzählt hast.«

»Fünf Jahre zu spät!« Diese Frau war einfach unglaublich. »Also red schon: Was ist damals passiert?«

»Aus den Latschen ist er gekippt, dein Bruder – hier in meinem Büro. War sehr lästig.«

»Er hatte ganz schön geladen.« Genauso, wie wir beide heute nacht.

»Ach, mit Säufern kann ich umgehen, da hab ich

meine Erfahrungen. Aber Festus war unglücklich, beklagte sich Lenia. »Und Jammerlappen kann ich nun mal nicht ausstehen.« Da sie entschlossen war, Smaractus zu heiraten, ein gefühlloses, schafsgesichtiges und humorloses Desaster auf zwei Beinen, würde sie bald auch auf diesem Sektor Erfahrung sammeln – vermutlich mehr, als ihr lieb sein konnte.

»Was hatte Festus denn für Kummer?«

»Ach, das war streng vertraulich!« feixte Lenia. »Nein, im Ernst: Er hat gestöhnt und gejammert, daß ihm alles über den Kopf wächst, daß er dringend den starken Arm seines kleinen Bruders braucht – und dann hat er plötzlich nichts mehr gesagt.«

»Ja, ja, so war er, der Festus.« Manchmal wurde mein verschwiegener Bruder allerdings auch von einer geradezu bacchantischen Redseligkeit übermannt. War er einmal in der Stimmung, hatte er sich entschlossen, sein Innerstes bloßzulegen, dann vertraute er sich wahllos jedem an, der ihm gerade über den Weg lief. Stundenlang konnte er einen dann vollabern – natürlich lauter dummes Zeug. »Hat er dir vielleicht sonst noch was offenbart?« fragte ich hoffnungsvoll.

»Kein Sterbenswörtchen! Auf einmal war er stumm wie eine Auster. Dabei finden die meisten Leute, daß man sich bei mir ganz wunderbar aussprechen kann«, prahlte Lenia. Gerade noch rechtzeitig raffte ich mich zu einem liebenswürdigen Lächeln auf.

»Und wie ging's dann weiter?«

»Irgendwann wurde er es leid, auf seinen heißgeliebten Bruder zu warten, der sich, statt heimzufinden, mit diesem Flittchen Marina vergnügte. Also hat er erst mich und dann dich verflucht, einen von meinen Waschtrögen ausgeborgt, und weg war er. Ach ja! Unter der Tür hat er noch was von ›dringenden Geschäften‹ gefaselt. Tags darauf hörte ich dann, er habe Rom verlassen. Na, und du hast dich danach ja auch sehr rar gemacht.«

»Mein schlechtes Gewissen.« Ich grinste. »Hab mich in der Handelsgärtnerei versteckt, bis der Sturm vorüber war.«

»In der Hoffnung, daß Marina plötzlich Gedächtnisschwäche kriegt?«

»Mag schon sein. Aber wozu wollte Festus einen Waschzuber von dir?«

»Juno, woher soll ich das wissen? Den Zuber habe ich übrigens wiedergekriegt. Der stand eines Morgens auf meiner Schwelle, ganz eingedreckt mit Schlamm oder Zement oder irgend so was.«

»Dann hat Festus wohl seine Unterwäsche drin ausgespült ... Warum hast du mir das alles nicht schon längst erzählt?«

»Wozu? Du hättest dich doch nur unnötig aufgeregt.«

Aber bestimmt nicht mehr als jetzt.

Es war eine dieser banalen Ungereimtheiten, die einen, wenn man sie erst nach dem Tod eines geliebten Menschen erfährt, trotzdem verrückt machen können. Jetzt würde ich nie mehr erfahren, was Festus in jener Nacht gewollt hatte; es war zu spät, seine Sorgen zu teilen, ihm zu helfen. Lenia hatte recht. Besser, man erfuhr so was gar nicht erst.

Unter einem Vorwand eiste ich mich (ausgiebig gähnend) los und torkelte hinauf in meine Wohnung.

Sechs Treppen bieten sehr viel Zeit zum Nachdenken, aber diesmal war es trotzdem nicht genug.

Ich hatte abwechselnd Sehnsucht nach meinem Bruder und einen gehörigen Haß auf ihn; ich fühlte mich müde und ausgelaugt, schmutzig, deprimiert, und außerdem fror ich ganz erbärmlich. Am liebsten hätte ich mich gleich hier im Treppenhaus hingehauen, wenn nur die Flure nicht so eisig kalt gewesen wären, und außerdem stank es entsetzlich nach altem Urin. Also schleppte ich mich weiter, meinem Bett entgegen, wohl wissend, daß ich es nur zu bald wieder verlassen mußte. Die Verzweiflung hatte meine Füße zu Blei werden lassen. Ich spürte vergebens einem unlösbaren Rätsel nach, während sich über meinem Kopf die Katastrophe zusammenbraute. Als ich endlich vor meiner Wohnung stand, wartete dort bereits neuer Ärger. Unter der schlecht schließenden Tür schimmerte ein Lichtstrahl durch. Das konnte nur eins bedeuten: Jemand war bei mir eingebrochen.

Ich hatte bereits zuviel Lärm gemacht, als daß es sich jetzt noch gelohnt hätte, mich anzuschleichen, um den Dieb zu überraschen. Andererseits war ich zu betrunken für einen Streit und für einen Faustkampf zu erschöpft.

Zum guten Schluß machte ich alles falsch: vergaß jede Vorsicht, versäumte es, mir für den Notfall einen Fluchtweg offenzuhalten. Ich war einfach zu müde und auch zu wütend, um meine eigenen Regeln zu beachten, und darum polterte ich schnurstracks hinein und schlug die Tür hinter mir zu.

Ich starrte noch verdutzt auf die Lampe, die ganz dreist und unverhüllt auf dem Tisch brannte, als ein zartes Stimmchen aus dem Schlafzimmer ertönte: »Ich bin's nur.«

»Helena!« Vage erinnerte ich mich, sie unter anderem dafür zu lieben, daß sie so ein verblüffendes Talent hatte, mich zu überraschen. Barsch versuchte ich, den Nüchternen zu spielen.

Um meinen Zustand zu kaschieren, löschte ich erst einmal das Licht. Dann schnallte ich den Gürtel ab und zog polternd die Stiefel aus. Es war eiskalt in der Bude, aber als Tribut an die zivilisierte Lebensart ließ ich doch ein paar meiner Hüllen fallen. Spätestens als ich ins Bett wankte, muß Helena gemerkt haben, wie es um mich stand. Ich hatte vergessen, daß es ein neues Bett war; in der Dunkelheit kam es mir auf dem Weg, der meinen Füßen vertraut war, in die Quere, denn wir hatten es vorsorglich unter dem großen Loch im Dach weggerückt, das Smaractus immer noch nicht hatte flicken lassen.

Außerdem hatte das Bett die falsche Höhe, und als ich es endlich doch gefunden hatte, plumpste ich so ungeschickt hinein, daß ich beinahe gleich wieder hinausgefallen wäre. Helena gab mir einen Kuß, stöhnte über meinen stinkenden Atem und bettete ihr Gesicht dann im sicheren Hafen meiner Achselhöhle.

»'tschuldige ... mußte ein paar Zeugen beeinflussen.« Betörende Wärme und Behaglichkeit umfingen mich, aber ich war entschlossen, standhaft zu bleiben. »Hör mal, du ungehorsame Göre, ich hab dich doch bei Mutter gelassen. Wie kommst du hierher?«

Helena umschlang mich noch fester. Das war süß und wohltuend, und sie wußte natürlich ganz genau, daß ich mich nicht ernsthaft beklagte. »Ach, Marcus, ich hatte solche Sehnsucht nach dir ...«

»Aber solche Sperenzchen könnten dich teuer zu stehen kommen, Weib! Wie bist du überhaupt hergekommen?«

»Völlig gefahrlos. Maias Mann hat mich begleitet. Er ist sogar mit raufgekommen und hat sich vergewissert, daß in der Wohnung alles in Ordnung ist. Ich habe den Abend damit zugebracht, deine Schwestern reihum nach dem Messer aus der Caupona zu fragen. Keine Sorge, ich hab deine Mutter mitgeschleppt, obwohl sie keine große Lust hatte. Na ja, und da dachte ich, du würdest bestimmt gern hören wollen, was bei meinen Nachforschungen herausgekommen ist«, schloß sie ihre lahme Entschuldigung.

»Raffiniertes Frauenzimmer! Was hast du rausgekriegt?«

Ich spürte, wie mir ein kleiner, aber unverkennbarer Rülpser entschlüpfte. Helena rutschte tiefer unter die Decke. »Leider gar nichts«, tönte ihre nun merklich gedämpfte Stimme aus der Tiefe. »Von deinen Verwandten kann sich niemand erinnern, das Messer bei deiner Mutter ausgeborgt, geschweige denn, es im Flora benutzt zu haben.«

In meinem Kopf drehte sich alles. »Macht nichts, der Tag war trotzdem nicht ganz umsonst. Ich hab einiges rausgekriegt. Zum Beispiel, daß Censorinus einen Kameraden in Rom hatte – einen gewissen Laurentius. Und den wird Petronius finden müssen, bevor er mich vor Gericht bringen kann.«

»Könnte das der Mörder sein?«

»Unwahrscheinlich, aber nicht ausgeschlossen ...« Das Sprechen fiel mir schwer. »Und dann gibt's da noch einen Bildhauer ... vielmehr es gab ihn mal ... Orestes heißt der Mann – nein, Orontes. Er ist spurlos verschwunden, aber wir haben immerhin seinen Namen ...« In dem komfortablen neuen Bett, das Helena obendrein schon seit etlichen Stunden angewärmt hatte, entspannten sich meine halb erfrorenen Glieder ganz wunderbar. Ich machte es mir in ihrer Umarmung noch etwas bequemer. »O ihr Götter, wie ich dich liebe ...« Ihre Sicherheit lag mir zwar sehr am Herzen, doch ich war froh, sie hier bei mir zu haben. »Famia war hoffentlich nüchtern, als er dich hergebracht hat.«

»Maia würde mich doch nie ohne sicheren Geleitschutz heimgehen lassen! Und wenn sie gewußt hätte, daß ich hier auf einen Betrunkenen warte, hätte sie mich gar nicht erst fortgelassen!« Darauf hätte ich gern was Passendes erwidert, nur fiel mir leider nichts Originelles ein. Helena streichelte meine Wange. »Du bist ja todmüde. Schlaf jetzt.«

Ich war schon dabei.

Wie von weither hörte ich sie noch sagen: »Dein Vater hat eine Nachricht geschickt. Er bittet dich, morgen früh mit ihm zu Carus und Servia zu gehen. Und er läßt dir ausrichten, du möchtest dich in Schale werfen. Ich habe dir schon eine Toga rausgelegt ...«

Ich wunderte mich noch, wer zum Hades Carus und Servia sein mochten und warum ich diesen unbekannten Fremdlingen zuliebe einen solchen Aufwand treiben sollte. Dann wußte ich nichts mehr, bis ich am nächsten Morgen mit einem Mordskater erwachte.

# XLI

Es war schon später Vormittag, als ich aus der Wohnung schlurfte. Ich trug meine indigofarbene, abgetragene Lieblingstunika, denn wenn ich mich in Schale werfe, kommt es mir in erster Linie auf Bequemlichkeit an. Wegen des scheußlichen Wetters hatte ich außerdem meine schwersten Stiefel und einen dicken Mantel an, dazu einen großen Schlapphut zum Schutz gegen die schmerzende Helligkeit. Mein Schädel brummte fürchterlich, und meine Innereien reagierten ungemein empfindsam. Die Gelenke schmerzten auch, und der aufrechte Gang kam mir heute morgen höchst unnatürlich vor.

Als erstes ging ich zu Petronius. Der tat so, als würde

er dringende Protokolle schreiben, aber in Wirklichkeit drehte er Däumchen und drückte sich vor dem Sauwetter draußen. Mein Eintreffen war eine willkommene Unterbrechung, und er fing gleich an, über mich herzuziehen.

»Aufgepaßt, Jungs! Ein Kater auf zwei Beinen hat sich zu uns verirrt. Falco, du siehst aus wie ein Trottel, der sich die ganze Nacht in schlechter Gesellschaft und mit billigem Wein um die Ohren geschlagen hat.« Das erlebte er bei mir nicht zum ersten Mal. Wir hatten es auch schon zusammen probiert.

»Laß mich zufrieden!«

»Na gut! Reden wir also ernsthaft. Ich nehme an, du bringst mir einen hübsch gebundenen Satz Notiztäfelchen, auf denen genau aufgeführt ist, wer Censorinus Macer getötet hat, welch schmutziges Motiv dahintersteckte und an welcher Pergola ich den Mörder, in Erwartung seiner Festnahme, angebunden finde?«

»Nein.«

»Schade!«

»Aber ich habe ein paar Spuren.«

»Besser als nichts«, brummte er unwirsch.

»Und was ist mit dir?«

»Ach, ich geh gern auf Nummer Sicher und halte mich an das, was ich habe. Warum sich aufs Glatteis wagen, wenn man schon alle Indizien und Beweise auf dem Tisch hat?« Zum Glück besann er sich nach diesen Blödeleien und fing an, vernünftig zu reden. Er hatte die üblichen Vernehmungen durchgeführt und mit allen gesprochen, die in der Mordnacht im Flora waren, doch leider war nichts Brauchbares dabei herausgekommen. »Niemand hat Censorinus in Begleitung gesehen oder beobachtet, wie jemand die Hintertreppe zu den Gästezimmern raufgeschlichen ist.«

»Das war also eine Sackgasse.«

»Du sagst es. Dann habe ich mir Epimandos noch ein paarmal vorgeknöpft. Der Bursche hat so einen unsicheren Blick, und das gefällt mir nicht. Leider habe ich nicht das geringste gegen ihn in der Hand.«

»Ich halte ihn für einen entlaufenen Sklaven. Wenn das stimmt, würde es die ängstlichen Blicke zur Genüge erklären.«

»Aber er ist doch schon etliche Jahre Kellner im Flora.«

»Richtig.« Ich streckte meine steifen Glieder. »Aber hast du noch nie bemerkt, waß er dauernd über die Schulter linst, als ob er Angst vor Verfolgern hätte?« Fast jeder in Rom hat diese Gewohnheit, weshalb Petro meiner Beobachtung nicht viel Gewicht beimaß. »Ich glaube, Festus hat etwas über seine Vergangenheit gewußt.«

»Ähnlich säh's ihm!«

»Ob es sich lohnt, Epimandos auf Verdacht festzunehmen?«

Petronius musterte mich scheinheilig. »Aber Falco! Wenn ich Leute auf Verdacht festnehmen würde, müßte ich als erstes dich verhaften!«

»Das hast du doch bereits getan!«

»Jetzt fang du nicht an, Falco. Ich werde diesen verdammten Kellner nicht einsperren, aber ich habe immer noch einen Mann abgestellt, der das Flora bewacht. Allerdings glaube ich nicht, daß Epimandos uns etwas verschweigt, was dich entlasten könnte, denn der arme Kerl scheint dir treu ergeben.«

»Ich wüßte nicht, warum«, gestand ich ehrlich.

»Ich kann's mir auch nicht erklären«, versetzte Petro mit gewohnter Liebenswürdigkeit. »Oder hast du ihn bestochen, damit er deine Aussage bestätigt?« Ich warf ihm einen giftigen Blick zu, und er besann sich. »Schön, vielleicht hat es ja was mit Festus zu tun. Ich meine, wenn die beiden wirklich so gut miteinander standen? Auf jeden Fall war Epimandos ganz außer sich vor Angst, er könnte deinen Zusammenstoß mit Marponius verschuldet haben. Aber ich hab ihm versichert, daß du auch ohne die Hilfe eines vertrottelten Garkochs imstande wärst, unter falscher Anklage vor den Kadi zu landen.«

»Dafür krieg ich bestimmt einen ausgegeben, wenn ich das nächste Mal ins Flora komme! Und? Wie geht's denn deinem geliebten Marponius?«

Petronius Longus grunzte nur verächtlich. »Was ist jetzt mit den Spuren, die du mir versprochen hast?«

»Viel hab ich leider nicht zu bieten, aber zwei Namen könntest du für mich überprüfen. Erstens einen gewissen Orontes Mediolanus, ein Bildhauer, der Festus gekannt hat. Er ist vor ein paar Jahren aus Rom verschwunden, und kein Mensch weiß, wohin.«

»Das nennst du eine Spur? Klingt mehr nach einer Totgeburt!«

»Wie du meinst, dann übernehme ich eben den Bildhauer, schließlich bin ich Spezialist für Spuren, die im Sande verlaufen ... Dann ist da kürzlich noch ein Centurio in Rom aufgetaucht, ein gewisser Laurentius, der die gleichen Fragen gestellt hat wie Censorinus.«

Petro nickte. »Um den kümmere ich mich. Klingt vielversprechend. Ich hab nämlich neulich aus deiner Mutter rausgequetscht, daß Censorinus manchmal abends ausgegangen ist. Ihr hat er dann erzählt, er wolle sich mit einem Freund treffen.«

»Davon hat Mama mir kein Wort gesagt!«

»Du mußt eben die richtigen Fragen stellen«, antwortete Petro selbstgefällig. »Da siehst du mal, wozu ein Profi wie ich gut ist, oder?«

»Du und Profi, daß ich nicht lache! Und wer war der Freund?«

»Das wußte deine Mutter nicht. Censorinus hatte keinen Namen genannt, aber dieser Laurentius könnte gut und gern unser Mann sein. Vielleicht hat man Censorinus absichtlich zu deiner Mutter geschickt, damit er die Familie schikaniert, während der andere, dieser Laurentius, sich um andere Geschäfte kümmert.« Petro lehnte sich zurück und rollte die Schultern, als ob auch ihm der feuchte Morgen zu schaffen machte. Er war ein großer, kräftiger Kerl, ein richtiges Muskelpaket, der solches Nieselwetter verabscheute. Ausgenommen die Zeit, die er daheim mit seinen Kindern verbrachte, war dieser Frischluftfanatiker am liebsten draußen; das war einer der Gründe, warum er so an seinem Beruf hing. »Hast du zufällig die Rechnung von diesem Rasthaus in der Campania gesehen?«

Seine Lider waren halb geschlossen, damit kein Verdacht auf Mitwisserschaft an meiner Durchsuchung von Censorinus' Gepäck aufkam.

»Hab ich«, gab ich ebenso unverfänglich zurück.

»Kam mir wie 'ne Rechnung für zwei Personen vor.«

»Ist mir nicht aufgefallen.«

»War ja auch nicht eigens so ausgewiesen, aber wie ich die Preise auf dem Land kenne, würde ich sagen, daß da Heu für zwei Pferde oder Maultiere mit drin war und auch mehr als ein Bett.« Dann setzte er mit auffallend leiser Stimme hinzu: »Dieses Rasthaus – liegt das nicht ganz in der Nähe vom Hof deines Großvaters?«

»Jedenfalls in der Gegend. Ich würde ja mal dort vorbeischauen, wenn das nicht gegen die Kautionsauflagen verstieße.«

»Na und?« Petro grinste plötzlich ganz fröhlich. »In Ostia warst du schließlich auch!«

Wie zum Hades hatte er das nun wieder erfahren? »Läßt du mich etwa beschatten, du Hund?«

Er verweigerte die Antwort. »Dank dir für den Hinweis auf diesen Laurentius. Ich werde mich gleich mal bei der Militärbehörde umhören. Wenn er allerdings nur auf Urlaub in Rom war, hat man ihn vielleicht gar nicht offiziell registriert.«

»Falls er nur ganz harmlos mit Censorinus seinen Urlaub in der Hauptstadt verbracht hat«, wandte ich ein, »hätte er sich doch melden müssen, sobald er von dem Mord erfuhr.«

»Stimmt«, sagte Petro. »Daß er's nicht getan hat, macht ihn verdächtig. Wenn es sein muß, schreib ich an die Fünfzehnte und hole an Ort und Stelle Erkundigungen über den Mann ein. Bloß kann das Wochen dauern.«

»Wenn nicht gar Monate! Falls bei der Legion nichts gegen ihn vorliegt, werden die womöglich gar nicht auf die Anfrage einer Zivilbehörde antworten.«

»Und wenn doch was gegen ihn vorliegt«, versetzte Petro sarkastisch, »wird die Legion ihn in aller Stille ausmustern und mir erst recht nicht antworten.« Soldaten und Offiziere unterstanden nur dem Militärgesetz. Petronius konnte einen Centurio zwar verhören, und falls sich herausstellte, daß Laurentius seinen Kameraden Censorinus umgebracht hatte, konnte Petro offiziell Anklage erheben – aber verhandeln würde einen solchen Kameradenmord die Legion (was heißt, sie würde ihn vertuschen). Für Marponius und Petro konnte diese neue Spur also unter Umständen zu einem recht unbefriedigenden Ergebnis führen. »Nein, da gibt's bessere Methoden. Meine Männer sollen sich mal in den Pensionen hier in der Stadt umhören, das scheint mir aussichtsreicher. *Falls* dieser Laurentius Dreck am Stecken hat, ist er vielleicht gar nicht mehr in Italien, aber ich lasse trotzdem den Hafen in Ostia überwachen. Und sollten wir ihn noch erwischen, dann kann ich ihn höflich bitten, nach Rom zurückzukehren, um mir ein paar Fragen zu beantworten ...«

»Du glaubst doch nicht im Ernst, daß er darauf eingehen würde!«

»Na und? Wenn er sich weigert, macht er sich verdächtig, und du bist fein raus. Gestützt auf seine Weigerung, uns bei den Ermittlungen zu helfen, kann ich alle Anklagepunkte gegen dich entkräften. Marponius könnte nichts dagegen unternehmen. Also, was hast du jetzt vor, wo du jetzt zumindest vorläufig aus dem Schneider bist?«

»Ich treffe mich mit meinem lästigen Vater zu einem Bildungsgespräch über Kunst.«

»Viel Spaß!« grinste Petronius.

In der letzten halben Stunde hatte sich unser Verhältnis drastisch verbessert. Wenn ich nur geahnt hätte, daß es so leicht sein würde, unsere langjährige Freundschaft wieder zu kitten! Dann hätte ich schon vor Tagen einen Verdächtigen erfunden, ihn mit einem Namen versehen und Petro Gelegenheit gegeben, statt meiner diesem Phantom nachzujagen.

»Um dir die Beschattung zu ersparen«, sagte ich, zuvorkommend wie ich nun einmal bin. »Ich hole jetzt Papa in den Saepta ab, dann verbringen wir den Rest des Vormittags in irgendeiner hochherrschaftlichen Villa im Siebten Bezirk. Aber Punkt zwölf werden wir – sofern mein Erzeuger seinen eisernen Gewohnheiten nicht untreu wird – in die Saepta zurückkehren, damit er das verzehren kann, was ihm der Rotschopf fürs Mittagessen eingepackt hat.«

»Woher diese plötzliche Vaterliebe bei dir? Wann hast du je soviel Zeit in Geminus' Gesellschaft verbracht wie jetzt?«

Ich grinste widerstrebend. »Tja, weißt du, er bildet sich seit neuestem ein, daß er Schutz bräuchte – und da war er so dumm, mich zu engagieren.«

»Was für eine Freude, die Familie Didius endlich wieder vereint zu sehen!« gluckste Petronius.

Ich sagte ihm ruhig und ohne jede Bitterkeit, was ich von ihm hielt, und ging meiner Wege.

# XLII

Aulus Cassius Carus und seine Gemahlin Ummidia Servia bewohnten ein Haus, dessen unauffällig schlichte Fassade von ganz besonderem Wohlstand zeugte. Es war eines der wenigen hochherrschaftlichen Anwesen, die zu Neros Zeit nach dem großen Brand überhaupt noch von Privatleuten errichtet worden und später sowohl von Plünderern wie von Brandstiftern des nach Neros Tod ausbrechenden Bürgerkrieges verschont geblieben waren. Das Haus, vor dem wir jetzt standen, war von Leuten erbaut, denen der Erfolg auch in schweren Zeiten treu geblieben und denen es sogar gelungen war, ungeschoren davonzukommen, obwohl Nero, dieser halb wahnsinnige Kaiser, doch sonst mit Vorliebe Untertanen hinrichten ließ, die es wagten, sich mit künstlerischem Gespür und gutem Geschmack neben ihm zu behaupten.

Carus und Servia waren der lebende Beweis für eine höchst ungewöhnliche Kombination: Anscheinend war es doch möglich, zugleich Römer und dezent zu sein.

Mich überraschte immer wieder, daß es in einer Stadt, in der Abertausende zusammengepfercht in riesigen Wohnsilos hausten, doch noch so viele Leute gab, die weitläufige Grundstücke besaßen und dort in prächtigen Villen lebten, ohne daß die breite Masse auch nur eine Ahnung davon hatte. Carus und Servia war das Kunststück sogar im klassisch römischen Stil gelungen. Sie wohnten scheinbar geschützt und abgeschirmt hinter kahlen Mauern, doch in einer Atmosphäre, die jedem Besucher signalisierte, er sei hier ein gern gesehener Gast, sofern er nur einen plausiblen Grund für sein Erscheinen vorweisen könne. Nach ein paar Worten mit dem Türsteher hatten Vater und ich unser Anliegen vorgebracht, und das von außen so bescheiden und spartanisch wirkende Haus erschloß uns seine prunkvollen Räume.

Ein Sklave eilte, seiner Herrschaft unsere Bitte um Audienz zu übermitteln. Uns ließ man, während wir auf Antwort warteten, ungehindert in der Villa herumspazieren.

Ich hatte mich zwar zu der von Papa gewünschten Toga durchgerungen, war aber ansonsten ganz der alte.

»Du hättest dir wenigstens die Haare kämmen können!« zischte Geminus. Mißtrauisch beäugte er die Toga, doch die hatte einmal Festus gehört, mußte also seinen gehobenen Ansprüchen genügen.

»Das mache ich nur für den Kaiser oder eine besonders hübsche Frau!«

»All ihr Götter, was für einen Barbaren hab ich da aufgezogen?«

»Du hast dabei hauptsächlich durch Abwesenheit geglänzt! Trotzdem bin ich ein guter Junge geworden, und darum will ich mich auch nicht bei Schlägern einschmeicheln, die meinem alten Herrn die Rippen eintreten!«

»Mach jetzt keinen Ärger, sonst erreichen wir nämlich gar nichts.«

»Ich kann mich sehr wohl anständig benehmen, wenn's drauf ankommt!« versetzte ich in einem Ton, der klarmachte, daß ich nicht unbedingt vorhatte, mich auf meine Kinderstube zu besinnen.

»Wer eine farbige Tunika zur Toga trägt, hat von Benimm und Anstand keinen Schimmer!« erklärte Didius Geminus kategorisch.

Soviel zu meinem indigofarbenen Lieblingsgewand.

In der Eingangshalle waren wir an einer Senatorenstatue vorbeigekommen, die aber vermutlich keinen Ahnherrn der Familie darstellte, denn unsere Gastgeber gehörten zum Bürgertum. Im Atrium standen die Büsten der beiden Claudier-Kaiser, deren klar geschnittene, jungenhafte Züge so kraß von dem groben, kantigen Bauerngesicht unseres jetzigen Herrschers Vespasian abstechen. Auf die erste veritable Sammlung stießen wir im begrünten Peristyl gleich hinter dem Atrium. Jetzt im März war von der Gartenbaukunst hier draußen noch nicht viel zu sehen. Um so nachdrücklicher kamen die Skulpturen zur Geltung. Ich zählte etliche imposante Hermen, umgeben von eher niedlichen Figürchen: Hunde und Hündinnen, geflügelte Cupidos, Delphine, ein flötenspielender Pan und so weiter und so fort. Natürlich fehlte auch der obligate Priapus nicht (im Gegensatz zu dem seiner Manneszier so wüst Beraubten in Vaters Lagerhaus war diese hier prachtvoll bestückt), und in seinem Schatten hatte sich ein feister Silenus ausgestreckt, aus dessen Weinschlauch ein zaghaftes Rinnsal plätscherte. Alles in allem also ein ziemlich gewöhnlicher Skulpturengarten. Mich als Pflanzenliebhaber interessierten die Krokusse und Hyazinthen aus dem Orient, die dem Garten erste Farbtupfer verliehen, weit mehr.

Mein Vater, der nicht zum ersten Mal hier war, dirigierte mich zielstrebig weiter, in die Kunstgalerie. Erst als wir hier eintraten, piekstten mich die ersten Neidgefühle.

Wir hatten etliche ruhige, sauber gefegte Gemächer in unaufdringlich gedeckten Farben durchquert, die sparsam, aber aufs erlesenste möbliert waren und in denen hie und da auf einer Plinthe eine kleine, aber exquisite Bronzeskulptur stand. Den Eingang zur Galerie bewachte kein einzelnes Meeresungeheuer, sondern gleich ein riesenhaftes Paar davon. Und auf ihren peitschenden Schwanzflossen, die die Gischt hoch aufspritzen ließen, saßen allerliebste Nereiden.

Wir schlichen an den Nymphen vorbei durch das majestätische Portal. Der alabasterne Türrahmen war mindestens so hoch wie bei mir daheim die Zimmerdecke, und die mächtigen Flügeltüren aus einem fremden, exotischen Holz waren mit Bronzebeschlägen verziert. Vermutlich standen sie die meiste Zeit offen wie jetzt, denn um sie zu schließen, hätte man mindestens zehn Sklaven gebraucht.

Drinnen verharrten wir andächtig vor einem überlebensgroßen Sterbenden Gallier aus wunderschön geädertem rotem Porphyr. Jeder Haushalt müßte von Rechts wegen ein solches Kunstwerk besitzen – nebst der Trittleiter zum Abstauben.

Nun folgte die Sammlung berühmter Griechen, eine recht konventionelle Serie, aber Leute wie unsere Gastgeber haben nun mal strikte Prioritäten bei der Zusammenstellung erlesener Büsten: Homer, Euripides, Sophokles, Demosthenes, ein schmucker Perikles mit Bart und endlich der Gesetzgeber Solon. Hinter dieser illustren Parade drängten sich ein paar anonyme Tänzerinnen, überragt von einer wuchtigen Statue des Alexander, der vornehm und unendlich melancholisch dreinblickte, obwohl das wallende Haupthaar, das der Bildhauer ihm verliehen hatte, ihn eigentlich hätte aufheitern müssen. Die beiden kenntnisreichen Sammler hatten offenkundig eine Vorliebe für Marmor, gönnten aber auch der einen oder anderen hervorragenden Bronzestatue ihren Platz: einigen Speerwerfern und Lanzenträgern etwa sowie Athleten, Ringern und Wagenlenkern. Doch bald darauf begrüßte uns wieder der klassische parische Stein, diesmal in Gestalt eines geflügelten Eros, der vermutlich nur deshalb so finster dreinblickte, weil eine junge Schöne ihm die Stirn geboten hatte. Eros gegenüber war ein noch entrückterer, bleicher Dionysos in stille Betrachtung der ewigen Traube versunken. Er war jung und schön, dieser Gott des Weins, aber seiner Miene nach zu urteilen, hatte er bereits begriffen, daß er seine Leber, wenn er so weitermachte, bald würde abschreiben können.

Es folgte eine hinreißende kunterbunte Mischung. Flora und Fortuna, Sieg und Tugend. Ein Minotaurus auf einem Piedestal, eine Vitrine mit lauter Miniaturen. Ich sah graziöse Grazien und musische Musen; eine kolossale Mänadengruppe amüsierte sich köstlich mit Seiner Majestät, König Pentheus, und daß die Kopie der Charis vom Erechtheion in Athen den Vergleich mit dem Original nicht zu scheuen brauchte, erkannte sogar ich. Wenn genug Platz gewesen wäre, dann hätte der Hausherr vermutlich gleich den ganzen Parthenon importiert.

Die olympischen Götter schwangen, wie es ihrem Rang geziemte, das Szepter in einer eigenen Halle. Hier thronten Jupiter, Juno und Minerva, das gute alte römische Dreigestirn, nebst einer ehrfurchtgebietenden Athene, die zu Teilen aus Elfenbein geschnitzt war und sogar ihren eigenen Teich hatte. Der Herr der Meere war, wie ich traurig feststellte, nicht vertreten – es sei denn, er befand sich (vage Hoffnung) gerade zum Restaurieren in irgendeiner Werkstatt.

Jedes dieser Kunstwerke verdiente ungeteilte Bewunderung. Wir hatten zwar nicht die Zeit, alle auf ihre Echtheit zu überprüfen, aber auch die Kopien waren, wie gesagt, so ausgesucht schön, daß sie sich neben den größten Meisterwerken behaupten konnten.

Ich bringe in der Regel nur ein gewisses Quantum Ehrfurcht auf, ehe mich das unwiderstehliche Bedürfnis überkommt, die weihevolle Atmosphäre aufzulockern. »Da kann ich nur Mama zitieren: ›Bin ich froh, daß wer anders dieses Gerümpel jeden Morgen abwaschen muß!‹«

»Pssst! Hast du denn gar keine Kultur?« So oder ähnlich verliefen viele meiner Kabbeleien mit Papa. In seinen politischen Ansichten war er genauso eindeutig und sarkastisch wie ich, aber kaum kam man auf Kultur zu sprechen, verwandelte er sich in einen regelrechten Snob. Dabei hätte er, der doch seit rund vierzig Jahren Antiquitäten an Banausen verscherbelte, allen Grund gehabt, etwas kritischer gegenüber Kunstsammlern und -mäzenen zu sein.

Wir wollten der Galerie der Götter eben den Rücken kehren, als unsere Gastgeber es für angezeigt hielten, auf der Bildfläche zu erscheinen. Vermutlich rechneten sie damit, daß wir mittlerweile in Bewunderung erstarrt wären. Also versuchte ich, so ätherisch zu wirken wie einer, der das Abbild seiner Götter nicht nach Geldeswert bemißt, was mir aber leider niemand abnahm. Carus und Servia ließen ihre Besucher nicht zuletzt deshalb ungehindert durch ihre Gemächer streifen, um sie mit dem phantastischen Reichtum an Stein und Bronze, der ihnen hier dargeboten wurde, schwindlig zu machen.

Die beiden begrüßten uns gemeinsam. Mein Vater hatte mich schon darauf vorbereitet, daß sein Kunstsinn und ihr Geld in dieser Partnerschaft eine ebenso langfristige wie erfolgreiche Verbindung eingegangen waren.

Carus führte die meiste Zeit das Wort, doch ihre Macht im Hintergrund war unverkennbar. Die beiden erschienen als ein unlösbar zusammengeschmiedetes Paar, und was sie so fest verband, war unstillbare Raffgier. Wir hatten ein Haus betreten, in dem der Hunger nach Besitz so spürbar in der Luft hing wie eine schleichende Krankheit.

Cassius Carus war ein kläglich dürres Männchen mit dunkel gelocktem Haar. Er war Mitte Vierzig, hatte hohle Wangen, Tränensäcke und schwere Lider. Anscheinend hatte er in letzter Zeit das Rasieren vergessen – sicher, weil er zu sehr im Banne seiner überlebensgroßen Akte stand. Ummidia Servia mochte an die zehn Jahre jünger sein als ihr Mann. Sie war eine beleibte, blasse Person, die leicht reizbar wirkte. Vielleicht hatte sie es auch bloß satt, dauernd den Stoppelbart zu küssen.

Beide waren ganz in Weiß, und ihre Gewänder bauschten sich in verschwenderischem Faltenwurf. Er trug ein Paar protzige Siegelringe, sie ein, zwei aparte Goldfiligranarbeiten, aber großen Wert auf Schmuck legten offenbar beide nicht. Die unbequem würdevolle Kleidung sollte sie als angemessene Hüter ihrer Kunstwerke ausweisen; übertriebenes Geschmeide hätte da nur störend gewirkt.

Vater, wie gesagt, kannten sie bereits. »Darf ich Ihnen meinen Sohn vorstellen«, sagte Geminus und erntete damit für den Moment frostige Blicke, während die beiden sich zusammenreimten, daß ich nicht der legendäre Festus sein konnte.

Dann beehrten sowohl er als auch sie mich mit einem unangenehm schlaffen Händedruck.

»Wir haben gerade Ihre Sammlung bewundert.« Mein Vater gibt sich bisweilen gern servil.

»Und? Was sagen Sie dazu?« wandte Carus sich an

mich, wahrscheinlich weil er meine Zurückhaltung spürte. Er kam mir wie ein Kater vor, der prompt auf den Schoß des einzigen Gastes springt, der allergisch gegen Katzenhaare ist.

Getreu meiner Rolle als respektvoller Sohn des Auktionators sagte ich, daß ich nie bessere Qualität gesehen hätte.

»Ah, dann wird Ihnen unsere Aphrodite gefallen!« Bei seiner schleppenden, leicht pedantisch klingenden Stimme hörte sich das an wie ein Befehl. Und er lud uns auch unverzüglich ein, besagtes Wunderwerk zu begutachten, das in einem separaten, begrünten Innenhof ausgestellt war. »Wir haben eigens eine Wasserleitung legen lassen.«

Noch eine Aphrodite! Zuerst die üppige des Malers, und jetzt eine sogar noch aufreizendere kleine Prinzessin. Ich mauserte mich allmählich zum Kenner. Das Carus-Modell war eine hellenistische Marmorstatue, deren Sinnlichkeit einem den Atem nahm. Diese Göttin war wirklich fast zu unzüchtig, um sie in einem Tempel zur Schau zu stellen. Hier stand sie, halb entkleidet, in der Mitte eines kreisrunden Teiches und blickte über eine makellose Schulter hinter sich, als wolle sie das Spiegelbild des eigenen und wirklich unübertrefflichen Popos bewundern. Die Lichtreflexe auf der blanken Wasserfläche schufen einen hinreißenden Kontrast zwischen ihrer wollüstigen Nacktheit und dem strengen Faltenwurf des Chitons, den sie eben erst zur Hälfte abgestreift hatte.

»Sehr hübsch«, sagte mein Vater. Und die Aphrodite blickte noch selbstgefälliger drein.

Carus' fragender Blick ruhte auf mir.

»Einfach wunderschön! Ist das nicht eine Kopie der Venus auf dem Teich vor Neros Goldenem Haus?«

»O ja, ganz recht. Nero glaubte, das Original zu besitzen!« Das »glaubte« betonte Carus mit boshafter Verächtlichkeit. Dann blickte er lächelnd zu seiner Frau, und Servia lächelte zurück. Ich schloß daraus, daß Nero wohl falsch geglaubt hatte.

Einen anderen Sammler auszutricksen, machte diesen beiden offenbar noch mehr Freude als der Besitz dieses unvergleichlichen Kunstwerks. Die Erkenntnis deprimierte mich, denn natürlich würde das noble Paar sich auch einen Spaß daraus machen, Papa und mich auszutricksen.

Es war Zeit, zum Geschäft zu kommen.

Mein Vater hakte Carus unter und spazierte mit ihm um den Teich, während ich Servia in ein Gespräch über Belanglosigkeiten verwickelte. Wir hatten das vorher so vereinbart. Wenn zwei Mitglieder der Familie Didius irgendwo Besuch machen, dann wird es jedesmal spannend – was normalerweise schon mit dem endlosen Disput darüber beginnt, wann wir das Haus, in dem wir noch gar nicht angekommen sind, wieder verlassen wollen. Diesmal hatte Papa vorgeschlagen, daß wir zunächst, jeder für sich, unseren Charme an beiden Ehepartnern erproben und uns dann auf die wirksamste Strategie einigen sollten. Mein Versuch schlug kläglich fehl, denn ich kam mit der Dame keinen Schritt weiter. Es war, als ob man ein Kissen aufschüttelt, das schon die Hälfte seiner Daunen eingebüßt hat. Aber auch Papa geriet sichtlich in Bedrängnis, während er mit Carus fachsimpelte.

Nach einer Weile dirigierte Geminus den Hausherrn geschickt wieder zum Ausgangspunkt zurück, und wir inszenierten einen flinken Partnertausch. Jetzt investierte er alles, was ihm von seiner legendären Anziehungskraft auf die Frauen geblieben war, in unsere Gastgeberin, während ich ihren spindeldürren Gemahl beackerte. Verstohlen beobachtete ich, wie Papa die neben ihm herwatschelnde Servia mit ritterlicher Galanterie überschüttete. Und ich mußte lächeln, als ich sah, wie wenig Eindruck er damit auf die Dame machte.

Carus und ich schlenderten zu einer Steinbank, von der aus wir die Glanzstücke der Ausstellung in Muße betrachten konnten.

»Na, verstehen Sie denn was von Bildhauerei, junger Mann?« Er sprach mit mir, als wäre ich ein grüner Junge von achtzehn Jahren, der noch nie gesehen hat, wie eine Göttin sich entkleidet.

Dabei hatte ich schon mehr nackte Weiblichkeit begutachtet, als er in seiner ganzen Galerie besaß, und die meine war obendrein noch quicklebendig. Aber da ich ein Mann von Welt bin und kein angeberischer Barbar, ließ ich's ihm durchgehen.

Dem Pförtner gegenüber hatten wir mich als den Juniorpartner des väterlichen Auktionshauses ausgewiesen. Also spielte ich brav den Tölpel und warf einen ersten Köder aus. »Ich weiß, daß gegenwärtig mit Kopien das große Geschäft zu machen ist. Originale kriegen wir derzeit nicht mal dann los, wenn wir sie im Fünferpack anbieten und noch einen Satz Bratpfannen draufgeben.«

Carus lachte. Er wußte, daß ich auf nichts so Bedeutendes wie einen echten Phidias anspielte. Den wäre natürlich jeder losgeworden und war es wohl auch schon.

Mein Vater verzweifelte noch schneller als ich an der Unmöglichkeit, Servia zu umgarnen, und beide gesellten sich bald wieder zu uns. Doch dieses Vorgeplänkel hatte immerhin die Spielregeln festgesetzt. Für Charme waren unsere Gastgeber unempfänglich. Leicht würden sie es uns nicht machen. Ergeben saßen Papa und ich nebeneinander und warteten darauf, daß die beiden uns Daumenschrauben anlegten.

»Tja, das sind eben die modernen Zeiten«, fuhr ich unverdrossen fort. »Heutzutage sind nur noch Fälschungen gefragt!« Insgeheim wußte ich, daß ich beim Aufdröseln von Festus' Machenschaften unweigerlich auf die eine oder andere (allerdings sicher nicht gefragte) stoßen würde.

»Gegen eine gut gemachte Fälschung ist nichts einzuwenden«, spann Papa den Faden weiter. Er wirkte äußerlich gefaßt, aber ich sah ihm an, daß er sich elend fühlte. »Und die besten unserer heutigen Reproduktionen werden natürlich irgendwann selbst einmal Antiquitäten sein.«

Ich grinste tapfer. »Das muß ich mir merken, Papa! Sobald ich mal flüssig bin und ausreichend Lagerplatz habe, werde ich in einen guten römischen Praxiteles investieren.« Natürlich beeindruckte diese versteckte Anspielung auf die Armut der Familie Didius unsere Gastgeber erst recht nicht.

Geminus rieb sich die Nase und sagte kopfschüttelnd: »Nein, nein, mein Sohn! Mit einem Lysippus bist du weit besser beraten.«

»Ja, gewiß. Der bildschöne Alexander hier in der Galerie ist mir natürlich gleich aufgefallen!« Vertraulich wandte ich mich an unsere Gastgeber: »Also den echten Auktionator, den erkennen Sie schon an der Physiognomie. Abgesehen vom unsteten Blick – den er kriegt, weil er so oft nicht existierende Gebote aus der Luft greifen muß – hat er einen Zinken wie eine Mohrrübe, die gegen eine Wand geprallt ist. Und das kommt daher, daß der arme Mann sich immer an der Nase zupft, wenn er den Kunden zu fragwürdigen Investitionen rät ...« Nein, so kamen wir nicht weiter. Ich beschloß, der Farce ein Ende zu machen. »Papa, Carus und Servia wissen bereits, worin sie investieren möchten. Sie wünschen sich einen Poseidon, und zwar einen von Phidias.«

Der pingelige Cassius Carus musterte mich kühl. Doch es war Servia, Finanzier des Duos, die, nachdem sie sorgsam die dichten weißen Falten ihrer Mantille geglättet hatte, das Wort ergriff. »Nein, es handelt sich hier keineswegs um eine künftige Investition. Das fragliche Kunstwerk gehört uns nämlich schon!«

## XLIII

Ich sah, wie mein Vater die Hände zusammenpreßte.

Kurz entschlossen löste ich mich von der aufgezwungenen Doppelrolle und legte eine härtere Gangart ein. »Ich bitte um Vergebung, aber ich bin erst ziemlich spät in diese Geschichte eingestiegen. Mit Ihrer Erlaubnis würde ich mich daher gern rasch vergewissern, daß ich die Fakten auch richtig im Kopf habe. Also: Mein älterer Bruder Festus hat angeblich in Griechenland eine bescheidene Statue erworben, die mutmaßlich Poseidon darstellt und dem Phidias zugeschrieben wird?«

»Und die dem Vernehmen nach von uns erworben wurde!« Carus bildete sich offenbar ein, daß er mich an Schlagfertigkeit übertrumpfen könne.

»Pardon, ich möchte nicht unhöflich erscheinen, aber haben Sie eine Quittung?«

»Ja, selbstverständlich!« antwortete Servia. Sie verhandelte anscheinend nicht zum ersten Mal mit meiner Familie.

»Ich habe die Belege gesehen, Marcus«, flüsterte Papa, doch ich hörte gar nicht hin.

»Und in besagtem Papier hat Festus Ihnen den Poseidon überschrieben?« Carus nickte. »Ja, aber Festus ist tot. Und was, bitte schön, geht uns das Ganze an?«

»Genau meine Rede!« Papa straffte sich. »Ich habe meinen Sohn Festus von der väterlichen Autorität losgesprochen, als er eingezogen wurde.« Das stimmte zwar vermutlich nicht, doch konnten Außenstehende es auch nicht widerlegen. Im übrigen klang es ganz plausibel, obwohl ich mir nicht vorstellen konnte, warum Papa und Festus sich mit solchen Formalitäten hätten rumschlagen sollen. Die Unabhängigkeit vom Vater erstrebt nur der Sohn, der zuvor unter der autoritären Fuchtel seines Erzeugers gelitten hat. In der Familie Didius hatte nie eine derart hierarchische Ordnung existiert, was unseren illustren Gastgebern vermutlich jeder Plebejer auf dem Aventin breit grinsend bestätigt hätte.

Zum Glück verkehrten Carus und Servia nicht in unserem Viertel. Doch der Hausherr wies Vaters Einwand kalt lächelnd zurück. »Ich erwarte von einem Vater, daß er die Verantwortung für die Schulden seines Sohnes übernimmt.«

»Potzblitz und Stiertestikel!« Vielleicht hielten Carus und Servia das ja für ein Zitat aus einem orientalischen Religionskult.

Nein, wohl doch nicht.

»Mein Papa ist sehr erregt«, entschuldigte ich Geminus bei dem noblen Paar. »Wenn jemand behauptet, er schulde ihm eine halbe Million, dann verliert mein Vater leicht die Fassung.«

Carus und Servia starrten mich an, als hätte ich in einer Fremdsprache zu ihnen gesprochen. Ihr Gleichmut unserer Misere gegenüber verblüffte mich – und jagte mir einen Schauder über den Rücken.

Ich war schon an vielen Orten gewesen, wo es bedrohlicher zuging. Rauhe Gesellen, bewaffnet mit Messern oder Knüppeln, können einem ganz schön einheizen. Hier wurde nichts vergleichbar Martialisches aufgeboten, und doch war die Atmosphäre nicht minder zum Fürchten. Die Mimik unserer Gastgeber gab uns unerbittlich zu verstehen, daß man uns keine Wahl ließ: Entweder wir zahlten, oder es erginge uns schlecht – und zwar so lange, bis wir klein beigeben würden.

»So nehmen Sie doch Vernunft an«, bat ich. »Wir sind eine arme Familie. Eine solche Summe können wir einfach nicht auftreiben.«

»Aber das werden Sie müssen«, erwiderte Servia.

Wir konnten uns den Mund fusselig reden und alle nur erdenklichen Argumente bringen, ohne je zu einer Einigung mit diesen beiden Starrköpfen zu kommen. Ich fühlte mich dennoch bemüßigt, es weiter zu versuchen. »Rekapitulieren wir doch einmal die Ereignisse. Sie haben Festus die Statue bezahlt. Er bemühte sich redlich, sie nach Rom zu importieren, aber sein Schiff ging unter. Zu dem Zeitpunkt gehörte die Statue bereits Ihnen. Und folglich«, schloß ich beherzter, als mir zumute war, »haben Sie den Verlust zu tragen.«

Carus warf mir wieder Sand ins Getriebe. »Wir sind nie darüber informiert worden, daß die Statue sich bei Vertragsabschluß noch in Griechenland befand.«

Jetzt wurde es haarig! Mir sank der Mut, und ich fragte mich beklommen, welches Datum wohl auf der Quittung stehen mochte. Ja, ich überlegte sogar, ob mein unmöglicher Bruder es am Ende fertiggebracht hatte, den beiden den Phidias zu verkaufen, als er bereits wußte, daß die Statue auf dem Grund des Meeres lag. Ich zwang mich, Papa nicht anzusehen. Bestimmt wäre ihm das Datum aufgefallen, als er die Quittung einsah! Und bestimmt hätte er mich gegebenenfalls gewarnt!

Eines stand fest: Ich würde unsere Gläubiger mit der Nase auf Festus' möglichen Betrug stoßen, wenn ich jetzt auch noch die Quittung zu sehen verlangte. Außerdem – falls Festus die beiden wirklich reingelegt hatte, wollte ich das lieber gar nicht wissen.

»Soll das heißen, Sie haben die Statue einfach unbesehen gekauft?« wurstelte ich aufs Geratewohl weiter.

»›Antike Marmorskulptur‹«, begann Carus eben jenes Vertragspapier zu zitieren, das ich lieber nicht unter die Lupe nehmen wollte. »›Ein Phidias, darstellend den Gott Poseidon ... Heroengestalt, Antlitz geprägt von nobler Beschaulichkeit, griechisch gewandet, üppiger Haar- und Bartwuchs, circa zwei Meter groß, in der hoch erhobenen Rechten den Dreizack zum Wurfe erhoben ...‹ Im übrigen«, setzte er in schneidendem Ton hinzu, »haben wir unsere eigenen Spediteure. Die Gebrüder Aristedon. Eine Firma, die unser vollstes Vertrauen genießt. Hätte man uns korrekt informiert, hätten wir persönlich Vorkehrungen für den Import getroffen. Und dann – aber nur dann! – hätten wir den Verlust gegebenenfalls selbst tragen müssen.«

Festus hätte ihnen das Transportrisiko aufhalsen können. Bestimmt hatte er das gewußt. Er informierte sich immer sorgfältig über die Verhältnisse seiner Kunden. Warum also hatte er nicht zugegriffen? Ich erriet die Antwort, ohne lange nachzudenken. Mein sauberer Bruder mußte die Statue selbst heimbringen, weil er noch eine gezinkte Karte extra im Ärmel seiner schmuddeligen Tunika hatte!

Das war nicht meine Schuld, ja nicht einmal die von Papa.

Doch Carus und Servia würden darauf keine Rücksicht nehmen.

»Wollen Sie uns etwa verklagen?«

»Wir halten nichts von dieser endlosen Prozessiererei.«

Nein! Ihr schickt lieber gleich ein Rollkommando!

Ich war sehr stolz auf mich, daß es mir gelang, diese glänzende Erwiderung runterzuschlucken. »Schauen Sie, ich bin erst kürzlich mit dem Problem konfrontiert worden«, versuchte ich es noch einmal im guten. »Und ich gebe mir alle Mühe, zu ermitteln, was sich im einzelnen zugetragen hat. Aber nach fünf Jahren ist das natürlich nicht leicht, und darum bitte ich Sie um ein wenig Geduld. Ich gebe Ihnen mein Wort darauf, daß ich alles Menschenmögliche tun werde, um Licht ins Dunkel zu bringen. Nur hören Sie auf, meinen armen alten Vater zu schikanieren ...«

»Danke, aber ich kann auf mich selbst aufpassen!« Wenn es darum geht, dumme Sprüche zu klopfen, ist der arme alte Didius immer vorn dran.

»... und lassen Sie mir bitte etwas Zeit.«

»Nicht nach fünf Jahren!« rief Carus empört.

Ich hätte mich liebend gern mit ihm angelegt, ihn zum Schlimmsten herausgefordert und ihm versichert, daß wir ihm unter allen Umständen trotzen würden.

Doch das wäre sinnlos gewesen. Mein Vater und ich hatten das unterwegs bereits durchdiskutiert. Bei seinen Versteigerungen konnten wir mit Geleitschutz aufwarten, wir konnten das Lager und sein Büro verbarrikadieren, sein und mein Haus bewachen lassen und uns nie mehr ohne bewaffnetes Gefolge auf die Straße wagen.

All diese Vorsichtsmaßnahmen konnten wir ergreifen, nur leider nicht Tag und Nacht und womöglich über Jahre hinweg.

Carus und Servia aber sahen ganz so aus, als würden sie nicht lockerlassen. Papa und ich würden uns immerfort Sorgen machen müssen – um uns, um unseren Besitz, um unsere Frauen. Ganz zu schweigen von dem immensen Kostenaufwand. Und wir würden den schlechten Ruf nicht mehr loswerden, der Leuten anhaftet, die eine umstrittene Schuldenlast mit sich herumschleppen.

Vor allem aber würden wir nie mit meinem toten Bruder ins reine kommen.

Die Herrschaften wurden unserer überdrüssig. Ich sah ihnen an, daß sie drauf und dran waren, uns rauswerfen zu lassen.

Mein Vater gab als erster zu, daß sich die Verhandlungen hoffnungslos festgefahren hatten. »Ich kann Ihnen den Phidias nicht ersetzen; es gibt kein vergleichbares Stück. Und das Lockermachen einer halben Million bringt mich um meine Liquidität.«

»Veräußern Sie Ihre Vermögenswerte«, riet Carus ungerührt.

»Dann bliebe mir hinterher nichts als ein leeres Warenlager und ein ausgeräumtes Haus.«

Carus zuckte nur die Schultern.

Mein Vater erhob sich und sagte mit einer Würde, die ich ihm kaum zugetraut hätte: »Meinen ganzen Besitz zu veräußern, Carus, dauert seine Zeit!« Jetzt bat er nicht mehr um Entgegenkommen, sondern stellte Bedingungen. Carus und Servia würden darauf eingehen, denn sie wollten schließlich ihr Geld. »Komm, Marcus«, sagte mein Vater ruhig. »Laß uns heimgehen. Mir scheint, wir haben eine Menge zu erledigen.«

Dieses eine Mal verzichtete ich darauf, den Leuten plausibel zu machen, daß er und ich unter »Heim« verschiedene Örtlichkeiten verstanden.

Geminus verließ das Haus mit steinerner Miene. Ich folgte ihm nicht weniger verzweifelt. Eine halbe Million! Das war mehr, als ich bereits erfolglos für meine eigenen teuersten Zwecke aufzutreiben versucht hatte, mehr Geld, als ich je auf einem Haufen zu sehen hoffte. Und wenn ich jemals eine annähernd große Summe in die Finger bekäme, wollte ich mir damit die Heirat mit Helena ermöglichen. Den Traum konnte ich mir ein für allemal aus dem Kopf schlagen, falls ich mich in diese Geschichte hier mit reinziehen ließ.

Aber trotzdem, selbst wenn ich mich damit endgültig ruinieren sollte – meinem Vater durfte ich nicht allein die ganze Schuldenlast meines nichtsnutzigen Bruders aufbürden.

# XLIV

Wir waren zu Fuß zum Haus der Kunstsammler gegangen, und zu Fuß traten wir den Heimweg an.

Das trifft es nicht ganz, denn mein Vater legte diesmal ein grimmiges Tempo vor. Ich störe einen Mitmenschen nicht gern in seinem Kummer – und wenn ein Mann gerade erfolglos versucht hat, sich einer Schuldenlast von einer halben Million Sesterzen zu entledigen, dann hat er allen Grund zum Kummer. Also marschierte ich neben Papa her, und da er offenbar schweigend zürnen wollte, leistete ich ihm auch hierin treulich Gesellschaft.

Während er die Via Flaminia entlangstürmte, war Vaters Gesicht so freundlich wie Jupiters Donnerkeil, und wahrscheinlich war auch meines nicht so liebenswürdig wie sonst.

Ich schritt nicht nur scharf aus, ich dachte auch scharf nach.

Wir waren fast in den Saepta angekommen, als er unvermittelt eine Weinschenke ansteuerte.

»Ich brauch was zu trinken!«

Mir ging's nicht anders, nur hatte ich leider immer noch furchtbares Kopfweh.

»Ich setz mich solange hin und warte.« Kraftstrotzende Steinmetze meißelten an meiner Schädeldecke herum. »Ich hab letzte Nacht die Stimmbänder von zwei Malern geölt.«

Papa konnte sich nicht entscheiden, welcher von den an der Wand angeschriebenen Weinen stark genug war, um ihm gnädiges Vergessen zu bescheren, doch jetzt hielt er mitten in der Bestellung inne. »Was für Maler?«

»Der eine heißt Manlius, der andere Varga.« Ich stockte auch, allerdings nicht wegen Überlastung der grauen Zellen, so wie er. Ich hatte bloß den Ellbogen auf die Theke gestützt und äugte dumpf in die Runde, wie jeder Sohn, der seinen Vater bei einem Zug durch die Gemeinde begleitet. »Festus war mit den beiden befreundet.«

»Ich kenne sie auch! Erzähl weiter!« drängte mein Vater.

»Es geht um einen verschwundenen Bildhauer, der früher mit diesen Malern zusammengewohnt hat . . . «

»Und wie heißt der?« wollte Papa wissen.

Der Kellner wurde langsam nervös. Er spürte, daß ihm gleich ein Verdienst durch die Lappen gehen würde.

»Orontes Mediolanus.«

»Der ist doch gar nicht verschwunden! Das müßte ich sonst wissen, weil ich diesen faulen Hund nämlich für Kopien und Restaurationsarbeiten beschäftige. Mindestens bis zum letzten Sommer hat Orontes bei diesen Nichtstuern auf dem Caelius gewohnt. Die zwei haben deinen Wein gesoffen und dich gelinkt!«

Jetzt konnte der Kellner seinen Verdienst abschreiben.

Wir machten uns auf die Socken, um Manlius und Varga zu suchen.

Fast der ganze Nachmittag ging für diese Jagd drauf. Mein Vater schleppte mich zu Horden schlafmütziger Freskenmaler nebst üppiger Modelle; wir klapperten die übelsten Pensionen ab, stiegen endlose Treppen zu eiskalten Ateliers und wackligen Dachkammern hinauf und inspizierten halb ausgemalte Villen. Wir durchstreiften ganz Rom. Sogar in der Suite des Palastes versuchten wir unser Glück. Domitian Caesar ließ sie gerade ockergelb streichen, damit sie elegant genug wäre für Domitia Longina, das appetitliche Luder, das er dem Ehemann weggeschnappt und hier als seine Frau untergebracht hatte.

»Unvergleichlich!« raunte mein Vater mir zu. In Wahrheit gab es noch jede Menge Vergleichbares, denn die Flavier hatten keinen sonderlich originellen Geschmack. Zudem dilettierte Domitian in diesem Stadium nur mit allen möglichen Ideen; ehe er seinen großen Plan von einem neuen Palatin ins Werk setzen konnte, würde er den Tod von Vater und Bruder abwarten müssen. Ich sagte rundheraus, was ich von seiner klischeehaften Innenausstattung hielt. Natürlich kroch Papa sofort vor den internen Kenntnissen eines kaiserlichen Agenten zu Kreuze. »Recht hast du!« rief er. »Und wenn man's genau bedenkt, ist ja selbst Ehebruch mit einer Königin der Schickeria heutzutage längst nicht mehr originell. Schließlich haben sowohl Augustus als auch dieser widerliche kleine Caligula sich ihre Gattin von einem anderen geklaut.«

»Das wär nichts für mich. Als ich mir eine Senatorentochter schnappte, hab ich mir doch wenigstens eine ausgesucht, die vorsorglich schon geschieden war, ehe ich ihr Avancen machte.«

»Sieht dir ähnlich!« Er lächelte süffisant. »Dich hätte es ja auch viel zu sehr geniert, in aller Öffentlichkeit als Ehebrecher kritisiert zu werden ...«

Endlich nannte uns jemand die Adresse, wo unsere Opfer derzeit arbeiteten. Den Weg dorthin legten wir schweigend zurück. Diesmal hatten wir keinen Plan. Ich war wütend, hielt es jedoch nicht für nötig, mich darüber auszulassen. Und danach, wie Papa sich fühlte, erkundigte ich mich auch nicht, sollte es aber bald erfahren.

Das fragliche Haus wurde komplett renoviert. Über dem Eingang erhob sich ein gefährlich wackliges Gerüst, und alte Ziegel flogen von oben in einen schlecht plazierten Korb. Offenbar war der Polier dieser Baustelle ein verpennter Schlamper. Mühsam bahnten wir uns zwischen einem Gewirr von Böcken und Leitern hindurch einen Weg und stolperten gleich hinter der Tür über eine Werkzeugtasche. Papa hob sie geistesgegenwärtig auf, und als der Wächter von dem Damespiel aufblickte, das zwischen den staubigen Steinen eines halbfertigen Mosaikbodens aufgebaut war, rief ich kaltblütig: »Haben Sie Titus irgendwo gesehen?« Er hob träge den Arm, und schon eilten wir vorbei, zum Schein der Richtung folgend, die er uns wies.

Einen Zimmermann mit Namen Titus findet man auf jeder Baustelle. Wir bemühten ihn noch mehrmals, um uns weiter durchzuschwindeln. Sogar bei einem feisten Umstandskrämer in eleganter Toga, wahrscheinlich dem Hausbesitzer persönlich, kamen wir damit durch. Er runzelte bloß mißbilligend die Stirn, als wir uns an ihm vorbei über einen Flur mogelten. Was Wunder! Sein Anwesen war schließlich seit Monaten in den Händen von Rüpeln und Flegeln. Er beklagte sich schon lange nicht mehr, wenn sie ihn beiseite schubsten, auf sein Akanthusbeet pinkelten oder in ihren dreckigen Tuniken auf seinem liebsten Lesesofa Mittagsschlaf hielten.

»'tschuldigung, Chef!« raunzte mein Vater. Wenn er es drauf anlegte, hörte er sich wie ein ungelernter Plebejer an, der eben seine Spitzhacke in eine Rohrleitung gerammt hat und sich nun so rasch wie möglich aus dem Staub machen will.

Ich wußte, daß wir Manlius im Bereich des Atriums finden würden, doch dort war, als wir ankamen, zuviel Betrieb. Darum arbeiteten wir uns erst mal durch die Speiseräume vor und hielten nach geschändeten Sabinerinnen Ausschau. Es war ein sehr großes Haus mit drei verschiedenen Triklinien: Varga verschönte seine Sabinerinnen im letzten.

Der Stukkateur hatte ihm eben ein neues Teilstück vorgefertigt. Bei Fresken kommt es vor allem auf die Schnelligkeit des Malers an. Varga stand vor einer großen Fläche frisch verputzter, noch feuchter Wand. Die Unterzeichnung mit etlichen lustvoll emporgereckten Hinterteilen hatte er bereits verfertigt, auch die fleischrosa Farbe war angerührt, und in der Hand hielt er einen tropfnassen Dachshaarpinsel.

In dem Moment erschienen wir auf der Bildfläche.

»Holla, Varga! Laß den Pinsel fallen! Hier kommen die Didius-Jungs!« Dieses rauhe Kommando, das mich fast ebenso erschreckte wie den Maler, hatte Papa gegeben.

Varga, der eine lange Leitung hatte, hielt seinen Pinsel fest umklammert.

Mein Vater, wie gesagt ein kräftiger Mann, packte den Maler mit einer Hand am Arm, stemmte ihn mit der anderen in die Höhe und schwang ihn so geschickt im Halbkreis herum, daß ein leuchtendrosa Pinselstrich im Zickzack just über die drei Meter frisch verputzter Wand fuhr, die eben erst ein sündteurer Handwerker mit einer vollkommenen, noch feuchten Putzschicht versehen hatte.

»Hier könnte Mico noch was lernen! Was ist, Marcus? Steh dir nicht die Beine in den Bauch, Junge, sondern laß uns die Tür da ausheben. Dann holst du drüben aus der Küche die Wäscheleine für die Geschirrtücher . . .«

Ich gehorchte verdutzt. Eigentlich lasse ich mich nicht gern herumkommandieren – aber das war mein erster Einsatz als offiziell anerkanntes Mitglied der »Didius-Jungs«. Harte Männer, fürwahr.

Ich hörte Varga stöhnen. Mein Vater hatte ihn fest am Kragen, und von Zeit zu Zeit beutelte er ihn geistesabwesend und schüttelte ihn wohl auch mal kräftig durch. Als ich aus der Küche zurückkam, ließ Geminus den Maler los und half mir, eine reichverzierte Falttür aus den bronzenen Angeln zu heben. Varga schnappte so angestrengt nach Luft, daß er gar nicht an Flucht denken konnte. Wir packten ihn aufs neue und banden ihn mit gespreizten Armen und Beinen an der Tür fest. Dann stemmten wir die Tür an die Wand gegenüber der, die Varga hätte bemalen sollen. Ich wickelte das übrige Seil ordentlich auf, wie die Flaggleine an Deck eines Schiffes, und da die feuchten Küchentücher immer noch dranhingen, sah es auch wirklich so aus.

Varga hing mit dem Kopf nach unten an der Tür. Guter Oberputz ist sehr, sehr teuer. Er muß bearbeitet werden, solange er noch feucht ist. Einem Freskenmaler, der den rechten Augenblick verpaßt, wird die fällige Wiederholung von seinem Lohn abgezogen.

Papa legte mir den Arm um die Schulter und sprach, an das Gesicht auf der Höhe seiner Stiefel gewandt: »Varga, dies ist mein Sohn. Wie ich höre, habt ihr ihm einen Bären aufbinden wollen, du und Manlius!« Varga gurgelte nur etwas Unverständliches.

Mein Vater und ich gingen hinüber an die neuverputzte Wand, setzten uns rechts und links von der feuchten Fläche auf den Boden, verschränkten die Arme und lehnten uns zurück.

»Also, Varga, wir hören!« drängte Papa freundlich.

Ich bleckte die Zähne zu einem gemeinen Grinsen. »Er kapiert's nicht!«

»Doch, doch!« versicherte mein Vater in aller Gemütsruhe. »Weißt du, ein Freskenmaler, der gefesselt zusehen muß, wie sein Putz trocknet, ist einer der traurigsten Anblicke von der Welt, finde ich ...«

Langsam wandten Vater und ich den Kopf, um nach dem antrocknenden Putz zu sehen.

Fünf Minuten lang hielt Varga es noch aus. Mittlerweile war er puterrot im Gesicht, blieb aber eisern.

»Erzähl uns was über Orontes«, schlug ich vor. »Du weißt doch, wo er ist.«

»Orontes ist verschwunden!« stotterte Varga.

»Nein, Varga«, korrigierte Papa ihn freundlich. »Orontes hat noch vor kurzem in eurem Rattenloch auf dem Caelius gehaust. Erst letzten April hat er mir eine Syrinx repariert, der eine Röhre fehlte. Er hat das so stümperhaft gemacht wie gewöhnlich, deshalb habe ich ihn erst im November bezahlt.« Mein Vater arbeitete leider mit jenen unfairen Geschäftsmethoden, die einen kleinen Handwerker, der zu stolz zum Feilschen ist, in arge Bedrängnis bringen können. »Und das Geld wurde in eurer Bruchbude abgeliefert!«

»Wir haben's geklaut!« log Varga dreist.

»Dann hättet ihr das Schwein von seinem Siegelring fälschen müssen – und wer von euch beiden hat dann seine Arbeit gemacht?«

»Ach, hau doch ab, Geminus!«

»Tja, wenn der Kerl so darüber denkt ...« Papa rappelte sich auf. »Marcus, die Sache fängt an, mich zu langweilen.« Damit kramte er in dem Beutel an seinem Gürtel und brachte schließlich ein langes Messer zum Vorschein.

# XLV

»Nicht doch, Papa«, widersprach ich matt. »Das wird ihn zu Tode erschrecken. Du weißt doch, wie feige diese Maler sind.«

»Keine Angst, ich tu ihm nicht übermäßig weh!« Papa zwinkerte mir zu, ließ die Muskeln spielen und schwang das Messer, ein robustes Kücheninstrument, mit dem er normalerweise vermutlich sein Mittagessen in mundgerechte Happen schnitt. »Aber wenn der Kerl schon nicht das Maul aufmacht, dann wollen wir doch wenigstens unsren Spaß haben ...« Seine Augen flackerten gefährlich; er war aufgekratzt wie ein Kind auf dem Gänsemarkt.

Im nächsten Moment riß mein Vater den Arm zurück und warf das Messer. Es bohrte sich federnd ins Türholz, und zwar genau zwischen den Beinen des Malers, die wir gespreizt festgebunden hatten – aber so weit gespreizt nun auch wieder nicht.

»Geminus!« quiekte Varga, der mit Recht um seine Männlichkeit bangte.

»Autsch! Das hätte ins Auge gehen können ...« Verblüfft und natürlich herausgefordert von Papas Zielsicherheit, rappelte auch ich mich auf und zog den Dolch aus meinem Stiefel.

Papa inspizierte seinen Wurf aus der Nähe. »Da hätte ich den armen Tropf doch um ein Haar kastriert ... Bin womöglich doch kein so guter Messerwerfer.«

»Wer weiß«, grinste ich, »vielleicht bin ich noch schlechter als du!« Damit ging ich in Wurfstellung.

Varga schrie um Hilfe.

»Halt die Klappe, Varga«, empfahl Papa ihm gutmütig. »Warte mal, Marcus. Wenn der Kerl so rumzetert, macht es keinen Spaß. Aber das haben wir gleich ...« In der Werkzeugtasche, die mein Vater sich draußen unter den Nagel gerissen hatte, fand sich nach einigem Suchen ein Lappen. Der stank zwar bestialisch und war mit einer nicht identifizierbaren Masse verkrustet, aber Geminus sagte nur ungerührt: »Wahrscheinlich giftig, das Zeug. Na, egal – ich werde ihn damit knebeln, und dann kannst du ungestört dein Ziel anpeilen ...«

»Manlius weiß Bescheid«, schluchzte der Freskenmaler mit letzter Kraft. »Orontes ist sein Freund. Manlius weiß, wo er ist!«

Wir dankten ihm höflich, doch dann knebelte Papa ihn trotzdem mit dem öligen Lumpen, und wir ließen ihn auch fürs erste an der Tür hängen.

»Das wird dir hoffentlich eine Lehre sein, dich nicht noch mal so leichtfertig mit den Didius-Jungs anzulegen!«

Manlius fanden wir hoch oben auf einem Gerüst im weißen Saal, wo er eben den Fries malte.

»Nein, du brauchst nicht extra runterzukommen, mein Junge! Wir kommen rauf ...«

Ehe der Maler wußte, wie ihm geschah, hatten Papa und ich uns seiner Leiter bemächtigt. Ich griff nach seiner Hand und strahlte ihn freundschaftlich an.

»Nicht doch!« rügte Papa barsch. »Wir haben schon zuviel Zeit damit verschwendet, dem anderen schönzutun. Also mach bei ihm nicht denselben Fehler, sondern versuch's gleich mit der Stiefelkur!«

Soviel zu der Mär, ein Auktionator wäre ein zivilisierter, kunstsinniger Mensch. Ich zuckte entschuldigend die Schultern, überwältigte den Maler mit Bravour und zwang ihn in die Knie.

Hier brauchte ich nicht lange nach einem Strick zu suchen, denn Manlius hatte genug Seile für einen Flaschenzug dabei, mit dem er Farbe und Werkzeug auf seine Arbeitsplattform raufhievte. Mein Vater wickelte bereits das Tau von der oberen Rolle ab und stieß den Eimer, der daran hing, in die Tiefe. Dann säbelte er den Strick durch, und wir fesselten Manlius' Hände mit dem kurzen Ende. Anschließend knotete Papa ihm das längere Stück um die Füße. Als der Maler gut verschnürt war, stemmten wir ihn, ohne uns abzusprechen, gleichzeitig in die Höhe und rollten ihn über den Rand des Gerüsts.

Der Schrei, den Manlius im freien Fall ausstieß, verstummte, als wir ihn mit einem kräftigen Ruck am Seil in der Schwebe hielten. Sobald der Ärmste sich an diese neue Lage gewöhnt hatte, stöhnte er nur noch ganz leise.

»Wo ist Orontes?«

Er verweigerte die Antwort.

»Irgendwer«, brummte Papa, »hat diesen Trotteln entweder ein Vermögen gezahlt oder sie in Todesangst versetzt.«

»Schon recht«, meinte ich mit einem Blick nach unten. »Dann müssen wir den hier nur noch ein bißchen mehr das Fürchten lehren.«

Gesagt, getan! Wir kletterten nach unten und zerrten den Mörtel, den der Stukkateur hatte stehen lassen, quer durch den Raum bis genau unter den baumelnden Manlius. Er hing knapp einen Meter über der Wanne und beschimpfte uns.

»Und jetzt, Papa? Ich schlage vor, wir füllen den Trog mit Zement, werfen den Kerl hinein, lassen das Zeug hart werden und kippen ihn schön einzementiert in den Tiber. Dann müßte er doch untergehen, oder?« Manlius hielt sich wirklich tapfer. Aber vielleicht zählte er ja auch darauf, daß es selbst in Rom, wo man an allerhand Frivolitäten auf den Straßen gewöhnt ist, schwer sein würde, einen in Zement gegossenen Mann bis zum Fluß zu schleppen, ohne die Ädilen stutzig zu machen.

»Da ist noch jede Menge Farbe übrig. Mal sehen, was wir damit anfangen können ...«

»Hast du schon mal Putz angerührt? Nein? Dann komm, ich zeig's dir!«

Wir hatten einen Mordsspaß. Erst kippten wir jede Menge trockenen Mörtel in den Trog, gossen Wasser dazu und rührten das Ganze kräftig um. Dann schlugen wir die Masse mit einem Rinderborstenquirl steif und versuchten zum guten Schluß, einen Eimer weiße Farbe drunterzumischen. Das Resultat war unbeschreiblich scheußlich, was aber unsere Experimentierfreude erst recht beflügelte. Wir durchwühlten den Korb des Malers auf der Suche nach bunten Farben und spritzten johlend rote, blaue, schwarze und goldene Kleckse auf unsere Kreation.

Zu den geheimnisvollen Ingredienzen, mit denen ein Stukkateur hantiert, gehört auch Eselsmist. Wir fanden ganze Säcke davon und kippten deren Inhalt auch noch in unsere schöne Matsche – nicht ohne wortreich über den Geruch zu jammern.

Ich kletterte wieder auf das Gerüst. Nachdem ich kurz meinen kunstkritischen Kommentar zu den Girlanden, Fackeln, Vasen, Tauben, Vogelbädern und auf

Panthern reitenden Cupidos abgegeben hatte, die Manlius allesamt in seinem Fries vereinen wollte, band ich das Seil los, an dem unser Opfer hing. Nun stemmte ich mich mit den Hacken fest gegen die Bohlen der schwankenden Plattform, lehnte mich zurück und ließ ein Stück Seil nach. Papa ermunterte mich mit flotten Sprüchen.

»Noch ein Stück! Ja, noch ein, zwei Fingerbreit ...« In einer nervenaufreibenden Abfolge kleiner Rucke sank Manlius mit dem Kopf voran auf die üble Pampe zu. »Vorsicht, Marcus! Jetzt wird's heikel ...«

Der Maler verlor die Nerven und versuchte, sich wild zappelnd an das rettende Gerüst zu hangeln. Da ließ ich abrupt eine ganze Elle Seil ablaufen. Manlius erstarrte wimmernd.

»Und jetzt sag uns, wo Orontes ist!«

Ein letztes Mal noch schüttelte er wutentbrannt und mit zusammengekniffenen Augen den Kopf. Dann tunkte ich ihn ein.

Ich ließ ihn nur so weit fallen, daß sein Haar in der Brühe verschwand. Dann zog ich ihn wieder ein paar Zentimeter weit hoch, sicherte das Seil und kletterte hinunter, um meine Leistung zu begutachten. Papa wieherte schadenfroh – wirklich herzlos! Manlius hing schlaff über dem Bottich, sein sonst schwarzes Haar klebte ihm nun als eklig weiße Schmiere am Kopf, hier und da mit roten und blauen Streifen aufgefrischt. Der Pegelstand verlief genau entlang der Brauen, die so buschig waren, daß sie reichlich von der klebrigen weißen Pampe aufnehmen konnten.

»Das hätte ich auch nicht besser hingekriegt«, lobte Papa.

Das Haar des Malers stellte sich unter dem Gewicht des triefenden Putzes allmählich zu einem grotesken

Dornen- und Stachelgestrüpp auf. Ich packte seinen schreckensstarren Körper mit beiden Händen um die Mitte und versetzte ihn in eine sanfte Schaukelbewegung. Manlius schwang nach rechts, dann nach links und pendelte schließlich träge wieder nach rechts. Nach einer Weile gebot Papa dem hübschen Spiel mit dem Rührstock Einhalt.

»Nun hör mal zu, Manlius. Wenn du vernünftig bist und den Mund aufmachst, werde ich deiner Qual sofort ein Ende bereiten. Aber wenn du uns nicht helfen willst, dann überlasse ich dich meinem verrückten Sohn, und der läßt dich glatt in diesem hübschen Matsch ersaufen.«

Manlius kniff die Augen noch fester zu. »O ihr Götter ...«

»Die helfen dir auch nicht – es sei denn, du sagst uns, wo Orontes ist«, knurrte ich.

»Nicht in Rom ...«

»Er *war* aber hier!« donnerte Geminus.

Manlius brach zusammen. »Ja, er dachte, die Luft wär rein, und da ist er zurückgekommen. Aber jetzt ist er wieder weg ...«

»Wovor hatte er Angst?«

»Das weiß ich nicht ...« Wir ließen ihn noch eine Runde pendeln. Allmählich war es ihm bestimmt nicht mehr angenehm, mit dem Kopf nach unten am Seil zu baumeln. »Vor ... vor den Fragen der Leute!«

»Wen meinst du mit ›Leute‹? Censorinus? Laurentius? Oder etwa uns?«

»Euch alle!«

»Schön, aber *warum* fürchtet er sich? Was hat er angestellt, Manlius?«

»Das weiß ich wirklich nicht. Eine ganz große Sache ... in so was hätte er mich niemals eingeweiht.«

Mir kam eine Ahnung, die sich von Minute zu Minute zur Gewißheit verdichtete. Ich packte Manlius am Ohr. »Hatte mein Bruder Festus Streit mit ihm?«

»Kann schon sein . . . «

»Wegen einer verschollenen Statue?« fragte mein Vater.

»Oder wegen einer Statue, die gar nicht verschollen war«, fauchte ich.

»Die von einem Schiff kam, das niemals untergegangen ist . . . «

»Doch, das Schiff ist gesunken«, stöhnte Manlius. »Das ist die reine Wahrheit, glaubt mir! Als Orontes das erste Mal aus Rom verschwand, um Festus nicht zu begegnen, hat er's mir erzählt. Das Schiff ist mitsamt der Statue gesunken.«

»Und was hat er dir sonst noch erzählt?«

»Nichts! Gar nichts! Oh, bitte, laßt mich runter . . . «

»Warum hat er dir nichts erzählt? Ihr seid doch Freunde, oder?«

»Er hatte sein Wort gegeben . . . «, flüsterte Manlius so ehrfürchtig, als wage er nicht einmal das auszusprechen. »Man hat ihm sehr viel Geld gezahlt, damit er den Mund hält . . . « Ich hielt es nicht für ausgeschlossen, daß diese romantischen Freizeitrevoluzzer sich tatsächlich an ein solches Ehrenwort gebunden fühlten, selbst wenn die Schurken, die sie bestochen hatten, ganz üble Verbrecher sein mochten. Aber Typen wie Manlius und seine Freunde hatten vermutlich nicht den moralischen Weitblick, wahre Verbrecher überhaupt als solche zu erkennen.

»Und wer hat ihn bezahlt?«

»Das weiß ich nicht!« Es klang so verzweifelt, daß ich geneigt war, ihm zu glauben.

»Also noch mal zum Mitschreiben«, bohrte Geminus weiter. »Als Festus nach Rom kam, weil er sich Orontes vorknöpfen wollte, hat Orontes davon Wind bekommen und sich verdrückt.« Manlius versuchte zu nicken, was aber in seiner Stellung nicht leicht war. Aus seinen Haaren und Brauen tropften Farbe und nasser Putz, und er klapperte seltsam hektisch mit den Lidern. »Und nach Festus' Tod dachte Orontes, nun sei die Gefahr vorbei und er könne zurückkommen?«

»Er liebt eben seine Arbeit ...«

»Quatsch! Er liebt es, der Familie Didius das Leben schwerzumachen! Wie denkt sich das dein schlauer Freund denn nun in Zukunft? Will er etwa jedesmal türmen, wenn wieder jemand kommt und neugierige Fragen stellt?« Abermals ein mattes Nicken, gefolgt von weiterem Getropfe. »Dann beantworte mir noch eine Frage, du armseliges Früchtchen: Wo versteckt sich der Feigling, wenn er aus Rom flieht?«

»In Capua«, stöhnte Manlius. »Er wohnt jetzt in Capua.«

»Aber nicht mehr lange!« prophezeite ich.

Wir ließen den Maler an seinem Gerüst hängen, aber im Hinausgehen wiesen wir den Wächter darauf hin, daß im Triklinium der Sabinerinnen und im weißen Empfangssaal vielleicht nicht alles in Ordnung sei. Er brummelte in seinen Bart, er würde nachsehen, wenn er seine Partie Dame zu Ende gespielt habe.

Papa und ich traten hinauf auf die Straße und kickten mißmutig Kieselsteine über das Pflaster. Man konnte es drehen und wenden, wie man wollte: Wenn wir diesen Fall aufklären wollten, mußte einer von uns nach Capua.

»Hältst du Manlius für glaubwürdig? Können wir uns darauf verlassen, daß Orontes in Capua ist?«

»Ich denke schon. Manlius und Varga haben mir gestern schon erzählt, daß sie vor kurzem in der Campania waren – ich wette, da haben sie ihren Kumpel in seinem Versteck besucht.«

»Wehe dir, wenn du dich irrst, Marcus!«

Im unwirtlichen Monat März erschien dem älteren Mitglied der eben noch so martialischen Didius-Jungs die Reise hinunter in die Campania, nur zu dem Zweck, eine schmutzige Geschichte aus einem Bildhauer herauszuprügeln, offenbar wenig verlockend.

Aber selbst wenn es anders gewesen wäre: Solange mein Versprechen Mutter gegenüber noch nicht eingelöst war, konnte ich wohl kaum meinen Vater vorschicken.

# XLVI

Wir kamen aus dem äußersten Norden der Stadt und machten uns in gedrückter Stimmung in die entgegengesetzte Himmelsrichtung auf. Diesmal begnügten wir uns mit einem flotten Spazierschritt. Papa war auffallend schweigsam.

Wir erreichten die Saepta Julia. Papa ging weiter. Ich war inzwischen so daran gewöhnt, Seite an Seite mit ihm ins Verderben zu laufen, daß ich erst keine Einwände machte, aber nach einer Weile erkundigte ich mich doch: »Ich dachte, wir wollten zurück in die Saepta?«

»Ich geh nicht in die Saepta.«

»Das sehe ich, wir haben die Promenade ja längst hinter uns gelassen.«

»Ich hatte nie die Absicht, in die Saepta zu gehen, und ich habe schon bei Carus gesagt, wohin wir wollen.«

»Du hast gesagt: ›heim‹.«

»Eben. Genau dahin gehe ich jetzt. Du aufgeblasener Wicht kannst tun, was dir beliebt.«

Heim! Er sprach von dem Haus, in dem er mit seiner Rothaarigen wohnte.

Ich war fassungslos.

Noch nie war ich im Haus meines Vaters gewesen, auch wenn ich den Verdacht hatte, daß Festus dort ein und aus gegangen war. Ging ich jetzt mit, würde meine Mutter mir das nie verzeihen. Ich gehörte nicht zu Papas neuem Leben und würde nie dazugehören. Wenn ich trotzdem weiter an seiner Seite blieb, dann nur, weil es eine grobe Unhöflichkeit gewesen wäre, einen Mann seines Alters, der eben einen bösen Schock erlitten und mit dem ich gerade einen herrlichen Rabatz veranstaltet hatte, einfach mitten auf der Straße im Stich zu lassen. Schließlich hatte er nicht wie sonst seine Leibwächter dabei, obwohl er doch von Carus und Servia bedroht wurde. Außerdem hatte er mich eigens engagiert, damit ich ihn beschützte. Da war es ja wohl das mindeste, daß ich ihn sicher bis vor seine Tür geleitete.

Er schleifte mich den ganzen Weg von den Saepta Julia vorbei am Circus Flaminius, am Portikus Octavia und dem Marcellus-Theater bis hin zum Kapitol. Von dort ging es unaufhaltsam weiter, vorbei an der Tiberinsel, dem alten Forum Boarium, einem ganzen Haufen von Tempeln sowie dem Pons Sublicianus und dem Pons Probus.

Endlich waren wir am Ziel! Aber jetzt mußte ich wieder warten, während er nach seinem Hausschlüssel suchte. Natürlich konnte er ihn nicht finden, und so zog er schließlich heftig an der Glocke, damit man uns von drinnen öffne. Ich zockelte hinter ihm her in seine hübsche Eingangshalle. Er warf den Mantel ab, schnürte die Stiefel auf, bedeutete mir mit barscher Geste, es ihm nachzutun – und erst als ich barfuß und wehrlos vor ihm stand, erklärte er spöttisch: »Kannst wieder Luft holen! Sie ist nicht da.«

Vor Erleichterung wäre ich fast in Ohnmacht gefallen.

Papa warf mir einen verächtlichen Blick zu. Ich gab ihm zu verstehen, daß das Gefühl auf Gegenseitigkeit beruhte. »Ich hab ihr ein kleines Geschäft eingerichtet, damit sie aufhört, ihre Nase in meins zu stecken. Dienstags geht sie immer hin, um die Löhne auszuzahlen und die Buchführung zu machen.«

»Heute ist nicht Dienstag«, bemerkte ich unwirsch.

»Ich weiß, aber letzte Woche hatten sie Ärger im Betrieb, und nun hat sie die Handwerker da, weil einiges instand gesetzt werden muß. Sie wird den ganzen Tag fort sein.«

Ich setzte mich auf eine Truhe, während er wegging, um mit seinem Verwalter zu sprechen. Ein Sklave brachte mir ein Paar Sandalen und nahm meine Stiefel zum Putzen mit. Außer ihm und dem Knaben, der uns die Tür geöffnet hatte, sah ich noch etliche dienstbare Geister, und als Papa wiederkam, bemerkte ich trocken: »Na, Personal hast du ja hier ausreichend.«

»Ich hab eben gern Menschen um mich.« Und ich hatte immer gedacht, er habe uns vor allem deshalb verlassen, weil bei uns zu viele Leute rumwuselten.

»Aber das sind Sklaven!«

»Na und? Ich bin liberal, ich behandle die Sklaven wie meine Kinder.«

»Darauf würde ich gern antworten: Und deine Kinder hast du wie Sklaven behandelt!« Unsere Blicke trafen sich. »Aber ich sag's nicht. Denn es wäre ungerecht.«

»Verschon mich mit erzwungener Höflichkeit, Marcus. Sei ruhig du selbst«, versetzte er mit jenem routinierten Sarkasmus, der sich nur in Familien entwickeln kann.

Papa bewohnte ein hohes, schmalbrüstiges Haus am Flußufer. In diesem feuchten Areal, das wegen des Tiberblicks heiß begehrt war, gab es nur solche handtuchschmalen Grundstücke. Da die Häuser von Überflutungen stark in Mitleidenschaft gezogen wurden, war das Untergeschoß in schlichten, vorwiegend dunklen Farben gehalten. Mir selbst überlassen, warf ich einen Blick in die Zimmer, die rechts und links von der Diele abgingen. In einigen waren die Sklaven untergebracht, andere waren als Büros eingerichtet, in denen Besucher nach ihrem Anliegen gefragt werden konnten. In einer Kammer stapelten sich Sandsäcke für den Notfall einer überraschenden Flutkatastrophe. Das Mobiliar hier unten bestand lediglich aus großen Steintruhen, die gegen Feuchtigkeit relativ unempfindlich waren.

Oben sah es anders aus. Ich zog die Nase kraus und schnupperte den ungewohnten Duft eines fremden Hauses, als ich Papa die Treppe hinauf folgte. Ein weicher Orientteppich dämpfte unsere Schritte. Er hatte diesen Luxusgegenstand tatsächlich zum täglichen Gebrauch auf dem Boden ausgelegt, statt ihn zur Schonung an die Wand zu hängen. Und das war keine Ausnahme: Ich merkte bald, daß alles, was er gehamstert und in diesem Haus zusammengetragen hatte – und das war eine ganze Menge –, zur regulären Nutzung bestimmt war.

Wir durchschritten eine Flucht kleiner, vollgestellter Räume. Sie waren sauber, aber regelrecht mit Schätzen vollgestopft. Der Putz an den Wänden war alt und verblaßt. Wahrscheinlich hatte Papa alles in bescheidenem Umfang herrichten und ausmalen lassen, als er vor zwanzig Jahren mit seiner Rothaarigen hier eingezogen war, und seither nicht mehr renoviert. Doch das Haus paßte zu ihm. Die schlichten Räume mit den traditionellen Simsen und Paneelen in klarem Rot, Gelb oder Meerblau waren die ideale Kulisse für Vaters große und ständig wechselnde Sammlung an Möbeln und Vasen, ganz zu schweigen von dem Nippes und den Schmuckstücken, die jeder Auktionator körbeweise einkauft. Trotz all des Gedränges herrschte ein geordnetes Chaos, und wen ein bißchen Durcheinander nicht störte, der konnte hier gewiß gut leben. Die Atmosphäre wirkte behaglich und komfortabel, es war der Stil von Leuten, die sich zu ihrem eigenen Geschmack bekennen.

Ich bemühte mich, kein zu reges Interesse für die diversen Kunstwerke zu zeigen; sie waren erstaunlich, aber zum Untergang verurteilt. Während Papa vor mir herschritt und im Vorbeigehen das eine oder andere Stück musterte, wirkte er seiner selbst so sicher, wie ich ihn aus der Zeit bei uns nicht in Erinnerung hatte. Hier wußte er, wo alles war, und alles war da, weil er es so wollte – was womöglich auch die Rothaarige einschloß.

Er führte mich in einen Raum, der vielleicht sein Arbeitszimmer war, vielleicht auch der Salon, in dem er abends mit seiner Lebensgefährtin beisammensaß und plauderte. (Auf dem Tisch stapelten sich Rechnungen und Lieferscheine, und auf einer Truhe lag eine auseinandergenommene Lampe, die er offenbar wieder herrichten wollte, unter einem Kissen sah ich eine zierliche Spindel hervorlugen.) Meine Füße versanken in dicken wollenen Teppichen. Zwei Diwane standen einander gegenüber, mit Beistelltischen daneben; etliche anmutige Bronzeminiaturen schmückten die Simse; Lampen und Körbe mit Feuerholz vervollständigten das behagliche Bild. An der Wand hing eine Reihe theatralischer Masken, die vermutlich nicht mein Vater ausgesucht hatte. Auf einem Bord stand eine ganz exquisite Kameenvase aus blauem Glas, neben der er jetzt mit einem verstohlenen Seufzer verweilte.

»Ach, die zu verlieren schmerzt mich! ... Einen Schluck Wein, Marcus?« Und damit holte er die obligate Karaffe aus einem Regal neben seinem Diwan, an dessen Kopfende ein vergoldetes Kitz genau so postiert war, daß er ihm mit leicht ausgestreckter Hand den Kopf tätscheln konnte – wie einem braven Haustier.

»Nein, danke. Ich kuriere lieber erst meinen Kater aus.«

Er hielt den Krug über seinen Becher, schenkte sich aber nicht ein. »Du gibst aber auch keinen Fingerbreit nach, was?« Ich verstand ihn gut, erwiderte seinen fragenden Blick jedoch düster und stumm. »Gut, du bist mit in mein Haus gekommen, aber du gebärdest dich so freundlich wie ein Gerichtsvollzieher. Nein, noch nicht mal«, korrigierte er sich. »Ich hab jedenfalls noch keinen Gerichtsvollzieher erlebt, der einen Becher Wein ausgeschlagen hätte.«

Ich sagte nichts. Nicht auszudenken, wenn ich, statt das Geheimnis meines toten Bruders zu klären, am Ende mit meinem Vater Freundschaft schließen würde. Aber ich glaube nicht an die Art olympischer Ironie. Nein, wir hatten heute allerhand Abenteuer miteinander erlebt und viel Spaß dabei gehabt – aber das war's dann auch.

Mein Vater stellte Karaffe und Becher wieder ab.

»Komm und schau dir meinen Garten an!« Es klang wie ein Befehl.

Wir gingen durch die ganze Zimmerflucht zurück bis zur Treppe. Aber zu meiner Überraschung führte er mich nicht wieder hinunter, sondern noch einen Stock höher. Ich befürchtete schon, das Opfer irgendeines perversen Scherzes zu werden, als wir einen niedrigen

Torbogen mit eichener Tür erreichten. Papa stemmte den Riegel auf, trat beiseite und ließ mich als ersten mit eingezogenem Kopf hindurchschlüpfen.

Es war ein Dachgarten. In gewaltigen Trögen wuchsen Blattpflanzen, Blumen, sogar kleine Bäume. Rosen und Efeu rankten sich an sauber gezogenem Spalier empor, und auch entlang der Brüstung blühten Rosen, die mit Hilfe unsichtbarer Fäden zu Girlanden gewunden waren. Und zwischen schattenspendenden Buchsbäumchen standen zwei Steinsitze mit Löwenhäuptern an den Lehnen und mit Blick über den Fluß bis hin zu Caesars Gärten, der Transtiberina und dem Kamm des Ianiculums, der von hier oben aussah wie der Buckel eines Wals.

»Oh, das ist überwältigend!« Ich brachte mühsam ein verzerrtes Grinsen zustande.

»Ha!« Er gluckste vergnügt. »Jetzt hab ich dich, was?« Natürlich wußte er, daß ich von der Familie mütterlicherseits die Liebe zu allem, was grünt und blüht, geerbt hatte.

Er wollte mich zu einer der beiden Steinbänke dirigieren, doch ich stand schon vorn an der Brüstung und genoß die herrliche Aussicht. »Was bist du doch für ein verdammter Glückspilz! Wer macht die Gartenarbeit?«

»Ich hab ihn selbst angelegt. Mußte eigens das Dach verstärken lassen. Jetzt weißt du, warum ich so viele Sklaven habe. Wasser und Erde in Eimern drei Treppen raufzuschleppen ist kein Vergnügen. Ich verbringe fast jede freie Stunde hier oben ...«

Das wunderte mich nicht. Ich hätte es genauso gemacht.

Wir setzten uns jeder auf eine Bank. So war man zusammen und doch für sich. Damit konnte ich umgehen.

»Also.« Er seufzte. »Capua ...«

»Ich fahre hin.«

»Ich komme mit.«

»Nicht nötig. Einen Bildhauer kann ich auch allein zusammenschlagen, und wenn er noch so hinterhältig ist. Zum Glück wissen wir in diesem Fall schon vorher, daß er's ist.«

»Alle Bildhauer sind raffiniert. In Capua gibt's ein ganzes Nest davon. Und du weißt nicht mal, wie Orontes aussieht. Also werde ich dich begleiten, und damit basta. Ich kenne ihn nämlich, und vor allem kenne ich mich in Capua aus.« Klar, er hatte ja auch jahrelang dort gelebt.

»Ach was! In so einem popeligen Dorf in der Campania finde ich mich allemal zurecht«, höhnte ich verächtlich.

»Nichts da! Helena Justina will sicher nicht, daß jeder hergelaufene Taschendieb dich ausraubt oder daß du dich womöglich mit einem Flittchen einläßt . . . «

Ich wollte ihn schon fragen, ob es ihm so ergangen sei, als er nach Capua kam. Aber dan fiel mir gerade noch rechtzeitig ein, daß Papa bei seiner Flucht in die Campania ja sein eigenes Flittchen dabei hatte.

»Was wird während deiner Abwesenheit aus dem Geschäft?«

»Mein Laden ist so gut organisiert, daß er auch mal ein paar Tage ohne mich läuft. Und wenn doch was schiefgehen sollte, dann kann Madame die nötigen Entscheidungen treffen.«

Mit Staunen hörte ich, daß die Rothaarige sein Vertrauen so uneingeschränkt genoß, ja, daß sie sich überhaupt um seine Geschäfte kümmerte. Aus irgendeinem Grund hatte ich sie immer als negativen Charakter gesehen. Außerdem hielt ich meinen Vater für den Typ Mann, der die gesellschaftliche Rolle der Frau streng traditionell definiert. Aber diesen Maßstäben mußte der Rotschopf sich natürlich nicht unbedingt unterwerfen.

Hinter uns öffnete sich die Tür. Erschrocken fuhr ich herum, voller Furcht, daß Papas Rothaarige frühzeitig heimgekommen wäre. Aber es war nur ein Sklave mit einem großen Tablett. Vermutlich war das der Grund für Papas kleine Unterredung mit dem Hausverwalter gewesen. Ein Vogelbad diente als Behelfstisch für das Tablett; Papa wies mit einladender Handbewegung darauf und sagte: »Greif zu, Marcus. Du hast ja noch nicht zu Mittag gegessen.«

Er hatte recht. Es war zwar schon später Nachmittag, aber wir waren nicht dazu gekommen, uns zwischendurch irgendwo zu stärken. Papa bediente sich, ließ mich aber meine eigene Entscheidung treffen. Unter dieser Bedingung schien mir die Einladung akzeptabel, und ich langte kräftig zu.

Es gab nichts Besonderes, nur ein paar kalte Häppchen – eben die Art improvisierter Imbiß, die man eilig zusammenstellt wenn der Herr unerwartet heimkommt. Aber es schmeckte köstlich. »Dieser Fisch, was ist das?«

»Geräucherter Aal.«

»Wirklich gut.«

»Probier ihn mal mit einem Klacks Damaszenerpflaumensauce.«

»Ist das die sogenannte alexandrinische?«

»Mag sein. Ich find sie jedenfalls saulecker. Na, krieg ich dich langsam rum?« fragte Papa verschmitzt.

»Nein, aber sei so gut und reich mir die Brötchen, ja?«

Es waren gerade noch zwei Streifen Aal übrig, und wir stießen mit unseren Messern danach wie Kinder, die sich um ein paar rare Leckerbissen balgen.

»Ein gewisser Hirrius hatte eine Aalzucht ...« Obwohl Papa das Pferd scheinbar am Schwanz aufzäumte, ahnte ich, daß er, wenn auch auf Umwegen, auf unsere Probleme zu sprechen kommen würde. »Die Zucht hat er eines Tages für vier Millionen Sesterzen verkauft. Hat damals viel Aufsehen erregt, der Handel. Ich wünschte, ich hätte die Kommission gehabt! Uns beiden käme ein solches Polster jetzt wie gerufen, nicht wahr?«

Ich leckte mir die Sauce von den Fingern und holte tief Luft. »Eine halbe Million ... Natürlich legen wir zusammen, bloß habe ich leider nicht viel zu bieten. Komischerweise war ich auch gerade dabei zu sparen, wenn auch bloß auf vierhunderttausend. Bis jetzt hab ich schätzungsweise zehn Prozent davon beisammen.« Und das war optimistisch gerechnet. »Ich bin zwar nicht so indiskret, deine herrlichen Kunstwerke unten schätzen zu wollen, aber ich denke, es sieht für uns beide ziemlich trübe aus.«

»Da hast du recht.« Seltsamerweise schien das meinem Vater aber kaum was auszumachen.

»Ist dir das etwa egal? Du hast doch hier offensichtlich eine wertvolle Sammlung zusammengetragen, an der du bestimmt sehr hängst. Trotzdem hast du Carus und Servia gesagt, du würdest verkaufen.«

»Kaufen, verkaufen – das ist mein Beruf!« antwortete er schroff. Doch dann räumte er ein: »Du hast ganz recht. Um diese Schuldenlast zu tilgen, müßte ich das Haus leerräumen bis auf das letzte Stück. Die Sachen in den Saepta gehören mir zum größten Teil nicht, denn als Auktionator versteigert man bekanntlich in erster Linie das Eigentum der Kunden.«

»Dein Privatvermögen steckt also ganz und gar in diesem Haus?«

»Ja. Grund und Gebäude gehören mir. Das hat eine Stange Geld gekostet, seinerzeit – und ich hab nicht die Absicht, das Anwesen jetzt mit einer Hypothek zu belasten. Aber auf der Bank hab ich nicht viel Bares – das ist mir zu unsicher.«

»Jetzt mal Klartext: Wie flüssig bist du ungefähr?«

»Nicht so liquide, wie du glaubst.« Wenn er ernsthaft daran denken konnte, eine halbe Million aufzutreiben, dann war er für meine Verhältnisse direkt ekelhaft reich. Aber wie alle, die eigentlich sorgenfrei sind, klagte er natürlich gern. »Ich hab eine Menge Verpflichtungen. Zum einen sind da die Abschlagszahlungen und natürlich diverse Bestechungsgelder in den Saepta; dann zahle ich meinen Anteil an die Gilde für unsere Bankette und für den Begräbnisfonds. Nach dem Einbruch im Lager muß ich ein paar empfindliche Verluste ausgleichen, von der Entschädigung für die gesprengte Auktion neulich ganz zu schweigen.« Er hätte hinzufügen können: Außerdem zahle ich deiner Mutter immer noch Unterhalt. Ich wußte davon, und ich wußte auch, daß sie sein Geld für ihre Enkelkinder ausgab. Ihre Miete bezahlte ich. »Wenn ich Carus ausbezahle, bleibt mir nur ein leeres Haus.« Er seufzte. »Aber das passiert mir nicht zum ersten Mal. Ich komm schon wieder hoch.«

»Du bist zu alt, um noch mal von vorn anzufangen.« Bestimmt war es nur seinem Alter zuzuschreiben, daß er es sich überhaupt zutraute. Von Rechts wegen hätte er sich bald einen Ruhesitz irgendwo auf dem Lande gönnen sollen. »Warum machst du das eigentlich? Um den Ruf meines großen Bruders zu retten?«

»Eher schon meinen eigenen. Von so einem Klappergestell wie diesem Carus mag ich mich wirklich nicht unterkriegen lassen. Und wie steht's mit dir?« Das war eine unmißverständliche Herausforderung.

»Ich war immerhin der Testamentsvollstrecker unseres Helden.«

»Siehst du, und ich war sein Partner.«

»Auch bei diesem Geschäft?«

»Nein, aber macht das einen Unterschied, Marcus? Wenn er mich gefragt hätte, ob ich mich an einem Phidias beteiligen will, wäre ich selbstverständlich mit fliegenden Fahnen dabei gewesen. Also laß mich die Schulden übernehmen, Junge. Ich hab mein Leben gelebt. Du sollst dir die Chance, das Verhältnis mit deiner Senatorentochter zu legalisieren, nicht verbauen.«

»Vielleicht hab ich die Chance ja gar nicht«, gestand ich kläglich.

Wieder kam einer der diskreten Haussklaven angehuscht und brachte einen dampfenden Krug mit Honig und Wein. Da er uns, ohne zu fragen, beiden einschenkte, nahm ich den dargebotenen Becher. Das Getränk war stark mit indischer Narde gewürzt – eine berauschende Mischung. Wenn man bedenkt, daß es bei uns daheim früher nichts anderes gab als den Bodensatz alten Weins, reichlich mit Wasser verdünnt und mit einem kümmerlichen Blatt Eisenkraut drin, um den Geschmack zu überdecken, dann hatte mein Vater es wahrhaftig weit gebracht.

Das Licht am westlichen Horizont wurde immer schwächer, als der Nachmittag langsam in den Abend überging. Im dämmrigen Dunst jenseits des Tibers erkannte man zur Rechten gerade noch den Ianiculum. Auf diesem Hügel stand ein Haus, von dem ich einmal geträumt hatte, ein Haus, in dem ich gern mit Helena gelebt hätte.

»Wird sie dich verlassen?« Papa hatte anscheinend meine Gedanken gelesen.

»Wenn sie klug ist.«

»Ich hab nicht gefragt, was sie tun *sollte*!«

Ich lächelte. »Wie ich sie kenne, fragt sie auch nicht danach.«

Er schwieg eine Weile. Ich wußte, daß er Helena gern hatte.

Plötzlich beugte ich mich vor, stützte die Ellbogen auf die Knie und umspannte den Becher mit beiden Händen. Mir war etwas eingefallen. »Was hat Festus eigentlich mit dem Geld gemacht?«

»Du meinst die halbe Million?« Papa rieb sich die Nase. Er hatte die gleiche Nase wie ich: Sie verlief in gerader Linie von der Stirn abwärts, ohne Wölbung oder Knubbel zwischen den Brauen. »Das wissen die Götter!«

»Bei seinem Nachlaß hab ich kein Geld gefunden.«

»Und ich hab auch nie was davon gesehen.«

»Habt ihr denn nicht darüber gesprochen, als er dir von dem Phidias erzählte?«

»Festus«, entgegnete mein Vater leicht genervt, »hat mir nie ein Sterbenswörtchen davon gesagt, daß die Sammler den Phidias gleich bezahlt haben! Das erfuhr ich erst viel später von Carus und Servia selbst.«

Ich lehnte mich wieder zurück. »Ob sie ihn wirklich bezahlt haben? Wäre es nicht möglich, daß ihre Quittung gefälscht ist?«

Papa seufzte. »Was meinst du, wie gern ich das geglaubt hätte! Aber ich hab mir den Wisch gründlich angesehen. Du kannst ihn dir ja mal zeigen lassen, wenn du willst ...«

Ich schüttelte nur den Kopf. Unglück zu horten ist nicht meine Art.

Mir fiel kein anderer Ausweg ein: Orontes Mediolanus war jetzt unser einziger Anhaltspunkt.

Wir verbrachten noch einige Zeit damit (meiner Schätzung nach etwa zwei Stunden), die Reisevorbereitungen für Capua zu besprechen. Das war für die Verhältnisse der Familie Didius schon recht kultiviert, aber nichtsdestotrotz wurden all meine vernünftigen Vorschläge zur Abkürzung der Beschwerden einer langen, ermüdenden Reise über den Haufen geworfen. Ich wollte so rasch wie möglich runterreiten, das Geschäft zügig erledigen und wieder heimgaloppieren. Papa pochte darauf, daß seine alten Knochen sich nicht mehr mit einem Pferderücken vertrügen. Er wollte in irgendeinem Mietstall, den er gleich auch vage zum Treffpunkt bestimmte, einen Wagen bestellen. Beim Thema Kostenteilung kamen wir einer Einigung schon näher. Auch die Aufbruchszeit wurde kurz diskutiert, allerdings ohne klares Ergebnis. Die Familie Didius vergällt sich mit der Regelung praktischer Dinge nicht gern das Leben.

Unterdessen erschien wieder ein anderer Diener, diesmal unter dem Vorwand, das Tablett zu holen. Doch ich sah, wie er und Papa einen Blick wechselten, der vielleicht ein verabredetes Zeichen war. »Du gehst dann wohl lieber«, sagte mein Vater diskret.

Niemand erwähnte die Frau, mit der er zusammenlebte, und doch war ihre Anwesenheit jetzt fast spürbar.

Er hatte recht; wenn sie im Haus war, wollte ich möglichst rasch verschwinden. Er brachte mich hinunter. Ich zog eilig Mantel und Stiefel an und ergriff die Flucht.

Das Schicksal war wieder mal gegen mich und stellte mir eine Aufgabe, der ich mich am allerwenigsten gewachsen fühlte: Keine zwei Straßen von Vaters Haus entfernt, mußte ich, der ich mich ohnehin schon als Verräter fühlte, ausgerechnet auf Mama treffen.

# XLVII

Das schlechte Gewissen lastete wie ein zweiter Mantel auf mir.

»Wo kommst du denn hergeschlichen?«

Wir standen an einer belebten Ecke. Jeder Passant muß mir angesehen haben, daß ich ein Sohn war, der ganz bös in der Klemme steckte. Und jeder windige Schuft auf dem Aventin wird sich den ganzen Weg bis zur nächsten Kneipe heimlich ins Fäustchen gelacht haben vor Freude darüber, daß es nicht ihn erwischt hatte.

Nun heißt es ja immer, Ehrlichkeit würde sich auszahlen. »Ich habe mich im eleganten Stadthaus meines Vaters bewirten lassen.«

»Du sahst mir gleich so grün um die Nase aus!« höhnte Mama. »Dabei hab ich dir doch von klein auf eingebleut, Orte zu meiden, an denen du dir eine Krankheit holen könntest.«

»Es war alles blitzsauber«, entgegnete ich matt.

»Und was ist mit dem kleinen Auftrag, den du für mich erledigen solltest?« Ihrem Ton nach zu schließen, hielt sie mich für einen pflichtvergessenen Faulpelz.

»Dein ›kleiner Auftrag‹ hat mich neulich hinter Gitter gebracht – und Helena gleich mit. Aber keine Angst, ich arbeite daran. Darum mußte ich ja auch zu Papa. Du kannst beruhigt sein, ich hab mir heute den ganzen Tag für dich die Hacken abgelaufen. Und morgen muß ich sogar nach Capua deswegen ...«

»Wieso ausgerechnet Capua?« fragte sie scharf. Aus naheliegenden Gründen war Capua bei uns daheim lange Zeit ein Unwort. Die hübsche Stadt galt uns als Synonym für Verrat und Sittenlosigkeit, obwohl man ihr eigentlich nichts weiter vorwerfen konnte (natürlich abgesehen davon, daß sie meinem flüchtigen Vater Gastrecht gewährte), als die Touristen auf der Durchreise nach Oplontis und Baiae mit überteuerten Preisen zu schröpfen und Gemüseanbau zu betreiben.

»Ich muß nach Capua, weil dort ein Bildhauer lebt, der mit Festus zu tun hatte und den ich nach dem bewußten Importgeschäft ausfragen muß.«

»Du allein?«

»Nein, Papa besteht darauf, mich zu begleiten«, gestand ich. Mama stieß einen furchtbaren Jammerlaut aus. »Aber Mutter, was kann ich denn dafür, wenn dein von dir getrennt lebender Mann auf seine alten Tage plötzlich väterliche Rechte geltend macht?«

»Ihr fahrt also zusammen!« Es hörte sich an, als wollten wir Hochverrat begehen. »Ich hätte gedacht, daß du so was tunlichst vermeiden würdest.«

Wenn's nach mir gegangen wäre, hätte ich die ganze Reise vermieden. »Mutter, sei doch vernünftig! Papa kennt diesen Bildhauer, ich nicht. Wie sollte ich den Mann ohne Hilfe aufspüren? Dabei ist er inzwischen unsere einzige Hoffnung, diesen Fall doch noch zu klären. Und damit du gleich Bescheid weißt: Die Geschichte wird in jeder Beziehung sündteuer werden.«

»Ich kann dir ein paar Sesterzen leihen ...«

»Mit ein paar Sesterzen ist es nicht getan. Der Preis dafür, unsere Familie von diesem Problem zu befreien, ist rund eine halbe Million.«

»Ach, Marcus, daß du immer so übertreiben mußt!«

»Nichts da – das sind nackte Tatsachen!« Sie zitterte. Auch ich würde das Zittern kriegen, wenn ich noch oft diese ungeheure Summe aussprechen mußte. »Nun mach dir mal keine Sorgen, das ist schließlich Männersache. Geminus und ich kümmern uns schon darum – aber du mußt dich dann auch mit dem abfinden, was dabei rauskommt. Und damit du's weißt: Wenn wir die

Summe auftreiben, die mein großer Bruder schuldet, dann kann ich all meine Hoffnungen auf eine Heirat mit Helena im Hades begraben. Also verschone mich mit Vorwürfen – ich will zu dem Thema nichts weiter hören. Ändern können wir jetzt ohnehin nichts mehr, und dafür dürfen wir uns bei unserem geliebten Festus bedanken.«

»Du hast deinen armen Bruder ja nie gemocht!«

»Ich habe ihn geliebt, Mama – doch was er mir jetzt antut, schmeckt mir ganz und gar nicht.«

Ich sah, wie Mama das Kinn reckte. »Vielleicht sollten wir die ganze Sache lieber auf sich beruhen lassen«

»Dazu ist es jetzt zu spät.« Ich fror, und ich war hundemüde. »Die andere Partei sorgt schon dafür, daß die Geschichte nicht unter den Teppich gekehrt wird. So, und jetzt geh ich nach Hause. Ich muß unbedingt mit Helena sprechen.«

»Wenn du wirklich mit diesem Mann nach Capua fährst, dann solltest du Helena mitnehmen, damit sie auf dich aufpaßt.«

»Helena ist gerade erst von einer langen und anstrengenden Reise zurückgekommen. Das letzte, wonach ihr der Sinn steht, ist ein Ausflug in die finsterste Campania.« Jedenfalls nicht in Gesellschaft eines abgehalfterten alten Auktionators und eines glücklosen Detektivs, der so deprimiert war wie nie zuvor in seinem Leben.

Meine Mutter stellte sich auf die Zehenspitzen und strich mir das Haar glatt. »Helena wird sich schon dreinschicken. Bestimmt will sie nicht, daß du ohne Beistand in so schlechter Gesellschaft reist.« Ich wollte schon antworten: Mama, ich bin dreißig und keine fünf Jahre alt! Aber mit Argumenten habe ich mich noch nie gegen meine Mutter behaupten können.

Nach landläufiger Meinung war eine Senatorentochter, die sich an einen mickrigen Privatermittler wegwarf, vermutlich selbst ein Synonym für schlechte Gesellschaft.

Aber der Gedanke, ein letztes Mal mit Helena einen draufzumachen, bevor ich vollends pleite ging, munterte mich auf.

Helena Justina wartete schon auf mich.

Zum Abendessen gab es wieder Aal. Heute morgen war offenbar eine Riesenladung auf dem Markt eingetroffen, und nun aß bestimmt ganz Rom das gleiche Gericht.

Die Küche war normalerweise meine Domäne. Da ich annahm, daß meine Liebste nur dazu erzogen worden war, sich züchtig zu betragen und lieblich auszusehen, hatte ich es mir zur Regel gemacht, den Lebensmitteleinkauf und das Kochen selbst zu besorgen. Helena fügte sich dieser Regel, aber manchmal, wenn sie wußte, daß ich viel zu tun hatte und die Gefahr bestand, mit leerem Magen ins Bett zu müssen, lief sie los und besorgte uns außer der Reihe etwas Köstliches. Meine baufällige Küche machte sie zwar nervös, aber sie war durchaus imstande, die Rezepte, die sie früher ihren Dienstboten vorgelesen hatte, selbst nachzukochen. Ihre heutige Überraschung hatte sie in Safransauce gedünstet. Es schmeckte köstlich, und ich schlang tapfer meine ganze Portion runter – schon weil sie mich bei jedem Bissen beobachtete und nach Lob heischte.

Als die Schüssel endlich leer war, lehnte ich mich aufatmend zurück und betrachtete Helena. Sie war wunderschön. Aber ich würde sie verlieren. Irgendwie mußte ich ihr die traurige Nachricht beibringen.

»Wie war's heute mit deinem Vater?«

»Phantastisch! Erst haben wir uns mit ein paar snobistischen Kunstsammlern vergnügt, dann leisteten wir uns den Spaß, zwei Maler fertigzumachen, und nun planen wir einen frivolen Ausflug. Übrigens – hättest du Lust, in die Campania zu fahren?«

»Lust nicht direkt, aber ich komme mit.«

»Ich muß dich allerdings warnen, Papa und ich haben einen ziemlich üblen Ruf: die ungehobelten Didius-Jungs, ein rauhbeiniges Paar, das schon durch bloße Namensnennung die Straßen leerfegt. Deine Aufgabe wäre es, ein bißchen Solidität und Anstand in das Unternehmen zu bringen.«

»Das ist aber schade«, meinte Helena mit blitzenden Augen. »Ich hatte schon gehofft, ich könnte mal das lose Frauenzimmer spielen, das ein Goldstück im Ausschnitt versteckt hat und die Fährleute mit wüsten Flüchen erschreckt.«

Ich grinste. »Gefällt mir unter Umständen noch besser.«

Die aufgesetzte Fröhlichkeit verriet mich. Da sie spürte, daß ich trostbedürftig war, setzte sich Helena auf meinen Schoß und kraulte mir das Kinn. In der Hoffnung auf solche Freuden hatte ich mich unten in der Brunnenpromenade noch schnell rasieren lassen, bevor ich in die Wohnung raufging. »Was ist denn los, Marcus?«

Ich erzählte es ihr.

Helena sagte, sie könne sehr gut auch ohne Standeserhebung und Ehevertrag leben – was vermutlich hieß, sie hatte sowieso nicht damit gerechnet, daß ich es je soweit bringen würde.

Ich sagte, es tue mir furchtbar leid.

Sie sagte, das sehe man mir an.

Ich drückte sie fest an mich in dem Bewußtsein, daß ich sie jetzt von Rechts wegen zu ihrem Vater zurückschicken müßte. Aber ich wußte auch, daß sie damit niemals einverstanden wäre, und das machte mich wieder froh.

»Ich warte auf dich, Marcus.«

»Dann mußt du womöglich ewig warten.«

»Na, wenn schon!« Sie flocht mir kleine Zöpfchen ins Haar. »Willst du mir nicht erzählen, was heute wirklich passiert ist?«

»Ja, weißt du ... eigentlich haben Papa und ich nur den Beweis dafür erbracht, daß, wenn sich mehrere Mitglieder der Familie Didius mit vereinten Kräften der Lösung eines Problems widmen ...«

Helena Justina lachte schon. »Ja?«

»... zwei von uns noch mehr Mist bauen können als einer allein!«

# XLVIII

Horaz, der einmal die Via Appia hinuntergefahren ist, schildert sie in seinen Satiren als ein abwechslungsreiches Pandämonium mit betrügerischen Wirten, Schlaglöchern, Hausbränden, sandigem Brot und entzündeten Augen. Er beschreibt, wie man ihn in großer Hast auf eine Fähre trieb, mit der er die Pontinischen Sümpfe überqueren sollte, dann aber ohne jede Erklärung stundenlang am Kai warten mußte. Und er erinnerte sich, wie er die halbe Nacht wachlag und dem Rendezvous mit einer Schönen entgegenfieberte, die ihn kaltblütig versetzte ...

Verglichen mit uns hatte Horaz es noch gut getroffen.

Er reiste als Protokollführer zu einer Gipfelkonferenz von Triumvirn, hatte reiche Gönner und intellektuelle Begleiter (darunter keinen Geringeren als den großen Virgil), die ihm die Kletten vom Reitmantel klauben konnten, und übernachtete in Privathäusern, wo zu seinem Empfang als erstes Schalen mit duftendem Öl angezündet wurden. Wir dagegen stiegen in Landgasthäusern ab (sofern sie nicht den Winter über geschlossen waren), und anstelle Virgils hatte ich meinen Vater dabei, dessen Konversation um etliche Hexameter hinter echter Poesie herhinkt.

Im Gegensatz zu Horaz hatte ich jedoch eine Mutter, die mir einen Korb voll guten römischen Brotes und genug geräucherte Lukanerwurst für einen Monat mitgegeben hatte. Und ich hatte mein eigenes Mädchen dabei und somit die tröstliche Gewißheit, daß mir, wäre ich von den Strapazen der Reise nicht so zerschlagen gewesen, in jeder von mir gewünschten Nacht eine Schöne lächelnd und fügsam zu Willen gewesen wäre.

Eines, was Horaz auf seiner Reise nach Tarentum erspart blieb, war der Besuch bei seiner Großtante Phoebe nebst einer Menge weiterer übellauniger Verwandter vom Lande. (Falls er diese leidige Pflicht doch mit mir teilte, hat er sie in den Satiren jedenfalls nicht erwähnt, was ich ihm, wenn seine Verwandten Ähnlichkeit mit den meinen hatten, nicht verübeln kann.)

Wir hatten gleich drei Gründe, um in der Handelsgärtnerei haltzumachen. Erstens: Phoebe selbst, die bestimmt schon von Helena gehört hatte und der ich meine Liebste nun unbedingt vorstellen mußte, wollte ich jemals wieder eine Schale von Phoebes Senfkohlsuppe kredenzt bekommen. Zweitens: um Geminus in der benachbarten Mansio einzuquartieren, wo Censorinus und wahrscheinlich auch sein Kamerad Laurentius abgestiegen waren. In der Handelsgärtnerei konnte sich Papa mit Rücksicht auf das, was in unserer Familie als Taktgefühl gilt, nicht mehr blicken lassen. Wir instruierten ihn, es sich in dem Gasthof gemütlich zu machen, dem Wirt einen großen Schoppen zu spendieren und ihn darüber auszuhorchen, was der Centurio (oder vielleicht die zwei Centuriones) im Schilde geführt hatte. Der dritte Grund für meinen Abstecher in die Handelsgärtnerei war der Wunsch, das heimliche Lager meines Bruders zu inspizieren.

Man hört und liest viel über die reichen römischen Landgüter, auf denen Tausende von Sklaven für meist abwesende Senatoren sorgen. Über kleine, bescheidene Höfe, deren Besitzer (wie die Brüder meiner Mutter) Ackerbau für den Eigenbedarf betreiben, schreibt fast nie jemand, aber es gibt sie trotzdem. Vor den Toren Roms und vieler anderer Städte plagen sich lauter wackere, arme Leute, um das Lebensnotwendigste für eine große Familie zusammenzukratzen, deren hungrige Mäuler jeden Gewinn im Nu wieder aufzehren; Jahr für Jahr rackern sich diese braven Menschen ab, ohne daß je mehr als Verdruß und Übellaunigkeit dabei herauskommen. In der Campania haben die Bauern immerhin fruchtbare Böden und gute Straßen, auf denen sie nach einer ertragreichen Ernte rasch zu den Märkten einer Stadt mit schier unersättlichem Appetit gelangen.

So hatten sich meine Eltern auch kennengelernt. Auf einer Fahrt nach Rom hatte Mama unserem späteren Vater ein paar fragwürdige Kohlköpfe angedreht, und als er wiederkam, um sich zu beschweren, ließ sie sich verschämt zu einem Becher Wein einladen. Bestimmt hielt man es seinerzeit für Bauernschläue, daß sie ihn nur drei Wochen später geheiratet hat.

Auf der Fahrt zum Gehöft versuchte ich, Helena die

Familienverhältnisse zu erklären. »Ursprünglich gehörte der Hof meinem Großvater und Großonkel Sacro zu gleichen Teilen. Heute wechseln sich, je nach Lust und Laune, Mamas Brüder in der Bewirtschaftung der Äcker ab. Aber meine Onkel sind ziemliche Vagabunden, und ich kann dir beim besten Willen nicht sagen, welchen von ihnen wir auf dem Hof treffen werden. Sie rennen ständig irgendeiner ausländischen Liebsten hinterher oder müssen sich von Anfällen bitterer Reue darüber erholen, daß ihr Karren einen armen Landmann überfahren hat. Daheim erscheinen sie meist ganz unverhofft, mit Vorliebe dann, wenn gerade ein armes Weib auf dem Küchentisch Zwillinge kriegt und wenn obendrein noch die Rettichernte verhagelt ist. Und dann haben sie nichts weiter im Sinn, als die halbwüchsige Tochter des Ziegenhirten zu vergewaltigen oder die Ackerbaumethoden aufs abenteuerlichste zu modernisieren. Also mach dich auf einiges gefaßt! Seit meinem letzten Besuch hat es in diesem Tollhaus mit Sicherheit mindestens einen Mordskrach gegeben, den einen oder anderen Ehebruch, einen toten Ochsen, der vom Nachbarn vergiftet wurde, und einen lebensgefährlichen Unfall. Wenn Onkel Fabius mal was weniger Aufregendes zustößt als die Entdeckung, daß er einen unehelichen Sohn von einer Frau mit schwachem Herzen hat, die ihm mit dem Gericht droht, ist das für ihn ein verlorener Tag.«

»Ist es nicht ziemlich lästig, auf einem Hof, der doch viel Arbeit macht, dauernd solche Turbulenzen zu haben?«

»Tja, auf dem Lande geht's halt hoch her!« warnte ich.

»Verstehe! Menschen, die tagein, tagaus mit dem prallen Leben konfrontiert sind, entwickeln entsprechend stürmische Gefühle.«

»Mach dich nicht lustig, Weib! Ich hab meine halbe Kindheit auf diesem Hof verbracht. Wann immer daheim der Haussegen schief hing, wurden wir hierher zur Erholung geschickt.«

»Nach dem, was du mir gerade erzählt hast, war es dafür aber ganz und gar nicht der richtige Ort!«

»Ach, weißt du, die Bauern regeln Probleme genauso selbstverständlich, wie sie Salat zupfen ... Aber nun laß mich weitererzählen, sonst sind wir da, bevor ich mit allem durch bin. Also, inmitten all dieser Zwistigkeiten werkelt Großtante Phoebe an ihrem Herd wie ein Fels in der Brandung. Und ihre Polenta (die selbst einer Seuche Einhalt gebieten würde) hält die ganze Bande zusammen.«

»Ist sie die Schwester deines Großvaters?«

»Nein, sie ist seine zweite Frau, ohne je mit ihm verheiratet gewesen zu sein. Meine Großmutter ist früh gestorben ...«

»Die viele Aufregung hat sie ins Grab gebracht«, mutmaßte Helena.

»Sei nicht immer so romantisch! Nein, was Großmutter aufgezehrt hat, waren die vielen Schwangerschaften ... Phoebe kam ursprünglich als Sklavin ins Haus, doch dann war sie viele Jahre Großpapas Trost und Stütze. So was kommt auf dem Lande immer wieder vor. Solange ich denken kann, haben die beiden Tisch und Bett geteilt, nicht zu vergessen die schwere Arbeit, für die meine Onkel wegen ihres schillernden Gesellschaftslebens keine Zeit hatten. Großpapa hat Phoebe freigelassen, und er wollte sie auch immer heiraten, nur ist er nie dazu gekommen ...«

»Solange sie miteinander glücklich waren, kann ich daran nichts Unrechtes finden«, sagte Helena ernst.

»Ich auch nicht«, erwiderte ich, mich wie ein Mann von Welt jeder Kritik enthaltend. »Es ist nur leider so, daß die arme Phoebe sich deswegen furchtbar schämt. Du wirst sehen, wie schüchtern sie ist.«

Helena hielt all meine Geschichten für witzige Übertreibungen, bis wir auf dem Hof ankamen.

Großtante Phoebe saß würdevoll neben dem Herd und spann. Sie war ein zierliches Persönchen mit runden Apfelbäckchen, die aussah, als ob jeder Windhauch sie umpusten könnte. In Wirklichkeit hatte sie mehr Kraft als drei ausgewachsene Männer zusammen. Und das war ein Glück, denn während die Onkel sich ausgiebig ihrem Privatleben widmeten, mußte sie den Kohl ernten und den Komposthaufen wenden. In letzter Zeit trat sie allerdings ein bißchen kürzer. Phoebe war immerhin an die Achtzig und hatte unlängst verlauten lassen, es sei nun unter ihrer Würde, den Kühen beim Kalben Geburtshilfe zu leisten.

Sie nahm regen Anteil an unserer Familie, was vermutlich daher rührte, daß sie den meisten von uns durch Kinderkrankheiten und Pubertät geholfen hatte. Daß Festus ihr Liebling war, versteht sich von selbst.

Aus dunklen Gründen, über die uns niemand aufklären mochte, weilte Onkel Fabius auswärts.

»Wieder derselbe Ärger?« Ich zwinkerte Phoebe fröhlich zu.

»Er lernt es nie«, meinte sie kopfschüttelnd.

Onkel Junius war zwar zu Hause, aber er verbrachte seine Zeit damit, sich über Fabius' Abwesenheit zu beklagen. Zumindest seine knapp bemessene Freizeit. In der Hauptsache war er nämlich mit einer total erfolglosen Karpfenzucht beschäftigt und damit, eine gewisse Armilla zu verführen, die Frau eines benachbarten und ungleich wohlhabenderen Gutsbesitzers.

»Sie hält ihn zum Narren, was?« fragte ich, um Helena zu zeigen, wie man die komplizierten Chiffren unserer Familiengespräche entschlüsselt.

»Wie hast du das bloß erraten?« kicherte Phoebe und biß den Faden ab.

»Wär ja nicht das erste Mal.«

»Du sagst es!«

Ursprünglich hatte es noch einen dritten Bruder gegeben, den wir aber nicht erwähnen durften.

Die ganze Zeit, in der wir vorgeblich über meine Onkel sprachen, wurde in Wahrheit meine neue Freundin unter die Lupe genommen. Es war das erste Mal, daß ich jemand anderen als Petronius Longus mit auf den Hof brachte (mit ihm war ich früher in den Ferien hergekommen, wenn sowohl die Trauben als auch die Mädchen reif waren und unsere Erholung darin bestand, beide zu vernaschen).

Helena Justina saß anmutig und dunkeläugig da und ließ die obligate Musterung mit Würde über sich ergehen. Sie war ein intelligentes Mädchen, das wußte, wann es ratsam war, ihr ungestümes Temperament zu zügeln, damit uns die Familie nicht die nächsten dreißig Jahre vorwerfen konnte, sie hätte sich ja von Anfang an nicht einfügen wollen.

»Marcus hat noch nie jemanden von seinen feinen römischen Freunden mit zu uns auf den Hof gebracht«, bemerkte Großtante Phoebe, und es war unmißverständlich, daß sie damit auf meine weiblichen Bekannten anspielte, wußte, wie zahlreich die gewesen waren, und wie sehr sie sich freute, daß ich anscheinend endlich eine gefunden hatte, die sich für Lauchanbau interessierte. Ich grinste liebenswürdig. Was hätte ich sonst tun sollen?

»Ich fühle mich sehr geehrt«, sagte Helena. »Ich habe schon soviel von Ihnen gehört.«

Tante Phoebe machte ein verlegenes Gesicht. Vermutlich witterte sie hier eine tadelnde Anspielung auf ihren unheiligen Bund mit meinem lockeren Vogel von Großvater.

»Ich hoffe, Sie nehmen mir nicht übel, was ich jetzt sage«, fuhr Helena ruhig fort. »Es geht um die Übernachtungsfrage ... Marcus und ich schlafen gewöhnlich in einem Zimmer, obwohl wir nicht verheiratet sind. Hoffentlich habe ich Sie jetzt nicht schockiert. Es ist nicht seine Schuld, ganz bestimmt nicht. Aber ich war stets der Ansicht, daß eine Frau sich ihre Unabhängigkeit bewahren soll, solange keine Kinder da sind.«

»Das ist ja mal ganz was Neues!« kicherte Tante Phoebe, die offenbar großen Gefallen an dieser Theorie fand.

»Mir ist das zu modern!« warf ich ein. »Ich hatte gehofft, daß mich dieses Mädchen endlich zur Ehrbarkeit bekehren würde.«

Helena und meine Großtante wechselten einen wissenden Blick.

»So sind die Männer – brauchen immer eine Fassade!« rief Phoebe. Sie war eine weise alte Frau, und ich empfand große Zuneigung für sie, auch wenn wir eigentlich gar nicht miteinander verwandt waren (oder wahrscheinlich gerade deswegen).

Onkel Junius bequemte sich mürrisch dazu, mir das Warenlager zu zeigen. Im Hinausgehen sah ich Helena neugierig auf die kleine halbkreisförmige Nische starren, in der die Hausgötter ihren Platz hatten. Zur Zeit stand dort auch eine Keramikbüste von Fabius, vor der Phoebe ehrerbietig Blumen niedergelegt hatte. Die Tante, die es nie versäumte, das Andenken eines abwesenden Onkels hochzuhalten (außer des einen, den wir nicht erwähnen durften), hatte vorsorglich auf einem Bord auch schon eine Büste für Junius bereitgestellt. Sie würde am Altar zu Ehren kommen, sobald er das nächste Mal auf Tour ging. Ganz hinten in der Nische, zwischen den traditionellen Bronzefiguren tanzender Laren mit emporgestrecktem Füllhorn, lag ein verstaubtes Gebiß.

»Was denn, das habt ihr aufgehoben?« fragte ich gespielt lässig.

»Da hat er's immer über Nacht verwahrt«, antwortete Onkel Junius. »Phoebe hat es vor dem Begräbnis dorthingelegt, und nun bringt es keiner übers Herz, das Gebiß fortzunehmen.«

Das mußte ich Helena natürlich erklären. »Großonkel Sacro, ein echter Exzentriker, ließ sich einmal von einem etruskischen Zahnarzt behandeln. Von da an war er ein leidenschaftlicher Anhänger etruskischer Prothesen – eine hohe Kunstform, falls man sich den Golddraht leisten kann. Aber der arme Sacro hatte irgendwann keine Zähne mehr, an denen man die Drähte befestigen konnte, und da ihm außerdem das Geld ausgegangen war, beschloß er, selbst ein Gebiß zu konstruieren.«

»Etwa das da?« fragte Helena höflich.

»Jawoll!« Junius nickte stolz.

»Du meine Güte! Hat es funktioniert?«

»Jawoll!« Junius zog Helena ganz unverhohlen als Kandidatin für seine kläglichen Annäherungsversuche in Betracht. Helena, die ein feines Gespür dafür hatte, wann Gefahr im Verzuge war, hielt sich dicht neben mir.

»Was du da siehst«, erklärte ich, »war Modell Nummer vier.« Onkel Sacro, der mich sehr mochte, hielt mich immer auf dem laufenden über den Stand seiner Experimente. Daß ein paar von den Zähnen in Modell vier von einem toten Hund stammten, verschwieg ich lieber. »Das Gebiß hat wirklich tadellos funktioniert. Er konnte eine Rinderkeule damit abnagen, Nüsse knakken oder Kernobst verzehren. Nur leider ist Onkel Sacro an dem Ding erstickt.«

Helena machte ein todunglückliches Gesicht.

»Nehmen Sie es sich nicht so zu Herzen«, riet Onkel Junius gutmütig. »Sacro hätte das gern als Forschungsrisiko in Kauf genommen. Aus Versehen das eigene Gebiß zu schlucken war genau der Tod, den sich das alte Schlitzohr gewünscht hätte.«

Und Onkel Sacros Zähne lächelten so sanft und freundlich vom Lararium herunter, als ob er sie noch immer im Mund trüge.

Meine neue Freundin hätte ihm bestimmt gefallen. Ich wünschte mir, er wäre noch am Leben und ich könnte sie ihm vorstellen. Mein Herz zog sich schmerzhaft zusammen, als ich im Hinausgehen sah, wie sie sein Gebiß feierlich mit einem Zipfel ihrer Stola abstaubte.

Das Warenlager hatte wenig Interessantes zu bieten. Nur ein paar kaputte Korbsessel, eine Truhe mit eingedrücktem Deckel, einen verbeulten Eimer und einen Haufen Sägemehl.

Ganz hinten standen dann noch vier riesige, rechteckige, roh behauene Steinblöcke wie eine Gruppe finsterer Zyklopengrabsteine.

»Was soll das denn sein, Junius?«

Mein Onkel zuckte nur die Schultern. Ein Leben voll Wirrungen und Intrigen hatte ihn Fragen gegenüber mißtrauisch gemacht. Er lebte in der ständigen Furcht, ein verschollener Erbe könnte plötzlich auftauchen und Anspruch auf sein Land erheben, der Fluch einer Hexe würde seine Bemühungen um die knackige Nachbarsfrau vereiteln oder ihm eine zehn Jahre währende Fehde mit dem Wagenschmied anhängen. »Die muß wohl Festus hiergelassen haben«, brummelte er nervös.

»Hat er nicht gesagt, wozu die Dinger gut sind?«

»Ich war damals nicht auf dem Hof.«

»Ach, mal wieder hinter einem Weiberrock her, was?«

Er warf mir einen giftigen Blick zu. »Fabius, der Mistkerl, müßte Bescheid wissen.«

Wenn Fabius informiert war, dann auch Tante Phoebe. Nachdenklich ging ich zum Haus zurück.

Großtante Phoebe erzählte Helena gerade die Geschichte von dem verrückten Reiter, von dem sich später herausstellte, daß es wahrscheinlich der Kaiser Nero gewesen war. Er war aus Rom geflüchtet, um Selbstmord zu begehen (in Tante Phoebes Darstellung eine reine Nebensache), und in so halsbrecherischem Galopp an der Handelsgärtnerei vorbeigeprescht, daß er Phoebes halbe Hühnerschar tottrampelte. Was die Steinblöcke sollten, wußte sie auch nicht, aber daß Festus sie während seines vielzitierten letzten Urlaubs hergebracht hatte, konnte sie immerhin bestätigen. Weiter erzählte sie mir, daß vor ein paar Monaten zwei Männer, sehr wahrscheinlich Censorinus und Laurentius, auf den Hof gekommen waren und eine Menge Fragen gestellt hatten.

»Sie wollten vor allem wissen, ob Festus irgendwas bei uns untergestellt hätte.«

»Haben sie nach den Steinblöcken drüben im Lager gefragt?«

»Nein, sie taten sehr geheimnisvoll.«

»Habt ihr sie ihnen gezeigt?«

»Natürlich nicht! Du kennst doch Fabius ...« Und ob. Ihn einen argwöhnischen, fiesen Kerl zu nennen wäre noch schmeichelhaft gewesen. »Er hat sie statt dessen in die alte Scheune geführt, die mit Ackergerät und Gerümpel vollgestopft ist, und dann nur noch den Dorftrottel markiert.«

»Und wie ging's dann weiter?«

»Na, es blieb wie gewöhnlich an mir hängen.« Großtante Phoebe stellte sich gern als charakterstarke Frau dar.

»Wie bist du sie losgeworden?«

»Erst hab ich ihnen Sacros Zähne auf dem Lararium gezeigt und gesagt, das wäre alles, was von dem letzten ungebetenen Gast übriggeblieben wäre – dann hab ich die Hunde auf sie gehetzt.«

Am nächsten Tag setzten wir unsere Reise in den Süden fort. Ich erzählte Papa von den sonderbaren Steinblöcken, und wir dachten lange schweigend über dieses Rätsel nach. Aber mir schwante allmählich etwas, und ich spürte, daß auch er einen Verdacht hatte.

Geminus hatte herausgefunden, daß Censorinus und ein weiterer Soldat tatsächlich in der Mansio genächtigt hatten.

»Schnee von gestern!« Helena und ich erzählten ihm, was wir von Tante Phoebe erfahren hatten.

»Da hab ich also ganz umsonst meine Zeit verschwendet!« Papa stöhnte. »Und noch dazu in einer lausigen Kaschemme. Ihr beide seid dagegen vermutlich nach Strich und Faden verwöhnt worden, was?«

»Erraten!« rief ich. »Wenn man zum hundertsten Mal Tante Phoebes Hühnergeschichte und Junius' ewige Klagen über seinen Bruder aushält, dann ist eine Übernachtung auf dem Hof der reinste Luxus.« Papa wußte Bescheid.

»Ich nehme an, Junius hat ein Auge auf dein Mädchen geworfen?« Das war seine Retourkutsche. Helena hob die elegant geschwungenen Brauen.

»Lust dazu hatte er wohl, und ich wollte ihn beinahe schon beiseite nehmen und ihm ins Gewissen reden. Aber wer Junius kennt, weiß, daß Verbote ihn erst recht reizen.«

Papa nickte zustimmend. »Genauso sinnvoll, wie dem ehrlichen alten Hausvater in einer atellanischen Posse zuzurufen: ›Vorsicht! Hinter dir!‹, wenn sich das Gespenst an ihn heranschleicht ... Und wo war der schmalzlockige Fabius?«

»Mal wieder mit seinem alten Problem auf Achse.«

»So? Ich kann mir nie merken, was für ein Problem der Unglücksmensch hat.«

»Ich auch nicht, aber ich glaube, es ist entweder die Spielleidenschaft oder sein Furunkel. Einmal ist er weggelaufen, um Gladiator zu werden, aber das war nur eine vorübergehende Verirrung, und in Wirklichkeit wollte er sich damals bloß vor der Lupinenernte drücken.«

»Phoebe hat nach Ihnen gefragt, Didius Geminus«, warf Helena ein, und ihr ernster Ton verriet mir, daß sie unseren Austausch über den Familientratsch frivol und tadelnswert fand.

»Ich kann mir schon denken, was sie wirklich gesagt hat«, knurrte Papa an mich gewandt. »›Wie geht's denn dem nichtsnutzigen Lackaffen, der dich gezeugt hat?‹« Er wußte, wie die Familie über ihn dachte.

Er hatte es immer gewußt. Die beharrliche Verachtung, mit der Mutters kauzige Anverwandte ihn straften, war vermutlich eine der Heimsuchungen, die ihm seine Ehe auf Dauer verleidet hatten.

# XLIX

Capua.

Capua, die Krone Mittelitaliens (und Heimat besonders gewiefter Flöhe).

Capua, die prächtigste und blühendste Stadt der reichen Campania (falls man den Capuanern Glauben schenkt) oder womöglich sogar ganz Italiens (wenn man auf einen jener Tölpel reinfällt, die noch nie bis Rom gekommen sind).

Auf keinen Fall sollte man die Besichtigung des prächtigen Amphitheaters versäumen, das sich mit seinen achtzig majestätischen Bögen, alle von marmornen Gottheiten gekrönt, über stolze vier Stockwerke erhebt. Andererseits wurde es *nach* der Niederwerfung des Spartakus erbaut – also, politisch gesehen, kein Grund, ins Schwärmen zu geraten. Und während man dieses großartige Bauwerk betrachtet, tut man gut daran, den Rat zu beherzigen, auch im Rücken Augen zu haben, und unter allen Umständen seine Börse festzuhalten. Die Bewohner Capuas leben nämlich von den Touristen, und sie fragen nicht jedesmal nach, ehe sie ihren Unterhalt einfordern. Eins darf man nie vergessen: Die Capuaner sind so wohlhabend, weil wir so dumm sind. Was dein ist, kann in Capua im Handumdrehen ihres werden.

Als Capua Hannibal Tore und Herzen öffnete, hat es mit seinem sagenhaften Luxus die Soldaten des großen Feldherrn angeblich so sehr demoralisiert, daß er danach keine einzige Schlacht mehr gewinnen konnte. Wir drei Nachgeborenen hätten unser Quantum an demoralisierendem Luxus schon verkraftet, aber leider haben sich die Verhältnisse inzwischen gründlich geändert.

Wir erreichten Capua an einem regnerischen Montagabend, gerade um die Zeit, als sämtliche Lokale zumachten. Eines unserer Kutschpferde fing an zu lahmen, als wir aufs Forum fuhren. Ein unheilvolles Omen, das die Befürchtung nahelegte, wir würden der Stadt vielleicht nicht mit der gewünschten Geschwindigkeit den Rücken kehren können, wenn uns hier das Pflaster zu heiß wurde. Meinem Vater, der doch extra mitgekommen war, um uns mit seiner Ortskenntnis vor Unbill zu schützen, wurde binnen zwei Minuten die Börse gestohlen. Zum Glück lag unsere Hauptkasse unter dem Kutschboden versteckt und wurde von Helenas hübschen Füßen bewacht.

»Ich bin eben aus der Übung«, brummte Papa.

»Schon gut, mach dir nichts draus! Ich suche mir immer die falschen Reisegefährten aus und bin es mittlerweile gewöhnt, daß ich zum Schluß lauter Nieten am Gängelband führen muß.«

»Besten Dank!« rief Helena scharf.

»Du warst doch gar nicht gemeint!«

»Ach, mein Held!«

Nach zehn Tagen im Elend, die eigentlich nur als harmlose Woche mit einigen Unbequemlichkeiten veranschlagt waren, standen wir alle kurz vor dem Nervenzusammenbruch.

In der üblichen Hast, die bei Einbruch der Dunkelheit einsetzt und einen blind macht für etwaige Nachteile, suchte ich uns ein Quartier. Die Pension lag gleich am Marktplatz, so daß man am nächsten Morgen mit gehörigem Lärm und Spektakel rechnen mußte, ganz zu schweigen von den Katzen, die des Nachts auf den Abfällen miauen würden, und den Damen vom horizontalen Gewerbe, die bestimmt nach Einbruch der Dunkelheit in den leeren Ständen ihre Kunden betreuten. Auch die Flöhe lagen mit grinsenden Gesichtern auf der Lauer, obwohl sie zumindest den Anstand hatten, fürs erste unsichtbar zu bleiben. Die Damen der Nacht waren indes schon zugange: Sie standen in einer Reihe unter den Markisen und beobachteten uns stumm beim Ausladen.

Zweifellos hielten sie Ausschau nach Geldkassetten, die ihre Luden uns rauben konnten, während wir den Schlaf der Gerechten schliefen.

Helena wickelte unser Geld in einen Mantel und trug es wie ein schläfriges Kind auf der Schulter in die Pension.

»Marcus, das gefällt mir gar nicht ...«

»Keine Angst, ich bin doch da und werde auf dich aufpassen.« Komischerweise beruhigte sie das nicht. »Paß auf: Vater und ich werden folgende Botschaft an der Basilika anschlagen: Jeder, der Helena Justina notzüchtigt, beraubt oder entführt, bekommt es mit den schrecklichen Didius-Jungs zu tun!«

»Klingt großartig«, sagte sie. »Ich hoffe bloß, euer Ruhm ist schon bis hierher gedrungen.«

»Zweifelsohne!« versicherte Papa, großspurig wie immer.

Es wurde eine ungemütliche Nacht, doch als wir zu Bett gingen, ohne etwas Eßbares aufgetrieben zu haben, waren wir zum Glück auf das Schlimmste gefaßt.

Am nächsten Tag zogen wir in eine andere Pension um, was abermals einem betrügerischen Wirt die Taschen füllte und ein weiteres Rudel Flöhe glücklich machte.

Papa und ich machten uns daran, die Ateliers abzuklappern. Alle behaupteten, nie von Orontes gehört zu haben. Offenbar lauter Lügner. Capua bildet sich zwar eine ganze Menge ein, doch so groß ist die Stadt, ehrlich gesagt, nicht. Orontes muß wochenlang herumgelaufen sein und seine Zunftgenossen zum Schweigen verpflichtet haben, für den Fall, daß irgend jemand ihn bis hierher verfolgen sollte.

Nach zwei Tagen hatten wir unsere Lektion gelernt und stellten das Fragen ein.

Wir zogen noch einmal um und verhielten uns von nun an unauffällig, während Vater und ich, in Torbogen und Hauseingängen verborgen, das Forum observierten.

Mitten im Winter, wenn es keine Festlichkeiten und Vergnügungen gibt, auf dem Forum einer fremden Stadt rumzulungern kann deprimierend sein.

Bei unserer Rückkehr in das derzeitige Quartier empfing uns Helena mit der freudigen Botschaft, daß es hier keine Flöhe gäbe. Dafür hatte sie aber eindeutig Wanzen entdeckt, und ein Stallknecht hatte sich zu ihr ins Zimmer drängen wollen, sobald wir sie allein gelassen hatten.

Er versuchte es spätabends, als Papa und ich mit im Zimmer saßen, noch einmal. Hinterher debattierten wir stundenlang darüber, ob der Kerl wußte, daß wir zu dritt waren, und sich womöglich eine ausgewachsene Orgie erhofft hatte. Eines stand jedenfalls fest: Er würde nicht wiederkommen. Papa und ich hatten ihm unmißverständlich klargemacht, daß wir keine Annäherungsversuche duldeten.

Trotzdem wechselten wir am nächsten Tag noch einmal das Quartier, nur um ganz sicherzugehen.

Endlich hatten wir Glück.

Unsere neue Unterkunft befand sich über einer Caupona. Da ich immer für ein Risiko zu haben bin, schickte man mich hinunter, um etwas zu essen zu holen: drei Teller grüne Bohnen in Senfsauce, dazu eine Schale Fischklößchen, etwas Brot, kroß gebratenes

Schweinefleisch für Helena, Oliven, Wein und heißes Wasser, Honig ... kurz gesagt, die übliche komplizierte Liste, mit der einen Freunde losschicken, um »einen kleinen Imbiß« zu besorgen. Ich wankte unter einem enormen Tablett, so schwer, daß ich es kaum tragen, geschweige denn die Tür zur Treppe aufmachen konnte, ohne alles mögliche zu verschütten.

Ein Mädchen war so nett und hielt mir die Tür auf.

Ich brachte das Tablett rauf, strahlte meine Liebste an, stopfte mir ein paar Bissen zwischen die Zähne und griff nach meinem Mantel. Helena und mein Vater sahen mir verwundert zu, fielen aber dann heißhungrig über das Essen her und ließen mich gewähren. Ich rannte wieder nach unten.

Sie war ein hinreißendes Geschöpf, mit einem Körper, den zu befummeln jeder Mann meilenweit gelaufen wäre, und einem Gang, der verriet, daß sie genau wußte, was sie zu bieten hatte. Ihr Gesicht war nicht mehr taufrisch, hatte aber mit den Jahren nur an Reife gewonnen, wie ein guter Wein. Als ich wieder hinunterkam, war sie noch da. Sie stand an der Theke und kaufte Rippchen zum Mitnehmen. So, wie sie am Tresen lehnte, hätte man glauben können, ihre üppigen Formen bedürften einer extra Stütze. Vor ihrem kecken Blick war das ganze Kneipenpublikum verstummt, und ihre feurigen braunen Augen stellten mit dem Kellner Dinge an, die seine Mutter ihm in der Öffentlichkeit ganz bestimmt verboten hatte. Aber er verschwendete keinen Gedanken an seine treusorgende Mama. Die Kleine war übrigens brünett, falls das von Interesse sein sollte.

Ich verdrückte mich in eine Ecke, wo mich niemand sehen konnte, und als sie ging, tat ich das, was jeder Mann in der Kneipe am liebsten getan hätte: Ich folgte ihr.

# L

Wagen Sie's nicht mal zu denken.

Niemals steige ich fremden Frauen mit *der* Absicht nach.

Im übrigen war mir die reizende Brünette gar nicht so fremd. Ich hatte sie sogar schon nackt gesehen (auch wenn sie davon nichts ahnte). Und ich war dabeigewesen, als sie im Circus neben meinem Bruder saß. Ich hätte also ganz lässig ihren Namen rufen und versuchen können, mit folgender Einleitung ihre Bekanntschaft zu machen: »Entschuldigen Sie, aber ich glaube, ich hab Sie mal mit meinem Bruder zusammen gesehen.« (Die alte Masche!)

Der Name, bei dem ich sie gerufen hätte, wären derartige Anbandeleien nicht unter meinem Niveau gewesen, war Rubinia.

Ich wählte den anständigen Weg und beschattete sie bis zu dem Liebesnest, das sie mit dem Bildhauer Orontes teilte. Beide wohnten zwei Meilen außerhalb der Stadt und wähnten sich in ihrem Schlupfwinkel wohl sehr sicher, besonders bei Nacht. Das hinreißende Modell war jedenfalls völlig arglos und merkte nicht, daß ihr ein römischer Meisterdetektiv auf leisen Sohlen nachschlich.

Ich gab ihnen Zeit, ihr Abendbrot zu verzehren, es hinunterzuspülen und sich engumschlungen schlafen zu legen. Dann erst trat ich ein, ohne vorher anzuklopfen.

Sie waren höchst überrascht.

Und, wie mir schien, nicht im mindesten erfreut.

# LI

Nicht, daß ich Nacktheit anstößig fände. Aber gegen sie zu kämpfen kann einem – besonders bei der weiblichen Variante – schon sehr zusetzen.

Das empörte Modell ging mit einem Küchenmesser auf mich los. Wie sie da wild entschlossen durch das Atelier des Bildhauers stürmte, das hatte den Schwung der berühmten Nike von Samothrake, nur mit dem Unterschied, daß die Göttin züchtig bekleidet war. Zum Glück war es ein weitläufiges Atelier. Ich bekam ihre aufreizenden Kurven aus allen möglichen Blickwinkeln zu sehen, während ich mir meine Verteidigungsstrategie überlegte.

Ich war unbewaffnet und im Moment nicht besonders einfallsreich, aber neben mir stand ein voller Eimer mit eiskaltem Brunnenwasser, den ich mir schnappte und dem kreischenden Mädchen überkippte. Sie stieß einen lauten, schrillen Schrei aus und ließ das Messer fallen.

Ich riß der nächstbesten Statue die Staubplane herunter und wickelte die tropfende Schöne mit fest an den Körper gepreßten Armen darin ein.

»Gestatten Sie, Gnädigste, Ihre Stola ist wohl gerade nicht zur Hand . . . « Sie nahm mir das sehr übel, aber ich hielt sie eisern fest. Wir drehten uns in wildem Tanz durch den Raum, wobei mich die liebliche Rubinia mit Ausdrücken bedachte, die ich aus dem Mund einer Frau noch nie gehört hatte.

Das Atelier befand sich in einem hohen, scheunenartigen Gebäude und war nur von einer einzigen Kerze erhellt. Dunkle Steinsilhouetten ragten auf allen Seiten empor und warfen riesenhafte, beklemmende Schatten.

Leitern und Werkzeuge lagen im Weg, gefährliche Fußangeln für einen Fremden, der noch dazu ganz andere Dinge im Kopf hat. Aber Künstler sind nun mal keine ordentlichen Leute (zum einen verschwenden sie zu viel Zeit mit Träumen, zum anderen gucken sie zwischen ihren kreativen Schüben zu tief in die Amphore).

Ich schüttelte das Mädchen wütend, um es endlich zum Schweigen zu bringen.

Unterdessen hatte sich ein großer, bulliger Mann, der nur der gesuchte Bildhauer sein konnte, aus dem zerwühlten Bett in der entgegengesetzten Ecke des Raums erhoben. Auch er war splitternackt und hatte sich eben erst zu einer Schlacht ganz anderen Kalibers gerüstet. Er war nicht mehr jung und hatte eine Glatze, aber zum Ausgleich dafür einen buschigen Bart, so lang wie mein Unterarm. Mit seinem mächtigen Brustkasten machte er eine ganz schneidige Figur, als er jetzt, wüste Beschimpfungen ausstoßend, über die staubigen Dielen auf mich losstürmte.

Diese Künstler sind wirklich ein furchtbar lautes Pack. Kein Wunder, daß die beiden sich auf dem Land einquartiert hatten, wo sie mit ihrem Geschrei keine Nachbarn belästigen konnten.

Rubinia krakeelte in einem fort und zappelte so heftig, daß ich nicht gleich merkte, wie ihr Galan nach Hammer und Meißel griff. Zum Glück verfehlte sein erster Wurf das Ziel, und der Hammer zischte an meinem linken Ohr vorbei. Als er jetzt den Meißel schwang, machte ich eine scharfe Drehung, so daß ich das Mädchen schützend vor mich hielt. Rubinia, nicht faul, biß mir ins Handgelenk. Das nahm mir die letzten Hemmungen, sie als Schild zu mißbrauchen.

Das Mädchen immer noch fest an die Brust gepreßt, duckte ich mich hinter eine Statue, und Orontes' Meißel prallte mit dumpfem Knall von einer halbfertigen

Nymphe ab, für die ein schlankeres Mädchen Modell gestanden hatte als das üppige Geschöpf, das ich nur unter äußerster Kraftanstrengung bändigen konnte. Rubinias Füße schurrten über den Boden, während sie krampfhaft versuchte, ihre Beine um die Hüften der Nymphe zu schlingen. Um das zu verhindern, riß ich sie unsanft zur Seite, wobei mir fast das Abdecktuch samt Inhalt aus den Händen gerutscht wäre. Rubinia war zappelnd in die Hocke gegangen, und es war nur eine Frage der Zeit, wann sie mir entwischen würde.

Unversehens sprang der Bildhauer hinter einer Marmorgruppe hervor. Ich warf mich im letzten Augenblick zurück, wäre dabei aber um ein Haar über eine Leiter gestürzt. Er war größer als ich, aber der Wein und die Erregung machten ihn ungelenk, und so rannte er prompt mit dem Kopf gegen das Hindernis. Während er sich noch fluchend die Stirn rieb, ergriff ich meine vielleicht einzige Chance. Da ich das Mädchen ohnehin kaum noch halten konnte, schleuderte ich sie kurzerhand so weit von mir, wie es meine schwindenden Kräfte erlaubten. Damit es auch richtig weh tat, versetzte ich ihr noch einen kräftigen Tritt in den ausladenden Popo. Als Rubinia in ein Giebeldreieck krachte, stieß sie einen weiteren Schwall von Latrinenflüchen aus.

Ohne mich um sie zu kümmern, packte ich den noch ganz benommenen Bildhauer. Er war stark, aber ehe er recht begriff, was geschah, hatte ich ihn schon herumgewirbelt und in einen Sarkophag gedrückt, der hochkant und einladend in der Ecke stand. Dann schnappte ich mir den massiven Deckel, stemmte ihn seitwärts und versuchte, den Sarg über dem Mann zu schließen, der ihn hätte reparieren sollen.

Doch ich hatte nicht mit dem kolossalen Gewicht der Steinplatte gerechnet, und so war der Sarkophag erst zur Hälfte geschlossen, als Rubinia sich von neuem auf mich stürzte. Diesmal fiel sie mich von hinten an und versuchte, mir die Haare auszureißen. Ihr Götter, was hatte dieses Mädchen für eine Ausdauer! Ehe ich mich herumdrehen und sie von vorn packen konnte, ließ sie meine Schultern los und griff nach dem Hammer. Jetzt hagelte es rasende Schläge um mich herum, denn zum Glück hatte das temperamentvolle Geschöpf nur eine vage Vorstellung davon, wie man zielt. Dadurch, daß sie gleichzeitig wie ein wildgewordenes Stinktier herumsprang und versuchte, mich in die edelsten Teile zu treten, wurde die Treffsicherheit ihrer Hammerschläge nicht eben größer.

Trotzdem wurde meine Lage, angesichts zweier so martialischer Gegner, langsam aussichtslos. Aber ich schaffte es doch, mich so gegen den Sargdeckel zu stemmen, daß Orontes hinter mir in der Falle saß, und gleichzeitig Rubinias Hammerfaust in den Schraubstock zu nehmen. Offenbar tat ich ihr verteufelt weh, denn ein paar Sekunden lang versuchte sie ernsthaft, mich umzubringen. Natürlich bemühte ich mich genauso angestrengt, sie daran zu hindern. Endlich gelang es mir, ihr die Waffe zu entreißen. Ich verpaßte ihr eins auf die Schläfe und nahm sie in den Schwitzkasten.

In dem Moment flog krachend die Tür auf. Eine mir nur zu vertraute untersetzte Gestalt mit wilden grauen Locken stürmte herein.

»Cerberus!« donnerte mein Vater in einem Ton, den ich hoffnungsvoll als bewundernd deutete. »Kaum lasse ich dich mal einen Moment aus den Augen, schon fängst du einen Ringkampf mit einer nackten Nymphe an!«

# LII

»Steh nicht so dumm da, Sprücheklopfer!« keuchte ich. »Faß lieber mit an!«

Papa schlenderte seelenruhig auf mich zu und grinste dabei genauso, wie ich es von Festus kannte. »Ist das der letzte Schrei, Marcus? Es auf einem Sargdeckel zu treiben?« Und schadenfroh setzte er hinzu: »Das wird der vornehmen Helena Justina aber gar nicht gefallen!«

»Helena wird nichts davon erfahren«, gab ich barsch zurück und warf ihm ohne Vorwarnung das nackte Modell zu. Er fing Rubinia locker auf und hielt sie weitaus genüßlicher in den Armen, als nötig gewesen wäre. »Da! Jetzt hast du das Problem, und ich kann mich an dem Anblick erfreuen!«

»Mach die Augen zu, mein Junge!« kommandierte Geminus fröhlich. »Du bist noch viel zu jung für so was.« Er selbst schien ganz gut zurechtzukommen, aber er war ja auch an den Nahkampf mit der Kunst gewöhnt. Er hielt Rubinias Handgelenke umspannt; ohne sich auch nur im geringsten von ihren leidenschaftlichen Versuchen, ihn zu entmannen, beeindrucken zu lassen, katalogisierte er ihre Reize mit anerkennend lüsternem Grinsen.

»Wie zum Hades hast du mich gefunden?« fragte ich verärgert.

»Helena«, sagte er, mit genießerischer Bosheit jede Silbe betonend, »hat sich Sorgen gemacht, als sie dich mit diesem heimtückischen Grinsen im Gesicht abziehen sah. Jetzt begreife ich natürlich auch, warum!« ergänzte er triumphierend. »Weiß deine Holde, wie toll du's treibst, wenn du dich amüsieren gehst?«

»Wie hast du mich gefunden?« wiederholte ich mit eisiger Miene.

»Ach, das war nicht weiter schwer! Ich bin dir nämlich den ganzen Weg über in circa fünfzehn Meter Abstand gefolgt.« Das würde mir eine Lehre sein! Während ich Rubinia hinterherlatschte, hatte ich mir wer weiß was auf meine diskrete Verfolgungstaktik eingebildet und dabei überhaupt nicht gemerkt, daß ich meinerseits beschattet wurde. Ich konnte von Glück sagen, daß nicht ganz Capua zusammengelaufen war, um sich an dem Schauspiel zu weiden. Aber mein Vater war noch lange nicht fertig. »Als du Wachhund dich auf den Brunnenrand gehockt hast, um den rechten Moment zum Sturm abzupassen, bin ich erst mal auf einen Schoppen eingekehrt . . . «

Jetzt sah ich aber rot! »Du bist einen trinken gegangen? Und wieso hast du überhaupt den Nerv gehabt, Helena Justina nach dem Vorfall mit dem Stallknecht allein und schutzlos in der Pension zurückzulassen?«

»Na, hierher hätte ich sie doch wirklich nicht mitbringen können, oder?« gab Papa brutal zurück. »Helena ist zwar ein Prachtmädel und macht fast alles mit, aber das hier, mein Sohn, hätte ihr bestimmt nicht gefallen!« Anzüglich wanderte sein Blick über unsere nackte Gefährtin und verhärtete sich beim Anblick des eingesargten Orontes. »Freut mich, daß du diesen miesen Zeitgenossen geziemend untergebracht hast! Jetzt beruhige dich, Marcus! Mit drei Schalen Bohnen intus wird deine Helena mit jedem fertig!«

»Also packen wir's an«, versetzte ich unwirsch.

»So gefällst du mir! Hol erst mal die Leiche aus dem Trog, und dann wollen wir diesen reizenden Leuten erklären, was es mit unserem Besuch auf sich hat.«

Ich drehte mich um, stemmte aber weiterhin mein

ganzes Gewicht gegen die behauene Deckplatte des Sarkophags. Wenn man sie so dicht vor der Nase hatte, waren die Darstellungen ziemlich scheußlich – lauter schlecht proportionierte Helden turnten so krummbeinig auf dem Relief herum, als müßten sie gerade ein schwankendes Schiff stürmen.

»Ich bin nicht dafür, den da freizulassen«, sagte ich gedehnt. »Hören kann er uns von drinnen auch, und ich möchte ihm lieber erst ein paar Fragen stellen, bevor ich ihn rauskrabbeln lasse ...«

Mein Vater war sofort begeistert. »Gute Idee! Wenn der Kerl den Mund nicht aufmacht, können wir ihn gleich für immer dort drin lassen.«

»Wo er sich allerdings nicht lange halten würde«, prophezeite ich düster.

Geminus, mit seinem schrägen Humor inzwischen ganz in seinem Element, schob Rubinia hinüber zu einem besonders lüstern dreinblickenden Marmorsatyr und fesselte sie mit einem Gürtel in aufreizender Pose an den haarigen Hintern des Waldgeistes.

»Sieh doch nur, Marcus, das Nymphchen fängt an zu weinen!«

»Nur Theater, Papa, beachte sie gar nicht. Ein Mädchen, das mir ohne Skrupel in die Weichteile tritt, darf kein Mitleid erwarten.«

Mein Vater raunte Rubinia zu, daß er auf ihrer Seite sei – trotzdem müsse sie leider fürs erste bleiben, wo sie war. Daraufhin gab das Mädchen eine weitere Kostprobe ihres gepfefferten Vokabulars zum besten. Mit vereinten Kräften wälzten Geminus und ich einen mächtigen Steinbrocken gegen den Sargdeckel, der nun unverrückbar drei Viertel der Öffnung bedeckte und bloß noch Orontes' schreckensbleiches Gesicht freigab. Ich lehnte mich an der gegenüberliegenden Wand an eine Leiter, während Papa an einer machtvoll thronenden Göttin emporkletterte und sich sittsam auf ihrem Schoß niederließ.

Aufmerksam starrte ich den Bildhauer an, der uns schon soviel eingebrockt hatte und uns (was ich zum Glück nicht wußte) noch sehr viel mehr Ärger einhandeln sollte.

Mit seinem kahlen Schädel und dem gelockten Rauschebart war Orontes gewiß einmal ein gutaussehender Mann gewesen. Noch immer strahlte er die beeindruckende Autorität eines alten griechischen Philosophen aus. Wenn man ihn in eine Decke gehüllt unter einen Portikus setzte, würden die Leute vermutlich in Scharen herbeistürmen, um seinen Geistesergüssen zu lauschen. An uns hatte er bislang noch kein Wort verschwendet. Dem mußte ich schleunigst abhelfen.

»Jetzt hör mir mal gut zu!« fuhr ich ihn drohend an. »Ich hab heute abend noch nicht zu Abend gegessen, ich sorge mich um meine Freundin, und obwohl dein heißblütiges Modell wirklich einiges zu bieten hat, bin ich nicht in der Stimmung, mir mit euch die ganze Nacht um die Ohren zu schlagen.«

Endlich fand der Bildhauer seine Stimme wieder. »Stürz dich doch in die Phlägränischen Sümpfe!« Es war eine tiefe, dunkle Stimme, kratzig und heiser geworden durch unmäßiges Trinken und ausschweifenden Lebenswandel.

»Etwas mehr Respekt, du kreuzkümmeliges Stinktier!« brüllte Papa von seiner Göttin herunter. Das ist der Unterschied zwischen uns: Ich führe so eine Vernehmung gern mit Würde, er geht leicht unter Niveau.

Geduldig machte ich weiter. »Du bist also Orontes Mediolanus, der verlogene Fiesling!«

»Aus mir kriegt ihr kein Wort raus!« Orontes stützte sich gegen die Innenwand seines steinernen Kerkers, schob ein Knie durch die Öffnung und versuchte doch tatsächlich, den Deckel runterzustoßen. In seinem Beruf hatte er Muskeln entwickelt, aber zum Glück nicht genug.

Ich trat an den Sarkophag und versetzte ihm einen kräftigen Tritt. »Sei vernünftig, Orontes! Du vergeudest nur deine Kräfte. Ich könnte dich in dem Sarg einschließen und einmal am Tag vorbeikommen, um mich zu erkundigen, ob du in totaler Finsternis vielleicht deine Meinung geändert hast. Oder ich könnte dich, falls ich zu der Überzeugung gelange, daß du die Mühe nicht wert bist, auch einfach da drin vergammeln lassen.« Er hörte auf, sich zu wehren. »Wir haben uns noch nicht miteinander bekannt gemacht«, fuhr ich so höflich fort, als ob wir auf den Marmorstufen eines eleganten Badehauses einen gepflegten Diskurs führen würden. »Ich heiße Didius Falco, und dies ist mein Vater, Marcus Didius Favonius, auch Geminus genannt. Aber ihn kennst du ja bereits, nicht wahr? Ebenso wie ein anderes Mitglied unserer Familie, einen gewissen Didius Festus.«

Rubinia stieß einen unartikulierten, schrillen Laut aus, der sowohl Angst wie auch Empörung hätte sein können. »Was soll das Gekreische?« knurrte mein Vater, der neugierig auf das Mädchen hinunterschielte. »Was meinst du, Marcus, sollte ich mal mit ihr raus auf den Hof gehen und sie unter vier Augen befragen?« Die Andeutung war nicht mißzuverstehen.

»Warte noch ein bißchen!« hielt ich ihn in der Hoffnung zurück, daß er nur geblufft hatte, aber sicher war ich mir nicht. Schließlich hatte meine Mutter ihn immer als Schürzenjäger hingestellt, und er schien sich ja wirklich mit Begeisterung in jedes nur erdenkliche Abenteuer zu stürzen.

»Du meinst, wir sollen sie noch ein bißchen zappeln lassen . . . « Ich sah, wie mein Vater den Bildhauer hinterhältig angrinste. Vielleicht erinnerte Orontes sich an Festus, jedenfalls schien er nicht wild darauf, seine betörende Komplizin noch mal einem zügellosen Didius zu überlassen.

»Überleg dir's, Mann!« zischte ich ihm zu. »Deine Rubinia sieht aus wie ein Mädchen, daß sich leicht beeinflussen läßt!«

»Laßt mich gefälligst aus dem Spiel!« jaulte sie.

Ich stieß mich gemächlich von der Leiter ab und schlenderte zu der festgebundenen Rubinia hinüber. Wunderschöne Augen, randvoll mit Bosheit, funkelten mich an. »Aber du steckst ja bereits mittendrin, Herzchen! Hat Didius Festus dir an dem Abend, als ich euch zusammen im Circus sah, Eindruck gemacht?« Ob sie sich nun an den Vorfall erinnerte oder nicht – jedenfalls wurde sie beim Namen meines Bruders und bei meiner Anspielung knallrot. Zumindest hatte ich für einen handfesten Krach zwischen Rubinia und Orontes nach unserem Verschwinden gesorgt, selbst wenn bei unserem Besuch nichts weiter herauskommen sollte. Ich wandte mich wieder an den Bildhauer: »Festus hat dich wie die Stecknadel im Heuhaufen gesucht, Verehrtester. Deine Kleine hier hat ihn an deine Freunde Manlius und Varga verwiesen, aber die haben ihn sauber ausgetrickst ... Hat er dich in jener Nacht eigentlich noch gefunden?«

Der Gefangene im Sarg schüttelte den Kopf.

»Schade«, warf Papa lakonisch ein. »Festus hatte nämlich im Umgang mit Verrätern den Bogen raus!«

Orontes erwies sich nun als ebenso großer Feigling wie seine Freunde, die Pinselkleckser. Man sah förmlich, wie sein Kampfgeist erlosch. »Im Namen der Götter!« stöhnte er. »Warum laßt ihr mich nicht alle in Frieden? Ich bin nicht freiwillig in diese Sache reingeraten, und was passiert ist, war nicht meine Schuld!«

»Was ist denn passiert?« fragten Papa und ich wie aus einem Mund, worauf ich meinem Vater einen wütenden Blick zuwarf. Mit meinem alten Freund Petronius hätte es so was nicht gegeben; wir waren hervorragend auf Doppelverhöre eingespielt (womit ich sagen will, daß Petro wußte, wann er mir die Führung zu überlassen hatte).

Doch wie sich gleich herausstellte, erzielte man bei Orontes gerade im Duett die erhoffte Wirkung. »Laßt mich hier raus«, wimmerte er kläglich. »Ich krieg so leicht Platzangst!« »Schieb doch den Deckel noch ein bißchen weiter zu, Marcus!« bat Papa liebenswürdig. Ich schritt mit entschlossener Miene auf den Sarg zu.

Der Bildhauer fing an zu schreien. Doch da brüllte ihn seine Holde an: »Verdammt! Nun sag den Scheißkerlen endlich, was sie wissen wollen, damit wir wieder ins Bett können.«

»Eine Frau, die ihre Prioritäten klug zu setzen weiß!« lobte ich, nur einen Fußbreit von ihrem eingesperrten Liebhaber entfernt. »Na, Orontes, willst du jetzt den Mund aufmachen?«

Er nickte ergeben, und ich ließ ihn raus. Sofort versuchte der falsche Hund, uns auszubüxen, aber Papa, der mit so was gerechnet hatte und vorsorglich vom Schoß seiner Göttin heruntergerutscht war, landete genau vor den Füßen des Bildhauers und versetzte ihm einen solchen Schwinger gegen das Kinn, daß Orontes bewußtlos zu Boden ging.

Ich fing ihn unter den dicht behaarten Achseln auf. »Na prima, Papa! In dem Zustand wird er uns bestimmt ’ne Menge erzählen!«

»Was hätte ich denn machen sollen? Ihn abhauen lassen?«

Wir legten den Bildhauer auf den Boden und kippten einen Krug kaltes Wasser über ihm aus. Als er wieder zu sich kam, hatten Papa und ich uns grade mächtig in der Wolle. »Du mußt immer alles übertreiben!« warf ich ihm vor. »Jetzt halt dich gefälligst ein bißchen zurück, ja? Schließlich soll der Kerl zumindest so lange am Leben bleiben, bis er geredet hat ...«

»Ich hätte das Mädchen viel härter anpacken sollen«, grummelte Papa, als wäre er ein hirnloser Schlägertyp, dem es Spaß macht, seine Opfer zu quälen.

»Ach, das war schon recht so, fürs erste.«

Orontes sah sich erschrocken nach Rubinia um, die aber im Atelier nirgends mehr zu entdecken war. »Was habt ihr mit ihr gemacht?«

»Nicht allzu viel – bis jetzt!« Mein Vater grinste vielsagend.

»Der Mann hat seine Berufung verfehlt«, kommentierte ich trocken. »Keine Sorge, sie ist bloß ein bißchen eingeschüchtert. Noch konnte ich Geminus zurückhalten, aber lange schaff ich das nicht mehr. So, und jetzt mach's Maul auf, Orontes, oder du kriegst einen Meißel in den Allerwertesten! Und Jupiter allein weiß, was dieser Wahnsinnige deinem hübschen Weibsstück antun wird!«

»Ich will Rubinia sehen!«

Ich zuckte nur die Schultern. Ohne mich um seine verzweifelte Miene zu kümmern, begutachtete ich eingehend die Statue, an der ich inzwischen lehnte. Sie hatte den Körper eines griechischen Athleten in Hochform, aber den Kopf eines römischen Landmanns von etwa sechzig Jahren, mit zerfurchtem Gesicht und Segelohren. »Ovonius Pulcher«, stand auf der Plinthe. Fast ein Dutzend solcher Monstrositäten waren im Atelier verteilt, alle mit den gleichen durchtrainierten Körpern, aber verschiedenen Häuptern. Offenbar war so was gerade der letzte Schrei; jeder Mann in der Campania, der auf sich hielt, mußte so ein Unikum bestellt haben.

»Die sind ja einfach scheußlich!« sagte ich frei heraus. »Muskelmänner in Massenproduktion mit absolut unpassenden Köpfen.«

Papa sah das anders. »Nein, nein, Orontes versteht sich auf Köpfe. Und du siehst hier ein paar wirklich gelungene Reproduktionen. Der Mann ist nämlich ein verdammt guter Kopist.«

»Und woher stammen die jugendlichen Torsi?«

»Aus Griechenland«, krächzte Orontes, bemüht, uns bei Laune zu halten. Papa und ich tauschten einen bedeutungsvollen Blick.

»Ach, nein! Aus Griechenland?«

»Orontes fährt öfter mal nach Griechenland«, erklärte mir mein Vater. »Und jetzt frage ich mich, ob er dort früher vielleicht auch Kunstwerke für unseren Festus aufgespürt hat.«

Ich pfiff durch die Zähne. »Sieh mal einer an – ein Schatzsucher! Also du bist der vertrottelte Agent, mit dem mein großer Bruder zusammengearbeitet hat! Der geheimnisumwitterte Fremde, den er in Alexandria kennenlernte ... Griechenland, wie? Na, ich wette, heute wünschst du dir, daß du zum Sonnenbaden an attischen Stränden geblieben wärst!«

»Ich brauch was zu trinken!« unterbrach mich der Bildhauer verzweifelt.

»Gib ihm bloß nichts!« fuhr Papa dazwischen. »Ich kenne den Kerl. Sowie der Trunkenbold einen Becher in die Hand kriegt, leert er ihn auf einen Zug und kippt dir prompt aus den Latschen.«

»Hast du dafür die Bestechungsgelder verbraten, Orontes? Für Wein und Fusel?«

»Ich hab mich noch nie im Leben bestechen lassen!«

»Lüg mich nicht an, Freundchen! Irgend jemand hat

einen Haufen Kies springen lassen, damit du ihm einen Gefallen tust. Und jetzt wirst du uns auf der Stelle sagen, wer das war – und wofür man dich geschmiert hat!«

»Der Scheißkerl Cassius Carus hat das Geld lockergemacht!« rief mein Vater unvermittelt. Ich wußte, daß er nur geraten hatte, aber mir war klar, daß er mit seiner Vermutung vielleicht richtig lag.

»Stimmt das, Orontes?«

Der Bildhauer murmelte etwas, das vage nach Zustimmung klang. Als er noch ohnmächtig war, hatten wir seinen Weinvorrat entdeckt. Jetzt nickte Papa mir zu, und ich hielt Orontes den Weinschlauch an die Lippen, achtete aber sorgsam darauf, daß er nur einen Schluck abbekam. »So, und jetzt erzähl mal von Anfang an!«

»Ich kann nicht!« jammerte er.

»Doch, du kannst – es ist sogar ganz leicht.«

»Wo ist Rubinia?« In Wahrheit machte er sich nicht viel aus dem Mädchen. Er versuchte bloß, Zeit zu schinden.

»Da, wo sie dir nicht helfen kann!« Wir hatten sie lediglich weggesperrt, um uns ihre wüsten Flüche zu ersparen.

Papa rückte jetzt auch näher und griff nach dem Weinschlauch. »Vielleicht hat er ja Angst vor dem Mädchen. Vielleicht zieht die Kleine ihm die Löffel lang, wenn sie rauskriegt, daß er geplaudert hat.« Mein Vater trank etliche Schluck und bot dann mir den Schlauch an. Ich schüttelte angewidert den Kopf. »Sehr gescheit, mein Junge! Für ein so renommiertes Weinbaugebiet ist das ein ganz scheußlicher Essigpansch. Aber Orontes hat der Geschmack noch nie gekümmert, nur die Wirkung.«

Orontes blickte sehnsüchtig auf seinen Weinschlauch, doch Papa gab die Trophäe nicht aus der Hand. »Nun erzähl uns mal was über den Phidias!« drängte ich. »Aber ein bißchen plötzlich – oder mein Vater und ich werden dir so einheizen, wie's noch keiner von denen getan hat, die dich bisher bedroht haben.«

Offenbar klang ich überzeugend, denn zu meiner Überraschung rang Orontes sich jetzt tatsächlich zu einem Geständnis durch.

»Ich fahre so oft ich kann nach Griechenland und sehe mich dort nach Sonderangeboten um ... « Wir nickten höhnisch feixend zu seinen hybriden Statuen hinüber, um ihm zu zeigen, was wir von seinen Schnäppchen hielten. »Festus hatte einen Vertrag mit mir. Ich hatte was von einem Phidias läuten hören, der angeblich zu verkaufen sei, und ich dachte, wir hätten eine Chance, da mitzumischen. Irgendein bankrotter Tempel auf einer Insel plante einen Räumungsverkauf. Ich glaube, die Priester waren sich gar nicht richtig im klaren darüber, was sie da auf den Markt warfen. Trotzdem war das gute Stück natürlich nicht billig. Aber Festus und ein paar von seinen Kameraden kratzten das Geld irgendwie zusammen, und er besorgte Carus und Servia als potentielle Kunden. Als seine Legion aus Alexandria abgezogen wurde, um die jüdische Rebellion niederzuschlagen, hat Festus sich als Eskorte für einen wichtigen Kurier eine Reise nach Griechenland besorgt. So kam er zu mir, um den Phidias zu begutachten. Was er sah, gefiel ihm, und der Kauf ging problemlos über die Bühne. Aber die Zeit drängte, und ihm blieb nichts anderes übrig, als die Statue mit nach Tyrus zu nehmen. Später, als er mit der Armee in Judäa festsaß, sollte ich den Transport nach Italien überwachen.«

»Solltest du die Statue persönlich heimbegleiten?« fragte Papa. Ich nahm an, daß Orontes und mein Bruder das immer so hielten, wenn es ein Kunstwerk von besonders hohem Wert zu bewachen galt. Einer der beiden Partner oder ein absolut vertrauendwürdiger Agent hatte das fragliche Stück den ganzen Weg über im Visier.

»Das hatte ich Festus versprochen. Er hatte außerdem noch eine ganze Warenladung – lauter hübsche Sachen, aber von vergleichsweise minderer Qualität – bereitgestellt, und alles zusammen sollte auf einem Schiff namens Hypericon nach Ostia transportiert werden.«

Ich schubste den Bildhauer mit der Stiefelspitze an, damit er nicht über seiner umständlichen Rede einschlief. Orontes schloß die Augen. »Nachdem die Hypericon mit dem Phidias an Bord gesunken ist, du aber hier rumsitzt und unser ästhetisches Auge beleidigst, erklärt sich der Rest wohl von selbst. Du hast dein Versprechen Festus gegenüber gebrochen, hast die Hypericon allein segeln lassen und dich anderswo amüsiert.«

»Das stimmt so ungefähr«, gestand er unsicher.

»Ich hör wohl nicht recht!« rief Papa ungläubig. »Du hast eine Statue, die eine halbe Million wert ist, einfach allein fahren lassen?«

»Nicht direkt . . . «

»Ja, was denn nun?« donnerte Geminus.

Orontes stöhnte wie ein Verlorener im Hades, krümmte sich zusammen und umschlang seine Knie, als ob ihn furchtbare Schmerzen plagten. Auf manche Leute hat ein schlechtes Gewissen diese Wirkung. »Das Schiff mit der Statue ist gesunken«, flüsterte er.

Jetzt riß Papa der Geduldsfaden. »Ja, das wissen wir!« Und damit schleuderte er den Weinschlauch gegen ein kokettes Nymphchen, wo er mit einem scheußlichen Quietschton zerplatzte. Als der Wein an der leichtgeschürzten Schönen herunterrann, sah es aus, als blute sie. »Die Hypericon . . . «

»Nein, Geminus!« Orontes holte tief Luft. Dann sagte er uns endlich, was wir wissen wollten. »Der Phidias, den Festus gekauft hat, ist nie auf der Hypericon gewesen.«

# LIII

Tief grub ich mir alle zehn Finger ins Haar und massierte meine Kopfhaut. Seltsamerweise war dieser Schock keine sonderliche Überraschung. Nachdem alle Welt uns erzählt hatte, die Statue wäre auf der Hypericon gewesen, war es natürlich etwas mühsam, sich plötzlich auf eine neue Geschichte einzustellen. Aber dafür würden sich vielleicht ein paar Dinge, die zuvor keinen Sinn ergeben hatten, jetzt ganz einfach erklären.

»Erzähl uns, was passiert ist«, befahl ich dem Bildhauer müde.

»Irgend etwas ist schiefgelaufen. Festus und ich transportierten zwar den Phidias nach Tyrus, aber die anderen Waren, die er auf eigene Rechnung zusammengekauft hatte, waren inzwischen nach Caesarea gegangen. Das war natürlich ärgerlich ... na ja, und da erklärte mir Festus, er müsse dem Ganzen einen offiziellen Anstrich geben ...«

»Was du nicht sagst!« Papa geriet langsam in Fahrt. »In dem Gebiet war ein Krieg im Gange, Mann!«

»Ja, eben!« rief Orontes dankbar. Der Mensch hatte anscheinend nicht die leiseste Ahnung, was auf der Welt vorging. Vielleicht konnte man ihm das nicht einmal übelnehmen, schließlich hatte mein Bruder sich vor ihm aufgespielt, als wäre der jüdische Aufstand einzig zur Förderung seiner Privatgeschäfte inszeniert worden. »Na, jedenfalls ist Festus dann runter nach Caesarea, um seine übrige Fracht im Auge zu behalten und ein Schiff zu chartern – besagte Hypericon eben.«

»Heißt das, ihr habt dieses Boot zuvor noch nie benutzt?«

»Aber nein! Bis dahin hatten wir unsere Fracht immer mit Militärtransporten verschifft.« Festus, dieser Hund! »Ich sollte auf die Statue aufpassen. Aber bevor ich sie in den Süden brachte, sollte sie von einem der Brüder Aristedon begutachtet werden; das wollte Festus so.« Der Name kam mir bekannt vor. Carus und Servia hatten erwähnt, daß sie die Aristedons als Spediteure beschäftigten. »Die Brüder sollten den neuen Besitzern die Echtheit des Phidias bestätigen. Erst danach konnte Festus die Kaufsumme von der Bank abheben.«

»Festus bekam also sein Geld von einer Bank in Syrien?«

»Viel praktischer so«, brummte Papa. »Der Schlingel wäre bestimmt nicht gern mit so einem Batzen Geld von Rom losgefahren. Außerdem konnte er so seinen Kameraden in Judäa ihren Anteil gleich an Ort und Stelle auszahlen, ohne lange um das Geld fürchten zu müssen.«

»Verstehe. Aber weil Carus ein vorsichtiger Mensch ist, wollte er eine so große Summe erst rausrücken, wenn eine Expertise seines eigenen Agenten vorlag. Also, Orontes – wie hast du's nun angestellt, unsere kostbare Statue zu verlieren?«

Der Bildhauer wand sich wie ein Wurm. »O ihr Götter ... ich hab's doch nur gut gemeint ... Aristedon, der Agent von Carus, kam nach Tyrus und bestätigte die Echtheit der Statue. Nun hätte ich sie eigentlich auf dem Landwege nach Caesarea bringen sollen, aber weil das Militär alle Straßen unsicher machte, war ich nicht gerade scharf auf diese Reise. Deshalb kam mir der Vorschlag der Gebrüder Aristedon, den Phidias mit dem eigenen Schiff, der Perle von Perga, zu transportieren, wie ein Geschenk des Himmels vor.«

»Und darauf hast du dich eingelassen?« fragte Papa verächtlich.

»Die Brüder Aristedon haben dir hoffentlich eine Quittung ausgestellt?« setzte ich drohend hinzu.

»Aber ja ...« Irgendwas stimmte hier nicht; Orontes war ganz blaß geworden und konnte mir partout nicht in die Augen sehen.

»Also hast du den Aristedons die Statue übergeben?«

»Ja, warum auch nicht? Ich war damit eine große Sorge los; außerdem brauchte ich nun nicht mit der Hypericon nach Rom zu segeln, sondern konnte zurück nach Griechenland und meine Provision von Festus in eigene Kunstgegenstände investieren.«

»Du hast also den Phidias übergeben und die übrige Fracht meines Bruders auf der Hypericon ihrem Schicksal überlassen, während du selbst flugs nach Achaia ausgebüchst und erst dann nach Italien zurückgekehrt bist, als es dir in den Kram paßte?«

»Stimmt, Falco; aber weil mich das vor dem Ertrinken bewahrt hat, sehe ich keinen Grund, mich zu entschuldigen!« Eigentlich eine vernünftige Einstellung – solange man nicht zu einer Familie gehörte, die durch diesen Hanswurst ein kleines Vermögen verloren hatte. »Als ich heimkam, erfuhr ich, daß die Hypericon gesunken war und Festus alles verloren hatte.«

»Wo zum Hades ist nun der Phidias?« raunzte Papa.

»Tja, eine traurige Geschichte. Ich beglückwünschte mich schon dazu, die Statue gerettet zu haben, als die Nachricht kam, daß auch die Perle von Perga auf Grund gegangen sei.«

»Nun mach aber mal halblang!« röhrte mein Vater. »Soviel Pech auf einmal kann's doch gar nicht geben!«

»Es war eine ungünstige Jahreszeit. Überall wüteten furchtbare Stürme.«

»Und wie ging es weiter?« warf ich ein.

»Ich saß ganz schön in der Tinte. Carus kam zu mir, und ich mußte ihm schwören, daß ich Festus nichts von dem Tausch erzählen würde ...«

»Er hat dich für diesen Betrug bezahlt?«

»Na ja ...« Der Blick des Bildhauers wurde noch unsicherer. »Er hat mir was abgekauft.«

»Bestimmt keine von deinen Arbeiten«, sagte mein Vater freundlich. »Carus ist zwar ein Scheißkerl, aber auch ein Connaisseur.«

Orontes antwortete darauf, ohne nachzudenken. »Er hat die Quittung gekauft.«

Mein Vater und ich konnten uns nur mit Mühe beherrschen.

»Und für wieviel?« fragte ich mit gespielt lässigem Ton (eine lebensrettende Heuchelei, ohne die mich der Schlag getroffen hätte).

»Fünftausend«, gestand Orontes fast unhörbar.

»*Lumpige fünftausend!* Menschenskind, die verdammte Statue ist eine halbe Million wert!«

»Ich war schrecklich klamm ... in so einer Situation nimmt man, was man kriegen kann.«

»Aber hast du denn gar nicht bedacht, was du Festus damit antust?«

»Es kam mir nicht so schlimm vor«, jammerte Orontes. Der Mann gehörte einwandfrei zur Gruppe der amoralischen Künstler. »Wenn ich den Transportplan nicht geändert hätte, wäre die Statue halt mit der Hypericon untergegangen. Ich sehe nicht ein, was für einen Unterschied das für Festus gemacht hätte.«

»Oho, einen kolossalen Unterscheid im stolzen Wert von einer halben Million, die Carus nun aus uns rauspressen will!« Mein Vater tobte.

»Das hat er auch schon bei Festus versucht«, räumte Orontes kläglich ein. »Darum wollte ich ihm ja nicht begegnen, als er damals auf Urlaub nach Rom kam. Ich ahnte, daß Festus inzwischen wußte, wie der Hase gelaufen war, und ich hatte Angst vor seiner Rache.«

Mein Vater und ich schauten uns an. Wir dachten an meinen Bruder, und waren beunruhigt. Mit simpler Wut ließ sich die Erregung nicht erklären, die Festus bei seinem letzten Heimaturlaub an den Tag gelegt hatte. Hätte er gewußt, daß dieser Wurm Orontes ihn betrogen hatte, er wäre einfach zu unserem Vater oder zu mir gekommen, und gemeinsam hätten wir den Kerl Mores gelehrt. Statt dessen aber hatte Festus ganz sinnlose Kreise gedreht und einen seiner abenteuerlichen Pläne zu organisieren versucht. Das konnte doch nur bedeuten, daß er dem wütenden Cassius Carus recht gab und ihn entschädigen wollte.

Orontes, der unser Schweigen falsch deutete, setzte jetzt alles auf eine Karte. »Carus muß Festus ganz furchtbar unter Druck gesetzt haben, und ganz Rom weiß, was für ein gefährlicher Mann Carus ist.«

»Jedenfalls zu gefährlich für einen Tölpel wie dich!« beschied Papa ihm schonungslos.

»Ach, nun hack doch nicht immer auf mir rum ...« Der Mann hatte wirklich kein Gefühl für Prioritäten. »Was geschehen ist, tut mir wirklich von Herzen leid, aber ich wußte mir einfach nicht anders zu helfen. Carus hat so lange auf mich eingeredet, bis ich dachte, das Ganze sei tatsächlich meine Schuld und ich hätte die Statue nicht aus den Augen lassen dürfen. Na ja, und dann hat er gesagt, es wäre für alle Beteiligten das beste, wenn wir so tun, als wäre es nie zu dem Tausch gekommen.«

»Ich faß es nicht«, raunte Papa mir verzweifelt zu. »Hast du je soviel Dummheit gesehen?«

»Können wir ihm wenigstens die fünftausend wieder abnehmen?«

»Die hab ich längst ausgegeben«, flüsterte Orontes. Mittlerweile war ich auf so was gefaßt. Aus diesem Atelier würde nie und nimmer etwas Gutes oder Brauchbares kommen. »Ich hab's ausgegeben bis auf den letzten As. Das geht mir jedesmal so: Mir scheint das Geld durch die Finger zu rinnen ... Hört, ich weiß ja, daß ihr jedes Recht habt, mir Vorwürfe zu machen. Aber eins müßt ihr mir glauben: Ich hätte nie gedacht, daß es so ausgeht ...«

Eine böse Ahnung beschlich mich, und auch mein Vater war auf einmal auffallend still. Ein aufgeweckter Mensch hätte jetzt ganz schnell den Mund gehalten, aber Orontes fehlte jedes Gespür für Stimmungen, und so plapperte er weiter: »Ich bin dann weg aus Rom und hab mich versteckt, solange Festus auf Urlaub war. Als Manlius sagte, daß er an die Front zurück sei, hoffte ich, er hätte sich mit Carus und Servia irgendwie einigen können. Ich habe versucht, nicht mehr daran zu denken. Was glaubt ihr, wie mir zumute war, als ich von seinem Ende erfuhr und kapierte, daß alles meine Schuld war?« Die Frage klang beinahe entrüstet. »Ich wußte natürlich, daß Carus und Servia sich nicht gern reinlegen lassen und auch vor drakonischen Maßnahmen nicht zurückschrecken. Aber ich hätte doch nie gedacht, daß Carus Festus so erbarmungslos in die Enge treibt, daß er nur noch diesen einen Ausweg sieht.«

»Welchen Ausweg?« fragte ich leise.

Orontes begriff schlagartig, daß er sich tiefer in den Schlamassel reingeritten hatte als nötig. Allein, es war bereits zu spät, und die Antwort kam ihm fast gegen seinen Willen über die Lippen: »Nun ja, ich denke, euer Bruder war am Schluß so unter Druck, daß er beschloß, auf dem Schlachtfeld zu sterben.«

# LIV

Als ich in die Pension zurückkam, in der wir gerade wohnten, lag Helena schon im Bett. Und dort blieb sie auch, gelegentlich grummelnd, während der nächsten halben Stunde, in der ich mich damit plagte, das Schloß zu knacken: um ihre Sicherheit zu gewährleisten, war meinem Vater nichts Besseres eingefallen, als sie einzuschließen, und leider war er im Atelier geblieben, um Orontes im Auge zu behalten. Ich war allein die zwei Meilen nach Capua zurückmarschiert – frierend, mit Blasen an den Füßen und Elend im Herzen –, nur um jetzt festzustellen, daß mein unmöglicher Erzeuger unseren Zimmerschlüssel immer noch irgendwo in seiner Tunika hatte.

Mein Versuch einzubrechen scheiterte kläglich. Am Ende ließ ich alle Vorsicht fahren und rannte mit der Schulter gegen die Tür. Das Schloß hielt stand, aber die Angeln nicht. Es gab einen ohrenbetäubenden Krach: das ganze Haus muß mitbekommen haben, daß bei der römischen Dame von Stand eingebrochen wurde, trotzdem kam niemand nachsehen. Nette Stadt, dieses Capua. Ich konnte es kaum erwarten, ihr den Rücken zu kehren.

Ich zwängte mich durch den Türspalt ins Zimmer. Weil ich keine Zunderbüchse fand, mußte ich mich wieder rausschlängeln und aus dem Flur eine Lampe holen. Dabei holte ich mir etliche blaue Flecke, und so fluchte ich wüst, als ich das zweite Mal ins Zimmer rumpelte.

Helena hatte ihre Schale Bohnen leer gegessen und außerdem sämtliche Beilagen verputzt. Ich schlang gierig meine (inzwischen natürlich kalt gewordene) Portion hinunter und dazu noch die Hälfte von Papas Teller. In einem Sommersalat sind kalte Bohnen was Feines, aber als Hauptgericht im Winter sind sie nicht besonders zu empfehlen. Schon gar nicht, wenn das Öl glibberig geworden ist.

»Ist denn kein Brot da?«

»Du hast vergessen, welches mitzubringen. Warst wohl zu sehr damit beschäftigt«, mutmaßte Helena unter der Decke hervor, »dem Busenwunder an der Theke schöne Augen zu machen.«

Da ich ohnehin im Begriff war, ihr von Papas und meinem Abenteuer zu erzählen, flocht ich schnell alle nennenswerten Einzelheiten über Rubinias entblößten Busen ein.

Für eine gute Geschichte ist Helena immer zu haben, besonders, wenn ich darin vorkomme. Zuerst lugte nur ihre Nasenspitze übers Deckbett, aber nach und nach, als die Schilderung der albernen Antiquitäten und des beinharten Verhörs sie in Bann schlug, kam immer mehr zum Vorschein. Als ich geendet hatte, saß sie aufrecht in den Kissen und streckte mir die Arme entgegen.

Ich stieg zu ihr ins Bett und wir wärmten uns aneinander.

»Wie geht's jetzt weiter, Marcus?«

»Wir haben Orontes klargemacht, daß er mit uns

nach Rom fahren muß. Er weiß, daß er sich vor Carus und auch vor uns in acht nehmen muß, und in dieser Zwickmühle ergreift er nur zu gern die Chance, dahin zurückzukehren, wo er sowieso am liebsten ist. Ach, der Kerl ist ein Trottel!« klagte ich. »Er hat keine Ahnung, daß es jetzt zu einer Gegenüberstellung kommen muß – die sehr unangenehm für ihn wird. Nein, Orontes macht sich davon keine Vorstellung! Er ist bloß froh, daß seine Flucht ein Ende hat.«

»Aber was ist mit dir und deinem Vater? Braucht ihr Carus jetzt das viele Geld nicht mehr zurückzugeben?«

Ich seufzte. »Das ist ein Problem. Carus hat's schriftlich, daß er Festus die Statue bezahlt hat, und wir können nicht beweisen, daß Orontes sie in Tyrus dem Vertreter von Carus und Servia übergeben hat. Die Brüder Aristedon sind mit der Mannschaft ertrunken, als die Perle von Perga gesunken ist. Andere Zeugen gibt es leider nicht.«

»Und für die Bestechungssumme, die Carus dem Bildhauer später gezahlt hat, existiert wohl keine Quittung, oder?«

»Nein, mein Herz. In dem Fall steht Orontes' Wort gegen das von Carus.«

»Aber Orontes könnte immerhin als Zeuge auftreten?«

»Freilich könnte er! Falls es uns gelingt, ihn am Leben und nüchtern zu erhalten, und falls er bereit ist auszusagen – was Carus natürlich mit allen Mitteln verhindern wird. Wir müssen also dafür sorgen, daß er uns mehr fürchtet als Carus, und außerdem noch das Kunststück fertigbringen, diese unzuverlässige, verlogene, miese Gestalt den Geschworenen als glaubhaft zu präsentieren!«

»Carus wird wahrscheinlich die Geschworenen bestechen.« Helena küßte mich aufs Ohr. »Dieser Orontes ist ein schlechter Zeuge, Marcus. Erst hat er die Anweisungen deines Bruders ignoriert, und dann verkauft er kaltblütig die Quittung. Der gegnerische Anwalt braucht ihm bloß fortgesetzte böse Absicht vorzuwerfen, und schon hast du den Prozeß verloren.«

»Ach, du hast ja so recht!« seufzte ich pathetisch. »Orontes ist ein Waschlappen. Carus dagegen ist nicht nur steinreich, sondern auch beharrlich. Vor Gericht würde er den ehrbaren Bürger spielen und die Geschworenen für sich einnehmen, während unser Mann schnell alle Glaubwürdigkeit verloren hätte ... Aber wir werden den Fall gar nicht vor Gericht bringen! Warum Anwaltshonorare zahlen, wenn man ohnehin schon bis zur Nase im Dreck steckt? Nein, nein, Papa und ich sind entschlossen, die Sache selbst in die Hand zu nehmen.«

»Was habt ihr vor?« Wie angenehm ihre Hände zu Stellen wanderten, wo wandernde Hände besonders willkommen sind.

»Wir haben uns noch nicht entschieden. Aber es muß eine richtig große Sache werden.«

Wir verstummten beide. Ein Rachefeldzug gegen das Kunstsammlerpaar brauchte Zeit und sorgfältige Planung. Heute nacht würde sich das Problem nicht lösen lassen. Aber selbst wenn mein Einfallsreichtum mich im Stich ließ, hoffte ich darauf, daß Helena einen hinterhältigen Part zu unserem Komplott beisteuerte. Es mußte etwas geschehen, das würde sie verstehen. Meine Angebetete haßte nichts so sehr wie Ungerechtigkeit.

Sie lag jetzt vollkommen still in meinen Armen, und ich spürte, wie heftig ihr messerscharfer Verstand arbeitete.

Plötzlich rief Helena aus: »Das ist doch wieder mal typisch – die spannendste Stelle in deiner Geschichte läßt du aus!« Ich schreckte hoch und überlegte, was ich denn wohl Wichtiges vergessen haben könnte. »Das knackige Nacktmodell ist irgendwann einfach von der Bildfläche verschwunden.«

Ich lachte verlegen. »Ach so, die! Nein, nein, die war die ganze Zeit da. Als der Bildhauer ohnmächtig war, stellten wir sie vor die Wahl, sich entweder ruhig zu verhalten oder eingesperrt zu werden, wenn wir ihn aufweckten und ins Verhör nahmen. Sie zog es vor, weiter rumzuzetern, und da haben wir sie in den Sarkophag gesperrt.«

»All ihr Götter! Das arme Ding! Orontes wird sie doch hoffentlich bald wieder rauslassen dürfen?«

»Hmm! Ich will ja keine unzüchtigen Gedanken provozieren, aber ich hab doch den starken Verdacht, daß mein schrecklicher Erzeuger, sobald ihn das Theoretisieren über Kunst langweilt, versuchen wird, Orontes betrunken zu machen ... Und dann könnte es gut sein, daß Geminus das Modell heimlich selbst befreit.«

Helena tat so, als könne sie sich unter unzüchtigen Gedanken nichts vorstellen.

»Und was nun, Marcus?«

»Du und ich und mein unternehmungslustiger Vater werden mitsamt dem Bildhauer und seinem knackigen Modell (falls er sie mitnehmen will) nach Hause fahren.« Ich seufzte erleichtert. »Ob Smaractus inzwischen wohl das Dach repariert hat?«

Helena schwieg. Vielleicht dachte sie ja darüber nach, wie es wohl sein würde, eine Kutsche mit Rubinia zu teilen. Vielleicht machte sie sich aber auch nur Sorgen um unser Dach.

Auch ich mußte über vieles nachdenken. Leider war nichts Aufheiterndes dabei. Irgend etwas mußte mir einfallen, womit ich Carus und Servia bestrafen konnte. Und ich mußte verhüten, daß wir den beiden eine halbe Million Sesterzen in den Rachen schoben, die wir ihnen von Rechts wegen gar nicht schuldeten. Um mich vor der Verbannung zu bewahren, mußte ich einen Mord aufklären, der immer unerklärlicher wurde. Und noch dazu mußte ich meiner Mutter beibringen, daß ihr geliebter Sohn, der Nationalheld, womöglich nicht mehr war als ein gescheiterter Entrepreneur, der vor fünf Jahren einfach deshalb eines langen Tages Reise in die Nacht antrat, weil er dem Druck seiner vielen Verpflichtungen nicht mehr gewachsen war.

»Wie spät ist es?« fragte Helena unvermittelt.

»Jupiter! Was weiß ich? Mitten in der Nacht – wahrscheinlich schon morgen.«

Sie lächelte mich an, und dieses Lächeln hatte nichts mit dem zu tun, worüber wir die ganze Zeit gesprochen hatten. Das wußte ich, schon bevor sie leise sagte: »Na, dann herzlichen Glückwunsch zum Geburtstag, Marcus!«

Mein Geburtstag.

Ich hatte natürlich gewußt, daß er vor der Tür stand; nur hatte ich geglaubt, daß außer mir niemand daran denken würde. Gewiß, Mama würde auf ihre spröde Art an mich denken, aber sie saß weit weg in Rom, und so war ich für diesmal um Nostalgie und Damaszenerpflaumenkuchen herumgekommen. Papa hat vermutlich nie gewußt, wann seine Kinder Geburtstag haben. Und Helena ... vor einem Jahr war sie an meinem Geburtstag bei mir gewesen. Damals waren wir einander noch fremd und wehrten uns beharrlich gegen jedes Zeichen von Anziehung. Dennoch hatte ich mir zum Geburtstag was Besonderes gegönnt und sie geküßt ... mit unerwartetem Ergebnis für uns beide. Von dem Moment an hatte ich mehr von ihr gewollt – ach was: Ich wollte einfach alles! Ich hatte etwas in Gang gesetzt, und es endete damit, daß ich mich in sie verliebte, während eine kleine, dunkle, gefährliche Stimme in meinem Innern mir zuraunte, es könne eine große Herausforderung sein, dieses unerreichbare Geschöpf zu erobern.

Ein Jahr war es her, seit ich sie zum ersten Mal in meinen Armen gehalten hatte, damals natürlich in der Annahme, sie würde mir nur dieses einzige Mal gestatten, ihr nahe zu kommen. Ein Jahr, seit ich diesen gewissen Blick in ihren Augen gesehen hatte, als ich es wagte. Ein Jahr, seit ich vor ihr davongelaufen war, weil meine Gefühle mich überwältigten und ich ihre mißverstand. Trotzdem hatte ich auch damals schon gewußt, daß ich diese Frau irgendwann wieder in den Armen halten mußte.

»Weißt du noch?«

»Aber ja!«

Ich berührte mit den Lippen ihr Haar und atmete ihren süßen, natürlichen Duft ein. Ohne mich zu bewegen, genoß ich es, wie sich ihr inzwischen so vertrauter Körper an mich schmiegte. Ihre Finger strichen über meine Schulter und malten dort Schnörkel, von denen ich eine Gänsehaut bekam. »Ein Jahr ist es her, und wieder sind wir in einer dreckigen Kaschemme . . . Damals hätte ich mir nicht träumen lassen, daß du heute noch bei mir sein würdest.«

»Ach, Marcus, du warst so böse auf mich!«

»Ich mußte erst böse werden, ehe ich mich getraut hab, dich anzufassen.«

Sie lachte. Sie zum Lachen zu bringen ist mir immer gelungen. »Du hast mich so lange zum Lachen gebracht, bis ich dich angehimmelt habe!« bemerkte sie, als hätte sie meine Gedanken erraten.

»Aber nicht an dem Abend! Da hast du dich in deinem Zimmer eingeschlossen und wolltest nicht mit mir reden.«

»Weil ich so schreckliche Angst hatte.«

»Vor mir?« fragte ich erstaunt.

»Aber nein! Ich wußte doch, daß du dich, wenn du erst mal aufhören würdest, den eisenharten Halbgott zu spielen, als echter Schatz entpuppen würdest ... Nein, ich hatte vor mir selbst Angst«, gestand Helena. »Davor, wie sehr ich mich nach deinen Armen sehnte, wie sehr ich mir gewünscht habe, du möchtest mich weiter küssen, und wie sehr ich mich nach dir sehnte ...«

Dafür hätte ich sie auf der Stelle wieder küssen können. Ihre dunklen Augen waren sanft und einladend, sie forderte mich heraus. Aber es machte noch mehr Spaß, mich zurückzulehnen, sie anzusehen und bloß daran zu denken, während sie mich so anlächelte.

Kein Jahr meines Lebens würde je wieder so viele Veränderungen bringen. Und keine Laune des Schicksals würde mir je wieder etwas so Kostbares bescheren.

Ich löschte das Licht, damit wir unser schäbiges Quartier vergessen konnten, und dann vergaß ich alle Schulden und Katastrophen, die mich bedrückten. Ein Mann braucht schließlich hin und wieder auch ein bißchen Trost im Leben. »Ich liebe dich. Das hätte ich dir gleich damals sagen solen, vor einem Jahr – und jetzt zeig ich dir, was ich seinerzeit hätte tun sollen ...«

Sodann ließ ich meinen einunddreißigsten Geburtstag mit einer Feier nach prächtigster Römerart beginnen.

# LV

Unser Kutschpferd lahmte noch immer, deshalb mieteten wir ein paar Sänften, ließen uns zur Küste bringen und nahmen von Puteoli aus das Schiff. Obwohl mir die Überfahrt endlos vorkam, will ich sie hier überspringen. Nur soviel: Ich lag die meiste Zeit unter einem ledernen Segel an Deck und hob den Kopf nur dann, wenn ich mich übergeben mußte.

Das geschah allerdings oft genug.

Ich glaube, die anderen fanden das Wetter schön, die Seeluft belebend und hielten die diversen Mitreisenden für eine interessante Mischung unterschiedlicher Typen. Helena und mein Vater lernten sich besser kennen und waren im übrigen so taktvoll, den betrügerischen Bildhauer und sein schlampiges Verhältnis von mir fernzuhalten.

Ich wußte zwar, daß er von meinen Steuergeldern erbaut wurde, trotzdem ist mir selten ein Anblick so willkommen gewesen wie der des Leuchtturms von Portus in Ostia – abgesehen von der kolossalen Neptunstatue. Als wir unter Neptuns Knie durchfuhren, wußte ich, daß wir das Hafenbecken erreicht hatten und gleich anlegen würden. Bevor wir von Bord konnten, mußten wir uns freilich noch eine ganze Zeit gedulden, weil das übliche nautische Reglement natürlich Vorrang hatte vor dem dringenden Bedürfnis der Passagiere nach festem Boden unter den Füßen. Immerhin gelang es mir, eine Nachricht ins Zollamt zu schicken; deshalb war der erste, den wir beim Betreten des Kais erblickten, mein Schwager Gaius Baebius.

»Das hättest du uns aber ersparen können!« raunte mein Vater mir zu.

»Ich hoffe, daß wir auf Staatskosten nach Hause kommen, wenn wir uns an ihn halten ...«

»Bist 'n kluger Junge! Gaius Baebius! Nein, was für eine Freude. Du ahnst ja nicht, wie sehr wir uns gewünscht haben, dich hier zu treffen ...«

Mein Schwager platzte offenbar vor Neuigkeiten, wollte aber erst mal nicht mit der Sprache heraus. Fremden gegenüber war er sehr zurückhaltend – und das galt für Helena um so mehr, weil er als Zollinspektor im Umgang mit Frauen geradezu spießig traditionell war. Außerdem hatte Gaius Baebius in der siebzehnjährigen Ehe mit meiner Schwester Junia sowieso gelernt, den Mund zu halten. Junia nämlich hatte zu Männern die unter willensstarken Frauen übliche Einstellung, die da heißt: Mach den Kerlen klar, daß sie Idioten sind und zu kuschen haben.

Helena war ganz geknickt, als wir sie dazu verdonnerten, aufs Gepäck aufzupassen, (dazu sind nach Papas und meiner Vorstellung die Frauen da). Aber nur so konnten wir Gaius in eine Taverne entführen und ihn in die Zange nehmen. Kaum befreit von weiblicher Gegenwart, sprudelte mein Schwager auch schon los. »Hört mal, ich muß euch was erzählen. Also, ich hab so einen Dusel gehabt ...«

»Na, beim Rennen gewonnen, Gaius?« flötete Papa. »Erzähl's bloß nicht deiner Alten, sonst knöpft Junia dir die Kröten ab, bevor du bis drei zählen kannst.«

»Olympus! Marcus, dein Vater ist ja ein noch schlimmerer Schwarzseher als du ... Nein, ich hab was gefunden, wonach ihr so eifrig sucht.«

»Etwa eine Spur von der Hypericon?«

»Nein, das nicht. Ich bin inzwischen sicher, daß sie wirklich untergegangen ist.«

»Ja, führt ihr denn keine Liste über verschollene Schiffe?« fragte Papa.

»Wozu?« Gaius Baebius maß ihn mit spöttischem Blick. »Seetang und Schlick kann der Staat nicht besteuern.«

»Schade«, gab Papa zurück. »Ich hätte zu gern Gewißheit darüber, daß die Perle von Perga wirklich auf dem Grund des Meeres liegt.«

»Also, Gaius, was hast du denn nun entdeckt?« erkundigte ich mich so geduldig, wie es mir als Puffer zwischen diesen zwei Streithähnen nur möglich war.

»Festus!«

Mir wurde ganz schrecklich blümerant. Noch war ich nicht soweit, daß ich mit irgendeinem aus der Familie über dieses Thema hätte reden können. Sogar Papa war auf einmal auffallend schweigsam.

Gaius Baebius merkte, daß es mir den Appetit verschlagen hatte, und er grapschte gierig nach meiner Schüssel.

»Raus mit der Sprache!« drängte mein Vater, der sich nicht anmerken lassen wollte, wie sehr ihm der Schreck in die Glieder gefahren war. »Was ist mit Festus?« Sein Blick war auf einen zweiten Löffel gefallen, mit dem er Gaius Baebius nun beherzt die Reste meiner Mahlzeit streitig machte.

»Ich fand ...« Gaius hatte den Mund so voll, daß er nicht weiterreden konnte. Wir warteten, bis er mit der schwerfälligen Gründlichkeit, die sein ganzes Leben bestimmte, zu Ende gekaut hatte. Am liebsten hätte ich ihm einen Tritt gegeben, hielt mich aber, um mir den schmerzlichen Vorwurf zu ersparen, mit dem er garantiert auf meinen Angriff reagiert hätte, wenn auch äußerst mühsam, zurück. »Ich fand«, wiederholte er pedantisch, nachdem wir elend lange gewartet hatten, »also ich fand die Quittung über die Verbrauchssteuer, die Festus bezahlt hat, als er an Land ging.«

»Wann? Bei seinem letzten Urlaub?«

»Genau!«

Papas Brauen, die im Gegensatz zu seinem dichten Haar noch kohlschwarz waren, schossen in die Höhe. Dann linste er geringschätzig an seiner langen und ach so geraden Didius-Nase runter und sagte: »Festus ist damals mit einem Versorgungsschiff heimgekommen, und zwar auf einer Trage!«

»Ja, ja, er kam auf einer Trage, aber von der ist er verdammt schnell wieder runtergehopst!« Gaius Baebius riskierte einen leicht kritischen Ton. Alle Männer meiner Schwestern hatten meinen Bruder schief angesehen; seither hielten sie es mit mir genauso. Nicht auszudenken, wie Gaius Baebius sich aufführen würde, falls er je erfuhr, daß Festus den Heldentod gesucht hatte, um ein paar rabiaten Gläubigern zu entkommen – ganz zu schweigen von dem unschönen Aperçu, daß diese Gläubiger, ohne daß Festus es geahnt hätte, selbst kriminelle Betrüger waren.

Leuten wie meinen Schwagern diese deprimierende Geschichte eingestehen zu müssen war das Problem, vor dem mir fast am meisten graute.

»Also hat Festus es trotz seiner Verwundung geschafft, was mit heimzubringen, wofür er Zoll zahlen mußte?« Ich redete schon genauso pedantisch wie Gaius, aber das war anscheinend das einzige Mittel, etwas Vernünftiges aus ihm rauszulocken.

»Du hast's erfaßt!« triumphierte Gaius. »Du bist gar nicht so dumm!« Der Mann war unerträglich.

Geminus bewahrte mich davor, doch noch die Beherrschung zu verlieren. »Nun mach schon, Gaius! Spann uns nicht so auf die Folter. Was hat Festus denn nun importiert?«

»Ballast«, sagte Gaius Baebius, und hoch zufrieden

über unsere schafsdummen Gesichter lehnte er sich zurück.

»So was dürfte doch kaum steuerpflichtig sein«, bemerkte ich, als ich mich halbwegs wieder gefangen hatte.

»Ist es auch nicht. Die Steuer deckte einen kleinen Schuldposten.«

»Hört sich ganz so an, als hätte Festus jemanden im Zollamt dafür bezahlt, daß der ihm seine Fracht als wertlos deklarierte.«

»Das ist Beamtenbeleidigung!« rief Gaius.

»Aber auch die einzig logische Erklärung«, versetzte Papa gleichmütig.

Mein Vater kann mitunter eine Arroganz an den Tag legen, die einem ziemlich auf den Geist geht. Diesmal schluckte ich sie, weil ich dachte, er wolle Gaius Baebius austricksen, der mich noch mehr auf die Palme brachte. »Vater, wir haben doch überhaupt keine Ahnung, was Festus da importiert hat.«

»O doch, ich denke, das wissen wir.«

Ich glaubte immer noch, daß Geminus nur bluffte – aber dazu wirkte er zu gelassen. »Papa, ich komm nicht mehr mit – und Gaius Baebius liegt tausend Meilen zurück!«

»Wenn dieser ›Ballast‹ das ist, was ich vermute, dann hast du ihn schon gesehen, Marcus.«

»Wir reden hier nicht von einer Ladung ausgefallener Kiesel für die Gartenwege reicher Leute, oder?«

»Ich meine was viel Größeres.«

Ein weiteres Rätsel, das schon lange in meinem Hinterkopf lauerte, meldete sich jetzt zu Wort. »Meinst du etwa diese Steinblöcke, die Onkel Junius mir im Lager gezeigt hat?«

»Genau die.«

»Was denn, du hast Junius gesehen?« rief Gaius Baebius aufgeregt dazwischen. »Wie geht's denn der alten Schmalzlocke« Sein Gespür für Prioritäten war, wie gesagt, beispiellos.

»Was hat es denn mit diesen Blöcken auf sich?« fragte ich meinen Vater, ohne mich um die Unterbrechung zu kümmern.

»Ich hab da so eine Idee ... «

Mehr wollte er nicht sagen, und darum ließ ich meinerseits eine kleine Sensation los: »Ideen hab ich genug. Ich wette, das Schiff, mit dem Festus nach Hause kam, mußte unterwegs ganz plötzlich und dringend die Marmorinsel Paros anlaufen.«

Papa lachte in sich hinein. Wir waren also einer Meinung. »Ich frag mich bloß, wie unser schlaues Kerlchen es angestellt hat, den Kapitän zu diesem Zwischenstop zu überreden?«

Gaius Baebius quäkte dazwischen wie ein Kind, das die Erwachsenen nicht in ihre Geheimnisse einweihen. »Redet ihr immer noch von Festus? Was hätte der denn mit Marmor anfangen sollen?«

»Etwas draus bauen lassen, vielleicht«, antwortete ich obenhin.

»Und dieses ›Etwas‹ könnte alles mögliche sein.« Mein Vater schmunzelte stillvergnügt vor sich hin. »Zum Beispiel Kopien antiker Statuen ... «

Genau meine Meinung! *Warum*, so hätte Festus vermutlich argumentiert, warum nur einen Phidias für eine halbe Million verkaufen, wenn ein Bildhauer wie Orontes einem vier Exemplare machen könnte?

»Ach, das hätte ich ja fast vergessen!« rief der Intelligenzbolzen meiner Schwester. »Festus mußte nicht nur für den Ballast Zoll zahlen. Es war mir im Moment direkt entfallen – aber in der Liste wird auch noch eine Art Statue angeführt.«

# LVI

Von Ostia aus schipperten wir den Tiber hinauf heimwärts, eine kalte und langsame Fahrt, die wir sehr schweigsam zurücklegten, so sehr beschäftigte uns das Rätsel, das Gaius Baebius uns aufgetischt hatte.

Es hatte endlich aufgehört zu regnen, aber als wir in Rom ankamen, hing der Himmel voller Schauerwolken. Die Straßen glänzten feucht, und wo unvorsichtige Händler und Hausbesitzer vergessen hatten, Kohlblätter oder Ziegelbrocken von den Abflüssen zu räumen, standen große Pfützen auf den Gehsteigen. Hin und wieder tropfte es von den Dächern; die Luft war schwer vom Nebel über dem Tiber, und unser Atem malte extra Feuchtigkeitskringel.

Als wir von Bord gingen, kam einer von Petros Männern, der offenbar die einfahrenden Schiffe beobachtet hatte, auf mich zu. »Falco!« Er hüstelte diskret. »Petronius Longus hat uns alle losgeschickt, um nach Ihnen zu suchen!«

»Ich hab nicht gegen die Kautionsauflagen verstoßen. Und ich wollte auch nicht abhauen – schließlich hatte ich meinen Bürgen dabei ...« Das Lachen erstarb mir im Halse. »Gibt's Probleme?«

»Petronius möchte Sie nur gern sprechen. Es ist dringend, sagt er.«

»Mars Ultor! Was ist denn passiert?«

»Dieser andere Centurio, der mit dem erstochenen Legionär zusammen war, hat sich gemeldet. Unser Hauptmann hat ihn schon vernommen, das endgültige Urteil aber verschoben, bis wir die Geschichte des Mannes überprüft haben.«

»Bin ich jetzt entlastet, oder hat der Kerl ein Alibi?«

»Haben solche Leute nicht immer eins? Aber lassen Sie sich die Einzelheiten lieber von Petronius Longus erzählen, Falco. Ich lauf rasch ins Wachlokal und melde Ihre Rückkehr.«

»Danke. Sagen Sie ihm, ich bin daheim, in der Brunnenpromenade. Und ich stehe zu seiner Verfügung, wann immer er mich braucht.«

»Sie reden ja wie eins von seinen Weibern!« lautete die merkwürdige Antwort des Soldaten.

Wir trafen uns im Flora. Als ich kam, saß Petronius Longus schon beim Essen. Er unterhielt sich mit dem Kellner und einem seiner Männer, einem gewissen Martinus, der sich aber bei meinem Erscheinen diskret zurückzog. Ein zweites Gedeck, das mein liebenswürdiger Freund bereits bestellt hatte, wurde im Nu aufgetragen, und Epimandos bediente uns mit einer Zuvorkommenheit, die vermutlich Ausdruck seines Respekts vor Petronius war.

Neben Petro lag sauber zusammengefaltet sein dicker brauner Mantel, und darunter entdeckte ich den Tornister des ermordeten Soldaten. Als höflicher Mensch übersah ich das makabre Bündel fürs erste, und Epimandos, der die Sachen wohl auch wiedererkannt hatte, machte um den Platz, auf dem sie lagen, einen so großen Bogen, als hätte der Wachhauptmann einen Kessel Giftschlangen in die Taverne eingeschmuggelt.

Petronius selbst war, wie immer, die Ruhe in Person. »Na, Falco, du siehst ja so bedrückt aus. Soll ich Epimandos' Suppe die Schuld daran geben?«

»Schuld daran ist Festus«, gestand ich. Darüber konnte Petro nur lachen.

Petronius und ich kannten uns schon so lange, daß ich ihm auch das Schlimmste anvertrauen durfte, und er hörte mir, wie gewohnt, gelassen zu. Von Leuten mit künstlerischen Ambitionen hielt er nicht viel und war daher über Carus' Betrug nicht sonderlich verblüfft. Und da er auch von Heldentaten nicht viel hielt, ließ ihn die Erkenntnis, daß das Ende meines Bruders vielleicht nicht so glorreich gewesen war, wie wir alle getan hatten, ebenfalls relativ kalt.

»Na und? Wann wird ein Orden je dem richtigen Mann verliehen? Weißt du, ehe so ein Arsch, der mit dem Kriegsrat auf du und du steht, so was einheimst, da ist es mir schon lieber, einer wie dein Bruder schnappt sich das Lametta.«

»Du hattest sowieso eine ziemlich schlechte Meinung von der Familie Didius, wie?«

»Ach, ein paar von euch sind ganz brauchbar.« Petro lächelte leise.

»Besten Dank! Das ist wirklich sehr schmeichelhaft.« Allmählich konnten wir die Förmlichkeiten beiseite lassen und uns dem Geschäft zuwenden. »Also? Was ist nun mit diesem Centurio?«

Petronius streckte die langen Beine aus. »Du meinst Laurentius? Scheint ein ehrlicher Trottel zu sein, der sich zufällig mit 'nem Pechvogel angefreundet hat. Als er ins Wachlokal kam, erzählte er uns, er hätte eben erst vom Tod seines Kumpels erfahren. Und er wollte wissen, ob er sich um die Hinterlassenschaft des Toten kümmern darf.« Petro klopfte auf den Tornister neben sich.

»Heißt das, du hast ihn auch hierher bestellt? Was versprichst du dir davon?«

»Nicht viel – vielleicht, daß ihm am Tatort die Nerven durchgehen.« Petro grinste verstohlen. »Falls er's war, könnt's funktionieren ... Wenn nicht, dann vergiften wir beide uns mal wieder für nichts und wieder nichts mit Epimandos' Suppe!«

»Du hältst ihn nicht für den Täter.« Das hatte ich aus

seinem Ton geschlossen. »Was hat er dir denn erzählt?«

»Daß sie beide auf Urlaub nach Rom kamen. Censorinus wollte bei der ›Familie eines Freundes‹ wohnen. Ich hab ihm übrigens bis jetzt noch nicht verraten, daß ich diese Familie kenne. Laurentius ist Römer und hat sich bei seiner Schwester einquartiert.«

»Hast du das überprüft?«

»Natürlich!«

»Und wo war dieser Laurentius, als der Mord passiert ist?«

»Mit Schwester nebst deren vier Kindern bei einer Tante in Lavinium. Für einen Monat.«

»Und du hast dich auch in Lavinium umgehört?« fragte ich düster.

»Hab ich dich schon mal im Stich gelassen? Glaub mir, ich hab mein Bestes getan, Falco! Aber vom Stadthauptmann abwärts bestätigt ganz Lavinium das Alibi. An dem entsprechenden Abend wurde eine Hochzeit gefeiert, und ich kann dem Centurio nicht mal unterstellen, daß er sich unbemerkt vom Fest weggeschlichen hätte und heimlich nach Rom zurückgekehrt wäre. Anscheinend hat er kräftig mitgefeiert und bis spät am nächsten Vormittag in der Küche seinen Rausch ausgeschlafen. Die ganze Hochzeitsgesellschaft sagt für ihn gut – mit Ausnahme des Bräutigams, der was anderes im Kopf hatte und nicht auf ihn geachtet hat. Nein, Laurentius war's nicht«, erklärte Petro ruhig und pulte mit einem Fingernagel zwischen seinen Zähnen. »Außerdem, jetzt, wo ich mit ihm gesprochen habe, muß ich sagen: Er ist einfach nicht der Typ dafür.«

»Wer ist schon der Typ für so was?«

»Na ja, wenn du mich so fragst ...« Petronius sah ohne weiteres ein, daß verbindliche Theorien genau wie instinktive Urteile nur dazu da sind, widerlegt zu werden. Aber ich verstand sehr wohl, was er mir sagen wollte: Er hatte den Centurio sympathisch gefunden. Das wiederum bedeutete, daß er vermutlich auch mir gefallen würde – obwohl seine so mühelos bewiesene Unschuld mir die wesentlich härtere Aufgabe stellte, meine eigene zu beweisen. Prompt fing ich wieder an schwarzzusehen – der Verdächtige unterm Damoklesschwert.

Ich stützte das Kinn in die Hand und starrte auf den schmutzigen Tisch. Zwirn, der Kater, sprang herauf, machte aber einen Bogen um meinen Platz, als ob dieses fettverschmierte Fleckchen so eklig sei, daß es selbst die Toleranzgrenze dieses Tieres überschritt. Petro streichelte Zwirn geistesabwesend und winkte Epimandos, uns noch einen Wein zu bringen.

»Wird sich schon alles finden, Falco.«

Aber so eine billige Floskel konnte mich nicht trösten.

Wir tranken schweigend, als Laurentius erschien.

Sobald er sich draußen an die Theke lehnte, wußte ich, was Petro meinte. Auf dem Schlachtfeld mochte der Centurio durchaus schon getötet haben, aber ein kaltblütiger Mörder war dieser Mann nie und nimmer. Laurentius war um die Fünfzig – ein ruhiger, vernünftiger Mensch mit unauffälligen, intelligenten Gesichtszügen und starken, guten Händen, die offenbar an praktische Arbeit gewöhnt waren. Seine Uniform war sauber, auch wenn die Bronzeknöpfe nicht übermäßig poliert waren. Seine Gesten waren ruhig und überlegt.

Er sah sich nach uns um, dann bestellte er etwas zu trinken – genau in dieser Reihenfolge. Danach kam er zu uns an den Tisch und brachte höflicherweise seinen Krug gleich mit.

Als er und Petronius einander begrüßt hatten, setzte er sich, musterte mich so, daß ich es merken mußte, und sagte dann: »Sie sind bestimmt ein Verwandter von Didius Festus?« Jedem, der meinen Bruder gekannt hatte, fiel die Ähnlichkeit auf.

Petronius übernahm die Vorstellung, sagte jedoch nicht, warum ich dabei war.

»Ich hab Ihre Geschichte überprüft«, erklärte Petro dem Centurio. »Ihr Alibi für die Mordnacht ist durchaus glaubwürdig.« Der Centurio nickte. Er akzeptierte, daß Petronius seine Pflicht tun mußte und das korrekt erledigt hatte. »Ich hab Ihnen den Tornister Ihres Freundes mitgebracht. Ist nichts drin, was wir als Beweismittel brauchen. Ihre eidesstattliche Erklärung habe ich bereits – wenn Sie also zurück zu Ihrer Einheit wollen, habe ich nichts dagegen. Nur ein paar Fragen würde ich Ihnen noch gern stellen«, setzte Petro unvermittelt hinzu, als der Centurio sich schon zum Gehen wandte. Laurentius setzte sich wieder hin.

Er schaute mich an, und ich sagte: »Censorinus hat bei meiner Mutter gewohnt.« Wieder nahm er die Auskunft mit einem leichten Nicken zur Kenntnis, und ich ergänzte leise: »Bevor er sich hier in der Caupona einquartiert hat.«

Laurentius sah sich rasch in der Kneipe um. Falls Erschrecken in seinem Blick lag, so schien es – mir nur zu verständlich – ein Schock, der einzig der Umgebung galt. »Ist es hier passiert?«

Petronius, der ihn unverwandt ansah, nickte ernst. Als der Centurio begriff, was gespielt wurde, erwiderte er seinen Blick mit kühler, ja fast zorniger Miene. »Ich bin noch nie in diesem Lokal gewesen.«

Wir glaubten ihm.

Laurentius, der die Prüfung bestanden hatte, schaute sich weiter aufmerksam um. Er war einfach ein Mann, dessen Freund in dieser Kneipe ums Leben gekommen war und der sich natürlicherweise für den Tatort interessierte. »Was für ein Ort zum Sterben ...« Sein Blick fiel auf Epimandos, der schon die ganze Zeit im Hinterzimmer herumwieselte. »Hat der Kellner ihn gefunden?«

»Nein, die Eigentümerin«, antwortete Petro. »Eine gewisse Flora. Sie ging in sein Zimmer, um ihm die Rechnung zu bringen.«

»Flora?« Dieses Detail der Geschichte hörte ich heute zum ersten Mal. »Ich dachte immer, diese ›Flora‹ gibt's gar nicht!«

Petronius sagte nichts dazu, aber mir war so, als hätte er mich ganz komisch angeschaut.

Laurentius wirkte jetzt sichtlich erregt. »Dieser Urlaub stand von Anfang an unter einem schlechten Stern – ich wünschte, wir wären gar nicht erst hergekommen!«

»Ist wohl 'n sehr langer Urlaub, wie?« fragte Petronius höflich.

»Nicht direkt. Ich habe um meine Versetzung gebeten. Die Fünfzehnte ist nach Pannonia zurückbeordert worden, und in dieser langweiligen Provinz will ich nicht versauern.«

»Und glauben Sie, es klappt mit einer neuen Legion?«

»Das denke ich doch. Schließlich habe ich mich freiwillig für Britannien gemeldet.«

Petro und ich hatten beide dort gedient und wechselten einen skeptischen Blick. »Sie sind scheint's Optimist.«

»Aber ja! Für die, die in Judäa die Stellung hielten, während der Rest heimkehrte, um sich in Titus' Gefolge als Sieger feiern zu lassen, kann ein Stellungswechsel nur von Vorteil sein.« Laurentius lächelte mir verschmitzt zu. »Das war Festus' Prinzip, wissen Sie: Melde dich nie freiwillig – höchstens dafür, daß man dich aus dem Spiel läßt!«

»Ich sehe, Sie haben meinen Bruder gut gekannt.«

Dieser kleine Exkurs in Militärphilosophie hatte die Atmosphäre ein wenig entspannt, und es klang fast vertraulich, als Laurentius jetzt Petro fragte, ob er denn gar keine Ahnung habe, *warum* Censorinus sterben mußte.

»Nicht die geringste«, antwortete Petronius gedehnt. »So langsam denke ich, es kann sich nur um eine dieser Gelegenheitsbekanntschaften gehandelt haben, die manchmal ein böses Ende nehmen. Vielleicht werden wir den Mord an Ihrem Freund eines Tages aufklären, aber wenn, dann höchstwahrscheinlich nur durch Zufall.«

»Ein Jammer. Ich glaube, er war ein guter Kerl.«

»Kannten Sie sich schon lange?«

»Na ja, mit Unterbrechungen. Er war nicht in meiner Centuria.«

»Aber Sie waren beide im selben Investmentklub?« Petros Stimme hatte sich bei dieser Frage nicht verändert, und er schaute angelegentlich in seinen Becher. Aber Laurentius wußte auch diesmal gleich, was los war.

»Also darum geht's?« Sein Blick wanderte zwischen Petronius und mir hin und her.

Petronius Longus entschied sich für den offenen Angriff: »Ich habe Falco dazugebeten, weil er die gleichen Antworten sucht wie ich. Ihr Freund hat sich mächtig mit ihm angelegt, und wir wüßten gern, warum. Das heißt, Falco muß es wissen, weil er durch diesen Streit unter Mordverdacht steht.«

»Fälschlicherweise?« erkundigte der Centurio sich nonchalant bei mir.

»Genau.«

»Schön, wenn man sich in solchen Fragen so sicher ist!« Laurentius faltete ruhig die Hände auf dem Tisch. »Also, Wachhauptmann, was wollen Sie wissen? Ich beantworte jede Frage, wenn es Ihnen nur hilft, den Mörder zu fassen.«

»Freut mich.« Petronius hob die Hand und machte Martinus, der draußen an der Straßenecke rumlungerte, ein Zeichen. Der Soldat kam herein und setzte sich zu uns. Laurentius und ich tauschten ein schiefes Lächeln. Petronius Longus war wirklich ein Muster an Korrektheit. Nicht genug damit, daß er sich einen Zeugen dazuholte, bevor er zwei Verdächtige vernahm (von denen er mit einem persönlich bekannt war). Nein, Martinus zückte auch gleich ein Wachstäfelchen und machte sich ganz unverhohlen Notizen. »Das ist Martinus, mein Stellvertreter. Wenn es euch beiden nichts ausmacht, wird er unser Gespräch protokollieren. Sollte sich herausstellen, daß die Themen, die wir bereden, privater Natur sind und keinen Bezug zu dem Mord haben, werden die Notizen selbstverständlich vernichtet.«

Petro drehte sich zum Kellner um und wollte ihn bitten, uns für dieses vertrauliche Gespräch allein zu lassen. Aber Epimandos war so diskret gewesen, sich ausnahmsweise aus eigenem Antrieb zu verdrücken.

# LVII

Petronius stellte die Fragen; ich muckste mich erst mal nicht.

»Centurio, sind Sie jetzt bereit, uns zu erzählen, was Sie und der Tote von der Familie Didius gewollt haben?« Laurentius nickte, antwortete aber noch nicht gleich. »Sie wollten versuchen, sich Ihren Anteil an einem von Didius Festus organisierten Geschäft zurückzuholen?«

»Jawohl.«

»Darf ich erfahren, woher das Stammkapital kam?«

»Das geht Sie nichts an«, versetzte Laurentius liebenswürdig.

»Also dann«, sagte Petronius, vernünftig wie immer, »lassen Sie es mich so formulieren: Der Streit zwischen Censorinus und Didius Falco über dieses Geld wird Falco als mögliches Mordmotiv zur Last gelegt. Nun kenne ich Falco persönlich und glaube nicht, daß er die Tat begangen hat. Ich weiß, daß es bei der fraglichen Summe um den Preis für eine Phidias-Statue geht . . . Könnte man vielleicht davon ausgehen, daß es für eine Gruppe von Berufssoldaten im Wüsteneinsatz – na, sagen wir, schwierig war, soviel Bargeld aufzutreiben?«

»Nein, das war nicht schwierig«, gab Laurentius lakonisch zurück.

»Aha, dann waren wohl einfallsreiche Köpfe am Werk.« Petronius lächelte. Dieser überaus höfliche Dialog brachte uns keinen Schritt weiter.

Dem Centurio machte es sichtlich Spaß, Petros Fragen auszuweichen, aber er war nicht darauf aus, ihn hinters Licht zu führen. »Wir hatten mit einem früheren Projekt großes Glück, und haben mit dem Gewinn den Phidias-Kauf finanziert. Wäre Festus' Rechnung aufgegangen, dann hätte sich unser Einsatz verdoppelt. Ich bin nach Rom gekommen, um rauszufinden, was aus dem Geschäft geworden ist. Wenn Festus' Coup geglückt ist, müßte auch für uns ein gewaltiger Profit rausspringen. Hat's dagegen nicht geklappt, dann stehen wir wieder bei Null. Ein echter Spieler steckt so was achselzuckend weg und fängt wieder von vorn an.«

Jetzt sah ich mich doch gezwungen einzugreifen. »Sehr hübsch, wie Sie den gelassenen Philosophen herauskehren! Wenn das Ihre Einstellung ist, wieso hat Censorinus mir dann so wüst zugesetzt?«

»Weil für ihn viel mehr auf dem Spiel stand.«

»Wieso?«

Laurentius schlug verlegen die Augen nieder. »Als Censorinus dem Syndikat beitrat, gehörte er nicht richtig zu uns, er war bloß ein Optio.«

Martinus warf seinem Vorgesetzten einen ratlosen Blick zu. Im Gegensatz zu uns war der Junge nicht in der Armee gewesen und kannte sich daher mit deren kompliziertem Beförderungssystem nicht aus. »Ein Optio«, erklärte Petronius, »ist ein Soldat, der zwar zur Beförderung zum Centurio vorgeschlagen ist, aber noch warten muß, bis ein entsprechender Posten frei wird. Das kann lange dauern. Bis dahin wird er einem Hauptmann als Stellvertreter zugeteilt – ungefähr so wie du mir.« Bei diesem Nachsatz war Petros Stimme unversehens scharf geworden. Ich wußte, daß er Martinus seit langem in Verdacht hatte, ihm seinen Posten streitig machen zu wollen. Freilich glaubte er nicht, daß Martinus gut genug wäre, um ihn ausstechen zu können.

»Ich erzähle wohl besser die ganze Geschichte«, sagte Laurentius. Falls er die Spannung zwischen Petro und Martinus mitbekommen hatte, so kannte er derlei Reibereien aus eigener Erfahrung.

»Für ein wenig Aufklärung wären wir Ihnen sehr dankbar«, erwiderte ich betont freundlich.

»Ein paar Kameraden brachten das Geld für eine Investition zusammen – wie, ist hier wohl nicht von Belang . . .« Ich vermied es, Petronius anzuschauen. Dieser Zusatz war mit Sicherheit eine Anspielung auf den Griff in die Legionskasse.

»Das kommt nicht ins Protokoll«, ordnete Petronius an, und Martinus legte verlegen den Stilus beiseite.

»Unsere Investition war ein voller Erfolg . . . «

»Und ich hoffe, Sie haben das Kapital zurückerstattet.« Absichtlich stieß ich ihn darauf, daß ich erraten hatte, woher die Summe stammte.

Laurentius blieb gelassen. »Immer mit der Ruhe!« Er lächelte. »Ja, wir haben das Geld zurückgelegt! Censorinus war zu der Zeit übrigens noch nicht Mitglied unseres Syndikats. Mit diesem ersten Projekt machten wir etwa eine Viertelmillion Gewinn, den sich zehn Leute teilen mußten. Wir waren zufrieden und betrachteten Festus schon damals als Helden. Zum Geldausgeben war in der Wüste keine Gelegenheit, also finanzierten wir mit unserem Gewinn einfach das nächste Geschäft. Wenn es diesmal schiefginge, wollten wir das als Rache der Parzen verbuchen, und keiner erlitt eigentlich einen Verlust. Kam der Handel aber zustande, dann konnten wir alle in Pension gehen.«

»Und bei diesem Geschäft haben Sie Censorinus mitmachen lassen?«

»Ja. Wir hatten zwar nie über unseren Volltreffer gesprochen, aber wenn jemand so ein Mordsglück hat, spricht sich das herum. Censorinus stand schon auf der Beförderungsliste, suchte deshalb Anschluß an unsere Gruppe. Irgendwie hat er dann wohl Wind davon bekommen, daß wir eine vielversprechende Investition planten. Jedenfalls sprach er uns darauf an und bat darum, mitmachen zu dürfen.«

Petro horchte auf. »Sie haben also nur Ihren Gewinn aufs Spiel gesetzt – er dagegen mußte seine Ersparnisse hergeben?«

»So wird's wohl gewesen sein.« Diesmal stockte Laurentius verlegen. »Natürlich haben wir erwartet, daß er genauso viel beisteuert wie wir.« In Anbetracht der Tatsache, daß der Grundstock ihrer Einlage ein illegales Darlehen aus der Pensionskasse war, eine schreiende Ungerechtigkeit. Die Bande hatte einen Betrug erfolgreich durchgezogen – und dachte schon im nächsten Augenblick nicht mehr daran, daß sie ihr Glück einzig dem Schicksal verdankte. »Jetzt ist mir klar, daß Censorinus sein ganzes Geld eingesetzt und sich obendrein noch was geborgt hat. Aber seinerzeit haben wir uns nicht drum gekümmert, wo er die Kröten hernahm.« Petro und ich konnten uns gut vorstellen, wie großspurig die anderen aufgetreten waren und wie arrogant dem Neuling gegenüber. »Niemand hat ihn gedrängt mitzumachen. Es war seine eigene Entscheidung!«

»Aber als der Handel dann schiefging, hat ihn das wesentlich härter getroffen als Sie?« fragte ich.

»Ja, darum hat er ja dann auch so leicht durchgedreht«, antwortete Laurentius wie entschuldigend. »Na ja, meiner Meinung nach war er sowieso ein unsicherer Kandidat ...« Das hieß im Klartext, er, Laurentius, hätte ihn nicht zur Beförderung vorgeschlagen. »Tut mir wirklich leid! Im nachhinein habe ich den Eindruck, ich hätte die Sache lieber selbst in die Hand nehmen sollen.«

»Das wäre sicher nützlich gewesen«, sagte ich.

»Hat er sein Dilemma denn erklärt?«

»Nicht richtig. Er hat ziemlich um den heißen Brei rumgeredet.«

»Der Mensch ist ein mißtrauisches Wesen«, bemerkte Laurentius.

Ich leerte meinen Becher auf einen Zug. »Und Ihr Syndikat mißtraut mir?«

»Na ja, Festus hat uns immer erzählt, was für ein raffinierter Hund sein Bruder ist.« Das war mir neu. Vorsichtig stellte ich den Becher wieder hin. »Unsere zweite Investition«, fuhr Laurentius leise fort, »scheint irgendwo verschüttgegangen zu sein. Und wir haben uns gefragt, ob Sie die Ware vielleicht zufällig ... gefunden haben.«

»Ich weiß ja nicht mal, worum es sich handelt«, tadelte ich ihn sanft – obwohl ich es inzwischen zu wissen glaubte.

»Um eine Statue.«

»Doch nicht der untergegangene Poseidon?« fragte Petronius. Sein Adlatus Martinus griff wie elektrisiert nach dem Stilus, aber Petros große Pranke schloß sich um sein Handgelenk und bremste den Übereifrigen.

»Nein, nicht der Poseidon«, sagte Laurentius, ohne den Blick von mir zu wenden. Ich glaube, er hielt es immer noch für möglich, daß ich die ominöse zweite Skulptur gefunden hätte – vielleicht nach Festus' Tod.

Inzwischen fragte ich mich, ob Festus die Plastik absichtlich beiseite geschafft und seine Kumpel übers Ohr gehauen hatte.

»Jeder hat so seine Geheimnisse«, sagte ich ruhig. »Aber es wird Sie freuen zu hören, Centurio, daß ich in erbärmlichen Verhältnissen lebe. Der Wachhauptmann kann Ihnen bestätigen, daß ich keineswegs mit Gewinnen, die eigentlich Ihnen und Ihren Freunden zustünden, ein luxuriöses Dasein führe.«

»Er wohnt in einem Loch!« erklärte Petro grinsend.

»Da hören Sie's! Die Statue, von der Sie sprechen, scheint tatsächlich verlorengegangen zu sein. Ich habe den Nachlaß meines Bruders nach seinem Tod geordnet und inzwischen auch sein Vorratslager durchsucht, aber Ihren Schatz habe ich nicht gefunden. Und mein Vater, der immerhin der Geschäftspartner meines Bruders war, hat auch nie was von einer zweiten Statue gehört. Ja, nicht einmal der Agent, dem Festus Ihr Geschäft übertragen hat, wußte davon.«

»Festus hielt diesen Agenten für einen Trottel.«

Das zu hören freute mich, denn ich war der gleichen Meinung. »Sagen Sie, Laurentius, woher stammte denn diese zweite Statue?«

»Von derselben Insel wie die andere. Als Festus nach Griechenland kam, um den Poseidon zu begutachten, erfuhr er, daß der Tempel nicht nur eine, sondern zwei Statuen verkaufen wollte.« Ich konnte mir lebhaft vorstellen, wie mein Bruder Orontes abgeschüttelt hatte, um sich ungestört allein mit den Priestern zu unterhalten. Einem Agenten hätte er nie blindlings vertraut. Festus hatte den Priestern mit seiner gewinnenden Art bestimmt mehr Informationen entlocken können als Orontes, der, wie ich aus eigener Erfahrung wußte, nicht den Charme meines Bruders besaß. »Zunächst reichte unser Geld nur für den Kauf des Poseidon. Um wieder flüssig zu werden, mußten wir den weiterverkaufen.«

»An Carus und Servia?«

»Genau, so hießen die beiden! Mit dem, was sie uns bezahlten, hatten wir unseren ursprünglichen Einsatz wieder drin, und Ihr Bruder konnte mit dem Geld nach Griechenland zurückfahren . . . «

»Diesmal *ohne* Orontes?«

»Ganz recht.«

»Und was hat er bei diesem zweiten Anlauf erstanden?«

Laurentius lächelte schicksalsergeben. »Einen Zeus.«

# LVIII

Später am selben Tage ließ sich mein Vater zum allerersten Mal in seiner Sänfte zur Brunnenpromenade bringen. Als er ankam, saß Helena in eine Decke gewickelt im Sessel und las, während ich einen Eimer Muscheln schrubbte. Er erwartete wohl, daß sie verschwinden würde, damit wir ein Gespräch unter Männern führen könnten, wie das in normalen Haushalten üblich ist, aber sie winkte ihm nur huldvoll zu und blieb, wo sie war. Daraufhin erwartete er wenigstens, daß ich den Eimer verschämt unter den Tisch schieben würde, aber ich arbeitete weiter.

»O ihr Götter! Diese Treppen haben mich geschafft ... Spannt sie dich immer so ein?«

»Das ist unser Lebensstil. Niemand hat dich gebeten, hier reinzuplatzen und den Kritikaster zu spielen.«

»Bei uns ist Marcus der Koch«, erklärte Helena. »Er gefällt sich darin, meine häusliche Erziehung zu lenken. Aber einen warmen Honigtrunk dürfte ich Ihnen schon machen, wenn Sie mögen.«

»Wein habt ihr nicht zufällig da?«

»Nur für die, die zum Essen bleiben«, ging ich dazwischen. Mein Vater war unverbesserlich. »Außerdem sind unsere Vorräte fast erschöpft. Gelegenheitstrinker kann ich nicht durchbringen. Was wir noch haben, brauch' ich für die Sauce.«

»Zum Essen kann ich leider nicht bleiben; ich werde zu Hause erwartet. Du bist wirklich ein hartherziger Gastgeber.«

»Nimm mit dem Honig vorlieb. Sie macht ihn mit Zimt an. Davon kriegst du reinen Atem, gute Laune, und deine arme alte Pumpe erholt sich vom Treppensteigen.«

»Mädchen, du hast dir ja einen verdammten Apotheker eingefangen!« nörgelte Papa, an Helena gewandt.

»Ja, ist er nicht wunderbar? Wie eine wandelnde Enzyklopädie!« flötete sie hinterhältig grinsend. »Ich habe mir schon überlegt, ob ich ihn nicht gelegentlich an Marponius verpachten soll . . . « Dann lächelte sie und machte uns allen was Anständiges zu trinken.

Mein Vater sah sich bedächtig in unserem Vorderzimmer um, erriet, daß der Raum hinterm Vorhang ebenso schäbig war, tat den Balkon ab als Desaster, dessen Baufälligkeit uns einen frühen Tod bescheren würde, und rümpfte die Nase über unsere Einrichtung. Ich hatte inzwischen einen Kiefernholztisch gekauft. Uns gefiel er, denn er hatte noch alle vier Beine und war nur ein ganz kleines bißchen wurmstichig, aber für seine Verhältnisse war es natürlich ein jämmerlich häßlicher Tisch. Außerdem besaßen wir noch den schäbigen Schemel, auf dem ich hockte, den Sessel, den Helena ihm abtrat, einen schlichten Stuhl, den sie sich jetzt aus dem Schlafzimmer holte, drei Becher, zwei Schüsseln, einen Schmortopf, ein paar billige Lampen und eine bunt zusammengewürfelte Bibliothek mit – unter anderem – griechischen Theaterstücken und lateinischen Gedichten.

Er sah sich nach Zierat und Nippes um, und erst als ich seinen verstohlenen Blick in die Runde sah, fiel mir auf, daß wir so etwas nicht besaßen. Vielleicht würde er uns eine Kiste voll schicken, wenn er das nächste Mal einen Nachlaß entrümpelte.

»Olympus! Ist das etwa alles?«

»Aber nein! Nebenan steht noch das Bett mit den Muschelverzierungen, das du mir verkauft hast, und ein leidlich hübscher, verstellbarer Dreifuß, den Helena irgendwo aufgestöbert hat. Ach, und unsere Sommervilla in Baiae ist selbstredend eine Stätte des unbegrenzten Luxus. Dort haben wir übrigens auch unsere Glassammlung und die Pfauen untergebracht ... Na, wie findest du's?«

»Es ist noch schlimmer, als ich befürchtet hatte! Ich bewundere deinen Mut, mein Kind«, sagte er, sichtlich gerührt, zu Helena.

»Und ich bewundere Ihren Sohn«, sagte sie ruhig.

Papa ließ sich davon nicht beeindrucken, sondern zog weiter ein gekränktes Gesicht, gerade so, als wäre meine Bruchbude ein gezielter Affront gegen ihn. »Aber das ist ja einfach furchtbar! Kannst du ihn denn nicht dazu bringen, daß er was dagegen tut?«

»Er tut sein Bestes«, sagte Helena gepreßt.

Ich verkniff mir jeden Kommentar, ging raus und pieselte vom Balkon runter. Unten auf der Straße ertönte ein zorniger Fluch, der mich freute.

Als ich wieder reinkam, erzählte ich meinem Vater, was ich von Laurentius über die zweite Statue, den Zeus, erfahren hatte. »Zumindest paßt jetzt alles zusammen. Erst ging's um ein Schiff und eine Skultur – jetzt haben wir zwei Schiffe und auch zwei Skulpturen.«

»Oh, aber die Sache ist nicht ganz so symmetrisch, Marcus«, wandte Helena ein. »Eine der Statuen ging mit einem der Schiffe unter, gut – aber den Zeus hat Festus mit an Land gebracht, und wahrscheinlich ist er immer noch irgendwo versteckt.«

»Na bravo!« sagte ich. »Der Zeus ist verschwunden – rein theoretisch könnten wir ihn wiederfinden.«

»Willst du's nicht wenigstens versuchen?«

»Natürlich!«

»Bislang war's aber mit deiner Spürnase nicht weit her!« bemerkte mein Vater düster.

»Ich hab ja auch noch gar nicht angefangen zu suchen. Den Zeus werde ich finden, darauf kannst du dich verlassen! Und selbst wenn wir dann dem Centurio und seinen Kumpanen ihren Einsatz zurückgeben, bleibt vielleicht immer noch genug übrig, um uns reich zu machen. Und wenn nicht ... außer Festus' Anteil an dem Geschäft haben wir ja immer noch vier echte parische Marmorblöcke! Wir könnten Festus' genialen Plan umsetzen und vier Kopien machen lassen.«

»Aber Marcus! Du würdest doch bestimmt keine Fälschungen verkaufen!« Helena war schockiert. (Wenigstens nahm ich das an.) Papa musterte mich mit verschmitztem Blick. Er war offenbar gespannt auf meine Antwort.

»Das wär mir nie in den Sinn gekommen! Weißt du denn nicht, daß auch wirklich gute Kopien traumhafte Preise erzielen können?« Es klang beinahe ehrlich.

Helena lächelte. »Und von wem würdest du die Kopien machen lassen?«

»Na, von Orontes natürlich! Wir sind schließlich nicht umsonst über sämtliche Ausstellungsstücke in seinem Atelier gekraxelt. Der Mann hat ein Händchen für Nachbildungen. Ich bin davon überzeugt, daß Festus an dem Abend, als er so verzweifelt nach Orontes gesucht hat, ihm einen Vertrag dafür anbieten wollte. Orontes war außer sich, weil er glaubte, Festus wolle ihn verprügeln. Dabei hatte Festus keine Ahnung von dem Betrug, den Carus hinter seinem Rücken inszeniert hat, und wollte Orontes bloß Arbeit anbieten. Er hatte Order bekommen, sich umgehend in Judäa zurückzumelden, und dieser fatale Abend war seine letzte Chance, den Handel noch unter Dach und Fach zu bringen.«

»Ist dieser Orontes wirklich so gut?«

Papa und ich überdachten gemeinsam, was wir in Capua von seinen Arbeiten gesehen hatten. »Ja.«

»Und nach dem Streich, den er Festus gespielt hat, schuldet er uns ein, zwei Gratisarbeiten!«

Helena ließ sich nicht ablenken. »Festus wollte also Orontes nur sagen: ›Komm, schau dir den Zeus von Phidias an, den ich heimgebracht habe, und mach mir noch vier davon‹ ...« Plötzlich sprang sie auf. »Marcus! Weißt du, was das heißt? Das Original muß irgendwo gewesen sein, wo man es anschauen konnte. An einem Ort, wo Festus es dem Bildhauer noch in dieser Nacht hätte vorführen können ... irgendwo hier in Rom!«

Sie hatte den Nagel auf den Kopf getroffen. Die Statue war hier. Sie war eine halbe Million wert, und als Testamentsvollstrecker meines Bruders gehörte ein Teil davon mir. Der Phidias war hier in Rom, und ich würde ihn finden, selbst wenn es mich zwanzig Jahre kosten sollte.

»Wenn du die Statue auftreiben kannst«, sagte Helena ruhig, »dann hätte ich eine Idee, wie ihr beide es Cassius Carus und Ummidia Servia heimzahlen könntet.«

Mein Vater und ich rückten näher heran und blickten wie andächtige Tempeljünger zu ihr auf.

»Sag's uns, mein Herz!«

»Also: Damit mein Plan funktionieren kann, müßt ihr erst einmal so tun, als glaubtet ihr, daß die beiden ihr Geld für den Poseidon tatsächlich verloren haben. Das heißt, ihr müßt die halbe Million Sesterzen zusammenkratzen und die beiden ausbezahlen ...«

Wir stöhnten um die Wette. »Muß das wirklich sein?«

»Unbedingt! Die beiden müssen glauben, daß sie euch geschlagen haben. Nur so könnt ihr sie in Sicherheit wiegen. Und dann, wenn sie beinahe platzen vor Stolz auf ihren Betrug, dann können wir sie dazu bringen, daß sie sich übernehmen und auf meinen Vorschlag hereinfallen ...«

Ja, und dann steckten wir drei die Köpfe zusammen und heckten jenen Plan aus, mit dem wir uns an Carus und Servia rächen wollten. Papa und ich steuerten ein paar Verbesserungsvorschläge bei, aber die Grundidee kam von Helena.

»Ist sie nicht ein kluges Mädchen?« fragte ich und umarmte sie enthusiastisch, nachdem sie ihre Strategie dargelegt hatte.

»Sie ist wundervoll«, stimme Papa mir zu. »Wenn uns dieser Geniestreich gelingt, dann benutzt du vielleicht deinen Gewinn dazu, ihr ein etwas standesgemäßeres Zuhause zu bieten.«

»Erst müssen wir mal die verschwundene Statue finden.«

Wir waren näher dran, als wir ahnten, und doch bedurfte es einer Tragödie, um uns drauf zu stoßen.

Es wurde ein erfreulicher Nachmittag. Wir waren einig miteinander, hatten intrigiert und gelacht und uns beglückwünscht, wie gescheit wir doch wären und wie raffiniert wir es anstellen wollten, den Spieß umzudrehen und unsere Gegner reinzulegen. Beim Thema Wein hatte ich schließlich nachgegeben, und nun gossen wir ihn in die Becher, um auf uns und unseren Racheplan anzustoßen. Dazu aßen wir Winterbirnen und lachten, als uns der Saft über Kinn und Handgelenke tropfte. Als Helena eine Birne erwischte, die schon braun wurde, nahm mein Vater ein Messer und schnitt die Druckstelle weg. Wie er so die Birne in der kräftigen Linken hielt und mit dem blanken Daumen der Rechten die Klinge dirigierte, während er das schlechte Stück aus der Frucht herausholte, fühlte ich mich plötzlich um ein Vierteljahrhundert zurückversetzt, an einen anderen Tisch, um den eine Gruppe Kinder versammelt war, die lautstark verlangten, ihr Vater solle ihnen das Obst schälen.

Ich wußte noch immer nicht, womit wir ihn eigentlich vertrieben hatten. Und ich würde es wohl nie erfahren, denn er hatte niemals das Bedürfnis gehabt, sich zu erklären. Das war für mich immer das Schlimmste gewesen. Aber vielleicht konnte er's ganz einfach nicht.

Helena berührte meine Wange, und ihre Augen schauten still und verständnisvoll.

Papa reichte ihr die in Scheiben zerlegte Birne und schob ihr den ersten Schnitz in den Mund, als wäre sie ein kleines Mädchen.

»Mit dem Messer ist er unschlagbar!« rief ich. Und dann lachten wir noch eine Runde, als mein Vater und ich an unseren Auftritt als die gefährlichen Didius-Jungs dachten.

Es war ein schöner Nachmittag. Aber man sollte nie alle Vorsicht fahrenlassen. Und Gelächter ist der erste Schritt auf dem Weg zum Verrat.

Als mein Vater gegangen war, meldete sich der Alltag zurück, und das Leben schickte wieder seine herben Botschaften.

Ich zündete gerade eine Lampe an und wollte den verkohlten Docht stutzen. Arglos suchte ich nach dem Messer, das ich normalerweise dazu benutze. Aber es war nicht da.

Papa mußte es mitgenommen haben.

Und dann fiel mir das Messer ein, mit dem Censorinus erstochen worden war. Plötzlich begriff ich, wie ein Messer, das einmal meiner Mutter gehört hatte, in der Caupona landen konnte. Jetzt wußte ich, wie meine Mutter, die doch so sorgsam mit ihren Sachen umging, eins ihrer Küchengeräte verlieren konnte, und auch, warum sie Petronius Longus, als der sich nach dem Messer erkundigte, die Zerstreute vorgespielt hatte – und warum sie, als Helena die übrige Familie befragen wollte, so getan hatte, als sei ihr die ganze Sache fast gleichgültig. Ich hatte sie beim gleichen Thema zigmal ostentativ zerstreut und teilnahmslos werden sehen. Mama wußte genau, wo das »verlorene« Messer vor zwanzig Jahren abgeblieben war. Seine Entdeckung muß sie in ein furchtbares Dilemma gestürzt haben – zum einen wollte sie mich schützen, und zum anderen wußte sie, daß die Wahrheit zwar mir, nicht aber unserer Familie helfen würde. Vermutlich hatte sie selbst meinem Vater das Messer in den Essenskorb gesteckt, an dem Tag, als er uns verließ. Oder er hatte es für irgend etwas gebraucht und dann einfach mitgenommen, so wie heute das meine.

Mein Vater war im Besitz der Mordwaffe gewesen.

Was bedeutete, daß der Hauptverdächtige im Mordfall Censorinus nun offenbar Didius Geminus hieß.

# LIX

Es war eine verrückte Idee. Eine jener, die zwingend scheinen, wenn man sie erst einmal im Kopf hat.

Darüber konnte ich mit Helena unmöglich reden. Und damit sie mir nichts am Gesicht ablas, ging ich auf den Balkon. Vor zehn Minuten war er noch hier gewesen, hatte mit uns gescherzt. Er und ich waren noch nie so gut miteinander ausgekommen. Und jetzt das.

Er könnte das Messer vor langer Zeit verloren oder sogar weggeworfen haben. Aber das glaubte ich nicht. Papa war ein geradezu fanatischer Besteckssammler. Als er noch bei uns lebte, war es Usus, daß er jeden Morgen ein Messer in seinen Essenskorb bekam, und in der Regel stibitzte er das Tagesmesser. Es war eine der ärgerlichen Angewohnheiten, mit denen er sich bemerkbar machte. Und er geriet deswegen immer wieder in Schwierigkeiten, eins der endlosen Hickhacks, die das Familienleben auffrischen. Manchmal brauchte er eine scharfe Klinge, um an einem verdächtigen Möbelstück rumzupulen und es auf Wurmstichigkeit zu prüfen. Manchmal mußte er die Stricke durchtrennen, die neu gelieferte Waren zusammenhielten. Manchmal mopste er im Vorbeigehen einen Apfel von einem Obststand und wollte ihn dann auch gleich in Scheiben schneiden. Wir Kinder schenkten ihm zu den Saturnalien einmal ein Obstmesser, aber das hängte er in seinem Büro an die Wand und brachte Mutter weiter zur Verzweiflung, indem er ihr die Küchenmesser mauste.

Offenbar hatte er sich das bis heute nicht abgewöhnt. Ich hätte wetten mögen, daß er den Rotschopf mit demselben Spielchen zum Wahnsinn trieb – und wahrscheinlich immer noch mit Absicht. Vielleicht war an dem Tag, als Censorinus dran glauben mußte, das Messer in seinem Beutel jenes alte von Mama gewesen.

Mein Vater konnte also den Soldaten getötet haben. Aber warum? Ich ahnte den Grund: wieder mal Festus. Geminus hatte wohl versucht, seinen Lieblingssohn zu decken.

Ich stand immer noch draußen und hing meinen verzweifelten Gedanken nach, als wir schon wieder Besuch bekamen. Es war so kurz nach Vaters Aufbruch, und ich war innerlich so sehr mit Geminus beschäftigt, daß ich, als ich auf der Treppe Schritte hörte, unwillkürlich dachte, er käme zurück, weil er Umhang oder Hut vergessen hätte.

Alte Füße waren es, die sich da näherten, doch sie gehörten zu jemand viel Leichtgewichtigerem als mein Papa, der, wie Sie inzwischen wissen, sehr gut beieinander ist. Der Unterschied war mir gerade höchst erleichternd klargeworden, als der Neuankömmling auch schon über die Schwelle stolperte. So zusammenhanglos dauerte es einen Moment, ehe ich die sorgenvolle Stimme erkannte, mit der er nach mir fragte. Als ich vom Balkon hereinkam, kümmerte Helena sich um den alten Mann. Der Anblick meines sorgenvollen Gesichts ließ sie erstarren. Die Lampe, um die ich mich eigentlich hatte kümmern wollen, flackerte wie verrückt, und Helena ging hin, sie auszublasen.

»Na so was, Apollonius! Helena Justina, das ist mein alter Lehrer, von dem ich dir neulich erzählt habe. Apollonius, Sie sehen ja furchtbar aus. Was ist passiert?«

»Ich weiß nicht«, keuchte er. Für ältere Herrschaften war dies offenbar ein schlechter Tag an der Brunnenpromenade. Erst war mein Vater hustend und käseweiß hereingewankt, und nun hatten die sechs Treppen auch dem armen Apollonius fast den Garaus gemacht. »Kannst du kommen, Marcus Didius?«

»Jetzt verschnaufen Sie erst einmal! Mitkommen – wohin?«

»Ins Flora. In der Caupona ist irgendwas passiert, das weiß ich genau. Ich habe Petronius Longus eine Nachricht geschickt, aber er hat sich bis jetzt nicht gemeldet, und da dachte ich, du könntest mir vielleicht einen Rat geben. Du kennst dich doch aus mit Krisensituationen ...«

Und ob ich mich damit auskannte! Schließlich steckte ich ja bis zum Hals in einer drin.

Helena hatte schon meinen Umhang aus dem Schlafzimmer geholt. Sie reichte ihn mir und sah mich dabei prüfend an, behielt aber ihre Fragen für sich.

»Ganz ruhig, alter Freund.« Ich empfand eine seltsame Sympathie für Menschen, die wie ich in der Klemme steckten. »Erzählen Sie mir erst mal, was Sie so verstört hat.«

»Das Lokal hat gleich nach der Mittagszeit dichtgemacht ...« Das Flora war nachmittags nie geschlossen. Solange die kleinste Chance bestand, einem Gast eine Kupfermünze für ein lauwarmes gefülltes Weinblatt abzuknöpfen, schloß das Flora überhaupt nicht. »Seitdem kein Lebenszeichen. Der Kater kratzt an der Tür und miaut ganz schrecklich. Die Stammgäste haben erst eine Weile an die Läden gehämmert, dann sind sie gegangen.« Für Apollonius gab es wahrscheinlich keinen anderen Ort, wo er hätte hingehen können. Wenn er die Caupona unerwartet verschlossen fand, dann setzte er sich wohl hoffnungsvoll auf sein Faß und wartete ab. »Komm bitte mit, Marcus, wenn's irgend geht. Da ist irgendwas passiert, ich hab's im Gefühl!«

Also küßte ich Helena, nahm meinen Umhang und begleitete den Alten. Der alte Mann konnte nur sehr langsam gehen, so daß Helena, als sie beschloß, nicht allein zurückzubleiben, keine Mühe hatte, uns einzuholen.

Petronius kam kurz vor uns im Flora an. Ich war froh darüber, obwohl ich auch allein reingegangen wäre. Wie heikel das für mich gewesen wäre, war Apollonius natürlich nicht bewußt. Doch solange ich im Mordfall Censorinus noch zu den Verdächtigen zählte, war es besser für mich, am Tatort in amtlicher Begleitung zu erscheinen.

Die Caupona sah so aus, wie der Alte gesagt hatte: Die beiden großen Läden vor den geräumigen Zugängen zu den Straßentheken waren geschlossen und von innen verriegelt. Außer mitten in der Nacht hatte ich die Caupona nie so verbarrikadiert gesehen. Petronius und ich warfen vom Gehsteig aus Steinchen gegen die beiden kleinen Fenster im Obergeschoß, aber nichts rührte sich.

Zwirn, der ganz verzweifelt am Türpfosten genagt hatte, schoß auf uns zu, in der Hoffnung, daß wir was zu fressen hätten für ihn. Ein Kneipenkater ist keinen knurrenden Magen gewöhnt, und Zwirn gebärdete sich regelrecht gekränkt. Petronius nahm ihn auf den Arm und streichelte ihn, während er nachdenklich die verrammelte Kneipe betrachtete.

Gegenüber bei Valerius war es voller als sonst. Die Gäste, von denen normalerweise etliche ein paar Stunden im Flora verbummelt hätten, linsten neugierig zu uns herüber und diskutierten eifrig das ungewohnte Ereignis.

Wir baten Apollonius, draußen zu warten. Er setzte sich auf sein Faß, und Helena leistete ihm Gesellschaft. Petronius gab ihr den Kater, den sie freilich ziemlich rasch wieder auf die Erde beförderte. Das arme Mädchen mochte sich in einen Detektiv verknallt haben, aber ein paar Prinzipien waren ihr doch geblieben.

Petro und ich gingen zum Hintereingang. Hier stank es, wie immer, nach Küchenabfällen, und alles machte den gleichen schäbigen Eindruck wie sonst. Zum ersten Mal, seit ich denken konnte, war die Küchentür verschlossen; aber es war eine windige Konstruktion, und der untere Teil gab nach, als Petronius nur einmal kräftig dagegendrückte. Jetzt fuhr er mit der Hand durch den Spalt und versuchte, die Riegel an der oberen Hälfte zurückzuschieben. Als ihm das nicht gelang, kroch er schließlich einfach unten durch. Ich folgte ihm, und im nächsten Augenblick standen wir in der Küche. Im ganzen Haus herrschte vollkommene Stille.

Angestrengt spähten wir in die Dunkelheit. Dieses Schweigen kannten Petro und ich nur zu gut, und wir wußten, wonach wir suchten. Petronius trug immer eine Zunderbüchse bei sich. Nach mehreren Anläufen hatte er Feuer geschlagen und fand auch eine Lampe, die er anzünden konnte.

Als er das Licht hochhielt, versperrte sein Rücken mir die Sicht, und der riesige Schatten seines Kopfes und des emporgereckten Arms zuckte nahezu gespenstisch neben mir über die roh verputzte Cauponawand.

»Scheiße, er ist tot!«

Wohl ein weiterer Mord. Immer noch ganz mit meinen eigenen Sorgen beschäftigt, dachte ich düster: Bestimmt ist Geminus hier gewesen und hat den Kellner getötet, bevor er dann bei uns an der Brunnenpromenade auftauchte und so fürsorglich, so unbeschwert und lachlustig war ...

Aber ich hatte mich geirrt. Noch bevor ich meinen Zorn gegen Papa mobilisieren konnte, trat Petronius Longus beiseite und gab die Sicht frei.

Zuerst sah ich nur einen zweiten Schatten. Im flackernden Licht der schwachen Lampe drehte sich eine lange, dunkle Silhouette kaum merklich im Luftzug.

Die Gestalt im Treppenschacht war Epimandos. Er hatte sich aufgehängt.

# LX

Petronius hatte längere Arme. Er brauchte, um den Leichnam loszuschneiden, nicht einmal den Schemel, den Epimandos benutzt hatte. Wir kamen viel zu spät; die Leiche war schon kalt. Gemeinsam trugen wir den Toten in den stockfinsteren Schankraum und legten ihn auf einen Tresen. Dann holte ich die dünne Decke von seinem Bett und deckte ihn zu. Petronius entriegelte einen Fensterladen, stieß ihn auf und rief die anderen herein.

»Sie haben leider recht behalten, Apollonius. Der Kellner hat sich umgebracht. Keinc Angst, Sie können ihn sich ruhig ansehen. Er sieht ganz manierlich aus.«

Der alte Lehrer kam ohne jede Aufregung in die Caupona geschlurft und warf einen mitleidigen Blick auf den verhüllten Leichnam. »Ich hab's kommen sehen«, sagte er kopfschüttelnd. »War nur eine Frage der Zeit.«

»Ich muß mit Ihnen reden«, meinte Petronius. »Aber erst einmal brauchen wir wohl alle was zu trinken . . . «

Wir sahen uns suchend um, aber dann erschien es uns doch zu pietätlos, in dieser Situation das Flora zu plündern. Also marschierten wir rüber zu Valerius. Petro bedeutete den anderen Gästen, sie sollten verschwinden; daraufhin schlenderten die Leute rüber zum Flora und versammelten sich in Grüppchen vor der Kneipe. Die Neuigkeit sprach sich schnell rum, und bald hatte sich drüben ein Menschenauflauf gebildet, obgleich es nichts zu sehen gab, denn natürlich hatten wir hinter uns abgeschlossen. Petronius, der auch nicht frei von sentimentalen Anwandlungen ist, hatte sogar den verzweifelten Kater mitgenommen.

Im Valerius saß man ruhig, und der Wein war gut. Der Kellner erlaubte Petro, den Kater zu füttern, was sehr vernünftig war, denn Petronius suchte nur nach einem Vorwand, um wegen nichts und wieder nichts einen Streit anzufangen. Ein gewaltsamer Tod bringt ihn jedesmal in Rage.

»Eine Tragödie. Was können Sie mir berichten?« wandte Petro sich mit müder Stimme an den alten Lehrer. Er streichelte den Kater, klang aber ganz so, als suche er immer noch Händel. Apollonius wurde blaß.

»Ich weiß ein bißchen was über ihn. Ich bin ja häufig in der Caupona . . . « Hier machte Apollonius eine taktvolle kleine Pause. »Er hieß Epimandos und war seit fünf, sechs Jahren Kellner im Flora. Dein Bruder«, fuhr er an mich gewandt fort, »hat ihm die Stelle verschafft.«

Ich zuckte die Schultern. »Das hab ich nicht gewußt.«

»Kein Wunder, die Geschichte war nämlich mit ein paar Heimlichkeiten verbunden.«

»Was für Heimlichkeiten?« fragte Petronius. Mein alter Lehrer druckste verlegen herum. »Apollonius, Sie können frei reden. War er ein entlaufener Sklave?«

»Ich glaube, ja.«

»Und woher stammte er?«

»Aus Ägypten, denke ich.«

»Ägypten?«

Apollonius seufzte. »Das hat man mir im Vertrauen erzählt, aber ich finde, jetzt, wo er tot ist . . . «

»Nun aber raus mit der Sprache!« befahl Petro unverblümt. »Ich ermittle in einem Mordfall, da dürfen Sie mir nichts verschweigen.«

»Was denn, ich dachte, der Kellner hat Selbstmord begangen?«

»Ich rede nicht von dem Kellner.«

Mit seinem hitzigen Gebaren kriegte Petro kein Wort mehr aus dem armen Alten heraus. Helena ging sanft dazwischen. »Bitte, erzählen Sie uns doch, wie es kam, daß ein Sklave aus Ägypten als Bedienung hier in der Caupona endete.«

Ausnahmsweise gelang es meinem Umstandskrämer von Lehrer einmal, präzise zu antworten. »Er hatte einen bösen Herrn, der wegen seiner Grausamkeit berüchtigt war. Als Epimandos es schließlich nicht mehr aushielt und wegrannte, hat Festus ihn aufgegabelt. Er half ihm, nach Italien zu kommen, und sorgte dafür, daß der arme Mensch eine Arbeit fand. Darum hat Epimandos auch deine Familie so geschätzt, dich eingeschlossen, Marcus.«

»Und wissen Sie auch«, fragte ich, »warum Epimandos sich heute umgebracht hat?«

»Ich glaube, ja«, antwortete Apollonius zögernd. »Sein grausamer Herr war der Sanitätsoffizier in der Legion deines Bruders.«

»Demnach ist dies alles geschehen, als Festus und die Fünfzehnte in Alexandria stationiert waren?«

»Ja. Epimandos arbeitete im Lazarett, daher kannten ihn alle. Seit seiner Flucht nach Rom hatte er ständig Angst, eines Tages könnte jemand ins Flora reinspazieren, ihn erkennen und in dieses qualvolle Leben zurückschicken. Ich weiß, daß er vor kurzem befürchtete, er sei jemandem aufgefallen – das hat er mir eines Abends selbst erzählt. Er war schrecklich verzweifelt und vollkommen betrunken.«

»Und wer hatte ihn entdeckt? Censorinus?«

»Das hat er nicht gesagt«, antwortete Apollonius vorsichtig.

Petronius hatte auf seine fatalistische Art zugehört. Jetzt konnte er sich nicht länger zurückhalten. »Warum haben Sie davon nie ein Wort gesagt?«

»Mich hat keiner gefragt.«

Na ja, er war eben bloß ein Bettler.

Petro funkelte ihn an und sagte dann leise zu mir: »Censorinus war nicht der einzige, der den Kellner bemerkt hat. Wahrscheinlich hat Epimandos sich umgebracht, weil er ahnte, daß auch Laurentius ihn erkannt hat – heute, als wir beide den Centurio ins Flora eingeladen haben.«

Mir fiel ein, wie wieselflink der Kellner sich verdrückt hatte, als Laurentius ihn anschaute. Petro hatte wahrscheinlich recht. »Weißt du das genau?« fragte ich entsetzt.

»Ja, leider. Nachdem wir gegangen waren, zerbrach sich Laurentius den Kopf, wieso der Kellner ihm so bekannt vorkam. Endlich fiel ihm ein, wo er Epimandos schon begegnet war, und dann ging ihm auf, welche Bedeutung das für den Tod von Censorinus hatte. Er ist mit seiner Entdeckung sofort zu mir gekommen. Deshalb konnte ich nicht gleich kommen, als Apollonius nach mir schickte.«

Ich war schon vor dieser zutiefst deprimierenden Neuigkeit bedrückt gewesen. Allein, sie löste einige meiner Probleme: Zum einen zeigte sie endlich meinen Bruder Festus in günstigerem Licht (sofern man Sklaven zur Flucht zu verhelfen gutheißt). Zum anderen brauchte ich mich jetzt nicht mehr wegen Geminus verrückt zu machen. Aber daß mein Vater gewissermaßen aus dem Schneider war, hatte ich noch gar nicht recht begriffen und sah darum wohl immer noch aschfahl und grauenvoll aus.

Auf einmal spürte ich, daß Helena Justina meine Hand umklammert hielt. Meine Rettung lag ihr so sehr am Herzen, daß sie sich nicht länger zurückhalten konnte. »Petronius, willst du damit sagen, daß der Kellner den Soldaten ermordet hat?«

Petro nickte. »Ich denke schon, ja. Du bist frei, Falco. Ich werde Marponius melden, daß die Fahndung nach einem Tatverdächtigen im Falle Censorinus eingestellt ist.«

Keiner führte Freudentänze auf. Helena mußte sich erst einmal vergewissern. »Also was war los in der Nacht, als Censorinus starb? Er muß den Kellner erkannt haben, wahrscheinlich sogar während seines

Streits mit Marcus. Später hat er sich Epimandos vielleicht vorgeknöpft, und als die arme Seele merkte, daß es ihm an den Kragen ging, wußte er wohl nicht mehr aus noch ein. Falls Censorinus ein gemeiner Kerl war, hat er Epimandos womöglich damit gedroht, ihn zu seinem Herrn zurückzuschicken, und dann ...«

Ihr war so unwohl bei dieser Rekonstruktion, daß Petro sie an ihrer Statt zu Ende brachte. »Epimandos hat ihm was zu trinken raufgetragen. Censorinus war sich anscheinend der Gefahr nicht bewußt, in der er schwebte. Wir werden nie erfahren, ob seine Drohungen ernst gemeint waren. Epimandos war auf jeden Fall vor Angst wie von Sinnen – und das hatte tödliche Folgen. Verzweifelt (und sehr wahrscheinlich betrunken), wie er war, erstach er den Soldaten mit einem Küchenmesser, das er mit nach oben genommen hatte. Seine Furcht davor, zu dem sadistischen Sanitätsoffizier zurück zu müssen, erklärt auch die Brutalität der Tat.«

»Aber warum ist er hinterher nicht geflohen?« fragte Apollonius gedankenvoll.

»Wohin denn?« hielt ich ihm entgegen. »Nein, nein, diesmal hatte er niemanden, der ihm geholfen hätte. Er hat versucht, mit mir darüber zu sprechen.« Beim Gedanken an Epimandos' klägliche Versuche, mich auf sich aufmerksam zu machen, überkam mich ein hilfloser Zorn auf mich selbst. »Ich hab seine Fragen als Neugier abgetan – ihn als den üblichen Sensationshungrigen abgewimmelt, der nach einem Mord herumhängt und sich wichtig macht. Ich hab ihn einfach beiseite geschoben und Rache geschworen.«

»Du warst selbst in einer sehr schwierigen Lage«, meinte Apollonius tröstend.

»Nicht so sehr wie er. Ich hätte merken müssen, daß der arme Mensch vollkommen hysterisch war. Nachdem er den Soldaten getötet hatte, ist er geradezu erstarrt. Das habe ich schon oft gesehen. Er tat einfach so, als ob nichts geschehen wäre, versuchte, den Mord regelrecht auszublenden. Gleichzeitig bettelte er beinahe darum, daß man ihn entlarvte. Ich hätte erkennen müssen, daß er meine Hilfe wollte.«

»Du hättest nichts für ihn tun können!« erklärte Petronius schroff. »Er war ein entlaufener Sklave, und er hatte einen Legionär ermordet: Kein Mensch hätte ihn retten können, Marcus. Wenn er sich heute nicht selbst gerichtet hätte, wäre er gekreuzigt worden, oder man hätte ihn in die Arena geschickt. Kein Richter hätte anders entscheiden können.«

»Um ein Haar wäre ich auf der Anklagebank gelandet«, bemerkte ich mit Grabesstimme.

»Niemals!« warf Apollonius ein. »Das hätte er nicht zugelassen. Dazu war er deiner Familie viel zu ergeben. Was dein Bruder für ihn getan hat, bedeutete ihm mehr als alles andere auf der Welt. Er war verzweifelt, als er erfuhr, daß man dich eingesperrt hatte. Er muß schreckliche Qualen ausgestanden haben, immer in der bangen Hoffnung, du könntest deine Unschuld beweisen, ohne ihn als den wahren Täter zu entlarven. Aber seine Lage war von Anfang an aussichtslos.«

»Was für ein trauriges Schicksal!« Helena seufzte.

»Nach dem, was er in Alexandria erdulden mußte, war das ruhige Leben hier wie eine Offenbarung für ihn. Darum ist er auch durchgedreht bei dem Gedanken, man könnte ihn in die Knechtschaft zurückschicken.«

»Aber deswegen einen Menschen umzubringen!« rief Helena entsetzt.

Wieder war es Apollonius, der ihr antwortete: »Ihnen, liebe Dame, kommt diese Caupona vielleicht schauderhaft vor. Aber hier hat ihn niemand geschlagen oder ausgepeitscht oder noch entsetzlicher mißhandelt.

Er hatte genug zu essen und zu trinken. Die Arbeit war leicht, und die Gäste redeten mit ihm wie mit einem Menschen. Er hatte den Kater zum Schmusen – und mich vor der Tür, falls er auf jemanden herabsehen wollte. In dieser kleinen Welt hatte Epimandos Prestige, Würde und Frieden gefunden.« Aus dem Munde eines Mannes, der selbst in Bettlerlumpen ging, war das eine herzzerreißende Ansprache.

Wir verstummten. Aber dann hielt ich es nicht mehr aus. »Wie erklärst du dir die Sache mit dem Messer?« fragte ich Petro.

Helena Justina warf mir einen verstohlenen Blick zu. Petronius aber erwiderte mit unergründlicher Miene: »Epimandos hat gelogen, als er behauptete, das Messer nie gesehen zu haben. In Wahrheit hat er es viel benutzt. Übrigens bin ich gestern darauf gestoßen, wie das Messer in die Caupona gekommen ist«, setzte er hinzu. Ich war sprachlos.

»Und wie?«

»Lassen wir das.« Auf einmal war der Wachhauptmann verlegen. Und da er sah, daß ich ihm widersprechen wollte, rief er: »Ich bin mit dem Ergebnis zufrieden, Falco!«

»Nein, wir sollten auch dieses Rätsel noch klären«, sagte ich ruhig. »Ich glaube, das Messer hat Mutters Küche zusammen mit meinem Vater verlassen . . . «

Petro unterdrückte einen Fluch. »Stimmt! Ich wollte es nicht eigens erwähnen. Du bist ja bei gewissen Themen so was von empfindlich . . . «

»Wovon redest du, Petro?«

»Wie? Ach, nichts, gar nichts.« Er versuchte, etwas vor mir zu verbergen; das war offensichtlich. Und lächerlich. Den Mord hatten wir aufgeklärt, und trotzdem schlitterten wir anscheinend nur immer tiefer in ein Geheimnis hinein. »Schau, Falco, dieses Messer hat von Anfang an zum Besteck der Caupona gehört. Es war dort, seit das Lokal vor zehn Jahren eröffnet wurde.« Noch nie war er mir so schlitzohrig, ja hinterhältig vorgekommen.

»Woher weißt du das?«

»Ich hab die Besitzerin gefragt.«

»Flora?«

»Flora«, wiederholte Petronius, als ob damit alles gesagt wäre.

»Ich dachte, diese Flora gibt's nicht.«

»O doch.« Petronius stand auf und wandte sich zum Gehen.

»Und wie«, fragte ich energisch, »ist diese Flora an das Messer gekommen, wenn mein Vater es doch hatte?«

»Zerbrich dir darüber nicht den Kopf«, meinte Petro. »Ich führe in diesem Fall die Ermittlungen, und ich weiß alles über das Messer.«

»Ich hab ein Recht, zu erfahren, wie es hierhergekommen ist!«

»Aber nicht von mir!«

»Menschenskind, Petro! Um ein Haar hätte man mir wegen dem verdammten Ding den Prozeß gemacht.«

»Tja, das Leben ist hart.«

Petronius Longus konnte ein absolutes Ekel sein, wenn er's drauf anlegte. So ein Beamtenposten steigt einem scheint's leicht zu Kopf. Ich sagte ihm, wie ich über ihn dachte, aber er ignorierte meinen Wutausbruch einfach.

»Ich muß gehen, Falco. Ich muß die Eigentümerin darüber informieren, daß der Kellner tot und die Caupona verwaist ist. Die Menge da draußen lauert nur auf einen Vorwand, das Lokal zu stürmen und das Mobiliar kurz und klein zu schlagen, während sie sich den Wein gratis genehmigt.«

»Wir bleiben hier«, erbot sich Helena ruhig. »Marcus wird Diebe und Plünderer fernhalten, bis Sie einen Wachmann herschicken können.«

Petro sah mich fragend an. »Geht in Ordnung«, sagte ich. »Schließlich bin ich Epimandos was schuldig.«

Petronius zuckte die Schultern und lächelte. Warum, war mir schleierhaft, aber ich hatte eine solche Wut auf ihn, daß es mir auch egal war.

# LXI

Ich sagte Helena, sie solle nach Hause gehen; widerspenstig, wie sie ist, kam sie mit mir.

»Ich brauch' keine Aufpasser.«

»Da bin ich anderer Ansicht!« widersprach sie schnippisch.

Der Leichnam des Kellners lag immer noch im Schankraum, und so verdrückten wir uns in die Hinterzimmer. Helena marschierte geradewegs in die winzige Kammer, in der Epimandos geschlafen hatte, und setzte sich aufs Bett. Ich blieb in der Tür stehen. Sie kochte vor Wut.

»Warum haßt du deinen Vater so sehr, Falco?«

»Wie kommst du denn jetzt darauf?«

»Vor mir kannst du's nicht verbergen. Ich weiß Bescheid!« tobte sie. »Ich durchschaue dich, Marcus. Und ich habe dir angesehen, was für einen perversen Verdacht du wegen des Messers hattest.«

»Petronius hat recht gehabt. Vergiß das Messer.«

»O ja, er hat recht – aber dich zu überzeugen war eine Plackerei. Du und deine verdammten Vorurteile – du bist ein hoffnungsloser Fall! Dabei hatte ich wirklich geglaubt, daß du nach Capua und nach deinen Begegnungen mit Geminus während der letzten Wochen hier in Rom endlich kapiert hättest. Ich hatte so darauf gebaut, daß ihr euch wieder vertragen würdet«, jammerte sie.

»Manche Dinge ändern sich eben nicht.«

»Du nicht, das ist mal sicher!« Es war lange her, daß ich Helena so zornig erlebt hatte. »Marcus, dein Vater liebt dich!«

»Jetzt mach aber mal halblang! Dem liegt ebensowenig was an mir wie an meinen Schwestern. Festus war sein Liebling, aber das ist eine andere Geschichte. Festus konnte jeden um den Finger wickeln.«

»Du hast dich da in was verrannt«, widersprach Helena unglücklich. »Und jetzt verschließt du einfach die Augen vor der Wahrheit, Marcus. Ehen können nun mal in die Brüche gehen.« Sie wußte, wovon sie sprach; sie war selbst schon mal verheiratet gewesen. »Wenn es zwischen deinen Eltern anders gelaufen wäre, dann hätte dein Vater bis heute einen ebenso großen Einfluß auf dich und deine Geschwister gehabt wie deine Mutter. Er hält sich im Hintergrund – aber das heißt nicht, daß er das gern tut. Ich sage dir, er sorgt sich immer noch um euch und wacht über alles, was ihr tut ...«

»Glaub das meinetwegen, wenn's dir Spaß macht. Aber verlang nicht von mir, daß ich mich ändern soll. Ich hab gelernt, ohne ihn zu leben, und heute ist es mir gerade recht so.«

»Wie kann man nur so stur sein! Marcus, das hätte für euch beide die Chance sein können, wieder Frieden zu schließen, vielleicht deine einzige Chance ...« Helena sah mich flehend an und nahm einen letzten Anlauf: »Weißt du eigentlich, warum er mir diesen Bronzetisch geschenkt hat?«

»Weil er deinen Schneid bewundert und weil du ein hübsches Mädchen bist.«

»Ach, Marcus, jetzt sei doch nicht immer gleich so bissig! Nein, er hat ihn mir extra gezeigt. ›Schauen Sie sich den an‹, sagte er. ›Der ist mir gleich aufgefallen – für Marcus, nur wird er ihn von mir niemals annehmen.‹«

Ich sah noch immer keinen Grund, meine Einstellung zu ändern, bloß weil die zwei hinter meinem Rücken gemeinsame Sache machten. »Helena, wenn du meinst, daß du dich irgendwie mit ihm arrangieren mußt, dann ist das sicher reizend von dir, und es freut mich, daß ihr so gut miteinander auskommt – aber das betrifft nur dich und ihn.« Ich hatte nicht einmal was dagegen, daß Helena und Papa mich manipulierten, wenn ihnen das Spaß machte. »So, und nun will ich nichts mehr davon hören.«

Damit ließ ich sie auf dem Bett des Kellners sitzen, gleich unter dem Amulett, das Epimandos von meinem Bruder geschenkt bekommen hatte. Viel geholfen hatte es dem armen Kerl ja nicht.

Ich stolzierte davon. Vor dem Schankraum mit seinem einzigen stummen Gast gruselte mir noch immer, und darum entzündete ich eine Lampe und stapfte nach oben.

Als erstes warf ich einen Blick in die beiden kleinen Kammern über der Küche, groß genug für spindeldürre Zwerge ohne Gepäck, denen es nichts ausmachte, ihre Freizeit im Flora damit zu verbringen, daß sie auf einem wackeligen Bett saßen und die Spinnennetze zählten.

Die Faszination des Grauens lockte mich schließlich wieder in jenes andere Zimmer.

Man hatte es gründlich saubergemacht und auch die Möbel umgestellt. Die Wände waren jetzt dunkelrot gestrichen, die einzige Farbe, die das, was darunter gewesen war, verdecken konnte. Das Bett stand jetzt nicht mehr neben der Tür, sondern unterm Fenster, und es hatte eine andere Decke. Der Schemel, auf dem Epimandos in der Mordnacht das Weintablett abgestellt hatte, war durch eine Kiefernholztruhe ersetzt worden. Und als dekorative Geste hatte man auf ebendiese Truhe eine große griechische Vase mit einer aufgemalten Krake gestellt.

Diese Vase hatte früher unten im Lokal gestanden. Ich hatte sie immer schon als ein schönes Stück Handwerkskunst bewundert. Aber als ich sie jetzt näher in Augenschein nahm, entdeckte ich am hinteren Rand eine angeschlagene Stelle und einen Sprung. Reparieren lohnte sich vermutlich nicht. Der Besitzer konnte die Vase nur unauffällig irgendwo im Halbdunkel plazieren und sich an der Krake ergötzen.

Ich dachte genau wie Papa.

Und das würde immer so sein.

Trübsinnig legte ich mich aufs Bett.

Helena ertrug es nicht länger, mit mir über Kreuz zu sein, und darum kam sie auch nach oben. Jetzt war sie es, die im Türrahmen stehenblieb. Ich streckte ihr die Hand entgegen.

»Na, wieder gut?«

»Wenn du magst.« Aber sie blieb an der Tür. Vielleicht waren wir wieder Freunde, doch meine Einstellung gefiel ihr nach wie vor nicht. Trotzdem hatte ich nicht die Absicht, sie zu ändern, nicht einmal ihr zuliebe.

Sie blickte sich um und erkannte das Zimmer wieder, in dem der Soldat gestorben war. Ich beobachtete sie schweigend. Angeblich ist Denken nichts für Frauen, aber die meine tat es trotzdem, verstand sich gut darauf, und ich sah ihr gern dabei zu. Helenas klares Gesicht veränderte sich unmerklich, während sie alles um sich her in Augenschein nahm und versuchte, sich die letzten Minuten im Leben des Soldaten vorzustellen und die Wahnsinnstat des Kellners zu verstehen. Das war kein Ort für sie. Ich würde sie wieder nach unten bringen müssen, nur durfte ich nicht überstürzt handeln, um sie nicht zu kränken.

Ich beobachtete Helena, um den rechten Moment abzupassen, und so wurde ich von dem Gedanken, der mir da plötzlich durch den Kopf schoß, völlig überrumpelt. »Irgendwas stimmt nicht mit diesem Zimmer.« Verwirrt blickte ich mich um und überlegte krampfhaft, was mir so merkwürdig vorkam. »Die Größe stimmt nicht.«

Ich brauchte keinen Grundriß von einem Experten wie Apollonius. Einmal aufmerksam geworden, sah ich auf einen Blick, daß die Räume hier oben viel kleiner waren als die im Erdgeschoß. Trotzdem stand ich auf und ging raus auf den Flur, um mich zu vergewissern. Die beiden anderen Gästezimmer, die so winzig waren, daß sie kaum zählten, lagen über der Küche und Epimandos' Verschlag. Knapp ein Quadratmeter Fläche ging noch für die Treppe ab. Doch jene Kammer in der man Censorinus ermordet hatte, war mit ihren etwa vier Quadratmetern nur halb so groß wie unten der Schankraum der Caupona.

Helena war inzwischen doch hereingekommen. »Hier gibt's ja bloß ein Fenster.« Was für ein scharfer Blick! Mir war sofort klar, wovon sie sprach. Als Petronius und ich von der Straße aus Steinchen geworfen hatten, erblickten wir über uns zwei quadratische Fenster. Dieser Raum aber hatte nur ein einziges. »Es muß hier oben noch ein Schlafzimmer geben, Marcus – aber zu dem fehlt die Tür.«

»Oder man hat sie zugemauert.« Und noch während ich das sagte, fiel mir ein möglicher Grund dafür ein. »O ihr Götter! Helena, vielleicht ist hier oben was versteckt – am Ende noch eine Leiche!«

»Also wirklich, Marcus! Daß du immer gleich alles so dramatisieren mußt!« Helena Justina war eine vernünftige junge Frau, eine Partnerin, wie jeder Detektiv sie haben sollte. »Wie kommst du denn ausgerechnet auf eine Leiche?«

Ich versuchte, mich nicht lächerlich zu machen. »Epimandos war jedesmal außer sich vor Angst, wenn man ihn nach den Zimmern hier oben fragte.« Ich merkte selbst, wie ich unwillkürlich flüsterte, als fürchtete ich, belauscht zu werden. Natürlich war außer uns niemand da – und wenn doch, dann war dieser Jemand seit Jahr und Tag gut versiegelt und eingesperrt. Eine Unterhaltung fiel mir ein, die ich seinerzeit offenbar mißdeutet hatte. »Irgendwas ist hier versteckt, Helena, glaub mir. Ich hab mal einen Witz gemacht über verborgene Geheimnisse, und Epimandos hätte fast einen Anfall gekriegt.«

»Du meinst, er hat hier was versteckt?«

»Nein.« Mich überkam jene vertraute Vorahnung, daß in nächster Nähe etwas Unabwendbares lauerte. »Jemand anders. Aber jemand, dem Epimandos so ergeben war, daß er sein Geheimnis bewahrt hat ...«

»Festus!« rief sie. »Dein Bruder hat hier etwas versteckt und nicht mal dir was gesagt.«

»Tja, anscheinend hat er mir nicht getraut.«

Nicht zum ersten Mal mußte ich gegen ein Gefühl brennender Eifersucht ankämpfen, weil sich wieder mal herausstellte, daß Festus und ich uns nie so nahe gewesen waren, wie ich gern geglaubt hätte. Vielleicht hatte ihn ja niemand wirklich gekannt. Vielleicht hatte auch unser Vater ihn nur für kurze Zeit erreicht. Denn nicht einmal Papa wußte von diesem Versteck hier, dessen war ich mir sicher.

Ich dagegen kannte es jetzt. Und was immer mein Bruder darin zurückgelassen hatte – ich würde es finden.

# LXII

Ich rannte nach unten, um nach Werkzeug zu suchen, und sah mir auf dem Wege gleich noch einmal den schmalen Treppenabsatz an. Falls es jenes Zimmer gab, so war es nie vom Flur aus zugänglich gewesen, denn da, wo die Tür hätte sein müssen, waren entschieden die Stufen im Weg.

Als ich mit Hackbeil und Fleischklopfer aus der Küche zurückeilte, kam ich mir vor wie ein Fleischer, der im glutheißen August Amok läuft. »Der Zugang zu dem versteckten Raum muß in diesem Zimmer gewesen sein.« Das ist in Rom nichts Ungewöhnliches. Tausende von Leuten erreichen ihr Schlafzimmer nur durch einen anderen Raum, manchmal sogar erst eine ganze Reihe von Räumen. Die häusliche Privatsphäre gilt in unserer Kultur nicht viel.

Als ich jetzt die Wand abklopfte, versuchte ich, nicht an das Blut des Soldaten zu denken, das sie bespritzt hatte. Die grob verputzte Lattenkonstruktion war ein solches Pfuschwerk, daß sie glatt von meinem Schwager

Mico hätte stammen können. Und jetzt fiel mir ein, wie Mico mir erzählt hatte, Festus habe ihm Arbeit verschafft ... Ich bezweifelte allerdings, daß Mico je gesehen hatte, was in dem neu abgetrennten Raum eingemauert war. Nein, den Eingang hatte gewiß jemand anderes heimlich zugebaut – höchstwahrscheinlich jemand, den ich kannte.

»Festus!« murmelte ich. Festus, an seinem letzten Abend in Rom ... Festus, der mitten in der Nacht aus Lenias Wäscherei verschwand, weil er angeblich noch was zu erledigen hatte.

Bestimmt hatte er mich deswegen gesucht: Er brauchte meine Hilfe fürs Grobe. Jetzt war ich ohne ihn hier und würde seine Arbeit wieder zerstören. Ein komisches Gefühl, ein Gefühl, das nicht unbedingt nur liebevoll war.

Wenige Zentimeter neben dem Kleiderhaken fand ich eine Unregelmäßigkeit in der Wand. Also ging ich diese Seite des Zimmers noch einmal ab und beklopfte die Mauer mit den Knöcheln. Und tatsächlich: Der Ton änderte sich, so, als würde ich einen Hohlraum abtasten, der etwa sechzig Zentimeter breit war. Gerade groß genug für eine Tür.

»Marcus, was hast du vor?«

»Was Riskantes.« Zerstören geht mir gegen den Strich, und die Caupona war so windig gebaut, daß ein falscher Schlag die ganze Bude zum Einsturz bringen konnte. Aber ich sagte mir: Türstöcke sind in der Regel stabil. Zur Vorsicht hopste ich auf dem Fußboden herum, aber auch die Dielen wirkten zuverlässig. Jetzt mußte ich nur noch die Daumen drücken, daß das Dach nicht runterkam.

Ich tastete nach einem Spalt, rammte das Hackbeil wie einen Meißel hinein und schlug mit dem Fleischklopfer dagegen. Der Verputz bröckelte und rieselte zu

Boden, aber ich war doch zu zaghaft gewesen. Ich mußte mehr Kraft einsetzen, wollte aber auch saubere Arbeit leisten. Schließlich hatte ich nicht vor, in einem Geröllhagel in das verborgene Zimmer reinzukrachen. Was sich darin verbarg, war sicher sehr empfindlich.

Als ich die oberste Schicht des Verputzes abgeklopft hatte, konnte ich bereits Türstock und -rahmen ertasten. Der Eingang war mit Schamottsteinen aufgefüllt, eine schlampige Arbeit, die vermutlich in großer Eile erledigt worden war. Der Mörtel, eine schwache Mischung, zerbröckelte einem praktisch unter den Händen. Ich versuchte, von oben her die Steine herauszulösen: ein schrecklich staubiges Unternehmen. Mit großer Mühe bekam ich den ersten frei, danach ging es schon etwas leichter. Einen nach dem anderen löste ich jetzt aus der Wand und reichte sie Helena, die sie an der Seite stapelte.

Das verborgene Zimmer existierte und hatte auch ein Fenster, das zu dem im Nebenraum paßte, aber in dem verstaubten Gemach war es trotzdem stockdunkel. So angestrengt ich auch durch das Loch spähte, ich konnte nichts erkennen. Also machte ich mich geduldig daran, die Öffnung in der ehemaligen Tür so weit zu vergrößern, daß ein Mensch sich hindurchschieben konnte.

Als das geschafft war, trat ich zurück, um zu verschnaufen, während der Staub sich setzte. Helena legte mir den Arm auf die verschwitzte Schulter und wartete ab, was ich weiter unternehmen würde. Dreckverschmiert grinste ich sie an; wir waren beide sehr gespannt.

Ich griff nach der Keramiklampe, leuchtete damit ins Dunkel und zwängte mich dann seitwärts durch den engen Spalt in die Grabesstille des angrenzenden Zimmers.

Halb und halb hatte ich gehofft, darin auf kostbare Schätze zu stoßen. Allein, die Kammer war leer bis auf einen einzigen Bewohner. Als ich die Schultern durch den Spalt bugsiert hatte und mich aufrichtete, sah ich dem Mann genau in die Augen. Er stand an der gegenüberliegenden Seite und fixierte mich mit durchdringendem Blick.

# LXIII

»O Jupiter!«

Es war kein Mensch, sondern ein Gott; unverkennbar der Herr über alle anderen Götter.

Vor fünfhundert Jahren hatte ein Bildhauer mit göttlichem Talent einem massiven Marmorblock Leben eingehaucht und dieses Wunderwerk geschaffen. Derselbe Künstler, der später den Parthenon ausschmücken durfte, hatte zu der Zeit, als sein Ruhm noch nicht in aller Munde war, für ein anonymes Inseltempelchen einen Zeus modelliert, der alle Erwartungen übertroffen haben mußte. Fünfhundert Jahre später verscherbelte eine Bande priesterlicher Banausen ihn an meinen Bruder. Und jetzt stand er hier.

Diesen Koloß die enge Treppe hinaufzuwuchten mußte eine Herkulesarbeit gewesen sein. Die Stricke, mit denen mein Bruder sich eine Seilwinde gebastelt hatte, lagen noch achtlos hingeworfen in einer Ecke. Ob Epimandos ihm wohl geholfen hatte? Wahrscheinlich.

Helena hatte sich inzwischen auch hereingeschoben. Sie stieß ein ehrfürchtiges »Ah!« aus und erstarrte dann, an meinen Arm geklammert, gleich mir in stummer Verzückung.

»Schönes Stück!« flüsterte ich endlich in Geminus' lakonischem Ton.

Helena hatte unsere Sprüche inzwischen auch ganz gut drauf. »Hmm! Ziemlich groß für einen Privathaushalt, aber durchaus brauchbar ...«

Der nackte, bärtige Zeus musterte uns mit ruhiger Noblesse. Sein hochgereckter Arm schleuderte den Donnerkeil. Auf einem Sockel im dämmrigen Heiligtum eines ionischen Tempels hatte er gewiß ehrfürchtige Andacht geweckt. Hier, in der schäbigen, dunklen Rumpelkammer meines Bruders, brachte er sogar mich zum Schweigen.

Wir standen noch immer ergriffen auf demselben Fleck, als es plötzlich unten zu rumoren begann.

Wir fuhren schuldbewußt zusammen. Kein Zweifel, jemand war in der Caupona. Erst vernahmen wir verdächtige Geräusche aus der Küche, dann Schritte, die sich der Treppe näherten. Jetzt schaute offenbar jemand ins Zimmer des Soldaten und fluchte, als er den Dreck und das Durcheinander sah. Wir saßen in der Falle! Und während ich noch überlegte, was besser wäre: die Lampe zu löschen oder sie brennen zu lassen, schob sich auch schon eine zweite Funzel durch den Spalt im Mauerwerk, gefolgt von einem Arm.

Der Arm zappelte wild, während sich eine breite Schulter durch die schmale Öffnung quetschte. Dazu fluchte eine Stimme, die ich auf Anhieb erkannte, ganz fürchterlich. Im nächsten Augenblick rieselten lockere Steine und Mörtelbrocken zu uns herein, während sich eine stämmige Gestalt mit Gewalt Eintritt verschaffte. Plötzlich stand mein Vater in voller Lebensgröße in unserem Versteck.

Er sah erst uns an und dann den Zeus.

Und als ob ich gerade mal einen Sack Äpfel angeschleppt hätte, sagte er: »Aha, du hast ihn also gefunden!«

# LXIV

Er verschlang den Zeus mit seinen Blicken.

»Was machst du denn hier?« fragte ich ruhig. Aber Papa stieß nur einen ekstatischen Seufzer aus und vertiefte sich, ohne auf meine Frage zu antworten, in die Bewunderung des Phidias. »Hast du gewußt, daß er hier ist, Vater?«

Im ersten Moment fand ich Geminus' Blinzeln verdächtig, doch viel länger als ich kannte er das Versteck wohl nicht, sonst wäre die Statue nicht mehr da gewesen. Wahrscheinlich hatte er sich alles erst zusammengereimt, als er die Treppe raufkam. Jedenfalls versuchte ich, mir einzureden, daß er nicht im Schweinsgalopp in die Caupona gerannt war, um selbst die Wand einzureißen.

Er schlenderte um den Zeus herum und bewunderte ihn von allen Seiten. Derweil vergnügte ich mich mit Spekulationen darüber, ob ich, wenn er die Statue zuerst gefunden hätte, wohl jemals davon erfahren hätte.

Die unergründliche Miene meines Vaters erinnerte mich so sehr an Festus, daß ich es für besser hielt, mißtrauisch zu bleiben.

»Wir hätten's wissen müssen, Marcus.«

»Ja. Festus hat schließlich dauernd in dieser Kaschemme rumgehangen.«

»Er war hier praktisch zu Hause!« pflichtete Papa mir trocken bei. »Zumindest hätten wir's erraten müssen. Und ich sage dir, das ist noch längst nicht alles. Dein famoser Bruder hatte bestimmt überall, wo er verkehrte, ein heimliches Versteck voller Schätze. Wir könnten sie alle ausfindig machen.«

»Oder uns bei der Suche verausgaben!« bemerkte ich. Die Euphorie ist ein sehr kurzlebiges Ding, und ich war jetzt schon müde.

»Ach was, er hatte bestimmt eine Liste«, sagte mein Vater, hängte seine Lampe kurzerhand an den Donnerkeil des Göttervaters und gesellte sich zu uns.

Ich mußte lachen. »Das wäre doch Wahnsinn! Also, ich an seiner Stelle hätte alle nötigen Informationen allein meinem Gedächtnis anvertraut.«

»O ja, ich auch. Aber Festus war nun mal nicht wie wir.«

Ich sah Helena lächeln, als ob der Gedanke, mein Vater und ich wären uns ähnlich, ihr Freude machte. Im Angesicht eines Phidias im Wert von einer halben Million Sesterzen gönnte ich mir das Vergnügen, ihr Lächeln zu erwidern.

Wir standen alle drei so lange wie irgend möglich da und bestaunten den Zeus. Als es langsam albern wurde, weiter in dem düsteren Loch rumzuhängen, zwängten wir uns durch die Maueröffnung zurück in die relativ luxuriöse, möblierte Kammer nebenan.

Papa musterte den Schutt, der von meinen rabiaten Abbruchmethoden zeugte. »Marcus, da hast du aber eine schöne Schweinerei angerichtet!«

»Was? Dafür, daß ich kein ordentliches Werkzeug hatte und unter Zeitdruck war, hätte ich wohl kaum sauberer arbeiten können . . . «

Während die beiden noch gafften und staunten, hatte ich meine grauen Zellen benutzt. »Hört mal, wir müssen rasch handeln und den Schutt, so gut es geht, abdecken; vor allem aber muß die Statue hier weg, bevor sie noch jemand sieht. Mir graust davor, aber wir müssen sie von hier fortschaffen. *Wir* sind sicher, daß der Phidias unserem Festus gehörte, aber die Besitzerin der Caupona davon zu überzeugen dürfte nicht so einfach sein . . . «

»Reg dich nicht auf«, unterbrach mein Vater großspurig. »Heute abend kommt niemand mehr.«

»Ha, da irrst du dich aber gewaltig! Hörst du mir bitte mal zu? Ich soll hier Wache schieben, während Petronius der Wirtin beibringt, daß ihr Kellner tot ist. Wir müssen also jeden Augenblick mit der mysteriösen Flora rechnen, und die Dame wird nicht gerade entzückt sein über dieses Riesenloch in ihrer Wand . . . «

Hier stockte ich. Es kommt niemand mehr, hatte Papa kategorisch gesagt. Und auch ohne daß er einen Grund angab, klingelte es auf einmal bei mir.

»Danke, daß du so lieb nach dem Rechten gesehen hast«, frotzelte Papa. Ich versuchte, den Gedanken nicht zu Ende zu denken, aber mir war schon arg mulmig. Mein Vater kriegte wieder seinen verschlagenen Blick. »Wie gesagt: Flora kommt nicht. So ein Wächteramt ist Männersache, deshalb habe ich mich angeboten.«

Ächzend begriff ich da, was mir schon vor Wochen hätte aufgehen sollen. Ich wußte jetzt, warum mein Bruder sich in der Caupona immer wie der Chef persönlich aufgeführt hatte; wieso er hier entlaufenen Sklaven Arbeit verschaffen konnte; warum er so nonchalant mit den Fremdenzimmern umgesprungen war. Weil schließlich alles in der Familie blieb.

Petronius hatte recht. Flora gab es wirklich. Und recht auch damit, daß ich das lieber nicht erfahren hätte. Die Caupona Flora war das »Geschäft«, das mein Vater der Frau, mit der er jetzt zusammenlebte, gekauft hatte, damit sie ihm nicht länger in seins reinredete. Flora war Papas Herzensdame.

# LXV

Der erste Teil unseres Komplotts gegen Carus und Servia war der unangenehmste: Mein Vater versteigerte seine bewegliche Habe, um eine halbe Million Sesterzen flüssigzumachen. Einer seiner Freunde schwang diesmal den Hammer, und Gornia, das zuverlässige Faktotum, kümmerte sich derweil um den übrigen Verkauf. Papa verschwand für ein paar Tage nach Tibur, vermutlich in Begleitung des Rotschopfs. Ich dagegen fuhr in die Campania, um einen der parischen Marmorblöcke zu holen.

Wir benutzten Epimandos' Tod, um das Lokal für ein paar Tage zu schließen, räumten die Küche aus, wuchteten den Marmorblock hinein, schleppten Orontes aus seiner Bude auf dem Caelius (wo er wieder mit den Malern hauste) herbei und befahlen ihm, sich an die Arbeit zu machen.

»Glaubst du, du kriegst es hin?«

»Wenn ich euch Plagegeister dann endlich los bin ... Ja doch, ja, ich werd's hinkriegen. Aber jetzt laßt mich in Frieden, damit ich endlich anfangen kann.«

Mit dem Zeus als Modell und seiner Erinnerung an Poseidon, den Bruder des Göttervaters, sollte Orontes seinen Verrat an Festus sühnen und uns einen neuen Phidias schaffen.

Währenddessen wiegten wir das Sammlerehepaar in trügerischer Sicherheit, indem wir brav die Schulden tilgten, die mein Bruder angeblich noch bei ihnen hatte.

Es war kurz vor Morgengrauen.

In der letzten Stunde, da in Rom Transportverkehr auf Rädern erlaubt ist, fuhren wir in einem offenen

Karren die Via Flaminia hinauf. Über dem Campus Martius hing ein Dunstschleier, der die stillen öffentlichen Gebäude rings um den Platz in frostige Winterstimmung hüllte. Vorbei an den grauen Steinfassaden von Pantheon und Saepta steuerten wir die eleganten Gärten und Villen im Norden der Stadt an.

Die Straßen waren menschenleer. Die Nachtschwärmer waren heimgekehrt; die Räuber waren emsig dabei, ihre Beute unter den Fußbodendielen zu verstecken; die Freudenmädchen ruhten in Morpheus' Armen, und die Feuerwehrleute schnarchten. Die Pförtner schliefen so fest, daß ein Besucher eine halbe Stunde lang hätte klopfen können, ohne Einlaß zu finden.

Darauf waren wir vorbereitet.

Als wir den friedlichen Korso erreichten, an dem Cassius Carus mit seiner Holden residierte, fuhren wir unseren Karren rückwärts vors Hauptportal. Wie aufs Stichwort fing einer der Ochsen an zu muhen. Im diesigen Licht rauchender Fackeln setzte mein Vater sich aufrecht in den Karren und schwang feierlich eine riesige Kupferglocke. Ein Zug Stare stob wie eine dunkle Wolke vom Dach und kreiste verschreckt über den Nachbarvillen. Ich marschierte mit zwei Helfern die Straße entlang, und jeder von uns schlug einen gewaltigen Gong.

In einem vornehmen Viertel wie diesem pflegen die Anlieger selbst wüste Exzesse außerhalb ihrer vier Wände zu ignorieren und die Nase einfach etwas tiefer in die Kissen zu pressen, aber wir schafften es, sie aufzuwecken. Wir lärmten einfach so lange weiter, bis die ganze Straße wach war. Fensterläden flogen auf. Wachhunde schlugen an. Strubbelköpfe lugten aus den Türen, indes wir feierlich drauflosläuteten und -hämmerten wie die Anhänger eines furchteinflößenden religiösen Kultes.

Zu guter Letzt kamen auch Carus und Servia aus ihrem Haus gestürzt.

»Na endlich!« brüllte mein Vater, und ich schritt mit meinen Helfern würdevoll zu ihm und dem Karren. »Die Geier erscheinen zur Abrechnung!« erklärte Papa dem zusammengeströmten Publikum. »Wohlan, so höret: Aulus Cassius Carus und Ummidia Servia behaupten, daß mein Sohn Didius Festus – der hoch dekoriert den Heldentod auf dem Schlachtfeld starb – mit einer halben Million Sesterzen bei ihnen in der Kreide stand. Sei's, wie es sei: Niemand darf der Familie Didius nachsagen, daß sie ihre Schulden nicht begleicht!« Es war ein glanzvoller Auftritt. Jahrelanger Umgang mit düpierten Kunden in der Auktionshalle hatte Papa den Trick gelehrt, so zu reden, als fühle er sich übers Ohr gehauen, auch wenn er den Schwindel nicht recht durchschaute. »Hier ist nun der fällige Betrag, und ich rufe alle Anwesenden als Zeugen auf.«

Damit trat mein Vater an den Rand der Ladefläche, wo ich schon bereitstand.

»Hier haben Sie Ihr Geld, Carus! Sie brauchen nicht nachzuzählen!«

Gemeinsam stemmten wir die erste Truhe hochkant, klappten den Deckel hoch und schütteten den Inhalt auf die Fahrbahn. Den Kunstsammlern rollte die erste Ladung unserer halben Million vor die Füße. Mit bangem Aufschrei stürzten die beiden näher und versuchten erfolglos, all die Münzen aufzuklauben, die klimpernd übers Pflaster und in den Rinnstein sprangen. Unterdessen hatten wir die leere Truhe beiseite gerückt und die nächste nach vorn an die Laderampe gewuchtet. Mit Hilfe unserer Gefährten setzten wir das Spiel fort, bis ein brusthoher Berg funkelnder Münzen den Eingang zur Villa Carus versperrte, wie einer dieser großen Haufen Streusand, die man im Winter am Rand besonders steiler Straßen findet.

Es war lauter Kleingeld. Kiste für Kiste bunt sortierter Kupfer-, Bronze- und Silbermünzen klirrten zu Boden wie die Glimmerplättchen, die zuhauf im Sand des Circus Maximus flimmern. Wir kippten den vollen Betrag aufs Pflaster. Quittung brauchten wir keine, denn die ganze Straße konnte unsere Lieferung bezeugen. Tatsächlich rannten, als wir den Karren wendeten und abfuhren, viele der so hilfsbereiten Nachbarn des kunstsinnigen Paares in Nachtgewand und Pantoffeln herbei, um Carus und Servia beim Einsammeln des Geldes zur Hand zu gehen.

»Viel Spaß damit, Carus!« rief mein Vater und schoß zum Abschied noch einen letzten Pfeil ab: »Dies kleine Sümmchen dürfte für eine Weile die Latrinengebühr decken!«

## LXVI

Ein paar Wochen später versetzte ein angekündigter Privatverkauf die ganze Kunstwelt in Aufruhr.

In der Galerie Cocceius stand eine interessante Marmorplastik.

»Ich kann keinerlei Garantie geben«, sagte Cocceius, eines der seltenen Fossile vom Typ ehrbarer Händler, »weder für den Künstler noch für das Alter des Werkes.«

Unter den Sammlern sprach sich bald herum, wie auffallend schön die Statue sei, und sie kamen in Scharen, um sie zu bestaunen. Es war ein Poseidon: nackt mit lockigem Vollbart, den Dreizack in der wurfbereit erhobenen Rechten. Sehr griechisch – und eine wahre Augenweide.

»Die Statue hat eine interessante Geschichte«, erzählte Cocceius. Er war ein ruhiger, vertrauenerweckender Mensch, eine wahre Stütze der Auktionatorengilde. »Als der ehrenwerte Senator Camillus Verus den Haushalt seines verstorbenen Bruders auflösen wollte, fand er diese recht ansehnliche Plastik auf dem Dachboden.«

Das alte Ammenmärchen!

Überall in Rom stürmten die Leute auf ihre Dachböden und suchten nach vergessenen Marmorstatuen.

Niemand außer dem Senator hatte eine.

Zwei Leute, ein Mann und eine Frau, kamen dick vermummt und verschleiert, um die Statue inkognito zu besichtigen. Cocceius nickte ihnen vertraulich zu.

»Wie steht's mit der Herkunft, Cocceius?«

»Leider nichts bekannt. Und von Spekulationen halte ich nichts. Aber der Marmor stammt, wie Sie sehen, ohne Zweifel von Paros.« Ganz offensichtlich handelte es sich hier nicht um eine römische Kalksteinkopie. Selbst feinster Carraramarmor hätte mehr graue Adern gehabt ...

»Und warum wird sie verkauft?«

»Tja, die Geschichte klingt überzeugend. Soviel ich weiß, braucht der Senator Geld, um seinem zweiten Sohn einen Senatssitz zu kaufen. Sie können gern bei seinen Nachbarn nachfragen. Der junge Mann ist blitzgescheit, hat sich unverhofft einen Namen gemacht, und da sein Papa Vespasians Vertrauen besitzt, stehen ihm jetzt alle Türen offen. Einziges Problem der Familie ist die Finanzierung. Darum erwartet man nun Gebote für diesen doch recht hübschen Meeresgott, auch wenn die Interessenten sich, was die Zuordnung angeht, auf ihr eigenes Urteil verlassen müssen ...«

»Woher kommt die Statue?«

»Keine Ahnung! Der Bruder des edlen Senators war im Importgeschäft. Aber er ist tot, und wir können ihn nicht mehr befragen.«

»Und wo hat dieser Bruder Handel getrieben?«

»Ach, überall. Nordafrika, Griechenland und auch im Osten, glaube ich ...«

»Sagten Sie Griechenland?«

»Eine Schulter scheint beschädigt zu sein, minimal nur, aber immerhin ...« Cocceius war absolut offen, ein Muster an Neutralität.

»Nicht doch, die Statue ist tadellos. Aber Sie ordnen sie nicht zu?«

»Ganz recht.« Cocceius war wirklich eine ehrliche Haut, eine erfreuliche Ausnahme in seinem Gewerbe.

Es gibt viele Möglichkeiten der Zuordnung – und nicht alle fangen mit einer glatten Lüge an.

Die gut getarnten Sammler gingen heim, um darüber nachzudenken. Als sie das nächste Mal kamen, war der Besitzer offenbar im Begriff, die Statue vom Markt zu nehmen. Erschrocken über diese Kunde, verdrückte sich das vermummte Paar in eine dunkle Ecke und spitzte die Ohren. Vielleicht standen in anderen dunklen Ecken noch andere Leute, aber wenn ja, dann waren sie unsichtbar.

Die vornehme Tochter des Senators erklärte Cocceius gerade, daß ihrem Vater anscheinend Bedenken gekommen seien. »Natürlich brauchen wir das Geld. Aber andererseits ist es so ein herrliches Stück. Wenn die Skulptur einen hohen Preis erzielte, wäre das wunderbar, aber wir sind dennoch versucht, sie zu behalten und uns im eigenen Hause daran zu erfreuen. Ach, Vater weiß einfach nicht, was das beste wäre ... Könnten wir vielleicht einen Experten bitten, daß er sich den Poseidon mal anschaut?«

»Aber gewiß.« Cocceius drängte seine Kunden nie gegen ihren Willen zum Verkauf. »Ich kann Ihnen einen Kunsthistoriker empfehlen, der Ihnen ein verbindliches Gutachten erstellt. Wieviel möchten Sie denn ausgeben?«

»Kommt drauf an, was ich dafür kriege«, antwortete die vornehme Helena Justina.

Cocceius war nicht nur ehrlich, er hatte auch Humor. »Nun, für ein kleines Honorar kann ich Ihnen einen Mann besorgen, der die Augen schließt und Ihnen das erstbeste erzählt, was ihm in den Sinn kommt.«

»Vergessen wir das kleine Honorar«, sagte sie.

»Für ein paar Sesterzen mehr bringe ich Ihnen einen richtigen Experten.«

»Klingt schon besser.«

»Und was für einen hätten Sie gern?«

Helena machte ein erstauntes Gesicht – wenn auch nicht so erstaunt, wie sie gewesen wäre, bevor wir uns kennenlernten. »Was steht denn zur Auswahl?«

»Entweder Arion, der Ihnen erzählen wird, die Statue sei echt – oder Pavoninus, der behaupten wird, daß es sich um eine Fälschung handelt.«

»Aber sie haben sie doch noch gar nicht gesehen!«

»Macht nichts – das ist ihre Standardantwort.«

Anscheinend verlor Helena Justina langsam die Geduld. »Wieviel«, fragte sie mit einer Stimme, so strohtrocken wie geröstetes Brot, das man über einem unerwarteten Besuch vergißt, bis es aus der Küche qualmt, »wieviel müßten wir für den allerbesten Gutachter zahlen?« Cocceius sagte es ihr. Helena sog hörbar die Luft ein. »Und was bekäme man für diese astronomische Summe?«

Cocceius druckste herum. »Sie bekämen einen Mann in etwas absonderlicher Tunika, der die Skulptur sehr lange und eingehend betrachtet, nachdenklich einen Kräutertee schlürft und Ihnen dann beide möglichen Urteile präsentiert mit dem Eingeständnis, daß er beim besten Willen nicht definitiv sagen kann, welches stimmt.«

»Ah, verstehe!« rief Helena, die sich vor Lachen kaum halten konnte. »Er ist der wirklich schlaue Fuchs!«

»Wieso das?« fragte Cocceius, obwohl er die Antwort genau kannte.

»Weil er es, ohne den eigenen Ruf aufs Spiel zu setzen, den Leuten selbst überläßt, zu entscheiden, was sie hören wollen.« Und dann faßte die vornehme Helena auf ihre impulsive Art einen raschen Entschluß. »Ich denke, wir sparen uns das Geld! Ich kann für Papa sprechen.« Sie kam offenbar aus einer freigeistigen, liberalen Familie, einer Familie mit sehr starken Frauen. »Wenn wir die Laufbahn meines Bruders dadurch sichern können, dann lohnt es sich, die Statue zu verkaufen. Und ernsthafte Interessenten erkennen Qualität gewiß auch ohne Expertise. Ja, wenn jemand einen guten Preis bietet, wird Papa verkaufen.«

Die vermummten Kunstsammler schickten eiligst sowohl Arion als auch Pavoninus, den Poseidon zu begutachten; danach zahlten sie auch noch den Mann in der absonderlichen Tunika, der außerdem eine sehr sonderbare Diktion hatte und meinte, sie sollten sich ihr eigenes Urteil bilden.

Sie kamen zu dem Schluß, daß sie den Poseidon um jeden Preis haben müßten.

Diskret brachte man die Rede aufs Geld.

Um den jungen Justinus in den Senat zu bringen, brauchte der ehrenwerte Camillus offenbar eine sehr große Summe. »Die Summe, die genannt wurde«, sagte Cocceius mit der gedämpften Simme eines Arztes, der eine tödliche Krankheit diagnostiziert, »lautet auf sechshunderttausend.«

Natürlich boten die Sammler vierhunderttausend. Was der Besitzer als Unverschämtheit zurückwies; er könne keinesfalls unter fünf gehen. Der Handel wurde geschlossen. Für eine halbe Million in Golddenaren (zuzüglich der Provision für Cocceius) wechselte das unbekannte Kunstwerk den Besitzer.

Zwei Stunden später ergingen die Einladungen zu einer Vernissage im Hause Cassius Carus und Ummidia Servia, die einen Poseidon des Phidias vorstellen wollten.

Wir waren quitt. Wir hatten uns die beiden vom Hals geschafft und unser Geld wiederbekommen. Wir hatten sie reingelegt und ihnen unsere Fälschung verkauft.

Der Zeus gehörte immer noch uns. Wir waren reich.

Vater und ich kauften eine Amphore alten, gereiften Spitzenfalerner. Dann kauften wir noch zwei.

Bevor wir den Wein anrührten, aber schon in dem Bewußtsein, daß wir uns gleich einen kapitalen Rausch ansaufen würden, gingen wir in die Caupona, um uns rasch an unserem Zeus zu ergötzen.

Wir nahmen den Hintereingang. Orontes hatte die Küchentür ordentlich abgeschlossen, bevor er ging. Unter Freudenjuchzern schlossen wir auf, knallten die Tür hinter uns zu und zündeten ein paar Lampen an. Und dann war es aus mit unserer Siegerstimmung.

An der Stelle, die ich für den Marmorblock, den Orontes bearbeiten sollte, freigeräumt hatte, stand noch immer – ein Marmorblock. Allerdings war ein großer Brocken herausgeschlagen. Parisch weiß schimmerte der Stein, wo dieses Stück fehlte: ein Rechteck, sauber vom oberen Ende entfernt. Aber der Großteil des Marmors, der in einen Poseidon hätte verwandelt werden sollen, war unberührt geblieben.

Wir gingen nach oben. Inzwischen wußten wir beide, was passiert war, mußten uns aber trotzdem mit eigenen Augen überzeugen.

In der Kammer, wo unser Zeus des Phidias dem Orontes Modell gestanden hatte, fand sich jetzt nur noch ein abgetrennter Arm mit einem Donnerkeil in der Faust.

»Das muß ein Traum sein ...«

»Dieser faule, betrügerische, unmoralische Hund! Wenn ich den erwische ...«

»Ach, der ist längst über alle Berge ...«

Statt mühsam eine neue Statue zu meißeln, hatte Orontes Mediolanus einfach die bereits fertige genommen und ihr einen neuen rechten Arm verpaßt. Nun trug der Zeus statt des Donnerkeils einen Dreizack.

Statt einer Fälschung hatten wir Carus und Servia unseren echten Phidias verkauft.

# LXVII

Es war April, und das Datum galt meines Wissens noch nicht offiziell als schwarzer Tag im römischen Kalender, auch wenn es in meinem für alle Zeiten einer bleiben würde. Früher, in der republikanischen Ära fiel Neujahr auf die Iden des März, April war also der erste Monat des Jahres. Der Senat machte Ferien, um neue

Kräfte zu sammeln, denn man mußte schon fit sein, um mit diesem Monat fertig zu werden, einem Monat, in dem ein Fest das andere jagte: die Megalesia und die Blumenspiele, Spiele und Fest der Ceres, die Vinalia, die Robigalia und endlich die Parilia, also das Hirtenfest, das mit dem Geburtstag Roms zusammenfällt.

Ich war mir nicht sicher, ob ich so viele Bürgerfreuden aushalten würde. Tatsächlich war mir im Augenblick jegliche Freude vergangen.

Ich spazierte übers Forum. Auf seinen Wunsch hatte ich meinen Vater in die Saepta begleitet und in seinem Büro gelassen. Er stand noch unter Schock, war aber wieder leidlich nüchtern. Er wollte allein sein, und auch ich mochte niemanden sehen. Meine ganze Familie, einschließlich Helena, war bestimmt schon bei meiner Mutter versammelt; und die Vorstellung, mit Girlanden empfangen zu werden, wenn ich ihnen doch nichts weiter mitbrachte als meine eigene Dummheit, war unerträglich.

Ich hätte dem Kerl auf die Finger gucken müssen. Orontes hatte mir weisgemacht, daß er ungestört arbeiten wollte. Und ich war auf diese plumpe Lüge reingefallen.

Kreativität ist was sehr Delikates. Betrug ist eine hohe Kunst.

Die Parzen verstehen sich auf die Kunst, unserer Arroganz einen Dämpfer aufzusetzen. Ich streifte durch Rom, trieb mich rastlos rum, wollte einen Weg finden, um das, was ich angerichtet, und die Chancen, die ich verspielt hatte, zu akzeptieren. Wenn ich nicht verrückt werden wollte, mußte ich was unternehmen.

Noch waren einige Fragen zu klären. Über dem ganzen Rummel hatte ich den ursprünglichen Auftrag meiner Mutter nicht vergessen. Wir hatten einen Mord aufgeklärt, Papa und ich, und beinahe wäre uns im Namen der ganzen Familie ein erfolgreicher Rachefeldzug geglückt, aber eines blieb dennoch offen: Welche Rolle hatte mein älterer Bruder wirklich gespielt?

Vielleicht war sein Rechtsempfinden getrübt, damals. Carus hatte ihn, mit Orontes' Hilfe, hereingelegt. Festus konnte ich das kaum vorwerfen, nachdem Orontes auch mich betrogen hatte. Ein Geschäft war schiefgegangen, das einzige, von dem ich wußte. Aber obwohl er die Fakten nicht kannte, hatte Festus versucht, das wieder in Ordnung zu bringen. Nur sein Tod hatte ihn daran gehindert. Nur die Tatsache, daß er niemandem traute – nicht mal Vater, nicht mal mir –, hatte dafür gesorgt, daß sein Plan nicht aufging.

War Festus ein Held?

Ich glaube nicht an Heldentum. Und ich glaube nicht, daß Festus Rom ein glorreiches, selbstloses Opfer gebracht hat. Ehrlich gesagt, habe ich das nie geglaubt. Ja, er war ein Romantiker – aber wenn er aus unerfindlichem Grund jemals diesen Weg *gewählt* hätte, dann hätte er vorher seine Geschäfte unter Dach und Fach gebracht. Der Gedanke, ein unvollendetes Projekt zu hinterlassen, wäre meinem Bruder zuwider gewesen. Der Phidias, der so geschickt in Rom eingemauert war, daß ihn womöglich keiner gefunden hätte; die Marmorblöcke auf dem Hof meiner schlafmützigen Onkel – beides bewies mir, daß Festus vorgehabt hatte, nach Rom zurückzukommen.

Oder dachte er, ich würde den Handel zu Ende bringen? Nein. Ich war zwar sein Testamentsvollstrecker, aber nur, weil die Armee ihn gezwungen hatte, ein Testament zu machen. Das ganze war ein Witz, denn offiziell hatte Festus nichts zu vererben. Es war nie vorgesehen, daß ich jene Projekte übernehmen sollte, die meines Bruders ganzer Stolz waren. Die gingen nur ihn etwas an, und er hatte sie selbst zum Abschluß bringen wollen.

Mir fiel als Vermächtnis jetzt nur die Entscheidung darüber zu, ob sein Name künftig unbefleckt strahlen würde oder nicht.

Aber wie konnte ich das entscheiden?

Mir blieb nichts weiter übrig, als um ihn zu trauern. Es gab keinen zweiten wie ihn. Zu jeder Schlechtigkeit, die ich je begangen hatte, war ich von ihm angestiftet worden. Aber das galt umgekehrt auch für jede liebevolle oder großzügige Tat. Auch wenn ich nicht glaubte, daß Festus ein Held war, blieb noch vieles, woran ich glaubte: sein großes Herz, sein schillerndes, kompliziertes Wesen, das uns alle auch drei Jahre nach seinem Tod noch prägte.

Ich hatte schon viel zuviel Zeit mit Grübelei vertan. Heute abend würde ich, falls es sie denn irgendwo gab, die Wahrheit herausfinden.

Ich war über die Scalae Gemoniae vom Felsen des Kapitols zum Forum hinuntergestiegen und auf die Straße gekommen, auf der die Leichen der im Staatsgefängnis Hingerichteten zum Tiber geschleift werden. Vorbei an Rostra und Goldenem Meilenstein wanderte ich die Basilica Julia bis zum Castortempel, wo ich kurz daran dachte, in die Thermen zu gehen, den Gedanken aber gleich wieder verwarf. Ich war jetzt nicht in der Stimmung, mich von Sklaven verwöhnen zu lassen und mit Freunden zu parlieren. Also ging ich weiter, vorbei an Vestatempel und Atrium Vestae, bis zur Anhöhe zwischen Forum und Titusbogen, die bei den Republikanern die Velia hieß.

Vom Palatin hinter mir bis zum Esquilin vor mir und seitwärts bis zum Oppium und Caelium war der ganze Bezirk durch einen Großbrand zerstört und dann von

Nero mit der Scheußlichkeit versehen worden, die er sein Goldenes Haus nannte.

Haus war die falsche Bezeichnung dafür. Was Nero hier geschaffen hatte, war mehr als ein Palast. Wie die prunkvollen Gebäude des Komplexes zwischen den Felsen aufragten, das war architektonisch das reinste Wunderwerk. Und die prächtige, phantasievolle Innenausstattung übertraf alles bisher von Künstlerhand Geschaffene. Mit den Außenanlagen hatte er noch ein Wunder vollbracht. Wenn schon die Architektur frappierte, trotz des Größenwahns, der in ihr zum Ausdruck kam, so war die Landschaft rings um die Hallen und Kolonnaden noch dramatischer, ja, sie suggerierte lebendige Natur innerhalb der Stadtmauern. Gärten, Parks und Wälder erstreckten sich hier, in denen sich zu Neros Zeiten wilde und zahme Tiere tummelten; Blickfang des Ganzen war der berühmte Große See gewesen. Dieses einst ganz private Idyll des Tyrannen hatte Vespasian in einem klugen Schachzug in einen öffentlichen Park verwandelt, zu dem alle Bürger freien Zugang hatten.

Raffiniert, ihr Flavier! Jetzt hatten wir also einen Kaiser, der seine Gottgleichheit distanziert belächelte. Ja, er sprach sogar davon, das Goldene Haus abreißen zu lassen, obgleich er und seine Söhne darin wohnten. Den See dagegen hatte man bereits trockengelegt. Hier lag das lukrativste Bauland von Rom, unmittelbar am Ende des Heiligen Weges und so nah am Forum. Vespasian hatte vor, den Boden des einstigen Sees für Fundamente und Unterbau eines riesigen neuen Amphitheaters zu nutzen, das den Namen seiner Familie tragen sollte.

Das Gelände war der Stolz der Stadt, lange bevor der Kaiser mit seiner goldenen Kelle den ersten Stein ins Erdreich gesenkt hatte. Stadtrundgänge führten unfehlbar hierher, und auch für Römer war dies der ideale

Ort, um eine oder auch mehrere Stunden anderen bei der Arbeit zuzusehen. Die Baustelle des Amphitheatrum Flavium war garantiert das größte und prominenteste Loch weit und breit.

Ich hatte es mir zuletzt in Gesellschaft des Centurios Laurentius angesehen. Nachdem der Kellner sich in der Caupona Flora aufgehängt hatte, waren Petronius und ich zu ihm gegangen, und da wir im Hause seiner Schwester, wo ein Haufen Kinder herumlärmte, nicht ungestört reden konnten, waren wir durch Rom geschlendert, bis wir just an dieser Baustelle stehenblieben. Hier hatten wir Laurentius eröffnet, daß Epimandos tot und wir der Meinung waren, er, Epimandos, habe Censorinus umgebracht.

Laurentius war auf diese Nachricht vorbereitet. Nachdem er den entlaufenen Sklaven erkannt hatte, war das Ende der Geschichte keine Überraschung für ihn. Trotzdem hatte uns alle drei der Gedanke an den einsamen verzweifelten Selbstmord des Kellners bedrückt.

Laurentius war ein eher nüchterner Mensch, aber selbst er erging sich jetzt in düsteren philosophischen Betrachtungen.

»Sehen Sie sich nur mal die da an!« hatte er gerufen, als wir an einer Gruppe Kriegsgefangener aus dem Osten vorbeikamen, die, nicht besonders fleißig, beim Ausschachten waren. »Wir Legionäre quälen uns in der glühendheißen Sonne, bis uns das Hirn im Helm brutzelt«, klagte Laurentius bitter, »und dieses Pack da läßt sich seelenruhig gefangennehmen und macht sich's dann in Rom gemütlich ... Was soll das alles?« fragte er aufgebracht. Die immer wieder gleiche Frage.

Dann hatte ich mich nach Festus erkundigt. Laurentius war in Bethel nicht dabeigewesen. »Ich war mit einem Sonderkommando unter Cerialis weiter südlich im

Banditenland. Wir säuberten das Gebiet um Jerusalem für die geplante Belagerung, während der Alte persönlich den Angriff gegen die Siedlungen im Gebirge leitete.« Er sprach von Vespasian. »Wieso fragen Sie, Falco? Gibt's Probleme?«

»Eigentlich nicht.« Eine gewisse Zurückhaltung schien mir angebracht. Wer den Helden einer Schlacht kritisiert, nimmt damit indirekt die Taktik des ganzen Feldzuges aufs Korn, und wenn ich an Festus' Ruhm kratzte, demütigte ich damit auch die Überlebenden. »Ich bin bloß neugierig, wie's wirklich gewesen ist.«

»Haben Sie denn keinen Bericht gekriegt?«

»Ach, wer glaubt schon an Kriegsberichte? Schließlich bin ich selbst in der Armee gewesen!«

»Na, und was denken Sie?«

Irgendwie hatte ich ein beschwichtigendes Lachen zustande gebracht. »Nach allem, was ich inzwischen weiß, frage ich mich fast, ob euer Syndikat Festus vielleicht aus Wut über den finanziellen Verlust vom Wall gestoßen hat.«

»Auf keinen Fall!« erwiderte der Centurio kurz angebunden. »Verlassen Sie sich auf den Bericht ...« Mehr war aus ihm nicht rauszukriegen.

Als er sich schon verabschiedet hatte und zum Gehen wandte, rief er mir noch über die Schulter zu: »Glauben Sie die Geschichte, Falco!« Und die harten, klugen Augen blitzten mich aus seinem ruhigen, vertrauenswürdigen Gesicht an. »Sie wissen doch, wie so was ist. Diese Sache läuft doch aufs selbe raus – was Festus zum Verhängnis wurde, war wahrscheinlich bloß ein dummer Zufall.«

Er hatte recht, wir mußten alle den Fall vergessen. So weit verstand ich seine Meinung. Doch damit war es nicht getan. Meine Mutter verlangte mehr als Meinung und Glauben.

Ich konnte natürlich nach Pannonia fahren und Augenzeugen suchen – Männer aus der Kompanie meines Bruders, die ihm auf den Festungswall nachgestürmt waren. Aber was die mir sagen würden, wußte ich im voraus: dasselbe, was im offiziellen Armeebericht stand.

Ich konnte sie kräftig abfüllen, und dann würden sie mir eine andere Geschichte erzählen, aber bloß, weil alle betrunkenen Soldaten die Armee hassen und ihr, solange sie betrunken sind, eine Menge Lügen vorwerfen. Sobald sie nüchtern werden, wollen sie davon nichts mehr wissen. Seine Kameraden hatten noch dazu ein persönliches Interesse am offiziellen Schicksal meines Bruders. Ein toter Soldat muß ein Held sein. Alles andere ist undenkbar.

Um so mehr gilt das für einen toten Offizier.

Der Jüdische Krieg war inzwischen berühmt, hatte er doch einen Kaiser hervorgebracht. Freilich war dies eher ein Zufall, mit dem, als Festus starb, noch niemand rechnen konnte. Mein Bruder fiel im März oder April; Vespasian wurde erst im Juli (nach Neros Selbstmord) von den Legionen zum Kaiser ausgerufen. Bis er schließlich auf dem Kaiserthron Platz nehmen konnte, dauerte es noch sehr viel länger. Ursprünglich hatte man die jüdischen Aufstände nicht so ernst genommen: einfach eine weitere politische Sauerei an einem schrecklichen Ort, den wir angeblich mit den Segnungen der Zivilisation beglückten, während wir in Wahrheit nur einen Einstieg in lukrative neue Märkte suchten. Im Gegensatz zu meinen Kameraden wußte Festus immerhin aus erster Hand Bescheid über Farbstoffe, Glas und Zedernholz und über die Verbindungen zu den Seiden- und Gewürzstraßen, die Rom im eigenen Interesse verteidigen mußte. Aber selbst mit diesen Vorkenntnissen wollte kein Soldat für einen ausgedörrten

Wüstenstrich mit Ziegen und aufrührerischen Zeloten sein Leben riskieren – wenn ihm nicht wenigstens die Aussicht blieb, als Leichnam etwas Ruhm einzuheimsen. Als erster den Wall eines vergessenen Bergnestes zu stürmen mußte sich lohnen. Auch für die Mutter, die er in Rom zurückgelassen hatte.

Weil sie mich darum gebeten hatte, tat ich, was ich konnte. Dieser wunde Punkt hatte unsere ganze Familie seit drei Jahren gequält; es war höchste Zeit, ihn zu klären.

Das Amphitheatrum Flavium sollte von einem Bautrupp errichtet werden, den die Sieger Vespasian und Titus praktischerweise gleich aus dem besiegten Land mitgebracht hatten: von jüdischen Kriegsgefangenen.

Und genau ihretwegen war ich gekommen.

# LXVIII

Es war spät am Nachmittag, als ich meine Suche begann. Einen nach dem anderen mußte ich mir die gräßlichen Vorarbeiter vornehmen, deren Manieren schlimmer waren als die der Gefangenen, die sie bewachten. Und jeder reichte mich an einen anderen Drecksflegel mit Peitsche weiter. Manche wollten schon für ein bloßes Nein Geld sehen. Die meisten waren betrunken, und widerlich waren sie alle. Als ich endlich den richtigen Trupp Gefangener gefunden hatte, war die Unterhaltung mit ihnen direkt eine Wohltat.

Wir sprachen Griechisch miteinander. Den Göttern sei Dank für diese Universalsprache, die einem armen Detektiv die Kosten für den Dolmetscher erspart.

»Ich möchte, daß ihr mir eine Geschichte erzählt.« Sie glaubten, ihnen drohe Gewalt, und starrten mich so erschrocken an, daß ich mich unangenehm in eine Zeit zurückversetzt fühlte, in der ich mich selbst einmal als Sklave und Zwangsarbeiter verkleidet hatte. Bei der Erinnerung mußte ich mich unwillkürlich kratzen.

Hier hatte ich es mit Kriegsgefangenen zu tun, nicht mit den netten, sauberen, gebildeten Männern, über die Manlius und Varga sich ausgelassen hatten: jene Sekretäre, Verwalter, Kammerdiener oder Mundschenke, die nicht von ihren geschniegelten Herren zu unterscheiden waren, wenn man ihnen auf den Straßen Roms begegnete. Diese Zwangsarbeiter waren die wenigen männlichen Überlebenden mehrerer blutiger Massaker an den Juden und handverlesen, damit sie im Triumphzug des Titus einen guten Eindruck machten. Von den Tausenden von Gefangenen waren die meisten in die kaiserliche Provinz Ägypten geschickt worden; diese kahlgeschorenen, reichlich verdreckten und mürrischen Jungs dagegen nahm der Caesar mit nach Rom, wo sie erst dem gaffenden Volk vorgeführt und dann für die Neugestaltung der Stadt nach Vespasians Roma-Resurgans-Konzept eingespannt wurden.

Sie waren nicht unterernährt, aber mager. Auf einer Baustelle, wo die Arbeit im Morgengrauen beginnt, wird relativ früh Feierabend gemacht. Es war Spätnachmittag, und die Männer saßen schon um die Kohlebecken vor ihren vollbelegten Biwaks. Ihre Gesichter wirkten im Feuerschein hager und dunkel; die fahle Winterdämmerung senkte sich über den Platz. Mir kamen sie fremdländisch vor, aber für sie war vermutlich ich der Exot, ein Vertreter des Menschenschlages mit starkem Bartwuchs, übler Religion, merkwürdigen Eßgewohnheiten und großer Hakennase.

»Kopf hoch!« ermunterte ich sie. »Ihr seid zwar Sklaven, aber immerhin seid ihr in Rom! Als Bergbauern mag es euch hart ankommen, tagein, tagaus Lehm zu schaufeln, aber wenn ihr diese Plackerei durchsteht und auch die im Steinbruch bis hin zum Aufmauern, dann seid ihr am schönsten Ort der Welt. Wir Römer waren auch mal Bergbauern. Und wißt ihr, warum wir uns jetzt hier zwischen unseren Theatern, Thermen und Arenen drängen? Weil wir drauf gekommen sind, daß so ein Bergbauer ein beschissenes Leben hat. Also: Ihr habt eure Haut gerettet, ihr seid hier – und ihr habt die Chance auf ein besseres Leben.«

Scherze waren nicht erwünscht, und auch gutgemeinter Stoizismus verfing nicht. Die Jungs waren verzweifelt und träumten von ihren Ziegen.

Immerhin ließen sie mich quatschen. Einer Sträflingskolonie ist jede Abwechslung recht.

Von ihrem Vorarbeiter wußte ich, daß diese Männer aus der richtigen Gegend stammten. Ich erklärte ihnen, was ich wissen wollte. »Es geschah etwa um diese Jahreszeit und ist jetzt gut drei Jahre her. Seit Neros Tod im Herbst zuvor ruhten die Kampfhandlungen, und es herrschte geradezu Frieden. Dann kam der Frühling, und Vespasian machte sich daran, die letzten Bastionen eurer Heimat zu erobern. Er wagte sich in die Berge vor – wo ihr herkommt – und besetzte eure Dörfer und Städte.«

Sie starrten mich an. Sie sagten, sie könnten sich nicht erinnern. Aber sie sagten es wie Männer, die mich so oder so anlügen würden.

»Was sind Sie von Beruf?« wollten sie wissen. Sogar Kriegsgefangene sind neugierig.

»Privatermittler. Ich finde wieder, was andere Leute

suchen. Verlorene Gegenstände – und verschollene Wahrheiten. Die Mutter dieses Soldaten hat mich beauftragt, herauszufinden, wie ihr Sohn gestorben ist.«

»Bezahlt die Frau Sie dafür?«

»Nein.«

»Warum machen Sie's dann?«

»Weil der Tote auch mich angeht.«

»Wieso?«

»Ich bin der andere Sohn der Frau.«

Es war so schön umständlich – wie ein gutes Rätsel. Der leichte Schock entlockte diesen Demoralisierten, die dazu verdammt waren, fremden Lehm aus einer riesigen fremden Baugrube zu schaufeln, ein meckerndes Lachen.

Ein Gefangener stand auf. Ich hab nie erfahren, wie er hieß. »Ich erinnere mich«, sagte er. Vielleicht war das eine Lüge. Vielleicht hatte er bloß das Gefühl, ich hätte irgendeine Geschichte verdient. »Vespasian legte eine Garnison in jede Stadt. Er besetzte erst Gophna und Acrabata, dann Bethel und Ephraim.«

»Bist du in Bethel gewesen?« Er beschwor es. Vielleicht log er jetzt, ich wußte es beim besten Willen nicht. »Und war es ein harter Kampf?«

»Für uns schon – für die Sieger wahrscheinlich nicht.«

»Habt euch wohl nicht sehr gewehrt?«

»Kaum. Wir wollten schon Widerstand leisten«, fügte er hinzu. »Erst als wir sahen, wie grimmig die Römer angriffen, haben wir aufgegeben.«

Offenbar glaubte er, daß ich das hören wollte. »Du bist sehr freundlich«, bedankte ich mich. »Hast du zufällig auch den Centurio gesehen?«

»Den Centurio?«

»Na, den Offizier. Kettenhemd, Beinschienen, schnieker Helm mit Federbusch, Rebgerte . . . «

»Ach, der Offizier, der den Angriff geführt hat?«

»Was, er hatte das Kommando?«

»Und kämpfte an vorderster Front!« Der Gefangene lächelte in der Gewißheit, daß die Antwort mir gefallen würde. Vielleicht war er ja selbst Soldat gewesen.

»Aber er ist gefallen?«

»Hat Pech gehabt.«

»Wieso?«

»Irgendwie hat ihn ein Pfeil unterm Helm durch erwischt.«

Das glaubte ich. Dieser Mann hatte tatsächlich unseren Festus gesehen.

Den Helm nicht ordentlich festgeschnallt. Typisch! Schnüre, Haken, Gürtel – immer war alles nur halb geschlossen. Festus konnte es auf den Tod nicht leiden, wenn etwas zwickte, drückte und spannte. Am liebsten stürmte er mit baumelndem Kinnriemen in die Schlacht, als wollte er nur zwischendurch mal rasch den Feind vermöbeln und habe eigentlich ganz was anderes vor. Jupiter allein weiß, wie der Junge je zu seiner Beförderung gekommen ist.

Na ja, ich weiß schon, wie. Festus war verdammt gut. Wenn mein Bruder sich auch nur halbwegs auf ein Problem konzentrierte, konnte er all die lahmen Gipsköpfe, mit denen er's zu tun hatte, leicht übertrumpfen. Festus gehörte zu jenen charismatischen Menschen, denen ein Übermaß an echtem, unverfälschtem Talent den kometenhaften und mühelosen Aufstieg garantiert. Er war wie geschaffen für die Armee, und die wiederum wußte, was sie an ihm hatte. Einen Mann, der dumm genug war, sein besonderes Talent zu zeigen; friedfertig genug, seine Vorgesetzten nicht zu brüskieren; schlau genug, sich, sobald er's einmal geschafft hatte, von keinem den Schneid abkaufen zu lassen.

Und trotzdem blöd genug, den Helm offen zu tragen.

»Sind Sie damit zufrieden?«

Es war genau die Geschichte, die ich hatte hören wollen.

Bevor ich ging, mußte ich ihnen noch eine Menge Fragen zu meiner Arbeit beantworten. Was machte ich genau und in wessen Auftrag? Ich revanchierte mich mit ein paar Geschichten für ihre Schilderung der Schlacht um Bethel. Sie waren begierig auf ein paar gute Abenteuer, und ich hatte einen ganzen Haufen auf Lager. Die Vorstellung, daß jeder, vom Kaiser abwärts, mich engagieren und als Schnüffler in die Welt hinausschicken konnte, faszinierte sie so, daß sie mir gleich selbst einen Auftrag geben wollten. (Natürlich hatten sie kein Geld, aber inzwischen standen wir gut miteinander, und ich hatte erwähnt, daß die Hälfte meiner »ehrbaren« Klienten das Bezahlen vergißt.)

»Also, was habt ihr denn auf dem Herzen?«

»Wir müssen was wiederhaben.«

Und dann erzählten sie mir eine umständliche Geschichte, in der irgendein Heiligtum eine Rolle spielte.

Irgendwann mußte ich sie unterbrechen. »Hört mal, wenn's hier um die Schätze geht, die Titus Caesar aus eurem Tempel in Jerusalem erbeutet und dem Capitol geweiht hat, dann könnt ihr's gleich vergessen! Trophäen von Roms heiligstem Altar zu rauben, fällt nicht in mein Ressort.«

Sie wechselten verstohlene Blicke. Hier war ich über ein sehr viel älteres Geheimnis gestolpert. Neugierig geworden, fragte ich nach Einzelheiten. Was sie verloren hatten, war ein großer und schon uralter Kasten, etwa in Form einer Arche, mit zwei Tragestangen und geziert von zwei geflügelten Figuren. Die Judäer wollten sie wiederhaben, weil diese Lade magische Kräfte besaß, die ihnen helfen konnten, ihre Feinde zu überwinden.

Auch wenn ich nicht wollte, daß meine römischen Mitbürger vom Blitz getroffen oder mit einer tödlichen Krankheit geschlagen würden (oder jedenfalls nicht viele von ihnen), reizte mich der Fall. Ich habe nun mal eine Schwäche für verrückte Geschichten. Aber wie hätte ich Helena einen derart aberwitzigen Auftrag erklären sollen?

»Klingt ja«, sagte ich grinsend, »als bräuchtet ihr einen richtigen Draufgänger! Ich übernehme Scheidungen, was schon hart genug ist, aber verschüttgegangene Archen – das ist wohl doch nichts für mich . . . «

Ich bedankte mich mit Hartgeld für die Information über Festus, und wir trennten uns freundschaftlich.

Als ich den Biwak verließ, rief der unbekannte Sklave mir noch nach: »Er war heldenhaft! Hat mit dem Mut eines Löwen gekämpft. Bestellen Sie seiner Mutter, der Mann, den Sie suchen – Ihr Bruder –, ist ein wahrer Krieger gewesen!«

Ich glaubte ihm kein Wort, war aber bereit, die Lüge weiterzuerzählen.

# LXIX

Ich kann nicht sagen, daß ich glücklich war, fühlte mich aber immerhin um soviel besser, daß ich mir eine kleine Freude gönnte: Ich ging vom Forum in die Via Flaminia rauf zum Haus der Kunstsammler. Dort reihte ich mich in die Schlange von Leuten ein, die sich in der Galerie vor dem neuerworbenen Phidias drängten.

Die feinen Herrschaften standen herum und machten Gesichter, als ob sie Verstopfung hätten. So schauten Leute fast immer, wenn sie großen Kunstwerken ohne gescheiten Katalog in der Hand gegenüberstehen. Die Frauen trugen Goldsandalen, die ihre Füße zwickten. Die Männer überlegten allesamt, wie bald sie sich verdrücken könnten, ohne unhöflich zu wirken. Silberschalen mit winzig kleinen Stückchen Mandelkuchen wurden denen, die gekommen waren, ihre Reverenz zu erweisen, zur Belohnung gereicht. Wie bei solchen Veranstaltungen üblich, hatte es anfangs auch Wein gegeben, aber als ich kam, war der zuständige Kellner mitsamt Tablett bereits verschwunden.

Der Poseidon sah gut aus und konnte sich mühelos neben den anderen Marmorgöttern behaupten. Ich war richtig stolz auf ihn. Und ich fühlte mich gleich noch besser, als Carus, dessen saures Gesicht ausnahmsweise mal strahlte, mit Servia im Schlepptau herangeschwebt kam.

»Imposant.« Ich schob mir ein Mandelschnittchen rein. »Wie steht's mit der Herkunft?«

Sie wiederholten die Geschichte von dem ehrenwerten Senator und seinem Bruder, der aus dem Osten importierte. Ich hörte nachdenklich zu. »Ein Bruder von Camillus? Doch nicht der Halbseidene? Über den hab ich ein paar dubiose Geschichten gehört – war der nicht in zwielichtige Geschäfte verwickelt und ist unter mysteriösen Umständen zu Tode gekommen?« Mein Blick wanderte zurück zu der Statue. »Na, egal, Sie wissen bestimmt, was Sie tun!« Sprach's und ging.

Das Mißtrauen, das ich gesät hatte, nagte bereits wie ein heimtückischer Wurm im Busen der Sammler.

# LXX

Das Fest bei meiner Mutter, vor dem ich mich hatte drücken wollen, war vorbei. »Wir haben von deinem Fiasko gehört, und da hab ich sie alle heimgeschickt«, sagte Mama schroff.

»Geminus hat uns benachrichtigt«, erklärte Helena mit gedämpfter Stimme.

»Schönen Dank, Papa!«

»Nun mecker nicht gleich! Geminus wollte vor allem uns vorbereiten, damit wir uns um dich kümmern. Als du nicht kamst, haben wir uns schreckliche Sorgen gemacht. Ich habe dich überall gesucht . . . «

»Du klingst wie Marina, wenn sie die Kneipen nach meinem Bruder abgeklappert hat.«

»Ich habe in den Kneipen gesucht«, bestätigte sie und lächelte. Sie sah mir an, daß ich nicht betrunken war.

Ich setzte mich an Mamas Küchentisch. Meine Frauensleute musterten mich, als wäre ich ein Etwas, das sie am besten mit einem Krug fangen und auf der Hintertreppe aussetzen sollten. »Ihr wißt doch, daß ich was erledigen mußte. Eine gewisse Partei hatte mich beauftragt, Ermittlungen über Didius Festus anzustellen.«

»Und was hast du herausgefunden?« fragte Mama. »Bestimmt nichts Gutes!« Sie schien wieder ganz die alte.

»Willst du's wirklich wissen?«

Sie überlegte. »Nein«, sagte sie schließlich. »Lassen wir's auf sich beruhen, ja?«

Ich seufzte leise. So ist das mit den Klienten! Erst bestürmen sie einen, man soll sie retten, und dann, wenn man sich wochenlang für ein lumpiges Honorar die Hacken abgelaufen hat und ihnen das Ergebnis präsentieren will, glotzen sie einen an, als wäre man verrückt, sie mit diesen mickrigen Fakten zu belästigen. Ein Fall in der eigenen Familie machte die Sache nicht besser, aber wenigstens kannte ich hier die Parteien von Anfang an und war vorgewarnt.

Plötzlich stand eine dampfende Schüssel vor mir. Mama fuhr mir durch die Haare. Sie wußte, daß ich das nicht leiden konnte, tat es aber trotzdem. »Ist jetzt alles geklärt?« Die Frage war rein rhetorisch. Sie spielte mir Interesse vor, um mich zu besänftigen.

Diesmal ließ ich mich nicht einwickeln. »Alles, bis auf das Messer!«

»Iß dein Abendbrot«, sagte meine Mutter.

Helena raunte Mam entschuldigend zu: »Marcus will unbedingt rauskriegen, wie dein altes Küchenmesser in die Caupona gekommen ist. Das ist so eine fixe Idee von ihm . . . «

»Ach, wirklich?« gab meine Mutter scharf zurück. »Ich seh da kein Problem.«

»Ich glaube, daß Papa es genommen hat.«

»Ja, natürlich.« Sie war völlig ruhig.

Ich hätte mich fast verschluckt. »Das hättest du auch gleich sagen können!«

»Ach, hab ich das nicht ...« Es würde mir nie gelingen, sie festzunageln. Jetzt war auf einmal alles meine Schuld. »Ich weiß gar nicht, weshalb du so ein Theater machst.«

Ich war wohl sehr erschöpft, denn ich stellte ihr unumwunden die Frage, vor der alle anderen sich taktvoll gedrückt hatten: »Wenn Papa das Messer mitgehen ließ, als er von zu Hause wegging, wie ist es dann in der Caupona gelandet?«

Meine Mutter schien gekränkt, daß sie einen solchen Esel großgezogen hatte. »Na, das liegt doch auf der Hand! Es war ein gutes Messer; so eins wirft man nicht weg. Aber seine Thusnelda wollte wohl kein Besteck von einer anderen in ihrer Küchenschublade. Und da hat sie ihm bei erstbester Gelegenheit anderswo ein anständiges Zuhause gegeben. Ich hätt's genauso gemacht«, sagte Mama und klang alles andere als nachtragend.

Helena Justina sah aus, als müsse sie sich das Lachen verbeißen.

Nach kurzem Schweigen war sie es, die eine noch riskantere Frage wagte. »Junilla Tacita, was ist damals schiefgelaufen zwischen dir und Geminus?«

»Favonius!« erwiderte meine Mutter ziemlich sauer. »Er heißt Favonius!« Sie hatte immer behauptet, es sei albern, seinen Namen zu ändern und so zu tun, als ob man dadurch ein anderer würde. Mein Vater (sagte meine Mutter) würde sich niemals ändern.

»Warum ist er weg?«

Helena hatte recht. Meine Mutter konnte was vertragen, und es war im Grunde unnötig, so um dieses heikle Thema herumzuschleichen, dem sich Mama seinerzeit schließlich auch hatte stellen müssen. Jedenfalls antwortete sie Helena ganz offen: »Es gab keinen besonderen Grund. Zu viele Leute auf zu engem Raum. Zuviel

Streit und zu viele Mäuler zu stopfen. In so einer Situation verzweifeln Menschen schon mal aneinander.«

»Ich hab noch nie gehört, daß du das jemandem erzählt hast«, sagte ich.

»Du hast nie danach gefragt.« Weil ich mich nie getraut hatte.

Ich aß meine Schüssel leer und hielt mich raus. Ein Mann muß bei Kräften bleiben, wenn er mit seiner Familie fertig werden will.

Helena nutzte ihre Chance und forschte weiter. Sie hätte Detektiv werden sollen, denn sie kannte keine Scheu vor taktlosen Fragen. »Warum haben Sie ihn geheiratet? Ich stelle mir vor, daß er in jungen Jahren sehr gut ausgesehen hat.«

»Jedenfalls hat er sich das eingebildet.« Mama lachte sich eins, wie um anzudeuten, daß Papa damit gründlich im Irrtum war. »Aber wenn du's wissen willst: Er schien eine gute Partie zu sein, hatte sein eigenes Geschäft und keinen Anhang. War auch ein guter Esser – mir gefiel die Art, wie er eine Schüssel bis auf den letzten Krümel leerputzte.« Und in einer bei ihr seltenen Anwandlung von Rührseligkeit setzte sie hinzu: »Ach, und ein Lächeln hatte er, das konnte Nüsse knacken.«

»Was soll das denn heißen?« brummte ich.

»Ich weiß es!« Helena Justina lachte, vermutlich über mich.

»Ach was, er muß mich in einem schwachen Moment erwischt haben!« befand Mama abschließend.

Schließlich erzählte ich ihr doch noch, was die Kriegsgefangenen über ihren berühmten Sohn gesagt hatten. Sie hörte mir aufmerksam zu, aber was sie dachte oder ob sie sich darüber freute, war nicht rauszukriegen.

Später hatte sie offenbar noch mal einen schwachen

Moment, denn plötzlich rief sie aus: »Hast du ihn etwa in den Saepta allein gelassen?«

»Wen? Geminus?«

»Irgendwer sollte ihn dort wegholen.« Prompt fühlte ich mich in die Enge getrieben, ein untrügliches Zeichen dafür, daß meine Mutter mir wieder mal einen unangenehmen Auftrag zuschanzen wollte. »Er darf an so einem Abend nicht ganz allein in seinem Büro rumhängen. Da kommt er bloß ins Grübeln und säuft sich einen an. Heute ist Dienstag!« belehrte mich Mama. »Da ist keiner bei ihm daheim.« Genau. Papa hatte mir erzählt, daß seine rothaarige Flora dienstags in der Caupona die Buchführung erledigte. »Das Lokal hat einen neuen Kellner. Dem will sie doch bestimmt auf die Finger gucken.«

Ich traute meinen Ohren nicht. Wenn es die Familie betraf, wuße meine Mutter über alles Bescheid. Keiner konnte ihr was verheimlichen; selbst dann nicht, wenn er seit zwanzig Jahren von zu Hause weg war.

»Ich übernehme aber keine Verantwortung ...«, protestierte ich lahm.

Dann machte ich mich auf den Weg in die Saepta Julia.

# LXXI

Die Saepta sollten eigentlich nach Dunkelwerden schließen, doch an diese Vorschrift hielt sich kaum jemand. Juweliere machen nun mal abends das beste Geschäft.

Mir hat die gelöste Stimmung um die Zeit schon immer gefallen. Dann werden die Girlanden aus lauter kleinen Lämpchen rings um die Säulenhallen angezündet; die Menschen entspannen sich; von den Wägelchen der Imbißverkäufer duftet es nach würzigem Braten und gebackenem Fisch. Und wenn die Lichter sich in den Metallgefäßen und Edelsteinen der Auslagen spiegeln, werden die einfachen Läden zu funkelnden Höhlen voller Schätze. Der Ramsch, den man bei Tage keines Blickes gewürdigt hätte, wird auf einmal zu begehrenswerten Kleinodien.

Das ägyptische Mobiliar aus Vaters Büro hatte einer exotischen Vorschau auf die nächste Auktion Platz gemacht; dazu gehörten ein Elefantenhuf, afrikanisches Kriegsgerät mit seltsamem Duft, ein steinerner Thron, der sich zur Privattoilette umfunktionieren ließ, zwei Kupferkessel, drei hohe Schemel, ein kleiner Obelisk (als Gartenschmuck geeignet) und ein Satz recht hübscher Gläser.

»Wie ich sehe, bist du wieder auf dem alten Kurs und verdienst dir mit wertlosem Plunder eine goldene Nase! Diese violetten Glaskelche könnten ganz hübsch was bringen.«

»Find ich auch. Du solltest mein Teilhaber werden, hättest wirklich das Talent zum Kaufmann.« Mein Vater war anscheinend nüchtern – was für eine Überraschung.

»Nein, danke.« Wir sahen uns an, und jeder dachte an den mißlungenen Betrug mit der Statue. Zwischen uns prickelte es gefährlich. »Ich hab getan, was ich konnte, Papa. Heute abend war ich bei Carus und Servia und hab ihnen suggeriert, daß sie eine Fälschung gekauft haben. Schön, sie haben unseren Phidias, aber dran freuen werden sie sich bestimmt nicht.«

»Das ist wirklich gut!« krächzte mein Vater spöttisch.

»Manche Leute drehen ihrer Kundschaft Fälschungen als Originale an, *wir* aber müssen's extra schwermachen und so tun, als wäre das Echte ein Schwindel.« Und schwups! war er bei der gewohnten Familienschmeichelei. »Das ist alles deine Schuld!«

»Geb ich ja zu. Thema beendet.«

»Ich hatte dir die Verantwortung übertragen!« brüllte er wütend.

»Aber Orontes war dein Mann! Reg dich wieder ab, den find ich schon«, drohte ich und freute mich schon darauf, dem Bildhauer den Schädel einzuschlagen.

»Keine Chance. Der ist mitsamt seiner Hurenschlampe Rubinia längt über alle Berge.« Mein Vater war genauso wütend wie ich. »Ich hab nämlich auch nicht bloß Däumchen gedreht. War bei Varga und Manlius. Orontes hat Rom verlassen.«

»Ich hol ihn zurück!« beharrte ich. »Wir haben immer noch vier Blöcke erstklassigen parischen Marmor ...«

»Das funktioniert nicht!« widersprach Papa hitzig. »Du kannst einen Künstler nicht zwingen, auf Kommando kreativ zu sein. Wir würden dabei nur riskieren, daß er den Stein zerstört oder einen derben Amor mit Grübchen im Popo draus macht, den du nicht mal auf ein Vogelbad setzen würdest. Oder gar eine Nymphe fürs Boudoir!« (Sein ärgste Horrorvision.) »Überlaß die Sache mir, ich finde schon jemanden.«

»Na, großartig! Einen von deinen Stümpern, was? Wir sind also wieder auf dem Niveau, wo man beschädigten Büsten falsche Nasen verpaßt, brandneue Möbel auf antik trimmt, etruskischen Urnen griechische Henkel anleimt ...«

»Ich hab gesagt, ich finde jemand anderen! Und damit meine ich einen, der eine anständige Fälschung zuwege bringt.«

»Von einem hübschen Lysipp?« höhnte ich.

»Einen hübschen Lysipp«, wiederholte mein Vater seelenruhig. »Oder besser gleich vier davon. Ringer sind grade groß in Mode.«

»Ich hab kein Interesse mehr. Ich eigne mich einfach nicht für so was. Und ich hab keine Ahnung von Bildhauerei. Nie kann ich mir merken, ob der Kanon der Proportionen nun am vollendetsten an den Lanzenträgern von Polyklit und den Diskuswerfern von Lysipp zu sehen ist . . .«

»Genau andersrum«, sagte mein Vater. Zufällig wußte ich, daß ich recht hatte. Er versuchte bloß, mich durcheinander zu bringen. »Und das Paradebeispiel ist nicht der Diskobol, sondern der Faustkämpfer mit den Hanteln.«

»Gut, dann eben vier Ringer.« Von seiner unermüdlichen Niedertracht zermürbt, gab ich nach. Ein neuer Bildhauer würde bezahlt werden müssen, aber vier gute Kopien begehrter Originale würden uns immer noch ein bis anderthalb schöne Geburtstagsgeschenke einbringen.

»Du solltest dich langsam in Selbstbeherrschung üben«, riet Papa. »Du schadest dir doch nur, wenn du bei jedem Stein, den die Parzen dir in den Weg werfen, gleich in die Luft gehst.« Geminus, der unverfrorenste Heuchler der Welt.

Mir fiel auf, daß wir beide, die wir vor Wut kochten, wie zur Vorsicht die Arme verschränkt hatten. Mit dem gleichen wirren Kraushaar und der gereckten Brust sahen wir gewiß aus wie ein Paar antiker Krieger, die unter dem perlenverzierten Rand einer Totenurne in Kampfstellung gehen. Immerhin besann er sich darauf, mich zu fragen, warum ich gekommen sei.

»Es ging das Gerücht, du wärst betrunken. Ich soll dir den Kopf in einen Brunnen tauchen und dich anschließend sicher heimbringen.«

»Ich bin nüchtern – aber wenn du Lust hast, werde ich mich jetzt mit dir zusammen betrinken«, bot sich Papa an. Ich schüttelte den Kopf, obwohl ich wußte, daß dies eine Art Friedensangebot war.

Er lehnte sich auf dem alten Diwan zurück und musterte mich. Ich hielt seinem Blick stand. Da er vollkommen nüchtern war und auch nicht deprimiert wirkte, schien es an der Zeit, meinen sinnlosen Besuch zu beenden. Aber etwas hielt mich zurück. Etwas, was schon eine ganze Weile in meinem Unterbewußtsein rumorte.

»Na, was hängst du hier noch rum, Marcus? Willst du mit mir reden?«

»Es gibt nichts mehr zu sagen.« Ein Unternehmen dieser Art hat nur eine einzige Chance, und so stürzte ich mich denn kopfüber hinein. »Ich könnte dich allerdings um einen Gefallen bitten.«

Mein Vater war verblüfft, hatte sich aber gleich wieder gefangen und frotzelte: »Brich dir bloß keine Verzierung ab!«

»Ich frag dich nur einmal, und wenn du nein sagst, reden wir nicht mehr darüber.«

»Komm, komm, wir wollen doch keinen pythischen Tanz draus machen!«

»Na gut. Du hast fünfhunderttausend Sesterzen in dem Wandsafe hinter dir eingemauert, stimmt's?«

Mein Vater schaute unwillkürlich zu der dunkelroten Portiere hinter seinem Diwan auf. Aber er blieb vorsichtig und sprach mit gedämpfter Stimme. »Na ja, das Geld ist da drin – aber nur vorübergehend«, setzte er rasch hinzu, als fürchte er, ich wollte es stehlen. Sein Verdacht beruhigte mich. Manche Dinge blieben wohltuend normal, egal, wie elend und benommen ich mich fühlte.

»Dann paß mal auf, Vater. Wenn wir den Zeus nie gefunden hätten und du es leid geworden wärst, daß man dauernd deine Auktionen sprengt, dann hätten wir Carus das Geld bezahlt ohne die Chance, es je wiederzukriegen. Dann wären dein Safe und mein Bankfach im Forum jetzt beide leer.«

»Wenn du deinen Anteil wiederhaben willst . . . «

»Ich will mehr als das.« Ich entschuldigte mich.

Mein Vater seufzte. »Ich kann mir schon denken, was kommt.«

»Ich versprech dir, das ist das erste und letzte Mal in meinem Leben, daß ich dich so beknie.« Ich holte tief Luft. An Helena brauchte ich nicht extra zu denken, das hatte ich das ganze letzte Jahr bereits getan. »Ich bitte dich um ein Darlehen.«

»Tja, wozu hat man einen Vater?« Der meine konnte sich nicht entscheiden, ob er sich lustig machen oder jammern sollte. Aber von Ablehnung war keine Rede, nicht mal im Scherz.

Das Bitten hatte mich ganz nervös gemacht. »Du darfst auch die Enkelkinder besuchen!« Ich grinste ihn an.

»Ja, was will ich denn noch mehr!« witzelte Geminus. »Vierhunderttausend, sagst du? Carus hat mit Goldstücken bezahlt. Bei vier Sesterzen pro Denar und fünfundzwanzig Denarii pro Aureus macht das viertausend . . . «

»Das Geld muß in Landbesitz investiert werden, auf italienischem Boden.«

»Auch gut. Ich werd schon einen Agenten auftreiben, der uns einen Sumpf in Latium kauft oder ein paar Äcker albanisches Gestrüpp . . . « Er erhob sich von dem alten Diwan, schlug die Portiere zurück und angelte den Schlüssel an einem fettigen Lederriemen unter der Tunika vor. »Du willst es dir doch sicher mal ansehen.«

Wir standen nebeneinander, als er die Kassette aufschloß. Noch bevor der Deckel hochgeklappt war, kündete ein mildes Leuchten von den Aurei, die unter dem massiven Holz funkelten. Die Geldtruhe war bis obenhin voll. Ich hatte noch nie soviel Gold auf einmal gesehen. Der Anblick war beruhigend und erschreckend zugleich.

»Ich zahl's dir zurück.«

»Das hat keine Eile«, sagte mein Vater freundlich. Er wußte, welche Überwindung mich das gekostet hatte. Für den Rest meines Lebens würde ich sein Schuldner sein – und das hatte nichts mit Geld zu tun. Die vierhunderttausend waren nur der Anfang dieser Verpflichtung.

Er klappte den Deckel wieder zu und verschloß die Kassette. Wir gaben uns die Hand; dann ging ich schnurstracks zum Palatin und verlangte Vespasian zu sprechen.

# LXXII

Unter den Flaviern wurde der Kaiserpalast so professionell geführt, daß man es nur als seriös bezeichnen konnte. Allerdings war aus Neros Tagen noch genug Blödsinn übriggeblieben, um ihre ernsthaften Bemühungen fast lächerlich erscheinen zu lassen. Unter den Stuckdecken mit ihren herrlichen Gemälden und frivolen Arabesken und inmitten ausgefallener Elfenbeinschnitzereien und der Fülle gehämmerten Goldzierats mühten sich jetzt solide Bürokraten, das Imperium vor dem

Bankrott zu bewahren und uns alle zu stolzen Römern zu machen. Rom selbst sollte neu gestaltet werden. Die berühmten Baudenkmäler wollte man restaurieren; außerdem waren an geeigneter Stelle sorgsam ausgewählte Ergänzungen zu unserem nationalen Erbe geplant: ein Friedenstempel als Gegengewicht zum Tempel des Mars; das schon mehrfach erwähnte Amphitheater der Flavier; ein Triumphbogen hier, ein Forum da; dazu eine stattliche Anzahl geschmackvoller Brunnen, Statuen, öffentlicher Bibliotheken und Bäder.

Das Leben im Palast hat ruhige Phasen, und so eine hatte ich erwischt. Aber der Kaiser veranstaltete auch Bankette, schon weil ein fröhliches, gutorganisiertes Bankett die beliebteste Form der Diplomatie ist. Die Flavier regierten weder knauserig noch unterkühlt. Sie schätzten Gelehrte und Juristen. Sie belohnten Unterhaltungskünstler. Mit etwas Glück würden sie sogar mich belohnen.

Normalerweise wurden persönliche Gesuche um sozialen Aufstieg beim Kammerherrn abgegeben, und der Bescheid ließ dann Monate auf sich warten, auch wenn die Überprüfung der Equites- und Senatslisten bei den Flaviern höchste Priorität genoß. Einer von Vespasians ersten Staatsakten war es, sich selbst zum Censor zu ernennen. Er wollte ein Volkszählung zur Steuerfestsetzung durchführen und frisches Blut in die beiden Klassen bringen, aus denen sich die öffentlichen Ämter rekrutierten. Er hatte seine eigene Vorstellung von Qualifikation, verachtete jedoch nie die edle römische Kunst des Selbstlobes. Wie hätte er das auch tun können; schließlich hatte er sich vom eher geringgeachteten Senatsmitglied bis zum Kaiser hochgedient.

Meine Schriftrolle dem Berg von Gesuchen im Büro eines Kammerherrn hinzuzufügen entsprach nicht Falcos Temperament. Da ich als kaiserlicher Agent bekannt war, marschierte ich einfach hinein, so, als hätte ich eine finstere Staatsaffäre zu melden, und drängelte mich an der Warteschlange vorbei.

Ich hoffte, den alten Kaiser nach dem Abendessen in leutseliger Stimmung anzutreffen. Er arbeitete von früh bis spät; die beste seiner bäuerlichen Eigenschaften war, daß er jede Arbeit beherzt und ohne Scheu anpackte. Erst spätabends war er guter Dinge und in der Stimmung, daß man es wagen konnte, ihn um einen Gefallen zu bitten. Darum hatte ich mir den Abend ausgesucht, um in Toga und besten Stiefeln, adrett, aber nicht aufgeputzt, vor ihn zu treten und ihn an meine erfolgreich ausgeführten Aufträge und sein altes Versprechen zu erinnern.

Wie gewöhnlich verließ mich das Glück bereits beim Türsteher. Vespasian war gar nicht in Rom.

Die Flavier waren berühmt für ihren Familiensinn. Daß er zwei erwachsene Söhne hatte, die Kontinuität garantierten, war Vespasians größtes Plus gewesen. Heute waren er und sein Ältester, Titus, praktisch Partner, und auch Domitian, der jüngere Sohn, stand schon voll im Staatsdienst. An dem Abend, als ich um die Bewilligung des Bürgerrechts bitten wollte, arbeiteten beide Kaisersöhne. Der Kammerherr kannte mich und ließ mir die Wahl, welchen Caesar ich sprechen wollte. Noch bevor ich mich entschieden hatte, war mir klar, daß ich am besten wieder gehen sollte. Aber nun hatte ich mich einmal auf den großen Moment eingestellt, da durfte ich jetzt nicht kneifen.

Nicht einmal ich konnte Titus, der selbst ein Auge auf Helena geworfen hatte, um ein höheres Sozialprestige bitten, damit ich das Mädchen heiraten könnte. Zwischen den beiden war nichts gewesen (soweit ich feststellen konnte), aber ohne meine Anwesenheit wäre das vielleicht anders gelaufen. Titus war ein angenehmer

Zeitgenosse, aber ich hasse es, einen Menschen über Gebühr zu bedrängen. Das verbietet schon der Takt.

»Ich nehme Domitian.«

»Gratuliere! Er vergibt ja heutzutage die öffentlichen Ämter.« Die Domestiken lachten. Der Eifer, mit dem Domitian an Krethi und Plethi Stellen verteilte, hatte selbst seinem gütigen Vater Anlaß zu Tadel gegeben.

Obwohl ich mich an der Schlange vorbeigemogelt hatte, mußte ich noch so lange warten, daß ich zum Schluß wünschte, ich hätte eine von den Enzyklopädien des Richters zum Lesen mitgebracht oder Schreibzeug, um mein Testament aufzusetzen. Aber endlich war ich doch an der Reihe und ging rein.

Domitian Caesar war zweiundzwanzig Jahre alt; gutaussehend; robust wie ein Ochse; mit Locken, aber leider auch Hammerzehen. Während sein Vater und Titus in Staatsgeschäften unterwegs waren, wurde er von Frauensleuten erzogen und hatte statt der herzlichen Art seines Bruders den introvertierten Starrsinn entwickelt, den man oft bei Einzelkindern findet. Bei seinen ersten Auftritten im Senat hatte er Fehler gemacht und wurde dazu degradiert, Festspiele und Dichterwettstreite zu organisieren. Inzwischen machte er in der Öffentlichkeit eine gute Figur, aber ich mißtraute ihm trotzdem.

Dafür gab es Gründe. Ich wußte Dinge über Domitian, an die er bestimmt nicht gern erinnert werden wollte. Sein Ruf als Verschwörer war begründet: Ich war in der Lage, ihn eines schwerwiegenden Verbrechens anzuklagen. Zwar hatte ich seinem Vater und Bruder Diskretion versprochen – aber es war dieses Wissen, das mich bewogen hatte, von den beiden jungen Caesaren gerade ihn zu wählen, und voller Zuversicht trat ich heute abend vor ihn.

»Didius Falco!« Beamte hatten mich angemeldet. Aus der Begrüßung ließ sich unmöglich entnehmen, ob der junge Prinz sich meiner erinnerte.

Er trug Purpur; das war sein Privileg. Sein Kranz war relativ schlicht und ruhte auf einem Kissen. Ich sah weder Berge von Weintrauben noch juwelengeschmückte Kelchgläser, kaum Girlanden und schon gar keine geschmeidigen Tänzerinnen, die sich über den Fußboden schlängelten. Er widmete sich den Staatsgeschäften mit dem gleichen Ernst wie Vespasian und Titus. Domitian war kein zügelloser, paranoider Julio-Claudier. Dennoch wußte ich, daß er unberechenbar war. Ja, er war gefährlich, und ich konnte es beweisen. Aber nach jahrelanger Berufserfahrung hätte ich wissen müssen, daß gerade dies meine Position nicht stärkte.

Im Saal wimmelte es natürlich von Gefolge. Sklaven, die aussahen, als hätten sie was zu arbeiten, gingen, wie immer im Audienzsaal der Flavier, ruhig und scheinbar unüberwacht ihren Geschäften nach. Aber es war noch jemand da. Domitian deutete auf eine Gestalt im Hintergrund.

»Ich habe Anacrites gebeten, an unserem Gespräch teilzunehmen.« Meine Bitte um Audienz war dem jungen Caesar ausgerichtet worden, lange bevor er mich hineinzitierte; und während meiner öden Warterei war diese Katastrophe vorbereitet worden. Domitian glaubte, ich käme als Agent, und hatte sich Unterstützung geholt.

Anacrites war der offizielle Oberspion des Palastes.

Er war schmallippig und verkrampft, hatte wässrige Augen und einen Ordnungsfimmel – kurz, er war ein Mann, der es in der Kunst des Geheimdienstlers, Mißtrauen und Eifersucht zu säen, zu neuen Meisterleistungen gebracht hatte.

Von all den kleinen Tyrannen im Palastsekretariat

war er der gemeinste, und von all den Feinden, die ich in Rom hatte, war er mir am meisten verhaßt.

»Danke, Caesar, aber wir brauchen Anacrites nicht aufzuhalten. Mein Anliegen ist privater Natur.« Keiner reagierte. Anacrites blieb.

»Und was haben Sie für ein Anliegen?«

Ich holte tief Luft. Unerklärlicherweise schwitzten meine Handflächen. Aber meine Stimme hatte ich unter Kontrolle. »Ihr Vater hat vor einiger Zeit mit mir eine Wette abgeschlossen. Wenn ich die finanziellen Voraussetzungen erfüllen könne, würde er mich in den Bürgerstand erheben. Nun bin ich vor kurzem aus Germanien zurückgekehrt, wo ich in kaiserlichem Auftrag verschiedenes geregelt habe. Jetzt möchte ich mich verheiraten und künftig ein ruhigeres Leben führen. Mein alter Vater unterstützt diesen meinen Entschluß. Er hat vierhunderttausend Sesterzen bei einem Gutsverwalter deponiert, die in meinem Namen investiert werden sollen. Ich bin nun gekommen, die Gunst zu erbitten, die Ihr Vater mir versprochen hat.«

Sehr schlau. Und so beherrscht. Allein, Domitian war noch beherrschter. Er fragte lediglich: »Sie sind ein Schnüffler, stimmt's?«

Das mit der höflichen Rhetorik war wohl ein Schlag ins Wasser. Ich hätte einfach sagen sollen: »Du bist eine Ratte, und ich kann's beweisen. Unterzeichne diese Schriftrolle, Caesar, oder ich posaune den ganzen Mist vom Rostrum runter und mach dich fertig!«

Seine Hoheit sah Anacrites nicht an. Anacrites brauchte sich nicht mit ihm zu verständigen. Abgesehen davon, daß zwischen den beiden sicher schon alles abgemacht war, bevor ich auch nur die Schwelle zu meiner verhängnisvollen Audienz überschritten hatte, waren die Spielregeln klar festgelegt. Domitian Caesar nannte sie mir: »Bei der Reform des Senats- und Bürgerstandes geht es meinem Vater darum, eine seriöse, förderungswürdige Elite heranzuziehen, aus deren Reihen wir in Zukunft die öffentlichen Ämter besetzen können. Wollen Sie«, fragte er in jenem bedächtigen Ton, an dem auch der schärfste Kritiker nichts aussetzen kann, »wollen Sie sagen, daß ein Schnüffler als seriöser und förderungswürdiger Bürger gelten kann?«

Ich entschied mich für die denkbar schlechteste Ausflucht: die Wahrheit. »Nein, Caesar. Die Geheimnisse in den Niederungen der Gesellschaft auszuspionieren ist eine schäbige, widerliche Beschäftigung. Schnüffler handeln mit Verrat und Elend; sie leben vom Tod anderer Menschen und von deren schmerzlichen Verlusten.«

Domitian glotzte nur. Er hatte einen Hang zur Verdrießlichkeit. »Dennoch haben Sie dem Staat den einen oder anderen Dienst erwiesen?«

»Das hoffe ich doch, Caesar.«

Trotzdem war klar, worauf das Ganze hinauslief. Er sagte: »Das mag wohl sein. Aber ich sehe mich nicht in der Lage, diesem Gesuch stattzugeben.«

Darauf sagte ich: »Sie waren zu gütig, Caesar. Danke, daß Sie Zeit für mich hatten.«

Mit der den Flaviern eigenen Scheu setzte er hinzu: »Wenn Sie sich ungerecht behandelt fühlen, steht es Ihnen frei, meinen Bruder oder den Kaiser um Überprüfung Ihres Falls zu bitten.«

Ich lächelte bitter. »Caesar, Sie haben ein wohlbegründetes Urteil gefällt, das mit den höchsten Prinzipien der Gesellschaft übereinstimmt.« Jetzt, wo Domitian mir die Chance genommen hatte, war es sinnlos, zu lamentieren. Titus würde sich vermutlich gar nicht erst für den Fall interessieren. Und ich wußte, auch ohne daß ich mich noch tiefer ins Elend reinritt, daß Vespasian zu seinem Goldjungen stehen würde. Wie der meine zu sagen pflegte: Wozu hat man einen Vater?

»Ungerechtigkeit kann ich Ihnen nicht vorwerfen, Caesar – nur Undankbarkeit. Ich darf doch annehmen, daß Sie Ihren Vater über meine Einstellung unterrichten werden, wenn er mich das nächste Mal für eine beschissene Mission engagieren möchte, die die Fähigkeiten Ihrer Feld-, Wald-und-Wiesen-Diplomaten übersteigt?«

Wir verneigten uns höflich, und ich verließ den Audienzsaal.

Anacrites folgte mir nach draußen. Er wirkte schockiert, ja, schien sich sogar auf eine Art Kollegialität berufen zu wollen. Schließlich war er Spion und verstand sich aufs Lügen. »Falco, ich hab nichts damit zu tun!«

»Dann ist's ja gut.«

»Domitian Caesar ließ mich rufen, weil er glaubte, daß Sie mit ihm über Germanien reden wollten ...«

»Na, das macht mir Spaß!« fauchte ich. »Wo Sie doch mit meinen Erfolgen in Germanien nicht das geringste zu tun hatten!«

Der Spion ließ nicht locker. »Sogar Freigelassene können sich in den Mittelstand einkaufen! Lassen Sie sich das gefallen?« Spione sind einfache Gemüter.

»Was kann ich dagegen tun? Er hat sich an die Spielregeln gehalten. An seiner Stelle, Anacrites, hätte ich genauso entschieden.« Und weil Anacrites wahrscheinlich selbst ein Freigelassener war, setzte ich hinzu: »Und außerdem, wer will schon mit Sklaven auf einer Stufe stehen?«

Ich verließ den Palast wie ein Lebenslänglicher, der gerade erfahren hat, daß er in den Genuß einer landesweiten Amnestie kommt. Und ich redete mir ein, daß ich über die Entscheidung erleichtert sei.

Erst als ich zu Mutter zockelte, um Helena abzuholen, sank mir allmählich der Mut vor der Erkenntnis, daß zu meinen heutigen Verlusten nicht nur Stolz und Würde gehörten, sondern noch Ehrgeiz, Vertrauen und Hoffnung.

# LXXIII

Da ich nicht wußte, wie ich Helena Justina unter die Augen treten sollte, ging ich mich erst mal betrinken. In der Caupona Flora hingen Lampen über beiden Tresen. Der neue Kellner bediente so aufmerksam und umsichtig, daß die Kneipe bestimmt schon etliche ihrer alten, schlampigen Gäste verloren hatte. Kein Krümel verunzierte die falschen Marmortheken, über die er alle paar Sekunden mit einem Tuch wedelte, während er beflissen auf die nächste Bestellung der wenigen nervösen Trinkbrüder wartete. Was die Caupona an Sauberkeit gewonnen hatte, fehlte ihr nun an Gemütlichkeit.

Doch das würde sich schon geben. Die trostlosen Zustände von ehedem waren zu eingefahren, als daß sie sich lange würden bannen lassen. In zehn Jahren würde sich die Mittelmäßigkeit wiederherstellen.

Ich freute mich, in dem neuen Kellner einen alten Bekannten zu erkennen.

»Apollonius! Helfen Sie hier aus, bis Pädagogik und Wissenschaft wieder nach Ihnen rufen?«

»Geht aufs Haus!« sagte er stolz und stellte erst einen Becher neben meinen Ellbogen und dann ein sauberes Schälchen mit genau zwanzig Nüssen drin.

In einer so makellosen Umgebung konnte ich mich unmöglich betrinken. Der gute Ton verbot es, dieser verzückten Seele mein Elend vorzujammern, und ihn hinter mir aufwischen zu lassen war ebenso unmöglich. Ich zwang mich zu einer kurzen Plauderei, dann trank ich meinen Becher auf einen Zug leer. Ich wollte gerade gehen, als eine Frau mit hochgekrempelten Ärmeln aus der Küche kam und sich die Hände an einem Geschirrtuch abtrocknete.

Im ersten Moment dachte ich, es wäre Mutter. Sie war klein, adrett und hatte überraschenderweise graues Haar. Ihr Gesicht war scharf geschnitten, die müden Augen mißtrauten den Männern.

Obwohl sie mich gesehen hatte, hätte ich immer noch gehen können. Statt dessen holte ich tief Luft und sagte: »Sie sind gewiß Flora.« Keine Antwort. »Ich bin Falco.«

»Favonius' Jüngster.« Die Ironie brachte mich zum Lachen. Da war mein verdrehter Vater von zu Hause abgehauen, weil er unbedingt ein »neues Leben« anfangen wollte, und nun nannte selbst die Frau, die er mitgenommen hatte, ihn hartnäckig bei seinem alten Namen.

Sie fragte sich wohl, ob ich irgendeine Bedrohung darstellte. Vielleicht hatte Festus ihr viel Ärger gemacht, als er damals hier rumhing. Ob sie spürte, daß ich anders war?

»Darf ich Sie bitten, meinem Vater etwas auszurichten? Leider ist es eine schlechte Nachricht. Sagen Sie ihm, ich war im Palast, aber man hat mich abgewiesen. Ich lasse ihm danken, doch sein Darlehen wird nun nicht mehr benötigt.«

»Da wird er sehr enttäuscht sein«, versetzte der Rotschopf, der kein Rotschopf mehr war. Ich bekämpfte den Zorn, den die Vorstellung, wie die beiden sich über mich unterhielten, geweckt hatte.

»Wir werden's überleben«, sagte ich in einem Ton, als wären wir alle eine große, glückliche Familie.

»Vielleicht bietet sich Ihnen ja noch mal eine Gelegenheit«, sagte Flora ruhig, wie eine entfernte Verwandte einen jungen Mann tröstet, der den schwärzesten Tag seines Lebens meldet.

Ich bedankte mich bei Apollonius für den Wein und ging heim zu meiner Mutter.

Zu viele Stimmen schlugen mir entgegen. Ich konnte nicht reingehen.

Helena hatte offenbar schon auf mich gewartet. Als ich die Treppe wieder runtergestiegen war, rief ihre Stimme hinter mir her: »Marcus, ich komme – warte auf mich!«

Ich wartete, während sie sich ihren Mantel schnappte, und dann kam sie runtergerannt: ein hochgewachsenes, eigensinniges Mädchen im blauen Kleid mit einer Bernsteinkette um den Hals; ein Mädchen, das wußte, was ich ihr zu sagen hatte, noch bevor ich den Mund aufmachte. Ich erzählte es ihr trotzdem, während wir durch Rom wanderten. Und dann sprach ich auch gleich noch die zweite traurige Nachricht aus: daß ich nicht gesonnen sei (egal, was ich zu Anacrites gesagt hatte), in einer Stadt zu bleiben, die ihr Wort nicht gehalten hatte.

»Wo du auch hingehst, ich komme mit!« Sie war einfach wunderbar.

Wir stiegen auf die Wehrmauer – den trutzigen alten Wall, den die Republikaner einst um die Stadt gebaut hatten. Inzwischen war Rom längst über diese Einfriedung hinausgewachsen, die jetzt als Denkmal unserer Vorväter und als Aussichtspunkt diente, von dem man die moderne Stadt überblicken konnte. Helena und ich kamen hierher, wenn wir Sorgen hatten, ließen uns die kühle Nachtluft übers Gesicht streichen und wanderten über der Alltagswelt dahin.

Aus den Maecenatischen Gärten an den Hängen des Esquilin drang der zarte Frühlingsduft feuchter Erde, in der sich Leben regt. Riesige dunkle Wolken türmten sich am Himmel. In einer Richtung sahen wir den nackten Felsen des Capitols, dem immer noch der durch die Brände des Bürgerkriegs zerstörte Jupitertempel fehlte. Um ihn herum schlängelte sich, erkennbar an den Lichtpünktchen auf den Kais, der mäandernde Fluß. Hinter uns hörten wir eine Trompete aus der Praetorianerkaserne, der ein heiseres, vielstimmig trunkenes Echo aus einer Kneipe unweit der Porta Tiburtina folgte. Unter uns schnatterten Äffchen zwischen den verrufenen Ständen, wo Wahrsager und Puppenspieler das gemeine Volk unterhielten, das sein Vergnügen selbst im Winter im Freien fand. Auf den Straßen drängten sich Wagen und Esel, die Luft hallte wider von Kommandorufen und bimmelnden Halfterglöckchen. Exotische Zymbeln und Gesang kündigten die Bettelpriester und Ministranten irgendeiner Religion an.

»Wohin gehen wir?« wollte Helena wissen, während wir umherwanderten. Anständige Mädchen sind so abenteuerlustig. Dazu erzogen, keusch, gesetzt und vernünftig zu sein, stürzte sich Helena Justina jetzt natürlich mit Wonne auf die erstbeste Gelegenheit, über die Stränge zu schlagen. Die Freundschaft mit mir machte den Traum ihrer Eltern zunichte, sie eines Tages doch noch zu bändigen, genau wie der Kontakt mit ihr meinen gelegentlichen Plänen, mich zum soliden Bürger zu wandeln, in die Quere kam.

»Sachte, sachte! Ich hab in einem Augenblick der Verzweiflung einen verrückten Entschluß gefaßt; so was darfst du nicht gleich wörtlich nehmen.«

»Wir haben das ganze Imperium zur Auswahl . . . «

»Aber wir können auch daheim bleiben!«

Lachend blieb sie stehen. »Was immer du willst, Marcus. Mir soll's recht sein.«

Ich warf den Kopf zurück und atmete tief ein. Bald würden die feucht-harschen Wintergerüche nach dem Ruß von einer Million Öllampen den Sommerdüften der Blumenkorsos und würziger, im Freien verspeister Gerichte weichen. Bald würde es wieder warm sein in Rom, das Leben würde leicht, und das Beharren auf Prinzipien einfach zu anstrengend sein.

»Ich will dich«, sagte ich. »Und das Leben, das wir miteinander führen.«

Helena schmiegte sich an mich, und ihr schwerer Mantel wickelte sich um meine Beine. »Aber kannst du so, wie es jetzt ist, auch glücklich sein?«

»Ich glaube schon.« Wir waren stehengeblieben, irgendwo über dem Goldenen Haus und unweit der Porta Caelimontana. »Und du, mein Herz?«

»Du weißt doch, wie ich darüber denke«, sagte Helena ruhig. »Wir haben uns entschieden, als ich zu dir gezogen bin. Was ist die Ehe anderes als die freiwillige Vereinigung zweier Seelen? Auf das Drumherum kommt es nicht an. Als ich Pertinax heiratete . . . « Davon sprach sie nur sehr selten. » . . . da hatten wir alles, die Schleier, die Nüsse, das geschlachtete Schwein. Aber nach der Zeremonie«, sagte Helena unverblümt, »hatten wir nichts mehr.«

»Also möchtest du«, erwiderte ich leise, »falls du noch einmal heiratest, daß es so ist wie bei Cato Uticensis und Marcia?«

»Wie war's denn bei denen?«

»Eine Hochzeit ohne Trauzeugen oder Gäste. Ohne Verträge und Festreden. Brutus war dabei, um die Weissagungen festzuhalten – aber vielleicht sollten wir beide sogar darauf verzichten. Wer will einen Reinfall schon im vorhinein prophezeit kriegen?« Mit mir konnte sie der Reinfälle sicher sein. »Beide legten einfach die Hände ineinander, hielten stumme Zwiesprache und gelobten sich Treue ...«

Romantische Stimmungen mit einem belesenen Mädchen sind mitunter schwer.

»Cato und Marcia? Wirklich eine ergreifende Geschichte! Er hat sich von ihr scheiden lassen!« erinnerte Helena sich erbost. »Er hat sie an einen schwerreichen Freund weitergereicht – obwohl sie schwanger war. Und als der lukrative zweite Gatte eines Tages plötzlich tot umfiel, hat Cato sie zurückgenommen und das Vermögen gleich mit eingesackt. Sehr praktisch! Jetzt weiß ich, warum du Cato bewunderst.«

Ich versuchte, die Sache mit einem Lachen abzutun. »Ach, vergiß es«, sagte ich lahm. »Cato hatte lauter verrückte Ideen. So verbot er es den Männern, die eigene Ehefrau in der Öffentlichkeit zu küssen ...«

»Nein, das war sein Großvater. Im übrigen glaube ich nicht, daß es jemandem aufgefallen ist«, versetzte Helena schnippisch. »Ehemänner ignorieren ihre Frauen in der Öffentlichkeit sowieso, das weiß doch jeder.«

Ich lebte immer noch mit einer Menge Vorurteile, die Helena Justinas Exmann zu verantworten hatte. Vielleicht würde es mir eines Tages gelingen, ihre bösen Erinnerungen zu zerstreuen. Jedenfalls war ich bereit, es zu versuchen. »Ich werde dich nicht ignorieren, Liebste.«

»Ist das ein Versprechen?«

»Dafür, daß ich's halte, wirst du schon sorgen!« sagte ich, momentanes Fracksausen abwehrend.

Helena kicherte. »Also, ich bin nicht die unvergleichliche Marcia – und du bist bestimmt kein Cato!« Dann wurde ihre Stimme ganz leise und zärtlich. »Aber mein Herz habe ich dir schon vor langer Zeit geschenkt, da kann ich ruhig noch einen Schwur dazutun ...«

Sie wandte sich mir zu und nahm meine rechte Hand. Ihre Linke lag auf meiner Schulter, wie immer mit dem schlichten britischen Silberreif am Mittelfinger, der ihre Liebe zu mir besiegelte. Die Pose demütiger Anbetung bekam sie ganz gut hin; allerdings bin ich nicht sicher, ob mir jene kühl-vorsichtige Miene gelang, die man so oft bei Ehemännern auf Grabsteinen sieht. Immerhin, da standen wir in jener Aprilnacht auf der Wehrmauer, wo uns keiner sah und doch, falls wir Zeugen gewollt hätten, die ganze Stadt um uns versammelt war. Wir standen da in der feierlichen Pose eines römischen Hochzeitspaares. Und was immer eine stumme Zwiesprache ausmacht, war ebenfalls da.

Ich persönlich war immer der Meinung, daß Cato Uticensis eine Menge auf dem Gewissen hat.